L'EMPEREUR-DIEU DE DUNE

DU MÊME AUTEUR
CHEZ POCKET

LA BARRIÈRE SANTAROGA

LE BUREAU DES SABOTAGES

1. L'ÉTOILE ET LE FOUET
2. DOSADI

CHAMP MENTAL

LE CYCLE DE DUNE

1. DUNE, tome 1
2. DUNE, tome 2
3. LE MESSIE DE DUNE
4. LES ENFANTS DE DUNE
5. L'EMPEREUR-DIEU DE DUNE
6. LES HÉRÉTIQUES DE DUNE
7. LA MAISON DES MÈRES

LE DRAGON SOUS LA MER
ET L'HOMME CRÉA UN DIEU
LES FABRICANTS D'ÉDEN
LE PRENEUR D'ÂMES
LES PRÊTRES DU PSI

LE PROGRAMME CONSCIENCE

1. DESTINATION VIDE
2. L'INCIDENT JÉSUS

LE PROPHÈTE DES SABLES (Le grand temple de la S.-F.)
LES YEUX D'HEISENBERG

SCIENCE-FICTION

Collection dirigée par Jacques Goimard

FRANK HERBERT

LE CYCLE DE DUNE

L'EMPEREUR-DIEU DE DUNE

Traduit de l'américain par Guy ABADIA

ÉDITIONS ROBERT LAFFONT

Titre original :
GOD EMPEROR OF DUNE

ISBN : 2-266-02723-9
Édition originale :
ISBN : 0 - 339 - 12593 - 0 G. P. Putnam's Sons, New York.

A Peggy Rowntree
en témoignage d'affection et d'admiration
ainsi que de profonde considération.

Extrait de l'allocution prononcée par Hadi Benotto à l'occasion de la présentation des dernières découvertes de Dar-es-Balat, sur la planète Rakis :

J'ai aujourd'hui la joie et la fierté de vous annoncer non seulement la mise au jour de l'extraordinaire chambre de conservation contenant, entre autres, une monumentale collection de manuscrits sur papier cristal ridulien, mais également l'existence de preuves établissant l'authenticité de ces découvertes. Nous avons tout lieu de penser, notamment, que nous sommes maintenant en possession de la totalité du journal intime original tenu par Leto II, l'Empereur-Dieu.

Qu'il me soit permis tout d'abord de rappeler l'importance historique du trésor que vous connaissez tous sous le nom de *Mémoires Volés*. Ces vénérables volumes nous ont fourni, au cours des siècles précédents, une aide inestimable dans la connaissance de nos ancêtres. Comme vous le savez, les *Mémoires Volés* furent déchiffrés pour la première fois par la Guilde Spatiale, et c'est la même Clé qui nous a servi à traduire les manuscrits qui viennent d'être découverts ici. Nul ne songerait à contester l'ancienneté de cette Clé de la Guilde. Or, c'est la *seule* méthode qui permette de décoder les manuscrits.

En second lieu, les volumes en question ont été

composés sur un dictatel d'Ix de facture très antique. Il ne fait aucun doute, pour qui a lu les *Mémoires Volés*, que ce ne soit justement la méthode choisie par Leto II pour léguer ses observations historiques à la postérité.

Le troisième point, à notre avis tout aussi essentiel que le contenu du trésor, c'est la chambre de conservation proprement dite. Sans conteste, le sanctuaire où étaient conservés les *Mémoires* est de conception ixienne. Sa réalisation, à la fois primitive et stupéfiante d'ingéniosité, ne manquera pas de jeter un jour nouveau sur toute la période historique généralement désignée sous le nom de : « La Grande Dispersion ». Comme il fallait s'y attendre, la salle souterraine était indétectable. Cependant, elle était bien plus profondément située que le mythe et l'Histoire Orale ne le laissaient supposer. Elle émettait et absorbait les radiations propres à simuler son environnement naturel, dispositif mimétique qui n'a rien d'original en soi mais n'en a pas moins étonné nos experts par sa technologie vraiment rudimentaire.

Je vois que certains d'entre vous commencent à être intéressés par ces détails autant que nous l'avons été nous-mêmes au début. Nous sommes convaincus, en fait, d'être en présence du premier Globe Ixien, le non-espace d'où sont issus tous les dispositifs ultérieurs du même genre. Et s'il ne s'agit pas du tout premier, ce doit être au moins l'un des premiers, conçu selon les mêmes principes de base.

Pour répondre sans plus attendre à votre curiosité manifeste, je vous annonce que vous serez conviés dans un instant à une brève visite des lieux. Nous vous demanderons seulement de garder le silence tant que vous serez en bas, car nos techniciens et spécialistes de toutes disciplines sont encore occupés à déchiffrer certains mystères.

Ce qui m'amène au quatrième point, peut-être le plus important de tous. J'ai peine à vous décrire mon émotion au moment de vous révéler l'existence d'une nouvelle merveille sur le site de Dar-es-Balat. Il s'agit d'une collection de véritables enregistrements phoniques réalisés, d'après les indications qu'ils contiennent, par Leto II avec la voix de son père, Paul Muad'Dib. Comme il existe, dans les archives du Bene Gesserit, des enregistrements authentifiés de la voix de l'Empereur-Dieu, nous avons adressé aux Sœurs quelques extraits des documents sonores en notre possession – tous enregistrés sur un ancien support microbulle – accompagnés d'une demande d'expertise officielle. Nous ne doutons pas que ces documents seront dûment authentifiés eux aussi.

Veuillez maintenant vous reporter aux spécimens traduits qui vous ont été remis à l'entrée. Je profite de l'occasion pour vous présenter nos excuses en ce qui concerne leur poids. J'ai entendu quelques plaisanteries qui circulaient parmi vous à ce sujet. Si nous avons utilisé du papier ordinaire, c'est uniquement pour des raisons d'économie. Les manuscrits originaux ont été imprimés en caractères si fins qu'il est indispensable de les agrandir considérablement pour qu'ils deviennent lisibles. En réalité, il faudrait plus de quarante volumes du type de celui que vous tenez en main pour retranscrire le contenu d'un seul original sur cristal ridulien.

Et maintenant, si la projection est... Oui, très bien. Nous allons donc vous présenter, sur l'écran qui se trouve à votre gauche, un fragment de page originale. Pour commencer... voici un extrait de la première page du premier volume. Une traduction vous est proposée en regard sur les écrans de droite. J'attire votre attention sur la valeur probante intrinsèque du texte, l'égotisme poétique de son vocabulaire ainsi que la signification de son contenu établie par la traduction. Il y a là un style qui évoque une personnalité cohérente et donc identifiable. Nous pensons que ces lignes n'ont pu être écrites que par quelqu'un qui avait accès à une mémoire collective ancestrale, quelqu'un qui s'efforçait de faire partager d'une manière aussi claire que possible son extraordinaire expérience d'une série d'existences antérieures à ceux qui n'avaient pas la chance d'être aussi comblés que lui.

Considérez à présent le message proprement dit. Toutes les références corroborent ce que l'histoire nous apprend sur celui qui, à notre avis, est le seul capable d'avoir écrit ces lignes.

Nous vous réservons, enfin, une heureuse surprise. J'ai pris la liberté d'inviter le célèbre poète Rebeth Vreeb à monter parmi nous sur cette tribune et à nous lire un court extrait de cette première page. Nous sommes convaincus en effet que, même sous la forme d'une traduction, les mots assument un aspect différent lorsqu'ils sont lus à haute voix. Et nous désirons partager avec vous l'émotion extraordinaire que nous ont inspirée ces lignes.

Mesdames et Messieurs, voici le poète Rebeth Vreeb.

Extrait de la lecture donnée par Rebeth Vreeb :

Je vous assure que je suis le livre de la destinée.

Les questions sont mes ennemies. Car mes questions explosent! Les réponses bondissent comme un troupeau apeuré, noircissant le ciel de mes inéluctables souvenirs. Une seule réponse, une seule ne suffit pas.

Que de reflets jettent les prismes quand je pénètre dans l'effrayante arène de mon passé! Je suis un éclat de silex emprisonné dans une boîte. La boîte tourne et tremble. Je suis ballotté dans un ouragan de mystères. Et quand la boîte s'ouvre, je retourne à cette présence tel un étranger en terre primitive.

Lentement (lentement, dis-je) je réapprends mon nom.

Mais je ne me connais pas mieux pour autant!

Cette personne qui s'appelle comme moi, ce Leto

deuxième du nom, a trouvé d'autres voix dans sa tête. D'autres noms et d'autres lieux. Oh! je peux vous assurer (comme on me l'a assuré à moi-même) que je ne réponds qu'à un seul nom. Si vous appelez : « Leto », c'est moi qui réponds. C'est la souffrance qui réalise cela. La souffrance et quelque chose d'autre :

C'est moi qui tiens les fils!

Ils sont tous à moi. Il me suffit d'imaginer un thème – disons... *ceux qui sont morts par l'épée* – et je les ai tous là, dans leur splendeur sanglante, chaque image intacte jusqu'au moindre rictus, jusqu'au moindre râle.

Ou bien encore : *Les joies de la maternité.* Et à moi les lits de grossesse, les risettes des bébés en série et les doux babillages des générations nouvelles; les premiers pas des bambins hésitants et les premières victoires enfantines sont présentés à mon admiration. Tout cela défile et se bouscule en moi jusqu'à ce que je n'y voie plus rien d'autre qu'une morne et lassante répétition.

« Garde tout cela précieusement », m'avertis-je.

Qui pourrait contester la valeur d'une telle expérience, le poids de la connaissance à travers quoi je considère chaque nouvel instant?

Oui... mais tout cela, c'est le passé.

Ne comprenez-vous pas?

Ce n'est que le passé!

Je suis né ce matin dans une yourte en bordure de la plaine équine sur un territoire d'une planète qui n'existe plus. Demain, je naîtrai ailleurs dans la peau de quelqu'un d'autre. Je n'ai pas encore décidé. Mais aujourd'hui... aaah, cette vie! Dès que mes yeux ont appris à fixer, j'ai vu le soleil luire sur l'herbe piétinée, j'ai vu un peuple vigoureux se livrer aux occupations d'une douce existence. Où... mais où donc est passée toute cette vigueur?

Les Mémoires Volés.

Les trois formes humaines qui fuyaient en direction du nord, dans les sous-bois de la Forêt Interdite éclairés par la lune, s'espaçaient sur près de cinq cents mètres. Le dernier de la file était à moins d'une centaine de mètres des loups H qui les poursuivaient. Il les entendait glapir et haleter derrière lui, comme font ces animaux quand leur proie est en vue.

Avec la Première Lune presque juste au-dessus de leur tête, ils y voyaient relativement clair dans les sous-bois, bien qu'ils fussent sous une latitude élevée d'Arrakis. Ils sentaient encore la chaleur de la journée d'été écoulée. Le souffle d'air nocturne venu du Dernier Désert du Sareer transportait des senteurs de résine mêlées à des exhalaisons de terreau humide. Et pour les trois poursuivis, à certains moments, le vent qui croisait leur piste évoquait le sel ou le poisson de l'océan de Kynes, par-delà l'étendue du Sareer.

Un caprice de la destinée faisait que le dernier poursuivi s'appelait Ulot, ce qui signifie dans la langue des Fremen : *le traînard aimé.* Court de stature, Ulot avait une tendance à l'embonpoint qui avait ajouté la contrainte d'un régime à celle de l'entraînement suivi en vue de l'expédition. Mais même affiné pour cette course du désespoir, il gardait un visage rond et de grands yeux bruns vulnérables au milieu d'une abondance de chair suggérée.

Il était évident pour lui qu'il ne pouvait plus soutenir ce rythme. Sa respiration s'était faite sifflante et saccadée. Il trébuchait parfois. Mais il n'appelait pas ses compagnons. Nul ne pouvait lui venir en aide. Ils avaient tous prêté le même serment, et ils savaient qu'ils n'avaient pas d'autre défense que les anciennes vertus et loyautés fremen. Cela demeurait vrai même quand tout ce qui appartenait au passé des Fremen avait une odeur poussiéreuse, l'odeur de la tradition apprise par cœur au contact des « Fremen de musée ».

C'était la loyauté fremen qui maintenait close la bouche de Ulot, bien qu'il fût parfaitement conscient de ce qui l'attendait. Et la démonstration des qualités anciennes avait un caractère, sinon captivant, du moins pathétique dans la mesure où aucun des trois poursuivis n'avait sur les vertus qu'il singeait beaucoup plus qu'une connaissance livresque apportée par le mythe et l'Histoire Orale.

Les loups H gagnaient de plus en plus de terrain sur Ulot. Leurs silhouettes grises lui arrivaient aux épaules. Ils bondissaient et hurlaient d'impatience, le museau dressé, les yeux rivés sur leur proie que révélait le clair de lune.

Ulot se prit le pied dans une racine et faillit tomber. Cela lui donna un regain d'énergie. Il accéléra, gagnant peut-être une longueur de loup sur ses poursuivants. Ses bras rythmaient sa course comme des pistons. Il respirait bruyamment par la bouche.

Les Loups H avaient gardé la même allure. Ombres d'argent glissant parmi les lourdes senteurs vertes de leur forêt privée, ils savaient depuis longtemps qu'ils avaient gagné. L'expérience, pour eux, n'était pas nouvelle.

De nouveau, Ulot trébucha. Il reprit son équilibre en s'aidant d'un jeune arbre au passage et poursuivit sa course haletante. Ses jambes épuisées par l'effort menaçaient de se dérober sous lui. Il ne lui restait plus la moindre parcelle d'énergie pour accélérer comme la dernière fois.

L'un des animaux de la meute, une louve énorme, était maintenant à sa hauteur, sur sa gauche. Elle fit un bond pour lui couper la route. Des crocs géants lacérèrent l'épaule de Ulot et le firent chanceler, mais il ne tomba pas. L'odeur âcre du sang s'ajouta à celles de la forêt. Un mâle plus petit surgit sur sa droite et lui sauta à la hanche. Ulot tomba enfin avec un hurlement. La meute se referma sur lui et ses cris cessèrent avec une brutalité finale.

Au lieu de s'arrêter pour le dévorer, la meute reprit aussitôt la poursuite, humant la piste toute chaude des deux derniers humains dans le sol moite et les filets d'air capricieux.

Le suivant s'appelait Kwuteg, nom respecté sur Arrakis, datant de l'ancienne époque de Dune. L'un de ses ancêtres avait servi le Sietch Tabr en tant que Maître des Distilles de Mort, mais c'était trois mille ans avant, dans un passé perdu auquel beaucoup ne croyaient même plus. Kwuteg courait à longues foulées régulières, son corps svelte donnant l'impression d'être parfaitement adapté à l'effort fourni. Une abondante chevelure noire flottait en arrière de ses traits aquilins. Comme ses compagnons, il portait un survêtement de coton noir à texture serrée qui soulignait le mouvement de ses hanches et de ses cuisses longues au rythme de sa respiration profonde et régulière. N'eût été son allure, anormalement lente pour quelqu'un comme Kwuteg, personne n'aurait pu dire qu'il s'était blessé au genou en franchissant le gouffre circulaire, creusé par la main de l'homme, qui protégeait la Citadelle de l'Empereur-Dieu, au milieu du Sareer.

Kwuteg avait entendu les cris poussés par Ulot, suivis d'un silence sinistre puis des hurlements des loups H qui se remettaient en chasse. Il essayait de toutes ses forces de ne pas se laisser aller à créer dans sa tête la vision de ce nouvel ami détruit par les monstrueux gardiens de Leto, mais l'imagination sorcière lui imposa sa loi. Il adressa mentalement une malédiction au tyran, en se gardant bien toutefois de la formuler à haute voix afin de ne pas gaspiller son souffle précieux. Il avait encore une chance d'arriver jusqu'au sanctuaire du fleuve Idaho. Il savait ce que ses amis – même Siona – pensaient de lui. Il avait toujours eu la réputation d'un conservateur. Enfant déjà, il avait l'habitude d'économiser son énergie pour le moment où il en aurait le plus besoin, d'amasser des réserves comme un vieil avare.

Malgré son genou, Kwuteg accéléra l'allure. Il savait que le fleuve n'était plus très loin. La douleur avait dépassé la limite du supportable pour se muer en une flamme pure qui lui embrasait toute la jambe et tout le côté droit. Il savait quelles étaient ses limites. Il savait aussi que Siona devait être à peu près au fleuve. C'était elle qui courait le plus vite, elle qui portait le paquet étanche contenant le précieux butin dérobé à la forteresse du Sareer. Tout en courant, Kwuteg concentra ses pensées sur ce paquet.

Emporte-le à l'abri, Siona! Qu'il te serve à le détruire!

Les jappements impatients de la meute pénétrèrent son esprit conscient. Ils étaient beaucoup trop près. Il comprit alors qu'il ne leur échapperait pas.

Mais Siona doit leur échapper!

Il risqua un coup d'œil en arrière et vit qu'un des loups manœuvrait pour le prendre de flanc. Leur plan d'attaque s'imprima dans son esprit. Au moment où le loup bondissait, Kwuteg bondit aussi, en prenant soin de mettre un arbre entre la meute et lui, puis se baissa brusquement et saisit à deux mains le loup par une patte de derrière. Sans s'arrêter, il fit tournoyer la bête comme un fléau pour repousser les autres. Elle était moins lourde qu'il ne l'aurait pensé et cette diversion d'effort fut presque un soulagement pour lui. Il continua de se servir de son gourdin vivant jusqu'à ce que deux loups s'abattent, le crâne fracassé. Mais il ne pouvait pas se garder de tous les côtés. Un mâle efflanqué l'attaqua dans le dos, en lui faisant heurter un tronc d'arbre. Il perdit son gourdin.

– Sauve-toi! hurla-t-il, et son cri résonna dans toute la forêt.

La meute se rua. Kwuteg saisit entre ses dents la gorge du mâle efflanqué. Il mordit de toute la force de son désespoir final. Le sang de loup lui aspergea le visage, l'aveugla. Il roula plusieurs fois sur lui-même, sans savoir où il allait, agrippa une autre bête. Une partie de la meute entama une sarabande glapissante, désordonnée. Certains loups se retournèrent sur ceux qui étaient blessés. Mais la plupart n'abandonnaient pas la proie. Des crocs déchirèrent la gorge de Kwuteg des deux côtés à la fois.

Siona avait elle aussi entendu le hurlement poussé par Ulot. Quand le silence caractéristique avait été de nouveau rompu par les bêtes en chasse, une telle fureur s'était emparée d'elle qu'elle s'était crue sur le point d'exploser. Ulot avait été choisi pour faire partie de cette expédition en raison de son esprit analytique, de sa faculté d'apercevoir l'ensemble à partir de quelques fragments. C'était lui qui, sortant l'inévitable loupe de sa trousse fremen, avait examiné les deux étranges volumes découverts en même temps que les plans de la Citadelle.

– Je pense qu'il s'agit d'un code, avait-il dit.

Et Rodi... le pauvre Rodi, qui avait été le premier d'entre eux à mourir dans cette expédition.

– Nous ne pouvons pas nous charger de ce poids supplémentaire, avait-il déclaré. Il faut nous en défaire.

– Si ce n'était pas quelque chose d'important, avait objecté Ulot, ce ne serait pas caché là.

Kwuteg avait soutenu Rodi :

– Nous sommes venus chercher les plans de la Citadelle et nous les avons. Le reste est trop lourd.

Siona les avait mis tous d'accord :

– C'est moi qui le porterai.

Pauvre Ulot.

Aucun d'entre eux n'ignorait que c'était lui qui courait le moins vite. Ulot était très lent dans tout ce qu'il faisait, mais il avait un esprit d'une clarté indéniable.

On peut compter sur lui.

Ou plutôt, on *pouvait* compter sur Ulot.

Siona réprima sa fureur. L'énergie ainsi canalisée lui permit d'accélérer l'allure. Les branches la frôlaient au passage sous le clair de lune. Elle avait maintenant pénétré dans ce vide hors du temps que connaît le coureur de fond, là où plus rien n'existait que ses propres mouvements, son corps répétant ce qu'il avait été dressé à faire.

Les hommes, elle le savait, la trouvaient jolie quand elle courait. Ses longs cheveux noirs étaient serrés par un bandeau pour les empêcher de battre au vent. Elle avait taxé Kwuteg d'inconscience quand il avait refusé de copier son style.

Où est donc Kwuteg?

Elle n'avait pas les mêmes cheveux que Kwuteg. Les siens étaient foncés, d'un brun que l'on peut confondre parfois avec le noir, mais pas aussi noirs que ceux de Kwuteg.

Comme il arrive parfois dans une lignée génétique, ses traits reproduisaient exactement ceux d'une ancêtre depuis longtemps disparue. Le doux ovale de son visage encadrait une bouche généreuse et des yeux perpétuellement en alerte surmontant un nez court. Son corps était devenu maigre à force de courir depuis des années, mais il émettait de puissants signaux sexuels à l'adresse des mâles de son entourage.

Où est passé Kwuteg?

La meute s'était tue et cela l'emplissait d'angoisse. Les loups H avaient fait la même chose juste avant d'avoir Rodi, et Setuse avant lui.

Elle se disait que le silence pouvait signifier autre chose. Kwuteg ne se faisait pas entendre non plus. Elle admirait sa force. Sa blessure au genou n'avait pas semblé le gêner beaucoup.

Siona commença à ressentir dans sa poitrine la douleur prémonitoire d'un essoufflement qu'elle connaissait bien pour l'avoir provoqué au long des kilomètres de son entraînement. La transpiration ruisselait toujours sous son fin vêtement de course noir. La trousse, rendue étanche pour protéger son précieux contenu lors du passage du fleuve, était fixée à ses épaules. Elle songea aux plans de la Citadelle qu'elle transportait.

Où Leto cache-t-il son épice?

Le trésor devait se trouver quelque part à l'intérieur de la Citadelle. Il ne pouvait en être autrement. Il fallait bien qu'il y ait sur ces plans un indice quelconque. Le mélange-épice qui excitait la convoitise du Bene Gesserit, de la Guilde et de tous les autres valait bien le risque couru.

Quant à ces deux volumes codés... les assertions de Kwuteg étaient vérifiées au moins sur un point : le papier cristal ridulien n'était pas particulièrement léger. Mais elle partageait l'enthousiasme manifesté par Ulot. Ce devait être quelque chose de très important.

Une fois de plus, les jappements énervés de la meute retentirent dans la forêt derrière elle.

Cours, Kwuteg! Cours!

Elle apercevait maintenant devant elle, à travers les taillis, la zone découverte qui marquait les abords du fleuve Idaho. La lune faisait miroiter par endroits la surface de l'eau.

Cours, Kwuteg!

Elle aurait aimé que Kwuteg se fasse entendre à présent. D'une manière ou d'une autre. Ils étaient les deux seuls survivants du groupe de onze qui avait fui la Citadelle. Neuf avaient payé cette aventure de leur vie : Rodi... Aline... Ulot... Setuse... Inineg... Onemao... Hutye... Memar... Oala...

Pour chacun de ces noms, Siona dédia une prière silencieuse aux dieux anciens et non pas au tyran Leto. Elle s'adressa particulièrement à Shaï-Hulud :

Je prie Shaï-Hulud dans sa demeure de sable...

Brusquement, elle se retrouva hors de la forêt, là où l'étendue de gazon scintillait sous la lune. Devant elle, bordé par une étroite plage de galets d'un gris argenté, était le fleuve aux eaux sombres et miroitantes.

Un hurlement perçant venu de la forêt faillit lui faire perdre l'équilibre à ce moment-là. Elle reconnut la voix de Kwuteg dominant les clameurs affolées de la meute. C'était elle que Kwuteg appelait sans avoir besoin de prononcer son nom. Le cri était très bref et remplaçait d'innombrables discours. Un message de mort et aussi de vie.

– Sauve-toi!

Les bruits de la meute se muèrent en un terrible télescopage de glapissements frénétiques, mais plus rien ne vint de Kwuteg. Elle savait comment il occupait les dernières forces de son existence.

A les retarder le plus possible pour me permettre de m'échapper.

Obéissant à l'injonction de Kwuteg, elle courut jusqu'au bord du fleuve et y plongea la tête la première. Le contact de l'eau froide après l'échauffement de la course eut un effet paralysant. Elle se laissa flotter sur sa lancée, luttant pour recouvrer sa respiration et l'usage de ses membres engourdis. La précieuse trousse flottait à ses épaules et venait lui cogner la nuque.

Le fleuve Idaho n'était pas très large à cet endroit. A peine une cinquantaine de mètres séparaient les deux rives légèrement incurvées aux langues sablonneuses alternant avec des berges envahies de roseaux et d'herbes où l'eau s'attardait, refusant de couler selon le tracé rectiligne prévu par les ingénieurs de Leto. Siona était confortée à l'idée que les loups H étaient habitués à s'arrêter au fleuve. Leur territoire était délimité d'un côté par l'eau, et de l'autre par le désert. Mais par prudence, elle franchit sous l'eau les derniers mètres et refit surface à l'ombre de la berge avant de regarder en arrière.

La meute s'alignait sur la rive opposée, à l'exception d'un loup qui s'était avancé plus loin que les autres et avait presque les pattes dans l'eau. Il tendait le museau et Siona l'entendit hurler.

Il la voyait, cela ne faisait aucun doute. Les loups H étaient réputés pour leur vue perçante. Leto cultivait soigneusement ce caractère génétique chez les gardiens de sa forêt. Siona se demandait si, pour une fois, la meute n'allait pas passer outre à son conditionnement. Elle chassait principalement à vue. Il suffisait qu'un seul animal décide de pénétrer dans l'eau pour que les autres suivent. Siona retenait son souffle. Elle sentait sur elle l'ombre de l'épuisement. Ils avaient couru sur près de trente kilomètres, avec les loups H aux trousses sur toute la deuxième moitié du parcours.

Le loup qui s'était avancé jusqu'à l'eau hurla une nouvelle fois puis rejoignit d'un bond ses congénères. Comme obéissant à un signal, ils pivotèrent tous ensemble et s'enfoncèrent dans la forêt d'où ils venaient.

Siona savait ce qu'ils allaient faire maintenant. Les loups H avaient le droit de dévorer tout ce qu'ils avaient traqué dans la Forêt Interdite. Personne ne l'ignorait. C'était la raison pour laquelle les monstrueux gardiens du Sareer exerçaient sur leur territoire la plus impitoyable des surveillances.

– Tu payeras ça aussi, Leto, murmura-t-elle. Sa voix n'était qu'un souffle presque inaudible au ras de l'eau qui frémissait dans les roseaux non loin d'elle. Tu payeras pour Ulot, Kwuteg et tous les autres. Je jure que tu payeras.

Elle se laissa porter doucement par le courant en direction de la rive jusqu'à ce que ses pieds rencontrent la pente d'une plage étroite. Lentement, tout son corps raidi de fatigue, elle se traîna sur le sable et se mit aussitôt en devoir de vérifier que sa trousse était bien demeurée étanche. Le paquet était toujours sec. Elle le contempla un instant à la lumière de la lune, puis tourna les yeux vers le mur de la forêt sur la rive opposée.

Ils ont payé le prix, eux. Mes dix chers compagnons.

Des larmes firent briller ses yeux, mais elle avait en elle l'étoffe des anciens Fremen et il n'en coula pas beaucoup sur ses joues. L'expédition, la traversée du fleuve puis de la forêt pendant que les loups H étaient occupés à patrouiller au nord, la longue marche dans le Dernier Désert du Sareer, le franchissement des murailles de la Citadelle... tout cela, déjà, prenait dans sa mémoire une allure de rêve, même la course finale devant la meute, qu'elle avait prévue car il était impossible que les gardiens de la Forêt Interdite ne croisent pas la piste des intrus et ne les attendent pas au retour. Plus qu'un rêve... Le passé.

Je m'en suis sortie.

Elle remit le paquet dans la trousse qu'elle fixa de nouveau à ses épaules.

Je suis passée à travers tes défenses, Leto.

Elle songea alors aux volumes chiffrés. Leurs pages devaient receler un secret capable d'assurer sa vengeance.

Je te détruirai, Leto!

Elle n'avait pas pensé *Nous te détruirons*, mais *Je*

te détruirai! C'était bien de Siona. Elle se réservait personnellement cette tâche.

Tournant le dos à l'eau, elle se dirigea, sur la rive gazonnée du fleuve, vers les vergers qu'elle apercevait au loin. Tout en marchant, elle se répéta son serment, en lui ajoutant à haute voix l'ancienne formule fremen qui se terminait par l'énoncé de son nom au complet :

– Moi, Siona Ibn Fuad Al-Seyefa Atréides, je jette sur toi ma malédiction, Leto. Tu payeras pour tout!

Le passage qui suit est extrait de la traduction par Hadi Benotto des volumes découverts à Dar-es-Balat :

Je suis né Leto Atréides II il y a plus de trois mille années standard en comptant à partir du moment où j'imprime ces mots. Mon père était Paul Muad'Dib et ma mère sa concubine fremen, Chani. Ma grand-mère maternelle, Faroula, était une herboriste connue parmi les Fremen. Ma grand-mère paternelle, Jessica, représentait l'un des produits du programme génétique institué par le Bene Gesserit en vue de créer le mâle qui pourrait partager les pouvoirs des Révérendes Mères de l'Ordre. Mon grand-père maternel s'appelait Liet-Kynes. C'est le planétologue qui a organisé la mutation écologique d'Arrakis. Quant à mon grand-père paternel, c'était le *grand* Atréides, descendant de la Maison d'Atrée dont l'origine se perd dans l'antiquité grecque.

Mais foin de cette généalogie!

Mon grand-père paternel, à l'instar de nombreux héros grecs, trouva la mort en essayant de se débarrasser de son pire ennemi, le vieux baron Vladimir Harkonnen. Tous deux reposent à présent inconfortablement dans ma mémoire ancestrale. Même mon père s'y trouve plutôt mal à l'aise. J'ai fait ce qu'il n'osait pas accomplir, et maintenant son ombre doit en partager les conséquences.

Ainsi l'exige le Sentier d'Or. Et si vous me demandez ce que c'est que le Sentier d'Or, je vous répondrai qu'il s'agit ni plus ni moins de la survie de l'humanité. Pour nous qui possédons la prescience, pour nous qui connaissons les chausse-trappes des différents avenirs humains, cela a toujours été une responsabilité.

Celle de la survie.

Ce que vous en pensez – vos petites misères et vos petites joies, même vos douleurs et vos débordements – ne nous intéresse que rarement. Ce pouvoir, mon père l'avait déjà; mais en moi, il est décuplé. Nous avons le don d'écarter, occasionnellement, les voiles du Temps.

Cette planète Arrakis d'où je règne sur mon Empire multigalactique n'est plus ce qu'elle était du temps où on l'appelait Dune. La planète entière n'était alors qu'un désert. De ce désert, aujourd'hui, il ne reste plus qu'un vestige, mon Sareer. Fini le temps où le ver des sables géant errait librement partout, produisant le mélange. L'épice! Dune était connue comme seule patrie du mélange. L'unique source! Quelle extraordinaire substance... Jamais aucun laboratoire n'a réussi à la synthétiser. C'est le produit le plus précieux que l'humanité ait jamais connu.

Sans le mélange pour catalyser la prescience linéaire des Navigateurs de la Guilde, les voyageurs de l'espace ne peuvent franchir les parsecs qu'à la vitesse d'un escargot. Sans le mélange, ni les Diseuses de Vérité ni les Révérendes Mères du Bene Gesserit ne peuvent accomplir leur office. Sans les propriétés gériatriques du mélange, les gens vivent et meurent selon l'ancienne norme : pas plus d'une centaine d'années environ. Or, il se trouve que les seules réserves d'épice sont détenues actuellement par les magasins de la Guilde et du Bene Gesserit, à quoi il faut ajouter quelques magots privés aux mains des Grandes Maisons ou de ce qu'il en reste. Sans parler, naturellement, de mon immense magot personnel, objet de toutes les convoitises. J'en connais beaucoup qui aimeraient s'en emparer par n'importe quel moyen! Mais ils n'osent pas m'attaquer. Ils savent que je détruirais tout plutôt que de les laisser se servir.

Non. Ils préfèrent venir humblement à moi mendier leur contingent d'épice. Je le leur distribue comme une récompense et, s'il faut les punir, je ne leur donne rien. Vous pensez s'ils aiment ça!

C'est mon pouvoir à moi, leur dis-je. C'est un présent que je leur fais.

Avec ça, je maintiens la Paix. Cette Paix de Leto qu'ils connaissent depuis plus de trois mille ans maintenant. Je leur donne le genre de tranquillité forcée dont l'humanité n'a joui que durant d'infimes périodes avant mon accession. Et si vous avez peur d'avoir oublié, apprenez de nouveau ce que c'est que la Paix de Leto en lisant ces mémoires.

J'ai commencé à rédiger ces notes la première année de mon règne, au cours du premier stade de ma métamorphose, alors que j'étais encore presque entièrement humain, même d'aspect. Les peaux de truites que j'avais acceptées (et que mon père avait refusées) me donnaient déjà une force peu commune ainsi qu'une invulnérabilité virtuelle aux atteintes conventionnelles ou à celles du temps, mais j'avais encore une forme humaine reconnaissable : deux jambes, deux bras, un visage encadré par les replis membraneux de la truite.

Ah, ce visage! C'est la seule chose de moi qui n'ait pas changé. Le seul fragment de peau humaine que je puisse montrer à l'univers. Tout le reste de mon corps est demeuré couvert par les peaux assemblées de ces minuscules vecteurs des sables qui un jour peuvent se transformer en vers des sables géants.

Ce qu'ils feront d'ailleurs... quand le moment sera venu.

Je songe souvent à cette métamorphose finale, qui est *à la ressemblance* de la mort. Je sais de quelle manière elle doit arriver, mais j'ignore le moment et les autres acteurs. C'est la seule chose que je ne peux pas savoir. Je suis seulement capable de déterminer si le Sentier d'Or continue ou prend fin. Et en enregistrant ces mots, je sais qu'il continue, ce qui est déjà pour moi une source de satisfaction.

Il y a longtemps que je ne sens plus les cils des truites pénétrer dans ma chair pour emprisonner l'eau de mon corps à l'intérieur de leurs barrières placentaires. Nous ne faisons pratiquement plus qu'un seul organisme à présent, elles le derme et moi la force qui fait mouvoir le tout... dans la plupart des cas.

Au moment où j'écris ceci, le « tout » pourrait être considéré comme plutôt encombrant. Je suis dans une phase que je qualifierai de « prévermiforme ». Mon corps fait environ sept mètres de long sur un peu plus de deux de diamètre. Il est annelé sur toute sa longueur. Mon visage Atréides est placé à hauteur d'homme à une extrémité, et mes bras et mes mains (dont la forme demeure à peu près humaine) se trouvent juste en dessous. Mes jambes? Mes pieds? Pratiquement atrophiés. Réduits à des sortes de palmes, qui ont migré tout à fait en arrière. En tout, je dois peser environ cinq tonnes anciennes. Si je donne tous ces détails, c'est que je sais qu'un jour ils auront une valeur historique.

Vous voudriez savoir comment je m'y prends pour déplacer toute cette masse? Principalement sur mon Chariot Royal, qui est de fabrication ixienne. Je vous choque? Les gens ont toujours redouté et haï les Ixiens encore plus qu'ils ne m'ont haï et redouté moi-même. Mieux vaut un mal connu... Et qui sait ce que les Ixiens sont encore capables d'inventer ou de fabriquer? Qui pourrait le dire?

Pas moi, en tout cas. Ou pas tout à fait.

Il est vrai que j'éprouve une certaine sympathie à l'égard des Ixiens. Ils croient si ferme à leur science, leur technologie, leurs machines. C'est parce que, les Ixiens et moi, nous sommes persuadés (sans préjuger du contenu) que nous nous comprenons. Ils me fournissent de nombreux appareils et pensent avoir droit pour cela à ma gratitude. Jusqu'aux mots que vous lisez en ce moment : ils ont été imprimés grâce à un appareil ixien que l'on appelle un dictatel. Si je projette mes pensées d'une certaine manière, le dictatel se met en marche. Je n'ai qu'à penser de cette façon particulière, et mes paroles s'impriment sur des feuillets de cristal ridulien qui n'ont qu'une molécule d'épaisseur. Parfois, je fais faire des copies sur un support plus dégradable. Ce sont deux volumes de ce type qui m'ont été volés par Siona.

N'est-elle pas fascinante, ma chère Siona? Quand vous commencerez à comprendre quelle importance elle a réellement pour moi, vous vous demanderez peut-être si je l'aurais pour de bon laissée mourir dans la Forêt Interdite. N'en doutez surtout pas. La mort est un événement tout à fait personnel. J'interviens rarement contre elle. Et jamais lorsqu'il s'agit de mettre quelqu'un à l'épreuve, comme c'est le cas pour Siona. Je peux la laisser mourir à n'importe quel stade. De toute manière, il ne me faudrait pas longtemps, d'après mes critères temporels, pour susciter une autre candidate.

Même moi, je la trouve pourtant fascinante. Je l'ai regardée courir dans la forêt, avec mes machines ixiennes, et je me suis demandé pourquoi je n'avais pas prévu cette équipée. Mais Siona demeure... Siona. C'est pour cette raison que je n'ai rien fait pour arrêter les loups. C'eût été une grosse erreur. Les loups H ne sont qu'un prolongement de mon dessein, et mon dessein est de devenir le plus grand prédateur dont on ait jamais entendu parler.

Mémoires de Leto II.

Le court dialogue qui suit est réputé appartenir à une source manuscrite appelée « Le Fragment de Welbeck ». Son auteur serait Siona Atréides. Les participants sont Siona elle-même et son père, Moneo, qui fut (toutes les chroniques sont d'accord sur ce point) majordome et ordonnateur principal auprès de Leto II. Il est daté d'une époque où Siona n'était encore qu'une adolescente à qui son père rendait visite dans sa chambre de l'Ecole des Truitesses, au cœur de la Cité Festive de Onn, l'un des centres de peuplement majeurs de la planète aujourd'hui connue sous le nom de Rakis. D'après la note explicative accompagnant le manuscrit, Moneo serait venu voir sa fille secrètement pour l'avertir qu'elle courait le risque d'être physiquement éliminée.

SIONA : Comment as-tu fait pour survivre si longtemps dans son entourage, père? Il tue tous ses proches. Tout le monde sait ça.

MONEO : Tu te trompes. C'est faux. Il ne tue personne.

SIONA : Pourquoi te crois-tu obligé de mentir?

MONEO : Je dis la vérité. Il ne tue jamais personne.

SIONA : Alors, comment expliques-tu toutes ces disparitions dont on parle?

MONEO : C'est le Ver qui tue. Le Ver qui est Dieu. Leto vit dans le corps de Dieu, mais il ne tue personne.

SIONA : Mais toi, comment fais-tu pour survivre?

MONEO : Je sais reconnaître le Ver. Je le vois arriver dans le visage et les mouvements de Leto. Je sais quand Shaï-Hulud est là.

SIONA : Ce n'est pas Shaï-Hulud!

MONEO : En tout cas, c'est ainsi qu'on appelait le Ver du temps des Fremen.

SIONA : J'ai lu ce qui est écrit là-dessus. Mais ce n'est pas le Dieu du désert.

MONEO : Tais-toi, malheureuse enfant! Tu ne sais rien de ces choses-là!

SIONA : Je sais quelle est ta lâcheté.

MONEO : Tu n'es qu'une ignorante. Tu n'as jamais été à ma place pour *le* voir arriver dans ses yeux, dans les gestes de ses mains.

SIONA : Que fais-tu quand le Ver approche?

MONEO : Je me retire.

SIONA : C'est plus prudent. Il a déjà tué neuf Duncan

Idaho, pour ne compter que ceux dont nous sommes sûrs.

MONEO : Je te dis qu'il ne tue personne!

SIONA : Quelle différence? Ver ou Leto, ils ne font qu'un seul corps à présent.

MONEO : Mais ce sont deux êtres distincts : Leto l'Empereur et *Le Ver Qui Est Dieu.*

SIONA : Tu es fou!

MONEO : Peut-être. Mais je suis au service de Dieu.

Je suis le plus ardent des observateurs d'hommes qui ait jamais existé. Je les observe à l'intérieur comme à l'extérieur de moi. Passé et présent se mêlent parfois en moi en m'imposant d'étranges contraintes. Et à mesure que la métamorphose continue dans ma chair, de merveilleuses choses arrivent à mes sens. J'ai l'impression de tout percevoir en gros plan. Mon ouïe et ma vision sont extrêmement développées. Mon odorat a un pouvoir séparateur extraordinaire. Il détecte et identifie des phéromones dans la proportion de trois pour un million. Je le sais, j'ai fait plusieurs tests. En vérité, il n'y a pas grand-chose qu'on puisse cacher à mes sens. Je crois que vous seriez horrifiés si vous saviez vraiment ce que je suis capable de déceler rien qu'à l'odorat. Vos phéromones me renseignent sur ce que vous êtes en train de faire ou ce que vous vous préparez à faire. Ne parlons pas des postures ou des gestes! Je suis resté une fois une demi-journée à observer un vieillard assis sur un banc dans un jardin d'Arrakeen. C'était un descendant de la cinquième génération de Stilgar le Naïb, et il ne le savait même pas. J'étudiai à loisir l'implantation de son cou, les replis cutanés sous son menton, ses lèvres fendillées et les mucosités de ses narines, les pores sous ses oreilles et les mèches blanches qui dépassaient du capuchon de son antique distille. Pas une seule fois il ne s'est douté qu'on le détaillait. Ha! Son ancêtre Stilgar aurait mis une seconde ou deux à s'en apercevoir. Mais ce vieillard attendait simplement quelqu'un qui n'est jamais venu. Il s'est finalement levé pour s'éloigner d'un pas chancelant. Il était quelque peu engourdi d'être resté assis tout ce temps. Je savais que je n'avais aucune chance de le revoir en chair et en os. Il était trop près de la mort, et son eau allait être immanquablement gaspillée. Mais cela n'avait désormais aucune importance.

Les Mémoires Volés.

Pour Leto, c'était l'endroit le plus intéressant de l'univers, celui où il attendait l'arrivée de son Duncan Idaho du moment. Selon la plupart des critères humains, c'était un lieu immense, le cœur d'une série complexe de catacombes au-dessous de la Citadelle. De ce moyeu partaient, comme des rayons, des couloirs voûtés concentriques de trente mètres de haut sur vingt de large. Et c'est au centre de cette vaste salle circulaire, de quatre cents mètres de diamètre, sous un dôme de cent mètres de haut, qu'était placé le chariot où attendait Leto.

Pour lui, ces dimensions avaient quelque chose de rassurant.

L'après-midi ne faisait que commencer à la Citadelle, mais la seule lumière qui éclairait la crypte provenait de quelques brilleurs mobiles montés sur suspenseurs et réglés dans l'orangé. Cette lumière ne pénétrait pas très loin dans les couloirs voûtés, mais la mémoire de Leto suffisait à le renseigner sur l'emplacement exact de tout ce qui s'y trouvait : l'eau, les ossements, les cendres de ses ancêtres et de tous les Atréides qui avaient vécu et péri depuis l'époque de Dune. En plus, il y avait là quelques réservoirs de mélange, pour créer l'illusion que tout le trésor était dans la crypte, si jamais les choses en arrivaient à cette extrémité.

Leto n'ignorait pas pourquoi le Duncan venait le voir. Idaho avait entendu dire que les Tleilaxu étaient en train de fabriquer un autre Duncan, un nouveau ghola correspondant aux spécifications de l'Empereur-Dieu. Ce Duncan avait peur d'être remplacé après une soixantaine d'années de service. C'était toujours par une démarche de cette nature que commençait la subversion des Duncan. Et un émissaire de la Guilde avait demandé audience à Leto quelque temps auparavant pour le prévenir que les Ixiens avaient procuré un laser à son Duncan.

Leto gloussa intérieurement. La Guilde était toujours extrêmement sensible à tout ce qui risquait de menacer son maigre approvisionnement en épice. Elle était horrifiée à l'idée que Leto représentait le dernier lien existant avec les vers des sables qui étaient à l'origine des réserves actuelles de mélange.

Si je meurs loin de l'eau, il n'y aura plus jamais d'épice. Plus jamais.

C'était la grande peur de la Guilde. Ses historiens-comptables lui assuraient que l'Empereur-Dieu veillait sur le plus fabuleux stock de mélange de tout l'univers. Ce qui faisait de la Guilde un allié presque sûr.

Tout en attendant, Leto pratiqua avec ses mains et ses doigts quelques exercices de son héritage Bene Gesserit. Ses mains étaient une fierté pour lui. Sous la membrane grise de la peau de truite, elles pouvaient, avec leurs longs doigts et leur pouce opposable, être utilisées à peu près comme des mains humaines. Quant aux moignons palmés qui jadis avaient été ses jambes et ses pieds, ils représentaient plus une gêne qu'une honte. Leto pouvait ramper, rouler ou s'élancer avec une rapidité surprenante pour un tel corps, mais il lui arrivait de retomber sur ces palmes, et c'était extrêmement douloureux.

Qu'est-ce qui pouvait retarder ainsi le Duncan?

Leto imaginait son homme en train de lanterner, de contempler rêveusement par la fenêtre l'horizon fluide du Sareer. L'atmosphère aujourd'hui était imprégnée de chaleur sèche. Avant de descendre à la crypte, Leto avait vu un mirage dans la direction du sud-ouest. Le miroir de chaleur projetait à travers l'étendue de sable l'image inversée d'un groupe de Fremen de musée traversant à pas lourds un sietch reconstitué pour l'édification des touristes.

Il faisait frais dans la crypte, comme toujours, et la lumière était rare. Les galeries concentriques formaient des trous obscurs dont la pente, ascendante ou descendante, était calculée de manière à livrer confortablement passage au Chariot Royal. Certaines de ces galeries se prolongaient, derrière des murs trompeurs, sur des kilomètres de distance. Elles formaient un réseau de passages secrets que Leto avait creusés lui-même à l'aide de machines ixiennes.

Tout en songeant à l'entretien qu'il était sur le point d'avoir avec son Duncan, Leto se sentait de plus en plus nerveux. C'était une réaction qu'il jugeait intéressante, et qui ne lui déplaisait pas. Il se rendait compte qu'il s'était plus ou moins pris d'affection pour ce Duncan. Il avait le vaste espoir que son homme sortirait indemne de l'entrevue. C'était quelquefois le cas. Il était peu probable que le Duncan puisse représenter vraiment une menace pour son existence, mais il fallait faire la part du hasard. Leto avait essayé d'expliquer la chose à l'un de ses précédents Duncan. Cela se passait ici même, dans cette salle :

– Tu dois trouver bizarre qu'avec tous mes pouvoirs, je puisse quand même parler de hasard ou de chance, lui avait dit Leto.

Le Duncan s'était mis en colère :

– Je vous connais ! Vous ne laissez jamais rien au hasard !

– Quelle naïveté ! Le hasard est l'essence de notre univers.

– Pas le hasard, mais la malveillance. Et la malveillance est une chose que vous connaissez bien.

– Excellent, Duncan. Parfait ! La malveillance est

un des plaisirs les plus profonds qui soient. C'est dans notre relation à elle que s'exerce la créativité.

– Vous n'êtes même plus humain! s'était écrié le Duncan irrité.

Cette accusation avait contrarié Leto, comme une poussière dans l'œil. Il s'accrochait aux vestiges de son moi humain avec un acharnement qui ne pouvait être nié, même si une mesure de contrariété représentait le maximum d'emportement auquel il pût se livrer.

– Ton existence devient un cliché, avait-il reproché au Duncan.

Sur quoi celui-ci avait tiré des plis de sa robe-uniforme une bombe de petite taille. Quelle surprise!

Leto adorait les surprises, mêmes sournoises.

Voilà quelque chose que je n'avais pas prévu!

Il fit part de cette réflexion à Duncan, qui demeurait là gauchement perplexe, alors que ce n'était pas le moment de manquer de décision.

– Cela pourrait vous tuer, avait dit le Duncan.

– Détrompe-toi, mon ami. Cela provoquera tout au plus quelques désagréments mineurs.

– Mais vous venez de dire que vous ne l'aviez pas prévu!

La voix du Duncan était progressivement montée dans le registre subaigu.

– Duncan! Duncan! Ne comprends-tu pas que c'est la prévision absolue qui pour moi équivaut à la mort? Qu'y a-t-il de plus mortellement ennuyeux que la mort?

Au tout dernier moment, le Duncan avait essayé de jeter de côté la bombe, mais le matériau explosif, instable, était parti trop vite. Le Duncan était mort. Bah... il y en avait toujours un de rechange dans les cuves axlotl du Tleilax.

L'un des brilleurs mobiles au-dessus de Leto se mit à clignoter. Un sentiment d'excitation s'empara de lui. C'était le signal de Moneo. Le fidèle Moneo avertissait son Empereur-Dieu que le Duncan descendait dans la crypte.

La porte de l'ascenseur à usage humain, entre deux galeries débouchant dans la partie nord-ouest du moyeu, s'ouvrit d'un seul coup. Le Duncan en sortit d'un pas décidé. Ce n'était qu'une minuscule silhouette à cette distance, mais rien n'échappait au regard perçant de Leto. Pas même le pli au coude de son uniforme qui disait que l'homme s'était appuyé quelque part, le menton au creux de la main. D'ailleurs, il y avait encore la marque de sa main sur son menton. Et l'odeur du Duncan le précédait. L'homme était grisé par sa propre adrénaline.

Leto demeura silencieux tandis que le Duncan approchait. Il continuait de l'observer en détail. Le Duncan avait gardé la démarche élastique de la jeunesse, malgré ses nombreuses années de service. Il devait cela à l'absorption de doses minimales de mélange. Il portait l'uniforme ancien des Atréides, noir avec un faucon d'or à hauteur de poitrine du côté gauche. Intéressant, cela : « Je sers l'honneur des *anciens* Atréides! » Ses cheveux formaient toujours le même casque noir de *karakul* et son visage aux pommettes hautes avait la fixité anguleuse de la pierre.

Les Tleilaxu savent faire leurs gholas, se dit Leto.

Le Duncan tenait à la main un porte-documents étroit de fibres brun foncé, qui ne le quittait guère depuis des années. Il y transportait habituellement les papiers qui lui servaient à rédiger ses rapports, mais aujourd'hui il paraissait gonflé par un poids inhabituel.

Le laser d'Ix.

Idaho, pendant ce temps, ne quittait pas des yeux le visage de Leto. C'était celui d'un Atréides, aussi déconcertant fût-il avec ses traits fins et ses yeux totalement bleus qui, pour les nerveux, étaient une agression en soi. Ce visage se dissimulait entre des replis de peau de truite capables, comme le savait Idaho, de se refermer en un réflexe de protection instantané. Un clignement de visage, en somme, au lieu d'un clignement d'yeux. Sa peau était rose au milieu du gris. Il était difficile de ne pas penser que la figure de Leto représentait quelque chose d'obscène, un fragment égaré d'humanité pris à un piège monstrueux.

Idaho s'arrêta à six pas seulement du Chariot Royal, sans chercher à dissimuler sa détermination rageuse. Il ne se demandait même pas si Leto connaissait l'existence du laser. Cet Imperium s'était trop écarté de l'ancienne morale des Atréides. Il s'était transformé en un aveugle char de Jagannâth qui écrasait les innocents sur son chemin. Il fallait mettre un terme à cela!

– Je suis venu vous parler de Siona et de quelques autres questions, déclara Idaho. Il tourna son porte-documents de manière à pouvoir en sortir facilement le laser.

– Très bien, dit Leto d'une voix pleine d'ennui.

– Siona est la seule qui a pu s'échapper. Mais elle a toujours sa base pleine de rebelles.

– Tu crois que je ne le sais pas?

– Je connais votre dangereuse tolérance à l'égard des rebelles. Ce que j'ignore, par contre, c'est le contenu du paquet qu'elle vous a volé.

– Ah, ça? Ce sont les plans complets de la Citadelle.

L'espace d'un instant, Idaho redevint juste le capitaine de la Garde Impériale, profondément choqué par un tel manquement aux règles de la sécurité.

– Et vous l'avez laissée partir avec?

– Non, c'est toi.

Idaho eut un mouvement de recul devant cette accusation. Peu à peu, l'assassin potentiel de fraîche date regagna le contrôle.

– C'est tout ce qu'elle a emporté?

– Il y avait deux volumes, des copies de mes mémoires, avec les plans. Elle les a pris aussi.

Idaho étudia le visage immobile de Leto.

– Qu'est-ce qu'il y a dans ces mémoires? Parfois,

vous dites que c'est votre journal intime, parfois un livre d'histoire.

– Un peu des deux. Je suppose qu'on pourrait appeler ça un manuel, aussi.

– Ça vous ennuie, qu'elle les ait volés?

Leto s'autorisa un léger sourire, que Idaho accepta comme une dénégation. Puis une onde de tension momentanée traversa le corps de l'Empereur-Dieu tandis que le Duncan ouvrait le porte-documents. Qu'allait-il sortir? Le laser ou les papiers? Bien que la majeure partie de son corps possédât une remarquable résistance à la chaleur, Leto savait qu'à certains endroits, en particulier au visage, il était vulnérable à ce type d'arme.

Idaho sortit son rapport et, avant même qu'il commençât à le commenter, Leto comprit les signes qui émanaient du ghola. Sous prétexte de lui apporter des informations, il cherchait en réalité la réponse à son propre problème. Idaho voulait justifier une suite d'actions déjà arrêtée.

– Nous avons découvert une secte d'Adorateurs d'Alia sur Giedi Prime, déclara-t-il.

Leto demeura silencieux tandis que le ghola lui exposait l'affaire en détail. *Quel ennui!* Il laissa vagabonder ses pensées. Les adorateurs de la sœur de son père, depuis longtemps défunte, ne servaient à présent qu'à procurer un amusement limité. Mais les Duncan y voyaient invariablement une sorte de menace larvée.

Idaho acheva la lecture de son rapport. Ses agents allaient jusqu'au bout, c'était indéniable. Mais aussi d'un ennui mortel.

– Ce n'est rien de plus qu'un renouveau du Culte d'Isis, fit Leto. Mes prêtres et mes prêtresses vont avoir du sport s'ils veulent interdire ces sectes.

Idaho secoua la tête, comme pour répondre à une voix intérieure.

– Le Bene Gesserit était déjà au courant de leur existence, dit-il.

Voilà enfin une chose qui intéressait Leto.

– Les Sœurs ne m'ont jamais pardonné de les avoir privées de leur programme génétique.

– Cela n'a rien à voir avec la génétique, fit le Duncan.

Leto ne laissa rien paraître de son léger amusement. Les Duncan se montraient toujours très sensibilisés sur ces questions de génétique. Pourtant, certains d'entre eux servaient parfois de reproducteurs.

– Je comprends, dit Leto. Il est certain que les Sœurs du Bene Gesserit sont toutes plus ou moins folles, mais la folie est un réservoir chaotique de choses surprenantes. Et il y a des surprises qui ont beaucoup de valeur.

– Je ne vois vraiment pas quelle valeur cela pourrait avoir.

– As-tu l'impression que les Sœurs sont derrière cette secte?

– Oui.

– Explique-toi.

– Elles ont un lieu saint. Elles l'appellent : « Le Sanctuaire du Krys. »

– Vraiment?

– Et leur grande prêtresse s'appelait : « La Gardienne de la Lumière de Jessica ». Cela vous dit quelque chose?

– C'est charmant, fit Leto sans chercher à dissimuler son amusement.

– Qu'est-ce qu'il y a de charmant là-dedans?

– Ils confondent ma tante et ma grand-mère en une seule déesse.

Idaho secoua lentement la tête d'un côté puis de l'autre, sans comprendre.

Leto s'accorda une petite pause intérieure, moins que le temps d'un battement. La grand-mère-en-lui n'appréciait pas tellement ce culte de Giedi Prime. Il dut dresser un mur autour de son identité et de ses souvenirs.

– Que veut cette secte, à ton avis? demanda Leto au ghola.

– C'est évident. Miner votre autorité en instituant un culte parallèle.

– C'est trop simple. Les Sœurs sont peut-être folles, mais elles ne sont pas demeurées.

Idaho attendit une explication.

– Elles veulent plus d'épice, reprit Leto. Plus de Révérendes Mères.

– Et elles vous ennuient dans l'espoir que vous les achèterez?

– Là, tu me déçois, Duncan.

Idaho se contenta de continuer à fixer Leto. Celui-ci parvint à soupirer, chose qui n'était guère facilitée par sa nouvelle conformation anatomique. D'habitude, les Duncan étaient un peu moins ternes, mais Leto supposa que les manigances de celui-ci obnubilaient ses réflexes.

– Elles ont choisi Giedi Prime comme base, reprit l'Empereur-Dieu. Ça ne te suggère rien?

– C'était une place forte des Harkonnen. Mais cela appartient à l'histoire ancienne.

– Ta sœur y a trouvé la mort, victime des Harkonnen. Il est donc normal que, dans ton esprit, ceux-ci soient liés à Giedi Prime. Pourquoi ne l'as-tu pas signalé plus tôt?

– Je ne pensais pas que c'était important.

Leto pinça les lèvres. La mention de sa sœur avait troublé le Duncan. Cet homme savait, tout à fait abstraitement, qu'il n'était que le dernier en date d'une longue série de doubles issus des cuves axlotl ixiennes, à partir de quelques cellules originales. Le Duncan ne pouvait échapper à ses souvenirs ravivés. Il ne pouvait pas oublier que c'étaient les Atréides qui l'avaient libéré du joug des Harkonnen.

Et même si je suis devenu beaucoup d'autres choses, songea Leto, *je suis toujours un Atréides.*

– Qu'insinuez-vous? demanda Idaho.

Leto décida qu'un bon coup de gueule s'imposait ici. Il le laissa jaillir à pleine puissance :

– Les Harkonnen étaient des collectionneurs d'épice!

Idaho fit un pas entier en arrière.

Leto poursuivit d'une voix plus normale :

– Il y a un magot qui n'a pas encore été découvert, sur Giedi Prime. Les Sœurs essayaient de mettre la main dessus, leur machin mystique servant de couverture à la chasse à l'épice.

Idaho était sidéré. Une fois formulée, la réponse paraissait évidente.

Et je n'ai pas su voir ça, se dit-il.

Le coup de gueule de Leto l'avait brutalement replongé dans son rôle officiel de Capitaine des Gardes. Idaho n'ignorait pas comment fonctionnait l'économie de l'Empire, simplifiée à l'extrême. Tout système d'intérêt était banni. Les transactions s'effectuaient comptant, au moment de la livraison. La seule monnaie en vigueur était à l'effigie de l'Empereur-Dieu, mais elle était basée sur l'épice, produit dont la valeur, déjà énorme, ne cessait d'augmenter. Dans une petite valise, on pouvait transporter le prix d'une planète entière.

« *Contrôler la monnaie et les tribunaux. Que le menu peuple s'amuse avec le reste* », songea Leto. C'était le vieux Jacob Broom qui disait cela et Leto entendait glousser le vieillard-en-lui. « *Les choses n'ont pas tellement changé, Jacob.* »

Idaho prit une inspiration profonde avant de déclarer :

– Il faudrait prévenir immédiatement le Comité de la Foi.

Leto ne répondit pas.

Interprétant cela comme une invitation à changer de sujet, Idaho poursuivit la lecture de son rapport, mais Leto ne l'écoutait qu'avec une fraction de son esprit conscient. Comme s'il avait branché un circuit de monitorage qui enregistrait automatiquement les paroles et les gestes du ghola, avec de temps à autre une augmentation de volume pour permettre un commentaire intérieur :

Et maintenant, je parie qu'il va me parler des Tleilaxu... C'est un terrain dangereux pour toi, Duncan.

Mais cela ouvrait une voie nouvelle aux réflexions de Leto.

Les habiles Tleilaxu continuent à me fabriquer des Duncan à partir des cellules originales. Ils savent comme moi que c'est une chose interdite par la religion. J'ai proscrit toute manipulation artificielle en matière de génétique humaine. Mais les Tleilaxu ont compris à quel point je chéris ces Duncan, les capitaines de ma Garde. Je ne crois pas, du reste, qu'ils soupçonnent l'ironie de la chose. Je trouve amusant que ce soit un fleuve qui porte aujourd'hui le nom d'Idaho, alors qu'il s'agissait autrefois d'une montagne. Mais cette montagne, elle n'existe plus. Nous avons dû la raser pour nous procurer les matériaux nécessaires à la construction de la grande muraille qui entoure mon Sareer.

Naturellement, les Tleilaxu n'ignorent pas que je réintroduis parfois les Duncan dans mon propre programme génétique. Ils représentent la force bâtarde... et bien plus. Toute flamme doit avoir son régulateur.

J'avais l'intention de croiser celui-ci avec Siona, mais... je ne sais pas si c'est encore possible, à présent.

Ha! Il dit qu'il faudrait « sévir » contre le Tleilax. Pourquoi ne me demande-t-il pas franchement : « Etes-vous sur le point de me remplacer? »

Je serais presque tenté de le lui dire.

Une nouvelle fois, la main d'Idaho se glissa à l'intérieur du porte-documents. Le moniteur intérieur de Leto ne perdait pas un battement.

Le laser ou d'autres rapports? Ce sont d'autres rapports.

Le Duncan est prudent. Il lui faut non seulement l'assurance que j'ignore ses intentions, mais aussi d'autres « preuves » que je suis indigne de sa loyauté. Ses hésitations se prolongent. Il a toujours été ainsi. Je lui ai pourtant assez répété que je ne veux pas me servir de ma prescience pour déterminer le moment où je quitterai cette antique dépouille. Mais il a des doutes. Il en a toujours eu.

Cette caverne absorbe sa voix et, si je n'avais pas une telle sensibilité de perception, l'humidité qui règne ici masquerait les signaux chimiques de ses angoisses. Je shunte sa voix de ma perception immédiate. Quel ennuyeux personnage ce Duncan est devenu. Il me raconte maintenant l'Histoire (avec un grand H) de la rébellion de Siona, sans doute pour me reprocher personnellement sa dernière escapade.

– Ce n'est pas une rébellion ordinaire, dit-il.

L'imbécile! Cela me force à refaire surface. Toutes les révoltes sont non seulement ordinaires, mais mortellement ennuyeuses. Elles sont toutes faites sur le même moule. Leur principe moteur est la dépendance à l'adrénaline ainsi que le besoin de pouvoir personnel. Tous les révolutionnaires sont des aristocrates en chambre. C'est pourquoi il m'est si aisé de les convertir.

Pourquoi les Duncan ne m'entendent-ils jamais pour de bon quand je leur explique ces choses? J'ai déjà eu cette discussion avec ce Duncan-là, dans cette crypte même. Ce fut l'une de nos premières rencontres.

– L'art de bien gouverner commande que vous ne laissiez jamais l'initiative à vos éléments extrémistes, disait-il.

Quel pédant! Les extrémistes surgissent à chaque génération et il ne faut surtout pas essayer d'enrayer le processus. C'est ce qu'il voudrait faire, lui, quand il parle de ne pas leur laisser « l'initiative ». Il voudrait les museler, les restreindre, les réprimer, les détruire. Il est la preuve vivante qu'il n'y a guère de différence entre la mentalité policière et la mentalité militaire.

J'avais beau lui dire : « Les extrémistes ne sont à craindre que quand on cherche à les supprimer. Tu devras faire la preuve que tu sais utiliser ce qu'ils ont de mieux à offrir. » Il ne cessait de répéter : « Ils sont dangereux. Ils sont dangereux. » Il croit que la répétition engendre une espèce de vérité.

Lentement, pas à pas, je lui ai inculqué ma méthode. Il donnait même parfois l'impression d'écouter.

– C'est leur grande faiblesse, vois-tu, Duncan. Les radicaux ont des vues trop simplistes. Pour eux, c'est blanc ou noir, bien ou mal, ami ou ennemi. En abordant de cette manière dichotomique des questions essentiellement complexes, ils frayent la voie au chaos. L'art de bien gouverner, comme tu dis, c'est en réalité l'art de maîtriser le chaos.

– Nul ne peut parer l'imprévu de tous les côtés à la fois.

– L'imprévu? Qui parle d'imprévu? Le chaos n'a rien d'imprévu. Ses attributs sont prévisibles. Pour commencer, il chasse l'ordre et renforce les extrémités.

– N'est-ce pas justement ce que les extrémistes cherchent à faire? Ne veulent-ils pas bouleverser les structures afin de pouvoir s'emparer des commandes?

– C'est seulement ce qu'ils croient faire. En réalité, ils créent de nouveaux extrémistes, de nouveaux radicaux, et ils continuent selon la même ligne.

– Et si un extrémiste se rendait compte des complexités et vous affrontait sur ce terrain-là?

– Ce ne serait pas un extrémiste, mais un prétendant au pouvoir, un rival.

– Oui, mais que faites-vous dans ces cas-là?

– On coopte ou on tue. C'est en ces termes que le problème s'est posé depuis le commencement, au niveau tribal.

– Et les messies?

– Comme mon père?

Le Duncan n'aime pas qu'on lui parle de cette façon. Il sait que, d'un certain point de vue, je suis aussi mon père. Il sait que je peux lui parler avec la voix et la personne de mon père, que mes souvenirs sont précis, inaltérables et inéluctables.

Avec réticence, il répond :

– Euh... oui, si vous voulez.

– Duncan, ils sont tous en moi et je suis bien placé pour savoir. Il n'a jamais existé de rebelle vraiment désintéressé. Ils sont tous hypocrites. Conscients ou

inconscients, ils sont tous à mettre dans le même sac.

Voilà qui soulève un petit tollé au sein de mes souvenirs ancestraux. Certains de mes hôtes n'ont jamais renoncé à croire qu'ils détenaient, en exclusivité, les clés de tous les problèmes de l'humanité. En cela, bien sûr, ils sont comme moi. Et je sympathise avec eux, même si je leur dis que l'échec est une démonstration en soi suffisante.

Je suis forcé quand même de les tenir à distance. A quoi bon s'attarder sur eux? Ils ne sont à présent guère plus que de pathétiques rappels... tout comme ce Duncan qui se trouve en face de moi avec son laser...

Grands Dieux d'En bas! Il m'a surpris en train de rêvasser! Il a son laser à la main, pointé sur ma figure!

– Toi, Duncan? Tu me trahis aussi? *Et tu, Brute?*

Chaque fibre sensitive de Leto se mit en alerte. Il sentit tressaillir son corps. La chair du Ver avait sa volonté propre.

Idaho demanda sur le ton de la dérision :

– Expliquez-moi, Leto. Combien de fois dois-je payer ma dette de loyauté?

Leto reconnut la question implicite : « *Combien y a-t-il eu de Duncan avant moi?* » Ils voulaient toujours savoir ça. Ils le demandaient tous, l'un après l'autre, et aucune réponse ne les satisfaisait. Ils étaient incrédules.

De sa voix la plus triste de Muad'Dib, Leto répliqua :

– Tu n'es pas fier de mon admiration pour toi, Duncan? Tu ne t'es jamais demandé ce qu'il y avait en toi pour que, au fil des siècles, je te choisisse toujours pour compagnon de tous les instants?

– Vous savez que je suis le dernier des crétins.

– Duncan!

La voix de Muad'Dib en colère avait toujours eu pour effet de faire fondre Idaho. Il avait beau savoir qu'aucun adepte du Bene Gesserit n'avait mieux que Leto maîtrisé le pouvoir de la Voix, il ne pouvait demeurer insensible à ce souvenir-là. Le laser trembla dans sa main.

C'était plus qu'il n'en fallait à Leto. Il jaillit du chariot en roulant sur lui-même. Idaho ne l'avait jamais vu quitter son véhicule de cette manière. Il ne soupçonnait pas que cela fût possible. Pour Leto, il n'y avait que deux conditions préalables : la présence d'une menace réelle que le Ver pût sentir, et le mouvement réflexe de son corps. Le reste était facile et se faisait à une vitesse qui déconcertait Leto lui-même.

Le laser constituait sa préoccupation majeure. Mais bien qu'une telle arme pût lui infliger de sérieuses égratignures, peu de gens soupçonnaient les capacités de tolérance à la chaleur du corps prévermiforme.

Dans sa lancée, Leto frappa Idaho et le laser fut dévié au moment où le coup partait. L'un des inutiles moignons palmés, vestiges des jambes et des pieds que possédait autrefois Leto, répercuta dans sa conscience une onde de sensations violentes. L'espace d'un instant, il ne connut que la douleur. Mais le corps vermiforme restait libre d'agir et ses réflexes donnèrent naissance à une succession de soubresauts aveugles. On entendit des os craquer. Le laser glissa au loin sur le sol dallé de la crypte, lâché par le mouvement spasmodique de la main d'Idaho.

Roulant pour dégager de sa masse le corps d'Idaho, Leto se tint prêt à attaquer de nouveau, mais c'était inutile. Son moignon blessé émettait toujours des signaux de douleur et il sentit que l'extrémité de la palme, brûlée, était tombée. Mais déjà, la peau de truite avait refermé la plaie. La douleur s'était transformée en élancements désagréables.

Idaho remua. Il était sur le point de mourir, cela ne faisait aucun doute. Sa cage thoracique était enfoncée. Il ne respirait qu'au prix de douloureux efforts, mais il réussit à ouvrir les yeux et à fixer Leto.

Que ces enveloppes charnelles sont résistantes! songea Leto.

Les lèvres du Duncan ne prononcèrent qu'un mot à peine audible :

– Siona...

Puis la vie le quitta.

Intéressant, se dit Leto. *Serait-il possible qu'entre Siona et ce Duncan... Non! Il a toujours affiché le plus total dédain pour les gamineries de Siona.*

Leto remonta dans le Chariot Royal. Il venait de l'échapper belle. Le Duncan, c'était certain, avait visé le *cerveau.* Leto ne perdait jamais de vue que ses mains et ses appendices palmés étaient vulnérables, mais il avait bien pris soin de ne faire savoir à personne que ce qui avait été autrefois son cerveau n'était plus directement associé à sa tête. Ce n'était même plus, à vrai dire, un cerveau de dimensions humaines, mais une série d'agrégats nodaux répartis sur toute la longueur de son corps. Leto ne s'était confié sur ce point à personne, mais il l'avait écrit dans ses mémoires.

> Ah! toutes les contrées que j'ai parcourues! Ah! tous les gens que j'ai connus! Les longues pérégrinations des Fremen, et le reste. Jusqu'aux mythes de l'ancienne Terre. Ah! les leçons en astronomie, en intrigues, les migrations, les fuites échevelées, les courses à perdre et l'haleine et les jambes dans les nuits si nombreuses de tous les grains de poussière cosmique où nous avons défendu notre forme éphémère! Je vous le dis, nous sommes un prodige, et là-dessus mes souvenirs ne laissent aucun doute.
>
> *Les Mémoires Volés.*

La jeune femme qui travaillait devant la tablette murale était un peu trop massive pour l'étroit tabouret sur lequel elle était perchée. Dehors, la matinée était déjà bien avancée; mais dans cette petite pièce sans fenêtre, située dans les profondeurs de la Cité Festive, il n'y avait qu'un seul brilleur dans un coin, à l'angle du plafond. Malgré sa lumière, réglée dans l'orangé, la pièce demeurait d'un gris utilitaire, murs et plafond étant recouverts de panneaux de métal rectangulaires et uniformes.

Le reste du mobilier consistait uniquement en une couche étroite dont la paillasse fine était munie d'une informe couverture grise. De toute évidence, ni le tabouret ni le lit n'avaient été prévus pour l'occupante de cette pièce.

Elle portait un pyjama d'une pièce, de couleur bleu marine, que ses larges épaules tendaient à craquer tandis qu'elle se penchait sur la tablette. Le brilleur jetait des reflets sur ses cheveux blonds coupés court et sur la partie droite de son visage, où saillait une mâchoire carrée. Ses lèvres remuaient sans un son, épelant les mots que ses doigts épais tapaient avec application sur le petit clavier incorporé à la tablette. Elle se servait de cette machine avec une déférence angoissée qui avait débuté par de la terreur pure pour prendre, avec méfiance, le chemin de l'excitation craintive. Et malgré une longue fréquentation, elle n'avait jamais cessé d'éprouver toutes ces émotions chaque fois qu'elle s'asseyait là.

A mesure qu'elle tapait, les mots s'affichaient sur un écran incorporé au mur à l'endroit où se rabattait la tablette.

Siona continue d'agir d'une manière qui annonce de nouvelles manifestations de violence contre Votre Auguste Personne. Elle demeure inflexible dans sa détermination. Elle m'a annoncé aujourd'hui son intention de faire parvenir une copie des livres volés à des organisations qui ne se signalent pas par leur loyauté envers Vous. Il s'agit de la Guilde, du Bene Gesserit et des Ixiens. Siona prétend que ces ouvrages contiennent Vos Augustes Paroles sous une forme codée et elle espère, par ce présent, recevoir de l'aide pour déchiffrer le code.

J'ignore, Mon Seigneur, si ces pages recèlent des secrets importants; mais si elles devaient constituer la moindre menace envers Votre Auguste Personne, je souhaiterais vivement être libérée de mon vœu d'obéissance à Siona. Tout en le respectant plus que ma propre vie, j'ose avouer que je ne comprends pas pour quelle raison Vous m'avez fait prononcer ce vœu.

Croyez, Mon Seigneur, que je demeure Votre déférente servante,

Nayla.

Le tabouret craqua tandis que Nayla se laissait aller en arrière pour méditer ce qu'elle venait d'écrire. Il se fit un silence calfeutré où l'on n'entendait plus que la respiration de Nayla et de lointaines vibrations de machines qui se propageaient beaucoup plus par le sol que par l'air.

Nayla contempla son message affiché sur l'écran. Destiné uniquement aux yeux de l'Empereur-Dieu, il exigeait plus qu'une véracité sacrée. Il exigeait une sincérité profonde qu'elle jugeait épuisante. Au bout de quelques instants, elle hocha la tête et appuya sur la touche qui commandait la mise en code du message et sa préparation en vue de la transmission. Puis elle se pencha en avant et pria silencieusement avant de rabattre la tablette dans son renfoncement secret. Par ces gestes, elle savait qu'elle déclenchait la transmission du message. Dieu lui-même lui avait implanté dans la tête un dispositif physique, et il lui avait fait jurer le secret tout en l'avertissant que le moment viendrait peut-être où il s'adresserait directement à elle par l'intermédiaire de cette chose. Mais il ne l'avait jamais fait jusque-là. Nayla soupçonnait fort les Ixiens d'avoir fabriqué cet appareil. Cela leur ressemblait assez. Mais comme c'était Dieu qui l'avait ordonné, elle était tout à fait en droit de ne pas tenir compte des soupçons qu'elle avait, selon lesquels il s'agissait d'une sorte d'*ordinateur*, c'est-à-dire d'un dispositif prohibé par la Grande Convention.

Tu ne feras point de machine à l'esprit de l'homme semblable.

Nayla frissonna. Puis elle se leva et replaça le tabouret dans sa position habituelle, au chevet de la couche. Son corps lourd et athlétique tendait le tissu léger du pyjama. Il y avait, dans chacun de ses actes, une lenteur calculée, un ajustement constant à une force physique peu commune. Elle se retourna pour regarder l'endroit où la tablette était rentrée dans le mur. On ne distinguait plus qu'un panneau de métal gris en tout point identique aux autres. Pas le moindre fil accroché, par le moindre cheveu coincé dans la rainure pour trahir le secret de cette chambre.

Nayla prit une profonde inspiration pour se composer un visage naturel avant de ressortir par l'unique porte dans un couloir gris à peine éclairé par des brilleurs blancs largement espacés. Le grondement des machines était maintenant plus fort. Elle tourna sur sa gauche et, quelques minutes plus tard, se retrouva en compagnie de Siona.

Cette nouvelle salle était un peu plus spacieuse que la précédente. Au centre, sur une table, étaient étalés certains objets volés à la Citadelle. Deux brilleurs argentés illuminaient la scène. Siona était assise devant la table et l'un de ses conseillers, nommé Topri, se tenait debout à côté d'elle.

Nayla éprouvait, à son corps défendant, une certaine admiration pour Siona; mais Topri, pensait-elle, ne méritait rien d'autre qu'une antipathie dédaigneuse. Il était gras, perpétuellement inquiet, et ses yeux verts globuleux dominaient un nez rond, des lèvres minces et un menton creusé d'une fossette. Il avait une petite voix couinante.

– Regarde, Nayla! s'écria-t-il. Regarde ce que Siona a trouvé entre les pages de ces deux livres.

Nayla referma posément la porte derrière elle avant de se tourner vers Topri.

– Tu parles trop, dit-elle. Tu ne cesses de faire des gaffes. Comment savais-tu si j'étais seule dans ce couloir?

Topri pâlit. Une grimace de mécontentement déforma ses traits.

– Je crains qu'elle ne dise vrai, déclara Siona. Qu'est-ce qui te fait croire que je voulais faire partager ma découverte à Nayla?

– Mais tu as l'habitude de tout lui dire!

Siona reporta son attention sur Nayla.

– Sais-tu pourquoi je te fais confiance, Nayla? demanda-t-elle d'une voix neutre, dépourvue de toute inflexion.

Nayla réprima une subite montée d'angoisse. Siona avait-elle percé son secret?

Ai-je failli à Mon Seigneur?

– Tu n'as aucune réponse à me fournir? insista Siona.

– T'ai-je donné des raisons d'agir autrement? demanda Nayla.

– Ce n'est pas un critère suffisant pour t'accorder ma confiance. La perfection ne se trouve ni chez les humains, ni chez les machines.

– Alors, *pourquoi* me fais-tu confiance?

– Tes paroles et tes actes s'harmonisent toujours. C'est une merveilleuse qualité. Par exemple, tu détestes Topri, mais tu n'as jamais cherché à dissimuler ce sentiment.

Nayla jeta un regard de biais à Topri, qui se racla la gorge.

– Je n'ai pas confiance en lui, murmura-t-elle.

Les paroles avaient jailli spontanément de ses lèvres. Ce n'est qu'après les avoir prononcées que Nayla comprit la véritable raison de son antipathie : Topri était capable de trahir n'importe qui, à condition qu'il y eût un gain personnel à la clé.

M'a-t-il percée à jour?

Sans cesser de faire la grimace, Topri déclara :

– Je refuse de me laisser insulter de cette façon.

Il fit mine de se retirer, mais Siona le retint d'un geste. Il hésita.

– Bien que nous parlions entre nous l'ancien langage fremen et que nous ayons fait serment de loyauté mutuelle, ce n'est pas ce qui nous unit, dit Siona. Tout repose sur l'exécution. C'est la seule chose que je cherche à évaluer. Est-ce que vous me comprenez bien, tous les deux?

Topri acquiesça automatiquement, mais Nayla secoua lentement la tête. Siona lui sourit :

– Tu n'es pas toujours d'accord avec mes décisions, n'est-ce pas, Nayla?

– Non.

La réponse avait été forcée.

– Et tu n'as jamais cherché à cacher ta désapprobation. Pourtant, tu m'obéis toujours. Pourquoi?

– J'ai juré d'obéir.

– Mais je t'ai déjà expliqué que cela ne suffit pas.

Nayla savait qu'elle transpirait et que cela se voyait, mais elle était comme paralysée. *Que dois-je faire? J'ai juré à Dieu d'obéir aux ordres de Siona, mais je ne peux tout de même pas lui dire ça.*

– Réponds à ma question, fit Siona. Je te l'ordonne.

Nayla retint son souffle. C'était le dilemme qu'elle avait redouté le plus. Elle n'avait plus d'issue. Elle formula une brève prière intérieure et murmura d'une voix à peine audible :

– J'ai juré devant Dieu de t'obéir.

Siona battit des mains et éclata d'un rire joyeux.

– Je le savais!

Topri ricana.

– Reste tranquille, Topri! ordonna Siona. Cette leçon, c'est en grande partie à *toi* qu'elle est destinée. Tu ne crois à rien, pas même à toi.

– Mais je...

– Reste tranquille, te dis-je! Nayla a la foi. J'ai la foi. C'est cela qui nous unit. La *foi!*

Topri était bouche bée.

– La foi? Tu crois en...

– Pas en l'Empereur-Dieu, imbécile! Nous croyons qu'il existe un pouvoir plus grand capable d'en finir avec le ver tyran. Ce pouvoir, c'est nous!

Nayla prit une inspiration tremblante.

– Ne t'en fais pas, Nayla, lui dit Siona. Peu importe où tu puises tes forces, du moment que tu as la foi.

Nayla réussit à sourire, puis à rire. Jamais elle n'avait été aussi profondément touchée par la sagesse de son Seigneur. *Je peux dire la vérité et c'est quand même à l'avantage de mon Dieu!*

– Je vais te montrer ce que nous avons trouvé dans ces livres, lui dit Siona en désignant du doigt quelques feuillets de papier ordinaire étalés sur la table. C'était entre deux pages.

Nayla contourna la table pour se rapprocher.

– D'abord, ceci, dit Siona en lui tendant quelque chose qu'elle n'avait pas encore remarqué. C'était une sorte de fibre toute desséchée... collée à...

– Une fleur? demanda-t-elle.

– Elle a séché entre deux pages. Et sur la feuille de papier, voici ce qui était écrit.

Siona se pencha au-dessus de la table pour lire : « Une mèche de Ghanima avec une stellaire qu'elle m'a offerte un jour. »

Levant les yeux vers Nayla, Siona déclara :

– C'est très révélateur. Notre Empereur-Dieu est un sentimental. Voilà une faiblesse à laquelle je ne m'attendais pas, je l'avoue.

– Ghanima? demanda Nayla.

– Oui; sa sœur... souviens-toi de l'Histoire Orale.

– Ah! C'est vrai... La Prière pour Ghanima...

– Et maintenant, écoute-moi ça. Siona prit un autre feuillet et lut :

La plage de sable aussi grise qu'une joue morte,
Le flux verdi reflète les rides des nuages
Et moi je suis au bord de l'eau sombre.
L'écume froide me lave les orteils
Et je sens la fumée du bois d'épave.

De nouveau, Siona leva les yeux vers Nayla.

– Cela s'intitule : « Ecrit le jour où j'ai appris la mort de Ghani ». Qu'est-ce que tu penses de ça?

– Il... il aimait sa sœur.

– Oh, oui! Il est capable d'éprouver de l'amour! A présent, nous le tenons!

Parfois, je me livre à des safaris à nul autre accessibles. Je remonte vers l'intérieur l'axe de mes souvenirs. Comme un écolier racontant ses vacances, je choisis mon sujet. Disons... les intellectuelles! Je remonte encore jusqu'à l'océan qui constitue mes ancêtres. Je suis un gros poisson ailé évoluant dans les abysses. La bouche de mes perceptions s'ouvre toute grande et je les engloutis! Parfois... parfois, je pars à la recherche de personnes précises figurant dans nos livres d'histoire. Quelle joie intime, de revivre la vie de l'une d'elles tout en me riant des prétentions académiques censées former une biographie célèbre!

Les Mémoires Volés.

Moneo descendit dans la crypte avec une morne résignation. Impossible d'échapper aux devoirs qui lui incombaient à présent. L'Empereur-Dieu allait avoir besoin d'un peu de temps pour pleurer ce Duncan qu'il venait encore de perdre. Mais... il fallait bien que la vie continue... semblable à elle-même...

L'ascenseur glissait dans un silence sans heurt qui portait la marque de la superbe technologie ixienne. Une fois, juste une fois, l'Empereur-Dieu avait apostrophé son majordome :

– Moneo! Il y a des jours où je me demande si ce ne sont pas les Ixiens qui t'ont fabriqué, toi aussi!

L'ascenseur s'arrêta. La porte s'ouvrit et Moneo se trouva sur le seuil de la vaste crypte, au milieu de laquelle était le Chariot Royal avec son contenu massif plongé dans l'ombre. Rien ne permettait de dire si Leto s'était aperçu de son arrivée. Moneo soupira et marcha sur les dalles qui résonnaient lugubrement. Un cadavre gisait non loin du chariot. Inutile d'invoquer la sensation de déjà vu. La scène était simplement familière.

Un jour, dans ses premiers temps de service, Leto lui avait dit :

– Tu n'aimes pas cet endroit, Moneo. Je le vois bien.

– Non, Mon Seigneur.

Sans avoir besoin de trop fatiguer sa mémoire, Moneo entendait sa propre voix, dans ce passé où il était si naïf. Et aussi la voix de Leto, répondant :

– Tu penses qu'un mausolée n'est pas un endroit très réconfortant. Pour moi, Moneo, c'est une source de force infinie.

– Oui, Mon Seigneur.

Moneo se rappelait qu'il ne demandait qu'à changer de conversation, mais Leto avait poursuivi :

– Il n'y a ici que quelques-uns de mes ancêtres. Il y a l'eau de Muad'Dib. Il y a Ghanima et Harq al-Ada, bien sûr, mais ce ne sont pas *mes* ancêtres. En fait, la seule crypte où sont réunis mes ancêtres, c'est *moi*. Ici, il y a surtout les Duncan et les produits de mon programme génétique. Tu y seras un jour, toi aussi.

Moneo s'avisa que ces réminiscences avaient ralenti son pas. Soupirant derechef, il marcha un peu plus vite. Leto savait se montrer furieusement impatient à l'occasion, mais pour l'instant il ne donnait aucun signe de vie. Ce qui ne signifiait nullement, pour le prudent Moneo, que son approche était inaperçue.

Leto avait les yeux fermés et seuls ses autres sens enregistraient la progression de Moneo sur le sol.

dallé de la crypte. Ses pensées étaient occupées par Siona.

Siona est ma plus ardente ennemie, pensait l'Empereur-Dieu. *Je n'ai pas besoin du rapport de Nayla pour le savoir. Siona est une femme d'action. Elle vit sur un volcan d'énormes énergies qui me remplissent de fantasmes de joie. Je ne peux contempler ces énergies vives sans éprouver un sentiment d'extase. Elles sont ma raison d'être, la justification de tous mes actes... y compris celui qui a terrassé cet imbécile de Duncan qui se trouve encore ici devant moi.*

L'oreille de Leto lui disait que Moneo n'avait pas encore parcouru la moitié du chemin qui séparait l'ascenseur du Chariot Royal. Le majordome avançait de plus en plus lentement. Puis il reprit une allure normale.

Quel beau présent m'a fait Moneo en me donnant cette fille, songea Leto. *Siona est d'une fraîcheur précieuse. Elle est tout ce qui est* nouveau, *alors que je représente la cohorte du suranné, le reliquat des damnés, des perdus et des oubliés. Je suis les fragments d'histoire fourvoyés qui ont sombré au loin dans nos passés. Jamais auparavant on n'avait pu imaginer un assemblage de racaille aussi hétéroclite.*

Leto fit alors défiler ceux du passé en lui pour qu'ils voient ce qui était arrivé dans la crypte.

Les détails m'appartiennent!

Siona, cependant... Siona était comme une ardoise propre sur laquelle de grandes choses pouvaient encore être écrites.

Je garde cette ardoise avec un soin jaloux. Je la prépare, je la nettoie.

Que voulait dire le Duncan, quand il a murmuré son nom?

Moneo finissait de se rapprocher du chariot avec une circonspection gênée et cependant alerte. Il était improbable que Leto dorme.

L'Empereur-Dieu ouvrit les yeux et les baissa vers Moneo, qui s'était arrêté à un pas du cadavre. En de tels instants, Leto prenait du plaisir à observer son majordome. Celui-ci portait l'uniforme blanc des

Atréides, sans insigne, ce qui était en soi un commentaire subtil. Son visage, aussi connu que celui de Leto, était la seule marque distinctive dont il eût besoin. Moneo attendit patiemment. Son visage neutre, aux traits réguliers, n'accusait pas le moindre changement d'expression. Sa chevelure filasse était séparée en son milieu par une raie droite. Au fond de ses yeux gris se devinait le regard de fermeté directe associée à une grande connaissance du pouvoir personnel. C'était un regard qu'il ne modifiait qu'en présence de l'Empereur-Dieu, et encore, pas toujours. Pas une seule fois il ne s'était tourné vers le cadavre qui gisait sur le sol de la crypte.

Comme Leto gardait le silence, Moneo se racla la gorge :

– Je suis navré, Mon Seigneur.

Splendide! se dit Leto. *Il sait quel remords sincère j'éprouve à l'égard des Duncan. Il a vu leurs dossiers et il en a vu mourir suffisamment. Il n'ignore pas que seuls dix-neuf d'entre eux ont connu ce que l'on appelle généralement une mort naturelle.*

– Il avait un laser ixien, fit Leto.

Le regard de Moneo se porta sans hésiter sur l'arme qui était restée par terre à une certaine distance vers la gauche. Il démontrait ainsi qu'il l'avait déjà remarquée. Il concentra ensuite son attention sur le long corps de l'Empereur-Dieu.

– Vous êtes blessé, Mon Seigneur?

– C'est sans conséquence.

– Mais il vous a touché.

– Ces moignons ne me servent à rien. Ils auront entièrement disparu d'ici un siècle ou deux.

– Je me chargerai personnellement du corps du Duncan, fit Moneo. Y a-t-il...

– Le morceau de moi qui est tombé est entièrement réduit en cendres. Nous le laisserons s'éparpiller dans l'air. C'est un destin qui convient à des cendres.

– Comme voudra Mon Seigneur.

– Avant de t'occuper du cadavre, tu neutraliseras

le laser et tu le garderas pour que je puisse le présenter à l'ambassadeur d'Ix. Quant à l'homme de la Guilde qui nous a mis au courant, tu lui offriras *à titre personnel* dix grammes d'épice. Ah! et il faut aussi avertir nos prêtresses de Giedi Prime de la présence probable sur leur planète d'une réserve secrète de mélange, qui doit provenir de l'ancien trafic des Harkonnen.

– Que souhaitez-vous faire de l'épice quand elle sera entre nos mains, Mon Seigneur?

– Tu en utiliseras une partie pour payer le nouveau ghola au Tleilax. Le reste sera déposé ici, dans nos magasins de la crypte.

– Mon Seigneur.

Moneo accepta ces ordres d'une inclination de tête qui n'était pas tout à fait une courbette. Son regard rencontra celui de Leto.

L'Empereur-Dieu sourit en se disant : *Nous savons tous les deux qu'il ne se retirera pas sans avoir évoqué directement la question qui nous tient le plus à cœur.*

– J'ai parcouru le rapport concernant Siona, fit Moneo.

Le sourire de Leto s'agrandit. Moneo lui faisait tellement plaisir dans ces moments-là. Ses paroles impliquaient beaucoup de choses qu'ils n'avaient pas besoin de discuter ouvertement. Ses actes étaient en parfaite conformité avec tout le reste, à condition qu'il fût bien compris qu'il avait le droit de tout espionner. Ses inquiétudes à propos de sa fille étaient fort naturelles, mais il tenait à faire savoir que les intérêts de l'Empereur-Dieu passaient avant tout le reste. Pour avoir traversé lui-même des fortunes similaires, Moneo connaissait avec précision la nature délicate de la position présente occupée par Siona.

– N'est-ce pas moi qui l'ai créée, Moneo? demanda Leto. N'ai-je pas veillé sur les conditions de son hérédité ancestrale et de son éducation?

– C'est mon unique fille, ma seule enfant, Mon Seigneur.

– Par certains côtés, elle me rappelle Harqal-Ada, fit Leto. Elle ne semble pas tirer beaucoup de Ghani, bien qu'il y ait nécessairement de cela en elle. Peut-être qu'elle remonte à nos ancêtres du programme Bene Gesserit.

– Pourquoi dites-vous cela, Mon Seigneur?

Leto s'accorda un instant de réflexion. Moneo avait-il besoin de savoir ce détail au sujet de sa fille? Il y avait des moments où Siona disparaissait de sa vision presciente. Le Sentier d'Or demeurait, mais Siona n'était plus là. Pourtant... elle n'était pas presciente elle-même. C'était un phénomène unique. Et si elle survivait... Mais Leto décida de ne pas perturber l'efficacité de Moneo par des informations inutiles.

– Souviens-toi de ton propre passé, dit-il.

– Précisément, Mon Seigneur! Elle possède le même potentiel, bien plus fort que le mien. Mais c'est également ce qui la rend dangereuse.

– Et elle ne veut pas t'écouter.

– Non, mais j'ai quelqu'un parmi ses rebelles.

Probablement Topri, se dit Leto.

Nul besoin d'être prescient pour se douter que Moneo avait un agent en place. Depuis que la mère de Siona était morte, Leto était capable de prévoir avec une précision grandissante les orientations de Moneo. Tous les soupçons de Nayla menaient à Topri. Et maintenant, Moneo mettait en avant ses craintes et ses réactions, en les offrant comme prix de la sécurité future de sa fille.

Quel dommage qu'il n'ait eu qu'un enfant de cette femme.

– Souviens-toi de la manière dont je t'ai traité en de semblables circonstances, fit Leto. Tu connais aussi bien que moi les exigences du Sentier d'Or.

– Mais j'étais jeune et stupide, Mon Seigneur.

– Jeune et impétueux, mais pas stupide.

Moneo parvint à sourire devant ce compliment, ses pensées inclinant de plus en plus vers la conviction de comprendre à présent quelles étaient les intentions de l'Empereur-Dieu. *Mais les dangers qu'il y avait!*

Allant dans son sens, Leto ajouta :

– Tu sais comme j'apprécie les surprises.

Et c'est vrai, se dit-il. *Moneo ne l'ignore certes pas. Mais tout en me ménageant des surprises, Siona me rappelle ce que je redoute le plus... L'ennui et la monotonie qui pourraient rompre le Sentier d'Or. Témoin la lassitude qui m'a mis provisoirement à la merci du Duncan! Siona est le contraste qui me permet de connaître mes craintes les plus profondes. Les inquiétudes de Moneo en ce qui me concerne sont fondées.*

– Mon agent secret va continuer de surveiller ses compagnons, Mon Seigneur, déclara Moneo. Je ne les aime guère.

– Ses compagnons? Moi-même j'en ai eu de semblables, autrefois.

– Un rebelle? Vous, Mon Seigneur?

Moneo paraissait sincèrement surpris.

– N'ai-je pas prouvé que j'étais l'ami de la rébellion?

– Mais, Mon Seigneur...

– Les aberrations de notre passé sont plus nombreuses que tu ne peux l'imaginer.

– Oui, Mon Seigneur.

Moneo, bien que déconcerté, demeurait curieux; et il savait que l'Empereur-Dieu devenait parfois plus loquace après la mort d'un Duncan.

– Vous avez dû connaître beaucoup de rébellions, Mon Seigneur.

Malgré lui, Leto fut plongé par cette remarque dans un océan de réminiscences.

– Si tu savais, Moneo... murmura-t-il. Mes voyages à travers les labyrinthes ancestraux ont fait resurgir dans ma mémoire d'innombrables lieux et événements que je ne voudrais jamais voir répétés.

– J'imagine vos voyages intérieurs, Mon Seigneur.

– Non, tu ne les imagines pas. J'ai vu un si grand nombre de peuples et de planètes que cela en perd toute signification, même en imagination. Les paysages que j'ai contemplés! La calligraphie des chemins étrangers entrevus dans l'espace et imprimés dans mes plus intimes visions! Les sculptures érodées de falaises et de canyons et de galaxies ont gravé en moi la certitude absolue de n'être qu'un grain de poussière.

– Pas vous, Mon Seigneur. Certainement pas vous.

– Moins qu'un grain de poussière! J'ai vu des peuples et leurs sociétés stériles dans des postures tellement répétitives que leur inanité m'emplit d'un ennui sans nom. Tu m'entends?

– Je ne voulais pas vous mettre en colère, mon Seigneur, fit Moneo d'une voix soumise.

– Tu ne me mets pas en colère. Quelquefois, tu m'agaces, c'est le maximum. Tu ne peux pas imaginer ce que j'ai vu... califes et mjeeds, rakahs, rajahs et pachas, rois et empereurs, primitos et présidents... je les ai tous vus. Des chefs de clans féodaux, du premier jusqu'au dernier. Des petits pharaons.

– Pardonnez-moi ma présomption, Mon Seigneur.

– Maudits Romains! s'écria soudain Leto.

Il apostropha intérieurement ses ancêtres : *Maudits Romains!*

Leur éclat de rire collectif le chassa de la scène interne.

– Je ne comprends pas, Mon Seigneur, s'enhardit à dire Moneo.

– Bien sûr que tu ne comprends pas. Les Romains ont répandu la maladie pharaonique comme le fermier répand sur son champ le grain de la prochaine récolte. Césars, kaisers, stars, imperators, caseris, palatos... maudits pharaons!

– Mes connaissances n'englobent pas tous ces titres, Mon Seigneur.

– Je suis peut-être le dernier du lot, Moneo. Prie pour qu'il en soit ainsi.

– Comme l'ordonnera Mon Seigneur.

Leto baissa les yeux vers lui :

– Toi et moi, Moneo, nous sommes les tueurs-de-mythes. C'est le rêve que nous partageons. Du haut de mon divin piédestal olympien, je peux t'assurer que le gouvernement n'est rien d'autre qu'un mythe partagé. Quand le mythe s'éteint, le gouvernement meurt.

– C'est ce que vous m'avez enseigné, Mon Seigneur.

– Cette machine humaine, qui a pour nom l'armée, c'est elle qui a créé notre rêve actuel, mon ami.

Moneo se racla la gorge.

Leto reconnut les petits signes d'impatience de son majordome.

Moneo sait ce que c'est que l'armée; il n'ignore pas que c'est un rêve stupide qui a fait des armées l'instrument de gouvernement de base.

Comme Leto se taisait, Moneo alla ramasser le laser sur les dalles froides de la crypte. Il commença à le démonter.

Leto le regardait faire, en songeant que cette scène ponctuelle contenait toute l'essence du mythe militaire. L'armée favorisait la technologie parce que la suprématie des machines paraissait tellement évidente aux yeux des myopes.

Ce laser n'est rien de plus qu'une machine. Mais toutes les machines sont imparfaites et condamnées à être dépassées. Pourtant, l'armée leur rend un culte à la fois plein d'effroi et de fascination. Il n'y a qu'à voir la manière dont sont craints les Ixiens! Au niveau viscéral, l'armée sait qu'elle s'apparente à l'apprenti sorcier. Elle libère la technologie et plus jamais le génie du mal ne peut réintégrer la bouteille.

Moi, c'est une autre magie que je leur enseigne.

Leto s'adressa alors aux cohortes qui étaient en lui :

Vous voyez? Moneo a neutralisé l'instrument de mort. Un contact arraché par-ci, une pastille écrasée par-là.

Leto fronça les narines. Il percevait les esters

d'une huile préservatrice dominant les effluves désagréables de la transpiration de Moneo.

Toujours en son for intérieur, Leto poursuivit sa harangue : *Mais le génie n'est pas mort. La technologie engendre l'anarchie. Elle distribue ses outils au hasard. Et avec eux, inévitablement, va la provocation à la violence. La possibilité de fabriquer et d'utiliser des moyens de destruction forcenée finit par tomber tôt ou tard entre les mains de groupes de plus en plus restreints, jusqu'au groupe ultime constitué par un individu unique.*

Moneo revint se placer en un point situé en contrebas de Leto. Il tenait négligemment à la main droite le laser désarmé.

– On parle beaucoup en ce moment, sur Parella et les planètes du Dan, de lancer un nouveau jihad contre ce genre de chose.

Il leva le laser en souriant, montrant qu'il savait reconnaître le paradoxe de ces rêves creux.

Leto ferma les yeux. Les cohortes qui étaient en lui auraient voulu discuter, mais il les isola en pensant : *Les jihads servent à créer des armées. Le Jihad Butlérien a tenté de débarrasser notre univers des machines qui imitent l'esprit de l'homme. Les Butlériens ont laissé des armées dans leur sillage, et les Ixiens continuent à fabriquer des objets suspects... ce dont je les remercie grandement. Qu'est-ce que l'anathème? Une motivation au ravage, quels qu'en soient les instruments.*

– C'est arrivé, murmura-t-il.

– Mon Seigneur?

Leto rouvrit les yeux.

– Je me retire dans ma tour, dit-il. Il me faut encore du temps pour pleurer mon Duncan.

– Le nouveau est déjà en chemin, répondit Moneo.

Toi qui es le premier, depuis quatre mille ans au moins, à faire connaissance avec ma chronique, prends garde. Ne te crois pas privilégié de lire avant tout le monde les révélations de mon magasin d'Ix. Tu y trouveras matière à beaucoup de douleur. A part quelques coups d'œil indispensables pour m'assurer de la continuité du Sentier d'Or, je n'ai jamais voulu prolonger mon regard au-delà de ces quatre millénaires. Par conséquent, j'ignore quelle signification exacte pourront revêtir à ton époque les événements relatés dans ces mémoires. Je sais seulement que mes écrits ont été oubliés et que les faits qui y sont rapportés ont sans nul doute été soumis à la distorsion historique depuis une éternité. Je puis t'assurer que la capacité de discerner les routes de nos avenirs devient quelquefois fastidieuse. De même qu'être considéré comme un dieu, comme je l'étais sans conteste, peut être une source d'indescriptible lassitude. Il m'est plus d'une fois venu à l'idée que l'ennui divin était une raison valable et suffisante pour que soit inventé le libre arbitre.

Inscription figurant à l'entrée de la Chambre de Conservation à Dar-es-Balat.

Je suis Duncan Idaho.

C'était à peu près tout ce dont il voulait être sûr pour l'instant. Il n'aimait pas les explications des

Tleilaxu, leurs *histoires.* Mais le Tleilax avait toujours été redouté. On s'en méfiait et on le redoutait.

Ils l'avaient déposé sur la planète à bord d'une petite navette de la Guilde qui avait franchi la ligne crépusculaire pour pénétrer dans l'ombre au moment où la couronne solaire émettait un halo vert qui illuminait l'horizon. Le spatioport ne ressemblait à rien dans son souvenir. Il était bien plus grand, entouré d'une couronne de bâtiments étranges.

– Vous êtes sûr que c'est Dune? avait-il demandé.

– Arrakis, avait rectifié le Tleilaxu qui l'escortait.

Ils avaient aussitôt gagné, dans un véhicule de sol protégé des regards indiscrets, l'immeuble où il se trouvait actuellement, quelque part dans une cité qu'ils appelaient Onn, en prononçant le double « n » avec une étrange inflexion nasale ascendante. La pièce où ils l'avaient laissé faisait environ trois mètres carrés. Un petit cube, en somme. Il n'y avait aucun brilleur apparent, mais une chaude clarté dorée était diffusée partout.

Je suis un ghola, se dit-il.

Cela lui avait fait un choc, au début, mais il fallait bien qu'il le croie. Se retrouver vivant alors qu'il se souvenait de sa mort, c'était déjà une preuve suffisante. Les Tleilaxu avaient prélevé des cellules sur son cadavre et ils avaient fait germer un bourgeon dans l'une de leurs cuves axlotl. Le bourgeon était devenu ce corps par un processus qui, tout d'abord, l'avait fait se sentir étranger dans sa propre chair.

Il baissa les yeux pour examiner ce corps. Il était vêtu d'un pantalon brun foncé et d'une veste à la texture rugueuse qui lui irritait la peau. Des sandales protégeaient ses pieds. Cela et le corps, c'était tout ce qu'on lui avait donné. Cela en disait long sur l'esprit de parcimonie qui devait régner au Tleilax.

La pièce n'était pas meublée. Ils l'avaient fait entrer par une porte sans poignée intérieure. C'était la seule ouverture. Son regard parcourut les murs, le plafond... malgré la nudité du décor, il avait l'impression d'être observé.

– Les femmes de la Garde Impériale vont venir vous chercher, lui avait-on dit.

Puis les Tleilaxu s'étaient retirés, non sans avoir préalablement échangé des regards qui semblaient amusés.

Les femmes *de la Garde Impériale?*

L'escorte des Tleilaxu avait pris un plaisir sadique à lui faire la démonstration de ses dons de polymorphie. D'un instant à l'autre, leur chair fluide et plastique était capable d'adopter n'importe quelle forme nouvelle.

Maudits Danseurs-Visages!

Ils savaient tout de lui, naturellement. Ils savaient à quel point les Changeurs de Forme l'écœuraient.

Venant de ces gens-là, à quelles assertions pouvait-il faire confiance? Pratiquement aucune. Comment croire à une seule parole sortie de leur bouche?

Mon nom. Je connais mon nom.

Il avait aussi ses souvenirs. Ils lui avaient enfoncé son identité dans le crâne. En principe, les gholas étaient incapables de recouvrer leur identité première. Mais les Tleilaxu avaient réussi ce tour de force et il était bien forcé de les croire car il comprenait de quelle manière ils avaient procédé.

Au début, il le savait, était le ghola achevé, chair adulte sans nom, sans souvenir, palimpseste où les Tleilaxu pouvaient graver ce qu'ils voulaient. Ou presque.

– Tu es Ghola, lui avaient-ils dit.

C'était longtemps resté son seul nom. Ghola avait été traité comme un enfant malléable et il avait été conditionné à tuer quelqu'un de particulier. Quelqu'un qui ressemblait tellement au Paul Muad'Dib original qu'il avait adoré et servi que Idaho soupçonnait maintenant qu'il s'agissait en réalité d'un autre ghola. Mais si c'était vrai, où avaient-ils pu obtenir les cellules originales?

Quelque chose dans les cellules de Duncan Idaho s'était révolté à l'idée de tuer un Atréides. Quand il s'était retrouvé le poignard à la main, face au pseudo-Paul attaché qui levait vers lui un regard empli de fureur angoissée, les souvenirs avaient tout d'un coup jailli dans son esprit conscient. Il avait la mémoire de Ghola et il avait celle de Duncan Idaho.

Je suis Duncan Idaho, maître d'armes des Atréides.

Tandis qu'il attendait dans la petite pièce à la lumière jaune, il se raccrochait à ce souvenir.

Je suis mort en défendant Paul et sa mère dans un sietch enterré sous les sables de Dune. On m'a ramené sur cette planète, mais Dune n'existe plus. Elle n'est maintenant qu'Arrakis.

Il avait lu l'histoire tronquée que les Tleilaxu lui avaient fournie, mais il n'y croyait pas. *Plus de trois mille cinq cents ans?* Qui pouvait croire que sa chair existait au bout d'un temps pareil? Mais... avec les Tleilaxu, rien n'était impossible. Il était du reste obligé de faire confiance à ses propres sens.

– Il y en a eu beaucoup d'autres avant toi, lui avaient dit ses instructeurs.

– Combien?

– Le Seigneur Leto se chargera de te renseigner.

Le Seigneur Leto?

D'après l'histoire des Tleilaxu, ce Seigneur Leto aurait été Leto II, petit-fils du Leto que Idaho avait servi avec une dévotion fanatique. Mais le Leto II en question aurait subi (toujours d'après le livre d'histoire) une métamorphose si étrange et complexe que Idaho désespérait d'y comprendre quelque chose.

Comment un être humain pouvait-il se transformer lentement en ver des sables? Comment une créature pensante pouvait-elle vivre plus de trois mille ans? Même dans ses plus folles projections, jamais l'épice gériatrique n'avait laissé espérer que l'on atteindrait un jour une telle durée de vie.

Leto II, Empereur-Dieu?

On ne pouvait pas croire ce livre d'histoire tleilaxu!

Idaho avait le souvenir d'un enfant étrange. Des jumeaux, en réalité : Leto et Ghanima, les enfants de Paul et de Chani, qui était morte en couches. Le livre d'histoire racontait que Ghanima était morte au terme d'une vie relativement normale, mais que l'Empereur-Dieu Leto avait continué d'exister indéfiniment...

– C'est un tyran, avaient dit les instructeurs d'Idaho. Il nous a ordonné de te créer dans nos cuves axlotl et de te livrer à lui. Nous ignorons ce qu'est devenu ton prédécesseur.

Et voilà pourquoi je suis ici.

De nouveau Idaho laissa errer son regard sur les murs et le plafond nus.

Un faible bruit de voix attira son attention. Il se tourna vers la porte. Les voix étaient étouffées, mais au moins l'une d'entre elles semblait féminine.

Les femmes de la Garde Impériale?

La porte s'ouvrit vers l'intérieur sur des gonds silencieux. Deux femmes entrèrent. La première chose qu'il remarqua fut que l'une des deux portait un masque, un capuchon-ciboire d'un noir informe qui absorbait la lumière. Il savait qu'elle le voyait clairement à travers ce masque, mais ses traits à elle ne pouvaient être révélés, même par les moyens d'observation les plus perfectionnés. La présence de ce capuchon noir indiquait en tout cas que les Ixiens ou leurs successeurs étaient toujours en activité au sein de l'Imperium.

Les deux femmes étaient vêtues d'un uniforme d'une seule pièce d'un bleu intense. Sur la poitrine, du côté gauche, un galon rouge représentait le faucon des Atréides. Idaho continua de les observer tandis qu'elles refermaient la porte pour lui faire face. Celle qui était masquée avait un corps massif et puissant. Elle se déplaçait avec l'assurance trompeuse des fanatiques professionnels du muscle. L'autre femme était mince et gracieuse. Ses yeux en amande éclairaient un visage aux traits anguleux, aristocratiques. Idaho avait l'impression de l'avoir déjà vue quelque part, mais le souvenir était insaisissable. Elles portaient toutes les deux un poignard-aiguille dans un fourreau fixé sur la hanche. Quelque chose, dans leur maintien, disait à Idaho qu'elles devaient être expertes dans le maniement de ce genre d'arme.

La plus mince parla la première :

– Je m'appelle Luli, Mon Capitaine. Permettez-moi d'être la première à vous appeler ainsi. Ma compagne doit demeurer anonyme. Notre Seigneur Leto en a ordonné ainsi. Vous pouvez vous servir du nom d'Amica quand vous vous adressez à elle.

– Capitaine? demanda Idaho.

– Notre Seigneur Leto souhaite que vous commandiez sa Garde Impériale, expliqua Luli.

– Vraiment? Allons discuter de la chose avec lui.

– Oh non! protesta Luli, visiblement choquée. Le Seigneur Leto vous convoquera en temps utile. Pour le moment, il souhaite que nous assurions votre confort et votre bonheur.

– Et il faut que j'obéisse?

Pour toute réponse, Luli secoua la tête d'un air perplexe.

– Suis-je donc un esclave? reprit Idaho.

Luli sourit, apparemment soulagée.

– Certainement pas, dit-elle. Il se trouve seulement que le Seigneur Leto a en ce moment plusieurs affaires importantes à régler. Il n'a pas le temps de vous recevoir. Il nous a envoyées ici parce qu'il se préoccupe beaucoup de son Duncan Idaho, qui est resté trop longtemps entre les mains des sales Tleilaxu.

Les sales Tleilaxu, se dit Idaho.

Cela, au moins, n'avait pas changé.

Un autre détail l'intriguait dans l'explication de Luli.

– *Son* Duncan Idaho? demanda-t-il.

– N'êtes-vous pas un soldat Atréides?

Là, elle avait marqué un point. Il hocha lentement la tête, puis se tourna vers l'énigmatique femme masquée.

– Pourquoi dissimulez-vous votre visage? demanda-t-il.

– Personne ne doit savoir que je suis au service du Seigneur Leto, répondit-elle d'une voix agréable de contralto sans doute déguisée aussi, pensait Idaho, par le masque-ciboire.

– Dans ce cas, pourquoi êtes-vous ici?

– Le Seigneur Leto m'a confié la mission de vérifier si les sales Tleilaxu ne vous ont rien fait avant de vous livrer.

Idaho voulut déglutir malgré sa gorge soudain sèche. L'idée lui avait plusieurs fois traversé l'esprit, à bord du transport de la Guilde. Si les Tleilaxu pouvaient conditionner un ghola pour qu'il tente d'assassiner un ami aimé, que n'étaient-ils capables d'implanter dans la psyché d'une chair recréée?

– Je vois que vous y avez déjà pensé, lui dit la femme masquée.

– Etes-vous mentat? interrogea Idaho.

– Oh non! intervint Luli. Le Seigneur Leto interdit les techniques mentat.

Idaho jeta un coup d'œil à Luli, puis reporta son attention sur la femme masquée. *Plus de mentats.* Le livre d'histoire tleilaxu n'avait pas mentionné ce fait intéressant. Qu'est-ce qui pouvait inciter Leto à proscrire les mentats? L'esprit humain formé aux disciplines de la supercomputation devait encore avoir son utilité. Les Tleilaxu lui avaient assuré que la Grande Convention demeurait en vigueur et que les ordinateurs mécaniques faisaient toujours l'objet d'un anathème. Ces deux femmes, du reste, devaient savoir que les Atréides eux-mêmes avaient utilisé des mentats.

– Quelle est votre opinion là-dessus? lui demanda la femme masquée. Est-ce que les sales Tleilaxu ont touché à votre psyché?

– Je... je ne crois pas.
– Mais vous n'avez aucune certitude?
– Non.
– Ne craignez rien, Capitaine Idaho. Nous avons les moyens de nous assurer de ces choses-là et d'y porter remède, le cas échéant. Les sales Tleilaxu n'ont essayé qu'une seule fois, et c'est une erreur qu'ils ont payée chèrement.
– Voilà qui est très rassurant. Le Seigneur Leto a-t-il quelque message à me transmettre?
Ce fut Luli qui répondit :
– Il nous a chargées de vous assurer qu'il a pour vous toute l'affection que les Atréides vous ont toujours portée.
Elle était apparemment effrayée elle-même par ses paroles.
Idaho se détendit un peu. En tant que vieil instrument des Atréides, superbement formé par eux, il n'avait pas eu de mal à tirer un certain nombre de renseignements de cet entretien. Pour commencer, ces deux femmes avaient été fortement conditionnées en vue d'une obéissance fanatique. Si un masque-ciboire pouvait dissimuler l'identité de l'une d'entre elles, cela signifiait qu'il y en avait beaucoup d'autres avec un corps à peu près semblable. Tout cela, enfin, évoquait une atmosphère d'insécurité dans l'entourage de Leto, avec son cortège ancien d'espions discrets et ses panoplies d'armes subtiles.
Luli regarda sa compagne :
– Qu'en dis-tu, Amica?
– On peut le conduire à la Citadelle, répondit la femme masquée. Cet endroit-ci ne me plaît pas. Trop de Tleilaxu y ont mis les pieds.
– Un bon bain et des vêtements propres, ce ne serait pas désagréable du tout, fit Idaho.
Luli continuait de regarder Amica.
– Tu es sûre?
– La sagesse de Notre Seigneur ne peut être mise en doute, fit la femme masquée.
Idaho n'appréciait guère les intonations fanati-

ques de la voix d'Amica, mais il ne mettait pas en doute, lui non plus, l'intégrité des Atréides. Ils pouvaient apparaître cruels et cyniques aux yeux des étrangers ou de leurs ennemis, mais pour leur propre peuple ils étaient justes et loyaux. Pardessus tout, les Atréides étaient loyaux envers ceux de leur sang.

Et je suis de leur sang, se dit Idaho. *Mais j'aimerais bien savoir ce qui est arrivé à l'alter ego que je vais remplacer.*

Il avait la certitude, en tout cas, que ces deux femmes ne répondraient jamais à cette question-là.

Leto y répondra.

– On y va? dit-il à haute voix. J'ai hâte de laver de mon corps la sale odeur des Tleilaxu.

Luli lui adressa un large sourire.

– Viens. Je te baignerai moi-même.

Vos ennemis vous renforcent.
Vos alliés vous affaiblissent.
Je vous dis cela dans l'espoir que cela vous aidera un peu à comprendre le sens de mes actions alors même que je sais parfaitement que des forces immenses s'accumulent dans mon empire, avec ma destruction pour unique objectif. Vous qui lisez ces mots, vous savez peut-être ce qui s'est passé en réalité, mais je doute que vous le compreniez vraiment.

Les Mémoires Volés.

La cérémonie de l'« exhibition », par laquelle les rebelles commençaient leurs assemblées, n'en finissait pas de durer aux yeux de Siona. Assise au premier rang, elle regardait de tous les côtés sauf de celui de Topri, qui officiait à quelques pas de là. Cette salle, située dans les sous-sols de service de la Cité Festive, n'avait jamais jusque-là servi à cet usage; mais elle ressemblait tellement à tous leurs précédents lieux de rencontre qu'on aurait pu la considérer comme un modèle standard.

Salle de réunions pour rebelles. Catégorie B.

Officiellement, il s'agissait d'un entrepôt et la lumière crue des brilleurs fixes n'était pas réglable. La salle ne faisait que trente pas de long sur un peu moins de large. On ne pouvait y accéder qu'en empruntant un dédale de pièces similaires dont l'une, par chance, était remplie de sièges pliants destinés aux petits dortoirs du personnel de service. Dix-neuf de ces sièges étaient présentement occupés par les compagnons de rébellion qui entouraient Siona, et quelques autres attendaient d'éventuels retardataires.

L'heure de la réunion avait été fixée entre la relève de minuit et celle du matin pour camoufler les arrivées supplémentaires dans les sous-sols de service. La plupart des rebelles portaient des uniformes de machinistes : pantalon et veste gris en tissu léger à jeter après usage. Une minorité, parmi lesquels Siona, arboraient la combinaison verte des inspecteurs techniques.

La voix de Topri emplissait la salle de ses tonalités monotones et persistantes. Il ne couinait pas quand il officiait. En fait, Siona devait admettre que le rôle lui allait bien, particulièrement vis-à-vis des nouvelles recrues. Toutefois, depuis que Nayla avait déclaré sans détour qu'elle ne lui faisait pas confiance, Siona le considérait d'une manière différente. Nayla était capable de dire les choses avec une naïveté mordante qui faisait tomber les masques. Et il y avait certaines autres choses que Siona avait apprises depuis cette conversation.

Elle se tourna finalement pour regarder Topri. La froide lumière blanche ne faisait rien pour rehausser la pâleur de son teint. Pour conduire la cérémonie, il se servait d'une copie de krys, objet de contrebande acheté aux Fremen de musée. Tout en regardant la lame qui brillait entre les mains de Topri, Siona se remémora la transaction. L'idée venait de Topri lui-même et Siona l'avait jugée excellente à l'époque. C'était lui qui l'avait conduite au rendez-vous dans un taudis des faubourgs de la Cité. Ils avaient quitté Onn juste à la nuit tombante. Ils avaient attendu qu'il fasse assez noir pour que le Fremen de musée puisse circuler sans être inquiété. Les Fremen n'avaient pas le droit de quitter leurs quartiers de sietch sans autorisation spéciale de l'Empereur-Dieu.

Elle avait presque renoncé à attendre plus longtemps quand le Fremen était arrivé, surgissant comme une ombre de l'obscurité tandis que celui qui l'accompagnait restait derrière pour faire le guet. Topri et Siona étaient assis sur une banquette grossière disposée contre le mur moite d'une pièce par ailleurs nue. La seule lumière provenait d'une torche pâle tenue par un clou enfoncé dans l'enduit de glaise qui se désagrégeait un peu partout.

Les premiers mots du Fremen avaient empli Siona d'appréhensions.

– Vous avez l'argent?

En même temps que Topri, Siona s'était levée à son entrée. Topri ne parut pas affecté par la question. Il tapota la bourse qui était sous son vêtement, en la faisant tinter.

– J'ai ce qu'il faut.

Le Fremen avait un aspect voûté, ratatiné et desséché. Il portait une imitation de l'ancienne cape du désert, avec par-dessous un vêtement brillant, sans doute leur version moderne du distille. La capuche, abaissée sur le front, laissait ses traits dans l'ombre. De temps à autre, la torche jetait un reflet sur son visage.

Il regarda Topri, puis Siona, de ses yeux plissés, avant de sortir un objet, soigneusement enroulé dans un linge, de dessous sa cape.

– C'est une copie authentique, dit-il, mais elle est en plastique. Elle ne couperait pas du beurre froid.

Il dégagea la lame pour la leur montrer.

Siona, qui n'avait vu de krys que dans les musées et les rares archives visuelles de sa famille, s'était trouvée étrangement saisie au spectacle de cette lame dans un tel contexte. Elle se sentait travaillée par quelque chose d'atavique et imaginait ce pauvre Fremen de musée, avec son krys en plastique, en véritable Fremen des temps passés. L'objet qu'il tenait à la main était soudain un krys en argent dont la lame luisait à la flamme jaune de la torche.

– Je garantis l'authenticité de la pièce qui a servi de modèle, insista le Fremen. Il parlait d'une voix faible curieusement rendue menaçante par son absence d'intonation.

Siona perçut alors d'un coup la manière dont il cachait le poison derrière de doucereuses voyelles et jeta, alarmée :

– A la moindre traîtrise, nous te traquerons comme une vermine.

Topri la regarda en sursautant.

Le Fremen de musée parut se rabougrir encore plus. La lame tremblait dans sa main, mais ses doigts de gnome continuaient à se nouer autour d'elle comme autour d'une gorge.

– Traîtrise, Ma Dame? Loin de moi l'idée. Mais il nous est apparu que nous avions demandé trop peu pour cette copie. Modeste comme elle est, sa fabrication et sa vente dans ces conditions nous exposent à de grands périls.

Siona le fustigea du regard, en songeant aux anciennes paroles fremen tirées de l'Histoire Orale : *Dès lors qu'on a acquis une âme de bazar, le souk représente la totalité de l'existence.*

– Combien demandes-tu? fit-elle.

Il cita un chiffre qui représentait le double du prix convenu.

Topri étouffa une exclamation.

– As-tu cette somme? demanda Siona en se tournant vers lui.

– Pas tout à fait. Mais nous étions d'accord sur...

– Donne-lui ce que tu as. La totalité

– La totalité?

– Tu as entendu ce que j'ai dit. Donne-lui la bourse. Elle fit face au Fremen de musée. Tu l'accepteras pour paiement.

Ce n'était pas une question et le vieux Fremen ne s'y trompa pas. Il remit la lame à l'intérieur du linge et la lui donna.

Topri lui passa la bourse en grommelant entre ses dents. Siona s'adressa alors au Fremen de musée :

– Nous savons qui tu es. Tu t'appelles Teishar, et tu es au service de Garun de Tuono. Tu as une mentalité de souk et tu me fais frémir à l'idée de ce que sont devenus les Fremen.

– Ma Dame, il faut bien vivre, protesta Teishar.

– Tu appelles ça vivre? demanda Siona. Disparais de ma vue!

Le vieux Fremen de musée avait déjà détalé en serrant la bourse sur sa poitrine.

Le souvenir de cette scène mettait Siona mal à l'aise tandis qu'elle regardait Topri conduire la cérémonie en brandissant le krys en plastique devant l'assemblée de rebelles. *Nous ne valons guère mieux que Teishar,* songea-t-elle. *Une imitation, c'est pire que rien.*

La cérémonie touchait à sa fin. Topri agitait toujours la stupide lame au-dessus de sa tête. Siona détourna son regard pour observer Nayla, assise un peu plus loin sur la gauche. Nayla ne cessait de regarder d'un côté puis de l'autre. Elle semblait s'intéresser spécialement au groupe de nouvelles recrues, dans le fond de la salle. C'était une fille qui n'accordait pas facilement sa confiance. Siona plissa le nez. Un courant d'air apportait une odeur de lubrifiant. Les profondeurs d'Onn étaient toujours chargées de dangereux effluves de machines. Elle renifla. Et cette salle de réunions! Elle ne lui plaisait pas du tout. Une vraie souricière. Il suffisait que les gardes bloquent le couloir extérieur pour qu'ils soient pris au piège. Cet endroit pouvait trop facilement devenir le tombeau de leur rébellion. Et le fait que c'était Topri qui l'avait choisi ne contribuait guère à apaiser le trouble de Siona.

Une des rares erreurs que Ulot ait commises, songea Siona. C'était le pauvre Ulot qui, quelque temps avant sa mort, avait fait entrer Topri dans la rébellion.

– C'est un fonctionnaire qui occupe un poste

mineur dans les services municipaux, avait expliqué Ulot. Il nous sera utile pour trouver des endroits où nous réunir et cacher nos armes.

Topri était à présent sur le point de conclure la cérémonie. Il déposa le krys dans un écrin orné qu'il plaça par terre à ses pieds.

– Mon visage est mon gage, dit-il en montrant son profil à l'assemblée, d'un côté puis de l'autre. Je montre mon visage pour que vous puissiez me reconnaître en tout lieu et savoir que je fais partie d'entre vous.

Stupide cérémonie, songea Siona.

Mais elle n'osait pas en rompre le déroulement. Aussi, lorsque Topri sortit de sa poche un masque de tulle noir et le plaça sur sa tête, elle sortit le sien et imita son geste comme tous ceux qui étaient présents. Il y eut alors une certaine animation dans la salle. Le moment était venu de passer à des choses plus sérieuses. Comme tout le monde, Siona savait que Topri avait amené aujourd'hui un invité de marque et elle était curieuse de le voir.

Topri se dirigea vers l'unique porte de la salle. On entendit le claquement des chaises que tout le monde repliait pour les ranger contre le mur. Puis, sur un signe de Siona, Topri tapa trois coups contre la porte, attendit deux battements et tapa de nouveau quatre coups.

La porte s'ouvrit. Un homme de haute stature, vêtu d'une combinaison officielle de couleur brun foncé, apparut. Il ne portait pas de masque. Tout le monde pouvait voir son visage fin et impérieux à la bouche petite, nez étroit et osseux, aux yeux bruns enfoncés sous d'épais sourcils broussailleux. La plupart des conjurés le reconnaissaient.

– Mes amis, dit Topri, je laisse la parole à Iyo Kobat, ambassadeur d'Ix.

– Ex-ambassadeur, rectifia Kobat. Sa voix était gutturale et étroitement contrôlée. Il s'adossa au mur qui faisait face à l'assemblée masquée. Ordre m'a été donné aujourd'hui de quitter Arrakis en état de disgrâce.

– Pour quelle raison?

C'était Siona qui avait lancé la question sans souci de protocole.

Kobat se tourna vivement pour fixer le visage masqué de la jeune femme :

– Il y a eu une tentative d'assassinat contre l'Empereur-Dieu, dit-il. L'arme utilisée remontait jusqu'à moi.

Les compagnons de Siona ouvrirent une allée entre l'ex-ambassadeur et elle, ce qui signifiait clairement qu'ils s'en remettaient à elle.

– Pourquoi ne vous a-t-il pas fait tuer? demanda-t-elle.

– Je suppose qu'il veut me faire savoir que je ne vaux pas cette peine. Il y a aussi le fait qu'il se sert de moi pour transmettre un message à Ix.

– Quel message?

Siona traversa l'espace dégagé pour s'arrêter à deux pas de Kobat. Elle perçut l'intérêt du mâle qui la déshabillait du regard.

– Vous êtes la fille de Moneo, dit-il.

Des tensions silencieuses éclatèrent dans la salle. Pourquoi révélait-il qu'il l'avait reconnue? Qui d'autre avait-il reconnu ici? Kobat n'avait pas l'air d'un imbécile. Pourquoi faisait-il une chose pareille?

– Votre aspect, votre voix, vos attitudes sont bien connus à Onn, reprit Kobat. Ce masque est stupide.

Elle le fit glisser d'un seul coup de sa tête et lui sourit.

– Vous avez raison. Et maintenant, répondez à ma question.

Siona entendit Nayla qui se rapprochait discrètement sur sa gauche. Deux autres conjurés choisis par Nayla se rapprochèrent aussi.

Siona vit que Kobat avait subitement compris... c'était la mort ou bien une réponse satisfaisante. Il parla d'une voix plus lente mais toujours assurée, en choisissant ses mots avec soin :

– L'Empereur-Dieu m'a dit qu'il était au courant d'un accord passé entre Ix et la Guilde. Nous essayons de mettre au point une machine capable d'amplifier les... talents de leurs navigateurs, qui sont pour l'instant tributaires du mélange.

– Ici, nous l'appelons le Ver, répondit Siona. Et comment fonctionnerait cette machine ixienne?

– Vous savez, je suppose, que les Navigateurs de la Guilde ont besoin d'absorber une certaine quantité d'épice afin de pouvoir *voir* le chemin le plus sûr.

– Et vous les remplaceriez par des machines?

– Ce n'est pas impossible.

– Quel message devez-vous transmettre à propos de cette machine?

– Je suis chargé de dire à mon peuple que les recherches peuvent se poursuivre à condition qu'il soit tenu au courant jour par jour.

Siona secoua la tête.

– C'est un message stupide. Il n'a pas besoin qu'on le tienne au courant!

Kobat déglutit avec peine. Il ne dissimulait plus sa nervosité.

– La Guilde et le Bene Gesserit s'intéressent beaucoup à ce projet, ajouta-t-il. Ils y participent.

Siona eut un hochement de tête.

– Et ils payent leur participation en épice.

Kobat la foudroya du regard.

– Ces recherches coûtent cher. Nous avons besoin de l'épice pour soumettre les Navigateurs de la Guilde à des essais comparatifs.

– C'est un mensonge et une escroquerie, dit-elle. Votre appareil ne fonctionnera jamais et le Ver le sait bien.

– Comment osez-vous nous accuser d'une telle...

– Ne vous énervez pas! Je viens de vous dire quelle était la vraie teneur du message. Le Ver vous encourage à continuer de duper la Guilde et le Bene Gesserit. Tout cela l'amuse.

– Cela peut marcher! affirma Kobat.

Elle se contenta de lui sourire.

– Qui a essayé d'assassiner le Ver?

– Duncan Idaho.

Elle retint une exclamation. D'autres mouvements de surprise discrète s'étaient manifestés dans la salle, un froncement de sourcils, une respiration retenue...

– Idaho est mort? demanda Siona.

– Je suppose; mais l'... euh... le Ver refuse de le confirmer.

– Qu'est-ce qui vous fait supposer qu'il est mort?

– Les Tleilaxu ont envoyé un autre ghola.

– Je vois.

Siona se tourna vers Nayla et lui fit un signe. Nayla s'éloigna et revint peu après avec un paquet entouré de papier rose, ce genre de papier de souk utilisé par les commerçants pour emballer les marchandises courantes. Elle le donna à Siona.

– Voici le prix que vous aurez à payer pour notre silence, dit cette dernière en remettant le paquet à Kobat. C'est pour cela que nous avons autorisé Topri à vous amener ici ce soir.

Kobat prit le paquet sans quitter Siona des yeux.

– Votre silence? demanda-t-il.

– Nous nous engageons à ne pas informer la Guilde et le Bene Gesserit que vous les dupez.

– Nous ne les dup...

– Ne faites pas l'idiot!

Kobat essaya en vain de déglutir. Il comprenait ce qu'elle voulait dire : vraie ou fausse, si les conjurés propageaient une telle rumeur, elle avait toutes les chances d'être prise au sérieux. C'était une question de « bon sens », comme avait l'habitude de dire Topri.

Siona regarda Topri, qui se tenait juste derrière Kobat. Personne n'entrait dans la rébellion uniquement pour des raisons de « bon sens ». Topri ne se rendait-il donc pas compte que ce « bon sens » pourrait finir par le trahir? Elle reporta son attention sur Kobat.

– Qu'y a-t-il dans ce paquet? demanda-t-il.

Quelque chose dans son intonation disait à Siona qu'il le savait déjà.

– Vous remettrez cela de ma part aux autorités

ixiennes. Ce sont des copies des deux volumes que nous avons pris dans la forteresse du Ver.

Kobat regarda le paquet qu'il tenait à la main. Visiblement, il aurait voulu le lâcher, comme si cette incursion au cœur de la rébellion l'avait chargé d'un fardeau plus mortel qu'il ne l'aurait cru. Il jeta à Topri un regard furieux qui voulait dire, aussi clairement que s'il avait parlé : « *Pourquoi ne m'a-t-on pas prévenu?* »

– Qu'est-ce que... Il se tourna de nouveau vers Siona et s'éclaircit la voix. Qu'est-ce qu'il y a dans ces... volumes?

– Ce sont vos spécialistes qui nous le diront peut-être. Nous pensons qu'il s'agit de textes rédigés par le Ver lui-même, mais chiffrés d'une manière qui nous échappe.

– Et qu'est-ce qui vous fait croire que...

– Vous les Ixiens, vous avez la réputation d'être très forts pour ce genre de chose.

– Et si nous échouons?

Elle haussa les épaules.

– Nous ne vous le reprocherons pas. Toutefois, si jamais vous deviez faire un autre usage de ces volumes ou si vous nous cachiez quoi que ce soit sur les résultats de vos recherches...

– Comment vérifier si nous...

– Il n'y aura pas que vous. D'autres copies seront diffusées. Je suis sûre que la Guilde et le Bene Gesserit seront heureux d'essayer de les déchiffrer de leur côté.

Kobat glissa le paquet sous son bras et le serra contre lui.

– Qu'est-ce qui vous fait croire que le... Ver n'est pas au courant de vos intentions? De la tenue même de cette assemblée?

– Il doit savoir pas mal de choses de ce genre, en effet. Il sait peut-être même qui lui a pris ces volumes. D'après mon père, il a vraiment le don de prescience.

– Votre père croit à l'Histoire Orale?

– Tous ceux qui sont ici y croient. Sur les points

essentiels, l'Histoire Orale n'est pas en désaccord avec l'Histoire Formelle.

– Dans ce cas, pourquoi le Ver ne fait-il rien contre vous?

Elle montra du doigt le paquet que tenait Kobat.

– Peut-être que la réponse se trouve là-dedans.

– Ou peut-être que vous et ces volumes chiffrés ne représentez pas pour lui de véritable menace!

Kobat ne dissimulait pas sa rage. Il n'aimait pas être manipulé.

– Peut-être. Mais expliquez-moi pourquoi vous avez mentionné l'Histoire Orale.

De nouveau, Kobat perçut la menace.

– Elle dit que le Ver est incapable d'éprouver des émotions humaines.

– Ce n'est pas la vraie raison, dit Siona. Je vous donne une autre chance.

Nayla se rapprocha de deux pas de lui.

– Je... j'ai été prévenu qu'il valait mieux que je revoie mon Histoire Orale avant de venir ici. Que vous la... Il haussa les épaules.

– Que nous la récitions en chœur?

– Oui.

– Qui vous a dit ça?

Kobat déglutit, jeta un bref regard craintif à Topri puis de nouveau à Siona.

– Topri? demanda celle-ci.

– Je pensais que ça l'aiderait à mieux nous comprendre, murmura Topri.

– Et tu lui as révélé le nom de ton chef?

– Il le savait déjà! Cette fois-ci, la voix de Topri avait retrouvé son couinement habituel.

– Quelles sont les parties de l'Histoire Orale que vous deviez revoir plus particulièrement? demanda Siona à Kobat.

– Euh... la lignée des Atréides.

– Et à présent, vous pensez savoir ce qui pousse les gens à me rejoindre dans la rébellion.

– L'Histoire Orale décrit exactement la manière dont il traite tous ceux de la lignée des Atréides!

– Il commence par lâcher de la corde, et puis il tire à lui? demanda Siona d'une voix trompeusement neutre.

– C'est ce qu'il a fait avec votre père, acquiesça Kobat.

– Et c'est ce qu'il fait avec moi en me laissant jouer les rebelles?

– Je ne suis qu'un intermédiaire, dit Kobat. Si vous me tuez, qui portera votre message?

– Ou celui du Ver.

Kobat demeura silencieux.

– Je n'ai pas l'impression que vous comprenez bien l'Histoire Orale, reprit Siona. Je crois que vous méconnaissez le Ver et que vous interprétez fort mal ses messages.

Le visage de Kobat s'empourpra de rage.

– Qu'est-ce qui vous empêchera de finir comme les autres Atréides, sage et obéissante parmi le...

Il s'interrompit, soudain conscient de ce que la colère lui avait fait dire.

– Une recrue de plus pour le cercle privé du Ver? demanda Siona. Comme les Duncan?

Elle se tourna pour regarder Nayla. Les deux autres conjurés qui l'encadraient, Anouk et Taw, parurent soudain sur le qui-vive, mais Nayla demeura impassible.

Siona lui fit un bref signe de tête.

Obéissant aux instructions reçues, Anouk et Taw se déplacèrent pour bloquer la sortie. Nayla alla se mettre derrière Topri.

– Que... que se passe-t-il? demanda ce dernier.

– Nous désirons savoir tout ce que l'ex-ambassadeur peut avoir d'important à nous dire, fit Siona. Nous voulons la totalité du message.

Topri se mit à trembler. Le front de Kobat se mouilla de transpiration. Il jeta un bref coup d'œil à Topri, puis reporta son attention sur Siona. Mais cet unique coup d'œil avait suffi à écarter, à l'intention de Siona, le voile de la relation qui existait entre ces deux hommes.

Elle sourit. Cela ne faisait que confirmer ce qu'elle avait déjà appris.

Kobat semblait figé.

– Vous pouvez commencer, lui dit Siona.

– Je... Qu'est-ce que vous...

– Le Ver vous a chargé de transmettre un message privé à vos maîtres. Je vous écoute.

– Il... désire qu'on lui agrandisse son chariot.

– C'est donc qu'il s'attend à ce que son corps s'allonge. Quoi encore?

– Nous devons lui faire parvenir un gros stock de papier cristal ridulien.

– Pour quoi faire?

– Il ne donne jamais ses raisons.

– Tout ça ressemble fort à des choses qu'il interdit aux autres.

– Il ne s'interdit jamais rien, fit remarquer Kobat d'un ton amer.

– Avez-vous fabriqué pour lui des jouets prohibés?

– Je l'ignore.

Il ment, se dit Siona. Mais elle préféra ne pas approfondir. Il lui suffisait de savoir qu'il y avait un autre défaut dans la cuirasse du Ver.

– Qui va vous remplacer? demanda-t-elle.

– Ils lui envoient la nièce de Malky. Vous vous souvenez peut-être que c'est lui qui...

– Nous savons qui est Malky. Pourquoi prendre sa nièce comme ambassadrice?

– Je l'ignore. Mais c'était déjà prévu avant que l'Emp... le Ver ne me renvoie.

– Comment s'appelle-t-elle?

– Hwi Noree.

– Eh bien! nous cultiverons cette Hwi Noree. Mieux que nous ne vous avons cultivé, j'espère. Quand comptez-vous rentrer à Ix?

– Tout de suite après les Festivités, par le premier vaisseau de la Guilde.

– Que direz-vous à vos maîtres?

– A propos de quoi?

– Mon message.

– Ils feront ce que vous leur demandez.
– Je sais. Vous pouvez disposer, ex-ambassadeur Kobat.
Il faillit se cogner, dans sa hâte, aux gardes postés devant la porte. Topri allait le suivre, mais Nayla le retint fermement par le bras. Il jeta un regard craintif à cette femme au corps athlétique, puis se tourna vers Siona qui attendit pour parler que la porte se referme derrière Kobat.
– Le message du Ver ne s'adressait pas seulement aux Ixiens, mais à nous, dit-elle. Il nous lance un défi tout en nous expliquant les règles du combat.
Topri essaya de dégager son bras de l'emprise de Nayla.
– Que veux-tu dire...
– Assez! coupa Siona. Moi aussi, j'ai un message. Tu diras à mon père d'informer le Ver que nous acceptons.
Nayla lui lâcha le bras. Il se frotta l'endroit où elle l'avait serré.
– J'espère que tu ne...
– File pendant qu'il en est encore temps, et ne reviens plus jamais.
– Tu ne peux tout de même pas me soup...
– Je t'ai dit de partir! Tu n'es pas très habile, Topri. J'ai passé la plus grande partie de ma vie dans les écoles de Truitesses. On m'y a enseigné à reconnaître la maladresse.
– Kobat s'en allait. Quel mal y a-t-il à...
– Non seulement il me connaissait, mais il savait aussi ce que j'ai volé à la Citadelle. Ce qu'il ignorait, par contre, c'est que je lui remettrais ce paquet pour qu'il l'emporte à Ix. Ton comportement m'a appris que le Ver désirait précisément cela!
Topri s'éloigna à reculons vers la porte. Anouk et Taw lui ouvrirent le passage. La voix de Siona le suivit jusque dans le couloir :
– Et n'essaye pas de prétendre que c'est le Ver qui lui a parlé de moi et de mon paquet! Le Ver ne transmet pas de messages si maladroits. Tu peux lui dire cela de ma part!

Certains voudraient faire croire que je n'ai pas de conscience. Ils se trompent eux-mêmes autant qu'ils trompent les autres. Je suis la seule conscience qui ait jamais existé. De même que le vin retient le parfum du tonneau, je conserve l'essence de ma très ancienne genèse et c'est là le germe de toute conscience. Par là même, je suis sacré. Je suis Dieu parce que je suis le seul à connaître vraiment mon hérédité!

Les Mémoires Volés.

Les Inquisiteurs d'Ix ayant tenu assemblée dans le Grand Palais en présence de la Candidate au poste d'Ambassadeur à la Cour du Seigneur Leto, l'entretien suivant a été consigné :

INQUISITEUR : Vous avez fait savoir que vous désiriez éclairer l'Assemblée sur les motivations du Seigneur Leto. Vous avez la parole.

HWI NOREE : Votre Analyse Formelle ne répond pas aux questions que j'aurais voulu soulever.

INQUISITEUR : Quelles questions?

HWI NOREE : Je me demande quelles raisons ont bien pu pousser le Seigneur Leto à accepter cette hideuse métamorphose, ce corps de ver, cette perte de son humanité. Vous suggérez simplement qu'il recherchait le pouvoir et la longévité.

INQUISITEUR : Ces raisons ne suffisent pas?

HWI NOREE : Demandez-vous donc si l'un d'entre vous serait prêt à payer un tel prix pour de si piètres avantages.

INQUISITEUR : Dans votre sagesse infinie, dites-nous alors pourquoi le Seigneur Leto a choisi de se transformer en ver.

HWI NOREE : Quelqu'un ici met-il en doute sa capacité de prédire l'avenir?

INQUISITEUR : Précisément! N'est-ce pas un paiement suffisant pour sa métamorphose?

HWI NOREE : Vous oubliez qu'il possédait déjà ce don de prescience, tout comme son père avant lui! Non... Je suggère qu'il a fait ce choix désespéré justement parce qu'il a vu dans votre avenir quelque chose de grave que seul un sacrifice semblable pouvait éviter.

INQUISITEUR : Et quelle est cette chose si particulière qu'il aurait été le seul à voir?

HWI NOREE : Je l'ignore, mais je me propose d'élucider ce point.

INQUISITEUR : En attendant, vous faites passer ce tyran pour un bienfaiteur désintéressé!

HWI NOREE : N'est-ce pas l'une des caractéristiques les plus célèbres de la famille Atréides?

INQUISITEUR : C'est ce que voudraient nous faire croire les histoires officielles.

HWI NOREE : L'Histoire Orale l'affirme.

INQUISITEUR : Et quelles autres qualités remarquables attribuez-vous au tyran?

HWI NOREE : *Remarquables*, monsieur?

INQUISITEUR : Quelles autres qualités, disons.

HWI NOREE : Mon oncle Malky répétait que le Seigneur Leto savait montrer beaucoup de tolérance envers certains membres de son entourage.

INQUISITEUR : D'autres furent exécutés sans raison apparente.

HWI NOREE : Je pense qu'il y a toujours eu une raison et mon oncle Malky en a déduit certaines.

INQUISITEUR : Citez-nous l'une de ces déductions?

HWI NOREE : Menacer maladroitement sa personne.

INQUISITEUR : *Maladroitement*, vraiment!

HWI NOREE : Et il ne tolère pas non plus les affirmations fallacieuses. Souvenez-vous des arrestations d'historiens et de la destruction de leurs ouvrages.

INQUISITEUR : Il ne veut pas que la rité soit diffusée!

HWI NOREE : Il a dit à son oncle Malky qu'ils avaient déformé le passé. Et vous conviendrez que nul n'est mieux placé que lui pour le savoir! Nous connaissons tous la nature de son introversion.

INQUISITEUR : Quelle preuve avons-nous que tous ses ancêtres continuent de vivre en lui?

HWI NOREE : Je ne me lancerai pas dans une vaine discussion. Je vous répondrai simplement que j'y crois parce que mon oncle Malky y croit et qu'il a ses raisons.

INQUISITEUR : Nous avons lu les rapports de votre oncle et nous les interprétons différemment. Malky avait pour le Ver un préjugé favorable.

HWI NOREE : Mon oncle le tenait pour le plus adroit diplomate de l'Empire, extraordinairement brillant dans toutes les conversations, expert dans tous les sujets que vous pourriez nommer.

INQUISITEUR : Votre oncle ne vous a jamais parlé des actes de brutalité du Ver?

HWI NOREE : Il le jugeait civilisé au plus haut point.

INQUISITEUR : J'ai parlé de brutalité.

HWI NOREE : Capable de brutalité, bien sûr.

INQUISITEUR : Votre oncle en avait peur.

HWI NOREE : Le Seigneur Leto est dépourvu d'innocence et de naïveté. Il n'est redoutable que lorsqu'il feint de posséder ces traits. Voilà ce que disait mon oncle.

INQUISITEUR : Ce sont ses paroles, c'est vrai.

HWI NOREE : Plus que des paroles! Et il disait aussi : « Le Seigneur Leto adore le génie de surprise et la diversité de l'humanité. C'est mon compagnon favori. »

INQUISITEUR : Pour nous faire profiter de votre sagesse suprême, de quelle manière interprétez-vous ces paroles de votre oncle?

HWI NOREE : Ne vous moquez pas de moi.

INQUISITEUR : Loin de nous cette idée. Nous cherchons seulement à être éclairés.

HWI NOREE : Ces mots prononcés par mon oncle, ainsi que plusieurs choses qu'il m'a écrites par ailleurs, suggèrent que le Seigneur Leto est sans cesse à la recherche de la nouveauté et de l'originalité, tout en se méfiant du potentiel de destruction qu'elles contiennent. Voilà ce que pensait mon oncle.

INQUISITEUR : Avez-vous quelque chose à ajouter à ces opinions que vous partagez avec votre oncle?

HWI NOREE : Je ne vois pas la nécessité d'en dire davantage. Je regrette seulement d'avoir fait perdre son temps à cette Assemblée.

INQUISITEUR : Mais nous n'avons pas perdu notre temps. Vous êtes acceptée comme ambassadrice à la Cour du Seigneur Leto, l'Empereur-Dieu de tout l'univers connu.

Souvenez-vous que j'ai ici en moi à ma disposition tous les témoignages d'experts de notre passé historique. C'est là le fonds où je puise mon énergie quand je dois faire face à la mentalité guerrière. Celui qui n'a pas entendu les lamentations des blessés et les cris d'agonie sur les champs de bataille, ne connaît rien à la guerre. J'ai entendu tant de ces cris qu'ils me hantent. J'ai moi-même gémi à l'issue du combat. J'ai reçu des blessures à toutes les époques. Blessure par poing, bâton, caillou, gourdin incrusté de coquillages ou épée de bronze, fléau ou canon, flèche ou laser, sans oublier les suffocantes retombées de poussière atomique, les invasions biologiques noircissant la langue et rongeant les poumons, le bref jaillissement de la flamme qui tue et l'action insidieuse du poison lent... Je pourrais en dire davantage! J'ai tout vu et tout éprouvé. A ceux qui osent me demander pourquoi je me comporte comme je le fais, je réponds : Avec les souvenirs que j'ai, je ne peux agir autrement. Je ne suis pas un lâche et j'ai été jadis humain.

Les Mémoires Volés.

Le soir, durant la saison chaude, lorsque les contrôleurs du temps par satellite étaient obligés d'affronter les grands vents au-dessus des océans, il pleuvait souvent en bordure du Sareer. Moneo, de retour d'une de ses tournées d'inspection sur le territoire de la Citadelle, avait été surpris par une violente averse. La nuit était tombée avant qu'il eût atteint la poterne méridionale. Une Truitesse l'aida à se débarrasser de son manteau mouillé. C'était une femme d'allure massive, à la figure carrée, le genre que prisait Leto pour sa Garde.

– Ces maudits contrôleurs sont des incapables, dit-elle en lui prenant son vêtement trempé. On devrait leur interdire de faire des choses pareilles.

Moneo acquiesça d'un bref signe de tête avant de grimper en direction de ses appartements. Tout le monde, à la Citadelle, connaissait l'aversion de l'Empereur-Dieu pour l'eau; mais il y avait une distinction que Moneo était le seul à faire :

Ce n'est pas Leto qui déteste l'eau, c'est le Ver. Shaï-Hulud a la nostalgie de Dune.

Une fois chez lui, Moneo se sécha et changea de vêtements pour descendre à la crypte. Inutile de contrarier le Ver en le faisant attendre. Le moment était venu de discuter avec Leto des préparatifs de leur prochain voyage à Onn.

Adossé à la paroi de l'ascenseur, Moneo ferma les yeux. Aussitôt, la fatigue le submergea. Il manquait de sommeil depuis plusieurs jours et, malheureusement, aucun répit n'était en vue. Il enviait à Leto son absence de servitude apparente à l'égard du sommeil. Quelques heures de semi-repos par mois semblaient suffire à l'Empereur-Dieu.

L'odeur particulière à la crypte et l'arrêt brusque de l'ascenseur tirèrent Moneo de sa somnolence. En ouvrant les yeux, il vit l'Empereur-Dieu qui se tenait, sur son chariot, au centre de la vaste salle. Rassemblant ses esprits, Moneo quitta l'ascenseur et s'apprêta, une fois de plus, à affronter la distance qui le séparait de la terrible présence. Comme il l'avait prévu, Leto se trouvait en état de vigilance. Au moins, c'était bon signe.

Leto avait entendu descendre l'ascenseur et vu

Moneo sortir de sa torpeur. Il semblait épuisé. C'était compréhensible. Le voyage à Onn se rapprochait, avec ses fastidieuses obligations créées par l'arrivée de visiteurs extra-planétaires, les cérémonies des Truitesses, les nouveaux ambassadeurs, le changement de la Garde Impériale, les départs en retraite et les nominations, et à présent un nouveau ghola Duncan Idaho qui allait prendre sa place dans les rouages de la machine impériale. Moneo avait beaucoup de choses à superviser et il commençait à accuser son âge.

Voyons, réfléchit Leto. *Il aura exactement cent dix-huit ans une semaine après notre retour de la Cité Festive.*

Il pouvait espérer vivre encore plusieurs fois cela si seulement il acceptait de prendre un peu d'épice. Mais il s'y refusait. Et Leto n'avait aucun doute quant à ses raisons. Moneo était entré dans cette phase humaine particulière où il aspirait à la mort. Il ne s'attardait plus ici que pour voir Siona installée dans la Maison Impériale, à la tête de la Société des Truitesses.

Mes houris, comme les appelait Malky.

Moneo savait également qu'il entrait dans les intentions de Leto de croiser Siona avec un Duncan. Il était grand temps.

Moneo s'arrêta à deux pas du chariot et leva les yeux vers Leto. Quelque chose dans son regard rappela à l'Empereur-Dieu le visage d'un prêtre païen de l'époque de la Terre. C'était une expression d'imploration rusée au sein d'un sanctuaire familier.

– Mon Seigneur, murmura Moneo, vous venez d'observer le nouveau Duncan durant plusieurs heures. Est-ce que les Tleilaxu ont altéré ses cellules ou bien son psychisme?

– Ils l'ont livré intact.

Un profond soupir parcourut Moneo. Il ne semblait pas particulièrement ravi.

– Tu es contre son utilisation comme étalon? demanda Leto.

– Je trouve bizarre qu'il puisse être à la fois mon ancêtre et le père de mes petits-enfants.

– Mais il me permet d'obtenir un croisement de première génération entre un type humain plus ancien et les derniers produits de mon programme génétique. Siona se trouve à vingt et une générations d'un tel croisement.

– Je n'en vois tout de même pas la nécessité. Les Duncan sont plus lents et beaucoup moins alertes que n'importe quel membre de votre Garde.

– Ce que je recherche, Moneo, ce n'est pas une descendance à pouvoir de ségrégation élevé. Crois-tu que je ne sois pas conscient de la progression géométrique imposée par les lois qui régissent mon programme génétique?

– J'ai vu votre registre généalogique, Mon Seigneur.

– Dans ce cas, tu n'ignores pas que je suis à la trace les caractères récessifs pour les éliminer systématiquement. Ce qui m'intéresse, ce sont les dominantes génétiques.

– Et les mutations, Mon Seigneur?

Il y avait dans la voix de Moneo une légère ironie qui incita Leto à l'étudier attentivement.

– Je ne tiens pas à discuter de ça, Moneo.

Il regarda, amusé, le vieil homme rentrer précipitamment dans sa coquille.

Comme il est sensible à mes humeurs. Je crois qu'il a acquis quelques-uns de mes dons en la matière, bien qu'ils agissent chez lui de manière inconsciente. Mais sa question laisse entendre qu'il se doute peut-être même du résultat que représente pour nous Siona.

Pour le vérifier, Leto poursuivit à haute voix :

– Il est clair que tu n'as pas encore tout à fait compris ce que je cherche à réaliser avec mon programme génétique.

Le visage de Moneo s'illumina :

– Mon Seigneur, je m'efforce d'en saisir les principes directeurs.

– Les principes, à l'usage, s'avèrent éphémères,

Moneo. La créativité régie par des lois, cela n'existe pas.

– Pourtant, Mon Seigneur, vous parlez vous-même des lois qui régissent votre programme génétique.

– Qu'est-ce que je viens de t'expliquer, Moneo? Vouloir attribuer des règles à la création, cela revient à essayer de séparer l'esprit du corps.

– Mais il y a une évolution, Mon Seigneur. Je le sais pour moi-même!

Il le sait pour lui-même. Cher Moneo. Il est si près de la vérité!

– Pourquoi es-tu toujours à la recherche de transferts strictement dérivés, Moneo?

– Je vous ai entendu parler d'une *évolution de transformation,* Mon Seigneur. C'est le nom qui figure dans votre registre généalogique. Mais les imprévus...

– Moneo! La règle change avec chaque imprévu.

– Mon Seigneur, n'avez-vous pas en tête l'amélioration du cheptel humain?

Leto baissa vivement les yeux vers lui en songeant : *Si je prononce le mot clé maintenant, va-t-il comprendre? Il y a des chances.*

– Je suis un prédateur, Moneo.

– Préd... Moneo s'interrompit en secouant la tête. Il connaissait, du moins il le pensait, la signification de ce terme, dont l'emploi le choquait. L'Empereur-Dieu voulait-il plaisanter? Prédateur, Mon Seigneur? acheva-t-il.

– Le prédateur améliore la race.

– Comment serait-ce possible, Mon Seigneur? Vous ne nous haïssez point.

– Tu me déçois, Moneo. Crois-tu que le prédateur haïsse sa proie?

– Le prédateur tue, Mon Seigneur.

– Je tue, mais je ne hais pas. La proie calme la faim. La proie est bonne.

Moneo scruta anxieusement le visage de Leto, encadré de son capuchon gris.

Ai-je manqué l'approche du Ver? se demanda-t-il. Il

n'y avait pourtant aucun des signes habituels : ni les tremblements du corps gigantesque, ni le ternissement des yeux, ni le battement des inutiles moignons palmés.

– Quelle sorte de faim avez-vous, Mon Seigneur? s'enhardit-il à demander.

– J'ai faim d'une humanité qui serait capable de prendre de véritables décisions à long terme. Sais-tu quelle est la clé de cette faculté, Moneo?

– Vous me l'avez dit plusieurs fois, Mon Seigneur. C'est l'aptitude à changer d'avis.

– L'aptitude à changer, oui. Et sais-tu ce que j'entends par long terme?

– Pour vous, Mon Seigneur, cela doit représenter des millénaires.

– Même les milliers d'années de mon existence, Moneo, ne sont qu'un bref soupir face à l'Infini.

– Mais votre perspective doit différer de la mienne, Mon Seigneur.

– Par rapport à l'Infini, tout long terme délimité équivaut à un court terme.

– Il n'y a donc vraiment aucune règle, Mon Seigneur? demanda Moneo d'une voix où perçait un commencement d'hystérie.

Leto sourit pour apaiser ses angoisses.

– Il y en a une, peut-être. C'est que les décisions à court terme risquent de mener à l'échec à long terme.

De frustration, Moneo secoua plusieurs fois la tête.

– Mais, Mon Seigneur, cette perspective est...

– Pour un observateur fini, le temps coule toujours. Il n'existe pas de système clos. Même moi, je ne fais qu'étirer la matrice finie.

Moneo s'arracha à la contemplation du visage de Leto et regarda, au loin, les corridors du mausolée. *Je serai là, moi aussi, un jour. Le Sentier d'Or continuera peut-être, mais moi, je serai mort.* Cela n'avait pas d'importance, bien sûr. Seul le Sentier d'Or, dont il ressentait la continuité immuable, comptait vraiment. Moneo reporta son attention sur Leto, mais en évitant les yeux totalement bleus. Y avait-il réellement un prédateur à l'affût dans ce corps énorme?

– Tu ne comprends pas la fonction du prédateur, déclara Leto.

Moneo sursauta. Ces paroles évoquaient trop une transmission de pensée. Il regarda Leto dans les yeux.

– Intellectuellement, reprit l'Empereur-Dieu, tu sais bien qu'il faudra que je meure un jour d'une façon ou d'une autre. Mais tu n'y crois pas.

– Comment puis-je croire à quelque chose que je ne verrai jamais?

Moneo se sentait plus seul et plus angoissé que jamais. Que cherchait à faire l'Empereur-Dieu? *Je suis descendu ici pour discuter des problèmes du voyage à Onn... et pour essayer de découvrir ses intentions concernant Siona. S'amuse-t-il avec moi?*

– Parlons un peu de Siona, dit Leto.

Encore cette transmission de pensée!

– Quand pensez-vous la mettre à l'épreuve, Mon Seigneur? La question attendait, au premier rang de ses préoccupations conscientes, depuis le début; mais maintenant qu'il l'avait posée, elle l'effrayait.

– Bientôt, Moneo.

– Pardonnez-moi, Mon Seigneur; mais vous savez comme je me préoccupe pour l'avenir de mon unique enfant.

– D'autres ont survécu à cette épreuve, Moneo. Toi, en particulier.

Moneo déglutit au souvenir de la manière dont il avait été rendu sensible au Sentier d'Or.

– Ma mère m'avait préparé. Siona n'a pas de mère.

– Elle a les Truitesses. Elle t'a.

– Un accident est vite arrivé, Mon Seigneur.

Les larmes affluèrent aux yeux de Moneo.

Leto détourna son regard en songeant : *Il est déchiré entre sa loyauté envers moi et son amour pour Siona. Comme c'est poignant, ce souci de la progéni-*

ture. Mais ne voit-il donc pas que mon seul enfant à moi, c'est l'humanité tout entière?

Reportant son attention sur Moneo, Leto déclara :

– Tu as raison de faire observer qu'un accident peut arriver, même dans mon univers. Et tu n'en tires pas de leçon?

– Mon Seigneur, juste pour cette fois-ci, ne pourriez-vous pas...

– Moneo! Tu ne songerais pas à me demander de déléguer une partie de l'autorité que je détiens à un administrateur faible?

Le majordome recula d'un pas.

– Bien sûr que non, Mon Seigneur.

– Dans ce cas, aie confiance. Siona est forte.

Moneo carra les épaules.

– Je ferai mon devoir.

– Il faut que Siona prenne conscience de ses obligations en tant qu'Atréides.

– Certainement, Mon Seigneur.

– N'est-ce pas là notre engagement, Moneo?

– Je ne le nie pas, Mon Seigneur. Quand la présenterez-vous au nouveau Duncan?

– L'épreuve d'abord.

Moneo baissa les yeux vers le sol froid de la crypte.

Il regarde souvent le sol, se dit Leto. *Que peut-il bien y voir? Les traces millénaires de mon chariot? Non... ce sont plutôt les profondeurs qu'il scrute... le royaume de mystère qu'il s'attend à rejoindre bientôt.*

De nouveau, Moneo leva la tête pour regarder Leto :

– J'espère qu'elle se plaira en la compagnie du Duncan, Mon Seigneur.

– Tu peux en être certain. Les Tleilaxu me l'ont livré sans modification aucune.

– Voilà qui est rassurant, Mon Seigneur.

– Tu as dû remarquer que son génotype exerce sur les femmes un pouvoir d'attraction remarquable.

– C'est ce que j'ai observé, Mon Seigneur.

– Il y a quelque chose dans la douceur de son regard, dans la force de son visage et dans sa chevelure aussi noire que celle d'un bouc, qui fait positivement fondre le psychisme féminin.

– Vous avez raison, Mon Seigneur.

– Tu sais qu'il est en ce moment en compagnie des Truitesses?

– On m'en a informé, Mon Seigneur.

Leto sourit. Bien sûr que Moneo avait été informé.

– On va bientôt l'amener ici, pour sa première entrevue avec l'Empereur-Dieu, dit-il.

– J'ai inspecté personnellement la chambre d'observation, Mon Seigneur. Tout est prêt.

– Parfois, j'ai l'impression que tu cherches à m'affaiblir, Moneo. Tu devrais me laisser quelques-uns de ces détails.

Moneo s'efforça de dissimuler une constriction angoissée. Il s'inclina et recula d'un pas.

– Comme vous voudrez, Mon Seigneur; mais il y a certaines choses que je suis obligé de faire.

Tournant sur ses talons, il s'éloigna d'un pas hâtif. Une fois dans l'ascenseur, il se rendit compte qu'il avait quitté l'Empereur-Dieu sans attendre d'être congédié.

Il doit savoir à quel point je suis fatigué. Il me pardonnera.

Ton Seigneur sait très bien ce qu'il y a dans ton cœur. Ton âme lui suffit comme indicateur. Il n'a pas besoin de témoins contre toi, qui n'écoutes pas ton âme mais ton dépit et ta rage.

Paroles du Seigneur Leto à un Pénitent, tirées de L'Histoire Orale.

Le présent rapport sur l'état de l'Empire en l'an de règne 3508 de Notre Seigneur Leto est tiré du « Fragment de Welbeck » dont l'original est conservé parmi les Archives du Chapitre de l'Ordre Bene Gesserit. Il apparaît à l'examen que les quelques coupures ici pratiquées n'altèrent en rien la signification essentielle du texte.

Au nom de l'Ordre Sacré et de son indissoluble Communauté, le présent compte rendu a été jugé digne de foi et propre à figurer dans la Chronique du Chapitre.

Nos sœurs Chenoeh et Tawsuoko viennent de rentrer saines et sauves d'Arrakis pour nous confirmer l'exécution, depuis longtemps soupçonnée, des neuf historiens qui disparurent dans la Citadelle du Seigneur Leto, en l'an 2116 de son règne. D'après le rapport des Sœurs, les malheureux, après avoir été rendus inconscients, furent brûlés vifs sur des bûchers alimentés par leurs propres œuvres. Ce qui correspond parfaitement aux rumeurs qui circulèrent à l'époque dans tout l'Empire et qui paraissaient remonter au Seigneur Leto en personne.

Nos sœurs Chenoeh et Tawsuoko nous rapportent le récit autographe d'un témoin oculaire selon qui, alors qu'une délégation d'historiens venait s'enquérir auprès de lui des confrères disparus, le Seigneur Leto aurait répondu en ces termes :

– Ils ont été détruits pour avoir menti présomptueusement. Ne redoutez pas mon courroux à propos de vos fautes anodines. Je ne tiens pas particulièrement à créer des martyrs. Ils ont tendance à semer le mélodrame dans les affaires humaines. Et le mélodrame est l'un des objectifs favoris de mon tempérament prédateur. Tremblez seulement si vous avez l'habitude d'ériger de fausses vérités et de vous enorgueillir de vos affabulations. Allez, maintenant; et pas un mot sur tout ceci.

Des recoupements internes ont permis d'identifier avec certitude l'auteur de ce témoignage écrit : il s'agit d'Ikonicre, le majordome du Seigneur Leto en l'an 2116.

Nous attirons votre attention sur l'emploi du terme « prédateur » par le Seigneur Leto. Il est particulièrement édifiant au regard des théories avancées par la Révérende Mère Syaksa, selon qui l'Empereur-Dieu se considère comme un prédateur *naturel*.

La sœur Chenoeh a été invitée à accompagner une escorte de Truitesses à l'occasion de l'un des rares déplacements du Seigneur Leto. A un moment, elle fut priée de se rapprocher du Chariot Royal pour converser avec le Seigneur Leto en personne. Voici comment elle rapporte son entretien avec lui :

– Sur cette Route Royale, lui dit le Seigneur Leto, j'ai parfois l'impression d'être en haut d'un rempart, à attendre l'envahisseur.

– Personne ne songe à vous attaquer, Mon Seigneur, répondit la sœur Chenoeh.

– Vous autres du Bene Gesserit, vous m'assaillez de toutes parts. En ce moment même, vous cherchez à suborner mes Truitesses.

La sœur Chenoeh rapporte qu'elle s'attendit alors à recevoir la mort, mais que l'Empereur-Dieu se contenta d'arrêter son chariot et d'observer son entourage. Les autres s'arrêtèrent aussi au milieu de la route, disciplinés et passifs, en se tenant à distance respectueuse.

– J'ai mes informateurs, qui me tiennent au courant de tout, poursuivit le Seigneur Leto. Inutile de nier mes accusations.

– Je ne les ai pas niées, fit la sœur Chenoeh.

Le Seigneur Leto la regarda alors en disant :

– Ne craignez pas pour votre vie. Je désire que vous rapportiez mes paroles à votre Chapitre.

La sœur Chenoeh raconte qu'elle comprit à ce moment-là que le Seigneur Leto savait tout d'elle, de sa mission, de sa formation spéciale d'enregistrement verbal, et du reste.

– J'étais comme devant une Révérende Mère. Je ne pouvais absolument rien lui cacher, confie-t-elle.

Le Seigneur Leto lui ordonna alors :

– Tournez-vous vers ma Cité Festive, et décrivez-moi ce que vous voyez.

La sœur Chenoeh obéit.

– J'aperçois la Cité au loin. Elle est splendide sous la lumière du matin. A droite, je vois votre forêt. Elle a tant de verts différents que je pourrais passer toute la journée à les décrire. Sur la gauche, et tout autour de la Cité, il y a les logements et les jardins de vos serviteurs. Certains paraissent très riches, et d'autres extrêmement pauvres.

– Nous avons encombré ce paysage! lui dit le Seigneur Leto. Nous l'avons encombré d'arbres, de jardins, de maisons... Comment pouvez-vous exulter devant les mystères d'un tel paysage?

La sœur Chenoeh, enhardie par les assurances que lui avait prodiguées Leto, demanda :

– Mon Seigneur recherche vraiment les mystères?

– Il n'y a pas de liberté spirituelle extériorisée dans ce genre de paysage. Ne percevez-vous pas cela? Il n'y a ici aucun univers extérieur avec lequel on puisse communier. Tout est clos. Barrières, portes, verrous!

– L'humanité n'a-t-elle donc plus besoin de protéger sa vie privée?

– Quand vous retournerez là-bas, dites à vos Sœurs que j'ai l'intention de rétablir la vue sur l'extérieur. Un paysage comme celui-ci vous force à intérioriser, dans l'espoir de découvrir un peu de liberté. Mais la plupart des hommes ne sont pas assez forts pour découvrir la liberté à l'intérieur d'eux-mêmes.

– Je transmettrai fidèlement vos paroles, Mon Seigneur, déclara la sœur Chenoeh.

– Tâchez qu'il en soit ainsi. Dites également à vos Sœurs que le Bene Gesserit devrait mieux que personne concevoir les dangers qu'il y a, en matière génétique, à vouloir sélectionner à tout prix une caractéristique donnée, ou à poursuivre un but trop défini.

La sœur Chenoeh fait observer ici qu'il s'agit d'une allusion très nette au père du Seigneur Leto, Paul Atréides. On notera que le programme génétique du Bene Gesserit avait réalisé son Kwisatz Haderach une génération plus tôt. En devenant Muad'Dib, chef des Fremen, Paul Atréides échappait à notre contrôle. Il ne fait aucun doute que nous avions là notre mâle doté des pouvoirs d'une Révérende Mère, mais aussi d'un certain nombre d'autres pouvoirs dont l'humanité est encore en train de payer chèrement le prix. Comme le Seigneur Leto le dit lui-même :

– Vous avez tiré la carte inattendue. *Moi*. Et j'ai réalisé Siona.

Le Seigneur Leto s'est refusé à expliquer cette

référence à la fille de Moneo, son majordome. Ce point fait actuellement l'objet d'une enquête.

Dans les autres domaines qui intéressent le Chapitre, voici les informations que nous ont fait parvenir nos différentes investigatrices :

TRUITESSES

Les légions du Seigneur Leto ont procédé à l'élection de leurs représentantes aux Festivités Décennales qui se dérouleront prochainement sur Arrakis. Chaque garnison planétaire enverra trois représentantes (*voir liste en annexe*). Comme d'habitude, aucun adulte de sexe mâle ne pourra être présent, pas même les consorts des Truitesses haut gradées. La liste des consorts a très peu varié durant la période de référence. On trouvera plus loin les nouveaux noms accompagnés, chaque fois que possible, d'indications généalogiques. Il faut noter que deux de ces noms seulement peuvent être signalés comme descendant des gholas Duncan Idaho. Nous ne sommes toujours pas en mesure d'ajouter quoi que ce soit à nos conjectures sur la manière dont l'Empereur-Dieu utilise ces gholas dans son programme génétique.

Aucune de nos tentatives pour établir une alliance entre les Truitesses et le Bene Gesserit n'a jusqu'à présent réussi. Le Seigneur Leto continue à augmenter la taille de certaines garnisons. Il continue aussi à mettre l'accent sur les opérations spéciales effectuées par les Truitesses, au détriment de leurs tâches militaires. Cette évolution a pour résultat logique de créer localement des réactions d'admiration, de respect et de *gratitude* envers la présence des garnisons de Truitesses. (*Voir en annexe la liste des garnisons renforcées. On notera qu'elles se situent toutes sur les fiefs planétaires du Bene Gesserit, des Ixiens et des Tleilaxu. Le nombre des moniteurs de la Guilde Spatiale n'a pas été accru.)*

RELIGION

En dehors de quelques décès et remplacements dont on trouvera la liste en annexe, il y a peu de changement. Les officiers et consorts désignés pour s'occuper du culte demeurent peu nombreux et leurs pouvoirs sont continuellement affaiblis par la nécessité de consulter Arrakis chaque fois qu'il y a une décision à prendre. D'après la Révérende Mère Syaksa et d'autres voix autorisées, le caractère religieux des Truitesses serait en train de se dégrader progressivement.

PROGRAMME GÉNÉTIQUE

Mise à part l'allusion précitée du Seigneur Leto à Siona et à notre échec concernant son père, nous n'avons rien de particulièrement significatif à porter au crédit de notre surveillance attentive du programme génétique institué par lui. Certains indices, notamment l'expression d'*objectifs génétiques* utilisée par le Seigneur Leto, font penser qu'une part de hasard existe dans son programme. Mais nous ne pouvons pas avoir la certitude qu'il a dit la vérité à Sœur Chenoeh. N'oublions pas les nombreux cas de mensonges flagrants de sa part ou bien de revirements sans raison qui ont été portés à notre connaissance.

Le Seigneur Leto persiste à nous interdire toute participation à son programme génétique. Ses moniteurs de notre garnison de Truitesses demeurent inflexibles dès qu'il s'agit d'*extirper* les naissances qui leur paraissent suspectes. Ce n'est qu'à force de contrôles rigoureux que nous avons pu maintenir, au cours de la période de référence, le niveau des Révérendes Mères. Nos protestations sont restées sans réponse. A une question directe de la sœur Chenoeh, le Seigneur Leto a répliqué : « Vous devriez être reconnaissantes d'avoir ce que vous avez. »

Nous prenons acte de cet avertissement. Une lettre de gratitude a été adressée par nos soins au Seigneur Leto.

ÉCONOMIE

La solvabilité du Chapitre continue d'être assurée, mais nous ne pouvons assouplir les mesures conservatoires. En fait, par précaution, un certain nombre de dispositions nouvelles seront appliquées au cours de la prochaine période de référence. Parmi elles figurent la diminution des quantités de mélange utilisées à des fins rituelles, et l'augmentation des tarifs de nos principaux services. Nous comptons ainsi doubler progressivement, durant les quatre prochaines périodes, les frais de scolarité demandés aux héritières des Grandes Maisons. Vous êtes d'ores et déjà chargées de préparer vos arguments pour la défense de cette action.

Le Seigneur Leto a opposé une fin de non-recevoir à notre demande d'augmentation de la quantité de mélange qui nous est attribuée. Aucune raison n'a été fournie.

Nos relations avec le Combinat des Honnêtes Ober Marchands demeurent établies sur des bases solides. Le CHOM a implanté, durant la dernière période de référence, un cartel régional dans le secteur des Joyaux Stellaires. Ce programme nous a rapporté, en tant qu'intermédiaires et conseillers spéciaux, une commission substantielle qui devrait largement compenser nos pertes sur Giedi Prime. L'opération Giedi Prime a été annulée.

GRANDES MAISONS

Trente et une anciennes Grandes Maisons ont sombré dans un désastre financier au cours de la période écoulée. Six d'entre elles seulement (*voir liste en annexe*) ont réussi à conserver un statut de Maison Mineure. Ces faits confirment la tendance des dix siècles précédents, où les Grandes Maisons disparaissent progressivement du devant de la scène. Il est à noter que les six Maisons qui ont pu éviter le désastre total sont toutes financièrement liées au CHOM et que, sur les six, cinq sont étroitements intéressées à l'opération des Joyaux Stellaires. La sixième détient un portefeuille diversifié comprenant notamment des investissements substantiels dans le commerce de l'antique fourrure de baleine en provenance de Caladan.

(Nos réserves de riz ponji ont été pratiquement doublées au cours de cette période, au détriment de nos avoirs en fourrure de baleine. Les raisons de cette décision seront commentées dans le prochain rapport.)

VIE FAMILIALE

Comme l'ont observé nos investigatrices au cours des derniers deux mille ans écoulés, l'homogénéisation de la vie familiale se poursuit à un rythme constant. Les seules exceptions ne sont pas de nature à vous surprendre : La Guilde, les Truitesses, les Courtisans Impériaux, les Danseurs-Visages polymorphes du Tleilax (qui demeurent stériles malgré tous leurs efforts pour modifier cet état de choses) et, bien entendu, nous-mêmes.

Il est à noter que la condition familiale tend à s'uniformiser quelle que soit la planète de résidence et que cette évolution ne saurait être considérée comme le fruit du hasard. Nous voyons apparaître ici une partie du grand dessein élaboré par le Seigneur Leto. Il est certes vrai qu'à l'heure actuelle, même les familles les plus pauvres sont à l'abri du besoin; mais les conditions de vie quotidienne deviennent de plus en plus statiques.

Nous vous rappelons ce que disait déjà à ce propos le Seigneur Leto, il y a près de huit générations en arrière :

« Je suis le seul spectacle qui reste de tout l'Empire. »

La Révérende Mère Syaksa nous a proposé, pour

expliquer cette situation, une théorie que nous sommes de plus en plus nombreuses à approuver. La R. M. Syaksa attribue au Seigneur Leto des motifs fondés sur le concept de « despotisme hydraulique ». Vous n'ignorez pas que le « despotisme hydraulique » ne peut s'exercer que si une force centrale isolée est en mesure de contrôler une substance ou une condition quelconques absolument nécessaires à la vie en général. Cette expression est née à un moment où, les quantités d'eau subitement disponibles pour l'irrigation des terres ayant créé localement un afflux de populations, un état de dépendance absolue s'est inévitablement instauré. Lorsque l'eau se trouvait coupée, un grand nombre de gens mouraient.

Ce phénomène est apparu plusieurs fois dans l'histoire des hommes, pas seulement avec l'eau et les produits des terres arables mais aussi avec les hydrocarbures tels que le pétrole ou le charbon, dont la distribution était contrôlée par des oléoducs ou d'autres systèmes de transport. A une époque, lorsque la répartition de l'électricité se faisait uniquement par le moyen d'un réseau compliqué de fils aériens qui quadrillaient le paysage, même cette source d'énergie pouvait être comptée au nombre des produits susceptibles de favoriser le despotisme hydraulique.

La R. M. Syaksa suggère que le Seigneur Leto est en train de chercher à rendre l'ensemble de l'Empire encore plus dépendant à l'égard du mélange qu'il ne l'a été jusqu'ici. On peut noter que le processus de vieillissement humain est en quelque sorte une maladie dont le mélange représente, sinon un instrument de guérison totale, du moins le meilleur traitement connu à ce jour. Dans le même ordre d'idées, toujours selon la R. M. Syaksa, le Seigneur Leto pourrait être tenté d'introduire artificiellement au sein de l'Empire quelque maladie nouvelle qui ne pourrait être guérie que par le mélange. Cette hypothèse, bien qu'elle puisse paraître un peu exagérée, ne saurait toutefois être écartée à la légère. De plus étranges choses se sont déjà produites et l'on ne doit pas oublier le rôle joué par la syphilis dans les premiers temps de l'histoire humaine.

TRANSPORTS ET GUILDE

Le mode de transport ternaire naguère propre à Arrakis (c'est-à-dire : à pied, avec des palettes à suspenseurs pour le déplacement des charges lourdes par voie de surface; par ornithoptère par la voie aérienne, ou par l'intermédiaire de la Guilde pour les voyages extraplanétaires) est en passe de se généraliser dans tout l'Empire, l'exception notable étant constituée par Ix.

Nous attribuons cela en partie à la régression que connaît cette planète vers un mode de vie statique et sédentaire, mais en partie aussi au désir de copier Arrakis. L'aversion générale pour tout ce qui provient d'Ix n'est peut-être pas étrangère à cette tendance. Il y a aussi le fait que les Truitesses encouragent cet état de choses dans la mesure où il leur facilite leur tâche du maintien de l'ordre.

Liée au rôle joué par la Guilde dans ce domaine est la dépendance absolue des Navigateurs en ce qui concerne le mélange. C'est pour cette raison que nous suivons d'un œil attentif les efforts déployés conjointement par Ix et par la Guilde pour mettre au point un produit de substitution mécanique aux talents prophétiques utilisés par les Navigateurs. En l'absence du mélange ou d'un moyen quelconque de projeter la route d'un long-courrier, chaque voyage transluminique de la Guilde risquerait de s'achever par une catastrophe. Sans être particulièrement optimistes quant aux chances de réussite d'un tel projet, nous pensons qu'il mérite d'être suivi de près et nous ne manquerons pas de vous tenir informées au mieux de nos moyens.

En dehors d'un léger accroissement de taille, peu de modifications physiques sont à noter chez le Seigneur Leto. Les bruits qui circulent sur son aversion pour l'eau n'ont pu être confirmés. Toutefois, nos archives sont bien documentées sur l'utilisation de l'eau comme protection contre les anciens vers des sables de Dune, de même que sur la « mort-de-l'eau » par laquelle les anciens Fremen avaient coutume de faire périr un ver de petite taille pour produire l'essence d'épice qui servait à leurs orgies.

De multiples sources confirment que le Seigneur Leto a renforcé la surveillance qu'il exerce sur Ix, probablement en raison de l'actuel projet guildo-ixien. Il ne fait aucun doute que si ce projet venait à aboutir, son emprise sur l'Empire en serait grandement diminuée.

Il continue cependant à traiter des affaires avec Ix, notamment à commander des pièces de rechange pour son Chariot Royal.

Les Tleilaxu ont livré au Seigneur Leto un nouveau ghola Duncan Idaho. Ceci confirme la mort du précédent ghola, dont nous ignorons pour le moment les circonstances exactes. Nous attirons toutefois votre attention sur le fait que, par le passé, le Seigneur Leto a tué de ses propres mains un certain nombre de ses gholas.

Nous disposons d'indices de plus en plus nombreux tendant à établir que le Seigneur Leto utilise en secret des machines informatiques. S'il s'avère qu'il bafoue ainsi ses propres interdits en même temps que les proscriptions du Jihad Butlérien, il serait intéressant pour nous de détenir une preuve formelle qui nous permettrait d'accroître notre influence auprès de lui. Nous pourrions ainsi envisager de mener à bien avec lui certains projets qui nous tiennent à cœur depuis longtemps. La souveraineté totale sur notre programme génétique continue de figurer au premier plan de nos préoccupations. Nous poursuivrons nos investigations, sans toutefois oublier de respecter l'impératif suivant :

De même que pour tous les rapports qui ont précédé celui-ci, nous devons tenir compte de la prescience du Seigneur Leto. Il ne fait aucun doute que son talent prophétique, supérieur à celui de n'importe lequel de ses ancêtres, constitue plus que jamais le principe directeur de sa politique.

Nous ne songeons pas à la défier!

Nous sommes convaincues qu'il connaît chacune de nos décisions importantes bien avant que nous ne l'ayons prise. Notre règle est donc de ne jamais menacer sciemment ni sa personne, ni ce que nous pouvons connaître de son maître plan. Notre attitude consiste à lui dire :

« Avertissez-nous si nous représentons une menace, que nous puissions nous désister. »

Et aussi :

« Faites-nous part de votre maître plan, que nous puissions vous aider. »

Il n'a donné aucune réponse nouvelle à ces deux demandes au cours de la période écoulée.

IXIENS

Mis à part le projet guildo-ixien, aucun fait majeur n'est à signaler. Ix envoie une ambassadrice à la cour du Seigneur Leto. Il s'agit de Hwi Noree, nièce d'un certain Malky autrefois réputé comme joyeux compère de l'Empereur-Dieu. La raison de ce choix ne nous est pas connue. Nous avons lieu de croire, cependant, que cette Hwi Noree a été génétiquement conçue dans un but spécifique, vraisemblablement pour représenter les Ixiens à la cour. Il est possible que Malky lui-même ait été créé en prévision de ce rôle.

Nous poursuivons nos investigations dans ce domaine.

FREMEN DE MUSÉE

Ces représentants dégénérés d'une ancienne race de guerriers farouches continuent de nous fournir les renseignements les plus sûrs dont nous disposions sur les affaires d'Arrakis. Ils constitueront l'un des postes les plus importants du prochain exercice dans la mesure où leurs exigences en matière de rétribution sont en augmentation croissante et où nous n'osons guère les contrarier.

Il est intéressant de constater que, même si leur mode de vie n'offre que peu de ressemblance avec celui de leurs aïeux, leur talent dans la pratique des rites et l'imitation des anciennes mœurs fremen demeurent sans égal. Nous attribuons cela à l'influence des Truitesses dans la formation des jeunes Fremen.

TLEILAX

Nous n'attendons guère de surprises du côté du nouveau ghola Idaho. Les Tleilaxu ont été échaudés par la réaction du Seigneur Leto lorsqu'ils ont essayé de changer la constitution cellulaire et le psychisme de l'original.

Un émissaire du Tleilax a récemment réitéré une offre de coopération dans une expérience dont le but avoué serait la création d'une société exclusivement féminine, qui pourrait se passer entièrement des mâles. Pour des raisons évidentes, et en particulier parce que nous nous méfions de tout ce qui vient de Tleilax, nous avons comme par le passé refusé poliment. Notre Envoyée aux prochaines Festivités Décennales présentera au Seigneur Leto un rapport complet sur cette affaire.

Respectueusement soumis à votre approbation par :

Les Révérendes Mères Syaksa, Yitob, Mamulut, Eknekosk et Akeli.

Pour aussi étrange que cela puisse paraître, les grands combats tels que celui que vous voyez émerger des pages de ces mémoires ne sont pas toujours visibles à leurs participants. Bien des choses dépendent de ce que les gens rêvent dans le secret de leur cœur. Je me suis toujours intéressé autant à l'élaboration des rêves qu'à celle des actions. Entre les lignes de ces mémoires apparaît le combat avec la vision que l'humanité a d'elle-même – un combat âpre sur un terrain où des pulsions surgies de notre plus sombre passé peuvent se transformer en une réalité à laquelle nous serons obligés non seulement d'assister mais de nous mesurer. C'est l'hydre qui attaque toujours du côté où l'on est sans défense. Je prie, par conséquent, pour que, après avoir traversé mon segment du Sentier d'Or, vous ne soyez plus d'innocents enfants qui dansent sur une musique dont ils n'entendent pas le son.

Les Mémoires Volés.

Nayla commença à gravir d'un pas pesant et régulier l'escalier circulaire qui conduisait à la salle d'audience de l'Empereur-Dieu, au sommet de la tour méridionale de la Citadelle. Chaque fois qu'elle passait dans la portion de l'escalier orientée au sud-ouest, les meurtrières étroites projetaient sur son chemin un rayon de soleil où dansait la poussière. Elle savait que le mur du centre, derrière elle, abritait un ascenseur de fabrication ixienne capable de transporter la masse de l'Empereur-Dieu, et par conséquent la sienne, jusqu'au sommet de la tour, mais elle ne se formalisait pas d'être obligée d'emprunter humblement l'escalier.

La brise qui pénétrait par les meurtrières apportait une odeur de pierre brûlée qui évoquait le désert. Le soleil, bas sur l'horizon, faisait briller comme des rubis les paillettes rouges de la roche qui formait le mur d'enceinte. De temps à autre, elle se penchait rapidement vers une meurtrière pour regarder les dunes du désert. Pas une fois, cependant, elle ne s'arrêta pour admirer la vue.

– Tu possèdes une patience héroïque, Nayla, lui avait dit un jour Son Seigneur.

Ce souvenir lui faisait chaud au cœur.

De l'intérieur de la tour, Leto suivait la progression de Nayla dans l'escalier qui spiralait autour de la colonne centrale ixienne. La projection de son image, réduite de trois quarts dans un foyer tridimensionnel qui se trouvait sous ses yeux, se faisait elle aussi par l'intermédiaire d'un dispositif ixien.

Avec quelle précision elle se déplace! pensa-t-il.

Cette précision, il le savait, provenait d'une simplicité passionnée.

Elle portait le bleu des Truitesses et une robe-cape sans le faucon des Atréides sur la poitrine. Dès qu'elle avait franchi le poste de garde à l'entrée de la tour, elle avait rabattu en arrière le capuchon-ciboire qu'il lui demandait de porter à l'occasion de ces visites privées. Avec son corps massif et athlétique, elle ressemblait à beaucoup d'autres gardiennes de l'Empereur-Dieu; mais il n'avait pas, dans sa vaste mémoire, le souvenir d'avoir jamais contemplé un visage pareil. Il était presque carré, avec une bouche si large qu'elle donnait l'impression de contourner les joues. Cette illusion était créée par les sillons profonds qui prolongeaient les commissures de ses lèvres. Ses yeux étaient vert pâle et sa chevelure coupée court avait la teinte du vieil ivoire. Son front presque plat accentuait la forme carrée du visage et ses sourcils pâles passaient le plus souvent inaperçus à cause du pouvoir d'attraction exercé par ses yeux. Elle avait un nez droit et fin, qui rejoignait abruptement la bouche aux lèvres étroites et peu charnues.

Quand Nayla parlait, ses mâchoires démesurées s'ouvraient et se refermaient comme celles de quelque animal primitif. Sa force physique, peu connue en dehors de l'organisation des Truitesses, était légendaire parmi celles-ci. Leto l'avait vue soulever de terre d'une seule main un homme qui devait peser cent kilos. La présence de Nayla sur Arrakis avait été arrangée au début sans l'intervention de Moneo, mais le majordome n'ignorait pas que Leto utilisait ses Truitesses comme agents secrets.

Leto détourna les yeux du foyer en trois dimensions pour contempler, par la large baie qui s'ouvrait à côté de lui, l'étendue du désert au sud. Les couleurs des roches lointaines dansaient dans sa conscience : ors, bruns, ambres intenses. Il y avait une strie rose, sur une paroi distante, qui avait la teinte exacte d'un plumage d'aigrette. Les aigrettes n'existaient plus, excepté dans la mémoire de Leto, mais il pouvait confronter le mince ruban pastel de pierre à l'une de ses visions intérieures, et c'était comme si l'oiseau disparu était passé devant lui dans le ciel.

Même Nayla, il le savait, devait commencer à ressentir la fatigue. Il la vit s'arrêter enfin pour se reposer à deux marches de la marque indiquant que les trois quarts du chemin étaient accomplis. C'était d'ailleurs exactement à cette marche qu'elle se reposait chaque fois. Cela faisait partie de sa précision en toute chose, et c'était l'une des raisons pour lesquelles il l'avait fait venir de sa lointaine garnison de Seprek.

Un faucon des dunes traversa le ciel à hauteur de la tour à quelques longueurs d'ailes seulement du mur d'enceinte. Son attention était rivée aux ombres qui marquaient la base de la Citadelle. Parfois, de petits animaux émergeaient du sol et il devait guetter une proie.

A l'horizon, bien au-delà du point où était le faucon, Leto discerna une mince ligne de nuages. Pour le vieux Fremen qui était en lui, c'était un spectacle bien étrange : des nuages sur Arrakis, la pluie, l'eau à ciel ouvert.

Leto rappela à ses voix intérieures : *A part ce dernier désert qu'est mon Sareer, la transformation de Dune en la verdoyante Arrakis s'est effectuée sans remords depuis le premier jour de mon règne.*

L'influence de la géographie sur l'histoire était largement méconnue, songeait Leto. Les humains avaient plutôt tendance à considérer l'influence de l'histoire sur la géographie.

A qui appartient cette voie fluviale? Cette vallée verdoyante? Cette péninsule? Cette planète?

A aucun d'entre nous.

Nayla avait repris son ascension, le regard fixé sur les marches. Les pensées de Leto revinrent à elle.

Pour plus d'une raison, c'est la collaboratrice la plus efficace que j'aie jamais eue. Elle me considère comme son Dieu. Elle me vénère aveuglément ou presque. Même quand je l'attaque sur sa foi pour plaisanter, elle prend cela comme une épreuve. Elle sait qu'elle est capable d'affronter victorieusement n'importe quelle épreuve.

Quand il l'avait introduite dans la rébellion, en lui recommandant d'obéir en tout point à Siona, elle n'avait pas posé de questions. Quand Nayla avait des doutes, et même quand elle formulait ces doutes en paroles, ses propres arguments étaient suffisants pour rétablir sa foi. Jusqu'à présent, du moins. Car, récemment, certains messages permettaient d'affirmer qu'elle avait besoin de l'Auguste Présence pour recharger ses batteries intérieures.

Leto se souvenait de sa première conversation

avec elle. Dans son angoisse de plaire, elle était toute tremblante.

– Même si Siona t'envoie m'assassiner, tu dois lui obéir. Elle ne doit jamais soupçonner que tu me sers.

– Personne ne peut vous tuer, Mon Seigneur.

– Mais tu dois faire ce que te dit Siona.

– Bien sûr, Mon Seigneur. Puisque vous l'ordonnez.

– Tu dois lui obéir en toute chose.

– Je le ferai, Mon Seigneur.

Une épreuve de plus. Nayla ne se pose pas de questions sur les épreuves que je lui impose. Elle les traite comme des piqûres de puce. Son Seigneur a commandé? Nayla obéit. Je dois faire en sorte que rien ne vienne changer cette relation.

Elle aurait fait une superbe Shadout, dans l'ancien temps, songeait Leto. C'était l'une des raisons pour lesquelles il lui avait offert un krys, un vrai, qui venait du Sietch Tabr. Il avait appartenu à une épouse de Stilgar. Nayla le portait dans un étui dissimulé sous ses vêtements. C'était pour elle plus un talisman qu'une arme. Il le lui avait remis selon le rite ancien, et la cérémonie avait, à sa propre surprise, provoqué des émotions qu'il croyait à jamais ensevelies dans le passé.

– Voici la dent de Shaï-Hulud.

Il lui avait tendu la lame de ses mains à la peau d'argent.

– Prends-la et tu feras partie à la fois du passé et de l'avenir. Souille-la et le passé ne te donnera pas d'avenir.

Nayla avait accepté la lame, puis son étui.

– Fais couler le sang d'un de tes doigts, avait ordonné Leto.

Nayla avait obéi.

– Rengaine cette lame. Et ne la ressors plus jamais sans faire couler le sang.

De nouveau, Nayla avait exécuté son ordre, tremblante d'émotion.

Et maintenant, tandis qu'il contemplait l'image de

Nayla dans le foyer ixien, Leto se sentait empli de tristesse par ces réminiscences. A moins d'être entretenu à l'ancienne manière fremen, le krys risquait de devenir de plus en plus fragile et inutile. Il durerait à peu près la vie de Nayla, mais guère plus.

J'ai laissé partir un morceau du passé.

Quelle tristesse que la Shadout du début se soit transformée en Truitesse d'aujourd'hui... et qu'il ait fallu perdre un krys authentique pour attacher davantage une servante à son maître! Certains, il le savait, croyaient que ses Truitesses étaient de vraies prêtresses – une manière de contrer le Bene Gesserit.

Il est en train de créer une autre religion, disaient les Sœurs.

Ridicule! Je ne crée pas une religion, je suis *la religion!*

Nayla apparut alors sur le seuil du sanctuaire et vint se placer à trois pas du Chariot Royal, les yeux respectueusement baissés.

Encore à ses réminiscences, Leto lui dit :

– Regarde-moi, femme!

Elle obéit.

– J'ai créé une monstrueuse obscénité sacrée! poursuivit Leto. Cette religion édifiée autour de ma personne me dégoûte!

– Oui, Mon Seigneur.

Les yeux verts de Nayla, sur les coussins dorés de ses joues, le contemplaient sans s'étonner, sans comprendre, sans besoin d'aucune réaction.

Si je lui demandais d'aller me chercher les étoiles, elle essayerait de me les rapporter. Elle croit que je la mets encore à l'épreuve. Elle serait bien capable de me faire perdre patience.

– Cette damnée réligion devra s'achever avec moi! hurla-t-il. Pourquoi voudrais-je infliger une religion à mon peuple? Les religions dévorent de l'intérieur aussi bien les empires que les individus. C'est exactement la même chose!

– Oui, Mon Seigneur.

– Les religions servent à créer des extrémistes et des fanatiques comme toi!

– Merci, Mon Seigneur.

La pseudo-rage éphémère de l'Empereur-Dieu sombra dans les ténèbres de son souvenir. Rien n'entamait la foi coriace de Nayla.

– Topri m'a fait un rapport par l'intermédiaire de Moneo, déclara-t-il. Parle-moi un peu de ce Topri.

– C'est un ver ignoble.

– N'est-ce pas le nom que tu me donnes aussi quand tu es parmi les rebelles?

– J'obéis en tout point aux ordres de Mon Seigneur.

Un point pour elle!

– Il ne vaut donc pas la peine d'être cultivé? demanda Leto à haute voix.

– Siona ne s'y est pas trompée. Il est maladroit. Il dit des choses que les autres vont répéter et qui permettent de remonter jusqu'à lui. Dès que Kobat a commencé à parler, elle a eu la confirmation que Topri était un espion.

Tout le monde est d'accord là-dessus, se dit Leto. *Topri est un piètre espion.*

Ce consensus amusait Leto. Les intrigues de second plan troublaient des eaux qui demeuraient pour lui parfaitement transparentes. Leurs acteurs, cependant, continuaient de favoriser ses desseins.

– Siona ne te soupçonne pas? demanda-t-il.

– Je ne suis pas si maladroite.

– Sais-tu pour quelle raison je t'ai fait venir?

– Pour éprouver ma foi.

Aaah, Nayla! On voit bien que tu ne sais pas ce que c'est qu'une vraie épreuve.

– Je veux connaître ton jugement sur Siona. Je veux le voir sur ton visage et dans tes mouvements, je veux l'entendre dans ta voix, fit Leto. Est-elle prête?

– Les Truitesses ont besoin d'une femme comme elle, Mon Seigneur. Pourquoi prenez-vous le risque de la perdre?

– Lui forcer la main serait le meilleur moyen de

perdre ce que j'apprécie le plus chez elle. Il faut qu'elle vienne à moi dans toute l'intégrité de ses forces.

Nayla baissa les yeux :

– Comme Mon Seigneur voudra.

Leto identifia aussitôt cette réaction. C'était son refuge quand elle n'y comprenait plus rien.

– Crois-tu qu'elle survivra à l'épreuve, Nayla?

– D'après la description qu'en donne Mon Seigneur... Nayla leva les yeux vers Leto, puis haussa les épaules. Je ne sais pas, Mon Seigneur. Elle est très forte, c'est certain. Elle est la seule à avoir échappé aux loups. Mais elle est gouvernée par la haine.

– Et cela se comprend. Mais dis-moi, Nayla. Que va-t-elle faire des objets qu'elle m'a volés?

– Topri ne vous a donc pas renseigné sur ces livres qui, à ce que l'on dit, contiendraient Votre Auguste Parole?

C'est étrange, songea Leto, *comme elle est capable de mettre des majuscules aux mots rien qu'avec sa voix*. Il répondit un peu impatiemment :

– Je sais, je sais. Les Ixiens en ont une copie, et bientôt la Guilde et le Bene Gesserit pourront s'échiner dessus à leur tour.

– Qu'est-ce que c'est que ces livres, Mon Seigneur?

– Ce sont des paroles que j'adresse à mon peuple. Je veux qu'on les lise. Mais ce que je désirais savoir tout à l'heure, c'est quels ont été les commentaires de Siona à propos des plans de la Citadelle qu'elle a emportés.

– Elle dit qu'il y a une grande quantité d'épice dans les souterrains de votre Citadelle, Mon Seigneur, et que les plans indiqueront son emplacement.

– Ils n'indiqueront rien du tout. Elle a l'intention de creuser un tunnel?

– Elle cherche à se procurer des outils ixiens pour cela.

– Les Ixiens ne les lui donneront pas.

– Cette réserve d'épice existe donc vraiment, Mon Seigneur?

– Oui.

– Il y a des bruits qui courent sur la manière dont vous protégez ce trésor, Mon Seigneur. On dit que Arrakis entière serait détruite si quelqu'un essayait de vous voler votre mélange. Est-ce exact?

– Oui. L'Empire tout entier serait secoué. Rien ne survivrait. Ni la Guilde, ni le Bene Gesserit, ni le Tleilax, ni Ix, ni même les Truitesses.

Elle frissonna avant de murmurer :

– Je ne la laisserai pas essayer de toucher à votre trésor.

– Nayla! Je t'ai ordonné d'obéir en tout point à Siona. Est-ce ainsi que tu sers ton maître?

– Mon Seigneur!

Elle tremblait devant son courroux, plus près de perdre la foi qu'elle ne l'avait jamais été devant lui. C'était une crise qu'il avait créée, en sachant très bien comment elle se résoudrait. Progressivement, les traits de Nayla se détendirent. Il voyait la tournure de ses pensées, comme si elle les avait étalées devant lui en grosses lettres lumineuses.

L'ultime épreuve!

– Tu vas retourner auprès de Siona, et tu répondras de sa vie sur la tienne. C'est la mission que je t'ai assignée et que tu as acceptée. C'est pour cela que je t'ai choisie. C'est pour cela que tu portes sur toi une arme de la maison de Stilgar.

La main droite de Nayla se posa instinctivement sur le krys caché sous sa robe.

Comme une arme est capable, invariablement, songea Leto, *d'enfermer celui qui la porte dans des schémas de comportement prévisibles!*

Il regarda avec fascination le corps rigide de Nayla. Son regard était vide de tout excepté l'adoration.

Le summum du despotisme rhétorique... et comme je méprise cela!

– Va! jeta-t-il.

Nayla fit volte-face, fuyant l'Auguste Présence.

Le jeu en vaut-il la chandelle? se demanda Leto.

Nayla lui avait cependant appris ce qu'il avait besoin de savoir. Tout en prenant un nouveau bain de foi, elle lui avait révélé avec exactitude la chose qu'il n'avait pu découvrir dans l'image trop floue de Siona. Et il pouvait faire confiance aux instincts de Nayla.

Siona a atteint le stade détonant dont j'avais besoin.

Les Duncan trouvent toujours étrange que j'aie préféré utiliser des femmes dans mes forces de combat. Mes Truitesses, en fait, ne sont ni plus ni moins qu'une armée provisoire. Tout en étant capables de beaucoup de violence et de hargne, les femmes diffèrent profondément des hommes dans leur engagement au combat. Le berceau de la genèse les prédispose en définitive à un comportement plus protecteur de la vie. Elles ont suffisamment prouvé qu'elles étaient les meilleures gardiennes du Sentier d'Or, aptitude que je ne cesse de cultiver au cours de leur période de formation. Pendant un temps, elles sont tenues à l'écart des activités de routine. Je leur offre des cérémonies de partage qu'elles pourront se remémorer avec joie durant le reste de leur existence. Elles atteignent leur majorité en compagnie de leurs sœurs et cela les prépare à des circonstances plus profondes. Le partage, en ces occasions, est toujours une préparation à quelque chose de plus grand. La brume de la nostalgie enveloppera ces journées passées au milieu de leurs sœurs et les transformera en quelque chose de plus que ce qu'elles furent réellement. C'est ainsi que le présent modifie l'histoire. Tous les contemporains ne résident pas dans la même période. Le passé évolue continuellement, mais rares sont ceux qui s'en aperçoivent.

Les Mémoires Volés.

Après avoir fait avertir les Truitesses, Leto descendit en fin de soirée dans la crypte. Il avait jugé préférable d'avoir ce premier entretien avec un nouveau Duncan Idaho dans un local obscur où il pouvait préparer le ghola à la vue de son corps prévermiforme. Il y avait, taillée dans la roche noire de la partie centrale de la crypte, une petite salle qui convenait parfaitement à cet usage. Elle était assez grande pour contenir Leto et son chariot, mais le plafond était bas. La lumière venait de brilleurs cachés qu'il pouvait régler à volonté. Il n'y avait qu'une seule entrée, mais elle se composait de deux parties. La première, grande ouverte, pouvait laisser passer le Chariot Royal. La seconde formait une porte aux dimensions humaines.

Leto introduisit son Chariot Royal dans la pièce, referma le portail et ouvrit la petite porte. Puis il se prépara à l'entrevue.

L'ennui était, de plus en plus, un problème majeur. Les réactions des gholas envoyés par le Tleilax devenaient affreusement répétitives. Un jour, Leto avait fait savoir aux Tleilaxu qu'ils devaient cesser de lui livrer des Duncan; mais ils savaient que, sur ce point, il leur était permis de lui désobéir.

Parfois, j'ai l'impression qu'ils le font uniquement pour préserver la flamme de la désobéissance!

Les Tleilaxu profitaient d'un élément important qui, savaient-ils, les protégeait aussi dans d'autres domaines.

La présence d'un Duncan fait plaisir au Paul Atréides qui est en moi.

Comme il l'avait expliqué à Moneo, alors que celui-ci venait d'occuper ses fonctions à la Citadelle :

– Les Duncan ne doivent pas venir à moi préparés uniquement par les Tleilaxu. Tu veilleras à ce que mes houris les dorlotent et répondent à quelques-unes de leurs questions.

– A quel genre de question doivent-elles répondre, Mon Seigneur?

– Elles le savent.

Au fil des ans, naturellement, Moneo avait eu le temps de se roder à cette procédure.

Leto entendit la voix de Moneo qui s'approchait dans la crypte, escorté par quelques Truitesses. Puis il distingua le pas hésitant du nouveau ghola.

– C'est cette porte, dit le majordome. Il fera noir à l'intérieur, et nous refermerons la porte derrière vous. Restez immobile et attendez que le Seigneur Leto s'adresse à vous.

– Pourquoi dans l'obscurité? protesta le Duncan d'une voix chargée d'agressivité soupçonneuse.

– Il l'expliquera lui-même.

On poussa Idaho dans la pièce et la porte se referma.

Leto savait exactement ce que voyait le ghola. Uniquement des ombres parmi d'autres ombres où même la source d'une voix était impossible à situer. Comme d'habitude, Leto se servit de la voix de Paul Muad'Dib.

– Cela me fait plaisir de te revoir, Duncan.

– Mais moi, je ne vous vois pas!

Idaho était un guerrier, et les guerriers attaquent. Cela confirma à Leto que le ghola avait toute son intégrité par rapport à l'original. Le mimodrame dont les Tleilaxu se servaient pour raviver leur mémoire d'avant la mort laissait toujours planer quelques incertitudes dans l'esprit des gholas. Certains Duncan étaient persuadés d'avoir menacé le vrai Paul Muad'Dib. C'était le cas de celui-là.

– J'entends la voix de Paul, mais je ne le vois pas, murmura Idaho.

Il n'essayait pas de dissimuler ses frustrations. Elles passaient entièrement dans sa voix.

Pourquoi un Atréides joue-t-il à ce jeu stupide? Paul est mort il y a longtemps et c'est Leto qui est ici, le dépositaire des souvenirs ressuscités de Muad'Dib... et de beaucoup d'autres, s'il faut croire ce que racontent les Tleilaxu.

– On t'a expliqué que tu n'étais que le dernier en date d'une longue série de reproductions, déclara Leto.

– Je n'ai aucun de ces souvenirs.

Leto perçut la note d'hystérie dans la voix du Duncan, à peine couverte par la bravade du guerrier. Ce maudit processus de restauration tleilaxu avait une fois de plus provoqué un véritable chaos mental. Ce Duncan arrivait presque en état de choc, prêt à croire qu'il était fou. Leto n'ignorait pas que, pour rassurer le pauvre diable, il allait devoir faire appel à ses talents de persuasion les plus subtils. Cela risquait d'être émotionnellement épuisant pour tous les deux.

– Il y a eu beaucoup de changements, Duncan. Mais une chose demeure : Je suis toujours un Atréides.

– Ils m'ont dit que votre corps était...

– Oui, c'est vrai; cela fait partie des changements.

– Maudits Tleilaxu! Ils ont essayé de me faire tuer quelqu'un que je... quelqu'un qui vous ressemblait. Je me suis tout d'un coup rappelé qui j'étais, et il y avait devant moi ce... Peut-être qu'il s'agissait d'un ghola de Muad'Dib?

– Rien qu'un Danseur-Visage, je t'assure.

– Il ressemblait tellement à... Même sa voix... Vous êtes sûr?

– Un simple acteur. En est-il sorti vivant?

– Bien sûr! C'est comme cela qu'ils ont ravivé ma mémoire. Un foutu truc. Ils m'ont tout expliqué. C'était la vérité?

– C'était la vérité, Duncan. Je déteste ce qu'ils t'ont fait, mais je l'ai autorisé pour le plaisir de ta compagnie.

Les victimes en puissance survivent toujours, songea-t-il. *Du moins dans le cas des Duncan qui arrivent ici. Car il y a eu des bavures, des Paul assassinés et des Duncan perdus. Mais il reste toujours d'autres cellules originales, soigneusement conservées.*

– Et votre corps? demanda Idaho.

Muad'Dib pouvait se retirer à présent. Leto reprit sa voix normale.

– J'ai accepté la peau de truite à la place de la mienne. Je n'ai pas cessé de me transformer depuis.

– Pourquoi?

– Je te l'expliquerai en temps voulu.

– Les Tleilaxu m'ont dit que vous aviez l'aspect d'un ver des sables.

– Que t'ont dit mes Truitesses?

– Que vous étiez Dieu. Pourquoi les appelez-vous ainsi?

– L'origine est ancienne. Les premières prêtresses parlaient aux poissons dans leurs rêves. Elles apprenaient de cette manière des choses très utiles.

– Comment le savez-vous?

– Je *suis* ces femmes... et tout ce qu'il y a eu avant et après elles.

Leto perçut le bruit que faisait Idaho en voulant déglutir malgré sa gorge sèche, puis le ghola murmura :

– Je comprends la raison de cette obscurité. C'est pour me donner le temps de m'habituer.

– Tu as toujours eu l'esprit vif, Duncan.

A part les fois où ce fut le contraire.

– Depuis combien de temps dure cette transformation?

– Plus de trois mille cinq cents ans.

– Alors, ce que m'ont dit les Tleilaxu est vrai.

– Ils osent rarement mentir, à présent.

– Cela fait beaucoup de temps.

– Pas mal, oui.

– Et... les Tleilaxu m'ont... reproduit... plusieurs fois?

– Plusieurs.

C'est le moment de demander combien, Duncan.

– Combien de copies de moi y a-t-il eu?

– Je te laisserai consulter les archives toi-même.

Et c'est parti, se dit Leto.

Cet entretien avait toujours paru satisfaire les

Duncan, mais on ne pouvait se méprendre sur la nature de la question : « *Combien de copies de moi?* » Les Duncan ne faisaient pas de distinction entre leurs différentes représentations charnelles bien que, dans une même souche, aucun souvenir commun ne pût être transmis d'un ghola à l'autre.

– Je me rappelle ma mort, murmura Idaho. Les lames des Harkonnen s'abattaient de partout, cherchant à vous atteindre, Jessica et vous.

Leto reprit momentanément la voix de Muad'-Dib :

– J'y étais, Duncan.

– Je ne suis qu'un remplaçant, n'est-ce pas? demanda Idaho.

– C'est exact.

– Comment l'autre... mon double... comment est-il mort?

– Toute chair est condamnée à s'éteindre, Duncan. C'est dans les archives.

Leto attendit patiemment, curieux de savoir combien de temps encore ce Duncan-là se contenterait de son histoire édulcorée.

– A quoi ressemblez-vous vraiment? demanda Idaho. Qu'est-ce que c'est que ce corps vermiforme dont les Tleilaxu m'ont fait la description?

– Ce corps produira un jour des sortes de vers des sables. Il est déjà bien avancé sur le chemin de la métamorphose.

– Qu'est-ce que ça veut dire, *des sortes*?

– Il aura davantage de ganglions. Il sera conscient.

– Ne pourrions-nous pas avoir plus de lumière? J'aimerais vous voir.

Leto fit fonctionner les brilleurs. Une vive clarté illumina la pièce, dont les parois noires contribuaient à fixer l'attention sur le Chariot Royal et sur toutes les parties visibles du corps de Leto.

Idaho parcourut du regard le corps gris aux facettes argentées, notant ici et là la naissance des sections annelées, les zones d'articulation courbes...

et les excroissances qui avaient dû être un jour des jambes et des pieds. Il vit que l'une d'elles était sensiblement plus courte que l'autre. Il reporta alors son attention sur les bras et les mains, correctement délimités, puis leva finalement la tête en direction du visage rose encapuchonné de replis, ridicule protubérance qui paraissait perdue dans l'immensité d'un tel corps.

– Tu vois, Duncan, je t'avais prévenu, fit Leto.

Idaho, sans répondre, fit un geste dans la direction du corps prévermiforme. Leto précéda sa question :

– Pourquoi?

Le ghola hocha la tête.

– Je suis toujours un Atréides, Duncan. Je t'assure, par tout l'honneur que ce nom représente, qu'il y avait des raisons impératives.

– Quelles raisons pouvaient être...

– Tu les connaîtras en temps voulu.

Idaho se contenta de secouer la tête.

– Ce n'est pas une révélation plaisante, reprit Leto. Il faut que tu t'y prépares, en apprenant d'abord un certain nombre d'autres choses. Crois-en la parole d'un Atréides.

Au fil des siècles, Leto s'était aperçu que cet appel aux loyautés profondes du Duncan envers tout ce qui touchait aux Atréides avait pour effet de tarir le flot immédiat des questions personnelles. Une fois de plus, la formule fut efficace.

– Ainsi, je vais servir encore les Atréides, murmura Idaho. Voilà qui est étrangement familier, n'est-ce pas?

– Dans plus d'un sens, mon vieil ami.

– Vieux pour vous, peut-être, mais pas pour moi. De quelle manière servirai-je?

– Mes Truitesses ne te l'ont pas dit?

– Elles ont dit que j'allais commander votre Garde d'élite, une force choisie parmi elles. Je ne comprends pas ça. Une armée de *femmes*?

– J'ai besoin d'un compagnon de confiance pour

commander ma Garde. Tu as une objection à faire?

– Mais pourquoi des femmes?

– Il y a des différences de comportement entre les deux sexes qui font que les femmes sont particulièrement indiquées pour ce rôle.

– Vous ne répondez pas à ma question.

– Tu crois qu'elles ne sont pas compétentes?

– Certaines m'ont paru assez coriaces, mais...

– D'autres se sont montrées... plutôt faibles avec toi?

Le visage du Duncan s'empourpra.

Leto trouva cette réaction charmante. Les Duncan figuraient parmi les rares humains de leur temps capables de faire une chose pareille. Elle pouvait s'expliquer, sans doute, par leur formation initiale, leur sens particulier de l'honneur – très chevaleresque.

– Je ne comprends pas comment vous pouvez confier votre protection à des femmes, déclara Idaho tandis que le sang refluait lentement de ses joues. Il regarda Leto dans les yeux.

– Mais je l'ai toujours fait, Duncan. Exactement comme à toi. Je leur confie ma vie.

– De quoi avons-nous à vous protéger?

– Moneo et les Truitesses te mettront au courant.

Idaho se balançait d'un pied sur l'autre, au rythme de ses battements de cœur. Il laissait errer son regard dans la petite salle, sans le fixer sur rien. Puis, avec la soudaineté d'une décision abrupte, il reporta toute son attention sur Leto.

– Comment dois-je vous appeler?

C'était le signe d'acceptation que Leto attendait.

– Seigneur Leto : est-ce que ça ira?

– Oui... Mon Seigneur, fit Idaho en fixant les yeux de Leto, d'un pur bleu fremen. Est-ce vrai, ce que disent vos Truitesses... que vous possédez... tous les souvenirs de...

– Nous sommes tous là, en effet, Duncan... Leto avait parlé avec la voix de son grand-père paternel.

– Même les femmes sont là, Duncan. C'était la voix de Jessica, la grand-mère paternelle de Leto.

– Tu les a bien connus, dit Leto. Et ils te connaissent bien.

Idaho prit une longue inspiration tremblante.

– Il va me falloir un moment pour m'y habituer.

– Exactement la réaction que j'ai eue au début, déclara Leto.

Une explosion de rire secoua Idaho. Leto se dit que c'était bien plus que ne le méritait sa piètre plaisanterie, mais il demeura silencieux.

– Vos Truitesses avaient été *priées* de me mettre de bonne humeur, n'est-ce pas? demanda Idaho au bout d'un moment.

– Y sont-elles parvenues?

Le Duncan étudia le visage de Leto, où il reconnaissait les traits distinctifs des Atréides.

– Vous autres, Atréides, vous me connaissez trop bien depuis toujours.

– Voilà qui est mieux, dit Leto. Tu commences à accepter l'idée que je ne suis pas juste un Atréides, mais tous les Atréides en même temps.

– Paul m'a dit cela une fois.

– C'est exact!

Dans la mesure où une personnalité peut être caractérisée par ses intonations et sa voix, c'était Muad'Dib qui venait de s'exprimer ainsi.

Idaho étouffa une exclamation, puis détourna son regard vers la porte.

– Vous nous avez pris quelque chose, dit-il. Je le sens. Toutes ces femmes... Moneo...

Nous contre eux, se dit Leto. *Les Duncan choisissent toujours le côté humain.*

Idaho regarda de nouveau Leto.

– Que nous avez-vous donné en échange?

– Dans tout l'Empire, la Paix de Leto.

– Et je vois que tout le monde en est vraiment ravi! C'est sans doute pour cela que vous avez besoin d'une Garde personnelle.

Leto sourit :

– Ma paix est en réalité une tranquillité forcée. De tout temps, les humains ont résisté à la tranquillité.

– C'est pourquoi vous nous donnez les Truitesses.

– Et une hiérarchie que l'on peut identifier sans se tromper.

– Une armée de femmes, murmura Idaho.

– La force la plus apte à captiver les hommes. Le sexe a toujours été un moyen de calmer l'agressivité du mâle.

– C'est la fonction de vos Truitesses?

– Elles préviennent ou guérissent des excès qui pourraient conduire à une violence plus pénible.

– Et vous les laissez croire que vous êtes un dieu? Je n'aime pas tellement ça.

– La malédiction du sacré m'est aussi désagréable qu'à toi!

Idaho fronça les sourcils. Ce n'était pas la réponse qu'il attendait.

– A quel genre de jeu jouez-vous, *Seigneur* Leto?

– C'est un jeu très ancien, mais avec de nouvelles règles.

– Inventées par vous!

– Que préfères-tu? Que je redistribue tout au CHOM, au Landsraad et aux Grandes Maisons?

– Les Tleilaxu disent qu'il n'y a plus de Landsraad. Vous n'acceptez aucune autorité indépendante de la vôtre.

– Je pourrais m'effacer au profit du Bene Gesserit. Ou des Ixiens, ou encore du Tleilax. Veux-tu que je trouve un nouveau baron Harkonnen pour prendre en main les rênes de l'Empire? Tu n'as qu'à le dire, Duncan, si tu veux que j'abdique!

Sous cette avalanche verbale, Idaho secoua de nouveau la tête.

– Dans de mauvaises mains, poursuivit Leto, un pouvoir monolithique et centralisé représente un outil dangereux et peu durable.

– Vos mains à vous sont bonnes?

– Je ne sais pas en ce qui concerne les miennes, Duncan, mais j'ai des certitudes en ce qui concerne celles de mes prédécesseurs. Je les *connais.*

Idaho lui tourna le dos.

Quel geste fascinant, typiquement humain, se dit Leto. *Le refus mêlé à l'acceptation d'une inévitable vulnérabilité.*

Il s'adressa au dos de Duncan.

– Tu me reproches, non sans raison, de me servir des gens à leur insu et sans leur consentement.

Idaho se tourna de profil, puis fit pivoter lentement sa tête en la penchant de manière à scruter les yeux totalement bleus de Leto, dans le visage entouré de replis.

Il cherche à m'étudier, se dit Leto, *mais il n'a qu'un visage pour lui servir de jauge.*

Les Atréides avaient appris à leurs gens l'art de reconnaître les signaux subtils émis par le visage et le corps, et Idaho excellait habituellement à cela; mais ses propres traits exprimaient à présent la perplexité : il se sentait dépassé.

– Quelle est la pire chose que vous pourriez me demander de faire? murmura-t-il après s'être éclairci la voix.

Typique d'un Duncan! songea Leto. Cette réplique était classique. Idaho voulait bien faire don de sa loyauté à un Atréides, auquel son serment le liait, mais il tenait à faire savoir qu'il n'était pas prêt à outrepasser les limites de sa propre morale.

– Je te demanderai de veiller sur ma personne par tous les moyens qui seront nécessaires, et de garder précieusement mon secret.

– Quel secret?

– Que je suis vulnérable.

– Que vous n'êtes pas Dieu?

– Pas dans ce sens extrême.

– Vos Truitesses ont parlé d'une rébellion.

– Elle existe.

– Pourquoi?

– Ces gens-là sont jeunes et je n'ai pas encore pu les convaincre que mes méthodes sont préférables.

Il est dur de convaincre les jeunes de quoi que ce soit. Ils savent tellement de choses à la naissance.

– Je n'avais jamais auparavant entendu un Atréides ironiser de cette façon sur les jeunes.

– C'est peut-être que je suis très vieux. Vieux à la énième puissance, pourrait-on dire. Et ma tâche est de plus en plus difficile à chaque génération qui passe.

– Quelle est votre tâche?

– Tu la comprendras en chemin.

– Que se passera-t-il si je vous fais défaut? Je serai éliminé par vos femmes?

– J'essaie de ne pas culpabiliser inutilement les Truitesses.

– Mais vous me culpabiliseriez?

– Si tu es d'accord.

– Si je constate que vous êtes pire que les Harkonnen, je me retournerai contre vous.

Encore typique d'un Duncan. Ils ne savent mesurer le mal qu'à l'aune des Harkonnen. Comme leur expérience du mal est étroite!

– Le Baron dévorait des planètes entières, Duncan. Que pourrait-il y avoir de pire que ça?

– Dévorer l'Empire.

– Je porte en moi l'Empire, en gestation. Je mourrai en lui donnant le jour.

– Si je pouvais y croire...

– Tu commanderas ma Garde?

– Pourquoi moi?

– C'est toi qui es le meilleur.

– Un boulot dangereux, j'imagine. C'est ainsi que mes prédécesseurs sont morts? En faisant votre boulot dangereux?

– Pour certains, c'est exact.

– J'aimerais posséder les souvenirs des autres.

– Si tu les possédais, tu ne pourrais plus être l'original.

– Je veux quand même apprendre ce qui leur est arrivé.

– Facile.

– Ainsi donc, les Atréides ont toujours besoin d'une lame aiguisée?

– Il y a des tâches que seul un Duncan Idaho peut accomplir pour nous.

– Cette façon de dire... *nous*... Idaho déglutit, regarda de nouveau la porte, puis le visage de Leto.

L'Empereur-Dieu lui parla comme aurait parlé Muad'Dib, mais toujours avec la voix de Leto.

– Quand nous sommes montés pour la dernière fois ensemble jusqu'au Sietch Tabr, tu avais toute ma loyauté et j'avais toute la tienne. Rien de cela n'a véritablement changé.

– Il s'agissait de votre père.

– Il s'agissait de *moi!*

La voix impérieuse de Paul Muad'Dib, sortant du corps massif de Leto, avait toujours le don d'impressionner les gholas.

Idaho murmura :

– Tous les Atréides... dans un seul... corps... Puis il se tut.

Leto se taisait aussi. Le moment décisif était arrivé.

Au bout de quelques instants, Idaho s'autorisa son fameux sourire, du genre : *après moi le déluge.* Puis il murmura :

– Je m'adresserai principalement au premier Leto du nom, ainsi qu'à Paul, car ce sont eux qui me connaissent le mieux. Et je leur dirai : Faites bon usage de moi, car je vous ai aimés de tout mon être.

Leto ferma à demi les yeux. Ce genre de paroles l'emplissait toujours de détresse. Il n'ignorait pas que c'était à l'amour qu'il était le plus vulnérable.

Moneo, qui écoutait la conversation, vint promptement au secours de Leto. Il entra en disant :

– Mon Seigneur, dois-je conduire Duncan Idaho auprès des Gardes qu'il doit commander?

– Oui.

Ce fut le seul mot que Leto parvint à prononcer.

Moneo prit le Duncan par le bras et le fit sortir.

Brave Moneo, se dit Leto. *Tellement attentionné. Il me connaît si bien. Mais je désespère qu'il me comprenne jamais.*

> Je mesure le mal qu'ont fait mes ancêtres parce que je *suis* eux. C'est un équilibre délicat à l'extrême. Je sais que peu d'entre vous, qui lisez ces lignes, avez jamais songé de cette manière à vos ancêtres. Sans doute ne vous est-il pas venu à l'idée qu'ils étaient faits pour survivre et que cette survie elle-même exigeait quelquefois des décisions brutales, marquées par cette sorte de sauvagerie absurde que l'humanité civilisée s'est toujours efforcée à grand-peine de faire disparaître. Mais quel prix êtes-vous prêts à payer pour cette disparition? Acceptez-vous l'idée de votre propre extinction?
>
> *Les Mémoires Volés.*

Tout en s'habillant pour sa première journée de commandement, Idaho essayait d'oublier le cauchemar qui l'avait, par deux fois, réveillé au cours de la nuit. Les deux fois, il était sorti sur le balcon pour regarder les étoiles tandis que les images du rêve tourbillonnaient encore dans sa tête.

Des femmes... des femmes sans armes revêtues d'armures noires... se ruant sur lui dans la clameur rauque d'une foule aveugle... agitant leurs mains maculées de sang écarlate... et tandis que leur cercle se refermait sur lui, leurs bouches s'ouvraient grand, révélant d'effroyables crocs!

A ce moment-là, il s'était réveillé.

La lumière de l'aube contribuait peu à dissiper les effets du cauchemar.

On lui avait donné une chambre dans la tour nord. La vue, de son balcon, portait sur une succession de dunes qui aboutissaient à une lointaine falaise au pied de laquelle, semblait-il, était niché un village de huttes en pisé.

Idaho boutonna sa tunique tout en contemplant la scène.

Pourquoi Leto ne prend-il que des femmes dans son armée ?

Plusieurs Truitesses avenantes s'étaient offertes pour passer la nuit avec le nouveau capitaine, mais Idaho les avait repoussées.

Cela ressemblait peu aux Atréides, d'utiliser le sexe comme instrument de persuasion.

Il baissa les yeux pour examiner son uniforme : il était en tissu noir à liseré d'or, avec un faucon rouge sur la poitrine du côté gauche. Une chose familière, au moins. Il n'y avait pas d'indication de grade.

– Votre visage est assez connu, avait expliqué Moneo.

Etrange petit bonhomme, ce Moneo.

Cette pensée l'avait arrêté net. A la réflexion, Moneo n'était pas petit. *Très mesuré dans ses mouvements, oui, mais certainement pas plus petit que moi.* Moneo cependant, paraissait replié sur lui-même... contracté.

Idaho fit du regard le tour de la chambre. Elle était d'un confort sybarite : coussins moelleux, accessoires dissimulés derrière des panneaux de bois brun laqué. La baignoire était somptueusement ornée de faïences d'un bleu pastel et pouvait accueillir au moins six personnes à la fois. Tout cela invitait à l'abandon le plus total. C'était un lieu qui inspirait aux sens le souvenir de plaisirs à demi oubliés.

– Habile, murmura Idaho.

Un coup léger se fit entendre à la porte, suivi d'une voix féminine qui disait :

– Capitaine? Moneo est ici.

Idaho contemplait au loin la falaise aux couleurs brûlées par le soleil.

– Capitaine? répéta la voix, un peu plus fort.

– Entrez, fit Idaho.

Moneo apparut. Il referma la porte. Il portait une tunique et un pantalon d'un blanc éclatant qui forçait le regard à se concentrer sur son visage.

– C'est ici qu'elles vous ont mis! fit-il en jetant un rapide coup d'œil à la chambre. Damnées femelles! Je suppose qu'elles croyaient bien faire, mais elles auraient tout de même pu réfléchir un peu.

– Comment savez-vous ce qui me convient? demanda Idaho; mais il se rendit compte, au moment même où il la posait, que sa question était ridicule.

Je ne suis pas le premier Duncan Idaho que voit Moneo.

Celui-ci haussa les épaules en souriant :

– Je ne voulais pas vous offenser, capitaine. Vous garderez cette chambre?

– J'aime bien la vue.

– Mais pas la décoration.

Ce n'était pas une question, c'était une constatation.

– On peut la changer, fit Idaho.

– Je m'en occuperai.

– Je suppose que vous êtes ici pour m'expliquer mes fonctions.

– Dans la mesure de mes possibilités. Je sais comme tout doit vous paraître étrange, au début. Notre civilisation est profondément différente de celle que vous avez connue.

– J'ai pu le constater. Dites-moi comment mon... prédécesseur est mort.

Moneo haussa les épaules. C'était un geste qui semblait lui être familier, mais qui ne dénotait pas l'effacement.

– Il n'a pas été assez rapide pour échapper aux

conséquences d'une décision qu'il avait prise, répondit Moneo.

– Soyez un peu plus spécifique.

Le majordome soupira. Tous les Duncan étaient comme ça, toujours exigeants.

– C'est la rébellion qui l'a tué. Vous voulez les détails?

– Me seraient-ils utiles?

– Non.

– Je désire un rapport complet sur cette rébellion aujourd'hui même. Mais répondez-moi d'abord : Pourquoi n'y a-t-il pas d'hommes dans l'armée de Leto?

– Il y a vous.

– Vous savez très bien ce que je veux dire.

– Il a sur les armées une théorie assez curieuse. J'ai eu de nombreuses occasions d'en discuter avec lui. Mais ne désirez-vous pas déjeuner avant que je vous explique tout cela?

– Ne pourrions-nous pas faire les deux en même temps?

Moneo se tourna vers la porte et cria simplement :

– Allez!

L'effet fut immédiat et, pour Idaho, fascinant. Une troupe de jeunes Truitesses envahit la chambre. Deux d'entre elles sortirent une table pliante et des sièges de derrière un panneau et les installèrent sur le balcon. D'autres mirent le couvert pour deux personnes. D'autres encore apportèrent la nourriture : fruits frais, pain chaud et une boisson fumante d'où s'exhalait une légère odeur d'épice et de caféine. Tout cela fut accompli avec une célérité efficace et silencieuse qui témoignait d'une longue pratique. Puis les Truitesses se retirèrent comme elles étaient venues, sans un mot.

Idaho se retrouva assis devant la table face à Moneo moins d'une minute après le début de cet étonnant manège.

– C'est comme ça tous les matins? demanda-t-il.

– Uniquement si vous le souhaitez.

Idaho goûta à la boisson : c'était effectivement du café additionné de mélange. Il reconnut, parmi les fruits, le tendre melon de Caladan appelé *paradan.*

Mon préféré.

– Vous connaissez bien mes goûts, dit-il à haute voix.

Moneo lui sourit :

– Nous avons de l'entraînement. Et maintenant, passons à votre question.

– Et à la curieuse théorie de Leto.

– Oui. Il affirme que les armées exclusivement masculines étaient trop dangereuses pour leur support civil.

– C'est insensé! Sans armée, il n'y aurait même pas de...

– Je connais votre argument. Mais il dit que l'armée masculine n'était rien d'autre qu'une survivance de la fonction tampon dévolue aux mâles non reproducteurs de la horde préhistorique. Il dit aussi que, dans cette optique, il est frappant de constater que c'était toujours les mâles plus âgés qui envoyaient les jeunes au combat.

– Qu'est-ce que cela signifie, *la fonction tampon*?

– Il s'agit de ceux qui se trouvaient toujours dans la zone de danger, pour protéger le noyau de mâles reproducteurs, de femmes et d'enfants. Ceux qui affrontaient les prédateurs en premier.

– En quoi est-ce dangereux pour les... civils?

Idaho mit dans sa bouche un morceau de melon, le trouva mûr à souhait.

– D'après le Seigneur Leto, lorsqu'elle ne trouvait plus d'ennemi extérieur, cette armée de mâles se retournait toujours et invariablement contre ses propres populations.

– Pour ravir les femelles aux autres?

– C'est possible. Mais il ne croit visiblement pas que l'explication soit si simple.

– Je ne trouve pas cette théorie particulièrement curieuse.

– C'est parce que vous n'avez pas encore tout entendu.

– Il y a autre chose?

– Oh, oui! Il dit qu'une armée de mâles a toujours de très fortes tendances homosexuelles.

Idaho, par-dessus la table, le foudroya du regard.

– Je n'ai jamais...

– Bien sûr que non. Il veut parler de sublimation, d'énergie défléchie et de tout le reste.

– Quel reste? protesta Idaho, dressé contre ce qu'il interprétait comme une attaque de son image virile.

– Les attitudes de l'adolescence, les jeux de garçons, les plaisanteries destinées uniquement à faire souffrir, la loyauté réservée aux compagnons de horde... des choses de ce genre.

– Et quelle est votre propre opinion? demanda froidement Idaho.

– Je me souviens... Moneo se tourna vers le désert et continua de parler sans regarder Idaho... de quelque chose qu'il m'a dit un jour et qui, j'en suis sûr, est exact. Il est chaque soldat de l'histoire humaine. Il me proposait d'incarner devant moi, pour l'exemple, une série de personnages militaires figés dans leur adolescence. J'ai décliné cette offre. J'ai lu attentivement les livres d'histoire, et j'avais déjà par moi-même identifié cette caractéristique.

Moneo se tourna alors pour regarder Idaho dans les yeux.

– Vous devriez y penser, capitaine.

Idaho se flattait d'être honnête envers lui-même, et ce que venait de dire Moneo le touchait. L'armée préservant les cultes de la jeunesse et de l'adolescence? Il y avait quelque chose de vrai là-dedans. Et certains exemples, dans sa propre expérience...

Moneo poursuivit en hochant la tête :

– L'homosexuel, latent ou non, qui maintient sa condition pour des raisons que l'on pourrait qualifier de purement psychologiques, a tendance à se livrer à des comportements infligeant la douleur, aussi bien à autrui qu'à lui-même. D'après le Seigneur Leto, cela remonte aux comportements probatoires de la horde préhistorique.

– Et vous le croyez?

– Oui.

Idaho mit un nouveau morceau de melon dans sa bouche, mais il avait perdu sa saveur sucrée. Il le mangea, puis posa sa cuiller.

– Il faudra que je réfléchisse à tout ça, dit-il.

– Mais naturellement.

– Vous n'avez rien mangé, fit Idaho.

– Je me suis levé avant l'aube. J'ai mangé à ce moment-là. Le majordome montra son assiette. Ces femmes essaient continuellement de me tenter.

– Y réussissent-elles?

– Parfois.

– Vous avez raison. Je trouve sa théorie curieuse. Et elle s'arrête là?

– Oh! Il dit aussi que dès qu'elle déborde du cadre adolescence-homosexualité, l'armée de mâles prend un caractère essentiellement violeur. Le viol a des affinités avec le meurtre, et ce n'est pas un comportement de survie.

Idaho plissa le front.

Un sourire effleura les lèvres serrées de Moneo.

– Toujours d'après le Seigneur Leto, seules la discipline et la rectitude morale des Atréides ont épargné les pires excès à votre époque.

Idaho émit un profond soupir.

Moneo se laissa aller contre le dossier de son siège, en pensant aux paroles que l'Empereur-Dieu avait prononcées un jour : « *Quel que soit le désir de vérité que l'on puisse avoir, la prise de conscience est souvent pénible et la Diseuse de Vérité n'est pas bien accueillie.* »

– Ces damnés Atréides! s'écria Idaho.

– Je suis un Atréides, murmura Moneo.

– Comment? fit le Duncan, surpris.

– Son programme génétique. Je suis sûr que les Tleilaxu vous en ont parlé. Je suis un descendant direct du croisement de sa sœur avec Harq al-Ada.

Idaho se pencha vers lui.

– Expliquez-moi donc, Atréides, en quoi les femmes font de meilleurs soldats que les hommes?

– Elles ont plus de facilité à mûrir.

Déconcerté, Idaho secoua la tête.

– Elles ont une manière purement physique de passer de l'adolescence à la maturité, expliqua Moneo. Comme dit le Seigneur Leto, porter un bébé neuf mois dans son ventre, cela vous transforme.

– Qu'en sait-il?

Moneo se contenta de le regarder placidement jusqu'à ce que le ghola se souvienne des multitudes – au féminin comme au masculin – qui étaient représentées dans Leto. Idaho changea subitement d'expression et cela rappela à Moneo une remarque de l'Empereur-Dieu : « *Tes paroles sculptent son masque selon ta volonté.* »

Comme le silence s'éternisait, Moneo se racla la gorge. Au bout d'un moment, il déclara :

– Ma langue aussi, en certaines occasions, s'est trouvée paralysée devant l'étendue des souvenirs du Seigneur Leto.

– Est-il honnête avec nous? demanda Idaho.

– Je crois ce qu'il dit.

– Mais il fait tellement de... c'est-à-dire... ce programme génétique, par exemple. Depuis combien de temps dure-t-il?

– Depuis le début. Depuis le jour où il l'a enlevé au Bene Gesserit.

– Qu'espère-t-il obtenir avec?

– Ça, j'aimerais bien le savoir.

– Mais vous êtes...

– Un Atréides, et son principal collaborateur, c'est exact.

– Et vous ne m'avez pas convaincu de la supériorité d'une armée féminine.

– Elles perpétuent l'espèce.

Finalement, la colère et la frustration du Duncan trouvèrent un exutoire.

– C'est donc cela que j'ai fait avec elles, dès la première nuit... j'ai travaillé pour la reproduction?

– Peut-être. Les Truitesses ne font rien pour ne pas être enceintes.

– Maudit soit-il! Je ne suis pas un animal qu'on promène de stalle en stalle comme un... comme un...

– Un étalon?

– Oui!

– Mais le Seigneur Leto refuse d'utiliser les méthodes tleilaxu de chirurgie génétique et d'insémination artificielle.

– Que viennent faire les Tleilaxu dans...

– Ils sont une illustration vivante. Même moi, je vois cela. Leurs Danseurs-Visages sont des hybrides, plus proches d'un organisme-colonie que d'un être humain.

– Ces autres... moi-même... certains lui ont servi... d'étalon?

– Certains. Vous avez une descendance.

– Qui?

– J'en fais partie.

Idaho regarda Moneo dans les yeux, perdu soudain dans un inextricable réseau de relations qu'il trouvait impossibles à expliquer. Moneo, visiblement, était bien plus âgé que... *Mais moi, je suis...* Lequel des deux était en réalité le plus vieux? Lequel l'ancêtre, lequel le descendant?

– Parfois, j'ai moi-même du mal à débrouiller tout ça, fit Moneo. Si cela peut vous aider, le Seigneur Leto m'affirme que vous n'êtes pas, vous-même, mon descendant, pas dans le sens ordinaire du terme, tout au moins. Ce qui n'empêche pas que vous engendrerez peut-être une partie de ma descendance.

Idaho secoua plusieurs fois la tête.

– Il y a des jours où j'ai l'impression que seul l'Empereur-Dieu est capable de comprendre quelque chose à tout ça, murmura Moneo.

– Ça, c'est encore un autre truc! s'exclama Idaho. Cette histoire de dieu...

– Le Seigneur Leto dit lui-même qu'il a créé une obscénité sacrée.

Ce n'était pas, une fois de plus, la réponse attendue par Idaho. *Mais qu'est-ce que j'attendais? Qu'il prenne la défense du Seigneur Leto?*

– Une obscénité sacrée, répéta Moneo, et les mots coulaient de ses lèvres avec une étrange jubilation.

Idaho observait le majordome avec une attention aiguë. *Il déteste son Empereur-Dieu! Non... il le craint. Mais n'avons-nous pas toujours l'habitude de détester ce que nous craignons?*

– Pour quelle raison croyez-vous en lui? demanda-t-il.

– Vous voulez savoir si j'adhère à la religion populaire?

– Non! Et lui?

– Oui, je pense.

– Pourquoi? Pour quelle raison pensez-vous que oui?

– Parce qu'il dit toujours qu'il ne veut pas créer d'autres Danseurs-Visages. Il insiste pour que son cheptel humain, une fois apparié, se reproduise comme il l'a toujours fait.

– Et qu'est-ce que ceci a à voir avec tout le reste?

– Vous m'avez demandé à quoi il croyait. Je pense qu'il croit au hasard. Je pense que c'est là son dieu.

– C'est de la superstition!

– Etant donné l'état de L'Empire, voilà une superstition bien audacieuse.

Idaho foudroya Moneo du regard.

– Sacrés Atréides, murmura-t-il. Vous seriez capables d'oser n'importe quoi!

Moneo remarqua qu'il y avait dans sa voix du dédain mêlé d'admiration.

Cela commence toujours ainsi, avec les Duncan.

Quelle est la plus profonde différence entre nous, entre vous et moi? Vous la connaissez déjà. Ce sont ces fameux souvenirs ancestraux. Les miens me viennent dans la pleine lumière de la conscience. Les vôtres demeurent dans l'angle mort. Certains appellent cela instinct, ou destinée. Mais sur chacun de nous, sur nos pensées et sur nos actes, l'action de la mémoire ancestrale s'exerce comme un levier. Vous vous croyez immunisés contre ce genre d'influence? Je suis Galilée. Je suis là qui vous crie : « Et pourtant, elle bouge! » Et ce qui bouge est capable de concrétiser sa force d'une manière dont jusqu'ici aucun pouvoir mortel n'a jamais osé dériver. Or, je suis ici pour oser!

Les Mémoires Volés.

– Quand elle était petite, elle m'épiait toujours, tu te souviens? Quand elle croyait que je ne faisais pas attention à elle, Siona m'épiait comme le faucon du désert qui décrit des cercles au-dessus du terrier où est cachée sa proie. C'est toi-même qui m'en as fait la remarque.

Tout en parlant, Leto avait fait rouler son corps d'un quart de tour sur le chariot, ce qui amena son visage encadré de replis tout près de celui de Moneo, qui trottait à côté de lui.

L'aube venait à peine de se lever sur le désert où la route suivait la haute crête artificielle qui conduisait de la Citadelle du Sareer à la Cité Festive. La route était rectiligne comme un rayon laser jusqu'au point où elle s'incurvait largement pour descendre, par une succession de gorges étagées, jusqu'au fleuve Idaho qu'il lui fallait traverser. Bien que l'atmosphère fût saturée de vapeurs épaisses qui montaient, au loin, du cours d'eau tumultueux, Leto avait relevé le capot-bulle qui isolait l'avant de son chariot. L'humidité communiquait à son moi vermiforme un vague sentiment de détresse, mais ces vapeurs du désert contenaient des senteurs vivantes que les narines humaines de Leto étaient à même de savourer. Il ordonna au cortège de faire halte.

– Pourquoi nous arrêtons-nous, Mon Seigneur? demanda Moneo.

Leto ne lui répondit pas. Le chariot grinça tandis que l'Empereur-Dieu soulevait sa propre masse dans un mouvement semi-circulaire qui lui exhaussa la tête et lui permit d'apercevoir sur sa droite, au-delà de la Forêt Interdite, l'océan de Kynes dont la surface argentée miroitait avec la distance. Il pencha la tête vers la gauche, où se dressaient les vestiges du Bouclier, long serpent sinueux qui projetait son ombre basse dans la lumière du matin. La ligne de faîte, à cet endroit, avait été relevée de près de deux mille mètres de manière à retenir l'humidité de l'air à l'extérieur du Sareer ainsi circonscrit. De l'endroit où il se trouvait, Leto apercevait au loin l'encoche où il avait fait construire la Cité Festive de Onn.

– Je me suis arrêté par caprice, déclara enfin Leto.

– Ne serait-il pas préférable de passer le pont avant de nous reposer? demanda Moneo.

– Je ne me repose pas.

Leto contemplait le lointain. Après une série d'ondulations qu'il ne voyait d'ici que comme une ombre sinueuse, la route franchissait le fleuve par un pont féerique, grimpait jusqu'à une contre-crête puis redescendait vers la cité dont on n'apercevait, à cette distance, que les tours pointues qui brillaient aux premiers rayons du soleil.

– Le Duncan semble plus paisible, déclara Leto. As-tu eu ta longue conversation avec lui?

– Exactement comme vous me l'avez demandé, Mon Seigneur.

– Il est vrai que cela ne fait que quatre jours. Souvent, il leur faut plus longtemps pour se remettre.

– Il s'est occupé de la Garde Impériale, Mon Seigneur. Ils sont encore sortis très tard la nuit dernière.

– Les Duncan n'aiment pas marcher à découvert. Ils ne cessent de songer à tout ce qui pourrait être utilisé pour nous attaquer.

– Je le sais, Mon Seigneur.

Leto tourna la tête pour regarder Moneo de face. Le majordome portait un manteau vert sur son uniforme blanc. Il se tenait à côté du capot-bulle, à l'endroit exact où il était censé se trouver lors de ces déplacements.

– Tu es très consciencieux, Moneo.

– Merci, Mon Seigneur.

Gardes et courtisans attendaient à une distance respectueuse en arrière du chariot. La plupart essayaient de ne pas avoir l'air de chercher à écouter ce que disaient Leto et Moneo. Tel n'était pas le cas de Idaho, cependant. Après avoir déployé quelques-unes de ses Truitesses de part et d'autre de la Route Royale, il gardait les yeux fixés sur le chariot. Idaho portait un uniforme noir à liseré d'or que les Truitesses, d'après Moneo, avaient tenu à lui offrir.

– Celui-là leur plaît beaucoup, déclara le majordome. Quand il fait quelque chose, il le fait bien.

– Et que fait-il de particulier, Moneo?

– Eh bien! il vous garde, Mon Seigneur.

Les femmes de la Garde portaient toutes des

collants-uniformes de couleur verte, ornés sur la poitrine du faucon rouge des Atréides.

– Elles l'observent de très près, fit remarquer Leto.

– En effet. Il leur apprend à obéir à d'imperceptibles signes des mains. Il dit que c'est la tradition des Atréides.

– C'est absolument exact. Je me demande pourquoi les autres ne faisaient pas cela.

– Mon Seigneur, si vous-même l'ignorez...

– Je plaisantais, Moneo. Les précédents Duncan ne se sentaient pas menacés, jusqu'à ce qu'il soit trop tard. Celui-ci a-t-il accepté nos explications?

– Il paraît que oui, Mon Seigneur. Il est bien parti pour vous servir.

– Pourquoi ne le vois-je armé que d'un poignard?

– Les femmes ont réussi à le persuader que seules les plus entraînées d'entre elles doivent porter un laser.

– Ta prudence n'est pas fondée, Moneo. Dis-leur que c'est encore bien trop tôt pour que nous commençions à nous méfier de lui.

– A vos ordres, Mon Seigneur.

Il était évident pour Leto que le nouveau capitaine de ses Gardes n'aimait pas beaucoup la compagnie des courtisans. Il les évitait ostensiblement. La plupart d'entre eux, lui avait-on expliqué, étaient de hauts fonctionnaires civils. Ils étaient parés de leurs plus beaux atours pour cette occasion de briller et de montrer leur puissance en présence de l'Empereur-Dieu. Leto voyait très bien à quel point ils devaient paraître ridicules aux yeux de Idaho, mais il avait connu pire en la matière et il n'était pas loin d'estimer que le présent cortège représentait une amélioration sur les précédents.

– Est-ce que tu l'as présenté à Siona? demanda-t-il.

A la mention de ce nom, les sourcils de Moneo se figèrent en accents circonflexes.

– Calme-toi, lui dit Leto. Même quand elle m'espionnait, je la chérissais.

– Je sens le danger en elle, Mon Seigneur. J'ai l'impression, parfois, qu'elle perce mes pensées les plus secrètes.

– La fille avisée connaît bien son père.

– Je ne plaisante pas, Mon Seigneur.

– Je vois ça. As-tu remarqué que le Duncan perd patience?

– Ils sont allés en reconnaissance presque jusqu'au pont.

– Et qu'ont-ils découvert?

– La même chose que moi. Quelques Fremen de musée.

– Encore une requête?

– Ne vous fâchez pas, Mon Seigneur.

Une fois de plus, Leto scruta la route. Cette obligation de s'exposer à découvert, cet interminable voyage avec tout son cérémonial destiné en grande partie à tranquilliser les Truitesses, tout cela le préoccupait. Et à présent, encore des quémandeurs!

Idaho s'avança et s'arrêta juste derrière Moneo.

Il y avait dans ses mouvements comme l'ombre d'une menace. *Tout de même pas si tôt*, songea Leto.

– Pourquoi nous sommes-nous arrêtés, Mon Seigneur? demanda Idaho.

– Je m'arrête souvent ici, dit Leto.

C'était la vérité. Il pencha la tête pour regarder au-delà du pont féerique. La route sinuait en quittant les gorges pour descendre vers la Forêt Interdite puis les champs qui bordaient le fleuve. Leto s'était souvent arrêté là pour contempler le lever du soleil. Il y avait cependant quelque chose dans cette lumière matinale, dans la manière dont le soleil baignait un paysage familier... quelque chose qui remuait en lui de vieux souvenirs.

Les champs des Plantations Impériales s'étendaient à perte de vue après la forêt et, lorsque les rayons du soleil avaient pu plonger au-dessus des crêtes lointaines, ils avaient fait resplendir l'or des blés ondoyants. Ces cultures rappelaient à Leto les étendues de sable, les dunes qui jadis avançaient à cet endroit même.

Et qui avanceront encore.

Les blés n'avaient pas tout à fait cette couleur de silice ambrée qu'évoquait le désert dans son souvenir. Leto laissa longuement errer son regard sur les immensités protégées de son Sareer, sanctuaire de son passé. Les couleurs étaient sensiblement différentes. Pourtant, quand il regarda de nouveau en direction de la Cité Festive, il éprouva un serrement là où ses cœurs multiples étaient en train de se reformer, dans leur lente métamorphose en quelque chose de non humain.

Qu'y a-t-il de spécial dans cette matinée, pour qu'elle me fasse penser à mon humanité perdue? se demanda Leto.

De tout le Cortège Impérial immobilisé devant le spectacle familier de la Forêt Interdite et des champs de blé, Leto n'ignorait pas qu'il était le seul à penser encore à ces paysages luxuriants comme à un *bahr bela ma*, un océan sans eau.

– Duncan, dit-il tout haut, tu vois toutes ces terres, là-bas, en direction de la Cité? Jadis, c'était le Tanezrouft.

– Le Pays de la Terreur?

Idaho avait trahi son émotion en portant vivement son regard sur la lointaine Onn, puis en le ramenant aussitôt sur l'Empereur-Dieu.

– Le *bahr bela ma*, acquiesça Leto. Voilà plus de trois mille ans qu'il se cache sous un tapis de plantes. De tous ceux qui vivent aujourd'hui à la surface d'Arrakis, nous sommes les deux seuls à avoir contemplé le désert des origines.

Idaho regarda de nouveau Onn.

– Où est le Mur du Bouclier? demanda-t-il.

– La Brèche de Muad'Dib se trouve là-bas, à l'endroit exact où nous avons construit la Cité.

– Cette ligne de collines basses? C'est ça, le Bouclier? Qu'est devenu le Mur?

– Tu marches dessus.

Idaho regarda Leto, puis la chaussée sous ses pieds et le paysage qui l'entourait.

– Mon Seigneur, pourrions-nous reprendre la route? demanda Moneo.

Moneo, avec cette horloge qui fait tic-tac dans sa poitrine, est le fidèle gardien du devoir, songea Leto. Il y avait d'importants visiteurs à voir ainsi que quelques autres affaires urgentes. Le temps pressait pour Moneo. Et il n'aimait pas que son Empereur-Dieu s'attarde à parler du passé avec les Duncan.

Leto se rendit soudain compte qu'il s'était arrêté plus longtemps que jamais à cet endroit. Les courtisans et les gardes commençaient à avoir froid après la marche. Certains s'étaient vêtus plus pour la parade que pour la protection.

Peut-être que la parade, se dit Leto, *est une forme de protection.*

– Il y avait des dunes, murmura Idaho.

– Qui s'étendaient sur des milliers de kilomètres, renchérit Leto.

Moneo bouillonnait intérieurement. Il avait l'habitude des longues méditations de l'Empereur-Dieu, mais aujourd'hui elles lui semblaient empreintes de tristesse. Peut-être à cause de la mort du dernier Duncan. Parfois, Leto laissait échapper des informations importantes quand il était triste. On ne mettait jamais en question les humeurs ou les caprices de l'Empereur-Dieu, mais parfois on pouvait les mettre à profit.

Il faudra avertir Siona, se dit Moneo. *Si cette jeune écervelée daigne m'écouter!*

Elle était bien plus révoltée qu'il ne l'avait jamais été. Sans comparaison. Leto n'avait pas eu de mal à apprivoiser son Moneo, à le sensibiliser au Sentier d'Or et aux légitimes devoirs pour lesquels sa naissance le conditionnait. Mais les méthodes utilisées pour le père ne seraient pas forcément valables avec la fille. En observant cette évidence, Moneo avait appris, sur sa propre formation, des quantités de choses qu'il n'aurait jamais soupçonnées avant.

– Je ne retrouve plus aucun repère, était en train de dire Idaho.

– Regarde bien là-bas, fit Leto en tendant le doigt. Juste à l'endroit où la forêt prend fin. C'était le chemin du Rocher Brisé.

Moneo fit abstraction de leurs voix. *C'est l'extrême fascination exercée par l'Empereur-Dieu qui m'a mis finalement à ses pieds.* Leto ne cessait jamais d'étonner et de stupéfier. On ne pouvait jamais véritablement prévoir ses réactions.

Le majordome regarda le profil de l'Empereur-Dieu. *Qu'est-il donc devenu?*

Dans le cadre de ses attributions précédentes, Moneo avait eu l'occasion d'étudier les archives privées de la Citadelle, contenant l'explication historique de la métamorphose de Leto. Mais la symbiose avec la truite des sables demeurait un mystère que les propres mots de l'Empereur-Dieu étaient incapables de rendre clair. D'après ces documents, la peau de truite rendait son corps pratiquement invulnérable aux agressions, y compris celles du temps. Et le ver annelé pouvait même absorber sans dommage une décharge de laser!

D'abord les truites, ensuite le ver... cela fait partie du grand cycle qui a produit l'épice. Et ce cycle était toujours présent à l'intérieur de l'Empereur-Dieu... battant la mesure.

– Allons-y, déclara Leto.

Moneo s'aperçut qu'il avait dû manquer quelque chose. Il émergea de sa rêverie sous le regard amusé de Duncan Idaho.

– C'est ce qu'on appelait autrefois être dans les nuages, lui dit Leto.

– Je suis navré, Mon Seigneur. J'étais...

– Dans les nuages, oui. Mais ce n'est pas grave.

Il paraît de meilleure humeur, se dit Moneo. *Je suppose que c'est au Duncan qu'il faut attribuer cela.*

Leto changea de position sur le chariot, referma

une partie du capot-bulle en ne laissant ressortir que sa tête. Puis il mit en marche le véhicule qui fit crisser les cailloux sur la chaussée.

Idaho prit position à côté de Moneo et ils trottèrent ensemble en arrière du chariot.

– Il y a des coussins de suspension sous ce chariot, déclara Idaho. Pourquoi se sert-il des roues?

– Il plaît au Seigneur Leto d'utiliser les roues au lieu de l'antigravité.

– Comment marche cet engin? Comment le dirige-t-il?

– Vous ne le lui avez pas demandé?

– Je n'en ai pas eu l'occasion.

– Le Chariot Royal est de fabrication ixienne.

– Qu'est-ce que cela signifie?

– On dit que le Seigneur Leto conduit son chariot simplement en pensant d'une certaine manière.

– Vous ne savez rien de plus?

– Il n'aime pas qu'on lui pose ce genre de questions.

Même pour ses proches, pensa Moneo, *l'Empereur-Dieu demeure un mystère.*

– Moneo! appela Leto.

– Vous feriez mieux de retourner auprès de vos gardes, conseilla le majordome en faisant signe à Idaho de demeurer en arrière.

– Je préférerais me trouver devant avec elles, dit le Duncan.

– Le Seigneur Leto s'y oppose. Restez en arrière.

Moneo s'empressa de se placer à proximité du visage de Leto, non sans avoir remarqué que le Duncan se laissait dépasser par les courtisans pour rejoindre l'arrière-garde des Truitesses.

Leto baissa les yeux vers Moneo.

– Je constate que tu t'en es très bien sorti, Moneo.

– Merci, Mon Seigneur.

– Sais-tu pour quelle raison le Duncan voudrait marcher en tête?

– Naturellement, Mon Seigneur. Ce serait la place normale de votre escorte.

– Et le Duncan sent le danger.

– Je ne vous comprends pas, Mon Seigneur. Je ne comprends pas pourquoi vous agissez ainsi.

– C'est exact, Moneo.

> Le sens féminin du partage tire son origine de la vie familiale – les soins apportés aux enfants, la cueillette et la préparation de la nourriture, le partage des joies, de l'amour et des peines. Les rites de lamentations funéraires sont d'origine féminine. La religion, au début, était un monopole réservé aux femmes, qui ne leur fut arraché que lorsque le pouvoir social en jeu devint trop important. Les femmes ont été les premières à faire de la recherche et à pratiquer la médecine. Il n'y a jamais eu d'équilibre marqué entre les sexes, car le pouvoir va avec certains rôles de même qu'il va toujours avec la connaissance.
>
> *Les Mémoires Volés.*

Pour la Révérende Mère Tertius Eileen Anteac, la matinée avait été plutôt désastreuse. Elle était arrivée sur Arrakis, à peine trois heures plus tôt, par la première navette du long-courrier de la Guilde qui s'était placé en orbite stationnaire. La délégation, qui comprenait notamment la Diseuse de Vérité Màrcus Claire Luyseyal, s'était vu assigner, pour commencer, des quartiers situés au fin fond du Secteur des Ambassades de la Cité Festive. Les chambres étaient minuscules et pas très nettes.

– Encore un peu et nous campions dans les

taudis de la périphérie, avait fait remarquer Luyseyal.

Ensuite, elles n'avaient pu établir aucune communication. Tous les écrans demeuraient obstinément vides malgré leurs efforts.

Anteac s'était adressée sèchement à la Truitesse qui commandait leur escorte, une femme massive au regard hostile, au front bas et à la musculature d'un travailleur manuel.

– Je désire me plaindre à votre supérieur.

– Aucune réclamation n'est admise pendant la durée des Festivités, avait aboyé l'amazone.

Anteac lui avait lancé un regard foudroyant, ce genre de regard qui, dans son vieux visage sillonné de rides, avait fait hésiter plus d'une Révérende Mère parmi ses collègues.

L'amazone s'était contentée de sourire en disant :

– J'ai un message à vous communiquer. Je suis chargée de vous informer que votre audience avec l'Empereur-Dieu a été reportée en dernière position.

Presque toute la délégation du Bene Gesserit avait entendu la nouvelle, dont la portée n'avait pas échappé même à la plus humble des postulantes qui en faisait partie. Quand ce serait leur tour, toutes les allocations d'épice auraient été définies ou même (*Que les Dieux nous protègent!*) épuisées.

– Nous étions en troisième position, avait fait remarquer la Révérende Mère d'une voix remarquablement douce compte tenu des circonstances.

– Ce sont les ordres de l'Empereur-Dieu!

Anteac savait reconnaître ce genre d'intonation chez une Truitesse. Insister davantage risquait d'engendrer la violence.

Une matinée de catastrophes, et maintenant cela!

Elle était assise sur un tabouret bas, adossée au mur d'une petite pièce pratiquement vide qui se trouvait au centre des locaux réservés à la délégation. A côté de la Révérende Mère était posée une simple paillasse, tout juste digne d'une acolyte! Les murs étaient d'un vert pâle, douteux, et il n'y avait pour tout éclairage qu'un antique brilleur si défectueux qu'on ne pouvait le régler en dehors d'une étroite gamme de jaunes. La chambre avait dû servir de débarras. Elle sentait le moisi et le revêtement de sol en plastique noir était rayé et troué en plusieurs endroits.

Ajustant les plis de son *aba* noire sur ses genoux, Anteac se pencha vers la postulante-messagère agenouillée les yeux baissés devant elle. C'était une blonde au regard de biche, dont le visage et le cou luisaient d'une transpiration due à l'angoisse et à l'émotion. Elle portait une robe-cape de couleur beige dont le bas était maculé par la poussière de la ruc.

– Tu en es certaine? Absolument certaine? Anteac parlait doucement pour apaiser la pauvre fille qui tremblait encore sous le poids de son message.

– Oui, Révérende Mère, répondit-elle, les yeux toujours baissés.

– Répète-moi tout, ordonna Anteac en songeant : *Je ne fais que temporiser. J'ai très bien compris ce qu'elle avait à dire.*

La messagère releva la tête et fixa les yeux totalement bleus, comme toute acolyte ou postulante apprenait très tôt à le faire.

– Comme vous me l'aviez ordonné, j'ai pris contact avec l'Ambassade ixienne pour présenter vos salutations. J'ai demandé ensuite s'il n'y avait pas de message à vous remettre.

– Oui, oui, ma fille. Je sais. Mais viens-en au fait.

La messagère déglutit en hâte.

– Mon interlocuteur s'est présenté comme étant Othwi Yake, secrétaire de l'ex-ambassadeur et provisoirement à la tête de l'Ambassade.

– Tu es sûre que ce n'était pas un Danseur-Visage qui avait pris sa place?

– Je n'ai vu aucun des signes, Révérende Mère.

– C'est bien. Nous connaissons ce Yake. Tu peux poursuivre.

– Il m'a alors dit qu'ils attendaient l'arrivée de la nouvelle...

– La nouvelle ambassadrice, Hwi Noree. Elle doit arriver aujourd'hui. Continue.

La messagère s'humecta les lèvres d'une langue tremblante. La Révérende Mère prit mentalement note de renvoyer la pauvre fille dans un cycle de formation plus élémentaire. Une messagère devait être capable de se maîtriser mieux que cela, bien que la gravité du présent message méritât d'être prise en considération.

– Il m'a ensuite demandé d'attendre, reprit la postulante. Il a quitté la pièce pour revenir, quelques instants plus tard, accompagné d'un Tleilaxu, un Danseur-Visage, j'en suis absolument certaine. Il y avait tous les signes que...

– Je te crois, ma fille, coupa Anteac. Viens-en maintenant au... Elle dut s'interrompre à l'entrée de Luyseyal.

– Qu'est-ce que c'est que cette histoire de message des Ixiens et des Tleilaxu? demanda la Diseuse de Vérité.

– Elle est justement en train de me le répéter.

– Pourquoi ne m'a-t-on pas appelée?

Anteac se tourna vers Luyseyal. C'était peut-être l'une des meilleures praticiennes de l'*art*, mais elle avait trop conscience de la hiérarchie. Elle était toutefois encore jeune, avec son visage sensuel du type Jessica, dont les gènes définissaient habituellement une nature obstinée.

Anteac murmura doucement :

– Votre acolyte m'a dit que vous étiez en méditation.

Luyseyal hocha la tête, s'assit sur la paillasse puis s'adressa à la messagère :

– Continue.

– Le Danseur-Visage, poursuivit la postulante, m'a annoncé alors qu'il avait un message pour les Révérendes Mères. Au pluriel.

– Il savait que nous étions deux, cette fois-ci, fit remarquer Anteac.

– Tout le monde le sait, murmura Luyseyal.

Anteac reporta son attention sur la messagère.

– Et maintenant, ma fille, je voudrais que tu te mettes en transe mémorielle pour nous rapporter exactement les paroles de ce Danseur-Visage.

La messagère acquiesça, s'accroupit sur ses talons et joignit les mains sur ses cuisses. Elle prit trois grandes inspirations, ferma les yeux et laissa tomber les épaules. Puis elle parla d'une voix haut perchée avec des inflexions nasales.

– Dites aux Révérendes Mères que d'ici cette nuit l'Empire sera débarrassé de son Empereur-Dieu. Nous frapperons aujourd'hui même, avant qu'il arrive à Onn. Il est impossible que nous échouions.

Un tremblement agita la messagère. Ses yeux se rouvrirent et elle regarda Anteac.

– L'Ixien, Yake, m'a conseillé de me dépêcher de vous rapporter ce message, et il m'a touché le dos de la main gauche d'une certaine manière, ce qui a achevé de me convaincre qu'il n'était pas...

– Yake est l'un de nos hommes, fit Anteac. Répète pour Luyseyal ce qu'il t'a dit avec ses doigts.

La messagère se tourna vers Luyseyal :

– Nous sommes envahis par les Danseurs-Visages et nous ne pouvons rien faire.

Comme Luyseyal se levait de sa paillasse, Anteac murmura :

– J'ai déjà pris les mesures appropriées pour que nos portes soient bien gardées. Puis la Révérende Mère se tourna vers la messagère. Tu peux partir à présent, ma fille. Tu as honorablement accompli ta tâche.

– Merci, Révérende Mère.

La messagère se releva avec une souplesse non dépourvue de grâce, mais ses mouvements indiquaient que les implications contenues dans les paroles d'Anteac ne lui avaient pas échappé. *Honorablement* ne signifiait pas *brillamment*.

Après le départ de la postulante, Luyseyal déclara :

– Elle aurait dû trouver un prétexte pour examiner l'Ambassade et déterminer le nombre d'Ixiens qui ont été remplacés par des Danseurs-Visages.

– Je ne sais pas, fit Anteac. Je crois qu'elle a eu raison de ne pas prendre ce risque. Mais j'aurais aimé, tout de même, qu'elle trouve le moyen de se faire remettre par Yake un rapport un peu plus détaillé sur la situation. Je crains qu'il ne soit désormais perdu pour nous.

– La raison pour laquelle les Tleilaxu nous ont fait parvenir ce message me paraît évidente, dit Luyseyal.

– Ils vont vraiment organiser un attentat.

– Naturellement. Ils sont assez stupides pour cela. Mais je voulais parler de la raison pour laquelle ils nous ont tenues au courant.

Anteac hocha la tête.

– Ils se disent qu'ainsi nous n'avons pas d'autre choix que nous joindre à eux.

– Et si nous essayons d'avertir le Seigneur Leto, il leur sera facile de répérer nos messagers et leurs contacts.

– Supposons que les Tleilaxu réussissent?

– Peu vraisemblable.

– Nous ignorons leur plan. Nous ne connaissons que l'horaire approximatif.

– Et si cette fille, Siona, fait partie de la chose? demanda Luyseyal.

– Je me suis posé la question. Avez-vous lu le rapport complet de la Guilde?

– Seulement son résumé. Ce n'est pas suffisant?

– Si, selon une très forte probabilité.

– Vous devriez être prudente lorsque vous employez des termes comme *probabilité.* Il ne faudrait pas que quelqu'un se doute que vous avez des pouvoirs de mentat.

– Je suppose que ce n'est pas vous qui me dénoncerez, fit sèchement Anteac.

– Pensez-vous que la Guilde ait raison en ce qui concerne Siona? demanda Luyseyal.

– Je n'ai pas assez d'informations pour me prononcer. S'ils ne se trompent pas, cette Siona doit être quelque chose d'extraordinaire.

– Dans le sens où le père du Seigneur Leto était extraordinaire?

– Un Navigateur de la Guilde pouvait échapper à la vision prophétique de Paul Atréides.

– Mais pas à celle du Seigneur Leto.

– J'ai lu avec soin le rapport complet de la Guilde. Ce n'est pas tant qu'elle se cache, ou qu'elle cherche à dissimuler ses actions...

– Elle s'estompe, d'après ce qu'ils disent. Elle disparaît progressivement à leur *vue*.

– Elle seule, précisa Anteac.

– Et à la *vue* du Seigneur Leto également?

– Cela, ils l'ignorent.

– Oserons-nous entrer en contact avec elle?

– Oserons-nous ne pas le faire? répliqua Anteac.

– Tout cela est peut-être oiseux si les Tleilaxu... Anteac, nous devrions au moins essayer de le prévenir!

– Nous ne disposons d'aucun moyen de communication et il y a maintenant des Truitesses à notre porte. Elles laissent entrer nos gens, mais elles ne les laissent pas sortir.

– Nous pourrions parler à l'une d'elles?

– J'y ai pensé. Nous pourrons toujours dire que nous avons eu peur que les Danseurs-Visages ne les aient remplacées.

– Pourquoi ces gardes à la porte? murmura Luyseyal. Est-il possible qu'il sache quelque chose?

– *Tout* est possible.

– Avec le Seigneur Leto, c'est la seule chose dont on puisse être sûr.

Anteac se permit un léger soupir en se levant de son tabouret.

– Comme j'aimerais être encore au temps où

nous avions toute l'épice dont nous pouvions avoir à jamais besoin!

– *A jamais* n'était qu'une illusion à ajouter aux autres, fit Luyseyal. J'espère que la leçon nous profitera, quelle que soit la manière dont les Tleilaxu s'en tireront aujourd'hui.

– Ils s'en tireront avec maladresse, quelle que soit l'issue, grommela Anteac. Les dieux me sont témoins qu'on ne trouve plus de bons assassins de nos jours.

– Il y a toujours les gholas Idaho, fit remarquer Luyseyal.

– Répétez ce que vous venez de dire? Anteac regardait fixement sa collègue...

– Il y a toujours...

– Mais oui!

– Les gholas sont trop lents de corps, murmura Luyseyal.

– Mais pas d'esprit.

– Quelle est votre idée?

– Il est possible que les Tleilaxu... mais non. Même eux, ils ne sont pas aussi...

– Un Danseur-Visage Idaho? chuchota Luyseyal.

Anteac hocha silencieusement la tête.

– Otez-vous cela de l'idée, fit Luyseyal. Ils ne peuvent pas être aussi stupides.

– Voilà un jugement risqué quand il s'agit des Tleilaxu, répondit Anteac. Nous devons nous préparer au pire. Faites donc entrer une de ces Truitesses!

Un état de guerre incessant finit par engendrer ses propres conditions sociales, qui ont toujours été semblables à toutes les époques. Les gens se mettent en état d'alerte permanent afin de parer les attaques. Les autocrates exercent au grand jour leur pouvoir absolu. Tout ce qui est nouveau devient un dangereux territoire frontalier : planètes nouvelles, nouveaux secteurs économiques à exploiter, idées ou inventions nouvelles, visiteurs étrangers... tout prend un air suspect. Le féodalisme s'implante fermement, parfois déguisé en politburo – ou son équivalent – mais toujours présent. La succession héréditaire suit les lignes du pouvoir. Le sang des dirigeants domine. Les vice-régents du ciel ou leurs homologues partagent le gâteau. Ils savent qu'ils doivent contrôler l'héritage ou bien laisser le pouvoir s'émietter lentement. Comprenez-vous, à présent, ce que c'est que la Paix de Leto?

Les Mémoires Volés.

– Est-ce que le Bene Gesserit a été informé du nouveau programme? demanda Leto.

Le cortège venait de s'engager dans la première dépression où la route commençait à faire des lacets avant d'aborder le pont sur le fleuve Idaho. Le soleil était au premier quartier de la matinée et quelques courtisans avaient déjà enlevé leur manteau. Idaho marchait au flanc gauche avec une petite troupe de Truitesses. Son uniforme commençait à montrer quelques traces de poussière et de transpiration. Trotter ou marcher à la vitesse du Chariot Royal n'était pas une tâche de tout repos.

Moneo trébucha et retrouva son équilibre en accélérant le pas.

– Les Sœurs ont été informées, Mon Seigneur, répondit-il.

La modification de l'ordre des audiences n'avait pas été facile à organiser, mais Moneo avait pris l'habitude de ces changements de dernière heure à l'époque des Festivités et il avait toujours quelques solutions de rechange.

– Elles réclament toujours une ambassade permanente sur Arrakis? demanda Leto.

– Oui, Mon Seigneur. Je leur ai donné la réponse habituelle.

– Un simple *non* suffisait. Elles ne devraient plus avoir besoin qu'on leur rappelle à quel point j'abhorre leur présomption religieuse.

– Oui, Mon Seigneur.

Moneo se tenait juste à la distance prescrite du Chariot Royal. La présence du Ver était très nette ce matin. Les signes physiques étaient particulièrement apparents aux yeux de Moneo. La chose était sans doute due à l'humidité de l'air. Presque toujours, cela faisait sortir le Ver.

– La religion mène inévitablement au despotisme rhétorique, déclara Leto. Avant le Bene Gesserit, les Jésuites étaient passés maîtres en la matière.

– Les Jésuites, Mon Seigneur?

– Tu les as certainement rencontrés dans tes livres d'histoire.

– Je ne sais pas, Mon Seigneur. Quand ont-ils vécu?

– Peu importe. On en apprend assez sur le despotisme rhétorique en étudiant le Bene Gesserit. Naturellement, les Sœurs ne se font pas d'illusions en ce qui les concerne.

Ça va barder pour les Révérendes Mères, se dit

Moneo. *Il va leur faire des sermons. Elles ont horreur de ça. Voilà qui pourrait annoncer de sérieux ennuis.*

– Quelle a été leur réaction? demanda Leto.

– On m'a dit qu'elles étaient déçues, mais elles n'ont pas trop insisté.

Et Moneo songea : *Je ferais mieux de les préparer à de nouvelles désillusions. Il faudra aussi les tenir éloignées des délégations d'Ix et du Tleilax.*

Le majordome secoua la tête. Tout cela risquait de conduire à des manœuvres assez désagréables. Il faudrait avertir le Duncan.

– Il conduit à des prophéties auto-exaucées et à la justification de toutes sortes d'obscénités, dit Leto.

– Le... despotisme rhétorique, Mon Seigneur?

– Oui! Il dissimule le mal derrière des cloisons qui sont imperméables à tous les arguments contre le mal.

Moneo surveillait d'un œil prudent le corps de Leto, notant la manière dont les mains s'agitaient presque erratiquement, les frémissements convulsifs des segments annelés... *Que vais-je faire si le Ver sort ici?* se demanda-t-il tandis que la sueur perlait sur son front.

– Il se nourrit de significations délibérément perverties afin de discréditer toute opposition, reprit Leto.

– A ce point, Mon Seigneur?

– Les Jésuites appelaient cela « asseoir son pouvoir ». Il en résulte une hypocrisie sans cesse trahie par le décalage entre les actes et leurs explications, qui ne concordent jamais.

– Il faudra que j'étudie attentivement cette question, Mon Seigneur.

– En dernière analyse, il règne en culpabilisant, car cette hypocrisie amène la chasse aux sorcières et la nécessité de trouver des boucs émissaires.

– C'est terrible, Mon Seigneur.

Le cortège s'engagea dans un virage où la roche

avait été percée pour permettre d'apercevoir le pont dans le lointain.

– Moneo, fais-tu attention à ce que je dis?

– Naturellement, Mon Seigneur.

– Je suis en train de te décrire un instrument du pouvoir religieux de base.

– Je sais, Mon Seigneur.

– Pourquoi as-tu si peur, dans ce cas?

– L'évocation du pouvoir religieux me met toujours mal à l'aise, Mon Seigneur.

– Parce que les Truitesses et toi, vous l'exercez en mon nom?

– Naturellement, Mon Seigneur.

– Le pouvoir de base est toujours dangereux parce qu'il attire des gens qui sont vraiment insensés, des gens qui recherchent le pouvoir uniquement pour lui-même. Tu me comprends bien?

– Oui, Mon Seigneur. C'est la raison pour laquelle vous donnez rarement suite aux sollicitations de ceux qui veulent faire partie de votre gouvernement.

– Excellente réponse, Moneo!

– Je vous remercie, Mon Seigneur.

– Dans l'ombre de chaque religion se cache un Torquemada, continua Leto. Tu n'as jamais rencontré ce nom. Je le sais, car je l'ai fait disparaître de toutes les documentations.

– Pourquoi cela, Mon Seigneur?

– C'était une obscénité ambulante. Il transformait les gens qui n'étaient pas d'accord avec lui en torches vivantes.

Moneo murmura d'une voix très basse :

– Comme ces historiens qui vous ont mis un jour en colère, Mon Seigneur?

– Tu remets mes actes en question, Moneo?

– Certainement pas, Mon Seigneur!

– Bon. Ces historiens sont morts sans souffrir. Pas un n'a senti les flammes. Torquemada, par contre, se plaisait à dédier à son dieu les hurlements de douleur de ses victimes brûlées vives.

– Quelle horreur, Mon Seigneur!

Le cortège arriva à un nouveau virage d'où l'on apercevait le pont. La distance, cependant, ne semblait pas avoir changé.

Une fois de plus, Moneo étudia l'Empereur-Dieu à la dérobée. Le Ver était toujours proche, trop proche, mais pas plus que tout à l'heure. Le majordome ressentait avec effroi la menace de l'Auguste Présence, qui pouvait se manifester et tuer de manière totalement imprévisible.

Il frissonna.

Quelle était donc la signification de cet étrange... sermon? Moneo n'ignorait pas que rares étaient ceux qui avaient eu l'occasion d'entendre l'Empereur-Dieu parler ainsi. C'était à la fois un privilège et un fardeau. C'était une partie du prix payé pour la Paix de Leto. L'une après l'autre, les générations défilaient au pas cadencé sous les diktats de cette paix. Seuls les plus hauts cercles de la Citadelle connaissaient la totalité des rares infractions à cette paix – les « incidents » à l'occasion desquels les Truitesses étaient dépêchées en prévision de troubles.

En prévision!

Moneo regarda Leto, maintenant devenu silencieux. Les yeux de l'Empereur-Dieu étaient clos et son visage avait pris un air de méditation morose. Encore un signe du Ver. Un des pires. Moneo se mit à trembler.

Leto prévoyait-il ses propres accès de violence déchaînée? C'était la prévision de la violence qui répandait ces ondes de terreur et d'angoisse que connaissait parfois l'Empire. Leto savait exactement où il fallait poster des gardes pour étouffer dans l'œuf une révolte éphémère. Il le savait avant que les événements se déclenchent.

Même en pensée, ce genre de préoccupation avait pour effet de dessécher la bouche de Moneo. Il y avait des jours, il en était absolument convaincu, où l'Empereur-Dieu était capable de lire dans la pensée de n'importe qui. Certes, Leto avait recours aux espions. De temps à autre, on pouvait voir quelque mystérieuse silhouette, drapée des pieds à la tête dans une grande cape, se glisser, après avoir franchi le barrage des Truitesses, dans l'escalier qui menait au sommet de la tour, ou bien celui qui descendait à la crypte. Des espions, sans aucun doute; mais Moneo avait dans l'idée qu'ils ne servaient qu'à confirmer ce que Leto savait déjà.

Comme pour confirmer les angoisses de Moneo, Leto parla à ce moment-là :

– Ne cherche pas à me comprendre à toute force, Moneo. Laisse la compréhension venir d'elle-même.

– J'essaierai, Mon Seigneur.

– N'essaye *surtout* pas. Dis-moi plutôt si tu as annoncé déjà qu'il n'y aura aucun changement dans les allocations d'épice.

– Pas encore, Mon Seigneur.

– Alors, ne l'annonce pas. Je suis en train de changer d'avis. Tu te doutes, bien sûr, que les nouvelles offres de pot-de-vin ne vont pas manquer.

Moneo soupira. Les sommes qu'on lui avait offertes par le passé atteignaient des sommets inimaginables. Leto, cependant, avait paru amusé par cette escalade.

– Fais-leur tirer la langue, avait-il dit alors. Vois jusqu'où ils sont capables d'aller. Fais comme si, finalement, tu pouvais te laisser corrompre.

Le cortège venait de prendre un nouveau virage et le pont, dans le lointain, était redevenu visible. Leto demanda :

– Est-ce que la Maison des Corrino t'a fait une proposition?

– Oui, Mon Seigneur.

– Connais-tu ce mythe selon lequel, un jour, la Maison des Corrino retrouvera sa splendeur passée?

– J'en ai entendu parler, Mon Seigneur.

– Fais tuer Corrino. Voilà une tâche pour le Duncan. Nous le mettrons ainsi à l'épreuve.

– Si tôt, Mon Seigneur?

– Il est bien connu que le mélange peut prolonger la vie humaine. Qu'on sache aussi qu'il peut l'abréger.

– Il en sera fait selon vos ordres, Mon Seigneur.

Moneo savait ce que signifiait cette réponse. Il disait cela faute de pouvoir exprimer une objection qui lui tenait à cœur. Mais il savait aussi que le Seigneur Leto comprenait ce qui se passait et s'en amusait. Ce qui l'emplissait de rancœur.

– Essaye de ne pas te montrer trop impatient avec moi, Moneo, murmura Leto.

Le majordome refoula son amertume. L'amertume était une source de danger. Les révoltés étaient amers. Les Duncan devenaient amers juste avant l'heure de leur mort.

– Le temps n'a pas la même signification pour vous que pour moi, Mon Seigneur. J'aimerais bien connaître cette signification.

– Je sais que tu aimerais bien, mais tu ne la connaîtras pas.

Moneo essuya la rebuffade et demeura silencieux. Ses pensées se reportèrent sur les problèmes du mélange. Ce n'était pas souvent que le Seigneur Leto daignait parler de l'épice, et la plupart du temps c'était pour fixer le montant des allocations ou pour les supprimer, pour répartir les récompenses ou pour envoyer ses Truitesses chercher un magot nouvellement découvert. La plus grande réserve d'épice, Moneo le savait, se trouvait en un lieu connu de l'Empereur-Dieu seul. Au tout début de son service à la Citadelle, Moneo, la tête enveloppée dans une cagoule, avait été conduit par le Seigneur Leto lui-même jusqu'à cet endroit secret. Ils avaient emprunté un chemin compliqué, la plupart du temps souterrain, comme le majordome avait pu s'en rendre compte.

Quand il m'a permis d'ôter ma cagoule, nous étions sous la surface.

L'endroit avait empli Moneo de crainte respectueuse. C'était une gigantesque caverne taillée à même le roc, éclairée par des brilleurs d'un modèle antique ornés d'arabesques de métal. Partout on voyait d'énormes bacs à mélange dont le contenu émettait une lueur bleue phosphorescente qui contrastait avec la pénombre argentée de la caverne. Quant à l'odeur – une odeur âcre de cannelle – on ne pouvait pas s'y tromper. Non loin de là on entendait l'eau couler goutte à goutte. Et les voix résonnaient contre la roche nue.

– Un jour, tout cela aura disparu, avait dit le Seigneur Leto.

Emu à cette idée, Moneo avait demandé :

– Comment feront la Guilde et le Bene Gesserit?

– Ils feront ce qu'ils font aujourd'hui, mais avec beaucoup plus de violence.

En contemplant les immenses réserves qui se trouvaient dans la caverne, Moneo n'avait pu que penser à tous les actes de violence que connaissait l'Empire en ce moment même : assassinats sanglants, piraterie, espionnage, complots... L'Empereur-Dieu en étouffait la plus grande partie, mais ce qui subsistait était encore effrayant.

– Quelle tentation! murmura Moneo.

– Quelle tentation, oui...

– Il n'y aura jamais plus de mélange après cela, Mon Seigneur?

– Un jour, je retournerai sous les sables. Je serai une source d'épice, à ce moment-là.

– Vous, Mon Seigneur?

– Je produirai également quelque chose de tout aussi étonnant : de nouvelles truites des sables. Des hybrides, et aussi des reproducteurs prolifiques.

Tremblant à cette révélation, Moneo regardait, dans l'ombre, l'Empereur-Dieu qui parlait de miracles.

– Les truites, poursuivit Leto, s'uniront pour former de grandes poches vivantes qui emprisonneront dans le sol l'eau de cette planète. Exactement comme au temps de Dune.

– Toute l'eau, Mon Seigneur?

– Presque toute. D'ici trois cents ans, le ver des sables règnera de nouveau ici. Et ce sera un ver d'une nouvelle espèce, tu peux en être certain.

– Comment cela, Mon Seigneur?

– Il aura une conscience animale et une intelligence plus développée. L'épice sera plus dangereuse à chercher et encore bien plus dangereuse à conserver.

Moneo avait alors levé les yeux vers la voûte rocheuse de la caverne, pour se transporter en imagination jusqu'à la surface.

– Tout redeviendra désertique, Mon Seigneur?

– Les lits des fleuves se rempliront de sable. Les récoltes seront étouffées et détruites. Les arbres seront recouverts par de grandes dunes mouvantes. La mort des sables s'étendra partout jusqu'à ce que... jusqu'à ce que retentisse un signal au sein de cette désolation.

– Quel signal, Mon Seigneur?

– Le signe annonciateur du cycle suivant, la venue du Faiseur, le nouvel avènement de Shaï-Hulud.

– Ce sera vous, Mon Seigneur?

– Oui! Le grand ver des sables de Dune surgira à nouveau des profondeurs. Ce territoire redeviendra le domaine du ver et de l'épice.

– Mais les gens, Mon Seigneur? Qu'adviendra-t-il de tout ce monde?

– Un grand nombre périront. Les cultures et les végétaux comestibles se dessécheront. Privé de nourriture, le bétail disparaîtra.

– Les hommes n'auront plus rien à manger, Mon Seigneur?

– La famine et la maladie ravageront le pays. Seuls les plus endurcis survivront... et les plus brutaux.

– Faut-il vraiment qu'il en soit ainsi, Mon Seigneur?

– Les solutions de rechange sont encore pires.

– Quelles seraient ces solutions, Mon Seigneur?

– Tu les connaîtras le moment venu.

Cheminant aux côtés de l'Empereur-Dieu sur la route en lacet qui descendait vers le fleuve, Moneo se devait d'admettre qu'il avait eu, depuis, connaissance des autres maux.

Ces révélations qu'il avàit eues de source sûre étaient accessibles, comme le savait Moneo, à la plupart des citoyens dociles de l'Empire. Elles se trouvaient, sous une forme ésotérique, dans l'Histoire Orale, les mythes, les récits égarés faits par quelques rares prophètes fous qui surgissaient sur une planète ou sur une autre pour rassembler une audience éphémère.

Mais moi, je sais ce que font les Truitesses.

Il savait aussi qu'il existait certains êtres humains ignobles qui se gorgeaient de mets délicats tout en savourant le spectacle de leurs semblables sous la torture.

Jusqu'à ce que les Truitesses arrivent et que le spectacle soit noyé dans le sang.

– J'ai bien aimé la manière dont ta fille m'observait, déclara Leto à ce moment-là. Elle se doutait si peu que j'étais au courant!

– Mon Seigneur, je suis inquiet pour elle. Elle est mon sang, mon...

– Le mien aussi, Moneo. Ne suis-je pas Atréides? Tu ferais mieux d'être inquiet pour toi-même.

Moneo jeta un regard craintif au corps de l'Empereur-Dieu. Les signes du Ver étaient encore beaucoup trop proches. Il se tourna pour regarder le cortège derrière eux, puis la route au devant. La pente était devenue forte et les virages abrupts, taillés dans la muraille qui entourait le Sareer.

– Siona ne fait rien qui puisse m'offenser, Moneo.

– Mais elle...

– Moneo! Tu as là, sous une écorce mystérieuse et fragile, l'un des plus grands secrets de la vie. Etre *étonné*. Voir se produire quelque chose de nouveau. C'est *là* ce que je désire le plus!

– Mon Seigneur, je...

– Nouveau! N'est-ce pas là un mot qui irradie, un mot *merveilleux*?

– Puisque vous le dites, Mon Seigneur.

Leto fut forcé, à ce moment-là, de se rappeler : *Moneo est ma créature. C'est moi qui l'ai créé.*

– Ton enfant est presque sans prix pour moi, Moneo. Tu décries ses compagnons, mais il y en a peut-être un parmi eux dont elle tombera amoureuse.

Moneo regarda involontairement en arrière, vers l'endroit où Duncan Idaho cheminait en compagnie des gardes. Le Duncan regardait devant lui d'un air furieux, comme s'il essayait de sonder chaque tournant de la route avant que le cortège s'y engage. Il n'aimait pas cet endroit entouré de falaises d'où partout une attaque pouvait surgir. Dès la nuit précédente, il avait envoyé là-haut quelques-unes de ses Truitesses en reconnaissance, et Moneo savait que certaines devaient s'y trouver encore. Mais il était facile de tendre une embuscade au cortège avant qu'il ait atteint le pont et les Truitesses n'étaient pas assez nombreuses pour être disposées de tous les côtés à la fois.

– Nous compterons sur les Fremen, avait dit Moneo pour rassurer le Duncan.

– Les Fremen?

Idaho n'aimait pas beaucoup ce qu'on lui avait dit sur ces Fremen de musée.

– Ils pourront au moins donner l'alarme.

– Vous les avez vus? Vous leur avez demandé de faire ça?

– Naturellement.

Moneo n'avait pas osé profiter de cette occasion pour parler de Siona au Duncan. Il comptait le faire plus tard, mais l'Empereur-Dieu venait de dire une chose troublante. Y avait-il eu un changement dans ses plans?

Le majordome reporta son attention sur l'Empereur-Dieu et murmura :

– Un de ses compagnons, Mon Seigneur? Mais vous disiez que c'était le Duncan...

– Je parlais de tomber *amoureuse*, pas de *procréer!*

Moneo se mit à trembler. Il songeait à la manière dont son propre mariage avait été arrangé, dont on l'avait arraché...

Non! Mieux vaut ne pas évoquer ces souvenirs-là!

Une certaine affection, un véritable amour, même, étaient venus... après. Mais dans les premiers temps...

– Tu es encore dans les nuages, Moneo.

– Pardonnez-moi, Mon Seigneur, mais lorsque je vous entends parler d'amour...

– Tu crois que je suis incapable d'avoir des sentiments?

– Ce n'est pas du tout ça, Mon Seigneur...

– Tu crois que je n'ai pas de souvenirs d'amour et de procréation?

Le chariot fit un écart brusque vers Moneo, qui fut forcé de faire un bond pour l'éviter, terrorisé par le regard furieux que lui avait lancé l'Empereur-Dieu.

– Mon Seigneur, je vous demande par...

– Ce corps-ci n'a peut-être jamais connu de telles tendresses, mais les souvenirs sont *tous* à moi!

Moneo voyait s'amplifier les signes du Ver dans le corps de l'Empereur-Dieu et il se sentait pris au piège.

Je suis en danger. Nous sommes tous gravement en danger.

Il avait une conscience aiguë de tous les bruits qui l'entouraient : le grincement des roues du Chariot Royal, les toussotements et les conversations à voix basse des courtisans, les pas sur la chaussée. Une odeur de cannelle s'exhalait de l'Empereur-Dieu. Entre les parois du défilé où ils se trouvaient, on ressentait encore dans l'air la froideur de la nuit ainsi que la proximité du fleuve.

Etait-ce l'humidité qui faisait sortir le Ver?

– Ecoute bien mes paroles, Moneo. Comme si ta vie en dépendait.

– Oui, Mon Seigneur, murmura Moneo; et il

savait que son salut dépendait réellement de l'attention avec laquelle il allait non seulement écouter, mais observer la suite.

– Une partie de moi demeure éternellement souterraine, sans accès à la pensée, fit Leto. Mais cette partie réagit. Elle fait des choses sans souci de logique ou de connaissance.

Moneo hocha la tête sans décoller son attention du visage de l'Empereur-Dieu. Etait-ce maintenant que ses yeux allaient devenir vitreux?

– Je suis obligé, alors, de me maintenir à l'écart, en simple spectateur, continua Leto. Et la réaction dont je te parlais pourrait très bien provoquer ta mort, par exemple, sans que le choix m'appartienne. Tu m'entends?

– Je vous entends, Mon Seigneur, murmura Moneo.

– Il ne peut être question de *choix* dans une telle circonstance! On accepte et c'est tout. On accepte sans comprendre, on accepte sans savoir. Qu'as-tu à dire de ça?

– L'inconnu me fait peur, Mon Seigneur.

– A moi, il ne me fait pas peur. Peux-tu m'expliquer ça?

Moneo s'attendait depuis un moment à la crise et maintenant qu'elle venait il était presque soulagé. Il savait que sa vie dépendait de la réponse qu'il allait donner. Il regarda l'Empereur-Dieu dans les yeux, en réfléchissant à toute vitesse.

– C'est à cause de tous vos souvenirs, Mon Seigneur.

– Oui?

La réponse avait donc été incomplète. Moneo lutta pour trouver les mots.

– Vous voyez toutes les choses que nous savons... vous les voyez telles qu'elles étaient avant... inconnues! Une surprise, pour vous... une surprise, ce doit être simplement quelque chose de nouveau à connaître?

Tout en parlant, Moneo s'était rendu compte qu'il avait mis un point d'interrogation défensif à ce qui normalement aurait dû passer pour une affirmation hardie. Toutefois, l'Empereur-Dieu sourit.

– Pour ta sagesse, je t'accorde un bon point, Moneo. Que désires-tu?

Le soulagement subit ne fit qu'ouvrir la voie à une autre sorte d'angoisse.

– Pourrais-je faire revenir Siona à la Citadelle, Mon Seigneur?

– Je serai obligé de la mettre à l'épreuve plus tôt que prévu.

– Il faut à tout prix qu'elle soit séparée de ses compagnons.

– Très bien, Moneo.

– Mon Seigneur est magnanime.

– Je suis égoïste.

L'Empereur-Dieu se détourna alors et demeura silencieux.

Observant le corps annelé, Moneo constata que les signes du Ver avaient sensiblement régressé. Les choses tournaient bien, finalement. Mais il se souvint alors des Fremen et de leur requête, et ses angoisses le reprirent.

J'ai commis une erreur. Ils risquent de Le faire sortir à nouveau. Pourquoi leur ai-je permis de présenter cette requête?

Les Fremen attendaient sans doute un peu plus loin, massés de ce côté-ci du fleuve, leurs papiers ridicules à la main.

Moneo continuait de marcher en silence. Mais à chaque pas, ses appréhensions augmentaient.

De ce côté-ci souffle le sable; de ce côté-là
Le sable souffle.
De ce côté-là un homme riche attend; de ce
[côté-ci
J'attends.

La Voix de Shaï-Hulud.
Extrait de L'Histoire Orale.

Compte rendu de Sœur Chenoeh, découvert parmi ses papiers après sa mort :

J'obéis à la fois aux intérêts du Ben Gesserit et aux ordres de l'Empereur-Dieu en excluant ces lignes de mon rapport et en les mettant en lieu sûr afin qu'elles soient découvertes quand je ne serai plus. Car le Seigneur Leto m'a dit : « Vous rapporterez mon message à vos Supérieures; mais ce que je vais vous dire maintenant, vous le garderez provisoirement secret. Ma fureur se déchaînera contre tout votre Ordre si vous me trahissez. »

Or, la Révérende Mère Syaksa m'avait avertie avant mon départ : « Vous ne devez rien faire qui puisse attirer sur nous le courroux du Seigneur Leto. »

Tandis que je cheminais à côté de lui durant le court voyage que j'ai déjà mentionné, l'idée m'est venue d'interroger le Seigneur Leto sur ses points communs avec une Révérende Mère.

– Mon Seigneur, lui ai-je dit, je sais de quelle manière une Révérende Mère acquiert les souvenirs ayant appartenu à ses ancêtres et à d'autres personnes. Mais qu'en a-t-il été en ce qui vous concerne?

– C'était inscrit dans notre histoire génétique et c'est l'épice qui l'a réalisé. Ma sœur jumelle Ghanima et moi, nous avons été réveillés alors que nous étions encore dans la matrice, et mis en présence de la mémoire ancestrale.

– Mon Seigneur... nous appelons cela... l'Abomination!

– A juste titre! me répondit le Seigneur Leto. Il est facile d'être dépassé par ses souvenirs ancestraux. Et qui peut savoir, avant la lettre, si la force qui commandera la horde sera bonne ou mauvaise?

– Mon Seigneur, comment avez-vous fait pour maîtriser cette force?

– Je ne l'ai pas maîtrisée. C'est la persistance du modèle pharaonien qui nous a sauvés, Ghani et moi. Connaissez-vous ce modèle, Sœur Chenoeh?

– L'étude de l'histoire occupe une grande place dans notre formation, Mon Seigneur.

– Je sais, mais vous ne la considérez pas de la même façon que moi. Je voulais parler d'une maladie de gouvernement qui a d'abord frappé les Grecs, qui l'ont transmise aux Romains, qui l'ont à leur tour si bien répandue de par le monde qu'elle ne s'est jamais tout à fait éteinte.

– Mon Seigneur parle par énigmes?

– Il n'y a pas d'énigme. C'est une chose que je déteste, mais elle nous a sauvés. Ghani et moi, nous avons contracté de puissantes alliances internes avec des ancêtres qui respectaient le modèle pharaonien. Ils nous ont aidés à combiner une identité séparée au sein de la multitude si longtemps endormie.

– Je trouve tout cela inquiétant, Mon Seigneur.

– Et vous avez raison.

– Mais pourquoi me dites-vous toutes ces choses maintenant, Mon Seigneur? A ma connaissance, vous n'aviez jamais jusqu'ici répondu de la sorte à aucune de mes Sœurs.

– C'est parce que vous savez très bien écouter, Sœur Chenoeh; parce que vous m'obéirez et aussi parce que je ne vous reverrai jamais.

Après avoir prononcé ces étranges paroles, le Seigneur Leto me demanda :

– Pourquoi ne m'avez-vous pas interrogé sur ce que vos Sœurs appellent ma *tyrannie insensée?*

Enhardie par son attitude, je me risquai à murmurer :

– Mon Seigneur, nous avons entendu parler de quelques-unes des exécutions sanglantes que vous avez ordonnées. Nous sommes inquiètes à ce sujet.

Le Seigneur Leto fit à ce moment-là une chose étrange. Il ferma les yeux tandis que nous continuions d'avancer, puis déclara :

– Je sais que vous êtes entraînée à retenir mot pour mot ce que vous entendez, Sœur Chenoeh. Par conséquent, je vais m'adresser à vous comme à une page de mes mémoires. Enregistrez bien mes paroles, car je ne voudrais pas qu'elles se perdent.

J'atteste que ce qui suit est une transcription exacte des paroles prononcées alors par le Seigneur Leto :

Je sais avec certitude que lorsque je ne serai plus consciemment présent parmi vous, lorsque j'existerai uniquement sous la forme d'une effroyable créature du désert, beaucoup retiendront de moi l'image d'un tyran.

C'est entendu, j'ai été tyrannique.

Un tyran... pas entièrement humain, pas dément, juste un tyran. Mais même les tyrans ordinaires ont des sentiments et des motivations qui dépassent ceux qui leur sont généralement attribués par des historiens trop faciles, et je serai considéré comme un « grand » tyran. Ainsi, mes sentiments et mes motivations constituent un legs que je voudrais protéger des atteintes de l'histoire. L'histoire a trop tendance à magnifier certaines caractéristiques au détriment des autres.

On essaiera de me comprendre, de me cerner avec des mots. On recherchera la « vérité ». Mais la « vérité » porte le poids de l'ambiguïté des mots utilisés pour l'exprimer.

Vous ne me comprendrez pas. Plus vous essaierez, plus je m'éloignerai de votre entendement jusqu'à disparaître finalement dans le mythe éternel... en vrai Dieu Vivant, pour une fois!

Car c'est bien cela, voyez-vous. Je ne suis pas un chef, encore moins un guide. Je suis un dieu. N'oubliez pas cela. Je n'ai rien à voir avec les chefs et les guides. Les dieux n'ont besoin d'assumer aucune responsabilité en dehors de la genèse. Les dieux acceptent tout et par conséquent n'acceptent rien. Les dieux doivent être identifiables et cependant demeurent anonymes. Les dieux n'ont pas besoin d'un monde spirituel. Mes esprits habitent en moi, forcés de répondre à la moindre de mes sollicitations. Je partage avec vous, car tel est mon bon plaisir, ce que j'ai appris d'eux et ce que j'ai appris par eux. Ils sont ma vérité à moi.

Défiez-vous de LA vérité, gentille Sœur. Bien que très recherchée, elle peut être dangereuse pour celui qui l'approche sans précaution. Les mythes et les mensonges sécurisants sont bien plus faciles à trouver et à accepter. Si vous découvrez une vérité, même provisoire, elle exigera peut-être de vous de déchirantes révisions. Cachez vos vérités à l'intérieur des mots. Leur ambiguïté naturelle vous protégera alors. Les mots sont toujours beaucoup plus faciles à absorber que les coups de poignard delphiques d'oracles non verbaux. Avec les mots, vous pouvez vous écrier en chœur. « Pourquoi n'avons-nous eu aucun avertissement de personne? »

Mais moi, je vous avais donné tous les avertissements nécessaires. Pas par les mots; par l'exemple.

Inévitablement, il y a surabondance de mots. En ce moment même, vous les enregistrez dans votre prodigieuse mémoire. Et un jour, on découvrira mon journal – encore des mots. Je vous avertis que c'est à vos propres risques et périls que vous lirez mes mémoires. Juste sous leur surface gisent les impulsions non verbales d'événements terribles. Bouchez-vous les oreilles! Vous n'avez pas besoin d'entendre; ou, si vous entendez, vous n'avez pas besoin de vous souvenir. Comme il est apaisant d'oublier... et combien dangereux!

Les mots comme les miens ont un pouvoir mystérieux depuis longtemps reconnu. Ils recèlent un secret qui peut être utilisé pour gouverner ceux qui ont la mémoire courte. Mes vérités à moi sont la substance des mythes et des mensonges sur lesquels se sont toujours appuyés les tyrans pour manœuvrer les masses à leurs propres fins égoïstes.

Vous voyez? Je partage tout avec vous, même le plus grand mystère de tous les temps, le mystère autour duquel j'ordonne ma vie. Et je vous le révèle en ces mots : Le seul passé pérenne gît en vous sous forme non verbale.

Après avoir prononcé ces paroles, l'Empereur-Dieu demeura silencieux. Au bout de quelques instants, je m'enhardis à lui demander :

– Mon Seigneur, ce sont bien là tous les mots que vous désirez me faire garder?

– Ce sont les mots, répondit le Seigneur Leto d'une voix qui me parut lasse et découragée.

Son intonation était celle de quelqu'un qui vient de dicter ses dernières volontés. Je me souvins brusquement qu'il avait dit qu'il ne me reverrait plus jamais et j'eus très peur mais – j'en rends grâce à mes professeurs – cela n'affecta pas ma voix quand je lui demandai :

– Mon Seigneur, ces mémoires dont vous parlez, pour qui ont-ils été écrits?

– Pour la postérité, Sœur Chenoeh. A des millénaires d'ici. Mais je personnifie ces lointains lecteurs. Je me les représente comme des cousins éloignés mus par une curiosité familiale. Ils cherchent à démêler des intrigues que je suis seul à pouvoir suivre de bout en bout. Ils veulent établir les connexions personnelles avec leurs propres existences. Ils veulent les explications, la *vérité*!

– Mais vous nous mettez en garde contre la vérité, Mon Seigneur.

– Effectivement! Toute l'histoire entre mes mains n'est qu'un instrument malléable. Oh! j'ai accumulé tant de passés... je connais tous les *faits*... pourtant, je peux les utiliser à ma guise et, sans porter atteinte à la vérité, les changer. Que suis-je en train de prononcer devant vous? Qu'est-ce qu'un journal? Des mémoires? Uniquement des mots.

De nouveau, le Seigneur Leto garda le silence. Je réfléchissais, pour ma part, à la portée de tout ce qu'il venait de dire. Je repensais à la mise en garde de la Révérende Mère Syaksa ainsi qu'aux avertissements que m'avait donnés le Seigneur Leto. Il avait dit que je devais lui servir de messagère. Je me sentais par conséquent sous sa protection et cela m'incitait peut-être à aller un peu plus loin que d'autres. Aussi, je murmurai :

– Mon Seigneur, vous avez dit que vous ne me reverriez plus. Cela signifie-t-il que vous allez mourir?

Je jure ici que le Seigneur Leto éclata de rire! Puis il répondit :

– Non, gentille Sœur; c'est vous qui mourrez. Vous ne vivrez pas assez longtemps pour devenir Révérende Mère. N'en soyez pas attristée. Par votre présence ici aujourd'hui, par le fait que vous allez rapporter mon message à votre Ordre tout en devenant la gardienne de mes paroles secrètes, vous vous placez à une position bien plus élevée. Vous devenez partie intégrante de mon mythe. Nos lointains cousins vous adresseront leurs prières pour que vous intercédiez auprès de moi!

De nouveau, le Seigneur Leto se mit à rire, mais très gentiment, d'une manière qui me réchauffait le cœur. Il m'est très difficile de décrire ici ce qui se passait avec toute l'exactitude que m'imposent habituellement les devoirs d'une telle mission, mais tandis que le Seigneur Leto prononçait à mon intention ses formidables paroles, j'avais l'impression qu'un profond lien d'amitié s'établissait entre lui et moi, comme si quelque chose de physique était venu nous réunir d'une manière que je suis incapable de décrire totalement. Ce n'est qu'à cet instant que je compris vraiment ce qu'il avait voulu dire par *vérité non verbale*. Ces choses me sont arrivées, et pourtant je ne puis les décrire.

NOTE DES ARCHIVISTES

En raison des événements survenus durant le laps de temps écoulé, la découverte de ce document privé représente aujourd'hui une simple curiosité historique dont l'intérêt est surtout de contenir l'une des plus anciennes références connues aux mémoires secrets de l'Empereur-Dieu. Pour le lecteur désireux d'approfondir ces questions, d'autres informations sont disponibles dans nos Archives sous les rubriques : *Chenoeh (Sainte Sœur Quintinius Violet), Rapport Chenoeh* et *Rejet du Mélange (aspects médicaux).*

N.B. : La Sœur Quintinius Violet Chenoeh est morte dans la cinquante-troisième année de son Ordination. La cause du décès fut attribuée à une incompatibilité provoquée par le mélange au cours de sa tentative d'accéder au statut de Révérende Mère.

> Notre ancêtre Assur-nasi-apli, connu comme le plus cruel d'entre les cruels, s'empara du trône en assassinant son propre père, instaurant ainsi le règne de l'épée. Ses conquêtes comprirent la région du lac d'Ourmia et le menèrent jusqu'à Commagène et Khabur. Son fils reçut tribut des Shuites, de Tyr, Sidon, Gebel, et même de Jéhu, fils d'Omri, dont le seul nom terrifiait des milliers d'individus. Les conquêtes commencées par Assur-nasi-apli portèrent la guerre jusqu'en Médie et plus tard en Israël, à Damas, Edom, Arpad, Babylone et Umlias. Quelqu'un aujourd'hui se rappelle-t-il ces noms? J'ai donné suffisamment d'indices. Essayez d'identifier la planète.
>
> *Les Mémoires Volés.*

L'air était stagnant au creux de la saignée par laquelle la Route Royale descendait vers le plat qui constituait les abords du pont. La route prenait à droite au sortir de l'immense ouvrage de roc et de terre façonné par la main de l'homme. De l'endroit où il cheminait, à côté du Chariot Royal, Moneo apercevait, par-delà une étroite ligne de faîte, le ruban brillant de la chaussée qui conduisait jusqu'à la dentelle de plastacier du pont, à près d'un kilomètre de distance.

Le fleuve Idaho, encore profondément encaissé, revenait sur la droite en un large méandre avant de continuer tout droit, par une succession de cascades étagées, vers l'orée de la Forêt Interdite où les murs protecteurs du Sareer descendaient presque jusqu'au niveau de l'eau. C'était là, aux approches de la Cité Festive, que s'étendaient les champs et les vergers dont se nourrissaient les habitants de Onn.

Moneo, scrutant la partie du fleuve visible de l'endroit où il se trouvait, remarqua que le haut du défilé était baigné de lumière tandis que les eaux coulaient encore dans une obscurité entrecoupée seulement du scintillement argenté des cascades.

Droit devant lui, la route brillait au soleil et les ombres des ravines, de part et d'autre de la chaussée, ressemblaient à des flèches disposées là pour indiquer le bon chemin. Le soleil était déjà assez fort pour rendre la chaussée brûlante et l'air tremblait au-dessus d'elle comme un avertissement pour la journée qui s'annonçait.

Nous aurons atteint la Cité avant que la chaleur devienne insupportable, se dit Moneo.

Il continuait de trotter avec cette lassitude patiente qui s'emparait toujours de lui à ce stade, les yeux fixés devant lui à la recherche des Fremen de musée quémandeurs. Ils n'allaient pas manquer de surgir de l'une des ravines adjacentes, quelque part sur cette rive-ci du fleuve. C'était ce qui était déjà convenu avec eux. Pas moyen de les arrêter à présent. Et le signe du Ver était toujours présent chez l'Empereur-Dieu!

Ce fut Leto qui les entendit le premier, avant que quiconque dans le cortège ait pu les apercevoir.

– Ecoute! s'écria-t-il.

Moneo se raidit, en position d'alerte.

Leto déplaça son corps d'un mouvement sinueux à l'intérieur du chariot, dressa sa partie antérieure au niveau du capot-bulle et scruta attentivement la route au devant d'eux.

Ce n'était pas la première fois que Moneo le

voyait faire cela. Les sens de l'Empereur-Dieu, infiniment plus développés que ceux de n'importe quel membre du cortège, avaient décelé quelque chose. Les Fremen devaient commencer à se rapprocher de la route. Moneo ralentit l'allure pour se trouver légèrement en arrière du chariot, comme l'exigeait le protocole. A ce moment-là seulement, il entendit le bruit.

Quelques cailloux qui dévalaient.

Les premiers Fremen apparurent, surgissant des ravines de chaque côté de la route, à moins d'une centaine de mètres du cortège impérial.

Duncan Idaho se précipita en avant et vint trotter aux côtés de Moneo.

– Ce sont les Fremen?

– Oui, répondit le majordome sans détacher son attention de l'Empereur-Dieu, qui avait laissé retomber sa masse à l'intérieur du chariot.

Les Fremen de musée rassemblés au milieu de la route avaient ôté leurs capes, sous lesquelles ils portaient des tuniques rouges et pourpres. Moneo laissa échapper une exclamation. Ces Fremen étaient accoutrés comme des pèlerins et, sous leurs vêtements de couleurs vives, on distinguait encore une sorte d'habit noir. Ceux qui étaient au premier rang agitèrent des rouleaux de papier tandis que tout le groupe se mettait à chanter et s'avançait en dansant à la rencontre du cortège impérial.

– Une requête, Mon Seigneur! crièrent ceux qui brandissaient les papiers. Ecoutez notre requête!

– Duncan! hurla Leto. Faites-les dégager!

Au moment même où il criait cet ordre, les Truitesses s'élançaient, bousculant les courtisans. Idaho leur fit signe de suivre et courut vers la foule des arrivants. Derrière lui, les Truitesses formèrent une phalange.

Leto referma brusquement le capot-bulle de son chariot, augmenta sa vitesse et tonna d'une voix amplifiée :

– Dégagez! Dégagez!

Les Fremen de musée, devant les gardes qui

chargeaient et le chariot qui accélérait, commencèrent à s'écarter de part et d'autre de la route comme pour leur ouvrir un chemin. Moneo, obligé de courir lui aussi pour rester derrière le chariot, bien que momentanément distrait par les bruits de pas des courtisans qui couraient en désordre derrière lui, remarqua le premier changement de programme inattendu des Fremen.

Comme un seul homme, la foule chantante avait laissé tomber les tuniques de pèlerins pour arborer des uniformes noirs identiques à celui que portait Idaho.

Que font-ils donc? se demanda Moneo.

Au moment même où il se posait cette question, il vit distinctement les traits de ceux qui étaient les plus proches se dissoudre en un flou de Danseur-Visage pour se recomposer aussitôt sous l'aspect des Duncan Idaho.

– Les Danseurs-Visages! hurla quelqu'un.

Leto, pendant ce temps, avait été distrait lui aussi par la confusion générale, les bruits de pas précipités et les ordres criés aux Truitesses qui se constituaient en phalange. Il avait lancé son chariot derrière elles en actionnant à fond sa sirène et son avertisseur à distorsion. Une clameur blême avait envahi la scène, désorientant même certaines des Truitesses qui y étaient préparées. C'était à ce moment-là que les quémandeurs avaient ôté leurs tuniques de pèlerins et commencé leur transformation en une armée de Duncan Idaho.

Lorsque le cri : « Les Danseurs-Visages! » avait retenti, Leto avait identifié son auteur, un maître scribe de la Maison Impériale.

Sa première réaction avait été amusée.

Gardes et Danseurs-Visages s'étaient rencontrés dans un tumulte de clameurs et de hurlements qui remplaçaient les litanies des quémandeurs. Leto reconnut les commandements de guerre des Tleilaxu. Un noyau de Truitesses s'était formé autour du Duncan à l'uniforme noir. Les gardes obéissaient à la recommandation maintes fois répétée de Leto : protéger à tout prix le capitaine-ghola.

Mais comment vont-elles le distinguer des autres?

Leto ralentit jusqu'à ce que son chariot s'immobilise presque. A sa gauche, les Truitesses attaquaient avec leurs bâtons étourdisseurs. L'acier des lames jetait des reflets éblouissants. Tout à coup retentit un vrombissement de laser, ce son insupportable que la grand-mère de Leto avait un jour appelé : « le bruit le plus épouvantable de l'univers ». Puis d'autres clameurs éclatèrent sur l'avant.

Leto avait immédiatement réagi en entendant les lasers. Il avait fait faire au chariot un brusque écart sur la droite et enclenché les suspenseurs à la place des roues. Puis il avait lancé le véhicule comme un bélier sur un groupe compact de Danseurs-Visages qui essayaient d'entrer dans la bataille par son côté. Virant serré, il avait renouvelé la manœuvre sur l'autre flanc et senti l'impact mou des chairs contre le plastacier où giclait le sang. Il avait ensuite engagé le chariot au ras d'une ravine dont il avait vu les parois striées défiler à toute vitesse. Une fois franchi le fleuve, il avait redressé pour gagner un point élevé de la falaise, d'où il pouvait à l'abri des lasers et en toute tranquillité observer ce qui se passait sur la route.

Pour une surprise!

Un éclat de rire convulsif, énorme, fit trembler son corps gigantesque. Il fallut plusieurs minutes pour que son amusement s'apaise.

De l'endroit où il était perché, Leto voyait parfaitement le pont et toute la zone de la bataille. Les cadavres pêle-mêle jonchaient la chaussée et les ravines latérales. Il reconnut les fins atours des courtisans baignant dans le sang à côté des uniformes des Truitesses et des déguisements noirs des Danseurs-Visages. Les courtisans qui avaient échappé au massacre s'étaient regroupés, tremblants, dans un coin, tandis que les Truitesses retournaient méthodiquement ceux qui gisaient à terre pour s'assurer qu'ils étaient morts ou achever les ennemis blessés d'un rapide coup de poignard.

Leto balaya la scène du regard à la recherche de l'uniforme noir de son Duncan. Mais aucun porteur d'un tel uniforme n'était encore debout. Pas un seul! L'Empereur-Dieu réprima un soupir de frustration. A ce moment-là, il remarqua parmi les courtisans un groupe de Truitesses qui semblaient entourer... un homme nu.

Tout nu!

C'était son Duncan, sans le moindre habit sur la peau. *Evident!* Sans uniforme, on ne pouvait pas le confondre avec les Danseurs-Visages.

Une fois de plus, Leto fut secoué par le rire. Que de surprises, de chaque côté! Les attaquants avaient dû recevoir un choc. Visiblement, ils n'étaient pas préparés à ce genre de parade.

Leto redescendit jusqu'à la route, remit les roues du chariot en position et se dirigea vers le pont. Il le franchit avec une intense sensation de « déjà vu », conscient de l'existence dans son souvenir collectif d'innombrables ponts qu'il avait traversés pour contempler les résultats d'une bataille. Dès qu'il fut sur l'autre rive, Idaho se détacha du groupe de Truitesses et courut à sa rencontre, enjambant et contournant les cadavres. Leto arrêta le chariot pour contempler le Duncan nu qui le faisait penser à un guerrier-messager grec accourant pour faire à son commandant un rapport sur l'issue du combat. Ces condensations historiques obnubilaient la mémoire de l'Empereur-Dieu.

Quand Idaho s'immobilisa à côté du chariot dans un crissement de cailloux, Leto ouvrit le capot-bulle.

– Tous des Danseurs-Visages, du premier jusqu'au dernier! haleta le Duncan.

Sans chercher à dissimuler son amusement, Leto lui demanda :

– Qui donc a eu l'idée de te déshabiller ainsi?

– Moi! Mais elles ne m'ont pas laissé me battre!

Moneo arriva en courant, accompagné de quelques Truitesses. L'une d'elles lança une cape bleue à Idaho en criant : « Nous essayons de récupérer un uniforme au complet sur les tués. »

– J'ai déchiré le mien pour l'enlever, expliqua Idaho.

– Aucun Danseur-Visage n'a pu s'échapper? demanda Moneo.

– Pas un, fit le Duncan. Je reconnais que vos femmes savent se battre, mais pourquoi ne m'ont-elles pas laissé me mêler au...

– Parce qu'elles ont pour instruction de te protéger, lui répondit Leto. Les vies les plus précieuses sont toujours...

– Quatre sont mortes en me tirant de là, fit le Duncan.

– Mon Seigneur, annonça Moneo, nous avons perdu plus de trente des nôtres. Nous n'avons pas encore le nombre exact.

– Combien de Danseurs-Visages? demanda Leto.

– Apparemment, ils étaient juste cinquante, Mon Seigneur.

Moneo parlait à voix basse, d'un air profondément affligé. Leto gloussa de rire.

– Qu'est-ce qui vous amuse? demanda le Duncan. Plus de trente des nôtres...

– Mais les Tleilaxu ont été si ineptes... Te rends-tu compte qu'il y a seulement cinq cents ans ils auraient été bien plus efficaces, bien plus dangereux? Jamais ils n'auraient osé se lancer dans une telle mascarade. Et ils n'avaient même pas prévu ta brillante parade!

– Ils avaient des lasers, fit Idaho.

Leto poussa sur le côté ses lourds segments antérieurs et désigna dans le dais du chariot, à peu près vers le milieu, un trou aux bords brûlés, fondus, finement étoilés.

– Il y en a encore d'autres par en dessous, dit-il. Par chance, ni les roues ni les suspenseurs n'ont été endommagés.

Idaho examina le trou dans le dais et remarqua que le chariot avait été transpercé de part en part.

– Vous n'avez pas été touché? demanda-t-il.

– Si, bien sûr!

– Vous êtes blessé?

– Je ne suis pas sensible aux lasers, mentit Leto. Un jour où nous aurons le temps, je te ferai une démonstration.

– En tout cas, moi, j'y suis sensible, fit le Duncan; et vos Truitesses aussi. Nous devrions être munis de ceintures-boucliers.

– Les boucliers sont interdits dans tout l'Empire, dit Leto. Leur possession constitue un crime très grave.

– Cette question de boucliers... avança Moneo.

Leto supposa que le majordome avait besoin d'une explication et il la lui donna :

– Ces boucliers génèrent un champ de force capable de repousser tout objet qui vient à leur rencontre avec une vitesse dangereuse; ils n'ont qu'un seul inconvénient : si un rayon laser les traverse, il en résulte une explosion qui peut rivaliser avec celle d'une bombe à fusion de bonne taille. Attaquants et attaqués sont envoyés *ad patres* en même temps.

Moneo se contentait de regarder fixement Idaho, qui hocha la tête :

– Je comprends que ces ceintures aient été prohibées, dit-il. Je suppose que la Grande Convention contre les atomiques est toujours en vigueur et respectée?

– D'autant mieux respectée que nous avons confisqué aux Familles toutes leurs armes atomiques pour les stocker en lieu sûr, dit Leto. Mais ce n'est ni le moment ni le lieu de discuter de ces choses.

– Il y a un point que j'aimerais discuter tout de suite, fit le Duncan. Il est dangereux de marcher ainsi à découvert. Je serais plus tranquille si...

– C'est la tradition et nous continuerons de la respecter, coupa Leto.

Moneo se pencha à l'oreille du Duncan.

– Vous importunez le Seigneur Leto.

– Mais...

– N'avez-vous pas songé qu'il est bien plus facile de contrôler une population *à pied*? demanda Moneo.

Le visage du Duncan s'éclaira d'une compréhension soudaine. Il pivota pour regarder Moneo dans les yeux. Leto en profita pour distribuer quelques ordres.

– Moneo, veille à ce qu'il ne subsiste aucune trace du combat. Pas la moindre goutte de sang, pas le moindre morceau de vêtement. Rien.

– Oui, Mon Seigneur.

Idaho se tourna, son attention attirée par le bruit, vers le cercle de courtisans qui s'était formé autour d'eux. Tous les survivants, blessés ou non, étaient venus aux nouvelles.

– Ecoutez-moi, vous tous, leur cria Leto de son chariot. Pas un mot de tout ça à quiconque. Laissons les Tleilaxu se demander ce qui a pu se passer.

Il se tourna vers Idaho :

– Peux-tu m'expliquer, Duncan, comment ces Danseurs-Visages ont pu s'introduire sur un territoire où seuls mes Fremen de musée sont autorisés à circuler librement?

Idaho porta involontairement les yeux sur Moneo.

– Mon Seigneur, c'est ma faute, murmura le majordome. C'est moi qui ai permis aux Fremen de vous présenter leur requête ici. J'ai même rassuré Duncan Idaho à leur sujet.

– Je me souviens que tu m'as parlé de cette requête, dit Leto.

– J'avais pensé que cela pourrait vous amuser, Mon Seigneur.

– Les requêtes ne m'amusent pas, elles m'ennuient. Particulièrement quand elles émanent de gens dont la seule utilité dans mon schéma est de préserver les formes anciennes.

– Mon Seigneur, c'est que vous avez tant de fois évoqué la monotonie de ces voyages à...

– Peut-être, mais je ne suis pas ici pour alléger l'ennui des autres!

– Mon Seigneur?

– Les Fremen de musée ne comprennent rien aux anciennes coutumes. Ils ne sont bons qu'à les singer. C'est naturellement pour eux une source d'ennui et leurs requêtes tendent invariablement à introduire des changements. Ce qui me déplaît. Je ne suis disposé à accepter aucun changement. Voyons... comment cette prétendue requête est-elle venue à ta connaissance?

– Mais ce sont les Fremen eux-mêmes qui m'en ont parlé, répondit Moneo. Une délé...

Il s'interrompit, les sourcils froncés.

– Tu connaissais les membres de cette délégation?

– Naturellement, Mon Seigneur; sans quoi je...

– Ils sont tous morts, déclara Idaho.

Moneo le regarda sans comprendre.

– Ceux que vous connaissiez sont morts, expliqua le Duncan. Les Danseurs-Visages les ont tués pour se substituer à eux.

– J'ai été négligent, dit Leto. J'aurais dû vous apprendre à reconnaître les Danseurs-Visages à coup sûr. Il faudra que cette erreur soit réparée, maintenant qu'ils deviennent ridiculement téméraires.

– Pourquoi sont-ils si téméraires? demanda Idaho.

– Peut-être pour détourner notre attention de quelque chose d'autre, avança Moneo.

Leto sourit à son majordome. Quand il se sentait menacé, les rouages de son esprit fonctionnaient beaucoup plus efficacement. Il avait manqué à son Seigneur en prenant des Danseurs-Visages pour des Fremen qu'il connaissait. A présent, il savait que ses fonctions risquaient de dépendre des qualités pour lesquelles l'Empereur-Dieu l'avait précisément choisi à l'origine.

– Ce qui fait que maintenant, nous avons tout le temps pour nous préparer, dit Leto.

– Détourner notre attention de quoi? demanda le Duncan.

– D'un autre complot auquel ils participent, expliqua Leto. Ils s'attendent à être punis sévèrement pour ce qu'ils viennent de faire, mais à cause de toi, Duncan, ils estiment que je ne peux pas les détruire.

– Ils avaient bien l'intention de réussir, tout à l'heure, dit le Duncan.

– Oui, mais ils avaient envisagé la possibilité d'un échec, fit Moneo.

– Ils se croient à l'abri de mes représailles parce qu'ils détiennent les cellules originales de mon Duncan, dit Leto. Tu comprends, n'est-ce pas?

– Ont-ils tort? demanda le ghola.

– Ils ne sont plus très loin d'avoir tort, dit Leto. Puis il s'adressa à Moneo : Aucun signe de ce qui s'est passé ne devra subsister quand nous arriverons à Onn. Les uniformes devront être impeccables, les effectifs des gardes au complet... aucun détail ne doit permettre de soupçonner quoi que ce soit.

– Il y a des morts et des blessés parmi vos courtisans, Mon Seigneur.

– Remplace-les!

Moneo s'inclina :

– Oui, Mon Seigneur.

– Et envoie chercher un nouveau dais pour mon chariot!

– A vos ordres, Mon Seigneur.

Leto fit reculer son chariot de quelques mètres, l'orienta dans la direction du pont et cria au ghola :

– Duncan, tu m'accompagneras.

Lentement tout d'abord, avec une réticence visible dans chacun de ses mouvements, Idaho quitta Moneo et les autres puis, se mettant à courir, rattrapa le chariot et trotta à côté du capot ouvert en regardant Leto.

– Qu'est-ce qui te préoccupe, Duncan? demanda l'Empereur-Dieu au bout d'un moment.

– Vous me considérez vraiment comme *votre* Duncan?

– Bien sûr, de même que tu me considères comme *ton* Leto.

– Pourquoi n'étiez-vous pas au courant de l'attaque?

– Grâce à ma fameuse prescience?

– Oui!

– Cela fait quelque temps que les Danseurs-Visages n'ont pas attiré mon attention.

– Je suppose que cela devient différent, maintenant?

– Pas tellement différent.

– Pourquoi pas?

– Parce que Moneo avait raison. Et je n'ai pas l'intention de laisser détourner mon attention.

– Ils auraient pu vous tuer vraiment?

– Il y avait une chance, c'est certain. Vois-tu, Duncan, peu de gens imaginent le désastre que représentera ma fin.

– Que préparent donc les Tleilaxu?

– Un piège, je suppose. Un magnifique piège. Ils m'ont envoyé un signe, Duncan.

– Quel signe?

– Il y a une nouvelle escalade dans les motivations désespérées qui animent certains de mes sujets.

Une fois passé le pont, la route recommençait à grimper vers l'endroit où s'était perché Leto durant la bataille. Idaho trottait à côté du chariot dans un silence morose.

Arrivé au sommet, Leto contempla l'immensité du Sareer, par-delà les montagnes lointaines.

Les lamentations de ceux de ses courtisans qui avaient perdu des proches dans la bataille continuaient à se faire entendre en bas sur la route de l'autre côté du pont. Grâce à son exceptionnelle acuité auditive, Leto distinguait la voix de Moneo qui les avertissait que le temps des pleurs serait nécessairement très court. Ils avaient d'autres proches qui les attendaient à la Citadelle, et la patience de l'Empereur-Dieu avait des limites.

Leurs larmes seront séchées et ils auront le sourire plaqué aux lèvres avant que nous ayons atteint la Cité Festive, se dit Leto. *Ils croient que je dédaigne leur douleur. Mais quelle importance ont vraiment ces choses-là? Simple contrariété passagère chez ceux dont l'existence est aussi brève que la capacité de réflexion.*

La vue du désert l'apaisait cependant. De l'endroit où il se tenait, il ne pouvait apercevoir le fleuve au fond des gorges étroites sans se tourner complètement du côté de la Cité Festive. Le Duncan, par bonheur, demeurait silencieux près du chariot. Tournant la tête légèrement vers la gauche, Leto entrevit une petite partie de la Forêt Interdite. Par contraste avec cette tache verdoyante, la mémoire de Leto vit soudain le Sareer comme un vestige minuscule, dérisoirement comprimé, du désert planétaire autrefois si formidable que tous les hommes, y compris les farouches Fremen qui le sillonnaient, le craignaient et le respectaient comme une chose sacrée.

C'est à cause du fleuve, se dit Leto. *Si je me retourne, je verrai ce que j'ai accompli.*

Creusé par la main de l'homme, le défilé qui contenait le cours tumultueux du fleuve Idaho n'était qu'un prolongement de la Brèche ouverte à coups d'explosifs par Muad'Dib dans le Mur du Bouclier pour livrer passage à ses légions montées sur les redoutables vers du désert. Là où l'eau coulait maintenant, Muad'Dib, à la tête de ses Fremen, avait émergé des tourbillons de sable d'une tempête de Coriolis pour pénétrer de plain-pied dans l'histoire... *et se retrouver là où il est en ce moment.*

Leto entendit le pas familier de Moneo qui grimpait laborieusement sur la route. Le majordome s'arrêta derrière Idaho pour reprendre son souffle.

– Dans combien de temps pourrons-nous repartir? lui demanda ce dernier.

Moneo lui fit signe de se taire et s'adressa à Leto.

– Mon Seigneur, nous venons de recevoir un message de la Cité Festive. Le Bene Gesserit vous fait savoir que les Tleilaxu préparent un attentat qui aura lieu avant que vous ayez passé le pont.

– Un peu trop tard, dommage, ironisa Idaho.

– Ce n'est pas leur faute, dit Moneo. Les Truitesses n'ont pas voulu les croire tout d'abord.

D'autres membres du cortège impérial commencèrent à apparaître au détour de la route. Certains avaient l'air hagard, encore sous le coup des événements. Les Truitesses s'activaient autour d'eux, en faisant montre d'une énergie destinée à les stimuler.

– Tu supprimeras la garde autour de la délégation Bene Gesserit, ordonna Leto. Fais-leur parvenir un message disant que leur audience demeure la dernière, mais qu'elles n'ont rien à craindre. Dis-leur que *les derniers seront les premiers*. Elles comprendront l'allusion.

– Et les Tleilaxu? demanda Idaho.

Leto continua de s'adresser à Moneo.

– Oui, les Tleilaxu. Nous leur enverrons un coup de semonce.

– Lequel, Mon Seigneur?

– Quand je l'ordonnerai, et pas avant, tu feras fouetter en public et expulser l'ambassadeur du Tleilax.

– Mon Seigneur!

– Tu n'es pas d'accord?

– Si nous voulons garder le secret sur ce qui s'est passé... Moneo regarda furtivement par-dessus son épaule... Comment expliquerez-vous ce châtiment corporel?

– Nous ne l'expliquerons pas.

– Vous ne fournirez aucune raison?

– Aucune.
– Mais, Mon Seigneur... toutes sortes de rumeurs vont immédiatement commencer à...
– Ils verront que je réagis, Moneo! Qu'ils sentent un peu ce qu'est la partie souterraine de leur Empereur-Dieu, qui fait ces choses sans savoir, simplement parce qu'elle n'a pas accès à ce type de connaissance.
– Ils vont avoir très peur, Mon Seigneur.
Idaho laissa échapper un gros éclat de rire. Il s'interposa entre Moneo et le Chariot Royal.
– C'est une faveur qu'il fait à cet ambassadeur! J'ai connu certains souverains qui l'auraient fait rôtir à petit feu pour beaucoup moins que ça!
Moneo pencha la tête, gêné par l'épaule du Duncan :
– Mais, Mon Seigneur, cette mesure confirmera aux Tleilaxu que l'attentat a eu lieu.
– Ils n'ont pas besoin de ça pour le savoir. Cependant, ils n'en parleront pas les premiers.
– Et quand ils verront qu'aucun des leurs n'en a réchappé... commença Idaho.
– Tu vois ce que je veux dire, Moneo? poursuivit Leto sans faire attention au Duncan. Quand nous entrerons dans Onn, apparemment sans une égratignure, les Tlelaxu seront persuadés que leur défaite a été totale.
Moneo regarda à la dérobée les courtisans et les Truitesses qui écoutaient, médusés, leur conversation. Aucun d'entre eux n'avait pratiquement jamais assisté à un échange de vues si révélateur entre l'Empereur-Dieu et ses collaborateurs immédiats.
– A quel moment Mon Seigneur donnera-t-il le signal, pour la flagellation de l'ambassadeur? demanda Moneo.
– Pendant l'audience.
Leto entendit à ce moment-là le bruit des ornis. Il aperçut les reflets du soleil sur leurs ailes et leurs rotors. En concentrant sa vision, il distingua bientôt le dais de rechange pour son chariot, suspendu par un harnais sous l'un des appareils.

– Tu leur feras remporter le dais endommagé à la Citadelle pour qu'il soit réparé, dit Leto sans cesser de scruter le ciel. S'ils te posent des questions, dis aux pilotes que ce n'est qu'une opération de routine, quelques éraflures causées par une tempête de sable.

Moneo soupira :

– Oui, Mon Seigneur. Il en sera fait selon vos désirs.

– Allons, Moneo, reprends-toi, fit Leto. Tu marcheras à côté de moi quand nous nous remettrons en route. Puis l'Empereur-Dieu se tourna vers Idaho : Prends quelques gardes et va devant inspecter la route.

– Vous craignez une nouvelle attaque? demanda Idaho.

– Non, mais cela occupera les gardes. Et procure-toi un uniforme neuf. Je ne veux pas te voir porter des vêtements contaminés par les sales Tleilaxu.

Idaho s'éloigna pour exécuter les ordres.

Leto fit signe à Moneo de s'approcher tout près. Quand le visage du majordome fut presque au contact du chariot, à moins de cinquante centimètres de la bouche de Leto, celui-ci murmura à voix très basse :

– Que tout cela te serve de leçon, Moneo.

– Mon Seigneur, je sais que j'aurais dû soupçonner tout de suite les Dans...

– Je ne parle pas des Danseurs-Visages! La leçon concerne ta fille.

– Siona? Qu'a-t-elle à...

– Dis-lui bien ceci : A sa manière fragile, elle est comme la force qui agit en moi, sans savoir. A cause d'elle, je suis forcé de me rappeler ce que c'était que d'être humain... et d'aimer.

Moneo fixa l'Empereur-Dieu d'un regard dépourvu de compréhension.

– Transmets-lui simplement le message, dit Leto. Tu n'as pas besoin d'essayer de comprendre. Répète-lui ce que j'ai dit.

– J'obéirai à Mon Seigneur, fit Moneo en s'écartant du chariot.

Leto referma le capot-bulle, qui formait avec le dais une pièce d'un seul tenant que les techniciens des ornis allaient bientôt remplacer.

Moneo se tourna vers le groupe de courtisans qui attendaient non loin, là où la roche était plate. Il remarqua alors une chose qu'il n'avait jamais observée auparavant et qui était sans doute devenue apparente à cause de la confusion consécutive à la bataille. Certains des courtisans étaient discrètement équipés d'appareils perfectionnés destinés à amplifier leur audition. Ils écoutaient délibérément aux portes! Et de tels appareils ne pouvaient être que de fabrication ixienne.

Il faudra que j'avertisse le Duncan et les gardes, songea Moneo.

Sans qu'il sût pourquoi, cette découverte était pour lui le symptôme d'un certain pourrissement. Comment faire pour s'élever contre ces pratiques alors que la plupart des courtisans et des Truitesses savaient – ou se doutaient – que les Ixiens procuraient toutes sortes de machines prohibées à l'Empereur-Dieu lui-même?

> Je commence à prendre l'eau en horreur. La peau de truite qui commande ma métamorphose a acquis les sensibilités du ver. Moneo et plusieurs de mes gardes sont au courant de mon aversion, mais Moneo est le seul à voir l'importance de ce jalon. Pour moi, j'y sens la fin, peut-être pas toute proche au sens où Moneo mesure le temps, mais proche tout de même au sens où je le subis. Du temps de Dune, les truites des sables étaient invinciblement attirées par l'eau, et cela créait un problème dans les premiers stades de notre symbiose. Ce tropisme fut maîtrisé alors par l'intervention de ma volonté, jusqu'à ce que nous ayons pu atteindre un point d'équilibre. A présent, je dois éviter l'eau parce qu'il n'existe plus d'autres truites que les créatures à moitié dormantes de mon épiderme. Sans les truites pour ramener le désert sur ce monde, Shaï-Hulud ne ressortira pas. Les vers des sables ne pourront se développer que lorsque la terre sera asséchée. Et pour cela, je suis leur seul espoir.
>
> *Les Mémoires Volés.*

L'après-midi était bien avancé lorsque le Cortège Impérial quitta les dernières pentes pour pénétrer dans l'enceinte de la Cité Festive. Dans chaque rue où il passait, les foules l'acclamaient, contenues par des cordons serrés de Truitesses massives en uniforme vert des Atréides, bâtons étourdisseurs levés et croisés.

A mesure que progressait le Cortège, les clameurs devenaient de plus en plus fortes. Puis les Truitesses se mirent à scander :

– Siaynoq! Siaynoq! Siaynoq!

Ce mot, répercuté entre les hautes rangées d'immeubles qui bordaient les rues, eut un étrange effet sur la foule qui n'était pas initiée à en apprécier les significations. Une vague de silence balaya le parcours du Cortège tandis que seules les Truitesses continuaient leur litanie. Le long des avenues noires de monde, les gens regardaient, figés d'épouvante, ces matrones armées d'étourdisseurs qui protégeaient le passage du Chariot Royal en scandant leur refrain magique, le regard rivé sur leur Seigneur.

Idaho, qui marchait derrière le Chariot Royal au milieu de ses Truitesses, entendait la litanie pour la première fois. Pourtant, il sentit se dresser les cheveux sur sa nuque.

Moneo marchait à côté du chariot sans regarder à droite ni à gauche. Un jour, il avait interrogé Leto sur la signification du mot psalmodié par les Truitesses. Ils se trouvaient alors dans la salle d'audience de l'Empereur-Dieu, située sous la place centrale de la Cité Festive, et Moneo était las d'avoir canalisé toute la journée le flot des dignitaires de toutes sortes qui venaient assister aux Festivités Décennales.

– Je n'accorde qu'un seul rituel à mes Truitesses, avait déclaré Leto.

– Mais, Mon Seigneur, pourquoi répètent-elles toujours ce même mot?

– Ce rituel s'appelle Siaynoq : La Fête de Leto. L'adoration de ma personne en ma présence.

– Un rite très ancien, sans doute, Mon Seigneur?

– Il existait chez les Fremen avant qu'ils s'appellent Fremen. Mais les clés secrètes de ces Festivités sont mortes en même temps que les anciens. Je suis le seul à m'en souvenir aujourd'hui. Je perpétue le rite à mon image et pour mes propres fins.

– Les Fremen de musée ne l'utilisent donc plus?

– Certainement pas. Il m'appartient et n'appartient qu'à moi. J'en revendique l'usage éternel, car je *suis* ce rite.

– C'est un étrange mot, Mon Seigneur. Je n'en ai jamais entendu de semblable.

– Il a de nombreuses significations, Moneo. Si je te les révèle, les garderas-tu secrètes?

– Je suis votre humble et obéissant serviteur, Mon Seigneur.

– Tu ne devras jamais répéter à personne, et surtout pas aux Truitesses, ce que je vais te dire.

– Je le jure, Mon Seigneur.

– Très bien. Siaynoq signifie rendre honneur à celui dont la bouche est sincère. Il signifie se souvenir de choses qui ont été dites avec sincérité.

– Mais, Mon Seigneur... la sincérité n'est-elle pas en réalité la confiance – la *foi* – que l'on apporte à ses propres paroles?

– Bien sûr; mais Siaynoq contient aussi l'idée de lumière, celle qui révèle la réalité. On projette de la lumière sur ce que l'on voit.

– Réalité... c'est un mot particulièrement ambigu, Mon Seigneur.

– Je sais! Mais Siaynoq évoque également la fermentation; car la réalité – ou la certitude d'en connaître un aspect, ce qui revient au même – libère toujours un ferment dans l'univers.

– Tout cela dans un seul mot, Mon Seigneur?

– Et bien plus encore! Siaynoq renferme aussi l'incitation à la prière, en même temps que le nom de l'Ange Mémorialiste Sihaya, qui interroge les nouveaux-morts.

– Un bien grand poids pour un si petit mot, Mon Seigneur.

– Nous pouvons faire porter aux mots tout le

poids que nous désirons. Il suffit pour cela qu'il existe un consensus et une tradition pour servir de support.

– Pourquoi ne dois-je pas en parler aux Truitesses, Mon Seigneur?

– Parce que c'est un mot qui leur est réservé. Elles m'en voudraient de faire partager le secret à un homme.

Les lèvres de Moneo, tandis qu'il continuait de marcher à côté du chariot qui pénétrait au cœur de la Cité Festive, se serrèrent en une mince ligne de réminiscence. De nombreuses fois, depuis l'explication donnée par l'Empereur-Dieu, il avait eu l'occasion d'entendre les Truitesses célébrer l'Auguste Présence par ce mot étrange. Il avait même pu lui ajouter quelques significations de son cru.

Il veut dire mystère et prestige. Il veut dire puissance. Il évoque la permission d'agir au nom de Dieu.

– Siaynoq! Siaynoq! Siaynoq!

Le mot résonnait âprement aux oreilles de Moneo.

Ils étaient maintenant presque arrivés à la place centrale. Le soleil déclinant, en arrière de la procession, illuminait de ses rayons obliques les costumes chamarrés des habitants de la Cité et faisait luire les visages levés des Truitesses qui bordaient l'avenue.

Marchant derrière le chariot avec l'escorte, Idaho réprima un premier mouvement d'alarme lorsque la litanie se poursuivit. Il demanda une explication à l'une des Truitesses qui l'accompagnaient.

– Ce n'est pas un mot destiné aux oreilles des hommes, répondit-elle. Mais il arrive que le Seigneur partage le Siaynoq avec un Duncan.

Cette façon de dire un *Duncan!*

Il avait, en fait, déjà posé la question à Leto, et commençait à en avoir assez de toutes ces réponses évasives et mystérieuses.

– Tu ne tarderas certainement pas à le savoir, avait murmuré l'Empereur-Dieu.

Reléguant l'incantation des Truitesses à l'arrière-plan de ses préoccupations, Idaho se contentait donc de promener autour de lui les regards curieux d'un touriste. Pour se préparer à ses fonctions de capitaine de la Garde, il s'était préalablement renseigné sur l'histoire de la Cité Festive et c'était Leto qui lui avait appris, avec une ironie qu'il était à même de partager, qu'elle n'était pas loin de l'endroit où coulait le fleuve Idaho.

Ils se tenaient alors dans l'une des grandes salles aérées de la Citadelle, où la lumière du matin pénétrait à flots et où les Truitesses archivistes avaient disposé de grandes tables sur lesquelles s'étalaient des cartes et des maquettes du Sareer et de la Cité. Leto avait fait grimper son chariot sur une rampe inclinée qui lui permettait d'avoir une vue plongeante sur l'ensemble des tables. Idaho avait longuement étudié la maquette représentant Onn.

– Bizarre disposition, pour une cité, avait-il murmuré.

– Elle répond à une exigence fondamentale, lui avait-on expliqué. Observer au mieux les apparitions en public de l'Empereur-Dieu.

Idaho s'était involontairement tourné vers l'énorme corps annelé qui occupait le chariot, avec son visage entouré de cet étrange capuchon. Il se demandait si un jour il serait capable de le contempler sans éprouver de malaise.

– Mais cela ne se produit qu'une seule fois tous les dix ans! avait-il fait observer.

– A l'occasion du Grand Partage, oui.

– Et dans l'intervalle, la Cité reste déserte?

– Il y a les ambassades, les officines des agents de commerce, les Ecoles de Truitesses, les équipes d'entretien et de surveillance, les musées, les bibliothèques...

– Quelle superficie occupent-ils? fit Idaho en balayant la maquette du tranchant de la main. Un dixième de la totalité, au plus?

– Moins que cela.

Idaho continua quelques instants d'étudier songeusement la maquette. Puis il se tourna vers Leto.

– Y a-t-il d'autres raisons à cette disposition, Mon Seigneur?

– Tout tourne autour de la nécessité d'exhiber publiquement ma personne.

– Il doit y avoir des employés, des fonctionnaires, des cadres, et même de simples ouvriers. Où loge-t-on ce monde?

– Principalement dans les faubourgs.

Idaho désigna un secteur de la maquette.

– Ces immeubles en gradins?

– Tu remarqueras leurs balcons, Duncan.

– Ils forment un cercle autour de la place. Idaho se pencha pour observer de plus près la maquette. Mais cette place a deux kilomètres de large!

– Tu as dû constater que les balcons sont étagés en terrasses jusqu'à la tour qui domine l'immeuble et forme un cercle avec les autres tours. L'élite est logée dans les tours.

– Et de partout on vous voit sur la place?

– Tu n'aimes pas ça?

– Il n'y a même pas une barrière d'énergie pour vous protéger!

– Je représente une cible tentante.

– Pourquoi faites-vous ça?

– Il y a un mythe remarquable à propos de la manière dont Onn est conçue. Je me plais à faire circuler ce mythe et à le promouvoir. On dit qu'autrefois existait un peuple dont le souverain était tenu, une fois l'an, de marcher, dans l'obscurité la plus totale, seul et sans armes ni armure d'aucune sorte, parmi ses sujets rassemblés. Il revêtait pour l'occasion un costume phosphorescent alors que ses sujets, libres de porter des armes, étaient entièrement habillés de noir.

– Quel est le rapport avec Onn... et vous-même?

– Il est évident que si le souverain survivait à

cette nuit-là, cela signifiait qu'il était un bon souverain.

– Vous ne contrôlez pas les armes de vos sujets?

– Pas ouvertement.

– Vous pensez que les gens vous identifient à ce mythe.

Ce n'était pas une question mais une constatation.

– Beaucoup de gens, disons.

Idaho fixa le visage de Leto, enfoncé dans les replis du capuchon gris. Les yeux bleu sur bleu lui rendirent un regard sans expression.

L'œil du Mélange, se dit Idaho. Mais Leto affirmait qu'il ne consommait plus d'épice. Son organisme, disait-il, lui fournissait toute l'épice requise par sa dépendance.

– Mon obscénité sacrée ne te plaît pas, lui dit Leto. Tu ne goûtes pas ma tranquillité forcée.

– Je n'aime pas vous voir jouer les dieux.

– Pourtant, un dieu peut diriger un empire de la même manière qu'un chef d'orchestre dirige une symphonie par ses mouvements. Ma seule restriction, c'est que je dois rester sur Arrakis. De là, il faut que je dirige tout l'orchestre.

Idaho secoua la tête et regarda une fois de plus le plan de la Cité.

– Et quels sont ces logements, derrière les tours?

– Ils permettent d'héberger certains de nos visiteurs, moins importants.

– Ils ne donnent pas sur la place.

– Mais ils sont équipés d'appareils ixiens qui retransmettent mon image.

– Alors que ceux du premier cercle vous voient en direct. Et comment faites-vous pour arriver au milieu de la place?

– Je m'élève aux yeux de mon peuple sur une plate-forme souterraine.

– Et ils vous acclament? demanda Idaho en regardant Leto dans les yeux.

– Il ne leur est pas interdit d'acclamer.

– Vous autres Atréides, vous vous êtes toujours vus comme faisant partie de l'histoire.

– Au moins, tu n'ignores pas la valeur d'une acclamation.

Idaho reporta son attention sur le plan de la Cité.

– Ce sont là les Ecoles de Truitesses?

– A ta main gauche, oui. Voilà l'institut où Siona a reçu son éducation. Elle y est entrée à l'âge de dix ans.

– Siona... Il faudra que j'en sache un peu plus sur elle, murmura Idaho comme pour lui-même.

– Je peux t'assurer que rien ne viendra entraver ton désir.

Tandis qu'il marchait dans les rues de Onn au milieu du Cortège Impérial, Idaho fut tiré de sa rêverie par la brusque diminution d'intensité de la litanie des Truitesses. A quelques mètres devant lui, le Chariot Royal avait entamé sa descente, par une longue rampe, vers les souterrains de la place. Idaho, toujours à la lumière du jour, leva les yeux vers les hautes tours étincelantes qui encerclaient la place, vers cette réalité à laquelle les maquettes ne l'avaient pas tout à fait préparé. De tous côtés, les balcons en gradins étaient noirs de monde, noirs d'une foule silencieuse qui contemplait la lente procession.

L'élite n'applaudit pas, songea Idaho. Ce silence des gens des balcons l'emplissait d'appréhension.

Il s'engagea à son tour sur la rampe et ne vit plus la place. La litanie des Truitesses décrut encore en intensité puis mourut, remplacée par le bruit des pas curieusement amplifié du cortège en mouvement.

La curiosité fut plus forte que son appréhension naissante. Il regarda autour de lui. Il se trouvait maintenant dans un tunnel artificiellement éclairé, d'une largeur phénoménale. Il estima que soixante-dix personnes auraient pu marcher de front dans cette galerie qui menait au cœur de la place. Mais il n'y avait là aucune foule pour acclamer le cortège, rien qu'une haie silencieuse et largement espacée de Truitesses qui se contentaient de regarder longuement leur Dieu au passage.

Le souvenir des plans qu'il avait étudiés permettait à Idaho de se faire une idée précise de la disposition du gigantesque complexe souterrain qui formait sous la place une véritable cité dans la Cité, un lieu où seuls l'Empereur-Dieu, les courtisans et les Truitesses avaient le droit de s'aventurer sans escorte. Mais les maquettes et les plans n'avaient fait nulle mention des énormes piliers qui s'élevaient de place en place, des vastes zones d'ombre qui semblaient interdites et de l'étrange silence où résonnaient les bruits de pas et les grincements des roues du chariot.

Idaho se tourna soudain vers la haie de Truitesses et se rendit compte que leurs lèvres remuaient en même temps pour former un mot silencieux qu'il n'eut aucune peine à reconnaître :

Siaynoq!

« Déjà de nouvelles Festivités ? » demanda le Seigneur Leto.
« Dix ans ont passé depuis la dernière fois », lui répondit le majordome.
Pensez-vous que par cette remarque le Seigneur Leto ait trahi son ignorance du temps qui passe ?

L'Histoire Orale.

Durant la période d'audiences privées qui précéda les Festivités officielles, beaucoup remarquèrent que l'Empereur-Dieu passait plus de temps que prévu en compagnie de la nouvelle ambassadrice ixienne, Hwi Noree.

La jeune femme avait été escortée, au milieu de la matinée, par deux Truitesses encore sous le coup de l'excitation du premier jour. La grande salle d'audience, située sous la place, était brillamment éclairée. La salle devait faire cinquante mètres de long sur environ trente-cinq de large. D'antiques tapisseries fremen, dont le tissage en précieuses fibres d'épice était rehaussé de joyaux et de métaux rares, en décoraient les murs. Les rouges et les grenats dont les anciens Fremen étaient friands dominaient. Le sol était presque partout transparent, constitué de dalles en cristal de roche luminescent qui permettait de voir évoluer des poissons exotiques.

L'eau souterraine était d'un bleu très clair, soigneusement isolée de la salle d'audience mais assez proche pour exciter Leto, qui se tenait sur une estrade capitonnée à l'extrémité de la salle du côté opposé à celui de la porte.

Quand il vit Hwi Noree pour la première fois, Leto lui trouva une ressemblance très marquée avec son oncle Malky. Mais la gravité de ses mouvements, le calme de sa démarche, différenciaient tout autant la nièce de son parent. Comme lui, elle avait la peau brune, le visage ovale et les traits réguliers. Elle soutenait placidement de ses yeux bruns le regard de Leto. Et ses cheveux, au lieu d'être gris comme ceux de Malky, étaient d'un châtain lumineux.

Il irradiait de Hwi Noree une paix intérieure dont Leto sentait l'influence croissante à mesure qu'elle s'approchait. Elle s'arrêta à dix mètres, les yeux levés vers l'estrade dans une attitude d'équilibre parfait qui ne devait rien au hasard.

Avec une excitation grandissante, Leto perçut chez cette nouvelle ambassadrice les signes subtils d'une machination ixienne. Ils étaient donc bien avancés déjà dans leur programme génétique de sélection d'individus destinés à des fonctions spécifiques. Celle de Hwi Noree, malheureusement, ne laissait aucun doute. On l'avait envoyée charmer l'Empereur-Dieu pour découvrir le défaut de sa cuirasse.

Malgré cela, à mesure que l'entretien se prolongeait, Leto prenait de plus en plus de plaisir à se trouver en sa compagnie. Hwi Noree se tenait dans une sphère de lumière solaire dirigée par un jeu de prismes ixiens. Toute la partie de la salle située du côté de l'estrade était baignée de cette lumière dorée, centrée sur l'ambassadrice, tandis que juste derrière l'Empereur-Dieu régnait une pénombre où veillaient, immobiles, douze Truitesses de la Garde Impériale dont la particularité était d'être sourdes et muettes.

Hwi Noree portait une robe toute simple d'*ambiel*

pourpre ornée seulement d'un pendentif en argent gravé de l'emblème d'Ix. Ce costume était complété par des sandales souples de la même couleur que la robe.

– Savez-vous, lui demanda Leto, que j'ai tué de mes mains l'un de vos ancêtres?

Elle eut un sourire charmant.

– Mon oncle Malky n'a pas manqué d'inclure ce renseignement dans ma formation initiale, Mon Seigneur.

Tandis qu'elle parlait, Leto s'aperçut qu'une partie de son éducation était de type Bene Gesserit. Cela se voyait à sa manière de dominer ses réactions, de sentir les nuances sous-jacentes à une conversation. Il était évident, cependant, que l'influence Bene Gesserit s'était exercée sur elle en douceur, sans jamais heurter la sensibilité naturelle de son caractère.

– On vous a prévenue que je mentionnerais ce sujet, dit-il.

– Oui, Mon Seigneur. Je n'ignore pas que mon ancêtre avait eu la témérité d'introduire une arme en votre présence afin de l'utiliser contre vous.

– C'est ce qui s'est passé également avec votre prédécesseur. Vous l'a-t-on dit?

– Je ne l'ai su qu'après mon arrivée ici, Mon Seigneur. Les inconscients! Mais pour quelle raison avez-vous épargné mon prédécesseur?

– Alors que je n'ai pas épargné votre ancêtre?

– Oui.

– Kobat, votre prédécesseur, avait plus de valeur pour moi en tant que messager.

– On ne m'a donc pas menti, fit-elle en souriant de nouveau. Il n'est pas toujours facile d'obtenir la vérité de ses proches ou de ses supérieurs, ajouta-t-elle comme pour s'excuser.

La remarque était si ingénue que Leto ne put s'empêcher de glousser. Mais tout en souriant, il reconnaissait que cette jeune femme possédait encore l'Esprit du Premier Eveil, cette conscience élémentale qui accompagnait le choc de la naissance perceptive. Elle était alerte!

– Vous ne m'en voulez donc pas d'avoir tué votre ancêtre? demanda-t-il.

– Il voulait vous assassiner! On m'a dit, Mon Seigneur, que vous l'avez écrasé de votre propre corps.

– C'est exact.

– Et que vous avez ensuite retourné l'arme contre votre Auguste Personne pour démontrer son inefficacité... alors qu'il s'agissait du laser le plus perfectionné que nous étions capables de fabriquer sur Ix à l'époque.

– Les témoins ont bien rapporté la chose, déclara Leto.

Et il songea en même temps : *Ce qui montre à quel point on peut faire confiance à des témoignages!*

La réalité historique était celle-ci : Il avait bien retourné le laser contre lui, mais il avait visé un segment annelé de son corps en évitant soigneusement le visage et les appendices palmés qui, avec les bras et les mains, étaient des endroits vulnérables. Le corps prévermiforme possédait une remarquable capacité d'absorption de chaleur, que son métabolisme convertissait en oxygène.

– Je n'ai jamais douté de la véracité de cette histoire, fit Hwi Noree.

– Mais pourquoi les Ixiens ont-ils répété ce geste insensé?

– Ils ne me l'ont pas dit, Mon Seigneur. Peut-être Kobat a-t-il agi de son propre chef.

– Je ne le crois pas. Mais il m'est apparu que vos dirigeants voulaient peut-être seulement la mort de l'assassin désigné.

– La mort de Kobat?

– Non! La mort de celui qui devait se servir de l'arme.

– De qui s'agit-il, Mon Seigneur? Je ne suis pas au courant.

– C'est sans importance. Connaissez-vous les paroles que j'ai prononcées à la suite de l'acte stupide de votre ancêtre?

– Vous avez menacé mon peuple de terribles représailles si jamais un tel acte était envisagé de nouveau.

– Elle baissa les yeux, mais pas avant que Leto eût capté une lueur de détermination farouche dans son regard. Elle était décidée à faire usage de tous ses talents pour apaiser son courroux.

– J'ai promis qu'aucun d'entre vous n'échapperait à ma vengeance, dit-il.

Elle le regarda brusquement dans les yeux.

– Oui, Mon Seigneur, murmura-t-elle, et son visage exprimait maintenant la peur.

– Aucun ne peut m'échapper. Pas même en se réfugiant dans cette colonie futilement implantée depuis peu sous les coordonnées...

Et Leto lui indiqua les références standard d'un avant-poste secret que les Ixiens avaient récemment établi dans un secteur qu'ils croyaient situé bien au-delà des limites de son Empire.

Le visage de Hwi Noree ne trahit aucune surprise.

– Mon Seigneur, je pense que c'est parce que je les ai avertis que vous seriez au courant de ces faits qu'ils m'ont désignée comme ambassadrice.

Leto l'étudia avec encore plus d'attention. *Qu'ai-je donc devant moi?* se demanda-t-il. La remarque de Hwi Noree avait été subtile et pénétrante. Les Ixiens, il le savait, avaient cru que la distance et les coûts de transport extraordinairement élevés suffiraient à isoler leur nouvelle colonie. Hwi Noree était d'un avis contraire et le leur avait dit. Mais elle était persuadée que c'était cette prise de position qui avait incité ses maîtres à la nommer ambassadrice. Un tel raisonnement en disait long sur la prudence des Ixiens. Ils pensaient avoir en elle une amie bien placée, mais qui serait aussi considérée comme une amie de Leto. Il hocha doucement la tête. Chaque élément se mettait peu à peu en place. Très tôt au début de son règne, il avait révélé aux Ixiens qu'il connaissait l'emplacement exact de leur fameuse Centrale ixienne, le cœur en principe secret de la fédération à haut niveau technologique dont ils étaient les maîtres. Ils avaient cru le secret bien gardé parce qu'ils payaient grassement la Guilde Spatiale pour cela. Mais Leto les avait déjoués par son sens de l'observation et de la déduction prescientes... et aussi un peu grâce à sa mémoire collective, qui comptait quelques Ixiens.

A l'époque, il avait averti les Ixiens qu'il les punirait sévèrement s'ils entreprenaient la moindre action contre lui. Ils avaient pris la chose avec consternation, en accusant la Guilde de les avoir trahis. Leto les avait stupéfiés en éclatant de rire. Il n'avait nul besoin, leur avait-il expliqué d'un ton froid et accusateur, de tout l'habituel appareil d'informateurs et d'espions pour l'aider à gouverner.

Ne croyaient-ils donc pas à son caractère divin?

Pendant quelque temps, par la suite, les Ixiens s'étaient montrés empressés à satisfaire toutes ses demandes. Mais Leto n'avait pas profité des circonstances. Il n'usait que modestement des ressources de la technologie ixienne : Une machine par-ci, un appareil par-là. Il n'avait qu'à décrire le service dont il avait besoin, et peu de temps après le jouet lui était livré. Une seule fois, ils avaient essayé encore de dissimuler un instrument de violence à l'intérieur d'une de ces machines. Leto avait exterminé toute la délégation ixienne avant même que la caisse eût été ouverte.

Hwi Noree attendait patiemment tandis que Leto méditait de la sorte. Elle ne laissait pas paraître le moindre signe d'impatience.

Magnifique, songea-t-il.

Compte tenu de sa longue fréquentation des Ixiens, Leto sentait que cette nouvelle situation était susceptible d'infuser en lui des fluides vitaux dont il avait besoin. Habituellement, les nécessités, passions et paroxysmes qui l'animaient brûlaient à feu très doux. Il avait souvent l'impression d'avoir vécu plus que son temps. Mais la présence de Hwi Noree criait que l'on avait besoin de lui. Cela ne lui déplaisait pas. Il envisageait même avec sérénité la possibilité que les Ixiens aient obtenu un succès partiel dans l'élaboration de leur machine à amplifier la prescience linéaire des Navigateurs de la Guilde. Un *bip* infime, dans le flot des événements, avait très bien pu lui échapper. Etait-il vraiment possible de fabriquer une telle machine? Quelle merveille cela représenterait! Il refusait quant à lui délibérément de faire usage de ses pouvoirs pour vérifier la suite de l'hypothèse.

J'aimerais tellement que l'on me surprenne!

Il adressa à Hwi un sourire plein de bienveillance.

– Comment vous a-t-on préparée à me faire la cour? demanda-t-il.

Elle ne cilla pas.

– Des comportements adaptés à des circonstances variées m'ont été inculqués, fit-elle. Je les ai mémorisés comme on me le demandait. Mais je n'ai pas l'intention de les utiliser.

Ce qui correspond exactement à leurs vœux, songea Leto.

– Vous direz à vos maîtres, déclara-t-il à haute voix, que vous êtes exactement le genre d'appât qu'il fallait me mettre sous le nez.

Elle inclina la tête :

– S'il plaît à Mon Seigneur.

– C'est vous qui lui plaisez.

Il s'accorda alors le temps d'une brève exploration temporelle dans l'avenir immédiat de Hwi, puis remonta quelques fils de son passé. Hwi lui apparaissait dans un futur très fluide, comme un courant susceptible d'être dévié en de nombreux endroits. Elle aurait avec Siona des relations lointaines, à moins que... Les points d'interrogation se succédaient dans l'esprit de Leto. Un Navigateur de la Guilde conseillait les Ixiens et il avait visiblement décelé l'anomalie causée par Siona dans la texture temporelle. Ce Navigateur croyait-il vraiment pouvoir les protéger des détections de l'Empereur-Dieu?

L'exploration temporelle dura plusieurs minutes, sans que Hwi manifestât la moindre nervosité. Leto l'étudia minutieusement. Elle semblait insensible à la durée, *extérieure* au temps dans son immobilité impassible. Jamais auparavant Leto n'avait rencontré de commun mortel capable d'attendre ainsi devant lui sans être mal à l'aise.

– Où êtes-vous née, Hwi? demanda-t-il enfin.

– Sur Ix, Mon Seigneur.

– Je veux dire où exactement... dans quelle ville, quel immeuble, quelle rue... Parlez-moi de vos parents, de votre éducation, vos proches, vos amis... tout.

– Je n'ai pas connu mes parents, Mon Seigneur. On m'a dit qu'ils sont morts quand j'étais encore un bébé.

– Vous l'avez cru ?

Au début... naturellement. Plus tard, j'ai bâti des fantasmes. J'ai même imaginé quc Malky était mon père. Mais...

Elle secoua la tête.

– Vous n'aimiez pas votre oncle Malky?

– Non. Mais j'avais de l'admiration pour lui.

– Exactement ma propre réaction, fit Leto. Et vos amis? Vos études?

– Mes professeurs étaient hautement spécialisés. Il y a même eu des membres du Bene Gesserit pour m'enseigner à maîtriser mes émotions et mon sens de l'observation. Malky disait tout le temps que j'étais destinée à accomplir de grandes choses.

– Et vos amis?

– Je ne crois pas avoir jamais eu de véritables amis. Les seuls gens que je côtoyais étaient intéressés par un aspect spécifique de mon éducation.

– Ces grandes choses que vous deviez accomplir... on vous en parlait quelquefois?

– Malky disait que j'étais éduquée dans le but de vous charmer, Mon Seigneur.

– Quel âge avez-vous, Hwi?

– J'ignore mon âge exact. Vingt-six ans environ, je suppose. Je n'ai jamais fêté d'anniversaire. J'ai su par hasard que la chose existait le jour où l'un de mes professeurs a invoqué cette excuse pour une absence. Je ne l'ai plus jamais revue.

Leto était fasciné par toutes ces explications. L'observation lui indiquait sans le moindre doute possible que les Tleilaxu n'étaient pas intervenus sur cette chair ixienne. Elle ne sortait absolument pas d'une cuve axlotl du Tleilax. Pourquoi tous ces mystères, dans ce cas?

– Votre oncle Malky ne connaît pas votre date de naissance?

– C'est possible. Mais je ne l'ai pas revu depuis de nombreuses années.

– Personne d'autre n'a pu vous renseigner sur votre âge?

– Non.

– Pourquoi donc, à votre avis?

– Personne ne m'en a parlé spontanément. Ils attendaient peut-être que je leur pose la question.

– Vous ne l'avez pas posée?

– Non.

– Pourquoi? Vous n'étiez pas intéressée?

– Bien sûr que si. Mais je pensais pouvoir trouver, au début, un document quelconque. J'ai cherché partout. Je n'ai rien découvert. Je me suis dit alors que si je leur posais la question, ils n'y répondraient pas.

– A cause de ce qu'elle m'apprend sur vous, Hwi, votre réponse me plaît énormément. Je suis moi aussi ignorant de vos origines, mais je peux émettre une hypothèse éclairée sur le lieu de votre naissance.

Elle leva vers lui un regard chargé d'une intensité qui ne pouvait être feinte.

– Vous êtes née à l'intérieur de cette machine que vos maîtres s'efforcent de mettre au point pour la Guilde, poursuivit Leto. Vous y avez été conçue également. Il se peut très bien que Malky soit votre père; mais c'est sans importance. Avez-vous entendu parler de cette machine, Hwi?

– Je ne suis pas censée en connaître l'existence, Mon Seigneur, mais...

– Encore une indiscrétion d'un de vos professeurs?

– De mon oncle lui-même.

Leto laissa échapper un énorme éclat de rire.

– Le gredin! Le brave gredin! fit-il.

– Mon Seigneur?

– C'est sa manière de se venger de vos maîtres. Il leur en veut de l'avoir obligé à quitter ma cour. Il m'avait bien dit, à l'époque, que son remplaçant était pire qu'un crétin.

Hwi haussa les épaules.

– C'est quelqu'un de complexe, mon oncle.

– Ecoutez-moi attentivement, Hwi. Certaines de vos associations, ici sur Arrakis, pourraient représenter un danger pour vous. Je vous protégerai de mon mieux. Vous comprenez?

– Je crois, Mon Seigneur. Elle le regarda d'un air grave.

– Et maintenant, voici un message pour vos maîtres. Il m'apparaît clairement qu'ils ont écouté les conseils d'un Navigateur de la Guilde et qu'ils ont en outre conclu une dangereuse alliance avec le Tleilax. Dites-leur de ma part que leurs motivations sont pour moi parfaitement transparentes.

– Mon Seigneur, je n'ai pas connaissance de...

– Je sais très bien de quelle manière ils se servent de vous, Hwi. A ce sujet, vous pouvez leur dire que je vous accepte comme ambassadrice à ma cour à titre permanent. Je n'accepterai aucun autre Ixien à ce poste. Et si jamais vos maîtres ignoraient mes avertissements et cherchaient encore à s'opposer à ma volonté, je n'hésiterais pas à les anéantir.

Des larmes voilèrent les yeux de Hwi Noree et coulèrent le long de ses joues, mais Leto lui sut gré de ne pas aller plus loin, en se jetant à genoux par exemple.

– Je les avais déjà avertis, Mon Seigneur, affirma-t-elle. Je vous le jure. Je les avais suppliés de vous obéir.

Leto vit qu'elle disait la vérité.

Quelle créature extraordinaire, cette Hwi Noree, pensa-t-il. Elle apparaissait comme un parangon de bonté, de toute évidence spécialement produit et conditionné par les dirigeants ixiens en vue des effets soigneusement calculés que cette qualité était censée faire naître chez l'Empereur-Dieu.

A travers la masse de ses souvenirs ancestraux, Leto la voyait un peu comme une nonne idéalisée, toute pleine de gentillesse, de sincérité et d'abnégation. C'était là sa nature profonde, le sens de sa vie. Il lui était plus facile de se montrer ouverte et candide que de dissimuler, chose qu'elle ne pouvait faire que pour éviter de causer du chagrin à autrui. Il reconnaissait dans ce dernier trait l'influence la plus poussée que le Bene Gesserit avait pu exercer sur elle. La nature intrinsèque de Hwi demeurait avenante, sensible et profondément douce. Leto ne captait pratiquement chez elle aucune volonté de calcul ou de manipulation. Elle donnait une image de spontanéité totale, de disponibilité attentive. Par-dessus tout, elle savait écouter, et il reconnaissait encore là l'empreinte du Bene Gesserit. En définitive, il n'y avait chez elle aucune caractéristique ouvertement séductrice, et c'était justement cela qui séduisait Leto.

Comme il l'avait fait remarquer à l'un de ses précédents Duncan en une occasion similaire :

– Il faudrait que tu comprennes bien cette chose, dont certains se doutent visiblement. Il y a forcément des moments où j'éprouve des sensations illusoires, comme si à l'intérieur de cette forme transitoire que j'habite il existait encore un organisme au complet, doté de toutes les fonctions voulues.

– *Toutes*, Mon Seigneur? avait répliqué le Duncan.

– Toutes! Je sens chaque partie disparue de moi-même. Je sens mes jambes, tout à fait quelconques mais tellement réelles dans mes perceptions. Je sens les pulsations de mes glandes humaines, dont certaines n'existent plus. J'éprouve même des sensations génitales alors que mes organes, je le sais abstraitement, ne sont plus là depuis des siècles.

– Mais, Mon Seigneur, puisque vous le savez...

– Cela n'a rien à voir avec les sensations. Les

parties manquantes de moi-même sont toujours présentes dans mon souvenir personnel et dans l'identité collective de mes ancêtres.

Et tandis que Leto contemplait Hwi qui se tenait les yeux baissés devant lui, cela ne l'aidait absolument pas de savoir qu'il n'avait plus de boîte crânienne et que ce qui avait constitué autrefois son cerveau était aujourd'hui disséminé, sous la forme d'un réseau complexe de ganglions, dans toute la longueur de son corps prévermiforme. Rien ne pouvait y faire. Il *sentait* douloureusement son cerveau à l'endroit qu'il avait un jour occupé. Il lui arrivait de souffrir d'élancements crâniens.

Par sa seule présence au pied de cette estrade, Hwi en appelait de toutes ses forces à son humanité perdue. C'était trop pour Leto. Il gémit de désespoir :

– Pourquoi tes maîtres me torturent-ils ainsi?

– Mon Seigneur?

– En t'envoyant!

– Loin de moi l'idée de vous faire souffrir, Mon Seigneur!

– En existant, tu me fais souffrir.

– Je ne le savais pas. Les larmes coulèrent abondamment de ses yeux. Ils ne m'ont jamais expliqué ce qu'ils faisaient.

Il recouvra son calme et lui parla d'une voix douce.

– Laisse-moi à présent, Hwi. Va faire ce que tu as à faire, mais reviens vite si je t'appelle!

Elle se retira discrètement. Il voyait bien qu'elle était aussi torturée que lui. Impossible de se méprendre sur la profonde tristesse qu'il y avait en elle pour l'humanité perdue de Leto. Aussi bien que lui, elle savait qu'ils auraient pu être amis, amants, compagnons dans l'ultime partage entre les sexes. Ses maîtres avaient fait en sorte qu'elle le sache bien.

Les Ixiens sont cruels! songea l'Empereur-Dieu. *Ils savaient à quel point nous allions souffrir.*

Le départ de Hwi avait ravivé une cascade de

souvenirs sur son oncle Malky. C'était quelqu'un de très cruel aussi, mais dont la compagnie lui plaisait généralement. Malky possédait toutes les qualités industrieuses de son peuple, et suffisamment de défauts pour le rendre acceptablement humain. Il avait fréquenté assidûment les Truitesses, qu'il appelait les « houris » de Leto. Par la suite, l'Empereur-Dieu avait rarement pensé aux femmes de sa Garde sans que la comparaison de Malky lui revînt en mémoire.

Pourquoi est-ce que je pense à lui maintenant? se demanda-t-il. *Ce n'est pas seulement à cause de Hwi. Il faudra qu'elle me dise de quoi ses maîtres l'ont chargée en l'envoyant ici.*

Il hésitait, prêt à la rappeler pour le lui demander.

Elle ne fera aucune difficulté pour me le dire.

Depuis toujours, les ambassadeurs d'Ix avaient eu pour mission de découvrir pour quelle raison l'Empereur-Dieu tolérait l'existence de Ix. Ils savaient bien qu'ils ne pouvaient rien lui dissimuler. Cette ridicule tentative d'implanter une colonie hors de portée de sa vision! Cherchaient-ils simplement à reconnaître ses limites? Les Ixiens se doutaient que Leto pouvait bien se passer de leur technologie.

Je n'ai jamais caché mon opinion sur eux. Je l'ai dit à Malky :

– Des innovateurs scientifiques? Certainement pas! Vous êtes les criminels de la science.

Malky s'était mis à rire.

Furieux, Leto avait accusé :

– Pourquoi chercher à cacher des laboratoires et des centres de production secrets hors des limites de l'Empire? Vous ne pouvez pas m'échapper.

– Oui, Mon Seigneur, avait fait Malky. En riant.

– Je sais quelles sont vos intentions : laisser filtrer quelques renseignements par-ci, quelques rumeurs par-là aux confins de l'Empire afin d'entretenir la confusion. Le doute, les questions!

– Mais, Mon Seigneur, vous êtes l'un de nos meilleurs clients!

– Ce n'est pas ce que je voulais dire et tu le sais très bien. Tu es insupportable!

– Vous m'aimez bien *parce que* je suis insupportable. Je vous raconte des tas de choses sur ce que nous faisons là-bas.

– Je n'ai pas besoin de tes histoires pour le savoir!

– Mais il y a des rumeurs qui sont fondées et d'autres pas. Je dissipe vos doutes.

– Je n'ai pas de doutes!

Cela avait de nouveau déclenché le rire de Malky.

Et il faut que je continue à les supporter! se dit Leto. Les Ixiens opéraient sur les territoires inconnus de l'invention créatrice, décrétés interdits par le Jihad Butlérien. Ils fabriquaient des machines à l'image de l'esprit humain, exactement ce qui avait déclenché le processus de massacres et de destructions du Jihad. C'était ce qu'ils faisaient sur Ix, et Leto ne pouvait que les laisser continuer ainsi.

Je leur achète leurs machines! Je ne pourrais même pas rédiger mes mémoires sans leurs dictatels capables de transcrire mes pensées non verbales. Sans Ix, comment aurais-je fait pour mettre à l'abri mes volumes et le composeur?

– Il faudrait tout de même leur rappeler les dangers auxquels ils s'exposent.

Quant à la Guilde, on ne pouvait pas lui permettre d'oublier. Mais là, c'était bien plus facile. Tout en coopérant avec Ix, les gens de la Guilde se défiaient hautement des Ixiens.

Si cette nouvelle machine ixienne parvient à fonctionner, c'en est fini du monopole de la Guilde sur les voyages dans l'espace!

Du fatras de souvenirs où je peux puiser à loisir, des configurations émergent. Elles sont comme un langage différent que je sais déchiffrer sans peine. Les signaux d'alarme sociaux qui font verser les peuples dans des postures d'attaque ou de défense sont pour moi comme des mots hurlés. En tant que groupe, vous réagissez contre les menaces qui mettent en danger l'innocence et la jeunesse sans protection. Des bruits inexpliqués, des odeurs, des visions, vous font dresser sur des ergots dont vous aviez oublié l'existence. Alarmés, vous vous raccrochez à votre idiome natal, parce que toutes les autres configurations de sons vous paraissent étranges. Vous exigez d'être vêtus de manière acceptable parce qu'un costume étranger vous paraît une menace. Nous sommes là en présence de ce qu'on appelle une rétroaction de système, au niveau le plus primitif. C'est la mémoire de vos cellules.

Les Mémoires Volés.

Les Truitesses acolytes qui faisaient office d'huissiers à l'entrée de la grande salle d'audience introduisirent Duro Nunepi, l'ambassadeur du Tleilax. L'heure était bien matinale pour une audience et Nunepi comparaissait en dehors du programme annoncé, mais son pas demeurait serein et ne trahissait qu'un soupçon de résignation passive.

Leto attendait en silence, allongé à côté du chariot sur l'estrade au fond de la salle. Comme il regardait approcher Nunepi, une comparaison s'imposa à lui, issue des profondeurs de sa mémoire collective : un cobra-périscope traçant à la surface de l'eau son sillage presque invisible. L'image le fit sourire. C'était bien là Nunepi : un personnage hautain, anguleux, sorti du rang de l'administration tleilaxu. Sans être lui-même un Danseur-Visage, il considérait les Danseurs comme ses serviteurs privés. Ils représentaient les eaux dans lesquelles il évoluait. Pour apercevoir son sillage, il fallait vraiment être un adepte. Nunepi était une sinistre figure et ses traces étaient évidentes dans l'attentat de la Route Royale.

Malgré l'heure matinale, l'ambassadeur était bardé de tous ses attributs protocolaires : pantalon noir bouffant, sandales noires brodées d'or et jaquette rouge à fleurs largement ouverte sur un torse velu où saillait la crête tleilaxu parée d'or et de joyaux.

A dix pas de distance, comme le voulait la règle, Nunepi s'arrêta et son regard balaya le demi-cercle de Truitesses en armes qui se tenaient dans l'ombre de l'estrade. Les petits yeux gris du Tleilaxu brillaient d'un amusement secret quand il fixa son attention sur l'Empereur-Dieu et s'inclina raidement.

Duncan Idaho entra à ce moment-là, un laser fixé à la hanche dans un étui. Il alla prendre position à hauteur des replis qui encadraient le visage de l'Empereur-Dieu.

L'apparition du ghola lui valut un long regard scrutateur de la part de l'ambassadeur, qui prit un air contrarié.

– Je trouve les Danseurs-Visages particulièrement détestables, lui dit Leto.

– Je ne suis pas un Danseur-Visage, Mon Seigneur, répondit Nunepi. Sa voix était grave et courtoise, avec à peine l'ombre d'une hésitation.

– Mais vous les représentez et cela fait de vous un objet de désagrément, dit Leto.

Nunepi s'était attendu à une déclaration d'hostilité, mais ce n'était guère là le langage de la diplomatie et il fut suffisamment choqué pour se défendre par une allusion sans ambages à ce qu'il croyait être la force principale du Tleilax.

– Mon Seigneur, en préservant la chair du premier Duncan Idaho et en vous fournissant des gholas restaurés à son image et à son identité, nous avons toujours présumé...

– Duncan! cria Leto en tournant la tête vers Idaho. Si je t'en donne l'ordre, es-tu prêt à assurer le commandement d'une expédition chargée d'exterminer les Tleilaxu?

– Avec plaisir, mon Seigneur.

– Même si cela entraîne la destruction de toutes les cuves axlotl et de tes cellules originales?

– Je n'ai pas un souvenir particulièrement agréable de ces cuves axlotl, Mon Seigneur, et les cellules dont vous parlez ne sont pas vraiment les miennes.

– Mon Seigneur, en quoi vous avons-nous offensé? demanda Nunepi.

Leto plissa le front. Cet imbécile croyait-il vraiment que l'Empereur-Dieu allait aborder ouvertement le sujet du récent attentat?

– Il a été porté à mon attention, dit-il en choisissant soigneusement ses mots, que vous et votre peuple colportiez des rumeurs mensongères au sujet de mes « répugnantes pratiques sexuelles », comme vous avez l'audace de les appeler.

Nunepi resta bouche bée. Cette accusation tout à fait inattendue était une invention flagrante, mais Nunepi comprenait que s'il lui opposait un démenti, personne ne le croirait. C'était l'Empereur-Dieu qui l'avait affirmé. Il s'agissait là d'une attaque sans précédent. Nunepi bredouilla en regardant Idaho :

– Mon Seigneur, si nous avons...

– Regardez-moi! commanda Leto.

Nunepi sursauta et tourna vivement la tête vers le visage de l'Empereur-Dieu.

– Tenez-vous-le pour dit, continua Leto. Je n'ai pas de pratiques sexuelles. Je n'en ai absolument aucune.

La transpiration coulait sur le visage de l'ambassadeur. Il regardait Leto avec la fixité glacée d'un animal pris au piège. Quand il retrouva l'usage de la parole, sa voix n'était plus grave et mesurée comme celle d'un diplomate mais chevrotante et craintive.

– Mon Seigneur, je... il doit y avoir une erreur de...

– Tais-toi, perfide Tleilaxu! rugit Leto. Je suis le vecteur métamorphique du Ver sacré des sables, Shaï-Hulud! Je suis ton Dieu!

– Pardonnez-nous, Seigneur! murmura Nunepi.

– Vous pardonner? La voix de Leto était soudain redevenue pleine de douceur et de modération. Naturellement, je vous pardonne. Votre Dieu est là pour ça. Vos offenses sont oubliées. Cependant, une telle stupidité appelle une sanction.

– Mon Seigneur, je voudrais pouvoir...

– Tais-toi! L'allocation d'épice vous est supprimée pour cette décennie. Le Tleilax n'aura rien. Quant à toi personnellement, mes Truitesses vont te conduirent sur la place.

Deux imposantes femmes de la Garde s'avancèrent et immobilisèrent Nunepi par les bras. Puis elles levèrent les yeux vers l'Empereur-Dieu, attendant ses instructions.

– Quand il sera au milieu de la place, leur dit Leto, qu'on lui ôte ses vêtements et qu'on le fouette publiquement... cinquante coups.

Nunepi se débattit pour échapper à ses gardiennes, la rage s'ajoutant sur son visage à la consternation.

– Mon Seigneur! Je vous rappelle que je suis ici en tant qu'ambassadeur du Tleilax et que...

– Tu n'es rien d'autre qu'un criminel et tu seras

traité en tant que tel. Leto fit un signe de tête aux gardes, qui entraînèrent Nunepi vers la porte.

– J'aurais voulu qu'ils vous tuent! hurla ce dernier. J'aurais voulu qu'ils...

– Qui? demanda Leto. Par qui aurais-tu voulu me voir tué? Ne sais-tu donc pas que c'est impossible?

Les Truitesses entraînèrent Nunepi dehors alors que celui-ci criait encore :

– Je suis innocent! Je n'ai rien fait!

Puis ses protestations furent étouffées.

Idaho se pencha vers Leto.

– Oui, Duncan? interrogea celui-ci.

– Mon Seigneur, toutes les délégations vont être saisies de panique.

– Je le sais. La leçon leur enseignera à prendre leurs responsabilités.

– Mon Seigneur?

– La participation à un complot, de même que l'appartenance à une armée, prive les gens du sens de leurs responsabilités individuelles.

– Tout cela risque de créer des désordres, Mon Seigneur. Je crois que je vais renforcer la garde.

– Il n'en est pas question!

– Mais, Mon Seigneur, vous ouvrez la porte à...

– J'ouvre la porte à la stupidité militaire.

– C'est justement ce que je...

– Duncan, n'oublie pas que ma vocation est d'enseigner. Ce n'est que par la répétition que la leçon sera gravée.

– Quelle leçon?

– Je parle de la nature intrinsèquement suicidaire de l'ineptie militaire.

– Mon Seigneur, je ne...

– Prends cet imbécile de Nunepi. Il représente l'essence de cette leçon.

– Pardonnez-moi si je vous parais obtus, Mon Seigneur, mais je ne comprends pas très bien ce que vous appelez l'ineptie milit...

– Les militaires sont persuadés que par le simple fait de risquer leur vie ils payent le prix de toutes les violences qu'ils peuvent exercer contre un ennemi de leur choix. C'est une mentalité d'envahisseur. Nunepi ne se sent pas vraiment responsable des actions commises contre des *étrangers.*

Idaho se tourna vers la porte par où avait disparu l'ambassadeur.

– Il a essayé et il a perdu, Mon Seigneur.

– Mais il s'est coupé des contraintes du passé, et il rechigne à payer le prix.

– Aux yeux de son peuple, c'est un patriote.

– Et à ses propres yeux, Duncan? C'est un instrument de l'histoire.

Baissant la voix, Idaho se pencha vers Leto :

– En quoi différez-vous de lui, Mon Seigneur?

Leto gloussa.

– Aaah, Duncan! J'adore ta perspicacité. Tu as compris que j'étais l'*étranger* par excellence. Ne te demandes-tu pas aussi si je ne suis pas fait pour perdre?

– Cette pensée m'a traversé l'esprit, Mon Seigneur.

– Même ceux qui sont condamnés à perdre peuvent se draper dans le fier manteau du passé, mon cher vieil ami.

– Etes-vous sur ce point semblable à Nunepi?

– Les religions militantes et missionnaires peuvent partager cette illusion d'un « fier passé », mais il y en a peu qui comprennent la menace ultime que cela représente pour l'humanité : cette fallacieuse impression d'être affranchi de toute responsabilité envers ses propres actions.

– Voilà d'étranges paroles, Mon Seigneur. Comment dois-je les interpréter?

– Leur signification est celle qui te parle. Es-tu incapable d'écouter?

– J'ai des oreilles, Mon Seigneur.

– Crois-tu? Je ne les vois pas.

– Là, Mon Seigneur. Là et là! Et Idaho toucha du doigt chacune de ses oreilles.

– Mais elles n'entendent pas. Par conséquent tu n'en as pas, ni là ni autre part.

– Vous voulez vous moquer de moi, Mon Seigneur?

– Entendre c'est entendre. Une chose qui existe ne peut être transformée en elle-même car elle existe déjà. Etre c'est être.

– Ces mots étranges...

– Ne sont rien d'autre que des mots. Je les ai prononcés. Ils se sont envolés. Personne ne les a entendus, par conséquent ils n'existent plus. Et s'ils n'existent plus, peut-être pourrait-on les faire exister à nouveau, de sorte que quelqu'un ait une chance de les entendre.

– Pourquoi me lancez-vous des vannes, Mon Seigneur?

– Je ne te lance que des mots. Et je le fais sans crainte de t'offenser, car j'ai appris que tu n'as pas d'oreilles.

– Je ne vous comprends pas, Mon Seigneur.

– C'est le début de la sagesse. Découvrir l'existence de quelque chose que l'on ne comprend pas.

Avant que le Duncan ait eu le temps de répondre, Leto fit un signe à l'une des Truitesses qui passa aussitôt la main devant un panneau de commande cristallin incorporé au mur derrière l'estrade. Au centre de la salle, une reproduction en trois dimensions du châtiment de Nunepi s'éclaira.

Idaho descendit de l'estrade et se rapprocha, curieux, du foyer tridimensionnel. La vue était prise d'un point légèrement élevé qui dominait la place, et le spectacle était complet avec tous les bruits de la foule qui s'était assemblée dès que la nouvelle des réjouissances avait été connue.

Nunepi était attaché à deux des montants d'un trépied, les jambes écartées, les poignets liés au-dessus de lui presque au sommet du trépied. Ses vêtements d'apparat lui avaient été arrachés et gisaient en loques tout autour de lui. A côté se tenait une Truitesse massive et masquée, armée d'une cravache improvisée à l'aide d'une baguette d'*elacca* dont les fibres avaient été séparées en brins à une extrémité. Idaho pensa reconnaître dans cette femme masquée l'*Amica* de son arrivée à la Citadelle.

A un signal d'un officier de la Garde, la Truitesse masquée fit un pas en avant et abattit la cravache d'elacca sur le dos nu de Nunepi.

Idaho grimaça. La foule soupira.

Des sillons apparurent sur le dos de Nunepi, mais il encaissa le coup en silence.

Une seconde fois, la cravache fit un arc de cercle. De nouvelles marques rouges se superposèrent aux premières.

Leto ressentait une lointaine tristesse. *Nayla y met trop de fougue*, se dit-il. *Elle va le tuer et cela créera des problèmes.*

– Duncan! cria l'Empereur-Dieu.

Idaho se détourna du spectacle qui le fascinait au moment où un cri de la foule saluait un troisième coup particulièrement sanglant.

– Tu feras interrompre la punition au vingtième coup, lui dit Leto. Qu'on annonce publiquement que dans sa magnanimité l'Empereur-Dieu a décidé de réduire la peine.

Idaho fit un signe à l'une de ses gardes, qui hocha la tête et sortit en courant de la salle d'audience.

– Viens ici, Duncan, ordonna Leto.

Encore vexé de l'humour que l'Empereur-Dieu avait exercé tout à l'heure, croyait-il, à ses dépens, Idaho remonta sur l'estrade.

– Quoi que je fasse, lui dit Leto, sache qu'il y a toujours une leçon à la clé.

Idaho, rigide, se força à ne pas se retourner vers l'endroit où le supplice de Nunepi se poursuivait. Etait-ce un gémissement qu'il venait d'entendre? Chaque clameur de la foule transperçait le cœur du ghola. Il leva les yeux vers Leto.

– Tu as une question dans la tête, lui dit celui-ci.

– Plusieurs questions, Mon Seigneur.

– Pose-les.

– Quelle est la leçon contenue dans le châtiment

de cet imbécile? Quelle explication devrons-nous donner à ceux qui nous la demanderont?

– Nous dirons que nul n'a le droit de blasphémer contre l'Empereur-Dieu.

– La leçon est un peu sanguinaire, Mon Seigneur.

– Moins sanguinaire que d'autres que j'ai déjà eu l'occasion de donner.

Visiblement déconcerté, le ghola secoua la tête.

– Il ne sortira rien de bon de tout ça!

– Précisément, Duncan!

Que de choses m'apprennent ces safaris à travers mes souvenirs ancestraux! Les schémas... aaah, oui! les schémas... Les gens qui m'ennuient le plus sont les tartufes libéraux. Je me méfie des extrêmes. Grattez sous la surface d'un conservateur et vous découvrirez quelqu'un qui préfère le passé à n'importe quel avenir. Grattez sous celle d'un libéral et vous trouverez un aristocrate en col blanc. C'est ainsi! Les gouvernements libéraux dégénèrent toujours en aristocraties. Et les bureaucraties trahissent les véritables intentions des peuples qui les ont hissées au pouvoir. Dès les premiers instants, les *petites gens* qui créent un gouvernement promettant une plus juste répartition du fardeau social se trouvent prisonnières des aristocraties de type bureaucratique. Naturellement, toutes les bureaucraties sont soumises aux mêmes schémas, mais quelle hypocrisie de les retrouver sous une bannière communisée! Ah oui! si les schémas m'ont appris quelque chose, c'est que les schémas se répètent. L'oppression que j'exerce, à tout prendre, n'est pas pire que n'importe quelle autre; mais au moins, ma leçon à moi est nouvelle.

Les Mémoires Volés.

L'obscurité avait depuis longtemps fait suite à la Journée des Audiences lorsque Leto fut enfin prêt à recevoir la délégation du Bene Gesserit. Moneo s'était chargé de préparer les Révérendes Mères à un contretemps tout en leur rapportant les paroles rassurantes de l'Empereur-Dieu.

En rendant compte de sa mission, le majordome avait souligné :

– Elles s'attendent à recevoir une belle récompense.

– Nous verrons cela, murmura Leto. Nous verrons. Mais dis-moi : Qu'est-ce que le Duncan t'a demandé quand tu es arrivé?

– Il désirait savoir si vous aviez déjà fait publiquement flageller quelqu'un.

– Et qu'as-tu répondu?

– Qu'il n'y avait de précédent ni dans ma mémoire ni dans les archives publiques.

– Qu'a-t-il dit?

– Que ce n'était pas dans la manière des Atréides.

– Il croit que je suis fou?

– Il n'a pas dit cela.

– Tu me caches quelque chose. Notre nouveau Duncan est troublé. Par quoi?

– Il a fait la connaissance de l'ambassadrice ixienne, Mon Seigneur. Il trouve Hwi Noree séduisante. Il a demandé si...

– Il n'est pas question de permettre cela, Moneo! Je compte sur toi pour dresser toutes les barrières que tu pourras pour empêcher une liaison entre Hwi et lui.

– Vos désirs sont des ordres, Mon Seigneur.

– Je l'espère bien! Va, maintenant, et occupe-toi de préparer l'entrevue avec les femmes du Bene Gesserit. Je les recevrai au Sietch Artificel.

– Mon Seigneur, le choix de cet endroit a-t-il une signification spéciale?

– Simple fantaisie de ma part. En sortant, tu diras au Duncan qu'il devrait prendre quelques Truitesses et patrouiller en ville pour le cas où des désordres se produiraient.

En se remémorant cette conversation au Sietch

Artificiel où il attendait la délégation du Bene Gesserit, Leto ne laissait pas d'y trouver un sujet d'amusement. Il imaginait aisément les réactions dans les rues de la Cité Festive sur le passage des Truitesses commandées par un Duncan Idaho en plein désarroi.

Tel le silence subit des grenouilles à l'approche d'un prédateur.

Maintenant qu'il se trouvait au Sietch Artificiel, Leto se réjouissait de son choix. Il s'agissait d'un ensemble dissymétrique de dômes aux contours irréguliers, occupant un espace de près d'un kilomètre de long en bordure de la Cité Festive. Le Sietch Artificiel avait à l'origine abrité les Fremen de musée, auxquels il servait maintenant d'école. Ses corridors et ses antichambres étaient activement surveillés par des patrouilles de Truitesses.

Le hall de réception où Leto attendait formait un ovale de deux cents mètres dans son plus grand diamètre, éclairé par des brilleurs géants suspendus dans un halo turquoise à trente mètres du sol. Leur lumière atténuait la dureté des bruns et des beiges de la pierre artificielle qui servait de matériau à toute la structure. Leto se tenait sur une corniche basse qui longeait le mur de la salle à une extrémité de l'ovale. Il regardait par une baie semi-circulaire presque aussi large que son corps était long. Située à une hauteur de quatre étages, cette baie commandait un panorama qui comprenait une portion de l'ancien Mur du Bouclier préservée pour ses cavernes à flanc de falaise où un détachement d'Atréides avait été jadis massacré par les soldats des Harkonnen. La lumière glaciale de la Première Lune argentait les contours de la falaise. Sur le flanc de celle-ci, des feux brillaient, occultés par intermittence lorsque des silhouettes passaient devant. Autrefois, jamais des Fremen n'auraient osé révéler ainsi leur présence. Mais les Fremen de musée exerçaient simplement leur droit d'occupation des lieux sacrés.

Les Fremen de musée! se dit Leto.

C'étaient des esprits étriqués à l'horizon tellement limité.

Mais ai-je le droit de m'en plaindre ? C'est moi qui ai fait d'eux ce qu'ils sont.

Leto entendit alors l'approche de la délégation du Bene Gesserit. Il en montait un chant sourd, comme une rumeur lourde de voyelles télescopées.

Moneo les précéda, accompagné d'un détachement de Truitesses qui prirent position sur la corniche où se trouvait Leto. Moneo resta en bas, juste sous le visage de Leto. Il regarda l'Empereur-Dieu puis se tourna vers l'entrée de la grande salle.

Les femmes du Bene Gesserit s'avancèrent solennellement, deux par deux, conduites par leurs deux Révérendes Mères en robe noire traditionnelle. La délégation comprenait en tout douze membres.

– Celle de gauche est Anteac et l'autre Luyseyal, souffla le majordome à Leto.

L'Empereur-Dieu se souvint du rapport que lui avait fait préalablement Moneo sur celles qu'il appelait « les sorcières ». Il ne les aimait visiblement pas et leur présence l'emplissait d'une nervosité inquiète.

– Elles sont toutes les deux Diseuses de Vérité, avait souligné Moneo. Anteac est beaucoup plus âgée que l'autre, mais Luyseyal a la réputation d'être la meilleure Diseuse que possède l'Ordre à l'heure actuelle. Vous remarquerez sans doute la cicatrice qu'elle a sur le front. Nous n'avons pu en établir l'origine. Luyseyal a les cheveux roux. Elle est remarquablement jeune pour une personne si renommée.

Tout en regardant approcher les Révérendes Mères et leur suite, Leto sentit un brusque afflux de souvenirs provenant de sa mémoire collective. Les femmes avaient leur capuchon baissé, le visage dans l'ombre. Les acolytes et assistantes marchaient respectueusement à une bonne distance en arrière. Le tableau n'avait pas changé. Ces femmes auraient aussi bien pu se trouver dans un vrai sietch, en face de vrais Fremen prêts à les accueillir avec tous les honneurs.

Leur tête sait ce que leur corps dénie, songea Leto.

Sa vision pénétrante lui permettait de percevoir la servilité circonspecte contenue dans leur regard, mais elles ne traversèrent pas moins la grande salle ovale avec l'air assuré de quelqu'un qui a foi en ses pouvoirs religieux.

Leto se plaisait à penser que les pouvoirs du Bene Gesserit n'allaient pas au-delà de certaines limites qu'il fixait lui-même. Les raisons de son indulgence lui semblaient claires. De tous les sujets qui peuplaient son empire, c'étaient les Révérendes Mères qui lui ressemblaient le plus. Bien qu'elles fussent limitées, dans leur mémoire collective ancestrale et dans leur héritage rituel, au seul élément féminin, elles existaient comme lui, toutes proportions gardées, en tant que parties intégrées à une entité.

Les Révérendes Mères s'immobilisèrent devant l'Empereur-Dieu à la distance prescrite de dix pas. Les autres membres de la délégation s'avancèrent de part et d'autre.

Leto s'amusait toujours à accueillir les envoyées du Bene Gesserit avec la voix et la personnalité de sa grand-mère Jessica. Les Révérendes Mères s'attendaient à cela et ne furent pas déçues.

– Je vous souhaite la bienvenue, mes sœurs, leur dit-il d'une voix douce de contralto qui correspondait exactement à la gamme d'intonations de Jessica, avec en plus un soupçon de moquerie. Cette voix, bien connue du Chapitre, avait été maintes fois enregistrée et étudiée par le Bene Gesserit.

Tout en parlant, Leto percevait nettement une menace. Les Révérendes Mères n'étaient jamais très contentes quand il les accueillait de cette manière, mais il y avait aujourd'hui dans leur réaction quelque chose en plus. Moneo avait dû le sentir aussi, car il fit un geste du doigt et les gardes se rapprochèrent insensiblement de Leto.

Anteac parla la première :

– Mon Seigneur, nous avons assisté au spectacle donné ce matin sur la place. Quel avantage comptez-vous tirer d'une telle mascarade?

C'est donc le ton que nous avons choisi, se dit Leto.

Il reprit sa propre voix pour riposter :

– Vous êtes provisoirement dans mes bonnes grâces. Cherchez-vous à changer cela?

– Mon Seigneur, fit Anteac, nous sommes choquées que vous puissiez infliger un tel traitement à un ambassadeur. Nous ne comprenons pas ce que vous espérez en tirer.

– Je n'en tire rien. J'en sors diminué.

Luyseyal intervint alors :

– Mon Seigneur, cette affaire ne peut profiter qu'à ceux qui parlent d'oppression.

– Je me demande pourquoi on ne parle pas plus souvent d'oppression à propos du Bene Gesserit, répliqua Leto. ,

Anteac s'adressa à Luyseyal :

– S'il plaît à l'Empereur-Dieu de nous éclairer, il ne manquera pas de le faire. En attendant, passons à l'objet de cette audience.

Leto sourit :

– Vous pouvez vous rapprocher, toutes les deux. Rien que toutes les deux.

Moeno se déplaça légèrement sur sa droite tandis que les Révérendes Mères s'avançaient, de la démarche silencieuse et glissante qui les caractérisait, jusqu'à moins de trois pas de la corniche où était l'Empereur-Dieu.

– On dirait quelles n'ont pas de pieds! s'était plaint un jour Moneo.

En se souvenant de ces mots, Leto remarqua la nervosité avec laquelle son majordome surveillait le moindre mouvement des deux femmes. Il faisait visiblement des efforts surhumains pour ne pas les empêcher d'aller plus loin. Mais l'Empereur-Dieu en avait décidé ainsi, et il n'y pouvait rien.

Leto porta son attention sur la suite de la délégation, qui était demeurée à la même place que tout à l'heure. Les acolytes portaient également la robe noire, mais sans capuche. Il remarqua dans leur costume certains signes presque imperceptibles de pratiques rituelles normalement interdites : une amulette, un colifichet particulier, le coin d'un châle de couleurs vives disposé de telle manière qu'il puisse être exhibé prudemment. Leto savait que les Révérendes Mères toléraient cet état de choses parce que le partage de l'épice ne pouvait plus se faire comme avant.

Des rites de substitution.

En dix ans, les changements avaient été significatifs. Un esprit de parcimonie nouveau avait pénétré l'idéologie de l'Ordre.

Les signes sortent, se dit Leto. *Les mystères anciens, très anciens, sont toujours là.*

Durant des millénaires, les très anciens schémas étaient demeurés dormants dans la mémoire collective du Bene Gesserit.

A présent, ils émergent. Il faudra que j'avertisse mes Truitesses.

Il reporta son attention sur les Révérendes Mères.

– Vous avez des requêtes à formuler?

– Que ressent-on quand on est l'Empereur-Dieu? demanda Luyseyal.

Leto battit des paupières. L'attaque était intéressante. Elles ne l'avaient pas essayée depuis une génération et demie. Bah... pourquoi pas?

– Quelquefois, mes rêves sont bloqués et détournés vers d'étranges endroits, dit-il. Si ma mémoire cosmique est une toile aux fils arachnéens, comme vous le savez toutes les deux avec certitude, songez aux *dimensions* de cette toile et aux aboutissements possibles de mes rêves et souvenirs.

– Vous évoquez nos certitudes, répondit Anteac. Pourquoi ne pourrions-nous pas enfin réunir nos forces? Il y a entre nous plus de points communs que de différences.

– Je préférerais lier mon sort à ces Grandes

Maisons dégénérées qui ne savent que se lamenter à propos de leurs trésors d'épice à jamais perdus!

Anteac ne broncha pas, mais Luyseyal pointa sur Leto un doigt accusateur.

– Nous vous offrons l'association!

– Et je m'entête à choisir la guerre?

Anteac intervint alors.

– On dit qu'il existe un principe d'antagonisme dont l'origine remonte aux unicellulaires, et qui ne s'est jamais démenti depuis.

– Certaines choses demeurent incompatibles, approuva Leto.

– Dans ce cas, comment la communauté de notre Ordre pourrait-elle se maintenir? demanda Luyseyal.

Leto durcit sa voix.

– Vous savez très bien que le secret de la communauté est la suppression des incompatibles.

– La coopération peut être une source d'avantages précieux, murmura Anteac.

– Pour vous, pas pour moi.

La Révérende Mère soupira.

– Peut-être, Mon Seigneur, consentirez-vous alors à nous parler des modifications survenues dans votre aspect physique?

– Quelqu'un d'autre que vous devrait être au courant de ces choses pour pouvoir les consigner, ajouta Luyseyal.

– Au cas où il m'arriverait malheur?

– Mon Seigneur! protesta Anteac. Loin de nous l'idée de...

– Vous me disséquez en paroles faute de pouvoir le faire avec des instruments plus tranchants. Apprenez que j'abhorre l'hypocrisie.

– Nous protestons, Mon Seigneur! s'écria Anteac.

– Je l'entends bien. J'ai des oreilles pour cela.

Luyseyal se rapprocha imperceptiblement de Leto, ce qui lui attira un regard acéré de la part de Moneo. Le majordome jeta un coup d'œil à Leto, quêtant un signe qui lui permît d'agir. Mais l'Empereur-Dieu l'ignora, curieux de connaître les intentions de Luyseyal. La rousse Révérende Mère se trouvait maintenant au centre de la menace qu'il n'avait cessé de ressentir.

Que peut-elle être? se demanda Leto. *Un Danseur-Visage? Serait-ce malgré tout possible?*

Non. Il ne reconnaissait aucun des signes caractéristiques. L'image présentée par Luyseyal était particulièrement décontractée. Pas le moindre tressaillement dans son visage pour mettre à l'épreuve les dons d'observation de l'Empereur-Dieu.

– Ne nous donnerez-vous aucune information sur ces modifications de votre physique, Mon Seigneur? insista Anteac.

Manœuvre de diversion! pensa Leto.

– Mon cerveau est en train de devenir énorme, dit-il à haute voix. La presque totalité du crâne humain s'est dissoute. Il n'y a plus de limite stricte à l'extension de mon cortex et du système nerveux attenant.

Moneo jeta un regard surpris à l'Empereur-Dieu. Pourquoi leur livrait-il des informations aussi vitales? Ces deux-là trouveraient le moyen de les monnayer.

De fait, elles semblaient fascinées par les paroles de l'Empereur-Dieu et hésitaient comme si cela bouleversait quelque plan qu'elles avaient conçu.

– Votre cerveau a un centre? demanda Luyseyal.

– Je suis ce centre, dit Leto.

– Un emplacement? interrogea à son tour Anteac en faisant un geste vague dans sa direction. Dans le même temps, Luyseyal se rapprochait encore de quelques millimètres du rebord de la corniche.

– Quelle valeur attribuez-vous aux révélations que je suis en train de vous faire? demanda Leto.

Les deux femmes ne changèrent pas d'expression, ce qui était déjà un aveu suffisant. Un sourire flotta sur les lèvres de l'Empereur-Dieu.

– Vous êtes devenues prisonnières du bazar,

lança-t-il. Même le Bene Gesserit s'est laissé contaminer par l'esprit du souk.

– Nous ne méritons pas une telle accusation, protesta Anteac.

– Oh, si! L'esprit du souk a envahi mon Empire. La loi du marché a été gonflée et exacerbée par les exigences de notre époque. Nous sommes tous devenus des marchands.

– Même vous, Mon Seigneur? demanda Luyseyal.

– Vous défiez mon courroux, dit Leto. Vous êtes spécialiste en la matière, n'est-ce pas?

– Mon Seigneur? La voix de la Révérende Mère était calme, mais un peu trop contenue.

– Il faut se défier des spécialistes, poursuivit Leto. Les spécialistes sont les maîtres de l'exclusion, les experts de l'étriqué.

– Nous voulons être seulement les architectes d'un avenir meilleur, murmura Anteac.

– Meilleur par rapport à quoi?

Luyseyal se rapprocha encore insensiblement de Leto.

– Nous espérons que nos critères correspondent à votre jugement, Mon Seigneur, dit Anteac.

– Mais vous voudriez être des architectes. Pour construire des murs encore plus élevés? N'oubliez pas, chères sœurs, que je vous connais bien. En matière d'œillères, vous êtes les meilleurs fournisseurs du marché.

– La vie poursuit son cours, Mon Seigneur, fit Anteac.

– Précisément. Tout comme l'univers.

Luyseyal se rapprocha encore d'un millimètre, ignorant le regard de Moneo fixé sur elle.

C'est alors que Leto perçut l'odeur et faillit éclater de rire.

De l'essence d'épice!

Elles avaient apporté de l'essence d'épice. Elles connaissaient les anciens récits où il était question des vers des sables et de l'essence d'épice, naturellement. Luyseyal en avait une petite quantité sur elle. Elle pensait que c'était un poison spécifique contre les vers des sables. La chose était certaine. L'Histoire Orale et les archives du Bene Gesserit concordaient sur ce point. L'essence disloquait le ver, précipitant sa décomposition qui donnait naissance (au terme du processus) à des truites des sables qui à leur tour produiraient d'autres vers des sables et ainsi de suite.

– Il y a une autre modification dont il faudrait que vous connaissiez l'existence, dit-il à haute voix. Je ne suis pas encore un ver des sables. Pas tout à fait. Vous pouvez me considérer un peu comme une créature-colonie avec quelques modifications sensorielles.

La main gauche de Luyseyal se déplaça presque imperceptiblement vers un pli de sa robe. Moneo s'en aperçut et quêta du regard un ordre de Leto. Mais celui-ci se contenta de fixer l'éclat noir des yeux de la Révérende Mère.

– Il y a eu certaines vogues pour les parfums, dit-il.

La main de Luyseyal hésita.

– Les extraits, les essences... poursuivit Leto. Je n'ai rien oublié. Pas même l'engouement pour la suppression des odeurs. Il fut un temps où l'on utilisait des produits sous les bras et entre les jambes pour masquer les odeurs naturelles du corps. Le saviez-vous? Bien sûr que vous le saviez!

Le regard d'Anteac se posa sur Luyseyal.

Aucune des deux femmes n'osait dire un mot.

– Les gens savaient instinctivement que leurs phéromones les trahissaient, continua Leto.

Les deux Révérendes Mères étaient figées. Elles entendaient son message. De tous les sujets de l'Empereur-Dieu, elles étaient les plus aptes à comprendre le sens caché de ses paroles.

– Vous aimeriez bien pouvoir exploiter les riches filons de ma mémoire, fit-il d'une voix accusatrice.

– Nous en sommes jalouses, Mon Seigneur, admit Luyseyal.

– Vous avez mal interprété l'histoire de l'essence d'épice. Les truites des sables y réagissent comme si c'était de l'eau.

– C'était une épreuve, Mon Seigneur, murmura Anteac. Rien de plus.

– Vous voudriez me mettre à l'épreuve?

– Notre curiosité est la seule responsable, Mon Seigneur.

– Moi aussi, je suis curieux. Déposez votre essence d'épice sur le rebord devant Moneo. Je la conserverai.

Calmement, de manière à montrer qu'elle n'avait l'intention d'accomplir aucun geste hostile, Luyseyal glissa la main sous sa robe et en ressortit un petit flacon qui irradiait une lueur bleutée. Elle posa doucement le flacon sur le rebord de la corniche. Elle évitait soigneusement tout geste qui pût être mal interprété.

– Dcs diseuses de vérité, vraiment... ironisa Leto.

Elle lui adressa une grimace qui aurait pu passer pour un sourire, puis recula pour se mettre aux côtés d'Anteac.

– Où vous êtes-vous procuré cette essence d'épice? demanda Leto.

– Nous l'avons achetée à des contrebandiers, répondit Anteac.

– Cela fait vingt-cinq siècles qu'il n'y a plus de contrebandiers!

– Qui ne gaspille pas trouve toujours, déclara Anteac.

– Je vois. Et à présent, vous allez devoir réexaminer ce que vous considérez comme votre très grande patience, c'est bien cela?

– Nous avons suivi avec attention l'évolution de votre corps, Mon Seigneur. Et nous avons pensé...

Anteac s'autorisa un léger haussement d'épaules, le genre de geste qui n'était de mise qu'avec une autre Sœur, et encore en de rares occasions.

Leto plissa les lèvres en guise de réponse.

– Je ne peux pas hausser les épaules, dit-il.

– Allez-vous nous punir? lui demanda Luyseyal.
– Pour m'avoir amusé?
Luyseyal jeta un coup d'œil au flacon que Moneo n'avait pas encore touché.
– J'ai promis de vous récompenser, dit Leto, et je le ferai.
– Nous aurions préféré vous protéger au sein de notre communauté, Mon Seigneur, déclara Anteac.
– Ne cherchez pas à obtenir une trop grosse récompense.
Anteac hocha la tête.
– Vous traitez avec les Ixiens, Mon Seigneur. Nous avons des raisons de croire qu'ils pourraient être tentés d'agir contre vous.
– Je ne les crains pas plus que vous.
– Vous avez certainement entendu parler de ce qu'ils préparent, intervint Luyseyal.
– Il arrive que Moneo me remette le texte d'un message échangé par des groupes ou des personnes de mon Empire. Je vois passer beaucoup de choses.
– Nous voulons parler de la nouvelle Abomination, Mon Seigneur! dit Anteac.
– Vous croyez que les Ixiens sont capables de fabriquer une intelligence artificielle? Dotée d'une conscience analogue à la vôtre?
– Nous le redoutons, Mon Seigneur.
– Vous voudriez me faire croire que le Jihad Butlérien survit au sein de votre Ordre?
– Nous nous méfions de l'inconnu qui peut surgir d'une technologie trop imaginative, Mon Seigneur.
Luyseyal se pencha en avant.
– Les Ixiens prétendent que leur machine transcendera le Temps exactement comme vous le faites, Mon Seigneur.
– Et la Guilde affirme que les Ixiens sont en plein chaos temporel, ironisa Leto. Faut-il donc redouter toute création?
Anteac se raidit.
– Je m'adresse à vous deux en toute sincérité,

poursuivit Leto. Je reconnais vos capacités. Pourquoi ne pas reconnaître les miennes?

Luyseyal eut une brève inclination de tête.

– Les Ixiens et le Tleilax sont en train de conclure une alliance avec la Guilde et sollicitent notre entière coopération.

– Et ce sont les Ixiens que vous redoutez le plus?

– Nous redoutons tout ce que nous ne pouvons pas contrôler, fit Anteac.

– Vous ne pouvez pas me contrôler.

– Sans vous, le peuple aurait besoin de nous! s'écria Anteac.

– Enfin la vérité! dit Leto. Vous vous présentez devant moi comme devant un oracle et vous me demandez d'apaiser vos craintes.

La voix d'Anteac était glaciale et mesurée.

– Les Ixiens fabriqueront-ils un cerveau mécanique?

– Un cerveau? Certainement pas!

Luyseyal parut soulagée, mais les traits d'Anteac demeurèrent figés. L'oracle ne la satisfaisait pas.

Pourquoi la bêtise se répète-t-elle avec une précision si monotone? se demanda Leto. Ses souvenirs lui offraient d'innombrables scènes qui ressemblaient à celle-là. Des cavernes, des prêtres et des prêtresses frappés d'une sainte extase, des voix solennelles énonçant de dangereuses prophéties dans la fumée des narcotiques sacrés.

Il baissa les yeux vers le flacon phosphorescent posé sur le rebord devant Moneo. Quelle pouvait être sa valeur marchande? Enorme. C'était de l'essence pure. Un trésor concentré.

– L'oracle a reçu son paiement, dit-il. Il me plaît maintenant de vous en donner pour votre argent.

Les deux femmes devinrent tout oreilles.

– Voici mes paroles, continua Leto. Ce que vous craignez n'est pas ce que vous craignez.

Il aimait bien la manière dont cela sonnait. Suffisamment solennel pour un oracle digne de ce nom. Les deux Révérendes Mères avaient les yeux levés vers lui dans une attitude d'expectation suppliante. Derrière elles, une acolyte se racla la gorge.

Celle-là ne manquera pas de se faire réprimander plus tard, se dit Leto.

Anteac avait eu suffisamment de temps pour ruminer les paroles de l'Empereur-Dieu. Elle murmura :

– Une vérité obscure n'est pas la vérité.

– Mais j'ai correctement dirigé votre attention, lui dit Leto.

– Avez-vous voulu dire que nous ne devons pas redouter cette machine? demanda Luyseyal.

– Vous disposez du pouvoir de raisonner. Pourquoi mendier une explication?

– C'est que nous n'avons pas *vos* pouvoirs, fit Anteac.

– Vous vous plaignez donc de ne pas ressentir les ondes arachnéennes du Temps. Vous ne percevez pas le continuum où je suis. Et vous avez peur d'une simple machine!

– Vous ne voulez donc pas nous répondre, murmura Anteac.

– Ne commettez pas l'erreur de croire que j'ignore ce dont votre Ordre est capable. Vos perceptions fonctionnent à merveille. Vos sens sont finement réglés. Je ne cherche pas à empêcher cela. Et vous ne devriez pas le faire non plus.

– Mais les Ixiens jouent avec les machines! protesta Anteac.

– Quelques pièces, admit Leto. Des éléments séparés reliables les uns aux autres. Une fois le processus entamé, que peut-on faire pour l'arrêter?

Luyseyal renonça à se servir des techniques de maîtrise sur soi du Bene Gesserit, ce qui était un aveu implicite de reconnaissance des pouvoirs de l'Empereur-Dieu. Elle protesta d'une voix presque grinçante :

– Savez-vous de quoi les Ixiens se vantent? D'être bientôt capables de prédire *vos* actions grâce à cette machine!

– En quoi cela me ferait-il peur? Plus ils se rapprochent de moi, plus ils deviennent mes alliés objectifs. Ils ne peuvent pas me conquérir, mais moi je peux les conquérir.

Anteac voulut dire quelque chose, mais Luyseyal lui toucha le bras et demanda :

– Auriez-vous déjà conclu une alliance avec Ix? On dit que votre entretien avec leur nouvelle ambassadrice, Hwi Noree, a duré particulièrement longtemps.

– Je ne conclus jamais d'alliance. Je ne puis avoir d'alliés, mais seulement des serviteurs, des disciples ou des ennemis.

– Et vous n'avez pas peur de la Machine ixienne? insista Anteac.

– Automatisme est-il synonyme de conscience intelligente?

Le regard d'Anteac s'agrandit et devint vitreux tandis qu'elle faisait retraite dans ses souvenirs. Leto se trouva lui-même frappé de fascination à l'idée de ce qu'elle devait découvrir au contact de ses propres cohortes intérieures.

Nous avons en commun certaines de ces réminiscences, songea-t-il.

Il s'avisa alors de la séduction que pouvait exercer sur lui l'idée d'une association avec les Révérendes Mères. Ce serait si rassurant, familier... et mortel. Anteac voulait le tenter, une fois de plus.

La Révérende Mère répondit enfin :

– La machine ne peut prévoir tous les problèmes qui seront importants pour les humains. C'est là la différence entre un système à base d'impulsions séquentielles et un continuum sans faille. Nous possédons le second alors que les machines sont limitées au premier.

– Le pouvoir de raisonner vous appartient encore, commenta l'Empereur-Dieu.

– Partagez! fit Luyseyal.

C'était un ordre adressé à Anteac, et sa soudaineté tranchante révélait le rapport de forces qui liait les deux femmes. La plus jeune commandait.

Charmant, se dit Leto.

– L'intelligence s'adapte, déclara Anteac.

Avare de ses mots, avec ça, songea Leto en dissimulant son amusement grandissant.

– L'intelligence crée, renchérit-il à haute voix. Ce qui signifie qu'elle doit être capable de fournir des réponses jamais imaginées avant. De faire face à ce qui est *nouveau*.

– Par exemple, l'existence possible de la Machine ixienne, fit Anteac. Et ce n'était pas une question.

– Ne trouvez-vous pas très intéressant, interrogea Leto, qu'il ne suffise pas d'être une superbe Révérende Mère?

Ses sens aigus décelèrent le soudain raidissement de peur chez les deux femmes. Des diseuses de vérité, vraiment!

– Vous avez tout à fait raison de me craindre, dit-il. Puis, élevant la voix : Comment savez-vous même que vous vivez?

Comme cela avait été le cas de nombreuses fois pour Moneo, elles perçurent dans sa voix les conséquences mortelles que risquait d'avoir pour elles une réponse inadéquate. Leto fut fasciné de remarquer que les deux femmes jetèrent un bref regard au majordome avant de répondre.

– Je suis le miroir de moi-même, déclara Luyseyal.

C'était un *pat* typique de la manière Bene Gesserit et Leto s'en trouva contrarié.

– Je n'ai pas besoin d'outils préfabriqués pour résoudre mes problèmes humains, répondit pour sa part Anteac. Votre question était élémentaire!

– Ha, ha! s'exclama Leto. Que diriez-vous de laisser tomber le Bene Gesserit pour venir avec moi?

Il la vit envisager puis rejeter la proposition, mais elle ne dissimula pas son amusement.

L'Empereur-Dieu se tourna alors vers Luyseyal, qui était demeurée perplexe.

– Si c'est en dehors de votre portée, alors vous avez affaire à de l'intelligence et non à un automatisme, lui dit-il. Et il songea : *Plus jamais cette Luyseyal ne dominera la vieille Anteac.*

La jeune Révérende Mère était furieuse et ne se donnait pas la peine de le cacher.

– On dit que les Ixiens vous ont fourni des machines qui imitent la pensée humaine, accusa-t-elle. Si vous en avez une si piètre opinion, pour quelle raison...

– On ne devrait pas la laisser quitter le Chapitre sans chaperon, dit Leto en s'adressant à Anteac. Aurait-elle peur de s'adresser à ses propres souvenirs?

Luyseyal pâlit, mais garda le silence.

Leto la dévisagea froidement.

– Ne croyez-vous pas que la longue fréquentation des machines par nos ancêtres aurait dû nous apprendre inconsciemment quelque chose?

La Révérende Mère se contenta de le regarder farouchement. Elle n'était pas encore prête à risquer sa vie en défiant ouvertement l'Empereur-Dieu.

– Diriez-vous au moins que nous connaissons le pouvoir d'attraction des machines? reprit Leto.

Luyseyal hocha silencieusement la tête.

– Une machine bien entretenue peut être plus fiable qu'un serviteur humain, continua Leto. Nous pouvons faire confiance aux machines pour qu'elles ne se laissent pas distraire par des facteurs émotionnels.

Luyseyal retrouva sa voix.

– Cela signifie-t-il que vous avez l'intention de lever l'interdit butlérien concernant les machines abominables?

– Je vous jure, fit Leto en se servant de sa voix la plus dédaigneuse et glacée, que si vous faites encore étalage d'une telle stupidité, je vous ferai exécuter publiquement. Tenez-vous-le pour dit, *je ne suis pas* votre oracle!

Luyseyal ouvrit la bouche mais la referma sans rien dire.

Anteac posa la main sur le bras de sa collègue,

qui fut parcourue d'un tremblement rapide. Puis elle parla doucement, faisant exquisément usage de la Voix :

– Notre Empereur-Dieu n'ira jamais ouvertement à l'encontre des proscriptions butlériennes.

Leto lui sourit comme pour la féliciter. C'était un tel plaisir de voir une professionnelle à l'œuvre.

– Voilà qui devrait être évident pour n'importe quelle conscience intelligente, dit-il. Il y a des limites que j'ai fixées moi-même, des domaines où je refuse d'intervenir.

Il voyait les deux femmes absorber les multiples implications de ses paroles, peser leurs intentions et leurs prolongements possibles. L'Empereur-Dieu cherchait-il à les distraire, à détourner leur attention sur les Ixiens pendant qu'il manœuvrait sur un autre front? Voulait-il faire comprendre au Bene Gesserit que le moment était venu de choisir le camp opposé aux Ixiens? Etait-il possible que ses paroles ne possèdent aucune autre motivation que celles qui apparaissaient en surface? Quelles que fussent ses raisons, il était imprudent de les ignorer. Elles étaient sans aucun doute en présence de la créature la plus retorse que l'univers eût jamais nourrie en son sein.

Leto, sachant qu'il ne pouvait qu'ajouter à leur désarroi, se tourna vers Luyseyal en fronçant les sourcils.

– Il y a une leçon, Marcus Claire Luyseyal, sur les sociétés ultra-mécanisées du passé, que vous paraissez ne pas avoir très bien comprise. Par leur existence même, les machines conditionnent leurs utilisateurs à se servir de leurs semblables comme ils se servent d'elles.

Il porta son attention sur le majordome.

– Moneo?

– Je le vois, Mon Seigneur.

Moneo tendait le cou pour regarder par-dessus les têtes de la délégation. Duncan Idaho venait d'entrer par la grande porte du fond et se dirigeait à grands pas vers l'endroit où était Leto. Sans relâcher son attention, ni sa méfiance envers les Bene Gesserit, Moneo sut identifier la nature de la leçon donnée par Leto.

Une épreuve. Il est toujours en train de mettre les gens à l'épreuve.

A ce moment-là, Anteac s'éclaircit la voix.

– Mon Seigneur, songez-vous à notre récompense?

– Vous ne manquez pas de courage, lui dit Leto. C'est sans doute pour cette raison que vous avez été choisie pour cette ambassade. Très bien. Pour la décennie à venir, je maintiens votre allocation d'épice à son niveau actuel. Quant au reste, je choisis d'ignorer ce que vous aviez réellement l'intention de faire avec l'essence d'épice. Ne suis-je pas généreux?

– Extrêmement généreux, Mon Seigneur, répondit Anteac, et il n'y avait pas la moindre trace d'amertume dans sa voix.

Duncan Idaho passa alors devant les deux femmes et s'arrêta à côté de Moneo pour lever la tête vers l'Empereur-Dieu.

– Mon Seigneur... commença-t-il, puis il s'interrompit, gêné, en regardant les Révérendes Mères.

– Tu peux parler devant elles, lui dit Leto.

– Oui, Mon Seigneur. Il semblait réticent, mais obéit tout de même. Nous nous sommes fait attaquer dans le secteur sud-est de la Cité. Il s'agissait d'une manœuvre de diversion, je pense, car des rapports nous parviennent maintenant de la plupart des autres secteurs ainsi que de la Forêt Interdite, signalant des attentats dus à de nombreux petits groupes éparpillés.

– Ils donnent la chasse à mes loups, murmura Leto. Dans la Forêt comme dans la Cité, ils font la chasse à mes loups.

Les sourcils du Duncan se joignirent en un arc perplexe.

– Il y a des loups dans la Cité, Mon Seigneur?

– Des prédateurs, expliqua Leto. Ou des loups... Pour moi, il n'y a pas de grosse différence.

Moneo laissa entendre une exclamation étouffée.

Leto lui sourit, en songeant qu'il était merveilleux d'observer cet instant de compréhension où l'esprit s'entrouvre, où le voile est levé de devant les yeux.

– J'ai amené des forces importantes pour assurer la protection des lieux où nous sommes, déclara Idaho. Je les ai disposées tout autour du...

– Je savais que tu le ferais, interrompit Leto. Fais bien attention maintenant, car je vais t'indiquer les endroits où tu dois envoyer le reste de tes troupes.

Sous le regard terrifié des Révérendes Mères, l'Empereur-Dieu énuméra alors les emplacements exacts de chaque embuscade, avec le détail des forces qui seraient engagées et parfois même la nature des assaillants, leur armement, l'horaire et leur déploiement précis. La vaste mémoire du Duncan enregistrait les instructions une à une. Il était trop pris par l'opération pour interrompre Leto. Mais lorsque celui-ci se tut, une expression de crainte perplexe envahit les traits du ghola et il ne trouva rien à dire.

C'était comme si Leto lisait directement ses pensées : *J'étais un fidèle soldat de Leto, l'original, le grand-père de celui-ci, qui m'a sauvé la vie et m'a accueilli chez lui comme son propre enfant. Mais bien que ce Leto continue d'exister, d'une certaine manière, dans celui qui est devant moi... ce n'est pas lui.*

– Mon Seigneur, pourquoi avez-vous donc besoin de moi? demanda enfin Idaho.

– Pour ta force et ta loyauté.

Le Duncan secoua la tête.

– Mais...

– Tu m'obéis, continua Leto, en remarquant la manière dont les Révérendes Mères absorbaient la moindre de ses paroles. *La vérité, surtout rien d'autre, ce sont des Diseuses de Vérité.*

– J'ai une dette envers les Atréides, murmura Idaho.

– Notre confiance est là, dit Leto. Et... Duncan?

– Mon Seigneur? La voix du ghola indiquait qu'il avait trouvé un terrain où poser le pied.

– Tu laisseras au moins un survivant à chacun de ces emplacements. Autrement, nos efforts sont perdus.

Idaho acquiesça d'un bref signe de tête et s'éloigna à grands pas, comme il était venu. Leto se dit qu'il aurait fallu un œil vraiment exercé pour s'apercevoir que le Duncan qui sortait était différent, profondément différent, de celui qui était entré.

Anteac déclara :

– C'est la conséquence de cette flagellation publique.

– Exactement, admit Leto. Je compte sur vous pour rapporter fidèlement ces faits à votre Supérieure, l'admirable Révérende Mère Syaksa. Dites-lui de ma part, que je préfère de loin la compagnie des prédateurs à celle de la proie. Il se tourna alors vers Moneo, dont l'attention se raidit soudain. Moneo, les loups ont disparu de ma forêt. Tu veilleras à les faire remplacer par des loups humains.

L'état de transse prophétique n'est comparable à aucune autre expérience visionnaire. Ce n'est pas un retrait par rapport à la brutale exposition des sens (comme pour beaucoup d'états de transe) mais une immersion dans une multitude de nouveaux mouvements. Toute chose est mouvement. Au sein de l'Infinité, le pragmatisme ultime, la prise de conscience intégrale mènent en dernier lieu à la certitude sans faille que l'univers se meut par lui-même, qu'il change et que ses lois changent, que rien ne saurait demeurer permanent ni absolu à travers tant de mouvement, que les explications mécaniques d'un phénomène quelconque ne sauraient avoir de valeur que dans un espace bien circonscrit et que, une fois les barrières abattues, les vieilles explications s'écroulent et se dissolvent, emportées par les nouveaux mouvements. Les choses que l'on voit dans ces transes ont un effet dégrisant, dévastateur souvent. Elles exigent un effort extraordinaire pour conserver une personnalité intègre et, malgré cela, ne manquent pas de vous transformer profondément au sortir de l'expérience.

Les Mémoires Volés.

Cette nuit-là, après une longue journée d'audiences, tandis que les autres dormaient, combattaient, rêvaient ou mouraient, Leto prit du repos dans la solitude de la grande salle ovale, dont le portail était gardé seulement par quelques-unes de ses plus sûres Truitesses.

Il ne dormit guère, cependant. Dans son esprit tourbillonnaient les contraintes et les déceptions.

Hwi! Ma chère Hwi!

Il savait, à présent, pourquoi on lui avait envoyé Hwi Noree. Oh, comme il le savait!

Le plus secret de mes secrets est percé à jour.

Ils avaient réussi à découvrir son secret. Hwi en était la preuve.

Ses pensées étaient désespérées. Pouvait-on inverser le processus de cette terrible métamorphose? Pouvait-il retourner à l'état humain?

Impossible.

Et même si c'était possible, l'opération lui demanderait autant de temps qu'il en avait mis pour arriver là où il se trouvait. Que serait Hwi dans plus de trois mille ans? Un petit tas d'ossements desséchés oubliés au fond d'une crypte.

Je pourrais, à l'aide d'un programme génétique, reconstituer quelqu'un comme elle en la réservant pour plus tard, mais... ce ne serait pas ma douce Hwi.

Et qu'adviendrait-il du Sentier d'Or pendant qu'il poursuivrait ces égoïstes fins?

Au diable le Sentier d'Or! Ces crétins insensés ont-ils une seule fois pensé à moi? Pas une seule!

Mais ce n'était pas entièrement vrai. Il y avait Hwi qui pensait à lui. Qui partageait son tourment.

De telles idées frisaient la folie et il essaya de les écarter tandis que ses sens enregistraient les mouvements feutrés des gardes et le passage de l'eau sous les dalles de la grande salle.

Lorsque j'ai fait ce choix, à quoi m'attendais-je?

Comme ses cohortes intérieures éclatèrent de rire à cette question! N'avait-il pas une œuvre à achever? N'était-ce pas là l'essence même de l'accord qui tenait les cohortes en laisse?

– Tu as une tâche à accomplir, lui dirent-elles. Ta finalité est unique.

La finalité unique est la marque du fanatisme, et je ne suis pas un fanatique!

– Tu dois te montrer cynique et cruel. Tu n'as pas le droit de briser le pacte.

Pourquoi pas?

– Qui a prêté ce serment? C'est toi. C'est toi qui as choisi cette voie.

J'avais d'autres espérances!

– Les espérances que crée l'histoire pour une génération sont souvent mises en pièces à la génération suivante. Qui mieux que toi le saurait?

Oui... et les espoirs brisés peuvent aliéner des populations entières. A moi tout seul, je suis une population entière!

– Rappelle-toi ton serment.

Précisément. Je suis la force perturbatrice libérée à travers les siècles. Je limite les espérances... y compris les miennes. J'amortis le pendule.

– Pour le lâcher ensuite. N'oublie jamais cela.

Je suis las. Oh! comme je suis las! Si seulement je pouvais dormir... dormir pour de bon.

– Tu t'apitoies sur toi-même, également.

Et pourquoi pas? Que suis-je? L'ultime solitaire, forcé de se tourner vers ce qui aurait pu être son passé. Chaque jour, je le contemple... et maintenant, il y a Hwi!

– Ton choix altruiste des premiers temps te remplit à présent d'égoïsme.

Le danger m'entoure de partout. Je suis obligé de revêtir mon égoïsme comme une armure.

– Le danger menace tous ceux qui te touchent. N'est-ce pas là ta vraie nature?

Le danger est aussi pour Hwi. Chère Hwi, chère et délicieuse Hwi.

– N'as-tu construit ces hautes murailles autour de toi que pour mieux pouvoir, derrière elles, te lamenter sur toi-même?

Les murailles ont été construites parce que de

gigantesques forces ont été libérées au sein de mon Empire.

– C'est toi qui les as libérées. Veux-tu maintenant pactiser avec elles?

C'est Hwi qui a provoqué cela. Jamais auparavant je ne l'avais ressenti si fort. Ce sont les maudits Ixiens qui sont responsables!

– Il est intéressant de remarquer qu'ils t'attaquent au moyen de la chair et non d'une machine.

C'est parce qu'ils ont découvert mon secret.

– Tu connais l'antidote.

Le grand corps de Leto trembla sur toute sa longueur à cette pensée. Il connaissait effectivement l'antidote, qui avait toujours été efficace jusqu'à présent : se perdre pour un temps dans son propre passé. Même les Sœurs du Bene Gesserit étaient incapables de se lancer dans de tels safaris où il glissait, glissait le long de l'axe de ses souvenirs, jusqu'aux limites de la conscience cellulaire, s'arrêtant de temps à autre pour se plonger dans les délices d'un rare festin sensoriel. Un jour, à cause de la mort d'un Duncan particulièrement superbe, il avait ainsi fait le tour des grands événements musicaux préservés dans sa mémoire. Mozart, très vite, l'avait lassé. *Prétentieux! Mais Bach... aaah, Bach!*

Le souvenir qu'avait Leto était de pure joie.

J'étais assis à l'orgue et je me laissais imbiber de musique.

Trois fois seulement, dans toute sa vaste mémoire, il avait pu trouver l'égal de Bach. Mais même Licallo ne le surpassait pas. Il l'égalait, sans plus.

Peut-être, pour ce soir, choisirait-il les « intellectuelles »? Sa grand-mère Jessica figurait parmi les meilleures. Mais l'expérience lui disait que quelqu'un d'aussi proche que Jessica ne constituerait pas l'antidote voulu à ses tensions présentes. Il faudrait aller chercher beaucoup plus loin.

Il s'imagina alors en train de décrire un tel safari à quelque visiteur frappé d'effroi et totalement imaginaire, cela allait sans dire, car quel visiteur réel aurait osé le questionner sur un sujet aussi *sacré?*

– Je remonte le cours de mes ancêtres, m'arrêtant pour chasser le long des affluents, surgissant au hasard dans les coins et recoins. La plupart des noms ne vous diraient rien. Qui a jamais entendu parler de Norma Cenva? J'ai vécu sa vie!

– Vécu sa vie? lui demandait le visiteur imaginaire.

– Bien sûr. A quoi bon, sinon, garder ses ancêtres auprès de soi? Vous croyez que c'est un homme qui a conçu le premier vaisseau de la Guilde? Vos livres d'histoire vous affirment qu'il s'appelait Aurelius Venport? Ils mentent. Il s'agissait de sa maîtresse, Norma. C'est elle qui lui a donné les plans, en plus de cinq enfants. Son ego, pensait-il, ne méritait rien de moins. Mais finalement, l'idée qu'il n'avait pas vraiment réalisé sa propre image, c'est cela qui l'a détruit.

– Vous avez vécu sa vie à lui aussi?

– Naturellement. Et j'ai vécu les lointaines errances des Fremen. Par la lignée de mon père et de quelques autres, j'ai pu remonter jusqu'à la Maison d'Atrée.

– Une illustre lignée!

– Qui eut sa part de crétins.

Ce qu'il me faut, c'est de la distraction, songea-t-il. Serait-ce alors une incursion dans le domaine du badinage et du libertinage amoureux?

– Vous n'imaginez pas les orgies qui s'offrent à moi! Je représente le summum du voyeurisme : participant(s) et observateur(s) à la fois. Tant de détresses ont été causées par l'ignorance et l'incompréhension des questions sexuelles. Comme nous avons été extraordinairement étriqués – prodigieusement avares!

Mais Leto savait bien qu'il ne pouvait faire ce choix. Pas ce soir. Pas quand Hwi se trouvait dans la Cité.

Peut-être alors un safari guerrier?

– De tous les Napoléons de l'histoire, lequel a été

le plus grand couard? demanda-t-il à son interlocuteur imaginaire. Je le sais, oh oui, je le sais! Mais je me garderai bien de le révéler.

Où aller? Avec tout le passé qui s'ouvre à moi, où aller?

Bordels, atrocités, tyrans, acrobates, nudistes, chirurgiens, prostitués des deux sexes, musiciens, magiciens, ongenciers, prêtres, artisans, prêtresses...

– Savez-vous, demanda Leto, poursuivant sa conversation imaginaire, que le hula est un vestige d'un ancien langage de signes autrefois exclusivement réservé aux mâles? Vous n'avez jamais entendu parler du hula? Ce n'est guère étonnant. Qui le danse encore, de nos jours? Mais il est surprenant de voir le nombre de choses qui ont été transmises au cours des siècles par les danseurs. Les clés sont perdues, mais moi je les connais.

» Une nuit entière, j'ai été toute une série de califes allant d'est en ouest, à travers les siècles, au gré des conquêtes islamiques. Mais je vous épargnerai les détails. A présent, visiteur, laissez-moi.

Quelle séduction, se dit Leto, *possède cet appel de sirène qui voudrait me faire vivre uniquement dans le passé!*

Et comme ce passé est devenu dérisoire, avec ces maudits Ixiens... comme il est insipide, comparé à la présence de Hwi. Je n'ai qu'à l'appeler et elle viendra. Mais je ne peux pas... pas maintenant. Pas ce soir.

Le passé continuait de lui faire signe.

Je pourrais faire un simple pèlerinage dans mon passé. Il n'est pas indispensable que ce soit un safari. Je peux y aller seul. Un pèlerinage purifie. Un safari me transforme en touriste. C'est une grande différence. Je peux très bien visiter seul mon univers intérieur.

Et ne jamais en revenir.

Il sentait l'inéluctabilité de cette hypothèse. Finalement, le monde des rêves le retiendrait dans son piège.

Je crée dans tout mon Empire un état de rêve particulier. Dans ce rêve, de nouveaux mythes se forgent, de nouvelles directions et de nouveaux mouvements apparaissent. Tout n'est que nouveauté. La nouveauté émerge de mes propres rêves, de mes propres mythes. Mais qui plus que moi lui est vulnérable? Le chasseur est pris à ses propres rets.

Leto comprit alors qu'il se trouvait dans un état où nul antidote n'existait, ni passé, ni présent, ni futur. Son corps gigantesque en frissonnait et en tremblait dans la pénombre de la salle d'audience.

Au portail, une Truitesse murmura à une autre :

– Dieu est tourmenté?

Et sa compagne répondit :

– Qui ne le serait, dans cet univers de péché?

Leto les entendit et pleura en silence.

Quand j'ai entrepris de guider l'humanité sur mon Sentier d'Or, je lui ai promis une leçon dont ses morts se souviendraient. J'ai connaissance d'un schéma profond dont les humains nient l'existence dans leurs paroles tout en la confirmant dans leurs actes. Ils disent rechercher la sécurité et le calme, cet état de choses qu'ils appellent la paix. Mais en même temps qu'ils parlent, ils disséminent les graines du désordre et de la violence. Et s'il leur arrive d'atteindre leur fameuse sécurité tranquille, ils s'y contorsionnent désespérément, prisonniers d'un incommensurable ennui. Regardez-les donc! Voyez à quoi ils s'occupent pendant que j'enregistre ces paroles. Ha! Je leur ai donné des millénaires d'une tranquillité forcée qui persiste malgré tous les efforts qu'ils font pour retomber dans le chaos. Croyez-moi, le souvenir de la Paix de Leto les marquera à jamais. Après cette leçon, ils ne rechercheront plus leur sécurité tranquille qu'avec d'infinies précautions et une préparation soigneuse.

Les Mémoires Volés.

Bien contre son gré, Idaho se retrouva à l'aube en compagnie de Siona à bord d'un ornithoptère impérial qui les conduisait « en lieu sûr ». L'appareil plongeait vers l'est, en direction d'un arc de lumière dorée qui baignait un paysage de vertes plantations rectangulaires et régulières.

C'était un gros orni, capable de transporter à l'aise le petit détachement de Truitesses et leurs deux « invités ». Le pilote commandant, une femme athlétique dont Idaho, en voyant son visage, aurait pu croire sans peine qu'elle n'avait jamais souri, leur avait dit s'appeler Inmeir. Elle occupait le siège de pilotage juste devant Idaho, flanquée de part et d'autre d'une Truitesse musclée. Cinq autres gardes étaient assises derrière Siona et Idaho.

– Dieu m'a donné l'ordre de vous éloigner de la Cité, avait dit Inmeir en venant le chercher au poste de commandement situé sous la place centrale. C'est pour votre sécurité. Nous serons de retour demain matin pour le Siaynoq.

Idaho, fatigué par une nuit d'alertes, avait senti qu'il eût été futile de discuter les ordres de « Dieu lui-même ». Au demeurant, Inmeir semblait parfaitement capable de le soulever de terre d'un seul de ses énormes bras. Elle l'avait conduit dans la nuit glacée constellée d'astres qui brillaient comme les facettes brisées de milliers de diamants. Ce n'est qu'en atteignant l'orni et en apercevant Siona à l'intérieur que le Duncan avait commencé à se poser des questions sur les véritables raisons de cette sortie.

Pourtant, au cours de cette nuit, il s'était rendu compte que les rebelles et leur organisation n'étaient pas responsables de toute la violence qui s'était déchaînée à Onn. Et quand il avait demandé des nouvelles de Siona, Moneo lui avait fait dire qu'elle « ne risquait rien » car elle était « en lieu sûr » et il avait ajouté à la fin du message : « Je la confie à vos bons soins. » Idaho aurait dû comprendre.

A bord de l'orni, Siona avait refusé de répondre aux questions du Duncan. En ce moment même, elle observait à côté de lui un silence renfrogné. Elle lui rappelait l'époque amère où il avait juré de se venger, mais des Harkonnen. Cette amertume l'intriguait. Qu'est-ce qui motivait Siona exactement ?

Sans savoir pour quelle raison, il se trouva en train de la comparer avec Hwi Noree. Il n'avait pas été facile de rencontrer l'ambassadrice des Ixiens, mais il s'était arrangé pour le faire malgré l'insistance des Truitesses à l'écarter d'elle sous différents prétextes.

Douce était le mot qui convenait le mieux pour décrire Hwi. Chacune de ses paroles, chacun de ses gestes semblaient provenir d'un immuable fonds de douceur qui constituait, en soi, quelque chose d'extraordinairement puissant. Il trouvait cela particulièrement attirant.

Il faudra que je réussisse à la voir plus souvent.

Pour le moment, il n'avait pour compagnie que la taciturne et maussade Siona, assise à côté de lui. Mais puisque c'était comme ça... au silence répondait le silence.

Il regarda par le hublot le paysage qu'ils survolaient. Çà et là, les lumières agglutinées d'un village luttaient avec l'aube naissante. Ils avaient laissé loin derrière le désert du Sareer et il était difficile de croire que les étendues verdoyantes qu'il contemplait avaient été un jour des terres desséchées.

Il y a certaines choses qui ne changent guère, se dit-il. *Elles sont simplement déplacées, pour être reconstituées ailleurs.* Ce paysage lui rappelait les jardins luxuriants de Caladan et il se demanda ce qu'était devenue la planète verte où les Atréides avaient vécu durant tant de générations avant de s'établir sur Dune. Il distinguait des voies de communication étroites, des routes marchandes fréquentées à intervalles réguliers par des véhicules que tiraient des animaux à six pattes, sans doute les fameuses *cavales.* Moneo lui avait expliqué que ces cavales, adaptées au terrain, étaient les bêtes de somme les plus utilisées non seulement ici, mais dans tout l'Empire.

– Une population à pied est plus facile à contrôler.

Les paroles de Moneo résonnaient dans la mémoire du Duncan tandis qu'il se penchait pour regarder par le hublot. Des prairies apparurent au-devant de l'orni, vertes et vallonnées, irrégulièrement morcelées par des murets de pierres noires. Idaho aperçut des moutons et plusieurs sortes de bestiaux plus gros. L'orni survola ensuite une étroite vallée encore dans la pénombre, qui permettait à peine de distinguer le cours d'eau qui coulait tout en bas. Une lumière isolée et un filet de fumée bleuâtre étaient les seules traces de présence humaine.

Siona s'anima soudain et tapa sur l'épaule de leur pilote, en désignant un point situé devant et à droite de l'appareil.

– N'est-ce pas Goygoa, là-bas? demanda-t-elle.

– Oui, répondit sans se tourner Inmeir d'une voix étrangement altérée, empreinte d'une émotion que le Duncan fut incapable d'identifier.

– Est-ce un endroit sûr? demanda Siona.

– Oui, fit la Truitesse sur le même ton que la première fois.

Siona se tourna vers Idaho.

– Ordonnez-lui de nous conduire à Goygoa.

Sans savoir pourquoi il obéissait, Idaho répéta :

– Conduisez-nous à cet endroit.

Inmeir se retourna alors et son visage carré, que le Duncan avait cru incapable de refléter une émotion quelconque, donnait maintenant tous les signes d'un trouble intense. Ses lèvres grimaçaient et un spasme nerveux agitait le coin de son œil droit.

– Pas Goygoa, Mon Capitaine, protesta-t-elle. Il y a de bien meilleurs...

– L'Empereur-Dieu vous a-t-il ordonné de nous conduire à un endroit particulier? coupa Siona.

Les yeux d'Inmeir brillèrent de colère, mais elle répondit en évitant de regarder celle qui l'avait interrompue.

– Pas exactement, mais...

– Dans ce cas, nous nous poserons à Goygoa, décida Idaho.

Inmeir reporta rageusement son attention sur les commandes de l'orni et Idaho fut projeté contre Siona tandis que l'appareil s'inclinait avant d'amorcer sa descente vers une trouée circulaire nichée au milieu des collines vertes.

Par-dessus l'épaule d'Inmeir, Idaho observa leur lieu de destination. Au centre de la trouée était un village dont les maisons étaient construites avec la même pierre noire que les murets des alentours. Il y avait des vergers sur les hauteurs du village, des jardins en terrasses qui s'élevaient graduellement jusqu'à un petit col où l'on voyait glisser des faucons, portés par les premiers courants ascendants de la journée.

– Qu'est-ce que c'est que ce Goygoa? demanda Idaho en se tournant vers Siona.

– Vous verrez.

Inmeir entama sa descente à basse altitude et les posa sans heurt au milieu d'une clairière plane en bordure du village. Une Truitesse ouvrit la portière du côté du village. Aussitôt, les narines du Duncan furent assaillies par un mélange d'arômes entêtants : herbe broyée, déjections animales et fumées âcres. Il se laissa glisser à bas de l'orni et leva les yeux vers une rue du village où les gens sortaient des maisons pour venir voir les nouveaux arrivants. Idaho remarqua une femme âgée, vêtue d'une longue robe verte, qui se penchait pour murmurer quelque chose à l'oreille d'un jeune garçon. Immédiatement, l'enfant s'éloigna en courant vers le haut de la rue.

– Cet endroit vous plaît? demanda Siona en descendant à son tour.

– Il a l'air agréable.

Siona se tourna vers Inmeir et les autres Truitesses qui les avaient rejoints sur la clairière.

– Quand rentrons-nous à Onn?

– Pas vous, dit Inmeir. J'ai ordre de vous conduire à la Citadelle. Le capitaine rentrera avec nous.

– Je vois, fit Siona en hochant la tête. Quand partons-nous?

– Demain à la première heure. Il faut maintenant que j'aille voir le chef de ce village pour la question du logement.

Inmeir s'éloigna de sa démarche brusque en direction de la rue en pente.

– Goygoa... murmura Idaho. C'est un nom étrange. Je me demande à quoi cet endroit pouvait ressembler à l'époque de Dune.

– Je peux vous renseigner, dit Siona. Sur les anciennes cartes, le nom qu'il porte est Shuloch, ce qui signifie « le lieu hanté ». D'après l'Histoire Orale, de grands crimes ont été commis ici avant l'extermination de toute la population.

– Jacurutu... murmura Idaho, qui se souvenait des vieilles légendes des voleurs d'eau.

Il regarda autour de lui, cherchant les vestiges des dunes et des montagnes. Mais il ne vit rien, rien d'autre que deux hommes âgés au visage placide qui revenaient avec Inmeir. Les vieillards étaient vêtus de chemises en haillons et de pantalons bleus à la couleur passée. Ils allaient pieds nus.

– Cet endroit vous dit quelque chose? demanda Siona.

– Juste un nom, dans une légende.

– On dit qu'il y a des fantômes. Mais je n'y crois pas.

Inmeir se rapprocha du Duncan, après avoir fait signe aux deux vieillards de demeurer en arrière.

– Les logements sont frustes mais je pense qu'ils conviendront, dit-elle. Puis elle ajouta, en se tournant vers Siona : A moins que vous ne désiriez vous installer dans une résidence privée?

– Nous déciderons plus tard, répondit Siona. Elle prit le bras du Duncan. Le capitaine et moi, nous aimerions nous promener un peu dans les rues de Goygoa pour voir ce qu'il y a d'intéressant.

Inmeir remua les lèvres comme pour dire quelque chose, mais elle demeura silencieuse.

Idaho se laissa guider par Siona et ils passèrent

devant les deux hommes du village qui les observaient curieusement.

– Je vais vous faire accompagner par deux gardes, leur cria Inmeir.

Siona s'arrêta et se retourna.

– Les rues de Goygoa ne sont donc pas sûres?

– Il ne se passe jamais rien ici, fit l'un des deux hommes.

– Dans ce cas, nous n'avons pas besoin d'escorte, dit Siona. Faites plutôt garder l'orni.

De nouveau, elle guida Idaho vers le village.

– Très bien, fit Idaho en dégageant son bras. Expliquez-moi maintenant ce que c'est que cet endroit.

– Il est probable que vous allez le trouver très paisible. Il ne ressemble pas du tout à l'ancien Shuloch. Les gens y sont très pacifiques.

– Vous avez une idée derrière la tête. Qu'est-ce que c'est?

– J'ai toujours entendu dire que les gholas posaient beaucoup de questions. Mais moi aussi, je suis curieuse.

– Ah?

– Comment était-il à votre époque, l'homme Leto?

– Lequel?

– C'est vrai, j'oublie qu'il y en a eu deux, le grand-père et notre Leto. Mais je voulais parler du nôtre, naturellement.

– C'était un enfant, je ne sais rien d'autre.

– D'après l'Histoire Orale, une de ses premières fiancées était originaire de ce village.

– Fiancées? Je croyais que...

– Du temps où il avait encore une forme humaine. C'était juste après la mort de sa sœur, avant qu'il commence à se métamorphoser en Ver. Toujours d'après l'Histoire Orale, les fiancées de Leto ont disparu dans le labyrinthe de la Citadelle Impériale et on ne les a plus jamais revues, excepté sous forme d'enregistrements holos. Cela fait des milliers d'années qu'il n'a plus eu de compagne.

Ils étaient arrivés sur une petite place au centre du village, un espace carré d'une cinquantaine de mètres de côté avec un bassin d'eau pure au milieu. Siona alla s'asseoir sur le rebord du bassin, en invitant du geste Idaho à l'y rejoindre. Le Duncan préféra regarder d'abord le village, où il sentait la présence des gens qui l'épiaient derrière leurs rideaux et où les enfants, dans les rues, chuchotaient en les montrant du doigt. Il se rapprocha de Siona mais demeura debout devant elle.

– Quel est cet endroit ?

– Je vous l'ai dit. Parlez-moi de Muad'Dib.

– C'était le meilleur ami qu'un homme puisse avoir.

– Ainsi, l'Histoire Orale ne ment pas. Mais elle appelle *Desposyni* le califat de ses héritiers, et ce terme a une sonorité inquiétante.

Elle me provoque, se dit Idaho.

Il se permit un sourire contraint, tout en s'interrogeant sur ses motivations. Elle semblait attendre un événement important qui l'emplissait d'angoisse, ou même de peur, mais aussi d'une sorte de satisfaction. C'était évident. Tout ce qu'elle disait à présent n'avait pour but que de meubler les instants jusqu'à... Jusqu'à...

Un bruit de pas légers et précipités interrompit sa méditation. Idaho se tourna pour apercevoir un gamin d'une huitaine d'années qui débouchait en courant d'une ruelle adjacente. Les pieds nus de l'enfant soulevaient de petits nuages de poussière tandis que derrière lui, quelque part dans la ruelle, montait le cri d'une femme, comme une lamentation de désespoir. L'enfant s'arrêta brusquement à dix pas et fixa Idaho d'un regard avide, à l'intensité gênante. Idaho lui trouva un air vaguement familier avec son attitude résolue, ses cheveux bruns frisés, ses pommettes hautes et le pli horizontal qui reliait les sourcils. Un visage encore inachevé, mais qui révélait ce que serait l'homme. Il portait une salopette d'un bleu délavé témoignant d'innombrables lessives, mais d'une qualité excellente. Sans doute l'étoffe était-elle en fibres *ponji* tissées de telle manière que même les bords usés ne pouvaient s'effranger.

– C'est pas toi mon papa, dit l'enfant. Il fit brusquement volte-face, se remit à courir et disparut au détour de la ruelle.

Idaho se tourna vers Siona, les sourcils froncés. Il avait presque peur de lui poser la question : *Etait-ce le fils de mon prédécesseur?* Il connaissait pourtant déjà la réponse. Le visage aux contours familiers, le génotype ne pouvaient laisser aucun doute. *C'est moi-même enfant.* La découverte lui laissait un vide au creux de l'estomac, une sensation de frustration. *Quelle responsabilité ai-je dans tout cela?*

Siona se prit la tête à deux mains et baissa les épaules. La scène ne s'était pas du tout passée comme elle l'avait imaginé. Elle se sentait trahie par son désir de vengeance. Idaho n'était pas seulement un *ghola*, un être artificiel, indigne de considération. Elle l'avait senti projeté contre elle tout à l'heure, à bord de l'orni, elle avait vu l'émotion dans son visage. Et cet enfant...

– Qu'est-il arrivé à mon prédécesseur? demanda Idaho d'un ton calme mais accusateur.

Elle baissa les mains et sur son visage il lut une fureur rentrée.

– Nous ne le savons pas avec certitude, fit-elle. Mais il est entré un jour dans la Citadelle pour ne plus jamais en ressortir.

– C'était son enfant?

Elle acquiesça muettement.

– Vous êtes sûre que vous n'avez pas assassiné mon prédécesseur?

– Je vous... Elle secoua la tête, choquée par ses doutes, par les accusations latentes qu'elle lisait en lui.

– Cet enfant... c'est la raison de notre présence ici?

– Oui, fit-elle en déglutissant avec peine.

– Que voudriez-vous que je fasse pour lui?

Elle haussa les épaules, démoralisée à l'idée de ce qu'elle avait fait.

– Et sa mère? interrogea Idaho.

– Elle vit dans cette rue, avec les autres. Siona désigna du menton la direction par où l'enfant s'était enfui.

– Les autres?

– Il y a un frère aîné... une sœur. Si vous voulez... je pourrais organiser...

– Non. Le gamin a raison. Je ne suis pas son père.

– Je suis navrée... murmura Siona. Je n'aurais jamais dû faire ça.

– Qu'est-ce qui l'a poussé à choisir cet endroit? demanda Idaho.

– Vous voulez dire... le père... votre...

– Mon prédécesseur!

– C'est le village de Irti et elle ne voulait pas le quitter. C'est du moins ce que les gens disent.

– Irti... c'est la mère?

– Sa femme, selon l'ancien rite, celui de l'Histoire Orale.

Idaho regarda les façades de pierre des maisons qui entouraient la place, les rideaux aux fenêtres, les perrons étroits.

– Il vivait donc ici?

– Quand il le pouvait.

– De quelle manière est-il mort, Siona?

– Sincèrement, je l'ignore. Mais il y en a d'autres que le Ver a tués, nous en avons la certitude!

– Comment pourriez-vous avoir cette certitude?

Il posa sur son visage un regard d'une telle intensité qu'elle fut obligée de détourner les yeux.

– Je ne mets pas en doute les récits de mes ancêtres. Les témoignages sont fragmentaires, une conversation par-ci, une allusion par-là, mais j'y crois. Et mon père y croit également!

– Moneo ne m'a pas parlé de ça.

– Il y a une chose que l'on peut dire des Atréides, murmura Siona. Notre loyauté ne peut être mise en doute. Nous tenons toujours parole.

Idaho ouvrit la bouche pour parler, mais la referma sans avoir dit un mot. *Evidemment! Siona également est une Atréides!* Cette pensée l'ébranla. Il le savait déjà, mais il n'avait pas voulu l'accepter. Siona était une rebelle d'un genre un peu particulier, une rebelle dont les actions étaient presque cautionnées par Leto. Les limites de cette tolérance n'étaient pas claires, mais Idaho en percevait confusément l'existence.

– Il faut la protéger, avait dit Leto. Elle a une épreuve à subir.

Il tourna le dos à Siona.

– On ne peut jamais être sûr de rien, murmura-t-il. Des informations fragmentaires, des rumeurs!

Elle ne répondit pas.

– C'est un Atréides! poursuivit Idaho.

– C'est le Ver! s'écria Siona, et le venin contenu dans sa voix avait quelque chose de presque palpable.

– Votre fichue Histoire Orale n'est qu'un tissu d'antiques commérages! accusa le Duncan. Il faut être idiot pour y croire.

– Vous lui faites encore confiance. Mais cela changera.

Il se tourna brusquement pour la foudroyer du regard.

– Vous ne lui avez jamais adressé la parole!

– Si, quand j'étais enfant.

– Vous êtes encore une enfant. Il représente tous les Atréides qui ont existé, tous! C'est quelque chose de terrible, mais j'ai connu beaucoup d'entre eux. C'étaient mes amis.

Siona se contenta de secouer la tête.

De nouveau, Idaho se détourna d'elle. Il se sentait vidé de toute émotion, mentalement asséché. Malgré lui, il se mit à traverser la place dans la direction de la ruelle où l'enfant avait disparu. Siona courut après lui et marcha à son côté, mais il l'ignora.

La ruelle était étroite, encaissée entre deux murs de pierres. Les portes des maisons, toutes closes, étaient en retrait sous leurs porches voûtés. Les fenêtres avaient la même forme, en réduction, que les portes. Sur leur passage, des rideaux s'écartaient imperceptiblement.

Au premier croisement, Idaho s'arrêta et regarda sur la droite, dans la direction où le jeune garçon avait disparu. Deux vieilles femmes aux cheveux gris, en longue jupe noire et chemisier vert, se tenaient à quelques pas de là, discutant à voix basse. Quand elles virent Idaho, elles se turent et le dévisagèrent sans chercher à dissimuler leur curiosité. Il leur rendit leur regard, puis scruta la ruelle. Elle était déserte.

Idaho reprit son chemin et passa à un pas des deux femmes, qui se rapprochèrent l'une de l'autre puis se tournèrent pour le suivre des yeux. Elles n'accordèrent pratiquement aucune attention à Siona qui continuait de marcher en silence à côté du Duncan avec sur son visage une étrange expression.

De la tristesse? se demanda Idaho. *Des regrets? De la curiosité?*

C'était difficile à dire. Et il s'intéressait pour l'instant davantage aux porches et aux fenêtres devant lesquels ils passaient.

– Etiez-vous déjà venue dans ce village? demanda-t-il.

– Non. Elle avait dit cela à voix basse, comme si sa propre voix lui faisait peur.

Pourquoi suis-je dans cette rue? se demanda Idaho. Et en même temps qu'il se posait la question, il avait trouvé la réponse. *Cette femme, cette Irti.... A quoi peut-elle ressembler, pour m'avoir fait venir jusqu'à Goygoa?*

Le coin d'un rideau, sur sa droite, se souleva, et Idaho aperçut un visage. Celui du jeune garçon. Le rideau retomba puis fut de nouveau écarté, laissant voir une femme qui se tenait derrière la fenêtre. Idaho, bouche béée, contempla son visage en avançant d'un pas. Ces traits qu'il connaissait bien, il ne les voyait plus que dans ses plus secrets fantasmes.

Ce tendre ovale, ces yeux noirs, ces lèvres pleines et sensuelles...

– Jessica, chuchota-t-il.

– Qu'avez-vous dit? lui demanda Siona.

Le Duncan était incapable de répondre. Ce visage de Jessica était ressuscité d'un passé qu'il avait cru à jamais disparu. Mais il ne s'agissait que d'une bizarrerie génétique. La mère de Muad' Dib recréée dans une chair nouvelle.

L'apparition à la fenêtre referma le rideau, laissant gravée dans l'esprit du Duncan une image qui n'était pas près, il le savait, de s'effacer. Elle était plus vieille que la Jessica qui avait partagé avec lui les dangers de Dune. Il y avait des rides aux coins de ses yeux et de ses lèvres, et sa silhouette était un peu plus lourde...

Plus maternelle, se dit Idaho. Puis : *Lui ai-je jamais avoué... à qui elle ressemblait?*

Siona le tira par la manche.

– Vous voulez entrer? Lui parler?

– Non. C'était une erreur.

Il se tourna pour redescendre dans la direction d'où ils étaient venus lorsque la porte de la maison de Irti s'ouvrit brusquement. Un jeune homme apparut. Il referma la porte derrière lui et s'approcha du Duncan qui s'était retourné.

Il devait avoir environ seize ans et Idaho n'eut aucun doute sur son identité. Ces cheveux noirs de *karakul,* ces traits anguleux...

– Vous êtes le nouveau, fit l'adolescent dont la voix était déjà celle d'un homme.

– Oui, réussit à dire Idaho.

– Pourquoi êtes-vous venu?

– L'idée n'est pas de moi.

Les mots avaient eu moins de mal à sortir, poussés par le ressentiment qu'il nourrissait à l'encontre de Siona.

Le garçon s'adressa à Siona.

– Nous avons appris la mort de mon père.

Elle hocha la tête.

Le garçon se tourna de nouveau vers Idaho.

– Allez-vous-en, s'il vous plaît, et ne revenez plus. Vous faites de la peine à ma mère.

– Bien sûr, fit Idaho. Veuillez m'excuser auprès de Dame Irti pour cette intrusion. J'ai été amené ici contre mon gré.

– Qui vous a amené?

– Les Truitesses.

Le garçon hocha la tête d'un mouvement bref. Puis il s'adressa à Siona :

– Je croyais qu'on vous apprenait à traiter les vôtres avec un peu plus d'égards.

Sur quoi il fit volte-face et rentra dans la maison en refermant la porte derrière lui avec fermeté.

Idaho reprit le chemin par où ils étaient venus, entraînant Siona par le bras. Elle fit un faux pas, retrouva son équilibre et dégagea son bras.

– Il m'a prise pour une Truitesse.

– C'est normal. Vous en avez la tête. Il se tourna vers elle. Pourquoi ne m'aviez-vous pas dit que Irti était une Truitesse?

– Je n'ai pas jugé cela important.

– Ah?

– C'est comme cela qu'ils se sont connus.

Ils étaient revenus au croisement. Au lieu de se diriger de nouveau vers la place, Idaho prit la rue qui montait vers les jardins et les vergers. Il se sentait encore sous l'empire du choc, ses perceptions hésitant devant trop de choses qu'elles ne parvenaient pas à assimiler.

Le haut de la ruelle était bloqué par un muret. Il passa par-dessus, entendit Sonia qui suivait. Tout autour d'eux, les arbres étaient en fleurs : grandes corolles blanches au cœur orangé où des insectes brun foncé étaient à l'œuvre. L'air était saturé de bourdonnements d'insectes et de parfums floraux qui rappelaient à Idaho la jungle de Caladan.

Il s'arrêta sur la crête d'une colline d'où l'on voyait bien les contours nets et rectangulaires de Goygoa. Les toitures étaient noires et plates.

Siona s'assit dans l'herbe épaisse du sommet, les genoux dans ses mains.

– Ce n'était pas ce que vous aviez l'intention de faire, n'est-ce pas? lui demanda Idaho.

Elle secoua la tête sans répondre et il vit qu'elle était au bord des larmes.

– Pourquoi le haïssez-vous tellement? reprit-il.

– Nous n'avons pas de vie à nous!

Idaho regarda les toits du village au-dessous d'eux.

– Il y a beaucoup de villages comme celui-ci?

– Il est à l'image de l'Empire du Ver.

– Que lui reprochez-vous?

– Rien du tout – si l'on s'en contente.

– Vous voulez dire que c'est tout ce qu'il autorise?

– Ça et quelques cités marchandes... Onn. On m'a dit que même les capitales planétaires ne sont rien d'autre que de grands villages.

– Et je vous redemande : Que reprochez-vous à cela?

– C'est une prison!

– Quittez-la.

– Pour aller où? Comment? Vous croyez que nous n'avons qu'à embarquer sur un vaisseau de la Guilde pour aller où nous voulons? Elle montra du doigt Goygoa, l'endroit où s'était posé l'orni, les Truitesses qui montaient la garde à proximité. Nos gardiens ne nous laissent pas partir!

– Les gardiens peuvent voyager. Ils vont où ils veulent.

– Ils vont là où le Ver les envoie!

Elle pressa son visage contre ses genoux et parla d'une voix étouffée.

– Racontez-moi. Comment était-ce, dans l'ancien temps?

– C'était différent, souvent très dangereux. Il laissa un instant errer son regard sur les vergers et les prairies que délimitaient soigneusement les murets. Ici, sur Dune, il n'y avait pas de barrières fictives séparant les propriétés. Tout appartenait au Duché des Atréides.

– A l'exception des Fremen.

– Oui, mais ils savaient rester à leur place – en deçà de tel escarpement, ou... à l'horizon, où les dunes blanchissent.

– Ils allaient où ils voulaient!

– A l'intérieur de certaines limites.

– Beaucoup d'entre nous ont la nostalgie du désert, murmura-t-elle.

– Vous avez le Sareer.

Elle releva la tête pour le foudroyer.

– Ce mouchoir de poche!

– Quinze cents kilomètres sur cinq cents... ce n'est pas si petit.

Elle se remit debout.

– Avez-vous demandé au Ver pourquoi il nous tient ainsi prisonniers?

– C'est la Paix de Leto, le Sentier d'Or destiné à assurer notre survie. Voilà ce qu'il dit.

– Savez-vous ce qu'il a expliqué à mon père? J'écoutais aux portes quand j'étais petite. Je l'ai entendu.

– Que disait-il?

– Qu'il nous évite toutes les crises, pour restreindre la montée de nos forces. Il disait : « L'affliction peut soutenir les gens, mais je suis à présent la seule affliction. Les Dieux peuvent devenir des afflictions. » Ce sont ses paroles exactes, Duncan. Le Ver est un fléau!

Idaho ne mettait pas en doute l'authenticité de ces propos, mais il en était peu touché. Il pensait plutôt au Corrino qu'il avait reçu ordre de tuer. En fait d'*affliction*, ce Corrino, descendant d'une famille qui avait jadis régné sur l'Empire, lui était apparu comme un quinquagénaire bedonnant assoiffé de pouvoir, qui ne cessait de conspirer pour avoir de l'épice. Idaho l'avait fait abattre par une Truitesse, ce qui avait piqué la curiosité de Moneo à son retour.

– Pourquoi ne l'avez-vous pas tué vous-même? avait demandé le majordome.

– Je voulais voir les Truitesses à l'œuvre.

– Et votre impression?

– Efficaces.

Mais la mort de ce Corrino avait communiqué à Idaho un sentiment d'irréalité. Un petit homme obèse gisant dans une mare de son propre sang. Une ombre impersonnelle parmi les ombres de la nuit dans une rue bordée de plasbriques. C'était trop irréel. Idaho se souvenait des paroles de Muad'Dib : *L'esprit nous impose son cadre qu'il appelle « réalité ». Ce cadre arbitraire est généralement distinct de ce que nous rapportent nos sens.* Quelle « réalité » motivait donc le Seigneur Leto?

Idaho regarda Siona, dont la silhouette se découpait sur un fond de vergers et de vertes collines.

– Redescendons au village, dit-il. Qu'on nous donne nos logements. J'ai besoin d'un peu de solitude.

– Les Truitesses voudraient que nous logions ensemble.

– Avec elles?

– Non, rien que vous et moi. Pour une raison bien simple. Le Ver désire que je procrée avec le célèbre Duncan Idaho.

– J'ai l'habitude de choisir moi-même mes partenaires, grogna Idaho.

– L'une de vos Truitesses sera certainement ravie de la chose, fit Siona. Elle lui tourna le dos et descendit vers le village.

Idaho contempla un instant le jeune corps souple qui oscillait comme les ramures des arbres au vent.

– Je ne suis pas son étalon, murmura le Duncan entre ses dents. Il faudrait qu'il le comprenne une fois pour toutes.

A mesure que les jours passent, vous devenez de plus en plus irréels, de plus en plus étranges et éloignés de ce que je deviens moi-même. Je suis la seule réalité et, en vous écartant de moi, vous perdez votre propre réalité. Plus je deviens curieux, moins ceux qui me vénèrent le sont eux-mêmes. La religion abolit la curiosité. Ce que je fais retranche à mes fidèles. Voilà pourquoi je finirai par ne plus rien faire, par tout restituer à des gens apeurés qui ce jour-là se retrouveront seuls, et forcés d'agir seuls.

Les Mémoires Volés.

C'était un bruit à nul autre pareil, la rumeur d'une foule en attente répercutée dans la longue galerie où marchait Idaho en tête du Chariot Royal. Tous les chuchotements amplifiés en un seul, le déplacement d'un seul pied de géant, le froissement d'un unique vêtement énorme. Et l'odeur... transpiration suave mélangée à l'haleine laiteuse de l'excitation sexuelle.

Inmeir et le reste de son escorte avaient ramené Idaho à l'aube. L'orni s'était posé directement sur la place de la Cité Festive, entourée d'ombres vertes et froides. Puis il avait redécollé aussitôt, emportant Inmeir visiblement désolée d'avoir à conduire

Siona jusqu'à la Citadelle, et de rater ainsi la fête du Siaynoq.

Une nouvelle escorte de Truitesses, vibrantes d'émotion contenue, était venue chercher Idaho pour le conduire dans des régions souterraines qui ne figuraient sur aucune des cartes que le Duncan avait pu consulter. C'était un véritable labyrinthe situé sous la place. Il fallait sans cesse changer de direction dans des galeries assez hautes et larges pour laisser passer le Chariot Royal. Idaho avait vite perdu tout sens de l'orientation et s'était mis à repenser à ce qui s'était passé la veille.

Quand Siona et lui étaient redescendus à Goygoa, on leur avait indiqué l'emplacement de la « Maison d'Accueil » où les chambres, disposées en enfilade le long d'un corridor, étaient dotées d'un confort spartiate : deux lits, une fenêtre, une porte, des murs peints à la chaux. Et Siona ne s'était pas trompée. Sans leur demander leur avis, on les avait logés ensemble. Inmeir avait fait comme si cela était entendu depuis le début.

Quand Idaho avait refermé la porte, Siona lui avait dit :

– Je vous avertis que si vous me touchez, j'essaierai de vous tuer.

Elle avait prononcé ces mots avec une sincérité si candide que le Duncan avait failli en rire.

– J'aurais préféré être seul, avait-il répondu. Faites comme si je n'existais pas.

Il avait dormi d'un sommeil circonspect qui lui rappelait curieusement les longues nuits de danger au service des Atréides, quand il fallait être toujours prêt au combat. L'obscurité n'était pas totale dans la petite chambre. Il y avait le clair de lune qui pénétrait par les tentures, ou même la clarté des étoiles reflétée par la blancheur des murs. Idaho se sentait nerveusement réceptif à tout ce qui venait de Siona : son odeur, le bruit de sa respiration, le moindre de ses mouvements. A plusieurs reprises, il s'était trouvé pleinement éveillé, tendant l'oreille, certain, par deux fois, qu'elle aussi était en train de tendre l'oreille.

L'arrivée du matin et le départ pour Onn avaient été un soulagement. Ils avaient déjeuné d'un jus de fruit glacé et Idaho avait été ravi de rejoindre l'orni d'un pas vif dans le crépuscule du matin. Il évitait d'adresser directement la parole à Siona et se sentait sourdement irrité par les regards curieux que lui adressaient les Truitesses.

Siona ne lui avait parlé qu'une seule fois, à leur arrivée sur la place, tandis qu'il descendait de l'orni et qu'elle se penchait à la portière :

– Cela ne m'offenserait pas d'être votre amie.

Curieuse façon de formuler la chose. Il en avait ressenti un vague embarras.

– Euh... oui, certainement, avait-il bredouillé.

Sa nouvelle escorte était venue le chercher alors et il avait parcouru le dédale de galeries avant d'arriver à l'endroit où l'attendait Leto sur son Chariot Royal. Il s'agissait d'un large rond-point d'où partait sur la droite un autre corridor dont les murs convergeaient avec la perspective. Les parois du rond-point étaient d'un brun foncé zébré de rayures dorées qui scintillaient à la lueur jaunâtre des brilleurs. L'escorte prit position derrière le chariot, laissant Idaho confronté au visage entouré de replis de Leto.

– Duncan, tu me précéderas quand nous irons au Siaynoq, lui dit l'Empereur-Dieu.

Idaho fixa le puits bleu foncé de ses yeux, agacé par le mystère qui imprégnait ces lieux, le secret, l'atmosphère d'excitation que tout le monde ressentait. Et ce qu'on lui avait dit du Siaynoq ne faisait qu'épaissir le mystère.

– Suis-je réellement le capitaine de votre Garde, Mon Seigneur? demanda-t-il d'une voix chargée de ressentiment.

– Bien sûr! Et c'est une insigne honneur que je t'accorde en ce moment. Peu d'adultes de sexe mâle ont la chance de partager le Siaynoq.

– Que s'est-il passé dans la Cité la nuit dernière?

– Des déchaînements de violence dans certains quartiers. Tout est très calme ce matin.

– Beaucoup de victimes?

– Rien qui vaille la peine d'être mentionné.

Idaho hocha lentement la tête. La prescience de Leto lui avait fait craindre un danger pour « son Duncan ». D'où la retraite rurale à Goygoa.

– Tu es allé à Goygoa, reprit l'Empereur-Dieu. Aurais-tu été tenté de rester?

– Non!

– Tu n'as pas à m'en vouloir. Ce n'est pas à Goygoa que je t'avais envoyé.

Idaho soupira.

– Quel est donc ce danger qui vous a forcé à m'éloigner?

– Tu n'étais pas menacé. Mais tu incites malgré toi mes gardes à faire excessivement étalage de leurs capacités. Les opérations de la nuit dernière demandaient moins d'ardeur.

– Ah?

Cette idée choquait Idaho. Il ne s'était jamais considéré comme capable d'inspirer un héroïsme particulier sans l'avoir demandé personnellement. On pouvait *galvaniser* des troupes. Certains chefs comme le premier Leto, le grand-père de celui-ci, inspiraient par leur seule présence.

– Tu m'es extrêmement précieux, Duncan, murmura Leto.

– Oui, mais... je ne suis quand même pas votre animal reproducteur.

– Il sera tenu compte de tes désirs, naturellement. Nous discuterons de cela une autre fois.

Idaho jeta un coup d'œil à l'escorte de Truitesses, toutes alertes et attentives.

– La violence éclate toujours quand vous venez à Onn? demanda-t-il.

– De manière cyclique. Les mécontents sont calmés pour l'instant. Nous aurons la paix pendant un moment.

Idaho fixa de nouveau le visage inscrutable de l'Empereur-Dieu.

– Qu'est-il arrivé à mon prédécesseur?
– Mes Truitesses ne te l'ont pas dit?
– Elles disent qu'il est mort pour la défense de son Dieu.
– Et tu as entendu un son de cloche différent.
– Que s'est-il passé?
– Il est mort parce qu'il était trop proche de moi. Je n'ai pas su le mettre à temps en lieu sûr.
– Un lieu comme Goygoa.
– J'aurais préféré qu'il y finisse paisiblement ses jours; mais tu sais bien, Duncan, que tu ne recherches pas spécialement la paix.

Idaho déglutit, sentant l'étrange boule qui s'était formée dans sa gorge.

– J'aimerais tout de même avoir des détails sur sa mort, insista-t-il. Il avait une famille...
– Les détails, tu les auras. Et pour sa famille, n'aie crainte. Elle est sous ma protection. Mais je préfère la tenir éloignée de moi. Tu sais comme j'attire la violence. C'est l'une de mes fonctions. Il est regrettable que ceux que j'aime et admire le plus soient condamnés à en souffrir.

Idaho plissa les lèvres, peu satisfait de cette réponse.

– Calme un peu tes esprits, Duncan, reprit l'Empereur-Dieu. Je te répète que ton prédécesseur est mort parce qu'il était trop proche de moi.

Les Truitesses de l'escorte commençaient à s'agiter. Idaho leur jeta un coup d'œil, puis tourna la tête en direction de la galerie qui montait vers la droite.

– Oui, c'est l'heure, dit Leto. Nous ne devons pas faire attendre ces femmes. Tu marcheras juste devant moi, Duncan, et je répondrai à tes questions sur le Siaynoq.

Obéissant parce qu'il ne voyait rien d'autre à faire, Idaho pivota sur ses talons et prit la tête de la procession. Il entendit le chariot se mettre en mouvement derrière lui dans un grincement de roues, et il perçut le pas des Truitesses qui suivaient.

Brusquement, le chariot ne fit plus aucun bruit et Idaho se retourna, alarmé. Mais il comprit immédiatement ce qui s'était passé.

– Vous avez mis les suspenseurs, dit-il en regardant de nouveau devant lui.

– J'ai escamoté les roues parce que les femmes vont entourer le chariot, expliqua Leto. Je ne voudrais pas leur écraser les pieds.

– Qu'est-ce que le Siaynoq? Qu'est-ce que c'est en réalité? demanda le ghola.

– Je te l'ai déjà dit. C'est le Grand Partage.

– C'est une odeur d'épice que je perçois?

– Tu as l'odorat sensible. Il y a effectivement une petite quantité de mélange dans les hosties.

Idaho secoua la tête.

Cherchant à comprendre l'événement, il avait déjà posé directement la question à Leto au début de leur arrivée à Onn :

– Que signifie la cérémonie du Siaynoq?

– Le partage d'une hostie, rien d'autre. J'y participe moi-même.

– Comme dans le rite catholique d'Orange?

– Oh, non! Il ne s'agit pas de ma chair. C'est juste un partage. Pour leur rappeler qu'elles sont uniquement femelles, de même que tu es uniquement mâle, mais que je suis *tout à la fois*. C'est le partage avec le *tout*.

Idaho n'avait pas tellement apprécié la formule.

– *Uniquement* mâle, dit-il.

– Sais-tu qui elles brocardent à l'occasion de ces festivités, Duncan?

– Non. Qui?

– Les hommes qui les ont offensées. Ecoute donc les conversations qu'elles ont à voix basse.

Idaho avait pris cela pour un avertissement : *N'offense pas les Truitesses. Provoquer leur colère, c'est mettre sa vie en péril.*

Et maintenant, tandis qu'il marchait dans la galerie devant l'Empereur-Dieu, le ghola avait l'impression d'avoir bien entendu les mots, mais sans être capable d'en tirer une leçon.

– Je ne comprends pas le Partage, dit-il par-dessus son épaule.

– Nous sommes ensemble pour participer au rite. Tu verras. Tu le sentiras. Mes Truitesses sont le réceptable d'une vérité particulière, d'une ligne continue qu'elles sont seules à partager. Mais tu vas y participer bientôt et pour cela elles t'aimeront. Ecoute-les soigneusement. Elles sont ouvertes à la notion d'affinité. Les termes d'affection qu'elles se réservent mutuellement n'ont aucune exclusive.

Encore des mots, songea Idaho. *Encore des mystères.*

Il s'aperçut que la galerie s'élargissait progressivement. Le plafond était de plus en plus haut et les brilleurs de plus en plus nombreux, réglés dans une zone de pourpre orangé. A trois cents mètres devant eux se dessinait une ouverture en forme d'arcade élevée, illuminée d'une riche lumière rouge qui lui permit de distinguer, en approchant, des visages luisants qui oscillaient lentement à droite et à gauche. Sous ces visages, les corps formaient une muraille uniforme de robes noires. Le ghola perçut bientôt l'odeur forte de transpiration liée à l'excitation collective.

Comme il se rapprochait de la foule de femmes en attente, il vit qu'il y avait un passage au milieu d'elles, un plan incliné conduisant à une estrade basse située sur la droite. On apercevait la naissance d'une gigantesque voûte illuminée par des brilleurs rubis.

– Prends la rampe à ta droite, lui dit Leto. Arrête-toi juste après le milieu de l'estrade et tourne-toi face aux femmes.

Idaho leva légèrement la main droite pour indiquer qu'il avait compris. Il était juste en train de passer sous l'arcade, et les dimensions de la salle intérieure le stupéfièrent. Son regard exercé entreprit d'évaluer la longueur des murs tandis qu'il grimpait sur l'estrade. Ce hall d'assemblée formait un carré de plus de mille mètres de côté, aux sommets arrondis. Les femmes occupaient la totalité de l'espace et Idaho savait qu'il n'y avait là que les représentantes, à raison de trois par planète, des régiments de Truitesses disséminés dans tout l'Empire. Elles étaient si nombreuses, si pressées l'une contre l'autre que le ghola se demandait si l'une d'entre elles, défaillante, aurait eu la place de tomber. Elles n'avaient laissé qu'un espace libre d'une largeur de cinq mètres environ devant l'estrade où Idaho s'était maintenant retourné, dominant toute la salle. Les visages – un océan de visages – étaient levés vers lui.

Leto arrêta son chariot juste derrière lui et leva un bras à la peau argentée.

Aussitôt, une clameur rugissante : « Siaynoq! Siaynoq! » emplit le hall.

Idaho en fut assourdi. Toute la Cité devait entendre, se dit-il. A moins qu'ils ne fussent à une très grande profondeur.

– Mes fiancées! dit Leto. Bienvenue au Siaynoq!

Idaho jeta un coup d'œil à l'Empereur-Dieu. Il vit ses yeux sombres qui brillaient, son expression rayonnante. Leto parlait toujours d'*obscénité sacrée* mais, à présent, il s'y vautrait en plein.

Moneo a-t-il déjà assisté à ce genre de rassemblement? se demanda le ghola. C'était une curieuse pensée, mais il savait pourquoi elle lui était venue. Il fallait qu'il y eût un autre humain mortel avec qui discuter de la chose. Moneo, lui avait-on dit, était parti régler quelque « affaire d'Etat ». Idaho, en apprenant cela, avait eu l'impression de mieux comprendre un élément de la politique de Leto. Les lignes de pouvoir reliaient directement l'Empereur-Dieu à la populace, mais il était rare qu'elles se croisent. Cela requérait plusieurs choses, en particulier l'existence de serviteurs dévoués qui acceptaient la responsabilité d'exécuter les ordres sans poser de questions.

– Rares sont ceux qui voient l'Empereur-Dieu faire des choses pénibles, avait dit Siona. Cela ressemble-t-il aux Atréides que vous avez connus?

Tandis que ces pensées traversaient son esprit,

Idaho regardait les Truitesses assemblées. Quelle adulation dans leur regard! Quelle crainte respectueuse! Comment Leto avait-il obtenu cela? Et pourquoi?

– Mes bien-aimées, dit Leto. Et sa voix se répercutait sous l'immense voûte, portée aux quatre coins du hall par de subtils amplificateurs ixiens dissimulés dans le Chariot Royal.

Les visages luisants des femmes rappelèrent à Idaho l'avertissement de l'Empereur-Dieu. *Provoquer leur colère, c'est mettre sa vie en péril.*

Il n'était guère difficile, en ce lieu, d'ajouter foi à cet avertissement. Un seul mot de Leto et ces femmes se rueraient sur n'importe quel intrus pour le mettre en pièces. Sans poser de questions. Idaho commençait à porter un jugement différent sur les Truitesses et leur valeur en tant qu'armée. Aucun péril personnel ne pouvait les arrêter. Elles étaient les servantes de Dieu!

Le Chariot Royal grinça légèrement tandis que Leto dressait ses segments antérieurs, soulevant sa tête encadrée de replis.

– Vous êtes les gardiennes de la foi! cria-t-il.

Elle répondirent d'une seule voix :

– Nous obéissons à Notre Seigneur!

– En moi vous vivez sans fin! reprit Leto.

– Nous sommes l'Infini!

– J'ai pour vous un amour que je ne donne à personne d'autre!

– Amour! hurlèrent les Truitesses.

Idaho se sentit frémir.

– Je vous donne mon Duncan bien-aimé! continua Leto.

– Amour! Amour!

Idaho tremblait de tout son corps. Il se sentait capable de s'écrouler sous le poids de tant d'adoration. Il aurait voulu, en même temps, prendre la fuite et rester recevoir cet hommage. L'atmosphère vibrait de pouvoir. D'un pouvoir sans limites!

D'une voix plus basse, Leto ordonna :

– Qu'on change la Garde!

Les Truitesses inclinèrent la tête, d'un seul mouvement, sans hésitation. Loin d'Idaho, sur sa droite, apparut une file de femmes en robe blanche. Elles s'avancèrent jusqu'à l'espace libre devant l'estrade et le Duncan remarqua que certaines portaient des bébés ou de jeunes enfants, mais guère âgés de plus d'un ou deux ans.

D'après ce qui lui avait été expliqué plus tôt, Idaho comprit qu'il s'agissait là de celles qui quittaient le service immédiat des Truitesses. Certaines deviendraient des prêtresses, d'autres ne s'occuperaient plus que de leurs enfants, mais... aucune ne quitterait vraiment le service de Leto.

En observant les jeunes enfants, Idaho se disait que le souvenir de cette scène, surtout pour les garçons, demeurerait à jamais gravé dans leur mémoire inconsciente comme un mystère inaccessible mais qui transformerait toute leur vie.

La dernière femme en robe blanche s'arrêta devant l'estrade et leva les yeux pour regarder Leto. Tous les regards étaient maintenant fixés sur l'Empereur-Dieu.

Idaho regarda à droite puis à gauche. Les femmes en blanc remplissaient tout l'espace qui leur avait été réservé devant l'estrade, sur presque toute la largeur du hall. Certaines levaient leur enfant vers Leto. Leur soumission et leur respect étaient absolus. Idaho était convaincu que si l'Empereur-Dieu l'ordonnait, elles étaient prêtes à immoler leur bébé ici même. Ou à faire n'importe quoi!

Leto fit rentrer ses segments antérieurs dans le chariot, en un lent mouvement ondulant. Ses yeux perçants parcoururent la foule avec bienveillance et sa voix résonna comme une caresse.

– Je vous donne la récompense que votre foi et vos services ont méritée. Demandez et elle sera donnée.

Le hall entier vibra sous la réponse :

– Elle sera donnée!

– Ce qui est à moi est à toi, dit Leto.

– Ce qui est à moi est à toi! crièrent les femmes.

– Partagez maintenant avec moi la prière silencieuse pour mon intercession en toute chose, afin que l'humanité ne connaisse jamais de fin.

D'un seul mouvement, toutes les têtes s'inclinèrent en avant. Les femmes en blanc serrèrent leur bébé contre elles, les yeux baissés vers lui. Idaho perçut avec une extradordinaire intensité l'unité silencieuse de cette force qui cherchait à l'investir, à le pénétrer. Il ouvrit grand la bouche et respira à fond, luttant contre ce phénomène qu'il considérait comme une atteinte à son intégrité mentale. Il cherchait frénétiquement un point fixe à quoi il pût se raccrocher, un abri pour le protéger.

Ces femmes constituaient une armée dont il n'avait pas compris jusque-là la cohésion et la force. Il n'était pas en mesure de comprendre cette force. Il ne pouvait que l'observer, reconnaître son existence.

Voilà ce que Leto avait créé.

Idaho se remémora les paroles prononcées par l'Empereur-Dieu lors d'une conversation à la Citadelle : « La loyauté, dans une armée où il n'y a que des hommes, s'attache à l'armée elle-même plutôt qu'à la civilisation qui lui sert de support. Dans une armée de femmes, la loyauté se polarise sur le chef. »

Idaho voyait, à travers sa vision troublée, le témoignage tangible de ce qu'avait créé Leto. Il constatait la précision pénétrante des paroles de l'Empereur-Dieu, redoutait cette précision.

Il m'offre cela en partage, se dit-il.

La réponse qu'il avait donnée à Leto lui paraissait maintenant puérile.

– Je ne vois pas pour quelle raison, avait-il murmuré.

– La plupart des êtres humains ne sont pas des créatures de raison.

– Aucune armée d'hommes ou de femmes ne peut

garantir la paix! Si elle ne règne pas dans votre Empire, c'est que vous ne...

– Mes Truitesses ne t'ont pas donné nos livres d'histoire?

– Oui, mais j'ai aussi parcouru les rues de votre Cité, j'ai observé vos sujets. Ils sont agressifs!

– Tu vois, Duncan? La paix encourage l'agressivité!

– Mais vous prétendez que votre Sentier d'Or...

– Il ne s'agit pas précisément de paix. Il s'agit de tranquillité, c'est-à-dire d'un terrain propice à l'établissement de classes rigides ainsi que d'un certain nombre d'autres formes d'agression.

– Vous parlez par énigmes!

– Je parle en fonction d'observations multiples qui m'ont appris que la posture pacifique est celle de la défaite. Celle de la victime. La victime appelle l'agression.

– Encore votre fichue tranquillité forcée! Que peut-elle amener de bon?

– S'il n'y a pas d'ennemi, il faut en inventer un. La force militaire qui se voit refuser une cible extérieure se retourne toujours contre ses propres populations.

– A quel jeu jouez-vous?

– Je modifie le désir de guerre des humains.

– Les hommes ne veulent pas la guerre!

– Ils veulent le chaos. La guerre est la forme de chaos la plus facile à obtenir.

– Je ne crois pas un mot de tout cela! Je ne sais à quel jeu dangereux vous jouez.

– Très dangereux. Je m'adresse aux anciennes sources du comportement humain pour les réorienter. Le danger réside en ce que je risque de détruire les forces de survie humaines. Mais je t'assure que mon Sentier d'Or perdure.

– Vous n'avez pas détruit les antagonismes!

– Je dissipe les énergies en un point et les oriente vers un autre point. Ce qu'on ne peut maîtriser, on le canalise.

– Qu'est-ce qui empêchera votre armée de femmes de prendre le pouvoir?

– Je suis leur chef.

Et tandis qu'il contemplait toutes ces femmes assemblées dans le grand hall, Idaho ne pouvait nier la focalisation du pouvoir en question. Qui plus est, il percevait le rôle qu'il jouait dans cette focalisation. Une partie de l'adoration était dirigée vers sa personne. La tentation qu'il y avait là... Tout ce qu'il aurait voulu leur demander... Il y avait dans ce hall un pouvoir latent effroyable.

Tout cela forçait Idaho à s'interroger encore plus profondément sur certaines paroles qu'avait prononcées Leto depuis son arrivée. Il avait parlé de violence explosive. Et dans le silence qui régnait à présent parmi les femmes en prières, le ghola se remémora cette autre conversation :

– Je t'assure, Duncan, que les hommes sont plus sensibles aux fixations de classes. Ils créent des sociétés hiérarchisées et une société hiérarchisée représente l'incitation ultime à la violence. Elle ne peut se désagréger simplement. Il faut qu'elle explose.

– Cela n'arrive jamais aux femmes?

– Non, à moins qu'elles ne soient presque totalement dominées par les mâles, ou prisonnières d'un modèle masculin.

– Il ne peut y avoir autant de différences entre les sexes!

– C'est pourtant le cas. Les femmes font cause commune à cause de leur sexe, qui transcende castes et classes. Voilà pourquoi je laisse mes Truitesses tenir les rênes.

Idaho était bien forcé d'admettre que les femmes qui étaient en train de prier devant lui tenaient effectivement les rênes.

Quelle part de ce pouvoir accepterait-il de faire passer entre mes mains?

La tentation était monstrueuse! Idaho en était tremblant. Avec une soudaineté qui le glaça, il se rendit compte que ce devait être précisément l'intention de Leto. Le tenter!

Dans le grand hall, les femmes, ayant fini de prier, relevèrent les yeux vers Leto. Idaho songea qu'il n'avait jamais vu jusque-là des visages humains briller d'une telle extase – ni dans l'abandon de l'amour, ni dans la gloire victorieuse des armes. Jamais il n'avait rien vu qui approchât l'intensité de cette adoration.

– A mes côtés aujourd'hui se trouve Duncan Idaho! fit Leto d'une voix vibrante. Il est ici pour affirmer sa loyauté devant vous toutes! Duncan?

Idaho sentit des aiguilles de glace lui percer les entrailles. Le choix que lui laissait Leto était simple : *Déclare ta loyauté ou meurs!*

Si j'hésite, refuse ou me dérobe d'une quelconque manière, ces femmes me tueront de leurs propres mains.

Une profonde fureur envahit le ghola. Il déglutit, se racla la gorge puis déclara :

– Que personne ne mette ma loyauté en doute. Je suis loyal aux Atréides.

Il entendit sa voix répercutée sous la voûte, amplifiée par les appareils ixiens de Leto.

Cela eut sur lui un effet détonant.

– Nous partageons! hurlèrent les femmes. Nous partageons! Nous partageons!

– Nous partageons, fit Leto.

De jeunes recrues Truitesses, reconnaissables à leurs robes vertes plus courtes, se répandirent dans le hall de tous les côtés, fendant la foule des adoratrices. Chacune tenait un plateau rempli de minuscules hosties brunes. Au passage, les mains se tendaient en grappes de mouvements gracieux, chaque bras brandissant bientôt son hostie. Quand l'un des plateaux fut à la portée du Duncan, Leto lui ordonna :

– Prends deux hosties et mets-en une dans ma main.

Idaho se hissa pour prendre les deux hosties, qui

lui parurent légères et fragiles. Il se releva et en passa une à Leto avec précaution.

D'une voix de stentor, l'Empereur-Dieu demanda :

– La nouvelle Garde a été désignée?

– Oui, Seigneur! hurlèrent les femmes.

– Etes-vous les gardiennes de ma foi?

– Oui, Seigneur!

– Suivez-vous le Sentier d'Or?

– Oui, Seigneur!

Les vibrations de ces clameurs pénétraient Idaho, qu'elles étourdissaient.

– Faisons-nous le Partage? demanda Leto.

– Oui, Seigneur!

A cet instant, Leto porta son hostie à sa bouche. Les mères, devant l'estrade, mordirent dans la leur et donnèrent le reste à leur enfant. Les autres Truitesses baissèrent le bras et avalèrent leur hostie.

– Mange la tienne. Duncan, lui dit Leto.

Idaho mit l'hostie sur sa langue. Son corps de ghola n'était pas conditionné à l'épice, mais sa mémoire parlait à ses sens. Cela avait un goût légèrement amer, et la présence du mélange était à peine perceptible. C'était toutefois suffisant pour qu'une vague de souvenirs anciens défile dans son esprit : repas au sietch, banquets à la Résidence des Atréides. L'odeur de l'épice, dans l'ancien temps, était presque partout.

En avalant son hostie, Idaho prit soudain conscience du silence qui s'était de nouveau établi dans le hall où tout le monde semblait retenir sa respiration. Et au milieu de ce silence retentit un *clic* sonore qui provenait du Chariot Royal.

Idaho se retourna pour voir quelle était la cause de ce bruit. Leto avait ouvert un casier dans le plancher du chariot et en avait retiré un écrin de cristal qui rayonnait d'une lueur bleu-gris. L'Empereur-Dieu posa l'écrin devant lui, souleva le couvercle phosphorescent et en sortit un krys. Idaho reconnut immédiatement l'objet au faucon gravé sur le pommeau et aux pierres précieuses incrustées dans le manche.

Le krys de Paul Muad'Dib!

Le Duncan fut profondément ému par la vue de cette arme. Il la contemplait comme si son propriétaire original allait bientôt apparaître.

Leto brandit la lame à la courbe élégante et à la phosphorescence laiteuse.

– Le talisman de nos vies, dit-il.

Les femmes demeuraient silencieuses, leur attention envoûtée.

– Le poignard de Paul Muad'Dib, reprit Leto. La dent de Shaï-Hulud. Shaï-Hulud reviendra-t-il?

La réponse fut un murmure sourd que le contraste avec les cris précédents rendait encore plus impressionnant.

– Il reviendra, Seigneur.

Idaho regardait, fasciné, les visages extasiés des Truitesses.

– Qui est Shaï-Hulud? demanda Leto.

De nouveau, la rumeur sourde lui répondit :

– Vous êtes Shaï-Hulud, Seigneur.

Idaho acquiesça en son for intérieur. Il y avait là la preuve indéniable que Leto puisait à un immense réservoir de pouvoir jamais utilisé jusque-là tout à fait de cette manière. Leto lui-même l'avait dit, mais les mots n'étaient rien comparés à la chose réellement vue et ressentie dans le grand hall. Les paroles de Leto revinrent cependant à la mémoire du ghola, comme si elles avaient attendu ce moment pour revêtir leur véritable signification. L'Empereur-Dieu et lui étaient alors dans la crypte, ce lieu sombre et humide auquel Leto semblait trouver tant d'attrait mais qui répugnait à Idaho, qui n'y voyait que la poussière des siècles exhalant les odeurs d'immémoriales décompositions.

– Depuis plus de trente siècles, je m'applique à former cette société humaine et à la façonner pour que l'espèce humaine sorte enfin de l'adolescence, lui avait dit Leto.

– Rien de tout cela n'explique la nécessité d'une armée de femmes! avait protesté Idaho.

– Le viol est un comportement étranger aux femmes, Duncan. Tu veux une différence expliquée par le sexe? La voilà!

– Allez-vous cesser de changer de conversation?

– Je n'en ai pas changé. Le viol a toujours été une récompense dans la conquête militaire mâle. En se livrant au viol, les mâles n'avaient pas à renoncer à leurs fantasmes d'adolescents.

Idaho se souvint de la rage sourde qui s'était emparée de lui en entendant l'Empereur-Dieu proférer ces paroles.

– Mes houris pacifient les mâles, reprit Leto. La domestication, c'est une chose que les femmes connaissent par nécessité depuis des éternités.

Idaho s'était contenté de fixer sans rien dire le visage encadré de replis de Leto.

– Domestiquer, continua Leto, c'est introduire un ordre de survie cohérent. Ce sont les hommes qui l'ont appris aux femmes; à présent, les femmes l'enseignent aux hommes.

– Mais vous disiez...

– Mes houris se soumettent souvent au début à une sorte de viol, uniquement pour pouvoir ensuite convertir cette relation en une dépendance profonde et contraignante.

– Bon sang! Vous êtes...

– Contraignant, Duncan. Contraignant!

– Je ne me sens contraint à...

– L'éducation prend du temps. Tu es la norme ancienne qui permet de mesurer la nouvelle.

Les paroles de Leto avaient pour un temps vidé Idaho de toute émotion autre qu'un sentiment de désarroi profond.

– Mes houris enseignent la maturation, avait repris Leto. Elles savent que leur rôle est de superviser la maturation des mâles. Et ce faisant, elles atteignent leur propre maturation. A la fin, les houris deviennent des épouses et des mères de famille, et nous pouvons éliminer les impulsions violentes de leurs fixations d'adolescence.

– J'attendrai de le voir pour le croire!

– Tu le verras pendant le Grand Partage.

Immobile devant Leto dans le hall du Siaynoq, Idaho était bien obligé d'admettre qu'il y avait des pouvoirs énormes contenus dans ce qu'il venait de voir, des pouvoirs *capables* de donner naissance au genre d'univers humain que décrivaient les mots de l'Empereur-Dieu.

Leto était en train de replacer le krys dans son écrin, qu'il remit à sa place dans le plancher du chariot. Les femmes contemplaient ses gestes en silence. Même les très jeunes enfants étaient silencieux. Toute l'assistance semblait subjuguée par la force que l'on ressentait dans le grand hall.

Idaho regarda ces enfants. Il savait, d'après ce que lui avait dit Leto, que tous accéderaient un jour – les garçons comme les filles – à d'importantes positions de pouvoir, à de puissantes destinées. Les enfants mâles, cependant, seraient toujours dominés par les femmes, passant (selon les propres mots de Leto) « par une transition sans heurt de leur état d'adolescent à celui de mâle reproducteur ».

Les Truitesses et leur progéniture vivraient, quant à elles, « une existence agrémentée de certaines satisfactions interdites à la plupart des autres ».

Quel sort connaîtront les enfants d'Irti? se demanda Idaho. *Mon prédécesseur s'est-il un jour trouvé ici pour voir sa femme en robe blanche partager le rite de Leto?*

Quel présent m'offre ici Leto?

Avec cette formidable armée de femmes, un chef ambitieux pouvait s'emparer de l'Empire. Mais était-ce bien certain? Pas du vivant de Leto, en tout cas. D'après l'Empereur-Dieu, ces femmes n'étaient pas « par nature » militairement agressives.

– Je n'entretiens pas cette qualité en elles, avait dit Leto. Elles suivent un rythme cyclique, des Festivités tous les dix ans avec changement de la

Garde, bénédiction pour la nouvelle génération, une pensée silencieuse pour les sœurs tombées au combat et tous les chers disparus. Siaynoq après Siaynoq, la marche en avant est réglée une fois pour toutes. Le changement lui-même devient immuable.

Quittant du regard les femmes en blanc et leurs enfants, Idaho contempla la masse silencieuse des Truitesses en se disant qu'il n'avait devant lui qu'un noyau minuscule de cette énorme force qui couvrait tout l'Empire de ses ramifications féminines. Il n'avait pas de mal à croire ce que disait Leto :

– Leur pouvoir ne faiblit pas. Il se renforce à chaque décennie.

A quelles fins ? se demanda Idaho.

Il jeta un regard à l'Empereur-Dieu dont les bras étaient levés pour bénir ses houris.

– Nous allons maintenant descendre parmi vous, dit Leto.

Les femmes devant l'estrade ouvrirent un passage en refluant de chaque côté. Le chemin se fraya dans la foule comme une fissure qui se propage sur la croûte terrestre à la suite de quelque formidable soulèvement naturel.

– Tu me précéderas, Duncan, dit Leto.

La gorge sèche, Idaho déglutit. S'appuyant d'une main au bord de l'estrade, il sauta dans l'espace libre et s'enfonça dans la « fissure », sachant que c'était la seule manière de mettre fin à cette épreuve.

Jetant un rapide coup d'œil en arrière, il s'assura que Leto suivait, son chariot flottant majestueusement sur les suspenseurs.

Idaho marcha un peu plus vite.

La double haie de femmes se resserra. Cela fut accompli dans l'immobilité étrange des regards fixés d'abord sur Idaho, puis sur le gigantesque corps prévermiforme allongé dans le chariot ixien.

Tandis que le ghola allait stoïquement de l'avant, les bras des femmes se tendaient sur son passage pour le toucher, ou pour toucher Leto ou encore simplement le Chariot Royal. Il y avait dans ce contact une passion retenue qui fit éprouver à Idaho la plus profonde frayeur de toute son expérience.

Inévitablement, le problème du commandement se pose en ces termes : Qui jouera le rôle de Dieu?

Muad'Dib.
Extrait de L'Histoire Orale.

Hwi Noree suivit la jeune Truitesse qui la guidait sur la large rampe spiralée qui s'enfonçait dans les entrailles de la Cité Festive. La convocation du Seigneur Leto lui était parvenue tard dans la soirée du troisième jour des Festivités, interrompant un entretien qui avait sévèrement mis à l'épreuve sa faculté de maintenir ses émotions à un niveau immuable.

Son premier assistant, Othwi Yake, n'était pas quelqu'un de particulièrement agréable avec son visage long et étroit, ses cheveux d'un blond fade et son regard mobile qui évitait tout particulièrement de rencontrer celui de la personne à qui il s'adressait. Yake lui avait tendu un feuillet de papier mémorase qui contenait ce qu'il avait appelé « un résumé des dernières manifestations de violence signalées dans la Cité Festive ».

Il se tenait tout contre le bureau derrière lequel Hwi était assise et, fixant un point situé quelque part sur sa gauche, avait ajouté :

– Les Truitesses sont en train de massacrer les Danseurs-Visages dans toute la Cité. Ce qui ne semblait pas l'émouvoir outre mesure.

– Pour quelle raison? demanda Hwi.

– On dit que le Bene Tleilax a voulu attenter à la vie de l'Empereur-Dieu.

Un frisson de peur la traversa. Elle se laissa aller en arrière sur son siège et regarda autour d'elle. Le bureau d'ambassade était une pièce circulaire occupée principalement par une console en demi-lune qui rassemblait, sous sa surface polie, les commandes cachées d'un grand nombre de dispositifs ixiens. La pièce avait un air sombre et austère, avec ses panneaux muraux destinés à camoufler des instruments qui rendaient impossible tout système d'espionnage. Il n'y avait aucune fenêtre.

Dissimulant son trouble, Hwi leva les yeux vers Yake.

– Et le Seigneur Leto n'a pas...

– L'attentat, semble-t-il, a totalement échoué. Mais il pourrait être l'explication de cette flagellation publique.

– Vous êtes donc sûr que l'attentat a eu lieu?

– Oui.

C'était à ce moment-là que la Truitesse dépêchée par Leto avait fait son entrée, à peine précédée par l'annonce de sa présence dans l'antichambre. Sur ses talons était une vieille du Bene Gesserit, qu'elle présenta comme « La Révérende Mère Anteac ». Celle-ci ne quitta pas Yake des yeux pendant que la Truitesse, une jeune femme aux traits doux, presque enfantins, délivrait son message :

– Il m'a dit de bien vous rappeler sa recommandation : « reviens vite si je t'appelle ». Il vous appelle.

Tandis que la Truitesse parlait, Yake était de plus en plus nerveux. Son regard se portait d'un point à l'autre de la pièce, comme s'il cherchait quelque chose qui n'y était pas. Hwi prit seulement le temps d'enfiler une cape bleu foncé par-dessus sa robe et ordonna à Yake de ne pas bouger du bureau jusqu'à son retour.

Dans la lumière orange du crépuscule devant l'ambassade, au milieu de la rue étrangement déserte, Anteac s'était tournée vers la Truitesse en disant simplement : « Oui ». Puis elle les avait quittées, et la Truitesse avait conduit Hwi par des rues désertes jusqu'à un grand bâtiment sans fenêtres dont le sous-sol abritait cette rampe spiralée.

Tous ces tournants donnaient le vertige à Hwi. Des brilleurs d'un blanc éclatant flottaient au milieu du puits central, illuminant une plante grimpante vert-mauve aux feuilles éléphantesques. La plante s'enroulait autour de fils d'or miroitants.

Le revêtement noir de la rampe absorbait le bruit de leurs pas et rendait Hwi consciente du léger frottement produit par les plis de sa robe.

– Où m'emmenez-vous? demanda-t-elle.

– Voir le Seigneur Leto.

– Je sais, mais où est-il?

– Dans ses appartements privés.

– Ils sont bien loin sous terre.

– Oui, le Seigneur aime bien se trouver dans les profondeurs.

– J'ai le vertige, à tourner ainsi sans arrêt.

– Ne regardez pas la plante, cela ira mieux.

– Comment appelle-t-on cette plante?

– La vigne de Tunyon. On dit qu'elle n'a absolument pas d'odeur.

– Je n'en ai jamais entendu parler. De quel endroit vient-elle?

– Seul le Seigneur Leto le sait.

Elles continuèrent leur descente en silence. Hwi essayait de comprendre ce qu'elle ressentait. L'Empereur-Dieu l'emplissait de tristesse. Elle percevait l'homme en lui, l'homme qui aurait pu être. Pourquoi un tel homme avait-il choisi cette manière d'exister? Quelqu'un le savait-il? Peut-être Moneo?

Peut-être que Duncan Idaho le savait.

Ses pensées gravitèrent vers Idaho. Un homme

séduisant. Profondément intense! Elle se sentait attirée par lui. Si seulement Leto avait son aspect et son corps... Elle comprit alors qu'elle ne pouvait pas discuter avec Idaho de la métamorphose de Leto. Mais avec Moneo, c'était différent. Elle demanda à la Truitesse :

– Parlez-moi de Moneo, voulez-vous?

La jeune Truitesse lui jeta un coup d'œil par-dessus son épaule. Son regard bleu pâle avait une étrange expression, comme une appréhension ou une crainte inexpliquée.

– Il y a quelque chose qui ne va pas? demanda Hwi.

La Truitesse reporta son attention sur la rampe spiralée devant elle.

– Le Seigneur avait dit que vous poseriez des questions sur Moneo, murmura-t-elle.

– Alors, répondez-moi.

– Que puis-je vous dire? C'est le plus proche confident du Seigneur.

– Plus proche encore que Duncan Idaho?

– Bien sûr. Moneo est un Atréides.

– Moneo est venu me trouver hier. Il m'a dit qu'il y avait une chose que je devais savoir à propos de l'Empereur-Dieu. C'est que l'Empereur-Dieu est capable de faire n'importe quoi, absolument n'importe quoi, du moment qu'il pense que la chose est instructive.

– Beaucoup le croient, dit la Truitesse.

– Pas vous?

Elle avait posé la question au moment où la rampe, après une dernière boucle, débouchait sur une petite antichambre avec, à quelques pas de là, une entrée en forme d'arcade.

– Le Seigneur Leto va vous recevoir immédiatement, dit la Truitesse. Puis elle remonta par la rampe sans avoir dit ce qu'elle pensait à Hwi.

Celle-ci passa sous l'arcade et se retrouva dans une pièce au plafond bas, beaucoup plus petite que la salle d'audience. L'air y était vif et sec. De pâles rayons de lumière jaune descendaient de plafonniers dissimulés aux angles des murs. Elle laissa sa vision s'adapter à l'éclairage réduit, remarqua les tapis et les coussins moelleux répartis autour d'une masse de... Elle porta la main devant sa bouche quand elle s'aperçut que la masse bougeait et qu'il s'agissait de Leto sur son chariot, mais le chariot se trouvait dans un renfoncement du sol. Elle comprit immédiatement le pourquoi de cet aménagement. Cela le rendait moins imposant face à ses interlocuteurs humains, moins écrasant du fait de sa hauteur physique. Rien ne pouvait changer, évidemment, les autres dimensions de son corps gigantesque, sinon le fait de les maintenir dans l'ombre et de concentrer la plus grande partie de la lumière sur son visage et ses mains.

– Entre et viens t'asseoir, lui dit Leto d'une voix grave et agréable qui invitait à la conversation.

Elle choisit un coussin rouge à quelques mètres du visage de l'Empereur-Dieu et s'assit.

Leto suivait ses mouvements avec un plaisir visible. Elle portait une robe aux reflets mordorés et sa chevelure nattée en arrière donnait à son visage un aspect frais et innocent.

– J'ai fait parvenir votre message à Ix, annonça-t-elle. Et je leur ai même dit que vous vouliez savoir mon âge.

– Ils répondront peut-être. Et qui sait s'ils ne diront pas la vérité?

– J'aimerais bien savoir quand je suis née, avec toutes les circonstances. Mais je ne comprends pas pourquoi vous vous intéressez à cela.

– Tout ce qui te concerne m'intéresse.

– Ils ne vont pas être contents d'apprendre que vous avez fait de moi une ambassadrice à titre permanent.

– Tes maîtres représentent un curieux mélange de formalisme et de laxisme, murmura Leto. Je ne peux pas supporter les imbéciles.

– Vous jugez que je suis une imbécile, Mon Seigneur?

– Pas toi, ma chère; et Malky n'en était pas un non plus.

– Il y a des années que je n'entends plus parler de mon oncle. Parfois, je me demande s'il est encore vivant.

– Peut-être apprendrons-nous cela en même temps. Malky ne t'a jamais parlé de la manière dont je pratique le *Taquiyya?*

Elle réfléchit quelques instants.

– Ce n'est pas ce que les anciens Fremen appelaient *Ketman?*

– Oui. C'est l'art de cacher son identité quand il pourrait être néfaste de la révéler.

– Je m'en souviens maintenant. Il disait que vous aviez écrit des livres d'histoire sous des pseudonymes, et que certains sont célèbres.

– C'est à cette occasion que nous avons discuté du Taquiyya.

– Pourquoi me parler de cela, Mon Seigneur?

– Pour éviter d'autres sujets. Sais-tu que c'est moi qui ai écrit les ouvrages de Noah Arkwright?

Elle ne put éviter un gloussement.

– Comme c'est amusant, Mon Seigneur! On m'a forcée à lire sa *biographie.*

– Je l'ai écrite aussi. Quels secrets t'a-t-on demandé de m'arracher?

Elle ne cilla même pas devant ce stratégique changement de conversation.

– Ils sont curieux de connaître les mécanismes internes de la religion de l'Empereur-Dieu.

– Vraiment?

– Ils aimeraient savoir comment vous avez évincé le Bene Gesserit du pouvoir religieux.

– Sans doute dans l'espoir de répéter l'opération pour leur propre compte?

– Je suis sûre que c'est ce qu'ils ont en tête, Mon Seigneur.

– Tu fais une bien piètre représentante des intérêts ixiens, Hwi.

– Je suis votre servante, Mon Seigneur.

– N'as-tu pas de curiosité personnelle?

– Je crains que ma curiosité ne vous dérange, Mon Seigneur.

Il la dévisagea un instant puis murmura :

– Je vois. Tu as raison. Nous devons éviter pour l'instant les sujets de conversation trop intimes. Veux-tu que je te parle du Bene Gesserit ?

– C'est une bonne idée. Savez-vous que j'aï rencontré aujourd'hui une de leurs Révérendes Mères ?

– Ce doit être Anteac.

– Je l'ai trouvée effrayante.

– Tu n'as rien à craindre d'elle. C'est moi qui l'ai envoyée à ton ambassade. Est-ce que tu t'étais rendu compte que tu étais entourée de Danseurs-Visages ?

Elle étouffa une exclamation puis se tint raide tandis qu'un froid lui envahissait la poitrine.

– Othwi Yake ? demanda-t-elle.

– Tu le soupçonnais ?

– J'éprouvais seulement de l'antipathie pour lui, alors qu'on m'avait dit... Elle frissonna alors, comprenant ce qui avait dû se passer. Qu'est-il devenu ?

– Tu veux dire le vrai ? Il est mort, naturellement. C'est ainsi que les Danseurs-Visages procèdent en de telles circonstances. J'ai donné explicitement l'ordre à mes Truitesses de ne laisser aucun Danseur-Visage vivant à l'intérieur de ton ambassade.

Hwi ne répondit pas, mais les larmes coulèrent sur ses joues. *Cela expliquait pourquoi les rues étaient désertes, cela expliquait le « oui » énigmatique d'Anteac et bien d'autres choses encore.*

– Je mettrai mes Truitesses à ta disposition jusqu'à ce que tu puisses réorganiser ton ambassade, reprit Leto. Elles veilleront sur toi.

Hwi secoua ses larmes. Les Inquisiteurs d'Ix allaient être fous de rage contre le Tleilax. Ajouteraient-ils foi au rapport qu'elle leur enverrait ? Toute son ambassade aux mains des Danseurs-Visages ! C'était presque impossible à croire.

– Toute l'ambassade ? demanda-t-elle.

– Ils n'avaient pas de raison d'épargner qui que ce soit. Ton tour serait venu après.

Elle frissonna.

– Ils ont attendu, reprit Leto, parce qu'il fallait t'imiter avec une précision capable de mettre mes sens en défaut. Ils ne savent pas exactement jusqu'à quel point je peux les démasquer.

– Et Anteac...

– Les Révérendes Mères et moi avons le pouvoir de reconnaître les Danseurs-Visages. Anteac est très forte à ce jeu-là.

– Personne ne peut faire confiance aux Tleilaxu, murmura Hwi. Comment se fait-il qu'ils n'aient pas été éliminés de l'Empire depuis longtemps?

– Les spécialistes ont leur utilité, de même qu'ils ont leurs limitations. Tu me surprends, Hwi. Je ne te croyais pas capable de pensées sanguinaires.

– Les Tleilaxu... ils sont trop cruels pour être humains. Ils ne sont pas humains!

– Je t'assure que les humains peuvent être aussi cruels qu'eux. Moi-même, à l'occasion, je me suis montré cruel.

– Je le sais, Mon Seigneur.

– Après provocation, je dois le préciser. Mais les seuls sujets de l'Empire dont j'aie jamais envisagé l'élimination sont les membres du Bene Gesserit.

Le choc fut trop grand pour que Hwi le traduise en mots.

– Le Bene Gesserit ressemble tellement à ce qu'il devrait être, reprit Leto, et il en est pourtant si éloigné encore...

Elle recouvra sa voix.

– Mais l'Histoire Orale dit...

– La Religion des Révérendes Mères, oui. Il fut un temps où elles fabriquaient des religions spécifiquement adaptées à des sociétés données. Elles appelaient ça de l'*ingénierie*. Qu'est-ce que tu en penses?

– Cynique.

– Effectivement. Et les résultats sont à la hauteur de la faute. Même après les plus grandes tentatives œcuméniques, il y a toujours eu à travers tout l'Empire d'innombrables dieux, divinités mineures et soi-disant prophètes.

– Vous avez changé cela, Mon Seigneur.

– Dans une certaine mesure. Mais les divinités ont la peau dure, Hwi. Si mon monothéisme prédomine, le panthéon des origines n'en subsiste pas moins. Il s'est seulement enfoncé, sous différents accoutrements, dans la clandestinité.

– Mon Seigneur, je sens dans vos paroles une... une... Elle secoua la tête.

– Tu me trouves aussi froidement calculateur que le Bene Gesserit?

Elle acquiesça en silence.

– Ce sont les Fremen qui ont déifié mon père, le grand Muad'Dib. Qui d'ailleurs n'aime pas ce qualificatif de grand.

– Mais les Fremen ont-ils...

– Ont-ils eu raison? Ma très chère Hwi, ils étaient sensibles à l'usage du pouvoir et soucieux de maintenir leur ascendant.

– Je trouve cela... perturbant, Mon Seigneur.

– Je le vois. Tu n'aimes pas l'idée que devenir un dieu puisse être aussi facile, comme si cela pouvait arriver à n'importe qui.

– Cela paraît trop simple, Mon Seigneur. Il y avait dans la voix de Hwi quelque chose de lointain et de défiant.

– Je t'assure que cela *ne pourrait pas* arriver à n'importe qui.

– Mais vous laissez entendre que vous avez hérité votre divinité de...

– Ne dis jamais cela devant une Truitesse, fit Leto. Leurs réactions devant l'hérésie sont violentes.

Elle voulut déglutir malgré sa gorge sèche.

– Je dis cela uniquement pour te protéger, reprit l'Empereur-Dieu.

– Je vous remercie, Mon Seigneur, fit-elle d'une voix à peine audible.

– Ma divinité a débuté lorsque j'ai annoncé à mes

Fremen que je ne pouvais plus donner l'eau-de-la-mort aux tribus. Tu sais ce qu'est l'eau-de-la-mort?

– Du temps de Dune, c'était l'eau récupérée à partir du corps de ceux qui mouraient.

– Aaah! Je vois que tu as lu Noah Arkwright.

Elle sourit faiblement.

– J'ai donc annoncé à mes Fremen, reprit Leto, que l'eau serait désormais consacrée à une Divinité Suprême, que je ne nommais pas. Dans ma magnanimité, je laissais encore aux Fremen le contrôle de toute cette eau.

– Elle devait être bien précieuse en ce temps-là.

– Extrêmement précieuse! Et moi, en tant que délégué de cette divinité sans nom, je pus superviser le contrôle de cette richesse durant près de trois cents ans.

Elle se mordilla la lèvre inférieure.

– Tu trouves encore cela trop calculateur? reprit Leto.

Elle acquiesça silencieusement.

– Ça l'était. Lorsque vint le moment de consacrer l'eau de ma sœur, je fis un miracle. De l'urne de Ghani sortirent les voix de tous les Atréides. Ainsi, mes Fremen découvrirent que leur Divinité Suprême, c'était moi.

Hwi parla alors d'une voix apeurée, ébranlée de perplexité par toutes ces révélations.

– Mon Seigneur, êtes-vous en train de me dire que vous n'êtes pas vraiment un dieu?

– Je suis en train de te dire que je ne joue pas à cache-cache avec la mort.

Elle l'observa durant quelques instants avant de répliquer d'une manière qui lui confirma qu'elle comprenait la signification profonde de ses paroles. Cette réaction augmenta encore l'attachement qu'il éprouvait pour elle.

– Votre mort ne sera pas comme les autres morts.

– Hwi... ma précieuse Hwi, murmura Leto.

– Je trouve extraordinaire que vous n'ayez pas à

redouter le jugement d'une vraie Divinité Suprême.

– Me jugerais-tu, Hwi?

– Non, mais j'ai peur pour vous.

– Songe au prix que je paye. Chaque fragment de ma descendance portera prisonnière, isolée et impuissante, une partie de mon esprit conscient.

Elle mit ses deux mains, l'une sur l'autre, devant sa bouche, et le fixa de ses yeux agrandis.

– C'est l'horreur à laquelle mon père n'a pu faire face et qu'il a essayé à tout prix d'écarter : la division et la subdivision à l'infini d'une identité aveugle.

Elle abaissa ses mains et murmura :

– Vous en aurez conscience?

– D'une certaine façon... mais muettement. Avec chaque ver et chaque truite des sables partira une gouttelette de ma conscience, lucide mais incapable d'actionner la moindre cellule, témoin à l'intérieur d'un rêve sans fin.

Hwi frissonna. Leto la contempla tandis qu'elle essayait de comprendre ce que pouvait être une telle existence. Etait-elle capable d'imaginer la *clameur* finale, quand les composants morcelés de son identité voudraient s'agripper au contact évanescent de la machine ixienne qui enregistrait ses mémoires? Etait-elle capable de sentir le déchirant silence qui succéderait à l'horrifiante fragmentation?

– Si je leur révélais ces détails, Mon Seigneur, ils pourraient s'en servir contre vous.

– Les révéleras-tu?

– Bien sûr que non!

Hwi secoua lentement la tête. Pourquoi avait-il accepté cette terrible transformation? N'y avait-il aucun moyen d'y échapper?

– Cette machine... dit-elle au bout d'un moment. Celle qui transcrit vos pensées... Ne pourrait-on la relier...

– A un million de moi? Un milliard? Ou encore plus? Ma chère Hwi, aucune de ces gouttelettes pensantes ne sera vraiment moi.

Les yeux de Hwi se voilèrent de larmes. Elle battit plusieurs fois des paupières et prit une profonde inspiration. Leto reconnut la technique Bene Gesserit et la vague de calme qui s'ensuivit.

– Mon Seigneur, vous m'avez causé une très grande frayeur.

– Et tu ne comprends pas pourquoi j'ai fait cela.

– Est-il possible que je le comprenne?

– Certainement. Nombreux sont ceux qui pourraient le comprendre. Mais l'usage que font les gens de la compréhension, c'est une autre affaire.

– Voulez-vous m'enseigner cet usage?

– Tu le connais déjà.

Elle médita silencieusement cette réponse.

– C'est en rapport avec votre religion, dit-elle. Je le sens.

Leto sourit :

– Je suis prêt à pardonner presque n'importe quoi à tes maîtres ixiens pour le précieux don de toi qu'ils m'ont fait. Demande et tu seras satisfaite.

Elle se pencha en avant sur son coussin.

– Expliquez-moi les mécanismes internes de votre religion.

– Tu sauras bientôt tout sur moi, Hwi. Je te le promets. Rappelle-toi seulement que le culte du soleil chez nos ancêtres primitifs n'était pas tellement loin de la vérité.

– Le culte du... soleil? Elle se balança en arrière.

– Le soleil qui règle tout mouvement, mais qui ne peut être touché... ce soleil, c'est la mort.

– Vo... votre mort, Mon Seigneur?

– Toute religion orbite comme une planète autour d'un soleil qui lui fournit son énergie, dont son existence même dépend.

La voix de Hwi était à peine audible quand elle demanda :

– Que voyez-vous dans *votre* soleil, Mon Seigneur?

– Un univers à plusieurs fenêtres par où il m'est

loisible de regarder. Mais quel que soit le cadre de la fenêtre, c'est ce que je vois.

– L'avenir?

– L'univers est intemporel à ses racines et contient par conséquent toutes les époques et tous les avenirs.

– C'est donc vrai, murmura-t-elle. Vous avez vu quelque chose que ceci... (elle fit un geste vague en direction du long corps segmenté de Leto)... empêche.

– As-tu en toi ce qu'il faut pour croire que cette chose pourrait être – dans une toute petite mesure – sacrée? lui demanda Leto.

Elle réussit seulement à hocher la tête.

– Si tu partages cela avec moi, reprit-il, je t'avertis que le fardeau sera pénible.

– Votre fardeau à vous en sera-t-il allégé, Mon Seigneur?

– Non pas allégé, mais plus facile à accepter.

– Dans ce cas, je veux partager. Parlez, Mon Seigneur.

– Pas encore, Hwi. Il te faudra patienter un peu.

Elle déglutit, refoulant sa déception.

– C'est mon Duncan Idaho qui devient de plus en plus impatient, continua Leto. Il va falloir que je m'en occupe.

Elle tourna la tête pour regarder derrière elle, mais la petite chambre demeurait vide.

– Désirez-vous que je vous quitte, Mon Seigneur?

– Je voudrais que tu ne me quittes plus jamais.

Elle le contempla, en remarquant l'intensité de son regard, l'expression de vide affamé, qui la remplissait de tristesse.

– Pourquoi me dire vos secrets, Mon Seigneur?

– Je ne puis te demander d'être la femme d'un dieu.

Les yeux de Hwi s'agrandirent de surprise.

– Ne réponds pas, dit-il.

Sans presque remuer la tête, elle fit errer son regard du côté du grand corps entouré d'ombres.

– Inutile de chercher des parties de moi qui n'existent plus depuis longtemps, dit-il. Certaines formes d'intimité me sont interdites.

Elle reporta son attention sur le visage encadré de replis, sur la peau rose de ses joues et sur le caractère intensément humain des traits contrastant avec l'inhumanité du reste.

– Si tu avais envie d'enfants, poursuivit Leto, je voudrais seulement que tu me laisses choisir leur père. Mais je ne t'ai rien demandé encore.

La voix de Hwi fut un murmure à peine audible :

– Mon Seigneur... je ne sais que...

– Je vais rentrer bientôt à la Citadelle, déclara Leto. Tu viendras m'y rejoindre et nous aurons tout le temps de parler. Je te dirai alors quelle est cette chose que j'empêche.

– J'ai très peur, Mon Seigneur... plus peur que je ne l'aurais jamais cru possible.

– N'aie pas peur de moi. Je ne saurais avoir que de la tendresse pour ma tendre Hwi. Quant aux autres dangers, mes Truitesses te feront s'il le faut un rempart de leurs corps. Malheur à elles s'il t'arrivait quelque chose!

Hwi se remit en tremblant sur ses pieds. Leto put voir à quel point ses paroles l'avaient troublée et sentir la douleur qu'elles lui causaient. Ses yeux luisaient de larmes. Elle pressait ses mains l'une contre l'autre pour les empêcher de trembler. Leto savait qu'elle viendrait à lui dans sa Citadelle et que, quoi qu'il lui demandât, sa réponse serait la même que celle des Truitesses :

– Oui, Seigneur.

La pensée vint à Leto que, si elle l'avait pu, elle aurait volontiers changé de place avec lui, pour lui enlever son fardeau. Et de ne pouvoir faire cela ajoutait à la douleur qu'elle ressentait. Hwi était une intelligence bâtie sur une sensibilité profonde, sans aucune des faiblesses hédonistes propres à un homme comme Malky. Dans sa perfection, Hwi était effrayante. Tout chez elle confirmait à Leto qu'elle était jusqu'au bout des ongles le genre de femme que, s'il avait vécu pour devenir un homme comme les autres, il aurait essayé (*non, exigé!*) d'avoir pour compagne.

Et les Ixiens le savaient.

– Laisse-moi, à présent, murmura-t-il.

> Je suis à la fois le père et la mère de mon peuple. J'ai connu l'extase de la naissance et l'extase de la mort et je sais quels sont les schémas que vous avez à apprendre. N'ai-je pas erré, ivre, dans l'univers des formes? Oui! je vous ai vues, silhouettes dans la lumière. Cet univers que vous dites voir et sentir, cet univers est en réalité mon rêve. Mes énergies s'y concentrent et je suis de n'importe quel et de tous les royaumes. C'est ainsi que vous naissez.
>
> *Les Mémoires Volés.*

– Mes Truitesses me rapportent que tu t'es rendu à la Citadelle juste après le Siaynoq, dit Leto.

Il regardait d'un air accusateur son Duncan Idaho, debout près de l'endroit où s'était trouvée Hwi à peine une heure auparavant. Un laps de temps si bref... et dont cependant Leto ressentait le vide comme si c'étaient des siècles.

– J'ai besoin de temps pour réfléchir, déclara Idaho. Il baissa les yeux vers la fosse pleine d'ombre où reposait le chariot de Leto.

– Et pour parler à Siona?

– Oui, fit le ghola en relevant la tête pour regarder Leto.

– Mais c'est Moneo que tu as demandé à voir.

– On vous rapporte donc chacun de mes mouvements?

– Pas tous.

– Il y a des moments où l'on a besoin d'être seul.

– C'est naturel. Il ne faut pas en vouloir aux Truitesses si elles se font du souci pour toi.

– Siona dit qu'on veut la mettre à l'épreuve!

– C'est pour cela que tu as demandé à voir Moneo?

– Quelle est cette épreuve?

– Moneo est au courant. Je suppose que c'est pour cela que tu voulais le voir.

– Vous ne supposez rien du tout. Vous *savez*!

– Le Siaynoq t'a impressionné. J'en suis désolé, Duncan.

– Avez-vous seulement une idée de ce que cela signifie, d'être moi... ici?

– La condition de ghola n'est guère aisée, je le sais. Certains destins sont plus lourds que d'autres.

– Je n'ai pas besoin de cette philosophie infantile!

– De quoi as-tu besoin, Duncan?

– J'ai besoin de savoir certaines choses.

– Par exemple?

– Je ne comprends *aucune* des personnes qui vous entourent! Sans s'émouvoir le moins du monde, Moneo m'annonce que Siona a fait partie d'un mouvement qui militait contre vous. Sa propre fille!

– Moneo lui aussi a eu son heure de rébellion.

– Vous voyez! Et je suppose que vous l'avez mis à l'épreuve, également?

– Oui.

– Et moi, allez-vous me mettre à l'épreuve?

– Tu *es* à l'épreuve.

Idaho lui lança un regard foudroyant.

– Je ne comprends rien à votre gouvernement, votre Empire. Rien du tout! Plus je découvre de choses, plus je me rends compte que je ne comprends pas ce qui se passe.

– Il est heureux que tu aies découvert la voie de la sagesse, lui dit Leto.

– Quoi?

La frustration outragée du Duncan avait donné à son cri l'ampleur d'un rugissement de combat qui faisait vibrer les murs de la petite pièce.

L'Empereur-Dieu sourit :

– Ne t'ai-je pas déjà expliqué, Duncan, que l'impression de savoir, c'est le plus parfait obstacle à la connaissance?

– Dites-moi ce qui se passe, alors.

– Il se passe que mon ami Duncan Idaho est en train d'acquérir une nouvelle habitude. Il apprend à toujours regarder au-delà de ce qu'il croit savoir.

– D'accord, d'accord, fit Idaho en hochant lentement la tête au rythme des mots. Qu'y a-t-il alors *au-delà* de cette décision de me faire prendre part à votre sacré Siaynoq?

– J'ai simplement lié mes Truitesses au capitaine de ma Garde.

– Au point que maintenant, il faut que je me défende contre elles! L'escorte qui m'a conduit à la Citadelle voulait s'arrêter en route pour une petite orgie. Et celles qui m'ont ramené ici quand vous...

– Elles savent combien j'ai plaisir à voir les enfants de Duncan Idaho.

– Sacré bon sang! Je ne suis pas votre étalon!

– Inutile de le hurler, Duncan.

Idaho prit plusieurs inspirations profondes.

– Quand je leur dis non, reprit-il, elles font d'abord comme si elles étaient peinées, puis elles me traitent comme un foutu... (il secoua la tête)... saint homme, ou je ne sais pas quoi.

– Elles ne t'obéissent pas?

– Elles ne discutent jamais mes ordres... sauf s'ils sont en contradiction avec les vôtres. Je ne voulais pas revenir ici.

– Elles t'ont pourtant ramené.

– Vous savez bien qu'elles ne désobéiraient jamais à *vos* ordres!

– Je suis content que tu sois venu, Duncan.

– Oh, ça se voit!

– Les Truitesses connaissent ta valeur spéciale, l'affection que je te porte et la dette que j'ai envers toi. Il n'est jamais question d'obéissance ou de désobéissance entre nous.

– Il est question de quoi?

– De loyauté.

Idaho sombra dans un silence pensif.

– Tu as ressenti le pouvoir du Siaynoq? interrogea Leto.

– Rien que de la frime.

– Pourquoi en es-tu sorti si troublé, alors?

– Vos Truitesses ne constituent pas une armée, mais une force de police.

– Par mon nom, je t'assure que ce n'est pas vrai! La police est invariablement corrompue.

– Vous avez voulu me tenter par le pouvoir, accusa Idaho.

– C'est là l'épreuve, Duncan.

– Vous ne me faites pas confiance?

– Je fais aveuglément confiance à ta loyauté envers les Atréides.

– Alors, qu'est-ce que c'est que cette histoire de corruption et d'épreuve?

– C'est toi qui m'accuses d'entretenir une force de police. La police observe toujours que les criminels prospèrent. Il faut qu'un policier soit véritablement borné pour ne pas constater qu'une position d'autorité est la plus prospère des positions criminelles que l'on puisse attendre.

Idaho humecta ses lèvres du bout de sa langue et regarda Leto d'un air de perplexité évidente.

– Mais la moralité des... c'est-à-dire la justice... les lois pénales...

– A quoi bon avoir des lois et des prisons quand une infraction n'est pas un péché?

Idaho raidit légèrement la nuque.

– Vous voulez dire, peut-être, que votre fichue religion est...

– Le châtiment d'un péché peut revêtir des aspects extravagants.

Idaho brandit un pouce par-dessus son épaule, en direction du monde extérieur.

– Toutes ces histoires de peine de mort... cette flagellation publique et...

– Je fais tout mon possible pour me passer des lois et des prisons ordinaires.

– Il faut bien que vous ayez quelques prisons!

– Tu crois? Les prisons ne sont bonnes qu'à entretenir l'illusion que la police et les juges servent à quelque chose. Une assurance professionnelle, pour ainsi dire.

Idaho se tourna légèrement de côté et indiqua du doigt l'endroit par où il était entré.

– Vous régnez sur des planètes entières qui ne sont rien d'autre que des prisons!

– Je suppose que n'importe quel lieu pourrait être décrit comme une prison, si c'est là le tour que prennent tes illusions.

– Mes illusions! Idaho laissa retomber son bras et demeura bouche bée.

– Oui. Tu parles de prison, de police et de légalité. C'est l'illusion parfaite derrière laquelle une structure d'autorité peut opérer en toute prospérité tout en faisant remarquer, à juste raison, qu'elle est au-dessus de ses propres lois.

– Et vous pensez que le crime peut être contré par...

– Le crime, non, Duncan. Le péché.

– Vous pensez, alors, que votre religion est capable...

– As-tu noté les péchés principaux?

– Hein?

– Tentative de corruption sur un membre de mon gouvernement, corruption par un membre de mon gouvernement.

– Et en quoi consiste cette corruption?

– Essentiellement, il s'agit du défaut d'observance et de vénération du caractère sacré du Dieu Leto.

– Vous?

– Moi.

– Mais vous m'avez soutenu au début que...

– Tu penses que je ne crois pas à ma propre divinité? Fais attention, Duncan.

La voix du ghola monta avec une absence d'intonation rageuse.

– Vous m'aviez dit que l'une de mes fonctions consistait à préserver votre secret, que vous étiez...

– Tu ne connais pas mon secret.

– Que vous soyez un tyran? Ce n'est pas un...

– Les dieux ont un plus grand pouvoir que les tyrans, Duncan.

– Je n'aime pas entendre ces choses.

– A quel moment un Atréides t'a-t-il jamais demandé d'*aimer* ton boulot?

– Vous me demandez de commander vos Truitesses qui sont à la fois juge, jury, bourreau et... Il se tut.

– Et quoi d'autre?

Idaho demeura silencieux.

Leto le contempla par-delà l'espace étroit qui les séparait comme un gouffre glacé.

C'est comme lorsqu'on tient un poisson au bout de sa ligne, songea l'Empereur-Dieu. *Il faut savoir calculer le point de rupture de chaque élément en jeu.*

Le problème, avec Idaho, c'était que dès qu'on le rapprochait du filet, cela accélérait sa fin. Et cette fois-ci, l'évolution était beaucoup trop rapide. Leto en concevait une grande tristesse.

– Je ne vous vénérerai pas, lui dit Idaho.

– Les Truitesses admettent que tu jouisses d'une dispense spéciale.

– Comme Siona ou Moneo?

– Très différente.

– Ainsi, vos rebelles sont des cas spéciaux.

Leto eut un sourire narquois.

– Tous les administrateurs à qui je fais le plus confiance ont été des rebelles à un moment donné.

– Je n'ai jamais été un...

– Tu as été un magnifique rebelle! Tu as aidé les Atréides à arracher un Empire à un monarque en titre.

Les yeux du ghola s'agrandirent sous l'effet de l'introspection.

– C'est vrai. Il secoua la tête, comme pour se débarrasser d'une idée. Mais voyez ce que vous avez fait de cet Empire!

– J'y ai imprimé un schéma, le maître des schémas.

– Que vous dites.

– L'information est figée en schémas, Duncan. On peut se servir d'un schéma pour en résoudre un autre. Mais les schémas séquentiels sont les plus difficiles à repérer et à comprendre.

– Encore de la frime.

– Tu as déjà commis cette erreur une fois.

– Pourquoi laissez-vous les Tleilaxu me ramener chaque fois – ghola après ghola – à la vie? Où est le *schéma* dans tout ça?

– A cause des qualités que tu possèdes en abondance. Mon père te le dira mieux.

La bouche du Duncan prit un pli sinistre.

Leto lui parla avec la voix de Muad'Dib et même le visage entouré de replis argentés prit une ressemblance avec les traits paternels.

– Tu étais mon plus fidèle ami, Duncan; encore plus que Gurney Halleck. Mais j'appartiens au passé.

Idaho déglutit.

– Ces choses que vous êtes capable de faire!

– Elles prennent les Atréides à rebrousse-poil?

– Vous avez foutrement raison!

Leto reprit son intonation ordinaire.

– Et cependant, je suis toujours un Atréides.

– Vous croyez?

– Que pourrais-je être d'autre?

– J'aimerais bien le savoir!

– Tu crois que je joue simplement avec les mots et les voix?

– Par les sept flammes de l'enfer, je me demande à quoi vous jouez!

– Je préserve la vie tout en préparant la scène du prochain cycle.

– Vous préservez la vie en la faisant disparaître?

– La mort est souvent utile à la vie.

– Ce ne sont pas les mots d'un Atréides!

– Mais ils sont vrais. Souvent, nous avons vu la valeur de la mort. Les Ixiens, toutefois, ne la connaissent pas encore.

– Qu'est-ce que les Ixiens ont à voir avec...

– Tout. Ils voudraient construire une machine pour camoufler leurs machinations.

Idaho demanda d'une voix rêveuse :

– C'est à ce sujet que l'ambassadrice ixienne est venue vous voir?

– Tu as rencontré Hwi Noree!

Idaho leva le pouce par-dessus son épaule.

– Elle sortait d'ici quand je suis arrivé.

– Et tu lui as parlé?

– Je lui ai demandé ce qu'elle faisait ici. Elle m'a répondu qu'elle choisissait son camp.

Un soubresaut de rire monta du corps de Leto.

– Ça alors! Elle est merveilleuse. Et elle t'a dit son choix?

– Elle m'a dit qu'elle servait maintenant l'Empereur-Dieu. Mais je ne l'ai pas crue, bien sûr.

– Tu aurais dû.

– Pourquoi?

– Hum, c'est vrai! J'oubliais que tu as même douté un jour de ma grand-mère Jessica.

– J'avais de bonnes raisons.

– Doutes-tu aussi de Siona?

– Je commence à douter de tout le monde!

– Et tu prétends ne pas connaître ta valeur à mes yeux! accusa Leto.

– A propos de Siona... fit Idaho. Elle prétend que vous voulez nous... c'est-à-dire... oh, zut!

– Une chose à laquelle tu dois toujours te fier, chez Siona, c'est son esprit créatif. Elle est capable de créer la beauté et la nouveauté. Il faut toujours faire confiance au génie créatif.

– Même quand il s'agit des machinations ixiennes ?

– Ce n'est pas de la créativité. La créativité se reconnaît à ce qu'elle s'étale au grand jour. Quand il y a dissimulation, c'est qu'une force entièrement différente est à l'œuvre.

– Alors, vous ne faites pas confiance à cette Hwi Noree mais vous...

– Je lui fais *entièrement* confiance, et justement pour les raisons que je viens de te fournir.

Idaho fit la grimace, puis se détendit et soupira :

– Je ferais mieux de cultiver sa fréquentation, dans ce cas. Si c'est quelqu'un que vous...

– Pas question ! Garde tes distances avec Hwi Noree. Je lui réserve quelque chose de spécial.

J'ai isolé en moi la cité-expérience pour l'examiner de près. L'idée de cité me fascine. La formation d'une communauté biologique dépourvue de substrat social actif ne peut mener qu'à la catastrophe. Des planètes entières se sont transformées en communautés biologiques distinctes sans structure sociale à la clé et cela a toujours fini par un échec. Dans des conditions de surpeuplement, cela peut devenir spectaculairement édifiant. Le ghetto est mortel. Les contraintes psychiques dues au manque d'espace vital se traduisent par des pressions qui, inévitablement, explosent. La cité représente une tentative pour canaliser ces forces. Les aspects sociaux de ces tentatives sont intéressants à analyser. N'oublions pas qu'il existe, à la base de tout ordre social, une certaine mesure de malveillance. C'est la lutte pour l'existence d'une entité artificielle, derrière laquelle se profilent l'esclavage et le despotisme. Beaucoup de torts sont causés, d'où la nécessité des lois. La loi édifie sa propre structure de pouvoir, source de nouveaux maux et de nouvelles injustices. Tous ces traumas peuvent être guéris non par l'affrontement, mais par la coopération. Le guérisseur est celui qui appelle à coopérer.

Les Mémoires Volés.

Moneo entra dans la petite chambre de Leto en proie à une agitation visible. Il préférait, au demeurant, que l'entrevue ait lieu ici, où la fosse qui abritait le chariot rendait plus difficile une attaque imprévue du Ver. Tout cela, naturellement, sans compter que l'Empereur-Dieu l'autorisait à emprunter, pour descendre, son ascenseur ixien plutôt que l'interminable rampe. Mais Moneo avait le sentiment que les nouvelles qu'il apportait ce matin ne pouvaient manquer de faire sortir *Le Ver Qui Est Dieu.*

Comment lui présenter la chose?

Moins d'une heure s'était écoulée depuis qu'avait point l'aube du quatrième jour des Festivités, et si Moneo acceptait ce fait avec sérénité, c'était uniquement parce qu'il se sentait d'autant plus rapproché de la fin de toutes ces tribulations.

Leto remua lorsque son majordome s'avança. Les brilleurs s'allumèrent, éclairant seulement le visage de l'Empereur-Dieu.

– Bonjour, Moneo. Mes gardes me disent que tu as insisté pour être reçu immédiatement. Qu'y a-t-il?

Le danger, Moneo le savait d'expérience, résidait dans la tentation de trop en dire trop vite.

– J'ai passé quelque temps en compagnie de la Révérende Mère Anteac, murmura-t-il. Bien qu'elle cache soigneusement son jeu, je suis sûr que c'est une mentat.

– Oui. Il fallait bien que le Bene Gesserit me désobéisse un jour. C'est une forme de désobéissance qui m'amuse.

– Vous ne les punirez donc pas?

– Sais-tu, Moneo, que je suis en fin de compte le parent unique de mon peuple? Je dois savoir me montrer aussi bien généreux que sévère.

Il est de bonne humeur, se dit le majordome. Il laissa échapper un léger soupir, ce qui fit sourire Leto.

– Anteac a été surprise quand je lui ai dit que

vous vouliez grâcier certains Danseurs-Visages que nous avons fait prisonniers, déclara Moneo.

– Je les réserve pour certaines Festivités.

– Mon Seigneur?

– Je t'expliquerai cela une autre fois. Venons-en maintenant aux nouvelles que tu m'apportes à cette heure indue.

– Je... euh... Moneo se mordit plusieurs fois la lèvre supérieure. Les Tleilaxu ont été très prolixes dans leur désir de s'attirer mes bonnes grâces.

– C'est évident. Et que t'ont-ils révélé?

– Ils ont... euh... fourni aux Ixiens l'assistance et le matériel dont ils avaient besoin pour fabriquer... euh... pas exactement un ghola, ni même un clone... Il est peut-être préférable d'utiliser l'expression tleilaxu : *Une restructuration cellulaire*. Le... euh... l'*expérience* a été conduite sous une espèce d'écran protecteur que, d'après les gens de la Guilde, vos pouvoirs ne peuvent percer.

– Et le résultat? Leto eut l'impression que ses mots résonnaient dans un vide glacé.

– Ils ne sont pas certains. Les Tleilaxu n'avaient pas le droit d'assister à l'expérience. Ils ont remarqué, cependant, que Malky est entré dans ce... lieu mystérieux, pour en ressortir plus tard accompagné d'un bébé.

– Ah! Je le savais bien!

– Vous le saviez? fit Moneo, perplexe.

– Je l'ai déduit. Tout cela s'est passé il y a environ vingt-six ans?

– C'est exact, Mon Seigneur.

– Et d'après eux, ce bébé serait Hwi Noree?

– Ils n'ont aucune preuve, Mon Seigneur, mais... Le majordome haussa les épaules.

– Oui, bien sûr. Et quelles sont tes propres déductions, Moneo?

– Il y a de puissantes motivations attachées à la personne de la nouvelle ambassadrice ixienne.

– Tu ne crois pas si bien dire, Moneo. N'as-tu pas été frappé de constater à quel point Hwi, la douce Hwi, représentait une image-miroir du redoutable

Malky? Elle est son reflet inverse en toute chose, y compris le sexe.

– Je n'avais pas pensé à cela, Mon Seigneur.

– Moi, si.

– Je vais la faire renvoyer immédiatement sur Ix, Mon Seigneur.

– Tu ne feras rien de semblable!

– Mais, Mon Seigneur, s'ils ont...

– J'ai remarqué, Moneo, que tu tournais rarement le dos au danger. D'autres le font souvent, mais toi... presque jamais. Pourquoi voudrais-tu que je me livre à une telle stupidité?

Moneo déglutit.

– Voilà qui est mieux, fit Leto. J'aime te voir reconnaître tes erreurs de tactique.

– Merci, Mon Seigneur.

– J'aime aussi t'entendre exprimer sincèrement ta gratitude, comme tu viens de le faire. Mais dis-moi, Anteac était-elle avec toi quand ces révélations t'ont été faites?

– Selon ce que vous aviez ordonné, Mon Seigneur.

– Parfait. Voilà qui va secouer un peu les choses. Tu vas me laisser, maintenant. Tu iras trouver Dame Hwi pour lui dire que je désire la voir sur-le-champ. Cela va la troubler. Elle croit que notre prochaine rencontre n'aura lieu que lorsque je la convoquerai à la Citadelle. Je veux que tu calmes ses appréhensions.

– De quelle manière, Mon Seigneur?

Leto répondit d'une voix peinée :

– Pourquoi voudrais-tu que je te conseille dans un domaine où tu es passé maître, Moneo? Calme-la et amène-la-moi rassurée sur la bienveillance de mes intentions.

– Oui, Mon Seigneur. Moneo s'inclina et recula d'un pas.

– Un instant, Moneo!

Le majordome se raidit, le regard braqué sur le visage de Leto.

– Tu es perplexe, Moneo, reprit l'Empereur-Dieu.

Parfois, tu ne sais plus que penser de moi. Suis-je tout-puissant et tout-prescient? Tu m'apportes ces miettes d'informations et tu te demandes : *Le sait-il déjà? S'il le sait, pourquoi me casser la tête?* Mais je t'ai ordonné de me rapporter tous ces faits, Moneo. Ton obéissance elle-même n'est-elle pas édifiante?

Moneo allait hausser les épaules, mais il se retint. Ses lèvres tremblaient.

– Le temps peut être également un lieu, Moneo, reprit l'Empereur-Dieu. Tout dépend de l'endroit où tu te trouves, de la direction où tu regardes et de ce que tu entends. La mesure, c'est dans la conscience elle-même qu'elle se trouve.

Au bout d'un long silence, Moneo s'enhardit à demander :

– C'est tout, Mon Seigneur?

– Non, ce n'est *pas* tout. Siona recevra aujourd'hui un paquet apporté par un courrier de la Guilde. Rien ne doit empêcher la remise de ce paquet. Tu as bien compris?

– Qu'est-ce que... qu'est-ce que ce paquet contient, Mon Seigneur?

– Certaines traductions, des documents que je veux qu'elle lise. Tu ne feras rien pour intercepter ce paquet. Il ne contient pas de mélange.

– Comment... comment avez-vous su ce que je croyais trouver dans...

– Je sais que tu as peur de l'épice. Elle pourrait prolonger ton existence, mais tu évites d'en prendre.

– J'ai peur des *autres* effets, Mon Seigneur.

– La nature généreuse a décrété que le mélange dévoilerait pour certains d'entre nous des profondeurs psychiques insoupçonnées, et tu en as quand même peur?

– Je suis un Atréides, Mon Seigneur.

– Ah oui, c'est vrai! Pour les Atréides, il arrive que le mélange déroule les mystères du Temps à travers un certain processus de révélation intérieure.

– Il me suffit de me rappeler l'épreuve à laquelle vous m'avez soumis, Mon Seigneur.

– Ne vois-tu donc pas la nécessité qu'il y aurait pour toi d'être capable de sentir le Sentier d'Or?

– Ce n'est pas cela que je crains, Mon Seigneur.

– Tu crains l'autre prodige, la chose qui m'a décidé à faire *mon* choix.

– Je n'ai qu'à vous regarder, Mon Seigneur, pour connaître cette crainte. Nous autres les Atréides... Il s'interrompit, la bouche sèche.

– Tu ne veux pas de tous ces souvenirs d'ancêtres et autres qui pullulent en moi!

– Parfois... parfois, Mon Seigneur, je me dis que l'épice est la malédiction des Atréides!

– Aurais-tu préféré que je n'aie jamais vu le jour?

Moneo demeura silencieux.

– Le mélange a pourtant ses mérites, Moneo. Les Navigateurs de la Guilde en ont absolument besoin. Sans lui, le Bene Gesserit aurait depuis longtemps dégénéré en une bande de femelles inutiles et geignardes.

– Nous devons vivre avec ou sans le mélange, Mon Seigneur. Je le sais.

– Tu perçois bien les choses, Moneo. Mais tu as choisi de vivre sans.

– Ce choix m'est-il interdit, Mon Seigneur?

– Pas pour l'instant.

– Que voulez-vous dire par...

– Il existe vingt-huit vocables différents en galach standard pour désigner le mélange. Il est décrit selon l'usage auquel on le destine, selon sa dilution ou son âge, selon qu'il a été acquis honnêtement ou bien volé ou bien gagné, selon qu'il a été donné en dot à une femme ou à un homme, et de bien d'autres manières encore. Quelle leçon tires-tu de tout cela, Moneo?

– Que de nombreux choix nous sont offerts, Mon Seigneur.

– Uniquement en ce qui concerne l'épice?

Les sourcils de Moneo s'arquèrent sous l'effort de concentration.

– Non.

– Il est rare que je t'entende prononcer le mot *non,* lui dit Leto. J'aime bien voir tes lèvres former ce son.

La bouche de Moneo tressaillit en une esquisse de sourire.

– Bon! fit Leto avec enjouement. Tu vas maintenant te rendre auprès de Dame Hwi. Mais avant, laisse-moi te donner un conseil qui te rendra peut-être service.

L'attention de Moneo se concentra studieusement sur le visage de l'Empereur-Dieu.

– La connaissance des drogues fut à l'origine un domaine presque exclusivement masculin dans la mesure où les hommes ont davantage le goût du risque, prolongement de l'agressivité du mâle. Tu as lu la Bible Catholique d'Orange; par conséquent, tu connais l'histoire d'Eve et de la pomme. Il y a un fait très intéressant à propos de cette histoire : Ce n'est pas Eve qui a cueilli la pomme et qui y a goûté la première. C'est Adam. Et à cette occasion, il a appris à rejeter la faute sur Eve. Mon histoire devrait te donner une leçon sur la manière dont nos sociétés ressentent la nécessité structurelle d'avoir des sous-groupes.

Moneo pencha légèrement la tête du côté gauche.

– Mon Seigneur, en quoi cela peut-il m'aider?

– Va; cela t'aidera dans tes rapports avec Dame Hwi.

La singulière multiplicité de cet univers attire mon attention la plus profonde. Il n'existe pas de plus pure beauté.

Les Mémoires Volés.

Leto entendit Moneo dans l'antichambre juste avant que Hwi pénètre dans la petite salle d'audience. Elle portait un volumineux pantalon bouffant vert pâle attaché aux chevilles par des rubans vert foncé assortis à ses sandales. Sous sa cape noire dépassait un corsage de la même couleur foncée.

Elle paraissait calme quand elle se rapprocha de Leto et, sans attendre d'y être invitée, s'assit sur un coussin doré de préférence au rouge qu'elle avait choisi précédemment. Il avait fallu moins d'une heure à Moneo pour la ramener ici. L'ouïe sensible de Leto décelait la nervosité du majordome dans l'antichambre. L'Empereur-Dieu émit un signal qui refermait une cloison mobile dans l'entrée en forme d'arcade.

– Moneo a dû être troublé par quelque chose, déclara Hwi. Il a fait des efforts désespérés pour que je ne me doute de rien, mais il n'a réussi qu'à piquer ma curiosité.

– Il ne t'a pas effrayée?

– Oh, non! Il m'a dit quelque chose de très intéressant, cependant. Qu'il ne fallait jamais oublier que le Seigneur Leto est pour chacun de nous une personne différente.

– Et en quoi est-ce intéressant?

– C'est surtout la question qu'il a posée ensuite qui est intéressante. Il s'est souvent demandé, m'a-t-il dit, dans quelle mesure ce n'était pas nous qui étions à l'origine de ces différences de point de vue.

– Voilà qui ne manque pas d'intérêt, en effet.

– Je pense que c'est une intuition véridique. Pourquoi m'avez-vous convoquée?

– Il fut un temps où tes maîtres sur Ix...

– Ce ne sont plus mes maîtres, Mon Seigneur.

– Pardonne-moi. Je les appellerai désormais les Ixiens.

Elle hocha gravement la tête.

– Il fut un temps, Mon Seigneur?

– Où les Ixiens envisageaient de fabriquer une arme, une espèce d'engin de mort autoguidé et autopropulsé, muni d'un cerveau mécanique. Ce devait être l'arme ultime, capable de se perfectionner par elle-même et de pourchasser toute vie afin de la réduire à ses composants inorganiques.

– Je n'avais jamais entendu parler de cette chose, Mon Seigneur.

– Je le sais. Les Ixiens n'ont jamais voulu reconnaître que les créateurs de machines courent toujours le risque de devenir eux-mêmes totalement mécaniques. C'est la stérilité ultime. Les machines sont toujours vouées à l'échec. C'est une simple question de temps. Et après cet échec-là, il ne subsisterait plus rien. Plus aucune vie, rien du tout.

– Parfois, je me dis qu'ils sont fous, murmura Hwi.

– C'est l'opinion d'Anteac. Le problème le plus immédiat. En ce moment même, les Ixiens se livrent à une expérience qu'ils veulent tenir secrète.

– Même à vos yeux?

– Même à mes yeux. Je vais envoyer la Révérende Mère Anteac enquêter pour mon compte. Afin de lui faciliter la tâche, je voudrais que tu lui dises tout ce que tu pourras sur cet endroit où tu as passé ton enfance. N'oublie surtout aucun détail, même s'il te paraît insignifiant. Anteac t'aidera à te souvenir. Nous avons besoin de tout, depuis le nom et la description de chaque visiteur jusqu'au moindre son, parfum ou coloris qui a impressionné tes sens. Le plus petit frisson qui a parcouru ta peau peut nous être d'une utilité vitale.

– Vous croyez que c'est là que l'arme est cachée?

– J'en suis certain.

– Et vous croyez qu'ils la fabriquent dans...

– Non, mais ce sera notre prétexte pour en savoir davantage sur cet endroit où tu es née.

Elle ouvrit la bouche puis esquissa un sourire.

– Mon Seigneur a l'esprit tortueux. Je vais de ce pas rejoindre la Révérende Mère.

Elle fit mine de se lever, mais Leto la retint d'un geste.

– Nous ne devons laisser apparaître aucune précipitation, dit-il.

Elle se rassit sur le coussin.

– Chacun de nous est différent, comme l'a fait observer Moneo, reprit l'Empereur-Dieu. La genèse ne cesse jamais. Ton dieu te crée continuellement.

– Que va découvrir Anteac? Vous le savez, n'est-ce pas?

– Disons que j'ai de fortes présomptions. Au fait, tu n'as pas une seule fois mentionné le sujet dont je t'ai parlé récemment. N'as-tu rien à me demander?

– Je sais que vous me fournirez les réponses à mesure que j'en aurai besoin, dit-elle.

Il y avait une telle confiance dans cet aveu que Leto en eut la réplique coupée. Il ne put que la regarder en s'émerveillant de la perfection atteinte par les Ixiens dans cette réalisation... *humaine.* Tout ce que faisait Hwi demeurait extraordinairement conforme aux préceptes d'une moralité qu'elle avait personnellement choisie. Elle était charmante, chaleureuse, honnête et dotée d'un pouvoir d'empathie qui la forçait à partager toutes les angoisses de ceux à qui elle s'identifiait. Leto imaginait sans peine le désarroi qui avait dû s'emparer des professeurs chargés de lui enseigner les techniques Bene Gesserit quand ils s'étaient trouvés confrontés à cet inébranlable fonds d'honnêteté intrinsèque. Ces professeurs, apparemment, avaient été réduits à ajouter une touche par-ci, un accomplissement par-là, le tout ne faisant que renforcer les qualités qui l'empêchaient de devenir une vraie Bene Gesserit. Que de frustrations ils avaient dû éprouver!

– Mon Seigneur, déclara Hwi, j'aimerais connaître les raisons qui vous ont fait choisir cette existence.

– D'abord, Hwi, il faudrait que tu comprennes ce que c'est que de percevoir notre avenir.

– Avec votre aide, je veux bien essayer.

– Rien n'est jamais séparé de sa source, Hwi. Percevoir des avenirs, c'est avoir la vision d'un *continuum* au sein duquel les choses prennent forme comme des bulles qui naissent au pied d'une cascade. On les voit se former puis disparaître, emportées par le courant. Si celui-ci se tarit, c'est comme si les bulles n'avaient jamais existé. Le courant, c'est mon Sentier d'Or. Et je l'ai vu prendre fin.

– Ce choix... Elle fit un geste en direction du corps de Leto. Il a changé le Sentier d'Or?

– Il est en train de le changer. Le changement ne vient pas seulement de la nature de ma vie, mais de la nature de ma mort.

– Vous savez comment vous mourrez?

– Pas *comment*. Je sais seulement quel est le Sentier d'Or où cela se produira.

– Mon Seigneur, ce n'est pas très...

– Je sais. Ce n'est pas facile à comprendre. Je mourrai de quatre morts. La mort de la chair, la mort de l'âme, la mort du mythe et la mort de la raison. Mais toutes ces morts contiennent le germe de la résurrection.

– Vous allez revenir de...

– Les germes reviendront.

– Quand vous ne serez plus, qu'adviendra-t-il de votre religion?

– Toutes les religions constituent une communion unique. Leur empreinte sur le Sentier d'Or est inchangée. Les humains en voient simplement un fragment avant l'autre. Les illusions peuvent être définies comme des accidents des sens.

– Les gens continueront de vous vénérer.

– Oui.

– Mais à la fin de l'*éternité*, certaines colères surgiront, murmura Hwi. Certains doutes. On dira que vous n'étiez qu'un tyran de plus.

– Illusion, approuva Leto.

Une boule s'était formée dans la gorge de Hwi, qui l'empêcha de parler durant quelques instants. Puis elle demanda :

– Comment votre vie et votre mort pourront-elles changer le...

Elle secoua la tête.

– La vie continuera.

– Je le crois volontiers, Mon Seigneur. Mais comment?

– Chaque cycle est une réaction au cycle précédent. Réfléchis à la forme de mon Empire et tu connaîtras celle du prochain cycle.

Elle détourna les yeux.

– Tout ce que je sais de votre Famille m'apprend que vous n'avez pu faire une chose pareille (elle fit un geste vague, sans regarder, dans sa direction) que pour un motif altruiste. Quant à la *forme* de votre Empire, je ne crois pas pouvoir la connaître vraiment.

– La Paix de Leto?

– La paix règne moins que ne voudraient nous le faire croire certains, dit-elle en le regardant de nouveau.

Cette honnêteté qu'il y a en elle! songea-t-il. *Rien ne peut l'arrêter.*

– C'est l'ère de l'estomac, dit-il à haute voix. L'ère où nous entrons en expansion comme seule peut le faire une cellule unique.

– Mais il manque quelque chose, fit Hwi.

Elle est comme les Duncan, songea Leto. *Il manque quelque chose et ils le perçoivent aussitôt.*

– La chair se développe, dit-il, mais pas la psyché.

– La psyché?

– Cette conscience réflexive qui nous indique le *degré d'intensité* auquel nous pouvons vivre. Tu sais très bien ce que c'est, Hwi. C'est cet instinct qui te commande d'être vraie envers toi-même.

– Votre religion ne suffit pas.

– Aucune religion ne saurait jamais suffire. C'est une question de choix. Un choix unique, solitaire. Comprends-tu, à présent, pourquoi ta compagnie a tant de prix pour moi?

Elle cilla pour refouler ses larmes tout en hochant la tête.

– Pourquoi les autres ne le savent-ils pas? demanda-t-elle.

– Parce que les conditions ne le permettent pas.

– Les conditions que vous dictez?

– Précisément. Regarde mon Empire. En vois-tu la forme, à présent?

Elle ferma les yeux pour se concentrer.

– On a envie de rester assis au bord d'une rivière pour pêcher toute la journée? reprit Leto. Merveilleux. Voilà comment elle est, cette vie. On veut prendre un voilier pour traverser une mer intérieure et voir des étrangers? Epatant. Que peut-on faire de mieux?

– Voyager dans l'espace? demanda-t-elle sur un ton qui n'était pas sans défi. Elle rouvrit les yeux.

– Tu as remarqué que la Guilde et moi, nous n'autorisons pas cela.

– *Vous* n'autorisez pas cela.

– Exact. Si la Guilde me désobéit, plus d'épice pour elle.

– Et retenir les gens sur leur planète, cela les empêche de faire trop de bêtises.

– Bien plus que ça, Hwi. Cela leur donne le désir de voyager. Cela crée un *besoin* de quitter leur planète, de voir des choses différentes. En fin de compte, voyage devient synonyme de liberté.

– Mais les réserves d'épice diminuent.

– Et la liberté devient plus précieuse chaque jour.

– Ce qui ne peut mener qu'au désespoir et à la violence, conclut Hwi.

– Un sage de mes ancêtres – j'ai été cet ancêtre, sais-tu? Comprends-tu que dans mon passé il n'y a pas d'étrangers?

Elle hocha gravement la tête.

– Ce sage, donc, avait fait observer que la richesse est une clé de la liberté. Mais que la poursuite de la richesse est aussi la voie de l'esclavage.

– La Guilde et le Bene Gesserit se mettent leurs propres boulets aux pieds!

– Pas seulement eux, mais les Ixiens, les Tleilaxu, tous les autres. Oh! ils dénichent bien, de temps à autre, un petit magot de mélange encore caché, et cela les occupe pendant un certain temps. Un jeu passionnant, tu ne trouves pas?

– Mais quand la violence éclatera...

– Il y aura des famines, des moments difficiles.

– Ici aussi, sur Arrakis?

– Ici, là-bas, partout. Les gens évoqueront ma tyrannie comme un âge d'or. Je serai le miroir de leur avenir.

– Mais ce sera effroyable! protesta-t-elle.

Elle ne pouvait avoir une autre réaction, songea Leto.

– La terre ne nourrira plus les gens, reprit-il. Les survivants se réfugieront dans des communautés de plus en plus petites. Un impitoyable processus de sélection s'établira sur la plupart des mondes à mesure que la natalité explosera et que les réserves de nourriture s'amenuiseront.

– Mais la Guilde ne pourra-t-elle pas...

– La Guilde sera impuissante sans le mélange permettant de tirer parti des moyens de transport existants.

– Les riches pourront s'échapper?

– Certains seulement.

– Alors, vous n'avez rien changé vraiment. Nous continuerons de nous débattre et de mourir comme avant.

– Jusqu'à ce que le ver des sables établisse de nouveau son règne sur Arrakis. Nous aurons entre-temps subi l'épreuve d'une profonde expérience partagée par tous. Nous aurons appris qu'une chose qui peut se produire sur une planète peut se produite sur toutes.

– Tant de souffrance et tant de morts, murmura-t-elle.

– Ne comprends-tu donc pas ce que c'est que la mort? Il faut que tu comprennes. L'espèce doit comprendre. Toute vie doit comprendre.

– Aidez-moi, Mon Seigneur.

– C'est la plus profonde expérience que puisse connaître une créature quelconque. Les seules qui s'en rapprochent sont celles qui la parodient ou la reflètent. Les blessures, la maladie, l'accident... la parturition, pour une femme... autrefois, le combat des mâles.

– Mais vos Truitesses... elles sont...

– Spécialistes de la survie.

Les yeux de Hwi s'agrandirent tandis qu'elle commençait à comprendre.

– Les survivantes... Oh oui!

– Ma précieuse Hwi! fit Leto. Ma rare et précieuse Hwi. Bénis soient les Ixiens!

– Et maudits également?

– Egalement, bien sûr.

– Je n'aurais pas cru pouvoir comprendre un jour ce que représentent vos Truitesses, murmura Hwi.

– Même Moneo ne l'a pas encore vu. Quant aux Duncan, je commence à désespérer.

– Il faut savoir apprécier la vie avant de vouloir la préserver, reprit Hwi.

– Et ce sont les survivants qui exercent la prise la plus légère et la plus poignante sur la beauté d'exister. Les femmes le découvrent plus souvent que les hommes parce que la naissance est le reflet de la mort.

– Mon oncle Malky disait toujours que vous aviez de très bonnes raisons de refuser aux hommes la violence ordinaire et la guerre. Quelle amère leçon!

– Sans accès à une forme de violence disponible à tout instant, les hommes ont peu de moyens d'éprouver la manière dont ils affronteront l'expérience finale. Il manque quelque chose. La psyché ne se développe pas. Que disent donc les gens à propos de la Paix de Leto?

– Ils disent que vous nous forcez à nous vautrer dans une décadence inutile, comme des porcs dans leur fange.

– Il faut savoir admettre la justesse de la sagesse populaire *Décadence*.

– La plupart des hommes sont dénués de principes, déclara Hwi. C'est en tout cas ce que répètent constamment les Ixiennes.

– Quand je veux reconnaître un révolté, je cherche un homme de principes.

Elle le regarda fixement sans rien dire, et il songea que cette simple réaction en disait plus long sur sa profonde intelligence que n'importe quel discours.

– Où crois-tu donc que je découvre mes meilleurs administrateurs? poursuivit l'Empereur-Dieu.

Elle laissa échapper une exclamation brève.

– Les principes, reprit-il, c'est ce pour quoi l'on se bat. La plupart des hommes traversent leur existence sans être jamais mis au défi, sauf au moment ultime. Ils ont trop peu d'arènes hostiles pour s'éprouver.

– Ils ont leur Empereur-Dieu.

– Oui, mais je suis trop fort pour eux. J'équivaux à un suicide. Qui voudra affronter une mort certaine?

– Un fou. Quelqu'un de désespéré... ou de révolté?

– Pour des révoltés, je représente l'équivalent de la guerre. Je suis le prédateur ultime, la force de cohésion qui les désagrège.

– Je ne me suis jamais considérée comme une révoltée, murmura Hwi.

– Tu es quelque chose de beaucoup mieux.

– Et vous avez en vue une manière de m'utiliser?

– Oui.

– Pas comme administratrice?

– J'ai déjà d'excellents administrateurs... incorruptibles, sagaces, philosophes et réceptifs quant à leurs erreurs, vifs à prendre leurs décisions.

– D'anciens révoltés?

– Pour la plupart.

– Comment sont-ils sélectionnés?

– On pourrait dire qu'ils se sélectionnent eux-mêmes.

– En survivant?

– Ça aussi, mais ce n'est pas tout. La différence entre un bon administrateur et un mauvais tient à quelques cheveux. Les bons administrateurs sont ceux qui font les choix immédiats.

– Et acceptables?

– En général, il en sort toujours quelque chose. Un mauvais administrateur, par contre, hésite, discutaille, réclame des réunions, des rapports, des commissions d'enquête. En fin de compte, par son comportement, il risque de créer de sérieux problèmes.

– Mais n'est-il pas parfois préférable d'avoir suffisamment d'informations avant de...

– Le mauvais administrateur s'occupe davantage des rapports que des décisions. Il cherche à se constituer le dossier impeccable qu'il pourra exhiber comme excuse à ses erreurs.

– Et le bon administrateur?

– Oh! il se contente de donner des instructions verbales. Il ne cache pas ce qu'il a fait si, à la suite de ses ordres, des problèmes surgissent. Il s'entoure de gens capables d'agir avec discernement sur la base de simples instructions verbales. Souvent, l'information la plus importante, c'est qu'il y a une difficulté quelque part. Le mauvais administrateur dissimule sa faute jusqu'au moment où il n'est plus possible de redresser la barre.

Leto la regarda tandis qu'elle faisait mentalement le compte de ceux qui le servaient, particulièrement Moneo.

– Des décideurs, fit-elle.

– L'une des choses les plus difficiles à trouver, pour un tyran, ce sont des gens vraiment capables de prendre des décisions.

– Votre connaissance approfondie du passé ne vous donne-t-elle pas...

– Elle me donne surtout de l'amusement. La plupart des régimes bureaucratiques avant le mien ont recherché et promu des personnes qui évitaient de prendre des décisions.

– Je vois... Et comment comptez-vous m'utiliser?

– Veux-tu m'épouser?

Un léger sourire flotta sur les lèvres de Hwi.

– Les femmes aussi peuvent être capables de décider rapidement. Je veux bien vous épouser.

– Dans ce cas, va vite trouver la Révérende Mère. Assure-toi qu'elle sait exactement ce qu'il faut rechercher.

– Ma genèse. Pour mes motivations, vous et moi savons déjà à quoi nous en tenir.

– Il ne faut surtout pas les séparer de leur source!

– Mon Seigneur, dit-elle alors en se levant, serait-il possible que vous fassiez erreur à propos de votre Sentier d'Or? L'éventualité d'un échec...

– Tout et tout le monde peut échouer, déclara gravement Leto. Mais de bons et honnêtes amis, cela facilite considérablement les choses.

Les groupes ont tendance à organiser leur environnement en fonction de la survie du groupe. Quand ils dévient de cette conduite, cela peut être considéré comme un signe de pathologie du groupe. Il existe un grand nombre de symptômes évocateurs. J'observe particulièrement le partage de la nourriture. C'est une forme de communication, un signe évident d'assistance mutuelle qui contient aussi un signal mortel de dépendance. Il est intéressant de remarquer que, de nos jours, ce sont plutôt des hommes qui aménagent le paysage. On les appelle des agriculteurs. Autrefois, c'était un domaine spécialement réservé aux femmes.

Les Mémoires Volés.

Pardonnez les lacunes de ce rapport, écrivit la Révérende Mère Anteac. *Elles sont à mettre au compte de la précipitation. Je pars demain pour Ix afin d'élucider l'affaire que j'ai précédemment exposée en détail. La profondeur et la sincérité de l'intérêt de l'Empereur-Dieu pour Ix ne peuvent être mises en doute, mais je voudrais rapporter ici l'étrange entretien que je viens d'avoir avec la nouvelle ambassadrice ixienne, Hwi Noree.*

Anteac se laissa aller légèrement en arrière sur le

tabouret qui représentait ce que les locaux spartiates de la Délégation avaient de mieux à offrir. Elle était toute seule dans sa chambre, cette cellule étroite que, même après l'avertissement du Bene Gesserit concernant la trahison des Tleilaxu, le Seigneur Leto avait refusé de changer contre quelque chose de plus décent.

Sur un genou de la Révérende Mère, il y avait un carré noir d'un centimètre de côté et de trois millimètres d'épaisseur environ. Elle écrivait dans ce carré avec une fine aiguille brillante, un seul mot à la fois. Aussitôt absorbés par le carré noir, les mots formeraient un message complet destiné à impressionner directement la rétine d'une acolyte-messagère pour être intégralement restitués plus tard devant le Chapitre.

Hwi Noree représentait un tel dilemme!

Anteac avait lu les comptes rendus fournis par les professeurs du Bene Gesserit envoyés sur Ix pour y faire l'éducation de Hwi. Mais ces comptes rendus laissaient subsister trop de zones obscures. Ils soulevaient plus de mystères qu'ils n'en résolvaient.

Quelles aventures as-tu connues, mon enfant?

Quelles misères t'a-t-on fait subir dans ta jeunesse?

Anteac renifla en contemplant le carré noir sur son genou. Toutes ces pensées lui rappelaient la croyance fremen selon laquelle chacun était irrévocablement marqué par son lieu de naissance. Ils avaient une formule pour cela. Ils demandaient :

– Y a-t-il des animaux étranges sur votre planète?

Hwi était arrivée avec une impressionnante escorte de Truitesses : plus d'une centaine de femmes athlétiques et puissamment armées. Anteac avait rarement vu un tel arsenal : lasers, longs-couteaux, fustelles, étourdisseurs...

Cette armée de Truitesses avait investi toute la Délégation, occupant toutes les pièces à l'exception de cette cellule.

Le regard de la Révérende Mère fit le tour de la chambre exiguë. Il y avait une signification dans le refus du Seigneur Leto de lui donner d'autres quartiers. *Voilà la mesure de votre valeur aux yeux de l'Empereur-Dieu.* Tel était le message. Seulement...

Seulement, il jugeait bon d'envoyer sur Ix une Révérende Mère pour une mission importante. Rien que le but avoué de cette mission suggérait beaucoup de choses. Peut-être les temps allaient-ils changer pour le Bene Gesserit. Peut-être cela signifiait-il plus d'épice et de nouveaux honneurs.

Tout dépend de la réussite de ma mission.

Hwi était entrée seule dans la petite chambre. Elle s'était assise modestement sur la paillasse d'Anteac, la tête un peu plus bas que celle de la Révérende Mère. Une attention louable, et qui n'était certainement pas due au hasard. Les Truitesses, de toute évidence, auraient pu ménager l'entrevue d'une manière protocolairement différente. Il suffisait à Hwi de commander. Ses premières paroles étonnantes l'avaient bien confirmé.

– Avant toute chose, vous devez savoir que le Seigneur Leto va m'épouser.

Toute sa maîtrise avait été nécessaire à Anteac pour ne pas demeurer bouche bée. Sa vision intérieure lui confirmait maintenant la véracité des paroles de Hwi, mais elle était incapable d'en évaluer toutes les conséquences.

– Le Seigneur Leto ordonne que vous ne disiez rien de ceci à personne, ajouta Hwi.

Quel dilemme! songea Anteac. *Puis-je même l'annoncer à mes Sœurs du Chapitre?*

– Tout le monde en sera informé en temps voulu, reprit Hwi. Mais ce n'est pas encore le moment. Si je vous l'ai dit, c'est pour bien vous montrer l'importance de la confiance manifestée par le Seigneur Leto.

– Sa confiance en vous?

– En nous deux.

Ces paroles avaient fait naître chez Anteac un frisson d'excitation à peine dissimulé. Le pouvoir que promettait une telle confiance!

– Savez-vous pourquoi les Ixiens vous ont désignée comme ambassadrice? demanda la Révérende Mère.

– Oui. Ils voulaient que je le séduise.

– Apparemment, vous avez réussi. Cela signifie-t-il que les Ixiens ajoutent foi aux histoires des Tleilaxu concernant les mœurs grossières du Seigneur Leto?

– Les Tleilaxu n'y croient pas eux-mêmes.

– Dois-je comprendre que vous confirmez la fausseté de ces affirmations?

Hwi avait répondu d'une voix étrangement neutre que même la vision intérieure d'Anteac et ses capacités de mentat avaient eu du mal à interpréter.

– Vous lui avez parlé, vous l'avez observé. Répondez vous-même à cette question.

Anteac avait réprimé un mouvement d'irritation. Malgré sa jeunesse, cette Hwi n'avait rien d'une acolyte... et ne ferait jamais une bonne Bene Gesserit. Quel dommage!

– Avez-vous annoncé la nouvelle à votre gouvernement ixien? avait demandé la Révérende Mère.

– Non.

– Pour quelle raison?

– Ils le sauront bien assez tôt. Une annonce prématurée pourrait nuire au Seigneur Leto.

Elle est sincère, se disait Anteac.

– N'êtes-vous pas avant tout loyale aux Ixiens? demanda-t-elle à haute voix.

– Je suis avant tout loyale à la vérité. Elle sourit avant d'ajouter : Ix a peut-être réussi au-delà de ce qu'il croyait.

– Ix vous considère-t-il comme une menace contre l'Empereur-Dieu?

– Je crois que leur premier souci est d'obtenir des informations. J'en ai discuté avec Ampré avant mon départ.

– Le directeur des Affaires extérieures de la Fédération ixienne? Cet Ampré-là?

– Oui. Il est convaincu que le Seigneur Leto

n'autorise les menaces contre sa personne que dans une certaine limite.

– Ampré a dit cela?

– Il ne croit pas que l'avenir puisse être caché au Seigneur Leto.

– Mais ma mission sur Ix semblait impliquer... La Révérende Mère secoua la tête. Pourquoi les Ixiens fournissent-ils des armes et des machines à l'Empereur-Dieu?

– Ampré est convaincu que les Ixiens n'ont pas le choix. Si la menace était trop grande, ils seraient écrasés par une force invincible.

– Et si Ix refusait, la limite fixée par le Seigneur Leto serait dépassée. Il n'y a pas de moyen terme. Avez-vous songé aux conséquences d'un mariage avec l'Empereur-Dieu?

– Vous faites allusion aux doutes que cela soulèvera sur sa nature divine?

– Certains commenceront à croire aux histoires des Tleilaxu.

Hwi se contenta de sourire.

Damnation! se dit Anteac. *Comment avons-nous fait pour perdre cette fille?*

– Il est en train de changer la structure de sa religion, accusa-t-elle à haute voix. C'est cela, bien sûr.

– Ne commettez pas l'erreur de juger les autres d'après vous-même, déclara Hwi; et comme la Révérende Mère commençait à se rebiffer, elle ajouta vivement : Mais je ne suis pas venue ici pour discuter avec vous du Seigneur Leto.

– Non; bien sûr que non.

– L'Empereur-Dieu m'a ordonné, reprit Hwi, de vous dire en détail tout ce que ma mémoire contient au sujet de l'endroit où je suis née et où j'ai été élevée.

Tout en repensant aux paroles de Hwi, Anteac contemplait le carré noir cryptique posé sur son genou. Pour obéir à son Seigneur (et à présent fiancé!), Hwi avait exposé dans les moindres détails tout ce qu'elle savait. La chose eût été fastidieuse, par moments, sans les capacités de mentat d'Anteac pour l'absorption des données.

La Révérende Mère secoua de nouveau la tête. Elle hésitait sur ce qu'il fallait rapporter aux Sœurs du Chapitre. Celles-ci devaient être déjà en train d'évaluer la teneur du dernier message. Une machine capable de se soustraire, avec son contenu, à la prescience de l'Empereur-Dieu lui-même... La chose était-elle possible? Ou bien s'agissait-il d'un autre genre d'épreuve, destiné à mesurer la naïveté du Bene Gesserit en ce qui concernait le Seigneur Leto? Et maintenant, cette autre affaire... s'il fallait croire qu'il ignorait vraiment la genèse de l'énigmatique Hwi Noree...

Une chose était certaine. Cette nouvelle évolution venait renforcer l'évaluation mentat d'Anteac sur les raisons qui lui avaient valu d'être choisie pour cette mission sur Ix. L'Empereur-Dieu n'osait pas confier ce genre d'information à ses Truitesses. Il ne voulait pas qu'elles soupçonnent une faiblesse chez leur Seigneur!

Mais était-ce aussi simple que cela le semblait? Avec le Seigneur Leto, un rouage pouvait toujours en cacher un autre.

De nouveau, Anteac secoua la tête. Puis elle reprit la rédaction de son rapport, sans mentionner que l'Empereur-Dieu s'était choisi une fiancée.

Le Chapitre le saurait bien assez tôt, comme disait Hwi. En attendant, Anteac allait s'efforcer de dresser la liste des implications.

Si vous savez tout de vos ancêtres, c'est que vous avez été personnellement témoins des événements qui ont créé les mythes et les religions de notre passé. Acceptant cela, vous devez reconnaître que je suis un faiseur de mythes.

Les Mémoires Volés.

La première explosion retentit au moment où la nuit commençait à envelopper la Cité de Onn. La déflagration surprit quelques hardis fêtards qui passaient devant l'ambassade ixienne pour se rendre à une soirée où (leur avait-on assuré) des Danseurs-Visages joueraient une pièce antique où il était question d'un roi qui massacrait ses enfants. Après les violents événements qui avaient marqué les quatre premières journées de Festivités, il fallait un certain courage à ces fêtards pour quitter la relative sécurité de leur domicile. Il circulait partout des histoires d'accidents, quelquefois mortels, survenus à des passants innocents, et voici que de l'eau était encore apportée au moulin de ceux qui préconisaient de s'enfermer chez soi.

Aucun des blessés n'eût certes apprécié la remarque de Leto selon laquelle les passants innocents constituaient une espèce relativement rare.

Les sens aigus de l'Empereur-Dieu détectèrent et localisèrent l'explosion dès qu'elle se produisit. Mû par une furie qu'il devait regretter plus tard, il appela ses Truitesses en hurlant et ordonna « que soient anéantis les Danseurs-Visages », même ceux qu'il avait précédemment épargnés.

A la réflexion immédiate, cette sensation de furie, en soi, fascinait Leto. Il y avait tellement longtemps qu'il n'avait ressenti même une colère légère. De la frustration, de l'irritation, oui, mais c'était là le plafond. Et à présent, à l'idée d'un danger menaçant Hwi Noree, une authentique furie!

Après quelques instants de méditation, il revint sur son ordre initial, mais pas avant que plusieurs Truitesses aient quitté au pas de course l'Auguste Présence, leurs plus violents instincts déchaînés par ce qu'elles avaient lu dans les yeux de leur Seigneur.

– Dieu est en colère! criaient-elles.

La seconde explosion atteignit un groupe de Truitesses qui émergeaient sur la place, retardant d'autant la transmission du contrordre de Leto et déclenchant de nouvelles violences. La troisième déflagration, située non loin de la première, fit entrer Leto lui-même en action. Propulsant son Chariot Royal comme un véritable bolide, il quitta la petite chambre, monta dans l'ascenseur ixien et jaillit à la surface de la place.

En émergeant, Leto contempla un spectacle de désolation et de chaos éclairé par des milliers de brilleurs flottants lâchés par les Truitesses. L'arène centrale de la place avait été détruite. Seule l'assise de plastacier demeurait intacte sous le revêtement de surface. Partout, des décombres étaient mêlés aux morts et aux blessés.

Dans la direction de l'ambassade ixienne, de l'autre côté de la place par rapport à Leto, il y avait des signes de violents combats.

– Où est mon Duncan? rugit l'Empereur-Dieu.

Une *bashar* de la Garde arriva au pas de course pour lui faire son rapport en haletant :

– Nous l'avons conduit à la Citadelle, Mon Seigneur!

– Que se passe-t-il là-bas? demanda Leto en montrant la direction de l'ambassade ixienne.

– Les rebelles et les Tleilaxu ont attaqué l'ambassade, Mon Seigneur. Ils ont des explosifs.

Au moment même où elle disait ces mots, une nouvelle explosion se produisit devant la façade ébréchée de l'ambassade. Leto vit des silhouettes désarticulées se soulever dans les airs et retomber en une courbe large à l'orée d'un grand embrasement dont il ne subsistait qu'une image résiduelle orange cloutée de petits points noirs.

Sans réfléchir aux conséquences, Leto mit en action les suspenseurs de son chariot et fonça à travers la place tel un terrible Béhémoth aspirant les brilleurs dans son sillage. Arrivé sur les lieux du combat, il sauta au-dessus de ses propres troupes et plongea directement dans le flanc ennemi en prenant alors seulement conscience des lasers qui dirigeaient vers lui leurs arcs bleutés livides. Il sentit l'avant du chariot pénétrer dans la masse de chairs, projetant des corps de tous les côtés.

Le chariot l'éjecta juste devant l'entrée de l'ambassade, heurtant un tas de décombres qui l'arrêta net. Leto roula sur une surface dure. Il sentit les rayons des lasers picoter son corps annelé, puis une explosion de chaleur intérieure se transforma en un renvoi libérateur d'oxygène au niveau de sa queue. D'instinct, il avait enfoncé la tête dans ses replis protecteurs et rentré les bras dans les profondeurs du segment antérieur de son corps. Le Ver avait alors pris la relève, tournoyant comme une roue folle, broyant et balayant tout ce qui se trouvait autour de lui.

Le sang recouvrait la rue d'une pellicule visqueuse. Le sang, pour son organisme, était de l'eau transmuée, mais l'eau était libérée par la mort. Son corps gigantesque glissait et dérapait dans la mare liquide et une fumée bleue montait de chaque articulation où l'eau avait pu se frayer un chemin à travers la peau de truite qui lui servait d'épiderme. La douleur de l'eau ne faisait qu'ajouter à la violence des soubresauts qui agitaient le Ver.

Dès l'intervention de Leto, les premières lignes de Truitesses s'étaient repliées. Une *bashar* à l'esprit alerte avait immédiatement compris le parti à tirer de la nouvelle situation. Par-dessus les bruits de la bataille, elle hurla :

– Occupez-vous des isolés!

Les rangs des Truitesses se resserrèrent.

Le carnage dura quelques minutes, les lames scintillant à la faveur des brilleurs implacables tandis que les arcs des lasers dansaient dans le ciel. Même les mains nues, les pieds, faisaient leurs ravages dans les chairs vulnérables. Les Truitesses ne laissèrent aucun survivant.

Leto se dégagea, d'un mouvement ondulant, de la bouillie sanglante qui entourait l'ambassade. Sous la douleur de l'eau, il avait tout juste la force de penser. L'air était partout saturé d'oxygène, ce qui aidait à clarifier ses sens humains. Il fit venir son chariot qui flotta lentement vers lui, penchant dangereusement sur ses suspenseurs endommagés. Il monta prudemment dans le véhicule et lui donna mentalement l'ordre de regagner sa demeure dans les profondeurs de la place.

Depuis bien longtemps, il avait pris des dispositions pour pouvoir faire face, en cas d'urgence, aux dommages causés par l'eau. Il disposait d'une salle spécialement aménagée où de puissants jets d'air chaud le sécheraient et lui redonneraient des forces. Le sable du désert eût été pour cela préférable, mais il n'existait malheureusement pas, dans les alentours immédiats de la Cité Festive, d'étendue de sable assez vaste pour qu'il pût s'y vautrer afin d'arracher à son corps l'humidité qui le souillait.

Une fois dans l'ascenseur, il pensa à Hwi et fit partir l'ordre de la lui amener immédiatement.

Si elle est encore vivante.

Il n'avait pas le temps maintenant de faire une recherche presciente. Il ne pouvait qu'espérer tandis que son corps, aussi bien humain que prévermiforme, attendait le bain de chaleur purificatrice.

Il était déjà sous les jets d'air brûlant quand il songea à répéter son contrordre :

– Epargnez quelques-uns des Danseurs-Visages!

Mais il était trop tard. Les Truitesses enragées écumaient la Cité et l'Empereur-Dieu n'avait pas la force d'utiliser sa prescience pour dépêcher des messagères aux points stratégiques.

Une lieutenante de la Garde vint lui annoncer, au moment où il ressortait de la salle de purification, que Hwi Noree, bien que légèrement blessée, ne courait plus aucun danger et lui serait amenée dès que les conditions le permettraient.

Leto promut sur-le-champ la lieutenante au grade de sub-bashar. C'était une femme massive, du type Nayla, mais au visage moins carré, aux traits plus arrondis, plus proches des anciennes normes. Elle tremblait sous la chaleur de l'approbation seigneuriale et, quand Leto lui ordonna de repartir pour « veiller doublement » à la sécurité de Hwi, elle pivota sur ses talons et s'éloigna au pas de course de l'Auguste Présence.

Je ne lui ai même pas demandé son nom, songea l'Empereur-Dieu en se laissant glisser dans le chariot tout neuf qui l'attendait dans la fosse de sa petite salle d'audience. Il lui fallut quelques instants de concentration pour se rappeler comment la nouvelle sub-bashar s'appelait... Kieuemo. Il faudrait confirmer la promotion. Il prit mentalement note de s'en occuper personnellement. Toutes les Truitesses devaient savoir le prix qu'il attachait à Hwi Noree... s'il pouvait encore y avoir un doute après ce qui s'était passé ce soir.

Il effectua alors sa recherche presciente et dépêcha des messagères à ses Truitesses en folie. Mais déjà le mal était fait. Onn était couverte de cadavres, parmi lesquels une majorité de Danseurs-Visages mais aussi un bon nombre de simples suspects.

Et beaucoup, aujourd'hui, m'auront vu tuer, se dit-il.

En attendant l'arrivée de Hwi, il passa mentalement en revue les événements récents. Cette attaque n'était pas dans la manière habituelle du Tleilax. Cependant, l'attentat précédent sur la route de la Cité Festive s'éclairait d'un jour nouveau, le tout désignant une volonté unique animée par de sinistres desseins.

J'aurais pu y laisser ma vie, songea-t-il.

Cela expliquait en partie pourquoi il n'avait pas prévu l'attaque, mais il existait une raison plus profonde. Leto la voyait émerger peu à peu dans son esprit conscient, récapitulant toutes les clés. Quel était l'humain qui connaissait le mieux l'Empereur-Dieu? Celui qui disposait d'un endroit secret pour conspirer?

Malky!

Leto fit venir une garde et lui ordonna de s'enquérir si la Révérende Mère Anteac avait déjà quitté Arrakis. La garde fut de retour quelques instants plus tard pour faire son rapport.

– Anteac n'est pas encore partie. La délégation du Bene Gesserit n'a essuyé aucune attaque.

– Tu vas porter un message à Anteac, lui dit Leto. Tu lui demanderas si elle comprend, à présent, les raisons pour lesquelles j'ai logé sa délégation si loin du centre. Tu lui diras ensuite que dès son arrivée sur Ix, elle devra découvrir l'endroit où se trouve Malky et communiquer ces coordonnées à notre garnison sur Ix.

– Malky, l'ancien ambassadeur d'Ix?

– Celui-là même. Il ne devra pas demeurer vivant et libre de ses mouvements. Tu transmettras l'ordre à la commandante de garnison là-bas de rester en liaison étroite avec Anteac et de lui fournir toute l'assistance voulue. Malky devra m'être amené ici ou bien exécuté, selon ce que la commandante jugera nécessaire.

La garde-messagère hocha la tête. Des ombres jouaient sur son visage dans la sphère de lumière qui entourait la partie humaine de Leto. Elle n'avait pas besoin qu'on lui répète ses ordres. Comme toutes les gardes attachées à la personne de l'Empereur-Dieu, elle avait subi une formation qui faisait d'elle un véritable enregistreur humain. Elle n'oublierait aucune des paroles prononcées par Leto et serait capable de reproduire même ses intonations.

Quand elle fut partie, Leto émit un signal de recherche codé. Quelques secondes plus tard, Nayla répondit. Le système ixien du chariot synthétisa une version neutre, métallique et non identifiable de sa voix, destinée aux seules oreilles de l'Empereur-Dieu.

Oui, Siona se trouvait à la Citadelle. Non, Siona n'avait pas contacté les autres rebelles. *« Non, Mon Seigneur, elle ne sait pas encore que je suis ici et que je l'observe. »* L'attaque de l'ambassade? C'était le fait d'un groupe dissident qui se donnait le nom de : « Unité de Contact Tleilaxu ».

Leto soupira mentalement. Les rebelles donnaient toujours à leurs groupes les mêmes titres pompeux.

– Il y a des survivants? demanda-t-il.

– Pas à notre connaissance.

Il était amusant, songea Leto, que les intonations qui faisaient défaut à la voix métallique fussent suppléées par sa propre mémoire.

– Tu établiras le contact avec Siona, dit-il. Révèle-lui que tu es une Truitesse. Explique-lui que si tu as attendu pour lui faire cette révélation, c'est parce que tu savais qu'elle n'aurait plus confiance en toi et aussi parce que tu craignais d'être démasquée par les Truitesses, chez qui tu es isolée. Tu lui répéteras ton serment d'allégeance. Dis-lui que tu lui jures, *par tout ce que tu as de plus sacré,* de lui obéir en tout point. Qu'elle ordonne, et tu exécuteras. Comme tu le sais, il n'y a dans tout cela que la vérité.

– Oui, Mon Seigneur.

La mémoire de l'Empereur-Dieu ajouta à cette

réponse le fanatisme qui lui manquait. Nayla s'empresserait d'obéir.

– Si possible, ajouta Leto, tu t'arrangeras pour que Siona et Duncan Idaho restent seuls ensemble.

– Oui, Mon Seigneur.

Que la proximité fasse son œuvre, songea-t-il.

Il rompit le contact avec Nayla, réfléchit quelques instants puis envoya chercher la commandante de garnison de la place. La bashar arriva quelques instants plus tard. Son uniforme était maculé et poussiéreux. Ses chaussures portaient encore des traces de sang. Elle était grande et osseuse. Ses traits aquilins, ridés par l'âge, donnaient une impression de dignité puissante. Leto se souvint de son nom de guerre, Iylyo, qui signifiait « digne de confiance » en ancien fremen. Il l'appela cependant par son matronyme, Nyshae, « fille de Shae », ce qui établit pour leur entretien une atmosphère d'intimité subtile.

– Assieds-toi sur un de ces coussins, Nyshae. Tu as eu une rude nuit.

– Merci, Mon Seigneur.

Elle choisit le coussin rouge que Hwi avait déjà utilisé. Leto remarqua les rides de fatigue autour de sa bouche, mais son regard demeurait alerte. Ses yeux étaient levés vers lui, ses oreilles étaient avides d'entendre ses paroles.

– Le calme est revenu dans ma Cité, dit-il sur un ton qui n'était pas tout à fait interrogateur, laissant à Nyshae le soin d'interpréter cela.

– Le calme mais pas la paix, Mon Seigneur.

– La rue devant l'ambassade ixienne?

– On la nettoie, Mon Seigneur. Les ouvriers ont commencé les réparations.

– La place?

– Au matin, elle aura son aspect normal.

Le regard de Nyshae était rivé sur le visage de son Empereur-Dieu. Ils savaient tous les deux que le véritable sujet de l'entretien n'avait pas encore été abordé, mais dans l'expression de la bashar Leto identifia quelque chose de spécial.

Elle est fière de son Seigneur!

Pour la première fois, elle avait vu l'Empereur-Dieu tuer. Le germe d'une terrible dépendance avait été implanté. *Si une catastrophe menace, le Seigneur est là.* C'était ainsi que la chose apparaissait aux yeux de Nyshae. Elle n'agirait plus jamais en toute indépendance, recevant son autorité des mains de l'Empereur-Dieu et se considérant comme personnellement responsable de l'usage qu'elle en ferait. Dans l'expression qu'elle avait en ce moment, il y avait quelque chose de terriblement possessif. Une machine de mort attendait en coulisse, prête à intervenir si elle le demandait.

Leto n'aimait guère ce qu'il voyait là, mais le mal était fait. Le remède ne pourrait être que subtil et progressif.

– Où l'ennemi s'est-il procuré des lasers? demanda-t-il.

– Dans nos propres magasins, Mon Seigneur. La garde de l'Arsenal a été remplacée.

Remplacée. L'euphémisme était élégant. Les Truitesses en faute étaient mises au secret et en réserve, en attendant que Leto rencontre un problème qui demandait l'intervention des Commandos de la Mort. Elles donnaient leur vie avec joie, naturellement, convaincues d'expier ainsi leur péché. Au demeurant, la seule annonce qu'un tel commando-suicide avait été dépêché quelque part suffisait parfois à supprimer les troubles.

– Ils ont utilisé des explosifs pour s'introduire dans l'Arsenal? demanda Leto.

– Des explosifs et de la patience, Mon Seigneur. Ils ont profité d'une négligence de la Garde.

– D'où provenaient ces explosifs?

Le haussement d'épaules de Nyshae laissa voir une partie de sa fatigue.

Leto ne pouvait lui donner tort. Il était capable de rechercher et d'identifier chaque source, mais cela ne l'avancerait guère, il le savait. Avec un peu de ressource, on trouvait toujours de quoi fabriquer quelques bombes artisanales. Les ingrédients étaient à portée de la main. Du sucre, des détergents, des huiles ordinaires, des fertilisants innocents, des plastiques, des solvants, des extraits de la décomposition du fumier. La liste était virtuellement infinie, enrichie sans cesse par l'invention et l'expérience humaines. Même dans une société comme celle qu'il avait créée, où le mélange de la technologie et des idées nouvelles était en principe strictement limité, il ne pouvait espérer empêcher totalement l'apparition de petites armes extrêmement dangereuses. Vouloir exercer un contrôle sur de telles choses relevait de l'utopie, du mythe et de la chimère. Le problème était en fait de limiter le *désir* de violence. Et sous cet aspect, la nuit dernière avait été une catastrophe.

Tant d'injustice encore, songea Leto.

Comme si elle lisait dans sa pensée, Nyshae soupira.

Evidemment. Depuis l'enfance, les Truitesses sont conditionnées à lutter contre l'injustice partout où la chose est possible.

– Nous devons nous occuper du peuple, dit-il à haute voix. Vérifier que personne ne manque de rien. Il faut leur faire comprendre que la responsabilité de tous ces désordres incombe aux Tleilaxu.

Nyshae hocha la tête. Elle ne s'était pas élevée au grade de bashar sans connaître la procédure. Maintenant, elle y croyait. Il lui avait suffi d'entendre Leto le dire pour qu'elle croie dur comme fer à la culpabilité tleilaxu. Et cette compréhension n'était pas dénuée d'un certain sens pratique. Elle savait pourquoi tous les Tleilaxu n'avaient pas été abattus.

Quand on a des boucs émissaires, il faut bien en laisser quelques-uns en vie.

– Il faudra aussi leur trouver une distraction, ajouta-t-il. Heureusement, je crois avoir ce qu'il faut sous la main. Je te le ferai savoir après avoir discuté avec Dame Hwi Noree.

– L'ambassadrice ixienne, Mon Seigneur? N'est-elle pas impliquée dans...

– Il n'y a absolument rien à lui reprocher.

Il vit l'acceptation de ces paroles prendre possession des traits de Nyshae comme un masque rigide en plastique qui lui figeait le regard et immobilisait ses mâchoires. *Même Nyshae,* songea-t-il. Il connaissait les raisons de ce phénomène, car c'était lui qui les avait créées, mais il y avait des moments où ses créations lui faisaient un peu peur.

– J'entends Dame Hwi qui arrive dans l'antichambre, dit-il. Fais-la entrer quand tu sortiras. Et, Nyshae...

Elle était déjà debout, mais attendit en silence.

– Tout à l'heure, reprit l'Empereur-Dieu, j'ai élevé Kieuemo au grade de sub-bashar. Occupe-toi des formalités. En ce qui te concerne, je suis très satisfait. Demande et tu obtiendras.

Il vit que la formule avait fait naître chez Nyshae une vague de plaisir, mais elle modéra aussitôt sa réaction, prouvant par là une fois de plus sa valeur à Leto.

– Je mettrai Kieuemo à l'épreuve, Mon Seigneur, dit-elle. Si elle s'en sort, je prendrais volontiers un congé. Il y a des années que je n'ai pas revu ma famille sur Salusa Secundus.

– Quand tu voudras, dit Leto.

Et il songea : *Salusa Secundus... évidemment!*

Cette référence à ses origines suffisait à lui rappeler à qui elle ressemblait : *Harq al-Ada. Elle a du sang Corrino. Nous sommes plus étroitement apparentés que je ne le croyais.*

– Mon Seigneur est généreux, dit-elle.

Elle le quitta alors, avec une nouvelle vigueur dans son pas. Leto entendit encore sa voix dans l'antichambre :

– Dame Hwi, le Seigneur vous attend.

La silhouette de Hwi, éclairée de dos, s'encadra un instant dans l'entrée en forme d'arcade. Elle s'approcha d'un pas hésitant, laissant ses yeux s'accoutumer à la pénombre, attirée comme un papillon par le halo de lumière qui entourait la tête de Leto. Son regard ne se détourna qu'une seule fois, vers l'ombre du grand corps, à la recherche d'une blessure visible. Leto savait qu'aucun signe de ce genre ne pouvait être décelé, mais la douleur et le tremblement intérieurs n'en étaient pas moins présents.

De son côté, il s'aperçut qu'elle boitait légèrement. Elle s'appuyait davantage sur sa jambe droite, mais une longue robe vert jade cachait sa blessure. Elle s'arrêta juste au bord de la fosse où se trouvait le chariot et regarda Leto dans les yeux.

– On m'a dit que tu étais blessée, Hwi, déclara l'Empereur-Dieu. As-tu mal?

– Une simple égratignure à la jambe, au-dessous du genou, Mon Seigneur. Un petit morceau de maçonnerie projeté par l'explosion. Vos Truitesses m'ont appliqué un onguent qui a aussitôt calmé la douleur. Je me suis fait du souci pour vous, Mon Seigneur.

– Et j'ai eu peur pour toi, ma douce Hwi.

– A part cette première explosion, je n'ai pas couru le moindre danger, Mon Seigneur. Elles m'ont tout de suite fait descendre dans les souterrains de l'ambassade.

Elle ne m'a donc pas vu en action, songea Leto. *Heureusement!*

– Je t'ai envoyé chercher pour te demander pardon, déclara-t-il à haute voix.

– Pardon, Mon Seigneur? Pourquoi donc? Vous n'êtes pas...

– On cherche à m'éprouver, Hwi.

– Vous, Mon Seigneur?

– Certains voudraient savoir quel prix j'attache exactement à la sécurité d'une personne nommée Hwi Noree.

Elle leva le pouce vers le plafond.

– Tout ça... c'était à cause de moi?

– A cause de nous.

– Oh! mais qui...

– Tu as accepté de m'épouser, Hwi, et je... Il mit

un doigt sur sa bouche pour l'empêcher de l'interrompre. Anteac nous a dit ce que tu lui avais révélé, mais ce n'est pas elle qui est à l'origine de ça.

– Alors, qui peut...

– Il n'est pas important de savoir qui. Ce qui importe, c'est de savoir si tu n'as pas changé d'avis. Tu dois bien réfléchir.

Elle baissa les yeux.

Comme son visage est doux, se dit Leto.

Il lui était parfaitement possible de se créer, rien qu'en imagination, toute une existence *humaine* en compagnie de Hwi. Dans le fouillis de ses souvenirs existaient suffisamment d'exemples qui auraient pu servir de base à des fantasmes de vie matrimoniale. Les nuances se précisaient, les détails de la vie commune, un contact, un baiser, toutes les douceurs partagées qui formaient une pyramide d'une douloureuse beauté. Cela lui faisait mal à l'intérieur, beaucoup plus mal que les vestiges physiques des événements de cette nuit.

Hwi leva légèrement le menton pour le regarder dans les yeux. Il lut dans ce regard le désir poignant de lui venir en aide.

– Mais comment pourrais-je vous servir autrement, Mon Seigneur?

Il se répéta qu'elle était une primate alors qu'il ne l'était plus tout à fait. Et la différence, entre eux, augmentait de minute en minute.

La douleur en lui également.

Hwi représentait une réalité imparable. Quelque chose de si fondamental que les mots ne pourraient jamais l'exprimer. Cette douleur en lui était plus qu'il ne pouvait supporter.

– Je t'aime, Hwi. Je t'aime comme un homme peut aimer une femme, mais... cela ne peut être. Cela ne sera jamais.

Les larmes jaillirent des yeux de Hwi.

– Voulez-vous que je m'en aille? Voulez-vous que je retourne sur Ix?

– Ils te feraient du mal, en essayant de découvrir pourquoi leur stratagème n'a pas réussi.

Elle a vu ma douleur, se dit-il. *Elle sait toute la frustration et la futilité. Que va-t-elle décider? Elle ne mentira pas. Elle ne prétendra pas qu'elle éprouve pour moi l'amour d'une femme pour un homme. Elle comprend la futilité de la situation. Elle sait reconnaître ses sentiments à mon égard. De la compassion... de l'effroi... beaucoup de questions qui ignorent la peur.*

– Dans ce cas, je resterai, dit-elle. Nous trouverons à être ensemble le plaisir que nous pourrons. Je pense que c'est le mieux. Si cela signifie que nous devons nous marier, qu'il en soit ainsi.

– Alors, dit Leto, il faudra que nous partagions des secrets dont je n'ai jamais fait part à personne d'autre. Cela te donnera sur moi un pouvoir qui...

– Ne faites pas cela, Mon Seigneur! Si quelqu'un me forçait à...

– Tu ne quitteras plus jamais ma demeure. Mes appartements ici même, la Citadelle, certains endroits sûrs du Sareer – ce sera ton nouvel univers.

– Comme vous l'ordonnerez, Mon Seigneur.

Comme elle est douce et résignée dans son acceptation tranquille, songea Leto.

Cette douloureuse pulsation qu'il y avait en lui devait être à tout prix calmée. En soi, elle représentait un danger pour le Sentier d'Or et pour lui.

L'habileté de ces Ixiens!

Malky avait fort bien vu comme les tout-puissants étaient forcés d'affronter sans se dérober un chant de sirène perpétuel – leur droit au plaisir personnel.

La conscience constante que l'on peut avoir du pouvoir qui réside dans son plus petit caprice.

Hwi prenait son silence pour de l'incertitude.

– Nous marierons-nous, Mon Seigneur? demanda-t-elle.

– Bien sûr.

– Faut-il faire quelque chose à propos des histoires que les Tleilaxu...

– Non, rien.

Elle le contempla un instant, songeant à une de leurs conversations précédentes. *Le germe de la dissolution est planté.*

– J'ai peur, Mon Seigneur, d'être pour vous une cause de faiblesse, dit-elle à haute voix.

– Alors, tu dois trouver des moyens de me donner des forces.

– Est-ce en diminuant la crédibilité du Dieu Leto que nous vous donnerons des forces?

Il perçut dans sa voix quelque chose de Malky, cette pondération prudente qui le rendait à la fois si charmant et si révoltant. *On n'échappe jamais entièrement aux maîtres de son enfance.*

– Ta question présume la réponse, dit-il. Beaucoup continueront de me vénérer comme avant. D'autres ajouteront foi aux mensonges.

– Mon Seigneur... est-ce que vous *me* demanderez de mentir pour vous?

– Bien sûr que non. Je te demanderai seulement de ne rien dire en certaines occasions, alors que tu aurais peut-être envie de parler.

– Mais s'ils portent atteinte à...

– Tu subiras sans protester.

Une fois de plus, les larmes coulèrent le long des joues de Hwi. Leto aurait voulu les toucher, les essuyer, mais... c'était de l'eau, cette eau qui lui faisait si mal.

– Il est nécessaire que ce soit ainsi, dit-il.

– M'expliquerez-vous, Mon Seigneur?

– Quand je ne serai plus là, il faut qu'ils m'appellent Shaïtan, l'Empereur de la Géhenne. La roue doit continuer à tourner, tourner, tourner, le long du Sentier d'Or.

– Mon Seigneur, le mécontentement ne pourrait-il être dirigé sur moi seule? Je ne voudrais pas que...

– Non! Les Ixiens t'ont faite bien plus parfaite qu'ils ne le pensaient. Je t'aime sincèrement. Je n'y peux rien.

– Je ne veux pas vous causer des souffrances! fit-elle en prononçant les mots avec difficulté.

– Ce qui est fait est fait. Inutile de pleurer là-dessus.

– Aidez-moi à comprendre.

– Les haines qui fleuriront après ma mort, elles aussi se fondront dans l'inévitable passé. Beaucoup de temps coulera. Puis, un jour très lointain, on découvrira mes mémoires.

– Vos mémoires? répéta-t-elle, surprise par le changement apparent de sujet.

– Ma chronique de mon époque. Mes arguments, mon apologie. Il en existe déjà des exemplaires, et des fragments dispersés survivront, certains très déformés; mais les mémoires originaux attendront le temps qu'il faudra. Je les ai bien cachés.

– Et quand ils seront découverts?

– Les gens se rendront compte que j'étais quelque chose de très différent de ce qu'ils croyaient.

La voix de Hwi fut un murmure tremblant.

– Ce qu'ils apprendront alors, je le sais déjà.

– Oui, ma chérie. Je crois que tu le sais.

– Vous n'êtes ni diable ni dieu, mais quelque chose de jamais vu avant et qu'on ne verra plus jamais parce que votre présence en supprime la nécessité.

Elle essuya ses larmes d'un revers de main.

– Te rends-tu compte, Hwi, à quel point tu es dangereuse?

Sa réaction alarmée fut visible dans son expression, dans la tension de ses bras.

– Tu as tout ce qu'il faut pour faire une sainte, continua Leto. Comprends-tu comme il est pénible de tomber sur une sainte à une époque et en un lieu qui ne sont pas les bons?

Elle secoua la tête. Elle ne comprenait pas.

– Les gens ont besoin d'être préparés à l'arrivée des saints, poursuivit l'Empereur-Dieu. Sinon, ils se transforment en simples sectateurs, disciples, mendiants, sycophantes affaiblis éternellement dans l'ombre de leur saint. Les gens en sont détruits, parce que cela ne nourrit que des faiblesses.

Au bout de quelques instants de réflexion, Hwi hocha la tête puis demanda :

– Y aura-t-il beaucoup de saints quand vous aurez disparu ?

– C'est justement le but de mon Sentier d'Or.

– La fille de Moneo, Siona... sera-t-elle...

– Pour l'instant, ce n'est qu'une révolutionnaire. Pour la sainteté, nous la laisserons décider elle-même. Peut-être ne fera-t-elle que ce qu'elle a été conçue pour faire.

– C'est-à-dire, Mon Seigneur ?

– Cesse de m'appeler Mon Seigneur ! Nous allons être Ver et femme. Appelle-moi Leto, si tu veux. Et tutoie-moi. *Mon Seigneur* est gênant.

– Oui, Mon... Leto. Mais qu'est-ce que Siona...

– Siona a été conçue pour régner. Mais il y a un danger dans ce genre de conception. Quand on règne, on apprend à connaître le pouvoir. Ce qui peut mener à une impétueuse irresponsabilité, à de pénibles excès, qui engendrent à leur tour ce destructeur impitoyable qu'est l'hédonisme sans frein.

– Siona pourrait...

– Tout ce que nous savons de Siona, c'est qu'elle est capable de se consacrer à une seule tâche, à la trame unique qui occupe ses sens. Elle a tout d'une aristocrate, nécessairement, mais les aristocrates sont surtout tournés vers le passé. Ce qui est une source d'échec. Pour bien voir son chemin, il faut être Janus, et pouvoir regarder simultanément en avant et en arrière.

– Janus ? Ah, oui ! Le dieu aux deux visages opposés. Elle s'humecta les lèvres du bout de la langue. Es-tu Janus, Leto ?

– Je suis Janus multiplié par un milliard. Je suis aussi quelque chose de moins que Janus. Je suis, par exemple, ce que mes administrateurs admirent le plus : le preneur de décision dont chaque décision peut être mise en pratique.

– Mais si tu leur fais défaut...

– Ils se retourneront contre moi, c'est vrai.

– Siona te remplacera-t-elle si...
– Ah, que de choses contient ce *si!* Tu remarques que Siona menace ma personne. Cependant, elle ne menace pas le Sentier d'Or. Il y a aussi le fait que mes Truitesses éprouvent un certain *attachement* pour le Duncan.
– Siona paraît... si jeune.
– Et je suis pour elle le plus grand imposteur, celui qui détient son pouvoir pour des raisons fallacieuses, sans jamais tenir compte des besoins de son peuple.
– Est-ce que je ne pourrais pas lui parler pour...
– Non! Tu ne dois jamais essayer de convaincre Siona de quoi que ce soit. Promets-le-moi, Hwi.
– Si tu me le demandes, bien sûr, mais je...
– Tous les dieux ont ce problème, Hwi. Dans ma manière de percevoir les nécessités profondes, je suis souvent obligé d'ignorer les plus immédiates. Négliger les nécessités immédiates, c'est la pire offense que l'on puisse faire aux jeunes.
– Ne pourrais-tu la raisonner en...
– Il ne faut jamais tenter de convaincre quelqu'un qui sait qu'il a raison.
– Mais si toi, tu sais qu'il a tort...
– Crois-tu en moi?
– Oui.
– Mais si quelqu'un essayait de te convaincre que je suis le pire fléau de tous les temps?
– Cela me mettrait en colère. Je lui... Elle s'interrompit, en mettant une main sur sa bouche.
– La raison n'est valable, lui dit Leto, que lorsqu'elle s'exerce contre le contexte matériel et non verbal de l'univers.
La concentration rapprocha les sourcils de Hwi. Leto était fasciné de voir la compréhension s'installer en elle.
– Aaah! fit-elle, en aspirant le mot.
– Aucune créature douée de raison ne pourra plus jamais nier l'expérience de Leto, reprit l'Empereur-Dieu. Je vois que tu commences à comprendre.

Les commencements! C'est de cela que la vie est faite!

Elle hocha doucement la tête.

Elle ne discute pas, se dit Leto. *Quand elle a trouvé le fil, elle le suit jusqu'au bout, pour voir où il mène.*

– Tant que la vie existe, reprit-il à haute voix, toute fin est un commencement. Et je veux sauver l'humanité, malgré elle s'il le faut.

De nouveau, elle hocha la tête. Le fil se déroulait toujours.

– Voilà pourquoi aucune mort individuelle, dans la perpétuation de l'humanité, ne peut être considérée comme un échec total, poursuivit Leto. Voilà pourquoi chaque naissance nous touche si profondément. Voilà pourquoi la mort la plus tragique est la mort d'un jeune.

– Ix menace toujours ton Sentier d'Or? J'ai toujours su qu'ils complotaient quelque chose d'affreux.

Ils complotent, c'est vrai. Hwi n'entend pas le message intérieur de ses propres paroles. Elle n'a nul besoin de l'entendre.

Il la regarda longuement, remplissant ses yeux de cette merveille qu'était Hwi. Elle possédait une forme d'honnêteté que certains auraient pu qualifier de candide, mais où Leto voyait seulement une absence d'inhibition. L'honnêteté n'était pas au cœur de Hwi, l'honnêteté était Hwi elle-même.

– Je vais donc organiser un spectacle demain sur la place, lui dit Leto. Les acteurs seront les Danseurs-Visages rescapés. Ensuite, nos fiançailles seront officiellement annoncées.

> Que cela ne fasse aucun doute : je suis l'assemblage de nos ancêtres, l'arène où ils exercent mes moments. Ils sont mes cellules et je suis leur corps. C'est du *favrashi* que je parle, de l'âme, de l'inconscient collectif, la source des archétypes, le réceptacle des traumas et des joies. Je suis le choix de leur éveil. Mon *samhadi* est leur *samhadi*. Leur expérience est la mienne. Leur savoir distillé est mon héritage. Ces milliards d'êtres sont un en moi.
>
> *Les Mémoires Volés.*

Le spectacle donné par les Danseurs-Visages le lendemain matin sur la place dura près de deux heures. Immédiatement après fut annoncée la nouvelle qui se propagea comme une onde de choc à travers la Cité Festive.

– Il y a des siècles qu'il n'a pas pris de compagne!

– Plus d'un millier d'années, ma chère!

La parade des Truitesses avait été brève. Elles avaient acclamé Leto, mais elles étaient troublées.

Ne leur avait-il pas affirmé : *Vous êtes mes seules fiancées?* N'était-ce pas là toute la signification du *Siaynoq?*

Leto avait trouvé que les Danseurs-Visages

s'étaient bien comportés compte tenu de leur terreur évidente. Les costumes venaient du fin fond d'un musée fremen : cape noire à capuche et à cordelière blanche, faucon vert déployé appliqué dans le haut du dos. C'était l'uniforme des prêtres itinérants de Muad'Dib. Les Danseurs-Visages s'étaient fait des masques sombres et couturés et leur danse avait retracé la manière dont les légions de Muad'Dib avaient propagé *leur* religion à travers l'Empire.

Hwi, vêtue d'une rutilante robe d'argent ornée d'un collier de jade vert, était demeurée aux côtés de Leto sur le Chariot Royal durant toute la cérémonie. A un moment, elle s'était penchée vers son visage pour lui demander :

– N'est-ce pas une parodie?

– Pour moi, peut-être, avait répondu Leto.

– Les Danseurs-Visages le savent?

– Ils s'en doutent.

– Alors, ils ne sont pas aussi terrorisés qu'ils en ont l'air.

– Oh, si! Ils sont terrifiés. Seulement, ils sont plus courageux que la plupart des gens ne s'y attendraient.

– Le courage frise parfois l'inconscience, murmura-t-elle.

– Et inversement.

Elle l'avait gratifié d'un regard inquisiteur avant de reporter son attention sur le spectacle qui continuait. Près de deux cents Danseurs-Visages avaient échappé au massacre. On les avait forcés à participer à cette exhibition. Les motifs compliqués de leur danse, leurs postures, avaient un pouvoir de fascination qui faisait oublier pour un temps les événements sanglants qui avaient précédé cette journée.

Seul dans sa petite chambre d'audience un peu avant midi, Leto repassait toutes ces images dans son esprit lorsque Moneo arriva. Le majordome avait accompagné la Révérende Mère Anteac jusqu'à la navette de la Guilde, il avait conféré avec le haut commandement des Truitesses au sujet des derniers événements, avait effectué un aller-retour rapide à la Citadelle pour s'assurer que Siona s'y trouvait sous bonne garde et n'avait pas trempé dans l'attaque de l'ambassade, puis était revenu à Onn juste à temps pour apprendre, sans autre préambule, l'annonce des fiançailles de l'Empereur-Dieu.

Le majordome était furieux. Jamais Leto ne l'avait vu dans cet état-là. Il pénétra en trombe dans la chambre d'audience et ne s'arrêta qu'à deux mètres du visage de Leto.

– A présent, tout le monde va croire les mensonges des Tleilaxu! s'écria-t-il.

Leto lui répondit sur un ton de modération.

– Comme elle a la vie dure, cette prétention d'avoir des dieux parfaits. Les Grecs étaient beaucoup plus raisonnables dans ce domaine.

– Où est-elle? demanda Moneo. Où est cette...

– Hwi se repose. La nuit a été difficile et la matinée longue. Je veux qu'elle soit en forme quand nous retournerons ce soir à la Citadelle.

– Comment a-t-elle réussi à faire ça? insista Moneo.

– Vraiment, Moneo! Aurais-tu perdu toute circonspection?

– Je m'inquiète pour vous! Vous doutez-vous de ce qu'on raconte dans la Cité?

– Je suis parfaitement au courant des ragots.

– Mais que cherchez-vous à faire, réellement?

– Vois-tu, Moneo, je crois que seuls les anciens panthéistes avaient des idées saines sur les divinités : des faiblesses de mortels sous des dépouilles immortelles.

Moneo leva les deux bras au ciel.

– J'ai vu le regard qu'ils avaient! Il abaissa les bras. Dans quinze jours, ce sera tout l'Empire!

– Peut-être faudra-t-il un peu plus longtemps.

– Si vos ennemis avaient besoin d'une chose pour les unifier...

– La profanation du dieu est une vieille tradition humaine, Moneo. Pourquoi ferais-je exception?

Le majordome voulut parler, mais s'aperçut qu'il était incapable de prononcer un mot. Il piétina un instant, se rapprochant du bord de la fosse où était le chariot de Leto, puis recula, toujours en piétinant, reprenant la place qu'il occupait auparavant, sans cesser de fustiger l'Empereur-Dieu du regard.

– Si vous voulez que je vous aide, reprit-il, j'ai besoin d'une explication. Pourquoi faites-vous ça?

– Pour des raisons sentimentales.

Les lèvres de Moneo remuèrent, mais la réponse ne sortit pas.

– Elles me sont tombées dessus juste au moment où je les croyais à jamais enfuies, reprit Leto. Ah! que ces dernières petites gorgées d'humanité sont douces!

– Avec Hwi? Mais vous ne pouvez certainement pas...

– Les sentiments sous forme de souvenirs ne suffisent jamais, Moneo.

– Voulez-vous dire que vous vous laissez aller à...

– Me laisser aller? Certainement pas! Mais le trépied sur lequel l'Eternité repose en équilibre est composé de chair, d'idées et de sentiments. J'avais l'impression d'être réduit à la chair et aux idées.

– Elle vous a jeté je ne sais quel sort! accusa Moneo.

– C'est évident. Et je lui en suis bien reconnaissant! Si nous nions la nécessité des idées, Moneo, comme certains font, nous perdons le pouvoir de réflexion; nous ne pouvons plus définir ce que nous rapportent nos sens. Si nous nions la chair, nous ôtons les roues au véhicule qui nous porte. Mais si nous nions les sentiments, nous perdons tout contact avec notre univers intérieur. C'étaient les sentiments qui me manquaient le plus.

– J'insiste, Mon Seigneur, pour que vous...

– Tu es en train de m'énerver, Moneo. Ça aussi, c'est un sentiment.

Leto vit la fureur frustrée de Moneo se refroidir comme un fer chaud plongé dans l'eau glacée. Mais la vapeur restait à l'intérieur.

– Ce n'est pas à moi que je pense, Mon Seigneur. C'est à vous, et vous le savez très bien.

Leto parla d'une voix très douce :

– Ces *sentiments* te font honneur, Moneo, et je les apprécie à leur juste valeur.

Moneo prit une longue inspiration tremblante. Jamais il n'avait vu l'Empereur-Dieu dans un tel état d'âme, en proie à une telle émotion. Il paraissait à la fois débordant d'exultation et résigné, si toutefois Moneo interprétait correctement ce qu'il voyait. Mais pouvait-on savoir?

– Ce qui rend l'existence douce aux vivants, reprit Leto, ce qui remplit la vie de chaleur et de beauté, c'est cela que je voudrais préserver, quand bien même cela me serait interdit.

– Alors, cette Hwi Noree est vraiment...

– Elle me rappelle d'une manière poignante le Jihad Butlérien. Elle représente l'antithèse de tout ce qui est mécanique et non humain. Comme il est curieux, Moneo, que ce soient justement les Ixiens, entre tous, qui aient réalisé le seul être capable d'incarner à la perfection toutes les qualités auxquelles j'attache le plus de prix.

– Je ne comprends pas, Mon Seigneur, votre allusion au Jihad Butlérien. Les machines qui pensent n'ont pas leur place dans...

– La cible du Jihad était une attitude favorable aux machines, autant que les machines elles-mêmes. Les humains avaient mis dans ces machines de quoi usurper notre sens du beau, notre indispensable individualité qui est à la base de nos jugements vivants. Naturellement, les machines ont été détruites.

– Mon Seigneur, cela m'ennuie tout de même que vous puissiez accueillir ainsi cette...

– Moneo! Hwi me rassure par sa seule présence.

Pour la première fois depuis des siècles, je ne me sens pas seul, à moins qu'elle ne soit loin de moi. Si je n'avais pas d'autres preuves de mes sentiments, cela suffirait.

Moneo demeura silencieux, visiblement touché par l'évocation que venait de faire Leto de sa solitude. Le majordome comprenait certainement ce que signifiait l'absence de communion intime dans l'amour. Son expression le montrait bien.

Pour la première fois depuis très longtemps, Leto s'avisa que Moneo avait beaucoup vieilli.

Cela leur arrive si subitement, songea-t-il.

Il se rendit compte, alors, de l'attachement qu'il éprouvait pour Moneo.

Je ne devrais jamais m'attacher ainsi, mais c'est plus fort que moi... surtout depuis que Hwi est ici.

– Ils se moqueront de vous; ils feront des plaisanteries obscènes, déclara Moneo.

– Tant mieux.

– Comment cela, tant mieux?

– C'est une nouveauté. Notre rôle a toujours été d'introduire des nouveautés dans la balance afin de modifier les comportements sans toucher à la survie.

– Tout de même, comment pouvez-vous vous en réjouir?

– De leurs obscénités? Quel est le contraire de l'obscénité?

Les yeux de Moneo s'agrandirent sous l'effet d'une soudaine prise de conscience. Il avait vu l'action de polarités multiples – la chose définie par son contraire.

La chose se détache sur un arrière-plan qui l'éclaire, se dit Leto. *Moneo est certainement capable de voir ça.*

– C'est trop dangereux, déclara Moneo.

L'ultime verdict du conservatisme!

Moneo n'était pas convaincu. Un profond soupir l'ébranla.

Il faudra que je me souvienne de ne pas leur ôter leurs doutes, songea Leto. *C'est ainsi que j'ai manqué à mes Truitesses, sur la place. Les Ixiens se raccro chent aux bords effilochés des doutes humains. Hwi en est la preuve.*

Il y eut un remue-ménage dans l'antichambre. Leto commanda la fermeture de l'arcade pour prévenir toute intrusion.

– Mon Duncan est arrivé, dit-il.

– Il a probablement appris votre projet de mariage...

– Probablement.

Leto contempla son majordome aux prises avec ses doutes. Ses pensées étaient parfaitement transparentes. En cet instant, Moneo s'insérait si précisément dans sa niche humaine que Leto l'aurait embrassé.

Il fait toute l'étendue du spectre : doute-confiance, amour-haine... rien n'y manque! Aucune de ces chères qualités qui viennent à maturation dans la chaleur de l'émotion, dans le désir de se brûler au feu de la Vie.

– Pourquoi Hwi accepte-t-elle? demanda Moneo.

Leto sourit. *Moneo ne peut pas douter de moi; il faut qu'il doute de quelqu'un d'autre.*

– J'admets que ce n'est pas une union ordinaire, répondit-il. C'est une primate, et je ne le suis plus tout à fait.

De nouveau, Moneo fut aux prises avec des choses qu'il pouvait ressentir mais qu'il ne pouvait pas exprimer.

Observant son majordome, l'Empereur-Dieu sentit monter en lui le flot d'une perception globale. C'était un processus qui ne survenait qu'en de rares occasions, mais lorsqu'il survenait, l'amplification était si aiguë que Leto n'osait pas bouger de peur d'en troubler la surface.

Le primate pense et, grâce à sa pensée, survit. Mais derrière cette pensée, il y a une chose que lui ont apportée ses cellules. Il s'agit du courant de préoccupation humaine à l'égard de l'espèce. Parfois, ce courant est voilé, muré, détourné par d'épaisses bar-

rières, mais j'ai délibérément sensibilisé Moneo aux mécanismes de son moi profond. Il me suit parce qu'il est convaincu d'avance que je suis le meilleur parcours pour la survie humaine. Il connaît l'existence d'une perception cellulaire. C'est ce que je découvre lorsque je scrute le Sentier d'Or. Il s'agit de l'humanité et nous sommes tous les deux d'accord sur ce point : elle doit perdurer!

– Où, quand et comment se déroulera la cérémonie du mariage? demanda Moneo.

Ce n'est plus « pourquoi », nota l'Empereur-Dieu. Moneo avait renoncé à comprendre. Il était revenu sur un terrain ferme. Il était le majordome, le responsable de la maison de l'Empereur-Dieu, le premier ministre.

Il dispose de noms, de verbes et de qualificatifs pour arriver à ses fins. Les mots le servent à leur manière usuelle. Point n'est besoin qu'il entrevoie les possibilités transcendantales des termes qu'il utilise, car il perçoit très bien leurs acceptions mondaines, de tous les jours.

– Vous ne répondez pas à ma question? insista Moneo.

Leto plissa les paupières en songeant : *Moi, pour ma part, je considère que les mots sont surtout utiles quand ils dégagent des perspectives attrayantes et nouvelles. Mais l'usage des mots est tellement mal compris par nos civilisations, qui croient encore aveuglément à un univers mécanique uniquement régi par des relations de cause à effet, idéalement réductibles à une grande Cause Première et à un Effet Génésique absolu.*

– Comme cette illusion ixio-tleilaxu s'accroche avec ténacité aux affaires humaines... fit-il à haute voix.

– Mon Seigneur, c'est très gênant, lorsque vous ne prêtez pas attention.

– Mais je prête attention, Moneo.

– Pas à moi.

– Même à toi.

– Votre attention se disperse. Mon Seigneur.

Vous n'avez pas besoin d'essayer de me le cacher. Je mourrais, plutôt que de vous trahir.

– Tu crois que je file de la laine?

– Filer de la laine, Mon Seigneur?

Moneo était de plus en plus perplexe.

Leto lui expliqua l'image en songeant : *C'est si vieux, tout cela! Les quenouilles et les rouets... les hommes vêtus de toisons animales... du chasseur au pasteur... la longue ascension de la conscience humaine... et à présent, ils ont encore un autre échelon à gravir, encore plus long que tous les précédents...*

– Vos pensées vagabondent, accusa Moneo.

– N'ai-je pas tout le temps de les laisser vagabonder? C'est justement l'une des choses les plus intéressantes de mon existence en tant que multitude singulière.

– Mais il y a des questions, Mon Seigneur, qui requièrent...

– Tu serais surpris, Moneo, si tu savais tout ce qui peut sortir d'un peu de rêverie. Je n'ai jamais regretté d'avoir passé parfois un jour entier sur une affaire à laquelle un humain n'aurait pas accordé cinq minutes. Cela t'étonne? Avec une espérance de vie de quatre mille ans, qu'est-ce qu'un jour de plus ou de moins pour moi? Combien de temps représente une vie humaine? Un million de minutes? C'est pratiquement ce que j'ai déjà vécu en jours.

Moneo demeurait silencieux et figé, diminué par cette comparaison. Il sentait sa propre existence réduite à la dimension d'un grain de poussière dans l'œil de Leto. Et la source de cette comparaison-là ne lui était pas inconnue.

Des mots... des mots... des mots... songea le majordome.

– Les mots sont souvent presque inutiles dans les affaires sentientes, murmura Leto.

La respiration de Moneo descendit jusqu'au seuil critique. *C'est vrai que le Seigneur lit dans la pensée!*

– Au cours de notre histoire humaine, reprit

l'Empereur-Dieu, l'utilisation la plus forte qui ait été faite des mots a toujours consisté à circonscrire un événement transcendantal quelconque pour lui donner une place dans la chronique officielle en *expliquant* cet événement de telle manière qu'on puisse dire ensuite, en reprenant les mêmes mots : « *Voilà ce qu'ils signifiaient alors.* »

Moneo se sentait anéanti par ces paroles, épouvanté par les choses indicibles qu'elles étaient capables de faire surgir dans sa pensée.

– C'est ainsi que les événements se perdent dans le cours de l'histoire, conclut Leto.

Au bout d'un long moment de silence, Moneo s'enhardit à faire remarquer :

– Vous n'avez pas encore répondu à ma question, Mon Seigneur. A propos de vos noces?

Comme sa voix est lasse, songea Leto. *Comme il a l'air écrasé...*

Il répliqua avec vivacité.

– Jamais je n'ai eu tant besoin de tes bons offices, Moneo. Ces noces doivent être organisées avec le plus grand soin. Je veux que tu y mettes toute la diligence dont toi seul es capable.

– Où, Mon Seigneur?

Un peu plus de vie dans sa voix.

– Au village de Tabur, dans le Sareer.

– Quand?

– Je laisse la date à ton entière appréciation. Tu annonceras le jour lorsque tous les détails auront été réglés.

– Et la cérémonie à proprement parler?

– J'officierai moi-même.

– Aurez-vous besoin d'assistants, Mon Seigneur? D'accessoires particuliers?

– Les apparats du rite?

– Tous les détails auxquels je ne...

– Notre petit mimodrame nécessitera bien peu.

– Mon Seigneur, je vous en prie! Soyez...

– Tu donneras le bras à la mariée et tu la conduiras à l'autel. Nous officierons selon l'ancien rite fremen.

– Il nous faudra des anneaux d'eau.

– Oui. Nous utiliserons ceux de Ghani.

– Et qui assistera à la cérémonie, Mon Seigneur?

– Rien qu'un détachement de Truitesses et l'aristocratie.

Moneo, perplexe, regarda l'Empereur-Dieu.

– Que... qu'entendez-vous au juste par « l'aristocratie », Mon Seigneur?

– Toi, ta famille, les familiers de la Maison impériale et les courtisans de la Citadelle.

– Ma fam... Moneo déglutit avec peine. Cela comprend Siona?

– Si elle survit à l'épreuve.

– Mais...

– Ne fait-elle pas partie de la famille?

– Bien sûr, Mon Seigneur. C'est une Atréides...

– Dans ce cas, pas question de l'exclure!

Moneo sortit de sa poche un minuscule enregistreur tactile d'un noir mat, un de ces appareils de fabrication ixienne qui étaient à la limite de la prohibition butlérienne. Un sourire effleura les lèvres de Leto. Moneo connaissait son travail et il allait maintenant l'accomplir.

Le remue-ménage provoqué dans l'antichambre par Duncan Idaho s'intensifia sensiblement, mais le majordome l'ignora.

Moneo sait quel est le prix de ses privilèges, songea Leto. *C'est un autre genre de mariage. Celui du privilège et du devoir. Il y a là toute la raison d'être de l'aristocrate.*

Moneo acheva de prendre ses notes.

– Encore quelques détails, Mon Seigneur, dit-il. Faut-il prévoir une robe spéciale pour la mariée?

– La cape et le distille traditionnels de la cérémonie fremen. La vraie.

– Bijoux ou autres ornements?

Le regard de Leto se riva sur les doigts de son majordome qui s'étaient remis à glisser sur la surface mate de l'enregistreur. Il y voyait une dissolution.

Le courage, la connaissance, le sens de l'ordre et du commandement, toutes ces qualités, Moneo les a en abondance. Elles l'entourent comme une auréole. Mais elles dissimulent, à tous les yeux sauf aux miens, la gangrène qui ronge de l'intérieur. On ne peut rien y faire. Si je disparaissais, tout le monde pourrait s'en apercevoir.

– Mon Seigneur? insista Moneo. Etes-vous encore en train de filer de la laine?

Comme il aime cette expression!

– Rien d'autre, répondit-il à haute voix. La cape, le distille et les anneaux d'eau.

Moneo s'inclina et sortit rapidement.

Il regarde droit devant lui, maintenant, se dit Leto. *Mais cette nouveauté aussi passera. Il se tournera encore vers le passé. Moi qui avais naguère de tels espoirs pour lui. Bah... peut-être que Siona...*

« Ne fabriquez surtout point de héros », disait mon père.

La voix de Ghanima.
Extrait de L'Histoire Orale

Rien qu'à la manière dont Idaho traversait la petite chambre d'audience après avoir si bruyamment manifesté sa présence, Leto comprit qu'une importante transformation s'était opérée chez son ghola. La chose s'était repétée si souvent qu'elle était devenue tout à fait familière. Le Duncan n'avait pas salué Moneo quand il l'avait croisé en arrivant. Tout cela s'insérait dans le même schéma. Mais que ce schéma était devenu monotone!

Leto avait un nom pour cette transformation du Duncan. Il appelait cela « le syndrome Depuis ».

Les gholas nourrissaient souvent des soupçons inquiets quant aux inventions qui avaient pu naître au cours des siècles d'oubli qui s'étaient écoulés depuis leur dernière pensée d'humain. Qu'avaient fait les autres pendant tout ce temps? Pourquoi avaient-ils éprouvé le besoin de faire revivre Duncan Idaho, cette relique de leur passé? Aucun psychisme ne pouvait lutter éternellement contre de tels doutes – encore moins celui de quelqu'un qui était par nature incrédule.

L'un des gholas avait accusé Leto :

– Vous avez implanté en moi des appareils auxquels je ne connais rien! Des instruments qui vous rapportent tout ce que je fais! Vous m'espionnez, partout où je suis!

Un autre l'avait accusé de posséder « un manipulateur à distance, qui nous donne envie de faire tout ce que vous voulez que nous fassions. »

Une fois installé, le syndrome Depuis ne pouvait plus être chassé. On pouvait l'atténuer, le détourner, mais il demeurait à l'état latent, capable de resurgir sous le moindre prétexte.

Idaho vint se placer à l'endroit où s'était tenu Moneo quelques instants auparavant. Il y avait une suspicion voilée, non spécifique, dans son regard, dans l'angle de ses épaules. Leto attendit. Il préférait le laisser mijoter, afin que quelque chose en sorte. Le ghola le considéra d'abord fixement puis, renonçant à soutenir son regard, porta son attention sur la chambre qui l'entourait. C'était bien dans la manière des Duncan, songea Leto.

Les Duncan n'oublient jamais!

Tandis qu'il examinait la pièce, en faisant appel aux techniques spéciales que lui avaient enseignées, des siècles auparavant, Dame Jessica et le mentat Thufir Hawat, Idaho se mit à éprouver une étrange et vertigineuse sensation de dislocation. Il avait l'impression que cet endroit le rejetait, chaque objet : les coussins moelleux, ces masses enflées de couleur verte ou or ou rouge violacé, les tapis fremen, chacun une vraie pièce de musée, qui se chevauchaient en couches épaisses autour de la fosse où était Leto, la lumière solaire artificielle des brilleurs ixiens, lumière qui entourait le visage de l'Empereur-Dieu d'un halo de chaleur sèche et rendait les ombres environnantes encore plus impénétrables, l'odeur du thé à l'épice qui venait de quelque part non loin et la riche odeur de mélange que dégageait le corps du Ver... Idaho sentait que trop de choses lui étaient arrivées trop vite depuis le moment où les Tleilaxu l'avaient abandonné aux soins de Luli et Amica, dans la petite prison informe.

Trop de choses... trop de choses...

Suis-je réellement ici? se demanda-t-il. *Est-ce réellement moi? Quelles sont ces pensées qui me viennent à l'esprit?*

Il contempla le corps tranquille de Leto, cette masse énorme plongée dans l'ombre de la fosse silencieuse où reposait le chariot. L'immobilité même de cette montagne de chair évoquait de mystérieuses énergies, de terribles énergies susceptibles d'être libérées d'une manière que personne ne pouvait prévoir.

Idaho avait entendu les récits qui circulaient à propos de la bataille devant l'ambassade ixienne; mais les comptes rendus des Truitesses baignaient dans une aura de *châtiment céleste* qui rendait malaisé l'établissement des faits.

– Il a fondu du haut des cieux sur les misérables pécheurs pour les massacrer jusqu'au dernier.

– Mais comment a-t-il fait? demandait Idaho.

– Dieu était *courroucé*, lui répondaient ses informatrices.

Courroucé... était-ce à cause de la menace qui pesait sur Hwi? Cet autre bruit qui courait... Incroyable! *Hwi mariée à cette espèce de gros...* Véritablement impossible à croire! Pas la frêle, l'adorable, la délicate Hwi... *Il joue à je ne sais quel horrible jeu... il nous met à l'épreuve...* Il n'y avait plus de vraie réalité honnête en cette époque. Plus de paix excepté en la présence de la douce Hwi. Le reste n'était qu'insanité.

Tandis qu'il reportait son attention sur le visage de Leto – ce visage Atréides qui attendait en silence – la sensation de dislocation devint encore plus forte chez Idaho. Il commençait à se demander si, par la seule vertu d'un effort de concentration spéciale dans une étrange et mystérieuse direction, il ne réussirait pas à franchir les barrières spectrales qui le séparaient des univers où étaient conservés les souvenirs des autres gholas, ses frères.

Qu'ont-ils pensé en entrant dans cette pièce? Ont-ils éprouvé le même sentiment de dislocation, de rejet?

Encore un tout petit effort.

Il avait la tête qui tournait. Allait-il s'évanouir?

– Quelque chose ne va pas, Duncan? C'était la voix de Leto, chargée de ses intonations les plus raisonnables et les plus apaisantes.

– Tout ça n'est pas réel, dit le ghola en secouant la tête. Ma place n'est pas ici.

Leto feignit de ne pas comprendre.

– Pourtant, mes gardes me disent que tu es venu ici de ton propre chef, que tu as quitté brusquement la Citadelle pour me demander audience.

– Je veux dire *ici, maintenant!* En cette époque!

– Mais j'ai besoin de toi.

– Pour quoi faire?

– Regarde autour de toi, Duncan. Il y aurait tant de choses à faire pour m'aider que tu ne pourras jamais les accomplir toutes.

– Mais vos femmes ne veulent même pas me laisser me battre! Chaque fois que je cherche à aller là où...

– Ne reconnais-tu pas que tu m'es plus précieux vivant que mort?. Leto émit une sorte de gloussement puis ajouta : Utilise ta cervelle, Duncan. Voilà ce qui a du prix pour moi.

– Et mon sperme. Il a aussi du prix pour vous.

– Ton sperme t'appartient et tu peux le mettre où tu voudras.

– Je n'ai pas envie de laisser derrière moi une veuve et des orphelins comme...

– Duncan! Je viens de te dire que le choix t'appartient!

Idaho déglutit.

– Vous avez commis un crime envers nous. Nous tous, les gholas que vous ressuscitez sans jamais demander si c'est bien ce que nous voulons.

C'était une nouveauté dans la pensée du Duncan. Leto le considéra avec un intérêt ravivé.

– Quel est ce crime?

– Oh! je vous ai entendu proférer vos pensées

profondes, accusa Idaho en montrant du pouce, par-dessus son épaule, l'entrée de la petite pièce. Saviez-vous que de l'antichambre, on entend tout ce que vous dites?

– Seulement lorsque je le veux, dit Leto en songeant : *Il n'y a que mes Mémoires qui enregistrent tout.* J'aimerais bien savoir quel est ce crime dont tu m'accuses, reprit-il à haute voix.

– Il y a un temps pour tout, Leto. Il y a un temps pour vivre, un temps où l'on est censé être vivant. Il y a une sorte de magie, quand on vit sa vie, qu'on sait qu'on ne reverra plus jamais des instants pareils.

Leto cilla, ému par la détresse du Duncan. Il avait dit cela d'un ton poignant.

Idaho porta ses deux mains ouvertes à hauteur de poitrine, comme un mendiant demandant quelque chose qu'il savait impossible.

– Et puis... un jour... on se réveille, et on se souvient de l'instant de sa mort... on se souvient de la cuve axlotl, de l'infecte présence tleilaxu qui vous a réveillé... et on est censé tout recommencer. Mais ce n'est pas possible, Leto. Cela ne peut *jamais* recommencer. Voilà le crime!

– J'ai ôté toute la magie?

– Oui!

Idaho laissa retomber ses mains en fermant les poings. Il avait l'impression de se tenir tout seul au milieu d'un torrent, résistant au courant qui pouvait l'emporter au moindre relâchement de sa part.

Et mon temps à moi? songea Leto. *Il ne reviendra plus jamais, non plus. Mais le Duncan ne pourrait pas comprendre la différence.*

– Pourquoi es-tu revenu précipitamment de la Citadelle? demanda-t-il.

Idaho prit une profonde inspiration avant de parler.

– C'est vrai? fit-il. Vous allez vous marier?

– C'est exact.

– Avec Hwi Noree, l'ambassadrice ixienne?

– Avec elle.

Le regard du ghola parcourut, l'espace d'une seconde, la longueur de la fosse dans l'ombre de laquelle était l'Empereur-Dieu.

Ils cherchent toujours à localiser les organes génitaux, se dit Leto. *Je devrais peut-être me faire fabriquer une prothèse, quelque chose de gros, pour les choquer.* Il refoula le gloussement d'amusement qui menaçait de faire éruption dans sa gorge. *Encore une émotion amplifiée. Merci à toi, Hwi. Merci à vous, Ixiens.*

Idaho secoua la tête.

– Mais vous ne pouvez pas...

– Il y a d'autres incitations au mariage que le sexe, déclara Leto. Est-ce que des enfants naîtront de notre chair? Non; mais les effets de notre union seront profonds.

– J'ai écouté pendant que vous parliez à Moneo. J'ai cru qu'il s'agissait d'une sorte de plaisanterie...

– Attention, Duncan.

– Vous l'*aimez?*

– Plus profondément qu'aucun homme n'a jamais aimé une femme.

– Mais elle? Est-ce que...

– Elle éprouve... une irrésistible compassion... un besoin de partager avec moi, de donner tout ce qu'elle a à donner. C'est sa nature.

Idaho réprima un mouvement de répulsion.

– Moneo a raison. Ils vont croire ce que racontent les Tleilaxu.

– Ce sera l'une des conséquences profondes.

– Et vous voulez toujours que... que je m'accouple avec Siona!

– Tu sais ce que je veux. Mais le choix t'appartient.

– Qui est cette Nayla?

– Tu as rencontré Nayla. Parfait.

– Siona et elle se comportent comme des sœurs. Qui est cette espèce de jument? Que se passe-t-il ici?

– Que veux-tu qu'il se passe? Et en quoi est-ce important?

– Je n'ai jamais rencontré une telle brute! Elle me fait penser à Rabban la Bête. On ne se douterait jamais que c'est une femme si elle ne...

– Tu la connaissais déjà, dit Leto. Sous le nom d'Amica.

Idaho lui jeta un coup d'œil rapide et silencieux, comme une créature tapie qui sent la présence du faucon.

– Vous lui faites confiance, alors, dit-il.

– Confiance? Qu'est-ce que la confiance?

Le moment approche, songea Leto. Il le voyait prendre forme dans la pensée du Duncan.

– La confiance, c'est ce qui entoure un pacte de loyauté, déclara Idaho.

– Par exemple, la confiance entre toi et moi?

Un sourire amer effleura les lèvres du ghola.

– C'est donc cela qu'il y a entre Hwi Noree et vous? Un mariage, un pacte...

– Hwi et moi, nous nous faisons déjà confiance.

– Et moi? Avez-vous confiance en moi?

– Si je ne peux pas me fier à Duncan Idaho, je ne peux me fier à personne.

– Et si je me défiais de vous?

– Alors, tu me ferais pitié.

Idaho encaissa cela comme un choc physique. Ses yeux s'agrandirent de questions non formulées. Il aurait tellement voulu avoir confiance. Il aurait tellement voulu connaître la magie qu'il ne retrouverait plus jamais.

Visiblement, les pensées du Duncan prirent alors un tour tout différent.

– Peut-on nous entendre de l'antichambre? demanda-t-il.

– Non. *Mais mes mémoires enregistrent,* ajouta-t-il en son for intérieur.

– Moneo était furieux. N'importe qui aurait pu voir ça. Mais il s'en est allé docile comme un mouton.

– Moneo est un aristocrate. Il est marié au devoir, aux responsabilités. Il suffit de le lui rappeler pour que sa colère disparaisse.

– C'est donc ainsi que vous le contrôlez.

– Il se contrôle tout seul, fit Leto en se rappelant la manière dont le majordome avait levé les yeux de son enregistreur tactile, non pour quémander un encouragement quelconque mais pour conforter son sens du devoir.

– Ce n'est pas vrai, déclara Idaho. Il ne se contrôle pas. Vous faites de lui ce que vous voulez. Vous le manipulez.

– Moneo est prisonnier de son passé. Ce n'est pas moi qui l'y ai enfermé.

– C'est pourtant un aristocrate... un Atréides.

Leto se rappela les signes de vieillissement qu'il avait remarqués dans le visage de son majordome. Invariablement, l'aristocrate refusait d'accomplir son dernier devoir, qui était de s'effacer pour prendre sa place dans l'histoire. Il faudrait le forcer à se retirer. Ce que Leto avait bien l'intention de faire. Aucun aristocrate n'avait jamais renversé le courant du changement.

Idaho n'avait pas encore fini.

– Etes-vous aussi un aristocrate? demanda-t-il.

Leto sourit :

– Le dernier des aristocrates se meurt en moi.

Le privilège devient arrogance. L'arrogance appelle l'injustice. C'est le déclin qui commence.

– Peut-être que je n'assisterai pas à vos noces, fit Idaho. Je ne me suis jamais considéré comme un aristocrate.

– Mais tu en étais un. Tu étais l'aristocrate de l'épée.

– Paul était meilleur que moi.

Leto parla avec la voix de Muad'Dib :

– N'as-tu pas été mon maître? Puis il reprit d'un ton normal : Le devoir tacite de l'aristocrate... enseigner, quelquefois par d'atroces exemples.

Et il songea : *La gloire de la naissance s'enlise dans la pénurie et les faiblesses de la consanguinité. La voie est ouverte à la gloire des richesses et de la réussite. Entre à ce moment-là le nouveau riche, galopant vers le pouvoir comme l'ont fait les Harkonnen, sur les épaules de l'ancien régime.*

Le cycle se répétait avec une telle constance que, se disait Leto, n'importe qui aurait dû être capable de s'apercevoir qu'il était inscrit dans des schémas de survie depuis longtemps oubliés, que l'espèce avait laissés derrière elle dans son évolution mais qu'elle n'avait jamais perdus.

Et pourtant non, nous portons toujours en nous les déchets que je dois extirper.

– Y a-t-il d'autres territoires? demanda Idaho. Y a-t-il de nouveaux territoires où je pourrais aller pour ne plus jamais faire partie de tout ça?

– S'il doit y en avoir, tu devras m'aider à les créer, lui répondit Leto. Pour l'instant, il n'existe aucun endroit où tu puisses aller sans que nous soyons capables de te suivre et de te retrouver.

– Cela signifie que vous ne me laisserez pas partir.

– Pars si tu veux. D'autres gholas ont essayé. Je te répète qu'il n'y a pas d'endroit où fuir, pas d'endroit où se cacher. Actuellement, et cela dure depuis très, très longtemps, l'humanité ressemble à une créature unicellulaire, liée par un mortier dangereusement puissant.

– Pas de nouvelles planètes? Pas d'étranges...

– Oh! notre taille augmente. Mais notre cohésion demeure.

– C'est *vous* qui nous maintenez ainsi! accusa Idaho.

– Je ne sais pas si tu es capable de comprendre cela, Duncan, mais quand il y a une percée territoriale, n'importe quel genre de percée territoriale, ce qu'on a derrière soi ne peut pas être plus important que ce qui se trouve devant.

– Vous appartenez au passé!

– Non. C'est Moneo qui incarne le passé. Il a vite fait de dresser les barrières aristocratiques traditionnelles contre toute percée nouvelle. Il faut que tu comprennes le pouvoir de ces barrières. Elles ne bornent pas seulement des planètes, ou des territoires sur ces planètes, elles bornent aussi des idées. Elles répriment le changement.

– C'est *vous* qui réprimez le changement!

Il ne dévie pas d'un poil, se dit Leto. *Faisons une nouvelle tentative.*

– Le signe certain de la présence d'une aristocratie est l'existence de barrières contre le changement. Barrières de fer, d'acier, de pierre ou de n'importe quelle autre substance qui exclut ce qui est nouveau, ce qui est différent.

– Je sais qu'il doit y avoir de nouveaux territoires quelque part, fit Idaho. Vous les dissimulez.

– Je ne dissimule pas la nouveauté. Je la recherche. Je veux être étonné!

Ils se heurtent tous à cela, songea Leto. *Mais ensuite, ils refusent d'approfondir.*

Comme pour lui donner raison, les pensées du Duncan prirent un autre tour.

– C'est vrai que vous avez fait jouer des Danseurs-Visages pour l'annonce de vos fiançailles?

Leto ressentit une bouffée de colère, immédiatement suivie par une exultation détachée à l'idée qu'il était capable d'éprouver des émotions si intenses. Il aurait voulu laisser cette fureur se déverser sur le ghola, mais... cela ne résoudrait rien.

– Les Danseurs-Visages ont participé à la fête, dit-il.

– Pour quelle raison?

– Je désire que mon bonheur soit partagé par tout le monde.

Idaho le dévisagea avec l'expression de quelqu'un qui vient de découvrir un insecte répugnant dans son verre. D'une voix blanche, il déclara :

– C'est la chose la plus cynique que j'aie jamais entendue dans la bouche d'un Atréides.

– Mais c'est un Atréides qui l'a prononcée.

– Vous cherchez à me désorienter! accusa le ghola. Vous éludez ma question.

Redescendons dans l'arène, se dit Leto. Puis il déclara à haute voix :

– Les Danseurs-Visages du Bene Tleilax constituent un organisme-colonie. Individuellement, ce sont des hybrides incapables de se reproduire. C'est un choix qu'ils ont fait *pour* et *par* eux-mêmes.

Il attendit en songeant : *Il faut que je sois patient. Il est nécessaire qu'ils découvrent la chose tout seuls. Si c'est moi qui le dis, ils ne le croiront pas. Réfléchis encore, Duncan. Encore un peu plus!*

Au bout d'un long moment de silence, Idaho murmura :

– Je vous ai donné ma parole. C'est important pour moi. C'est toujours important. J'ignore ce que vous êtes en train de faire et quelles sont vos raisons. Tout ce que je peux vous dire, c'est que je n'aime pas ce qui se passe ici. Voilà... je vous l'ai dit.

– C'est pour cela que tu es revenu de la Citadelle?

– Oui!

– Tu vas y retourner à présent?

– Quel autre *territoire* y a-t-il?

– C'est magnifique, Duncan. Ton indignation te dicte ce qu'il faut faire même quand ta raison en est incapable. Hwi part ce soir pour la Citadelle. Je l'y rejoindrai demain.

– Je voudrais mieux la connaître, fit Idaho.

– Tu l'éviteras, au contraire. C'est un ordre. Elle n'est pas pour toi.

– Je n'ai jamais douté que les sorcières existaient, murmura Idaho. Votre grand-mère en était une.

Il tourna les talons et, sans prendre congé, repartit à grands pas, comme il était venu.

Il se conduit comme un petit garçon, se dit Leto en le voyant s'éloigner le dos raide. *L'homme le plus âgé de l'univers et l'homme le plus jeune. Tous les deux dans la même carcasse.*

Le prophète n'est pas distrait par les illusions du passé, du présent et de l'avenir. C'est la fixité du langage qui détermine ces distinctions linéaires. Les prophètes détiennent une clé de la serrure des langages. L'image mécanique n'est jamais pour eux qu'une image. Notre univers n'est pas mécanique. C'est l'observateur qui impose la progression linéaire des événements. Causalité? La question n'est pas là du tout. Les paroles du prophète sont fatidiques. Elles font entrevoir des choses « destinées à se produire ». Mais l'instant prophétique libère quelque chose d'une portée et d'une puissance infinies. Il fait subir à l'univers une distorsion spectrale qui conduit le prophète éclairé à recouvrir la réalité d'étiquettes miroitantes. Le profane croit alors que le langage prophétique est ambigu. Il ne fait pas confiance au messager qui lui parle. Il est vrai que l'instinct nous dit combien le simple fait de les formuler émousse le pouvoir de ces mots. Mais le meilleur prophète est celui qui vous conduit au rideau et l'écarte lui-même un instant pour vous laisser regarder.

Les Mémoires Volés.

Leto parla à Moneo de la voix la plus froide qu'il eût jamais utilisée :

– Le Duncan me désobéit.

Ils se trouvaient dans la salle aérée, en pierre dorée, située au sommet de la tour Sud de la Citadelle. Trois jours entiers étaient passés depuis le retour de l'Empereur-Dieu de la Cité où les Festivités Décennales avaient pris fin. Non loin de Leto, une immense baie ouverte recevait la lumière brutale du Sareer en plein midi. Le vent s'engouffrait à l'intérieur avec un ronflement sourd. Il apportait de la poussière et du sable qui faisaient plisser les yeux de Moneo. L'Empereur-Dieu ne semblait pas s'apercevoir de son irritation. Il contemplait le Sareer, dont l'atmosphère était rendue vivante par les mouvements de chaleur. L'ondulation lointaine des dunes suggérait une mobilité du paysage que seuls ses yeux discernaient.

Moneo se tenait plongé dans l'odeur aigre de ses propres peurs, conscient que le message était porté par le vent jusqu'aux narines de Leto. Les préparatifs des noces, l'agitation des Truitesses, tout était paradoxe. Cela lui rappelait ce que l'Empereur-Dieu lui avait dit une fois, au tout début de sa prise de fonctions.

Un paradoxe est un indicateur qui doit t'inciter à regarder un peu plus loin. Si les paradoxes t'ennuient, cela trahit ton désir profond d'absolu. Pour le relativiste, un paradoxe est simplement quelque chose d'intéressant, peut-être d'amusant, voire – quelle horrible pensée! – d'édifiant.

– Tu ne dis rien, fit Leto. Il s'arracha à la contemplation du Sareer et porta tout le poids de son attention sur le majordome.

Moneo ne put que hausser les épaules. *Le Ver est-il loin?* se demandait-il. Il avait remarqué que ces retours de Onn à la Citadelle avaient quelquefois pour effet de faire sortir le Ver. Non qu'il y eût déjà les signes de ce terrible changement chez l'Empereur-Dieu, mais le majordome se sentait mal à l'aise. Le Ver était-il capable de sortir sans prévenir?

– Tu activeras les préparatifs de la noce, dit Leto. Que la cérémonie ait lieu le plus tôt possible.

– Même avant l'épreuve de Siona?

Leto demeura un instant silencieux avant de répondre :

– Non. Que comptes-tu faire au sujet du Duncan?

– Qu'aimeriez-vous que je fasse, Mon Seigneur?

– Je lui ai dit de ne pas chercher à voir Hwi. Je lui ai ordonné de l'éviter.

– Elle éprouve de la compassion pour lui, Mon Seigneur. Rien de plus.

– Pourquoi éprouverait-elle de la compassion pour Idaho?

– Parce que c'est un ghola. Rien ne le rattache à notre époque. Il n'a pas de racines.

– Il a des racines aussi profondes que les miennes!

– Mais il ne le sait pas, Mon Seigneur.

– Tu discutes ce que je dis, Moneo?

Le majordome recula d'un demi-pas, sachant très bien que cela ne le mettait nullement à l'abri d'un danger.

– Non, Mon Seigneur. Mais je m'efforce toujours de vous exposer sincèrement mon point de vue.

– Je vais t'exposer mon point de vue à moi. Il la courtise!

– Mais c'est elle qui prend l'initiative de leurs rencontres, Mon Seigneur!

– Alors, tu étais au courant!

– J'ignorais que vous vous y opposiez formellement, Mon Seigneur.

Leto parla d'une voix lointaine.

– Il est habile avec les femmes, Moneo. Excessivement habile. Il sait voir à l'intérieur de leur âme et leur faire faire tout ce qu'il veut. Il en a toujours été ainsi avec les Duncan.

– Je ne savais pas que vous leur interdisiez toute rencontre, Mon Seigneur! La voix du majordome était presque stridente.

– Celui-là est plus dangereux que ses prédécesseurs, reprit Leto. C'est la faute de notre époque.

– Mon Seigneur, les Tleilaxu ne sont pas actuellement en mesure de nous livrer un remplaçant.

– Et nous avons absolument besoin de celui-ci?

– C'est vous-même qui l'avez dit, Mon Seigneur. C'est un paradoxe que je ne comprends pas, mais vous l'avez dit.

– Combien de temps faut-il attendre pour avoir un remplaçant?

– Au moins un an, Mon Seigneur. Désirez-vous que je m'enquière d'une date précise?

– Fais-le aujourd'hui même.

– Il risque de l'apprendre, Mon Seigneur. C'est ce qui s'est passé avec le précédent.

– Je ne souhaite pas que les choses en arrivent là, Moneo.

– Je le sais, Mon Seigneur.

– Et je n'ose pas parler de tout cela à Hwi. Le Duncan n'est pas pour elle. Pourtant, je ne peux pas lui faire du mal!

Ces derniers mots étaient sortis comme un gémissement.

Moneo se tenait immobile dans un silence terrifié.

– Tu ne vois donc pas? s'écria Leto. Aide-moi, Moneo.

– Je vois que c'est différent avec Hwi Noree, murmura le majordome. Mais je ne sais pas ce qu'il faut faire.

– Qu'est-ce qui est différent?

La voix de Leto avait maintenant un tranchant qui lacéra Moneo.

– Je veux parler de votre attitude envers elle, Mon Seigneur. Elle diffère de tout ce que je connais de vous.

Moneo vit alors les premiers signes. Le léger frémissement des mains, les yeux qui commençaient à devenir vitreux. *C'est l'approche du Ver!* Il se sentait totalement vulnérable. Le moindre mouvement de cette masse énorme pouvait l'envoyer s'écraser contre un mur. *Je dois faire appel à ce qu'il y a d'humain en lui.*

– Mon Seigneur, dit-il d'une voix tremblante, j'ai lu ce que disent les livres d'histoire et vous m'avez quelquefois parlé de votre mariage avec votre sœur Ghanima.

– Si elle pouvait être avec moi en ce moment!

– Elle n'a jamais été... votre compagne, Mon Seigneur.

– Que suggères-tu par là?

Le frémissement de mains de Leto était devenu un tremblement spasmodique.

– Elle était... c'est-à-dire, Mon Seigneur... Ghanima était la compagne de Harq al-Ada.

– Evidemment! Tous les Atréides qui sont ici descendent d'eux!

– Y a-t-il une chose que vous ne m'avez pas dite, Mon Seigneur? Est-il possible que... c'est-à-dire avec Hwi Noree... pourriez-vous procréer?

Les mains de Leto tremblaient à présent si violemment que Moneo se demandait comment l'Empereur-Dieu faisait pour ne pas s'en apercevoir. Ses grands yeux bleu sur bleu devenaient de plus en plus vitreux.

Moneo recula encore d'un bon pas vers la porte derrière laquelle était l'escalier qui pouvait l'éloigner de ce lieu mortel.

– Ne pose pas de questions sur ce que je peux faire ou ne pas faire, dit Leto, et sa voix était hideusement déformée et lointaine, rétractée quelque part dans les strates de son passé.

– Plus jamais, Mon Seigneur, fit Moneo en s'inclinant et en reculant du même coup jusqu'à ce qu'un seul pas le sépare de la porte. Je parlerai à Hwi Noree, Mon Seigneur... et au Duncan.

– Fais ce que tu pourras. La voix de Leto lui parvenait des profondeurs intérieures auxquelles il avait seul accès.

Lentement, silencieusement, Moneo ouvrit la porte et se glissa dehors, toujours à reculons. Puis il referma la porte derrière lui et s'y adossa en tremblant.

Jamais il n'a été si près.

Le paradoxe demeurait cependant. Qu'indiquait-il? Quel était le sens des étranges et douloureuses décisions de l'Empereur-Dieu? Qu'est-ce qui avait fait sortir *Le Ver Qui Est Dieu?*

Un choc sourd retentit, venant de l'intérieur. Des coups contre la pierre. Moneo n'osait pas entrouvrir la porte pour voir ce que c'était. Il s'écarta du panneau qui lui transmettait les secousses par vibrations et se mit à descendre lentement l'escalier, sans faire de bruit, retenant presque sa respiration jusqu'à ce qu'il arrive au rez-de-chaussée, où se trouvait une garde Truitesse.

– Quelque chose le trouble? demanda-t-elle en indiquant le haut de l'escalier.

Moneo acquiesça. Les coups parvenaient distinctement à leurs oreilles.

– Pourquoi est-il troublé? demanda la Truitesse.

– Il est Dieu et nous sommes mortels, fit Moneo. Habituellement, c'était le genre de réponse qui satisfaisait les Truitesses, mais il y avait actuellement d'étranges nouvelles forces à l'œuvre.

Elle le regardait avec insistance et Moneo décela la tueuse juste sous la surface de ses traits féminins. Elle était relativement jeune et sa chevelure auburn dominait un visage normalement caractérisé par son nez retroussé et ses lèvres charnues. Mais c'était à présent son regard, dur et incisif, qui retenait toute l'attention. On n'avait pas intérêt à tourner le dos à un tel regard.

– Ce n'est pas moi qui l'ai mis dans cet état-là, dit-il.

– Je m'en doute. Le regard de la Truitesse se radoucit légèrement et elle ajouta : Mais j'aimerais savoir quelle est la personne ou la chose responsable.

– Je pense que c'est son mariage qui le rend impatient. Rien de plus.

– Vous n'avez qu'à avancer la date!

– C'est ce que je vais faire, dit Moneo.

Il tourna les talons et s'éloigna d'un pas rapide dans le grand hall en direction de ses propres quartiers. Par tous les dieux! Les Truitesses étaient en train de devenir aussi dangereuses que l'Empereur-Dieu.

Cet imbécile de Duncan... il nous met tous en danger. Et cette Hwi Noree! Comment faut-il la prendre?

Le schéma des monarchies et des systèmes similaires contient un message précieux pour toutes les formes politiques. Mes souvenirs m'affirment que les gouvernements de tous types pourraient profiter du message. Les gouvernements peuvent être utiles aux gouvernés uniquement dans la mesure où sont freinées leurs tendances inhérentes à la tyrannie. Les monarchies, par exemple, ont quelques bons côtés à part leurs qualités vedettes. Elles peuvent réduire la taille et le caractère parasitaire de la bureaucratie administrative. Elles peuvent accélérer les décisions lorsque c'est nécessaire. Elles répondent à un très ancien besoin humain de hiérarchie parentale (ou tribale, ou féodale) où chacun reconnaît sa place. Il est en effet important de connaître sa place, même si elle n'est que provisoire. De même qu'il est exaspérant de se voir maintenir de force à la même place. C'est pourquoi j'ai choisi d'enseigner la tyrannie par la meilleure méthode qui puisse exister : par l'exemple. Même si vous lisez ces mots après le passage d'une éternité, ma tyrannie n'aura pas été oubliée. Mon Sentier d'Or m'en donne l'assurance. Connaissant mon message, vous serez, je l'espère, extrêmement prudents quant aux pouvoirs que vous déléguerez à quelque gouvernement que ce soit.

Les Mémoires Volés.

Leto se prépara avec un soin prudent à sa première entrevue privée avec Siona depuis que celle-ci avait été exilée, tout enfant, dans les écoles de Truitesses de la Cité Festive. Il avait dit à Moneo qu'il désirait la rencontrer à la Petite Citadelle, une tour stratégique qu'il avait édifiée au cœur du Sareer. Le site avait été choisi parce qu'il était au carrefour des anciennes et des nouvelles perspectives. Aucune route n'aboutissait à la Petite Citadelle. Les visiteurs arrivaient en orni. Leto s'y rendait comme par magie.

De ses propres mains, dans les premiers temps de son avènement, Leto avait utilisé une machine ixienne pour creuser sous le Sareer un passage secret menant à cette tour. Il avait accompli le travail tout seul. A cette époque-là, quelques vers des sables sauvages hantaient encore le désert. Leto avait entouré la galerie d'une gaine épaisse de silice fondue à laquelle il avait incorporé, vers l'extérieur, d'innombrables bulles d'eau destinées à repousser les vers. Les dimensions de la galerie étaient prévues pour la taille maximale du corps de Leto et pour le passage du Chariot Royal, qui n'existait alors qu'à l'état de vision prophétique.

Le jour où il devait voir Siona, Leto descendit dans la crypte peu avant les premières lueurs de l'aube et ordonna à la garde de faire en sorte qu'il ne soit dérangé sous aucun prétexte. Il lança alors son chariot sur la pente de l'un des corridors qui s'éloignaient de la crypte. Arrivé à une certaine distance, il ouvrit une porte secrète. En moins d'une heure, il émergeait dans la Petite Citadelle.

Un de ses grands plaisirs était de s'aventurer tout seul dans les sables. Sans chariot. Sans rien d'autre que son corps prévermiforme pour le porter. Le sable, contre lui, était voluptueux. La chaleur de son passage à travers les dunes faisait monter, dans les premières lueurs du jour, un fin sillage de vapeur qui l'obligeait à se déplacer sans cesse. Il ne s'arrêta que quand il eut trouvé un creux relativement sec, à cinq ou six kilomètres de son point de départ. Il demeura quelques instants au centre d'une inconfortable moiteur due à la condensation infime. Son corps était alors juste à la lisière de l'ombre démesurée de la tour qui se profilait sur les dunes en direction de l'est.

De loin, la tour, avec ses trois mille mètres de haut, ressemblait à une impossible aiguille transperçant le ciel. Seul le mélange inspiré des exigences de Leto et de l'imagination ixienne avait pu rendre concevable une telle structure. Elle n'avait que cent cinquante mètres de diamètre à la base, mais ses fondations plongeaient aussi profondément dans le sable que son sommet était près du ciel. Grâce à la magie du plastacier et des alliages super-légers, elle était à la fois souple au vent et résistante à l'abrasion des tempêtes de sable.

Leto aimait tellement cet endroit qu'il s'en rationnait les visites, selon un code personnel de conditions requises. En gros, ces conditions se résumaient à la formule : « nécessité absolue ».

Pendant les quelques instants qu'il allait passer là, il pourrait oublier le poids du Sentier d'Or. Moneo, le brave et fidèle Moneo, veillerait à ce que Siona arrive à l'heure dite, juste à la tombée de la nuit. Leto avait une journée entière devant lui pour se détendre et méditer, pour faire comme s'il était libre de tout souci, pour capter à son gré les énergies telluriques dans une frénésie réceptrice à laquelle il ne pouvait guère s'abandonner quand il était à Onn ou à la Citadelle. Là-bas, il fallait qu'il s'accommode d'incursions furtives dans des boyaux étroits où seule sa prudente prescience lui évitait la désagréable rencontre de poches d'eau. Ici, il pouvait parcourir librement les sables, aussi bien en surface qu'en profondeur; ici, il pouvait se nourrir et se fortifier.

Le sable craquait sous lui tandis qu'il s'y roulait, arquant son corps de pur plaisir animal. Il sentait son moi vermiforme se régénérer et cette sensation électrique libérait en lui des messages pulsés de vigueur irradiante.

Le soleil était maintenant au-dessus de l'horizon et peignait sur la tour une frange dorée. L'air était imprégné d'une odeur âcre de poussière, mêlée à celle de lointains buissons épineux qui avaient réagi à la mini-rosée du matin. Doucement d'abord, puis de plus en plus vite, il se mit à décrire un large cercle dont la tour était à peu près le centre. Tout en se défoulant, il pensait à Siona.

On ne pouvait plus retarder la chose. Siona devait être mise à l'épreuve. Moneo lui-même s'en rendait compte. Pas plus tard que la veille, il lui avait dit :

– Mon Seigneur, je sens en elle une violence effroyable.

– Elle présente les premiers symptômes de dépendance à l'adrénaline, lui avait répondu Leto. Le moment est venu de la mettre en manque.

– En manque?

– C'est une vieille expression. Elle signifie que nous allons la soumettre à un sevrage total. Il faut qu'elle connaisse le choc du besoin.

– Oh! Je vois...

Pour une fois, songea Leto, Moneo *voyait* réellement. Le majordome avait lui aussi connu, en son temps, l'état de manque dont il était question.

– Les jeunes sont généralement incapables de prendre des décisions fortes si elles ne sont pas accompagnées de violence immédiate, avec la production d'adrénaline qui en découle, avait expliqué Leto.

Moneo avait observé quelques instants de réflexion silencieuse. Il se rappelait...

– C'est une source de grand danger, avait-il murmuré.

– C'est cela, la violence que tu perçois chez Siona. Il y a parfois des vieux qui s'y raccrochent; mais les jeunes s'y vautrent allégrement.

Décrivant sa courbe au pied de la tour dans la lumière croissante du matin, heureux de sentir sous lui le contact du sable qui devenait de plus en plus sec, Leto réfléchissait à cette conversation. Il ralentit légèrement son allure. La brise venant de derrière lui apportait à ses narines humaines une odeur d'oxygène et de silex brûlé. Il respira à fond, haussant ses perceptions accrues à des niveaux encore jamais atteints.

Cette journée préliminaire répondait à des préoccupations multiples. Il envisageait la rencontre attendue à peu près de la même manière qu'un torero ancien envisageant son premier examen d'un adversaire à cornes. Siona possédait des cornes à sa façon, bien que Leto pût compter sur Moneo pour qu'il s'assure qu'elle n'amènerait pas d'armes concrètes à ce rendez-vous. Il fallait cependant que l'Empereur-Dieu sache à quoi s'en tenir sur chaque point fort ou faible de Siona. Et quand c'était possible, il fallait qu'il crée chez elle des ressources spéciales. Pour qu'elle soit convenablement préparée à l'épreuve, il était nécessaire que ses muscles psychiques soient anesthésiés par quelques banderilles habilement plantées.

Peu après midi, son moi vermiforme assouvi, Leto retourna à la tour, réintégra son chariot et s'éleva, sur ses suspenseurs, jusqu'au sommet où la baie d'accès ne pouvait s'ouvrir qu'à son commandement. Il passa tout le reste de la journée dans ce nid d'aigle, à méditer et à tramer.

Le battement des ailes d'un ornithoptère froissa l'air juste à la tombée de la nuit, annonçant l'arrivée de Moneo.

Fidèle Moneo.

Leto fit sortir une rampe d'atterrissage de la paroi du nid d'aigle. L'orni s'y glissa, les ailes repliées, et s'immobilisa sans heurt à quelques mètres de la baie d'accès. Leto contemplait le ciel qui commençait à s'obscurcir. Siona descendit de l'appareil et courut vers lui, apeurée par le vide sans protection. Elle portait une cape blanche par-dessus un uniforme noir dépourvu de tout insigne. Elle regarda une seule fois derrière elle en s'arrêtant juste à l'intérieur de la tour, puis elle fixa son attention sur la masse de Leto qui l'attendait sur son chariot presque exactement au centre du nid d'aigle. L'orni décolla aussitôt et s'éloigna dans la nuit. Leto laissa la rampe sortie, la baie grande ouverte.

– Il y a un balcon qui donne sur l'autre côté, dit Leto. Nous serons mieux là-bas.

– Pourquoi?

La voix de Siona était chargée de suspicion presque à l'état pur.

– Il paraît qu'il y fait plus frais. Et je ressens effectivement comme une sensation de froid sur mes joues quand je les y expose au vent.

La curiosité lui fit faire, malgré elle, un pas en avant. Leto referma alors la baie.

– Le spectacle de la nuit, vu de ce balcon, est splendide, reprit Leto.

– Pourquoi sommes-nous ici?

– Parce qu'il n'y a pas d'oreilles indiscrètes à craindre.

Leto fit faire demi-tour à son chariot et se déplaça silencieusement jusqu'au balcon. L'intérieur très faiblement éclairé du nid d'aigle permettait à Siona de suivre les mouvements de l'Empereur-Dieu. Il l'entendait marcher à quelque distance derrière lui.

Le balcon était un demi-cercle en saillie sur la face courbe de la tour exposée au sud-est. Il était protégé, jusqu'à hauteur de poitrine, par une balustrade tout en arabesques. Siona alla s'appuyer contre la balustrade et embrassa l'horizon du regard.

Leto perçut sa réceptivité attentive. Des choses allaient être dites ici à l'intention de ses seules oreilles. Quelles que fussent ces choses, elle les écouterait jusqu'au bout et réagirait en fonction de ses propres motivations.

L'Empereur-Dieu laissa porter son regard au-dessus du Sareer, vers l'endroit où la muraille édifiée par la main de l'homme formait une ligne basse à peine visible à la lueur de la Première Lune qui se levait à l'horizon. Sa vision amplifiée lui permit de capter le mouvement lointain d'un convoi venu de Onn, grâce à la faible lumière des véhicules tirés par des animaux qui serpentaient sur la route montagneuse en direction du village de Tabur.

Leto évoqua l'image qu'il avait en mémoire du village niché dans la végétation qui croissait à la faveur de l'humidité à la base de la muraille. Ses Fremen de musée y faisaient pousser des palmiers-dattiers, des herbes à fourrage et même des plantes maraîchères. Ce n'était pas comme dans l'ancien temps où n'importe quel lieu habité, même un minuscule creux de terrain couvert d'herbes rares irriguées par une seule citerne que remplissait un piège à vent, pouvait faire figure d'oasis opulente par contraste avec l'aridité des sables. Comparé à l'ancien Sietch Tabr, le village de Tabur était un paradis gorgé d'eau. Tous ses habitants savaient que juste derrière la limite actuelle du Sareer, concrétisée par la muraille, coulait le fleuve Idaho, long ruban rectiligne que le clair de lune argentait. Les Fremen de musée ne pouvaient pas escalader leur côté de la muraille, mais ils savaient que l'eau n'était pas loin. La terre le savait aussi. Lorsqu'un habitant de Tabur collait son oreille au sol, la terre lui parlait du bruit d'un rapide, au loin.

Il devait y avoir en ce moment des oiseaux de nuit le long des berges, songeait Leto, des créatures qui sur un autre monde auraient vécu à la lumière du jour. Dune avait accompli sur eux sa magie évolutionnaire et ils vivaient encore à la merci du Sareer. Leto les avait vus projeter leurs ombres floues à la surface de l'eau et, plongeant pour boire, tracer des rides que le courant emportait.

Même à cette distance, Leto ressentait le pouvoir contenu dans ces eaux lointaines. C'était une force issue de son passé qui s'éloignait de lui à la manière de l'impétueux courant qui coulait vers le sud en direction des forêts et des plantations. L'eau trouvait son chemin entre les collines onduleuses ou en bordure de la végétation abondante qui avait pris la place du désert de Dune partout sauf en ce lieu unique, le Sareer, dernier sanctuaire du passé.

Leto n'avait pas oublié le grondement puissant des machines ixiennes qui avaient pour la première fois infligé à ce paysage le déferlement des eaux. Il avait l'impression que c'était hier. Guère plus de trois mille ans et des poussières...

Siona s'agitait. Elle se retourna pour le regarder, mais Leto demeura silencieux, son attention fixée bien au-delà d'elle. Une pâle lumière ambrée couronnait l'horizon, reflet d'une ville sur les lointains nuages. D'après la distance et l'orientation, Leto savait qu'il s'agissait de la ville de Wallport, transportée dans un climat beaucoup plus tempéré bien au sud de son emplacement autrefois austère dans la lumière oblique et froide des régions septentrionales. Le halo de cette ville était une fenêtre sur son passé. Il en sentait le rayonnement lui pénétrer la poitrine, à travers l'épaisse membrane squameuse qui avait remplacé sa peau humaine.

Je suis vulnérable, songea-t-il.

Et pourtant, il savait qu'il était le maître de ces lieux. Mais la planète régnait sur lui.

Je fais partie d'elle.

Il se nourrissait directement du sol, ne rejetant que l'eau. Sa bouche et ses poumons humains ne continuaient à respirer que pour soutenir ses vestiges d'humanité... et lui permettre de parler.

Il s'adressa à Siona, qui lui tournait toujours le dos.

– J'aime parler et j'appréhende le jour où je ne pourrai plus soutenir une conversation normale.

Avec une défiance évidente, elle se retourna pour l'observer à la faveur de la lune. Son expression traduisait une répugnance certaine.

– J'admets qu'aux yeux de nombreux humains, je suis un monstre, dit-il.

– Pourquoi suis-je ici?

Droit au but et sans dévier! La plupart des Atréides avaient toujours été comme ça. C'était un caractère qu'il espérait maintenir dans la lignée. Il témoignait d'un sens de l'identité extrêmement puissant.

– J'ai besoin de savoir ce que t'a fait le Temps, dit-il.

– Et pourquoi voulez-vous savoir ça?

Il y a des traces de peur dans sa voix, se dit-il. *Elle croit que je vais la sonder à propos de sa minuscule révolte et lui demander les noms de ses rares partenaires survivants.*

Voyant qu'il demeurait silencieux, elle reprit :

– Avez-vous l'intention de me tuer comme vous avez tué mes camarades?

Elle est donc au courant des événements devant l'ambassade. Et elle présume que je n'ignore rien de ses anciennes activités révolutionnaires. Moneo lui aura fait la leçon. Le diable l'emporte! Bah... j'aurais peut-être agi de même à sa place.

– Etes-vous réellement un dieu? demanda Siona. Je ne comprends pas pourquoi mon père en est persuadé.

Elle a quelques doutes, se dit Leto. *J'ai donc encore une marge de manœuvre.*

– Les définitions varient, répondit-il à haute voix. Pour Moneo, je suis un dieu... et c'est là une vérité.

– Vous avez été humain.

Il commença à apprécier les saccades de son intellect. Elle possédait la sûre curiosité du chasseur, qui était la marque des Atréides.

– Tu es curieuse à mon sujet, dit-il. C'est la même chose pour moi. Je suis curieux à ton sujet.

– Qu'est-ce qui vous fait penser que je suis curieuse?

– Tu m'observais toujours avec une grande attention quand tu étais petite. Je lis le même regard dans tes yeux ce soir.

– C'est vrai. Il m'est arrivé de me demander quel effet cela fait d'être à votre place.

Il l'observa quelques instants en silence. Le clair de lune dessinait des ombres sous ses yeux, qui étaient cachés. Il pouvait imaginer qu'ils étaient totalement bleus, comme ses propres yeux, la couleur des adeptes de l'épice. Avec cette touche additionnelle imaginaire, Siona offrait une curieuse ressemblance avec sa chère Ghani depuis si longtemps morte. Tout était dans le contour du visage et l'emplacement des yeux. Il faillit faire part de cette pensée à Siona, mais se ravisa.

– Vous vous nourrissez de manière humaine? demanda Siona.

– Pendant longtemps, après avoir revêtu la peau de truite, expliqua Leto, j'ai éprouvé des sensations de faim. Quelquefois, j'essayais d'absorber de la nourriture. Mais mon estomac rejetait presque tout. Les cils des truites s'étaient répandus partout dans mon organisme. Manger devenait une opération désagréable. Aujourd'hui, je n'absorbe plus que des substances déshydratées, quelquefois mélangées à un peu d'épice.

– Vous... mangez de l'épice?

– De temps à autre.

– Mais tous vos appétits humains ont disparu?

– Je n'ai pas dit cela.

Elle attendit en le dévisageant.

Leto admira la manière dont elle laissait certaines questions informulées accomplir le travail à sa place. Elle avait l'intelligence vive et semblait avoir beaucoup appris au cours de son existence encore brève.

– La faim du ventre était quelque chose d'atroce, reprit-il. Une véritable souffrance que je ne pouvais assouvir. Je me mettais alors à courir, courir comme une créature démente à travers le désert.

– Vous... couriez?

– Mes jambes étaient plus longues par rapport à mon corps à cette époque-là. Je me déplaçais avec assez de facilité. Mais la douleur de la faim ne m'a jamais quitté. Je crois que c'est surtout la faim de mon humanité perdue.

Il vit les commencements d'une sympathie réticente, la lueur d'interrogation dans son regard.

– Vous éprouvez toujours cette... souffrance?

– Elle est en veilleuse, à présent. C'est l'un des signes de ma métamorphose finale. Dans quelques centaines d'années, je serai retourné sous les sables.

Il la vit serrer les poings, les bras pendant contre ses hanches.

– Pourquoi? demanda-t-elle. Pourquoi avez-vous fait cela?

– Il n'y a pas que des mauvais côtés. Aujourd'hui, par exemple, c'était très agréable. Je me sens très bien dans ma peau.

– Il y a des changements qu'il nous est impossible de voir, dit-elle. Je sais qu'il y en a sûrement. Elle décrispa les poings.

– Mon ouïe et ma vue sont devenues extrêmement sensibles, mais pas mon toucher. Sauf au visage, je n'ai plus les mêmes impressions tactiles qu'avant. C'est une chose qui me manque.

Il nota de nouveau sa réaction de sympathie défiante, son effort de rapprochement. Elle avait vraiment envie de comprendre!

– Quand on a vécu si longtemps, dit-elle, comment ressent-on le passage du temps? Est-ce qu'il s'accélère avec les années?

– C'est quelque chose d'étrange, Siona. Parfois, je sens le temps filer à toute vitesse; et parfois, il n'en finit pas de se traîner.

Graduellement, tout en parlant, Leto avait diminué l'éclairage indirect de son nid d'aigle et rapproché son chariot de Siona. Il éteignit alors complètement la lumière et seul le clair de lune les éclaira. L'avant du chariot s'avançait sur le balcon et le visage de Leto n'était qu'à deux mètres de celui de Siona.

– D'après mon père, dit-elle, plus vous vieillissez et plus le temps passe lentement pour vous. C'est ce que vous lui avez dit?

Elle cherche à s'assurer de ma véracité, se dit-il. *Ce n'est donc pas une Diseuse de Vérité.*

– Tout est relatif, répondit-il. Mais par comparaison avec le sens du temps humain, oui, c'est à peu près vrai.

– Pourquoi ?

– C'est lié à mon devenir. Un jour, à la fin, le temps s'arrêtera pour moi et je me trouverai figé comme une perle prise dans de la glace. Mes nouveaux corps se disperseront alors, chacun avec sa petite perle cachée en lui.

Elle se détourna et regarda au loin, scrutant le désert. Elle parla sans le regarder.

– Quand nous discutons ainsi dans l'obscurité, j'oublie presque ce que vous êtes.

– C'est pour cette raison que j'ai choisi cette heure pour notre rencontre.

– Mais pourquoi cet endroit ?

– C'est le dernier endroit où je me sens chez moi.

Siona se retourna alors pour lui faire face, appuyée à la balustrade.

– Je voudrais vous voir.

Il alluma toutes les lumières du nid d'aigle, y compris les brilleurs extérieurs au-dessus du balcon. En même temps, une paroi transparente de fabrication ixienne, dissimulée dans des rainures murales, vint coiffer le balcon, englobant la balustrade derrière Siona. Elle sursauta légèrement, mais hocha la tête comme pour indiquer qu'elle comprenait. Elle pensait que c'était une protection contre une attaque extérieure. Mais en réalité, la paroi n'était destinée qu'à empêcher d'entrer les insectes nocturnes saturés d'eau.

Siona détailla le corps de Leto sur toute sa longueur. Son regard s'arrêta particulièrement sur les moignons palmés qui autrefois étaient ses jambes, puis revint sur ses bras, ses mains, et enfin son visage.

– Les versions officielles de l'histoire nous apprennent que tous les Atréides descendent de votre sœur Ghanima et de vous, déclara enfin Siona. Mais l'Histoire Orale ne dit pas la même chose.

– C'est l'Histoire Orale qui a raison. Ton ancêtre

est Harq al-Ada. Ghani et moi n'étions mariés que sur le papier. Il s'agissait de renforcer le pouvoir.

– C'est la même chose pour votre mariage avec cette Ixienne?

– C'est très différent.

– Vous aurez des enfants?

– Je n'ai jamais eu la possibilité d'avoir des enfants. J'ai opté pour la métamorphose avant d'avoir l'âge.

– Vous étiez un enfant, et tout de suite après... (elle fit un geste vague pour désigner son corps)... cela?

– Rien au milieu, c'est exact.

– Comment un enfant peut-il faire un choix éclairé?

– J'étais l'un des enfants les plus vieux que cet univers ait jamais connus. Il y en avait un autre, c'est Ghani.

– Cette histoire de mémoire ancestrale!

– Une histoire véridique. Nous sommes tous là au complet. L'Histoire Orale n'est pas d'accord?

Elle se détourna brusquement, le dos raide. Une fois de plus, Leto fut fasciné par le caractère typiquement humain d'un tel geste : le refus associé à un aveu de vulnérabilité. Au bout d'un moment, elle lui fit à nouveau face et concentra son attention sur ses traits encadrés de leur capuchon gris.

– Vous avez le type Atréides, dit-elle.

– Je l'ai hérité aussi légitimement que toi.

– Vous êtes si vieux... pourquoi n'êtes-vous pas tout ridé?

– Rien de ma partie humaine ne vieillit normalement.

– C'est pour cette raison que vous vous êtes infligé tout ça?

– Pour la longévité? Certainement pas.

– Je ne comprends pas comment on peut être amené à faire un tel choix, murmura-t-elle. Puis elle ajouta, un peu plus fort : Ne jamais connaître l'amour...

– Ne dis pas de bêtises! s'écria-t-il. Tu veux parler de sexe, pas d'amour.

Elle haussa les épaules.

– Tu crois que la chose la plus importante à laquelle j'ai renoncé est le sexe? reprit Leto. Tu te trompes. Le plus terrible, c'est quelque chose d'entièrement différent.

– Quoi? demanda Siona avec réticence, car elle montrait par là à quel point il la touchait.

– Je ne peux plus me trouver au milieu de mes contemporains sans attirer leur attention. Je ne fais plus partie d'eux. Je suis tout seul. Tu parles d'amour? Beaucoup de gens m'aiment, et cependant mon physique les tient à distance. Nous sommes séparés, Siona, par un gouffre qu'aucun autre humain ne se risquerait à franchir.

– Pas même votre Ixienne?

– Elle le ferait, si elle pouvait, mais la chose lui est impossible. Ce n'est pas une Atréides.

– Vous voulez dire que... moi, je pourrais? Elle avait posé l'index sur sa poitrine.

– S'il y avait suffisamment de truites disponibles, oui. Malheureusement, elles sont toutes sur moi pour l'instant. Mais si je venais à mourir...

Elle secoua lentement la tête, frappée d'horreur muette à cette pensée.

– L'Histoire Orale est très précise sur ce point, reprit Leto. Et gardons-nous d'oublier que tu ajoutes foi à l'Histoire Orale.

Elle continuait de secouer latéralement la tête.

– Il n'y a rien de secret là-dedans, continua Leto. Ce sont les tout premiers moments de la transformation qui sont critiques. Ton esprit conscient, alors, doit tendre simultanément vers l'intérieur et l'extérieur, ne faire qu'un avec l'Infini. Je pourrais te fournir suffisamment de mélange pour accomplir cela. Grâce au mélange, tu peux survivre à cette dangereuse phase initiale... et à toutes les autres.

Elle frémissait maintenant sans pouvoir se maîtriser, son regard rivé à celui de Leto.

– Tu sais que je te dis la vérité, n'est-ce pas?

Elle acquiesça de la tête, prit une profonde inspiration tremblante et demanda :

– Pourquoi avez-vous fait ça?

– L'autre éventualité était bien plus horrible.

– Quelle autre éventualité?

– Tu comprendras peut-être avec le temps. Moneo a compris.

– Votre maudit Sentier d'Or!

– Pourquoi maudit? Sacré, plutôt.

– Vous me prenez pour une idiote incapable de...

– Je te prends pour quelqu'un d'inexpérimenté mais doté de capacités que tu ne soupçonnes pas toi-même.

Elle prit trois profondes inspirations successives qui lui redonnèrent une partie de son assurance.

– Si vous ne pouvez pas vous accoupler avec cette Ixienne, qu'est-ce que...

– Mon enfant, pourquoi persistes-tu à ne pas vouloir comprendre? Le sexe n'a rien à voir avec cette question. Avant l'arrivée de Hwi, je ne pouvais m'*assortir* à personne. Il n'existait personne de semblable à moi. Dans tout l'univers cosmique j'étais unique.

– Et elle est... comme vous?

– De propos délibéré. Les Ixiens l'ont faite comme ça.

– L'ont *faite*...

– Ne fais pas l'idiote, maintenant! jeta-t-il. Elle représente la quintessence du piège à dieu. Même sa victime ne peut la repousser.

– Pourquoi me dites-vous toutes ces choses? murmura Siona.

– Tu m'as volé deux exemplaires de mes mémoires. Tu as lu la traduction de la Guilde et tu es déjà au courant de ma faiblesse.

– Vous le saviez donc?

Il vit son attitude se raffermir, redevenir provocatrice.

– Bien sûr que vous le saviez, murmura-t-elle, répondant à sa propre question.

– C'était mon secret, dit Leto. Tu n'imagines pas combien de fois j'ai aimé quelqu'un pour le voir peu à peu... me glisser entre les mains. Comme ton père en ce moment.

– Vous... aimez mon père?

– De même que j'ai aimé ta mère. Parfois, ils s'en vont rapidement. D'autres fois, avec une lenteur atroce. Dans tous les cas, je suis anéanti. Je peux jouer au dur, je demeure capable de prendre les décisions nécessaires, même les décisions qui tuent, mais je ne peux jamais échapper à la douleur. Durant longtemps, très longtemps – les mémoires que tu as volés le disent sincèrement – c'est la seule émotion que j'aie éprouvée.

Il vit que ses yeux s'étaient voilés, mais l'angle de sa mâchoire témoignait encore d'une agressivité résolue.

– Rien de tout cela ne vous donne le droit de commander, dit-elle.

Leto sourit intérieurement. Ils étaient enfin arrivés aux racines de la révolte de Siona.

Quel droit? Quelle justice dans mon règne? En imposant ma loi par la force de mes Truitesses, est-ce que je laisse une chance aux aspirations progressistes de l'humanité? Je connais par cœur les clichés révolutionnaires, les litanies et les grandes phrases creuses.

– Et tu ne vois nulle part ta propre révolte dans le pouvoir que je manipule, dit-il.

La jeunesse de Siona imposait encore son moment.

– Je ne vous ai jamais élu pour que vous gouverniez, fit-elle.

– Mais tu me fortifies.

– Comment ça?

– En t'opposant à moi. Je me fais les griffes sur ceux de ton espèce.

Elle porta vivement les yeux à ses mains.

– Façon de parler, dit-il.

– Ainsi, j'ai enfin réussi à vous offenser, murmura

Siona, qui n'avait écouté que la fureur incisive de ses paroles et de son intonation.

– Tu ne m'as pas offensé. Nous sommes parents. Nous pouvons nous parler sans ménagement à l'intérieur de la famille. Le fait est que j'ai beaucoup plus à craindre de toi qu'inversement.

Elle parut prise au dépourvu, mais momentanément seulement. Il la vit se raidir tandis qu'elle acceptait d'abord ses paroles, puis les mettait en doute. Son menton s'abaissa et elle parla les yeux levés vers lui.

– Qu'est-ce que le Grand Dieu Leto pourrait avoir à redouter de moi?

– Ta violence aveugle.

– Seriez-vous en train de dire que vous êtes *physiquement* vulnérable?

– Je ne t'avertirai pas deux fois, Siona. Il y a des limites aux jeux que je suis prêt à jouer avec les mots. Les Ixiens et toi, vous savez très bien que je ne suis physiquement vulnérable qu'à travers ceux que j'aime. Bientôt, pratiquement tout l'Empire le saura aussi. C'est le genre d'information qui circule très vite.

– Et *tous* se demanderont quel droit vous avez de les gouverner!

Il y avait de l'exultation dans sa voix. Cela fit surgir chez Leto une brusque fureur qu'il eut du mal à réprimer. C'était un aspect de l'affectivité humaine qu'il détestait. La jubilation... Il lui fallut attendre quelques instants avant de se risquer à répondre, et il choisit alors de percer ses défenses à l'endroit où il avait déjà décelé une faiblesse chez Siona.

– C'est ma solitude qui me donne le droit de régner, dit-il. Elle est moitié liberté, moitié servitude. Elle garantit qu'aucun groupe humain ne peut m'acheter. Ma servitude envers vous tous garantit que je défendrai vos intérêts au mieux de mes possibilités seigneuriales.

– Mais les Ixiens vous ont piégé!

– C'est faux. Ils m'ont fait un cadeau qui me fortifie.

– Qui vous affaiblit!

– Il y a de cela aussi, admit-il. Mais de puissantes forces continuent à m'obéir.

– Oh! bien sûr, fit-elle en hochant la tête. Ça se comprend.

– Tu ne comprends pas.

– Vous aurez peut-être la bonté de m'expliquer, murmura-t-elle, railleuse.

Il lui parla d'une voix si basse qu'elle dut se pencher vers lui pour l'entendre.

– Il n'y a aucun être d'aucune espèce, nulle part, qui puisse s'adresser à moi pour me demander quoi que ce soit – ni de participer, ni de me compromettre, ni même d'entrer dans la moindre alliance pour former un autre gouvernement. Je suis tout seul.

– Même cette Ixienne ne peut pas...

– Elle me ressemble tellement qu'elle ne voudrait pas m'affaiblir en agissant de cette façon.

– Mais quand l'ambassade ixienne a été attaquée...

– La stupidité est encore capable de m'irriter, coupa-t-il.

Elle fit la moue. Leto trouva que cette réaction inconsciente lui allait bien dans la lumière ambiante. Il savait qu'il lui avait donné matière à réflexion. Il était sûr qu'elle n'avait jamais jusqu'ici envisagé l'idée que le fait d'être unique pût conférer des droits à quiconque.

Comme elle demeurait boudeuse et silencieuse, il reprit :

– Il n'y a jamais eu dans notre histoire de gouvernement exactement semblable au mien. Je ne réponds que devant moi-même, et j'exige d'être pleinement payé pour tous mes sacrifices.

– Sacrifices! répéta-t-elle d'un ton railleur, mais il perçut des doutes dans sa voix. Tous les despotes disent à peu près la même chose. Vous ne répondez que devant vous-même!

– Ce qui revient à dire que je suis responsable de

tout ce qui vit. Je veille sur vous dans la traversée des temps.

– La traversée de quels temps?

– Ceux qui auraient pu être et puis plus rien.

Il lut en elle l'indécision. Elle ne savait pas faire confiance à ses *instincts*, à ses capacités de prédiction erratiques. De temps à autre elle avait un éclair, comme lorsqu'elle lui avait volé ses mémoires, mais les motivations de l'éclair se perdaient ensuite dans la révélation qui suivait.

– Mon père dit toujours que vous jonglez dangereusement avec les mots, murmura-t-elle.

– Il est bien placé pour le savoir. Mais il y a une forme de connaissance que l'on ne peut acquérir que par la participation. On ne l'obtient pas en discutant ou en demeurant simple observateur.

– C'est à peu près ce qu'il veut dire, je pense.

– Tu as raison, admit-il. Ce n'est pas logique. Mais c'est une lumière, un œil qui voit mais ne peut pas se voir lui-même.

– Je suis lasse des mots.

– Et moi aussi.

J'en ai vu assez, j'en ai fait assez, pensa-t-il. *Elle a sa porte grande ouverte aux doutes. Comme ils sont vulnérables, tous, dans leur ignorance!*

– Vous ne m'avez convaincue de rien, dit-elle.

– Ce n'était pas l'objet de cette rencontre.

– Quel en était l'objet?

– Voir si tu es prête à subir l'épreuve.

– L'épreuve...

Elle pencha légèrement la tête sur la droite en le regardant.

– Ne fais pas l'innocente avec moi, Siona. Ton père t'a tout dit. Et je déclare que tu es prête!

Elle essaya de déglutir.

– Quelles... quelles sont...

– J'ai appelé Moneo pour qu'il te raccompagne à la Citadelle. Quand nous nous reverrons, nous saurons pour de bon de quel bois tu es faite.

Vous connaissez le mythe du Grand Magot d'Epice? J'ai entendu parler, moi aussi, de cette histoire. Un de mes majordomes me l'a rapportée, un jour, pour me distraire. Elle prétend qu'il existe, quelque part, une réserve de mélange aussi vaste qu'une montagne. Cette réserve serait cachée dans les profondeurs d'une lointaine planète, qui n'est pas Arrakis, pas Dune. L'épice y aurait été transportée il y a fort longtemps, avant la création du Premier Empire et de la Guilde Spatiale. On dit aussi que Paul Muad' Dib habite sur cette planète et qu'il y vit encore au milieu du magot qui le nourrit. Ce que le majordome n'a pas compris, c'est pourquoi son histoire me troublait tellement.

Les Mémoires Volés.

Tremblant de colère, Idaho retournait à grands pas vers ses appartements de la Citadelle à travers les grands corridors bordés de plasbriques grises. Chaque fois qu'il passait devant un poste de garde, la Truitesse qui s'y trouvait se mettait au garde-à-vous, mais il affectait de ne pas la voir. Il savait qu'il mettait le trouble parmi ces femmes. Elles ne pouvaient se tromper sur son humeur présente. Mais cela ne lui faisait guère ralentir son pas décidé. Le bruit de ses bottes résonnait lourdement le long des murs.

Il avait encore dans la bouche le goût du repas de midi, étrangement familier, pris avec des baguettes à la mode Atréides : un bon morceau de pseudo-viande au goût prononcé, cuite au four avec une garniture de céréales de plusieurs sortes assaisonnées d'herbes odoriférantes, le tout arrosé de quelques bons verres de cidrite.

Moneo l'avait trouvé au mess des Truitesses, assis tout seul à une table dans un coin avec un plan d'opération dressé contre son assiette.

Sans y être invité, le majordome s'était assis en face du Duncan et avait repoussé le document.

– J'apporte un message de l'Empereur-Dieu, avait-il annoncé.

Son intonation distante et mesurée prévenait Idaho qu'il ne s'agissait pas là d'une rencontre fortuite. Et il n'était pas le seul à le percevoir. Un silence subit s'était fait autour de leur table pour se propager rapidement dans tout le mess.

– Oui? fit Idaho en posant ses baguettes.

– Voici les paroles de L'Empereur-Dieu : J'ai la malchance que Duncan Idaho soit tombé amoureux de Hwi Noree. Cette infortune ne saurait continuer.

Idaho serra les lèvres de colère mais garda le silence.

– Cette attitude ridicule nous met tous en danger, reprit Moneo. Hwi Noree est la promise de l'Empereur-Dieu.

Idaho essayait de maîtriser sa rage, mais ses paroles le trahirent.

– Il ne peut pas l'épouser!

– Et pourquoi pas?

– A quel jeu joue-t-il, Moneo?

– Je ne suis qu'un messager. Avec un seul message à transmettre.

– Mais il se confie à vous! murmura Idaho d'une voix basse et presque menaçante.

– L'Empereur-Dieu est sensible à votre problème, mentit le majordome.

– Sensible! Idaho avait hurlé le mot, créant une nouvelle dimension dans le silence du mess.

– Hwi Noree est éminemment séduisante, dit Moneo, mais elle n'est pas pour vous.

– L'Empereur-Dieu a parlé, fit Moneo d'un ton railleur, et c'est sans appel.

– Je vois que vous avez compris mon message.

Idaho fit mine de repousser sa chaise.

– Où allez-vous? demanda Moneo.

– Je m'en vais de ce pas régler cette question avec lui!

– Cela équivaut à un suicide.

Idaho lui jeta un regard furieux. Il était soudain devenu conscient de l'intensité du silence qui régnait parmi les Truitesses assises aux autres tables. Une expression que Muad'Dib aurait reconnue instantanément se peignit sur les traits du ghola. Muad'Dib appelait cela : *jouer pour la galerie du Diable.*

– Savez-vous ce que les premiers ducs Atréides disaient toujours? demanda Idaho d'une voix chargée de moquerie.

– Y a-t-il un rapport?

– Ils disaient que toute liberté disparaît dès qu'on a à lever la tête vers un dirigeant absolu.

Raidi par la peur, Moneo se pencha vers Idaho. Ses lèvres remuèrent à peine quand il murmura dans un souffle presque inaudible :

– Ne dites pas des choses pareilles.

– Parce que l'une de ces femmes ira les répéter?

Le majordome secoua la tête d'incrédulité.

– Vous êtes encore plus téméraire que tous les précédents.

– Vraiment?

– Je vous en prie! Il est extrêmement périlleux d'adopter cette attitude.

Idaho perçut les mouvements nerveux qui gagnaient la salle de proche en proche.

– Il ne peut rien faire de plus que nous tuer, dit-il.

– Imbécile! fit Moneo dans un murmure tendu. A la moindre provocation, le Ver peut prendre le dessus!

– Vous dites le Ver? répéta Idaho d'une voix un peu plus forte que nécessaire.

– Il faut lui faire confiance, dit Moneo.

Idaho regarda à sa droite puis à sa gauche.

– Oui, elles ont entendu, je pense...

– Des milliards et des milliards de personnes sont unies dans son seul corps, reprit Moneo sans lui prêter attention.

– C'est ce que l'on m'a dit.

– Il est Dieu et nous sommes mortels.

– Comment un dieu peut-il faire le mal? demanda Idaho.

Le majordome repoussa brusquement sa chaise pour se dresser.

– Faites ce que vous voulez! s'écria-t-il. Je m'en lave les mains! Puis il gagna la sortie d'un pas rapide.

Idaho regarda autour de lui. Tous les visages des Truitesses étaient tournés dans sa direction.

– Moneo ne veut pas être juge mais moi oui, dit-il.

Il fut surpris, à ce moment-là, d'apercevoir quelques sourires d'une ironie désabusée chez les gardes. Puis elles retournèrent toutes à leurs assiettes.

Marchant à grands pas dans les corridors de la Citadelle, Idaho se remémorait la scène en essayant de définir ce qu'il y avait de bizarre dans le comportement de Moneo. Sa terreur était évidente, et même compréhensible, mais elle semblait aller plus loin que la simple crainte de la mort. Beaucoup plus loin...

Le Ver peut prendre le dessus.

Idaho avait l'impression que cet avertissement avait échappé par inadvertance à Moneo. Qu'entendait-il par là?

Encore plus téméraire que tous les précédents.

Il était frustrant d'avoir à subir la comparaison avec d'autres soi-même qu'il était le seul à n'avoir pas connus. Quel degré de *prudence* avaient manifesté les autres?

Idaho arriva devant sa porte, s'apprêta à poser la main sur la serrure-contact mais hésita. Il se sentait dans la même situation qu'un animal pourchassé qui va se réfugier dans sa tanière. Les Truitesses avaient dû maintenant rapporter à leur « dieu » la conversation du mess. Quelle décision allait prendre Leto? Il appuya la paume de sa main contre la serrure. La porte s'ouvrit vers l'intérieur. Il pénétra dans le vestibule de son appartement et referma la porte en la considérant d'un air songeur.

Va-t-il m'envoyer chercher par ses Truitesses?

Il regarda le vestibule autour de lui. Il n'y avait rien là qui sorte de l'ordinaire. Des emplacements pour les vêtements et les chaussures, un miroir en pied, une armoire contenant des armes. La porte de l'armoire était fermée à clé. Mais il n'y avait rien là qui pût constituer une réelle menace pour l'Empereur-Dieu. Pas même un laser. Et de toute manière, à ce que l'on disait, le *Ver* était invulnérable aux lasers.

Il sait que j'ai l'intention de le défier.

Idaho soupira et se tourna vers le passage en arcade qui donnait accès au reste de l'appartement. Moneo avait remplacé le mobilier romantique par un décor plus strict et plus massif, comprenant certaines pièces d'origine indiscutablement fremen – récupérées sans doute chez les Fremen de musée.

Les Fremen de musée!

Idaho cracha son mépris et pénétra dans la pièce plus grande. Il n'avait pas fait deux pas qu'il s'immobilisait, surpris. A la lumière douce qui pénétrait par les baies exposées au nord, il venait de reconnaître Hwi Noree, assise sur le divan bas. Elle portait une robe bleue moirée qui la moulait étroitement. Elle leva les yeux vers lui à son entrée.

– Les dieux soient loués, vous n'avez rien! fit-elle.

Idaho se tourna vers la porte d'entrée, vers la serrure-contact. Puis il regarda de nouveau Hwi sans comprendre. Seules quelques gardes triées sur le volet étaient normalement capables d'ouvrir cette porte.

Elle sourit de le voir si perplexe.

– Ce modèle de serrure est de fabrication ixienne, dit-elle.

Il fut soudain empli d'appréhension pour elle.

– Que faites-vous ici?

– Il faut que nous parlions.

– De quoi?

– Duncan... Elle secoua plusieurs fois la tête. Mais de nous!

– Ils vous ont raconté.

– Ils m'ont dit de vous repousser.

– C'est Moneo qui vous envoie!

– Deux Truitesses qui ont entendu votre conversation au mess. Elles m'ont amenée jusqu'ici. Elles pensent que vous courez un terrible danger.

– C'est pour me dire cela que vous êtes venue?

Elle se leva, d'un seul mouvement gracieux qui rappela à Idaho la grand-mère de Leto, Jessica. C'étaient les mêmes gestes fluides et contrôlés, exécutés avec la même grâce harmonieuse. Une idée le frappa soudain.

– Vous êtes une Bene Gesserit! s'écria-t-il.

– Non... j'ai reçu leur enseignement, mais je ne fais pas partie de leur Ordre.

L'esprit de Duncan Idaho se brouilla de suspicion. Quelles allégeances étaient réellement à l'œuvre dans l'Empire de Leto? Que pouvait comprendre un ghola à toutes ces choses?

Tant de changements sont survenus depuis que j'ai vécu...

– Je suppose que vous n'êtes quand même qu'une simple Ixienne, dit-il.

– Ne faites pas d'ironie avec moi, je vous prie, Duncan.

– Mais qu'êtes-vous réellement?
– Je suis la promise de l'Empereur-Dieu.
– Que vous servirez loyalement?
– Oui.
– Dans ce cas, il n'y a rien dont nous puissions parler.
– A part cette chose qui est entre nous.
Il se racla la gorge.
– Quelle chose?
– Cette attirance. Elle leva la main au moment où il allait parler. J'ai envie de me jeter dans vos bras, d'y chercher l'amour et la protection que je sais pouvoir y trouver. Vous aussi, vous le désirez.
Il se tenait figé.
– L'Empereur-Dieu l'interdit!
– Mais je suis là.
Elle fit deux pas vers lui, sa robe ondulant sur son corps.
– Hwi... fit-il en s'efforçant de déglutir. Il vaudrait mieux que vous partiez.
– Ce serait plus prudent, peut-être, mais pas mieux.
– S'il découvre que vous êtes venue ici...
– Il n'est pas dans ma nature de vous laisser ainsi. De nouveau, elle l'empêcha de parler en levant la main. Je n'ai été conçue et éduquée que dans un seul but.
Ces paroles emplirent Idaho d'une circonspection glacée.
– Quel but? demanda-t-il.
– Séduire l'Empereur-Dieu. Oh! il le sait très bien. Il ne voudrait pour rien au monde que je sois différente.
– Moi non plus.
Elle se rapprocha encore d'un pas. Il perçut les effluves lactés de son haleine tiède.
– Ils m'ont trop bien réussie, dit-elle. Je suis faite pour plaire à un Atréides. Leto dit toujours que son Duncan est plus Atréides que la majorité de ceux qui ont reçu ce nom en partage à leur naissance.
– Leto?

– Comment dois-je appeler celui que je vais épouser?

Tout en disant ces mots, elle se penchait vers lui. Comme un aimant trouvant son point d'attraction, leurs gestes s'harmonisèrent. Elle posa la joue contre sa poitrine, les bras autour de son dos aux muscles puissants. Il mit son menton dans ses cheveux, respirant leur parfum de tous ses sens.

– Ce que nous faisons là est insensé, murmura-t-il.

– Oui.

Il lui souleva le menton, l'embrassa.

Elle se blottit contre lui.

Aucun des deux n'avait le moindre doute sur ce qui allait arriver. Elle se laissa faire quand il la souleva de terre et la porta dans la chambre.

Idaho ne parla qu'une seule fois.

– Tu n'es pas vierge, dit-il.

– Toi non plus, mon amour.

– Mon amour... répéta-t-il dans un souffle.

– Oui... mon amour!

Dans la paix d'après le coït, Hwi noua ses deux mains derrière sa tête et s'étira sur le lit en bataille. Idaho s'assit en lui tournant le dos, le regard dirigé vers la fenêtre.

– Qui étaient tes autres amants? demanda-t-il.

Elle se dressa sur un coude.

– Il n'y en a pas eu d'autre.

– Mais...

Il se tourna, baissa les yeux vers elle.

– J'étais adolescente, dit-elle. Il y avait un jeune homme qui avait très besoin de moi. Elle sourit. Par la suite, j'ai eu très honte. Comme j'étais naïve! Je me disais que j'avais trahi la confiance de ceux qui comptaient sur moi. Mais quand ils ont tout découvert, ils se sont montrés ravis. C'était une épreuve, en quelque sorte, tu comprends?

Idaho fronça les sourcils.

– C'est pareil avec moi? C'est parce que j'avais besoin de toi?

– Non, Duncan. Son visage était subitement

devenu grave. Nous nous sommes donné de la joie parce que l'amour le veut ainsi.

– L'amour! répéta Idaho d'un ton plein d'amertume.

– Mon oncle Malky disait toujours que l'amour est un mauvais marché, car il n'est assorti d'aucune garantie.

– Ton oncle était un sage.

– Un imbécile! L'amour n'a pas besoin de garantie.

Un sourire fit tressaillir les commissures des lèvres d'Idaho.

– On reconnaît l'amour, reprit Hwi en souriant aussi, au désir que l'on a de donner de la joie sans se soucier des conséquences.

Il acquiesça.

– Je pense uniquement au danger que tu cours.

– Nous sommes ce que nous sommes.

– Qu'allons-nous faire?

– Je chérirai ce moment aussi longtemps que nous vivrons.

– Tes paroles ont un son bien... irrévocable.

– Elles le sont.

– Mais nous pourrons nous voir chaque...

– Jamais plus comme aujourd'hui.

– Hwi!

Il se jeta contre elle sur le lit, enfouit son visage dans sa poitrine. Elle lui caressa doucement les cheveux. Il murmura, ses lèvres contre son sein :

– Et si je t'ai...

– Chut! Si un bébé doit naître, il naîtra.

Il redressa la tête et la regarda dans les yeux.

– Mais il saura qui est le père!

– De toute manière, il saura.

– Tu crois qu'il est vraiment omniscient?

– Pas totalement. Mais ça, il le saura.

– Comment?

– Je le lui dirai.

Idaho la repoussa brusquement et s'assit au bord du lit. Dans son visage, la colère luttait avec la perplexité.

– Il le faut, murmura-t-elle.

– Mais s'il se retourne contre toi... Il y a tant de rumeurs qui circulent, Hwi. Tu pourrais te trouver terriblement en danger!

– Non. J'ai des besoins, moi aussi. Il le sait. Il ne fera de mal à aucun de nous deux.

– Mais il va...

– Il ne voudra jamais me détruire. Il comprendra que s'il touche à un seul de tes cheveux, cela me détruira.

– Comment peux-tu l'épouser, Hwi?

– Duncan chéri, n'as-tu pas vu qu'il a, encore plus que toi, terriblement besoin de moi?

– Mais il ne peut pas... c'est-à-dire... vous ne pourrez pas...

– Le plaisir que toi et moi retirons l'un de l'autre, je ne pourrai jamais l'avoir avec Leto. Cela lui est physiquement impossible. Il me l'a avoué.

– Alors, pourquoi ne te... s'il t'aime...

– Il a des desseins et des besoins plus vastes. Elle tendit le bras, prit la main d'Idaho et la serra dans les siennes. Je sais cela depuis longtemps, depuis que j'étudie sur lui. Plus vastes que nous ne pourrons jamais en avoir.

– Quels desseins? Quels besoins?

– Demande-le-lui.

– Tu les connais, toi?

– Oui.

– Tu veux dire que tu ajoutes foi à toutes ces histoires que...

– Il y a en lui de la bonté et de la sincérité. Je sais cela d'après mes propres réactions. Mes maîtres ixiens m'ont conçue, je pense, comme un réactif, mais les informations que j'ai obtenues jusqu'ici dépassent l'étendue de ce qu'ils voulaient que je sache.

– Ainsi, tu crois tout ce qu'il dit! accusa Idaho en faisant mine de retirer sa main.

– Si tu allais le trouver, Duncan, pour essayer de...

– Il ne me reverra plus jamais!

– Mais si!

Elle porta la main du ghola à ses lèvres, lui embrassa les doigts.

– Je suis votre otage, dit-il. Vous finissez par me faire peur... tous les deux...

– Je n'ai jamais cru qu'il serait facile de servir Dieu, murmura Hwi. Mais je ne pensais pas que ce serait si dur.

La mémoire a pour moi une signification curieuse, une signification que j'avais espéré faire partager à d'autres. J'ai toujours été stupéfié par la manière dont les gens fuient leurs souvenirs ancestraux, en se réfugiant derrière une lourde barrière de mythes. Oh! je n'attends pas d'eux qu'ils recherchent cette terrible promiscuité dont je suis obligé de faire l'expérience à chaque instant de ma vie. Je comprends très bien qu'ils ne veuillent pas se retrouver sous une bouillie d'insignifiants détails ancestraux. Oui, leur dis-je, vous avez raison de craindre que vos instants de vie ne soient accaparés par d'autres. Et cependant, c'est dans ces souvenirs que réside la vraie signification. Nous portons en avant toute notre ascendance comme une onde vivante, tous les espoirs, les joies, les chagrins, les douleurs et les exultations de notre passé. Rien dans ces souvenirs ne demeure totalement sans signification ou influence, tant qu'il existe encore une humanité quelque part. Nous sommes entourés d'un éclatant Infini, ce Sentier d'Or de l'éternité devant lequel nous pouvons, à notre manière modeste mais inspirée, faire allégeance en permanence.

Les Mémoires Volés.

– Je t'ai fait venir, Moneo, à propos de ce que m'ont raconté mes gardes, déclara Leto.

Ils se tenaient dans l'obscurité de la crypte où,

Moneo s'en souvenait, quelques-unes des plus pénibles décisions de l'Empereur-Dieu avaient été mises en train. Moneo lui aussi avait reçu plusieurs rapports. Il avait attendu tout l'après-midi la convocation de Leto et, quand elle était enfin arrivée, peu après le repas du soir, un moment de pure terreur avait failli l'engloutir.

– Il s'agit... du Duncan, Mon Seigneur?

– Evidemment, il s'agit du Duncan!

– On m'a dit, Mon Seigneur, que... sa conduite...

– Pendable, Moneo?

– Si vous le dites, Mon Seigneur... fit le majordome en inclinant la tête.

– Combien de temps faudrait-il aux Tleilaxu pour nous en livrer un autre?

– Ils disent qu'ils ont des problèmes, Mon Seigneur. Peut-être deux ans.

– Sais-tu ce que disent mes gardes, Moneo?

Le majordome retint son souffle. Si l'Empereur-Dieu avait appris sa dernière... Non! Même les Truitesses étaient épouvantées par un tel affront. Avec n'importe qui d'autre qu'un Duncan, elles auraient pris elles-mêmes l'initiative de la liquidation physique.

– Eh bien, Moneo?

– On m'a dit, Mon Seigneur, qu'il avait convoqué un groupe de gardes pour les questionner sur leurs origines. Sur quelle planète elles étaient nées, qui étaient leurs parents, quelle sorte d'enfance elles avaient eue.

– Et les réponses ne lui ont pas plu.

– Il leur a fait peur, Mon Seigneur. Il a insisté longuement.

– Comme si la répétition pouvait faire naître la vérité. Oui, je sais.

Moneo se laissa aller à espérer que là s'arrêtaient les préoccupations du Seigneur concernant son Duncan.

– Mais pourquoi agissent-ils tous de cette façon? demanda-t-il.

– C'est leur conditionnement premier, leur conditionnement d'Atréides.

– En quoi diffère-t-il de...

– Les Atréides vivaient au service de ceux qu'ils gouvernaient. La mesure de leur gouvernement se retrouvait dans la vie que menaient leurs sujets. Voilà pourquoi les Duncan s'enquièrent toujours de la manière dont vivent les gens.

– Il a déjà passé une nuit dans un village, Mon Seigneur. Il a visité plusieurs villes. Il a pu voir...

– Tout est dans la manière d'interpréter les résultats, Moneo. Une pièce à conviction n'est rien si l'on ne juge pas.

– J'ai remarqué qu'il juge beaucoup, Mon Seigneur.

– Nous le faisons tous, mais les Duncan ont tendance à penser que cet univers-ci est soumis en otage à ma volonté. Et ils savent qu'on ne peut pas faire le mal au nom du bien.

– C'est ce qu'il prétend que vous...

– C'est *moi* qui dis cela; c'est ce que tous les Atréides qui sont en moi disent. Cet univers ne le permettra pas. Les choses que l'on veut accomplir ne perdureront pas si l'on...

– Mais, Mon Seigneur, vous ne faites pas le mal!

– Pauvre Moneo. Tu es incapable de voir que j'ai créé un vecteur d'injustice.

Moneo était subitement devenu incapable de parler. Il s'apercevait qu'il avait été distrait par la douceur apparente de la voix de l'Empereur-Dieu. A présent, le majordome percevait de redoutables changements dans le corps gigantesque. Et à cette distance... Il regarda, autour de lui, l'immense crypte où dormaient tant de morts, et où tant de vivants avaient été tragiquement expédiés.

Mon heure est-elle venue?

Leto reprit d'une voix songeuse :

On ne fait rien de bon en prenant des otages. C'est une forme d'esclavage. Une sorte d'humain ne peut s'approprier une autre sorte d'humain. L'univers s'y oppose.

Les mots demeuraient, miroitants, au seuil des perceptions de Moneo, offrant un terrifiant contraste avec les bouleversements qu'il sentait en train de s'opérer dans le corps du Seigneur.

Le Ver va sortir!

De nouveau, il jeta un coup d'œil désemparé à la crypte qui l'entourait. C'était pire que le nid d'aigle! Il n'y avait nul refuge à proximité.

– Eh bien, Moneo, tu n'as rien à répondre? demanda Leto.

– Les paroles du Seigneur m'éclairent, murmura le majordome dans un souffle.

– T'éclairent? Je ne te vois pas éclairé!

Moneo était au bord du désespoir.

– Mais je suis le fidèle serviteur de Mon Seigneur.

– Tu te déclares au service de Dieu?

– Oui, Mon Seigneur.

– Qui a créé ta religion, Moneo?

– Vous, Mon Seigneur.

– Voilà au moins une réponse sensée.

– Merci, Mon Seigneur.

– Ne me remercie pas! Dis-moi ce que perpétuent les institutions religieuses.

Moneo fit quatre pas en arrière.

– Reste où tu es! ordonna Leto.

Tremblant de tout son corps, le majordome secoua muettement la tête. Il était tombé, finalement, sur la question sans réponse. L'impossibilité de donner une réponse allait précipiter sa mort. Il l'attendit, la tête baissée.

– Alors, c'est moi qui vais te le dire, misérable serviteur, fit Leto.

Moneo osa reprendre un peu d'espoir. Il leva subrepticement les yeux vers le visage de l'Empereur-Dieu, remarqua que son regard ne s'était pas encore voilé, que ses mains ne tremblaient pas. Peut-être que le Ver n'était pas en train de sortir.

– Les institutions religieuses perpétuent une relation mortelle du type maître/serviteur, reprit Leto. Elles créent un champ clos qui attire les humains orgueilleux assoiffés de pouvoir, armés de tous leurs préjugés à courte vue!

Moneo ne put que hocher la tête. Etait-ce un tremblement qui animait la main de l'Empereur-Dieu? Son terrible visage se rétractait-il lentement dans les replis de son capuchon?

– La révélation de secrètes infamies, voilà ce que les Duncan attendent, continua Leto. Les Duncan éprouvent trop de compassion pour leurs frères et fixent des limites trop étroites à la fraternité.

Moneo avait eu l'occasion d'étudier des enregistrements holos des anciens vers des sables de Dune, avec leur gueule énorme hérissée de dents en forme de krys autour d'un brasier ardent. Il remarqua l'intumescence des anneaux en formation le long du grand corps cylindrique. Etaient-ils plus saillants qu'à l'accoutumée? De nouvelles mâchoires allaient-elles soudain s'ouvrir sous les replis du visage humain?

– Au fond d'eux-mêmes, ajouta Leto, les Duncan savent bien que j'ai délibérément ignoré l'admonition de Mahomet et de Moïse. Même toi, tu le sais, Moneo.

C'était une accusation. Moneo allait hocher la tête, mais il ne put s'empêcher de la secouer misérablement à plusieurs reprises. Il se demandait s'il allait oser reculer encore. Il savait par expérience que les sermons de cette sorte finissaient rarement sans la venue du Ver.

– Et quelle est cette admonition, d'après toi? demanda Leto d'une voix chargée d'insouciance railleuse.

Moneo s'autorisa l'ombre d'un haussement d'épaules.

Abruptement, la voix de Leto, résonnante et tonnante, fit vibrer la crypte. C'était une voix séculaire qui disait : « Vous êtes les serviteurs de *Dieu* et non les serviteurs d'autres serviteurs! »

Moneo s'écria en se tordant les mains :

– Je suis votre serviteur, Mon Seigneur!

– Moneo, Moneo... fit Leto d'une voix grave et retentissante, un million de choses fausses ne peuvent donner naissance à une seule chose juste. Ce qui est juste se reconnaît à ce qu'il perdure.

Moneo ne pouvait que demeurer figé dans un silence épouvanté.

– C'est avec toi, Moneo, que je voulais accoupler Hwi, reprit Leto. Mais il est trop tard à présent.

Les mots mirent quelques instants à pénétrer l'esprit conscient du majordome. Il avait l'impression que leur signification était totalement hors de propos. *Hwi? Qui est-ce? Ah! oui, la fiancée ixienne de l'Empereur-Dieu... L'accoupler... avec moi?*

De nouveau, il secoua désespérément la tête.

Leto continua à parler, d'une voix qui contenait une tristesse infinie.

– Toi aussi, tu disparaîtras. Tout ce que tu as fait tombera-t-il en poussière?

Sans le moindre avertissement, alors même que Leto parlait, son corps fut saisi d'un monstrueux soubresaut qui le souleva du chariot. La violence rapide du mouvement fut telle qu'il retomba à quelques centimètres à peine du malheureux Moneo qui poussa un hurlement et s'enfuit de toute la vitesse de ses jambes à travers la crypte.

– Moneo!

Le majordome se figea à l'entrée de l'ascenseur.

– L'épreuve, Moneo! Demain, je ferai passer l'épreuve à Siona!

La conscience de ce que je suis prend place dans la perception intemporelle qui n'accumule ni ne rejette, qui ne stimule ni ne dupe. Je crée un champ sans identité ni centre, un champ où même la mort devient une pure analogie. Je n'aspire pas à un résultat. Je laisse seulement exister ce champ qui n'a ni objectifs, ni désirs, ni perfections, ni même la moindre vision de réalisation. A l'intérieur de ce champ, la perception primale, omniprésente, est tout. C'est la lumière qui pénètre par les fenêtres de mon univers.

Les Mémoires Volés.

Le soleil avait commencé son ascension et jetait sur les dunes son éclat cru. Leto sentait sous lui le sable coulant comme une caresse que ses oreilles humaines, cependant, entendaient comme un frottement abrasant de son gigantesque corps. Il y avait là une contradiction sensorielle avec laquelle, depuis longtemps, il avait appris à vivre.

Il entendait Siona qui marchait derrière lui avec une relative légèreté dans son pas, faisant couler de fins ruisseaux de sable tandis qu'elle gravissait la dune, se hissant à son niveau.

Plus je dure, plus je deviens vulnérable, songea-t-il.

C'était une pensée qui lui venait souvent ces temps-ci, quand il allait dans son désert. Il leva la tête pour scruter le ciel, qui était sans nuages, d'un bleu d'une densité inégalée, même dans l'ancien temps de Dune.

Qu'était-ce qu'un désert sans un ciel entièrement bleu? *Dommage qu'il ne puisse avoir les tons argentés de Dune.*

Ce ciel était réglé, pas toujours à la perfection, par des satellites ixiens. La perfection, celle qui aurait exactement correspondu à ses désirs, était un rêve de machine que compromettait la gestion humaine. Mais les satellites avaient assez d'emprise pour lui donner au moins cette matinée de paix du désert. Leto en gonfla ses poumons humains et attendit Siona. Il ne l'entendait plus marcher. Il savait qu'elle s'était arrêtée pour admirer le désert.

Leto usait de son imagination comme un illusionniste évoquant tout ce qui avait concouru à établir les conditions matérielles de cet instant. Il « ressentait » les satellites, ces baguettes miraculeuses qui orchestraient la symphonie des masses d'air en mouvement qu'il fallait refroidir ou réchauffer, des courants verticaux ou horizontaux qu'il fallait perpétuellement surveiller et régler. Il souriait à la pensée que les Ixiens avaient cru, au début, que ces instruments délicats allaient lui servir à imposer une nouvelle forme de despotisme hydraulique – en privant d'eau ceux qui défiaient leur Seigneur, ou bien encore en déchaînant sur d'autres d'effroyables tempêtes atmosphériques. Comme ils avaient été surpris, par la suite, de leur erreur!

Mon contrôle s'exerce de manière plus subtile.

Lentement, sans heurt, il se remit en mouvement, glissant à la surface du désert, se laissant couler sur la pente de la dune, sans s'être retourné une seule fois pour regarder l'aiguille dressée de sa tour qui allait disparaître bientôt, il le savait, dans le voile de chaleur atmosphérique.

Siona le suivait avec une docilité inhabituelle chez elle. Le doute avait accompli son œuvre. Elle avait lu les mémoires volés. Elle avait écouté les admonestations de son père. Et maintenant, elle ne savait plus que penser.

– Quelle est cette épreuve? avait-elle demandé à Moneo. Que va-t-il me faire?

– Ce n'est jamais pareil.

– Comment était-ce, pour toi?

– Ce sera différent dans ton cas. Je risquerais de semer la confusion dans ton esprit, si je te parlais de mon expérience.

A leur insu, Leto avait écouté leur conversation tandis que Moneo préparait sa fille en lui faisant revêtir un authentique distille fremen avec sa cape de couleur foncée. Les pompes à talons avaient été correctement réglées, ce qui prouvait que Moneo n'avait rien oublié à travers les années.

– Le Ver va sortir, avait déclaré le majordome en se baissant pour ajuster les bottines de sa fille. Je ne puis t'en dire plus. Il faudra que tu te débrouilles pour continuer à vivre en sa présence.

Il s'était redressé pour expliquer à Siona comment le distille recyclait l'eau de son corps. Il lui fit dérouler le tuyau d'une petite poche, lui montra comment aspirer le liquide et comment le reboucher.

– Tu seras toute seule avec lui en plein désert, avait repris le majordome. N'oublie pas que Shaï-Hulud n'est jamais très loin, quand on marche à travers les sables.

– Et si je refuse d'y aller? avait demandé Siona.

– Tu iras. Mais... il n'est pas sûr que tu en reviennes.

Cette conversation s'était déroulée au rez-de-chaussée de la Petite Citadelle tandis que Leto attendait tout en haut, dans son nid d'aigle. Lorsqu'il avait entendu que Siona était prête, il s'était laissé descendre, dans le crépuscule du matin, jusqu'au pied de la tour, en utilisant les suspenseurs de son chariot. Quand Moneo et Siona étaient sortis, il avait fait rentrer le chariot dans la salle du rez-de-chaussée. Moneo était monté dans son orni, qui avait décollé aussitôt dans un froissement d'ailes. Leto avait prié Siona de vérifier que la porte du rez-de-chaussée était bien fermée, puis de lever les yeux vers les impossibles hauteurs de la tour.

– La seule issue possible, maintenant, c'est la traversée du Sareer, dit-il.

Il s'était éloigné lentement de la tour, sans même lui ordonner de le suivre. Il comptait sur son bon sens, sa curiosité et ses doutes.

Après avoir dévalé le versant glissant de la dune, Leto traversa une étendue de roche nue pour attaquer la pente douce d'une nouvelle dune, créant un sillage que Siona pouvait suivre aisément. Les Fremen appelaient ces ornières. « le don de Dieu à celui qui est fatigué ». Il avançait lentement, laissant à Siona le temps de reconnaître qu'ils étaient à présent dans son fief, dans son habitat naturel.

Arrivé au sommet de la nouvelle dune, il se retourna pour la voir avancer. Elle n'avait pas quitté son sillage et elle ne s'arrêta que quand elle fut à son tour sur la crête. Son regard se posa un instant sur le visage de Leto, puis elle fit un tour complet sur elle-même, observant l'horizon. Leto entendit le sifflement de son inspiration profonde. La brume de chaleur voilait tout le haut de la tour. La base ressemblait à une lointaine inégalité de terrain.

– Voilà comment c'était avant, dit-il.

Il y avait dans ce désert, il le savait, quelque chose qui parlait à l'âme immortelle de ceux qui possédaient du sang fremen. Il avait choisi cet endroit – une dune un peu plus élevée que les autres – à cause de son impact à cet égard.

– Regarde bien partout, dit-il. Puis il se laissa glisser sur l'autre versant de la dune afin d'ôter sa masse de sa vue.

Siona accomplit lentement un nouveau tour d'horizon.

Leto savait exactement ce qu'elle ressentait devant un tel spectacle. A part l'insignifiante irrégularité représentée par la base de la tour, il n'y avait rien, absolument rien, qui modifiât la courbure de l'horizon. Tout était plat, partout. Pas la moindre plante, pas le moindre mouvement de vie. De la hauteur où elle se tenait, la ligne d'horizon était approximativement à huit kilomètres de distance.

Leto s'était arrêté juste de l'autre côté de la crête. Il lui cria :

– Tu vois ce que c'est que le véritable Sareer. On ne peut apprendre à le connaître que si on le parcourt à pied. C'est tout ce qu'il subsiste du *bahr bela ma*.

– L'océan sans eau, murmura Siona.

Elle se tourna une fois de plus pour embrasser tout l'horizon du regard.

Il n'y avait pas de vent. En l'absence de vent, Leto le savait, le silence rongeait l'âme. Siona devait être en train de ressentir la perte de tous ses points de référence familiers. Elle se trouvait abandonnée dans un espace dangereux.

Leto se tourna vers la dune suivante. En prenant cette direction, ils allaient bientôt arriver en vue d'une ligne de collines basses, vestiges d'une ancienne chaîne de montagnes à présent réduites à l'état de monticules et d'éboulis. Il continuait à se reposer tranquillement, laissant le silence faire le travail à sa place. Il était même plaisant d'imaginer que ces dunes se déplaçaient encore, comme autrefois, sans fin, autour de la planète. Mais les rares qui restaient étaient en train de dégénérer. En l'absence des tempêtes de Coriolis de l'époque de Dune, le Sareer ne connaissait guère que quelques brises un peu fortes et des tourbillons de chaleur qui ne pouvaient avoir que des effets locaux.

L'un de ces « diablotins » était justement en train de danser à mi-chemin de l'horizon du sud. Siona le suivait des yeux. Abruptement, elle demanda :

– Avez-vous une religion?

Il fallut un moment à Leto pour composer sa réponse. Il était toujours surpris de constater que le désert inspirait des idées de religion.

– Tu oses me demander si j'ai une religion personnelle? fit-il.

Sans trahir en surface la peur qu'elle éprouvait, Siona s'avança sur la crête et baissa les yeux vers lui. L'audace avait toujours été la marque des Atréides.

Voyant qu'elle ne répondait pas, il formula sa pensée à haute voix :

– On ne peut pas dire que tu n'es pas une Atréides.

– C'est cela, votre réponse?

– Mais que veux-tu savoir exactement, Siona?

– A quoi vous croyez.

– Ha! Tu me demandes en quoi j'ai foi. Eh bien... je crois que quelque chose ne peut pas émerger de rien sans une intervention divine.

Cette réponse la rendit perplexe.

– En quoi est-ce une...

– *Natura non facit saltus* , dit Leto.

Elle secoua la tête, ne comprenant pas l'antique citation qui lui était venue aux lèvres.

– La nature ne fait pas de saut, traduisit-il.

– Quelle était cette langue? demanda Siona.

– C'est un ancien idiome qui n'est plus parlé nulle part dans mon univers.

– Pourquoi l'avoir utilisé, dans ce cas?

– Pour raviver tes souvenirs anciens.

– Je n'en ai pas! Je voudrais seulement savoir pourquoi vous m'avez fait venir jusqu'ici!

– Pour te faire goûter à ton passé. Viens ici. Grimpe sur mon dos.

Elle hésita tout d'abord, puis comprit la futilité de toute défiance. Elle se laissa glisser sur le versant de la dune et escalada le dos de Leto.

Celui-ci attendit qu'elle fût à genoux sur lui. Ce n'était pas comme dans l'ancien temps. Elle ne disposait pas d'hameçons à faiseurs qui lui auraient permis de se tenir debout. Il souleva légèrement un de ses segments antérieurs pour lui fournir un appui.

– Pourquoi suis-je en train de faire ça? demanda-t-elle d'une voix qui indiquait à quel point elle se sentait stupide, perchée là-haut.

– Je veux te faire goûter à la manière dont notre peuple parcourait autrefois ce pays, sur le dos des grands vers des sables.

Il se mit à glisser le long de la crête, à peine en contrebas. Siona avait vu de nombreux holos. Elle avait fait cette expérience intellectuellement mais la réalité, il le savait, avait une pulsation différente, et elle ne pouvait manquer d'y être sensible.

Aaah...Siona. Tu ne te doutes pas encore de l'épreuve qui t'attend.

Leto se durcit délibérément. *Je ne dois avoir aucune pitié,* songea-t-il. *Si elle doit mourir, qu'elle meure. Quand l'un d'eux périt, c'est un événement nécessaire, rien d'autre.*

Il dut se rappeler que ceci s'appliquait même à Hwi Noree. Simplement, ils ne pouvaient pas *tous* mourir.

Il s'aperçut que Siona commençait à apprécier la sensation que lui procurait la promenade. Il la sentit changer de position, en s'appuyant davantage sur ses talons et en redressant la tête.

Il se lança alors le long d'une *barracan* incurvée, partageant le plaisir ancien qu'avait retrouvé Siona. Il discernait à peine les restes des collines devant lui à l'horizon. Elles étaient comme une graine du passé en attente, un rappel de la force autarcique en expansion qui opérait dans tous les déserts. Il pouvait oublier, l'espace d'un instant, que sur cette planète, dont seule une infime partie demeurait désertique, la dynamique du Sareer se superposait à un environnement précaire.

L'illusion du passé était tout de même bien là. Il la sentait plus forte à mesure qu'il avançait. Fantasme, évidemment, se disait-il, fantasme évanescent tant que durait sa paix forcée. Même l'immense *barracan* qu'il traversait en ce moment n'était pas aussi vaste que celles du passé. Aucune des dunes n'était aussi vaste.

Tout ce désert *entretenu* lui parut subitement ridicule. Il ralentit l'allure, s'arrêtant presque sur une surface caillouteuse entre les dunes, essayant d'évoquer les contraintes qui faisaient fonctionner tout le système. Il se représentait la rotation de la planète déplaçant des masses d'air chaud ou froid vers de nouvelles régions, le tout supervisé et ordonné par les minuscules satellites ixiens avec leurs panneaux d'instruments et leurs réflecteurs de chaleur. S'ils *voyaient* quelque chose, ils devaient voir le Sareer en partie comme un « désert en relief » entouré de murailles à la fois de pierre et d'air froid. Cela contribuait à former de la glace à la périphérie, entraînant la nécessité de nouveaux réglages atmosphériques.

La tâche était complexe, et pour cette raison Leto pardonnait une erreur de temps à autre.

Tandis qu'il s'avançait de nouveau parmi les dunes, il perdit cette notion de délicat équilibre, écarta le souvenir des désolations caillouteuses qui entouraient les sables et s'abandonna aux joies de son « océan pétrifié » avec ses vagues figées, immuables en apparence. Il obliqua vers le sud, longeant à distance la ligne des anciennes collines.

Il savait que la plupart des gens étaient choqués par son amour du désert. Cela les mettait mal à l'aise, ils regardaient ailleurs. Siona, elle, ne pouvait pas regarder ailleurs. Partout où elle dirigeait les yeux, le désert s'imposait. Elle demeurait silencieuse, juchée sur l'échine de Leto, mais celui-ci savait qu'elle ne perdait rien du paysage. Et que les très, très anciens souvenirs commençaient à tourner dans sa tête.

Moins de trois heures plus tard, ils arrivèrent dans une région de dunes presque cylindriques, en dos de baleine. Certaines formaient un cordon de cent cinquante kilomètres de long, disposé obliquement par rapport au vent dominant. Plus loin, un couloir rocheux au milieu des sables les conduisit dans un secteur de dunes étoilées dont certaines atteignaient une hauteur de quatre cents mètres. Finalement, ils pénétrèrent parmi les dunes entrecroisées de l'erg central, où les hautes pressions de l'atmosphère chargée d'électricité donnèrent un coup de fouet à Leto. Il savait que la même magie devait s'exercer sur Siona.

– C'est ici que sont nés les chants de la Longue Marche, dit Leto. L'Histoire Orale les a parfaitement conservés.

Elle ne répondit pas, mais il savait qu'elle avait entendu.

Il ralentit alors considérablement l'allure et se mit à lui parler de leur passé fremen. A mesure qu'il racontait, il sentait s'accroître l'intérêt de Siona. Elle l'interrompit même à une ou deux reprises pour lui demander une précision, mais cela n'empêchait pas Leto de sentir ses angoisses augmenter. De l'endroit où ils se trouvaient, ils ne pouvaient même plus apercevoir la base de la Petite Citadelle. Siona ne pouvait plus poser son regard sur rien qui fût bâti par la main de l'homme. Et elle risquait de croire qu'il cherchait maintenant à détourner son attention par la conversation afin de préparer quelque chose de sinistre.

– C'est ici également qu'est née l'égalité entre les hommes et les femmes de notre peuple, dit-il.

– D'après vos Truitesses, répliqua Siona, une telle égalité n'existe pas.

Sa voix, pleine d'interrogation incrédule, permettait mieux à Leto de la localiser que le contact imprécis sur son dos. Il s'immobilisa à l'angle de deux dunes croisées et laissa s'apaiser l'émission d'oxygène causée par sa chaleur intérieure.

– Ce n'est plus la même chose aujourd'hui, dit-il. Les hommes et les femmes obéissent à des contraintes évolutionnaires différentes. Avec les Fremen, cependant, il y avait une véritable interdépendance. Cela rendait l'égalité indispensable dans ces territoires où les questions de survie immédiate avaient la primauté.

– Pourquoi m'avez-vous amenée ici? demanda Siona.

– Regarde derrière nous.

Il sentit qu'elle se retournait. Au bout d'un moment, elle murmura :

– Que suis-je censée voir?

– Avons-nous laissé une trace? Peux-tu dire d'où nous venons?

– Il y a un peu de vent.

– A-t-il couvert nos traces?

– Euh... je pense... oui.

– Ce désert nous a faits tels que nous avons été et tels que nous sommes à présent encore. C'est lui le véritable musée de nos traditions. Pas une de ces traditions ne s'est vraiment perdue.

Leto aperçut une petite tempête de sable, *ghibli*, qui traversait l'horizon au sud, précédée par de minces rubans de poussière et de sable. Siona avait dû la voir aussi.

– Pourquoi ne voulez-vous pas me dire pour quelle raison vous m'avez fait venir jusqu'ici? demanda-t-elle d'une voix qui laissait percer son angoisse.

– Mais je te l'ai déjà dit!

– Pas du tout!

– Quelle distance avons-nous parcourue, Siona?

Elle réfléchit.

– Trente kilomètres? Vingt, peut-être?

– Plus que ça, dit Leto. Je suis capable de me déplacer très vite sur mon terrain. Tu n'as donc pas senti le vent sur ton visage?

– Oui, fit-elle, soudain renfrognée. Mais pourquoi me demander la distance?

– Descends un peu et viens te mettre devant moi, que je puisse te voir.

– Pourquoi?

Parfait, songea-t-il. *Elle se méfie. Elle a peur que je l'abandonne, que je m'éloigne trop vite pour qu'elle puisse me suivre.*

– Descends et je t'expliquerai, dit-il.

Elle se laissa glisser de son dos et vint se placer devant son visage.

– Le temps passe vite quand on occupe ses sens, fit-il. Il y aura bientôt quatre heures que nous sommes partis. Nous avons parcouru environ soixante kilomètres.

– En quoi cela a-t-il de l'importance?

– Moneo a placé de la nourriture dans la poche de ta cape. Prends-en un peu et je te répondrai.

Elle trouva dans sa poche un cube de *protomor* séché dont elle mâcha un morceau sans cesser d'observer Leto. C'était l'aliment authentique des anciens Fremen, y compris l'adjonction d'une petite quantité de mélange.

– Tu as senti ton passé, lui dit-il. Il faut maintenant que tu sois sensibilisée à ton avenir, au Sentier d'Or.

Elle déglutit.

– Je ne crois pas à votre Sentier d'Or.

– Si tu dois vivre, tu y croiras.

– C'est *cela*, votre épreuve? Croire au Grand Dieu Leto ou bien mourir?

– Tu n'as absolument pas besoin d'avoir foi en moi. Tout ce que je veux, c'est que tu croies en toi.

– Dans ce cas, en quoi la distance que nous avons parcourue est-elle importante?

– Elle peut te faire comprendre le chemin qu'il te reste à faire.

Elle porta la main à sa joue.

– Je ne...

– A l'endroit où tu te trouves en ce moment, reprit Leto, tu es au cœur incontestable de l'Infini. Regarde autour de toi et comprends la signification de l'Infini.

Elle regarda, à droite puis à gauche, le désert sans faille.

– Nous allons traverser à pied mon désert, continua Leto. Tous les deux, rien que toi et moi.

– Vous n'avez pas de pieds, fit-elle ironiquement.

– C'était une façon de parler. Mais toi, tu iras à pied, je peux te l'assurer.

Elle tourna les yeux dans la direction par laquelle ils étaient venus.

– C'est donc pour cela que vous m'avez demandé si nous avions laissé des traces.

– Même s'il y avait des traces, à quoi te serviraient-elles? Si tu retournais à la Petite Citadelle, tu n'y trouverais rien qui puisse t'aider à survivre.

– Pas même de l'eau?

– Rien du tout.

Elle tira sur le tuyau enroulé dans sa petite poche, aspira un peu de liquide et le remit en place. Leto remarqua le soin avec lequel elle le rebouchait. Cependant, elle ne remit pas le rabat devant sa bouche, malgré les recommandations de son père que Leto avait entendues. Elle voulait pouvoir continuer à parler librement!

– Vous cherchez à me faire comprendre que je ne peux pas me sauver, dit-elle.

– Sauve-toi si tu veux.

Elle accomplit, de nouveau, un tour complet sur elle-même, scrutant les étendues désolées.

– Il y a, reprit Leto, un dicton à propos du désert, selon lequel une direction en vaut une autre. D'une certaine manière, c'est toujours vrai, mais je ne compterais pas trop là-dessus.

– Je suis vraiment libre de vous quitter si j'en ai envie?

– La liberté est parfois un état solitaire.

Elle désigna du doigt le versant escarpé de la dune au sommet de laquelle ils s'étaient arrêtés.

– Je n'aurais qu'à me laisser glisser là...

– A ta place, Siona, je n'essayerais pas de faire ça.

– Pourquoi? fit-elle en lui lançant un regard suspicieux.

– Sur le versant abrupt, si tu ne suis pas bien les courbes naturelles, tu risques de provoquer un glissement de sable et de te faire ensevelir.

Elle contempla le sable à ses pieds, méditant ce qu'il venait de dire.

– Tu vois quelle peut être la beauté des mots? demanda Leto.

– Partons-nous? fit-elle en reportant son attention sur son visage.

– Nous sommes dans un endroit où l'on apprend à apprécier l'indolence. Et la courtoisie. Rien ne presse.

– Mais nous n'avons pas d'eau, à part...

– Si tu sais t'en servir, le distille te maintiendra en vie.

– Mais combien de temps mettrons-nous pour...

– Ton impatience m'inquiète.

– Nous n'avons que ce petit morceau de nourriture séchée dans ma poche. Que mangerons-nous quand...

– Siona! Te rends-tu compte que tu t'exprimes comme si nous étions dans la même situation, toi et moi? Que mangerons-*nous*... *nous* n'avons pas d'eau... combien de temps mettrons-*nous*...

Il perçut la sécheresse de sa bouche tandis qu'elle essayait de déglutir.

– Pourrait-il se faire que nous nous trouvions dans un état d'interdépendance? demanda-t-il.

Elle répondit avec réticence.

– Je ne sais pas ce qu'il faut faire pour survivre dans ce désert.

– Et moi, je le sais?

Elle acquiesça sans mot dire.

– Pourquoi partagerais-je avec toi de si précieuses connaissances? reprit Leto.

Elle haussa les épaules. Ce geste pathétique le toucha. Comme le désert faisait vite tomber les comportements antérieurs...

– Je veux bien partager avec toi, dit-il. Mais il faudra que tu trouves quelque chose de même valeur à partager avec moi.

Le regard de Siona parcourut toute la longueur du corps vermiforme, s'arrêta un instant sur les moignons palmés qui étaient autrefois ses jambes et ses pieds, puis revint au visage.

– Une promesse obtenue sous la menace n'est pas une promesse, dit-elle.

– Qui parle de violence?

– Il existe différentes formes de violence.
– Et je t'ai amenée ici où tu pourrais mourir?
– Quel choix m'avez-vous laissé?
– La vie n'est pas facile pour celui qui est né Atréides. Je suis bien placé pour le savoir, crois-moi.
– Vous n'étiez pas obligé d'agir de cette manière.
– Là, tu te trompes.
Il se détourna d'elle et entreprit de descendre le versant de la dune selon un parcours sinusoïdal. Il l'entendit glisser et trébucher dans son sillage. Il ne s'arrêta que quand il fut au cœur de l'ombre projetée par la dune.
– Nous attendrons ici jusqu'à la tombée du jour, dit-il. On gaspille moins d'eau en voyageant de nuit.

Dans toutes les langues, l'un des mots les plus redoutables est *soldat*. Les synonymes paradent à travers notre histoire : yogahnee, gendarme, hussard, kareebo, cosaque, deranzeef, légionnaire, sardaukar, truitesse... je les connais tous. Ils sont en rangs dans ma mémoire pour me rappeler ceci : *Avant toute chose, assurez-vous que l'armée est avec vous.*

Les Mémoires Volés.

Idaho trouva finalement Moneo dans le long couloir souterrain qui reliait les complexes occidental et oriental de la Citadelle. Depuis l'aube, deux heures auparavant, Idaho arpentait la Citadelle en tous sens à la recherche du majordome. Il venait de l'apercevoir, un peu plus loin devant lui mais parfaitement reconnaissable à sa posture et à son éternel uniforme blanc. Il était en train de parler à quelqu'un qu'une encoignure dissimulait.

A cinquante mètres sous terre, le couloir aux murs de plasbriques ambrées était éclairé par des rampes à brilleurs synchronisées avec la lumière du jour. La circulation d'air frais était assurée par un système simple et efficace de manches orientables qui se dressaient comme des silhouettes drapées au sommet de leurs pylônes à la périphérie des installations de surface. Maintenant que le soleil avait réchauffé les sables, toutes les manches étaient pointées en direction du nord pour capter la brise fraîche, attirée par le Sareer, dont les effluves pierreux parvenaient aux narines du ghola tandis qu'il avançait dans le couloir.

Il n'ignorait pas ce qu'un tel couloir était censé représenter. Il y avait réellement quelques points communs avec les anciens sietchs fremen. Le passage était assez large pour le chariot de Leto. La voûte *ressemblait* à de la roche. Mais les rampes à brilleurs étaient discordantes. Idaho n'en avait jamais vu avant de venir à la Citadelle. A « son époque », elles étaient considérées comme peu pratiques, trop coûteuses d'entretien et de consommation. Les brilleurs simples étaient plus faciles à remplacer. Mais Idaho s'était depuis longtemps aperçu que pour Leto, peu de choses étaient impossibles.

Ce que Leto veut, quelqu'un est là pour le fournir.

Cette pensée résonnait sinistrement dans sa tête tandis qu'il marchait à grands pas vers l'endroit où se tenait Moneo.

Comme dans un sietch, de petites pièces s'ouvraient à intervalles réguliers dans les parois du couloir. Elles ne possédaient pas de portes, mais des tentures de bure qui oscillaient au courant d'air. Idaho savait que ce secteur était surtout réservé au casernement des jeunes Truitesses. Il avait reconnu au passage une salle d'assemblée, avec ses locaux contigus servant d'armurerie, de cuisine, de réfectoire et d'atelier d'entretien. Il avait aussi surpris certaines choses, derrière les tentures peu efficaces, qui avaient ravivé sa rage.

Moneo se retourna à son approche. La Truitesse à qui il parlait rentra dans la chambre et laissa retomber la tenture, mais Idaho avait eu le temps d'apercevoir un visage qu'il ne connaissait pas, celui d'une femme d'un certain âge à l'expression autoritaire.

Moneo inclina sèchement la tête tandis que le ghola s'arrêtait à deux pas de lui.

– Les gardes m'ont dit que vous me cherchiez, fit le majordome.

– Où est-il, Moneo?

– De qui parlez-vous?

Moneo détailla le Duncan des pieds à la tête. Il avait revêtu l'uniforme ancien des Atréides, noir avec un faucon rouge sur la poitrine. Ses chaussures montantes luisaient de cirage. Il y avait quelque chose de *rituel* dans son aspect.

Idaho prit une brève inspiration avant de dire entre ses dents serrées :

– Ne jouez pas au plus fin avec moi!

Moneo leva les yeux du poignard que le ghola portait dans un fourreau à sa hanche. Il ressemblait à une pièce de musée, avec sa poignée incrustée de pierreries. Où avait-il déniché cet objet?

– Si c'est de l'Empereur-Dieu que vous voulez parler... commença le majordome.

– Où est-il?

Moneo conserva une voix douce.

– Pourquoi êtes-vous pressé de mourir?

– On m'a dit que vous étiez avec lui.

– Un peu plus tôt, c'est exact.

– Je finirai par le trouver, Moneo!

– Pas tout de suite.

La main du Duncan se posa sur son poignard.

– Faut-il que j'emploie la force pour vous faire parler?

– Je ne vous le conseillerais pas.

– Où... est...-il?

– Puisque vous insistez, il est dans le désert avec Siona.

– Avec votre fille?

– Vous connaissez une deuxième Siona?

– Que font-ils là-bas?

– Il la met à l'épreuve.

– Quand reviendront-ils?

Moneo haussa les épaules.

– Pourquoi cette humeur malséante, Duncan?

– Qu'est-ce que c'est que cette... épreuve?

– Je l'ignore. Mais qu'est-ce qui vous a bouleversé ainsi?

– Cet endroit m'écœure! Ces Truitesses!

Il détourna la tête et cracha par terre.

Moneo regarda dans la direction par laquelle Idaho était arrivé. Connaissant les Duncan, il était facile de voir ce qui avait provoqué la fureur de celui-ci.

– Ecoutez, Duncan, lui dit-il, il n'y a absolument rien d'anormal à ce que des adolescentes, aussi bien que des adolescents, d'ailleurs, éprouvent une attirance pour des êtres du même sexe. Chez la plupart, cela passera avec l'âge.

– C'est intolérable!

– Mais cela fait partie de notre héritage.

– Inadmissible! Et je ne vois pas pourquoi cela ferait...

– Calmez-vous. En essayant de réprimer ces choses, vous ne leur donnez que plus d'importance.

Idaho le fustigea du regard.

– Et vous dites que vous ignorez ce qui se passe là-haut avec votre propre fille!

– Je vous ai dit qu'elle était mise à l'épreuve.

– Ce qui veut dire?

Moneo porta une main à son front et soupira. Il abaissa la main, en se demandant pourquoi il avait tant de patience avec cet humain borné, dangereux et *d'une autre époque*.

– Ce qui veut dire qu'elle va peut-être mourir.

Idaho, pris au dépourvu par cette réponse, parut se calmer un peu.

– Mais comment... pouvez-vous permettre...

– Permettre? Vous croyez qu'on me laisse mon mot à dire?

– Tout homme a son mot à dire.

Un sourire amer voltigea sur les lèvres de Moneo.

– Comment se fait-il que vous soyez plus naïf que tous les autres Duncan? demanda-t-il.

– Les autres Duncan, encore! Dites-moi comment ils sont morts, Moneo!

– Ils sont morts comme tout le monde. Faute de temps pour continuer à vivre.

– Vous mentez, fit Idaho entre ses dents serrées.

Il avait les doigts blêmes à force d'agripper le manche de son poignard.

– Prenez garde, lui dit Moneo sans élever la voix. Il y a des limites, surtout en ce moment, à ce que je veux bien accepter.

– Cet endroit est puant! fit Idaho en gesticulant de sa main libre dans la direction du couloir par où il était venu. Il y a des choses que je n'accepterai jamais!

Moneo tourna un regard songeur vers le long couloir vide.

– Il faut acquérir plus de maturité, Duncan. C'est urgent.

Les doigts du ghola serrèrent de nouveau le poignard.

– Qu'est-ce que vous voulez dire par là?

– Nous sommes en train de traverser une période critique. Tout ce qui est susceptible de le perturber – je dis bien tout – doit être évité à tout prix.

Idaho se sentait prêt à basculer dans une violence aveugle. La seule chose qui le retenait était un élément qui le rendait perplexe dans l'attitude de Moneo. Cependant, il ne pouvait laisser passer certaines paroles qui avaient été prononcées.

– Je ne suis pas un foutu gamin pour que vous me...

– Duncan! C'était le son le plus fort qu'Idaho eût jamais entendu sortir de la bouche du pacifique Moneo. La surprise retint sa main tandis que le majordome continuait : Lorsque les exigences de la chair sont celles de la maturité mais qu'une raison quelconque vous empêche de quitter l'adolescence, il peut en résulter certains comportements désagréables. Venez, ne restons pas ici.

– Est-ce que... vous... m'accusez... de...

– Mais non! Moneo fit un geste vague en direction du couloir. Oh! je sais ce que vous avez dû voir en passant, mais ne croyez pas...

– Deux femmes en train de s'embrasser passionnément! Et vous trouvez que...

– Je trouve que c'est sans importance, voilà tout. La jeunesse a diverses façons d'explorer ses potentialités.

Idaho se balançait d'un pied sur l'autre, légèrement penché en avant, au bord de l'explosion.

– J'en apprends sur vous, Moneo.

– Mais oui... moi aussi, j'en ai beaucoup appris sur vous... à *plusieurs* reprises.

Le majordome contempla les effets de ses paroles qui s'insinuaient à l'intérieur du Duncan en le paralysant. Ils avaient tous la même réaction fascinée dès qu'étaient mentionnés les autres gholas, ceux qui les avaient précédés.

– Qu'avez-vous appris? demanda Idaho dans un souffle rauque.

– Des choses précieuses. Chacun de nous s'efforce d'évoluer, mais si quelque chose nous bloque, nos potentialités peuvent être reportées sur des souffrances – infligées ou volontairement recherchées. Les adolescents sont particulièrement vulnérables à ce genre de processus.

Idaho se pencha vers Moneo.

– Mais c'est de sexualité que j'étais en train de parler!

– Précisément.

– Et vous me comparez à un adolescent qui...

– Exactement.

– Je devrais vous couper...

– Oh, taisez-vous!

L'injonction de Moneo n'avait pas la force que conférait la Voix aux adeptes du Bene Gesserit, mais elle avait derrière elle une vie entière de commandement. Idaho ne put faire autrement qu'obéir.

– Je suis navré, fit Moneo, mais vous comprendrez que mes pensées sont surtout occupées en ce moment par mon unique fille qui est en train de... Il s'interrompit et eut un haussement d'épaules.

Idaho prit une double inspiration profonde.

– Vous êtes dingues, tous! Vous prétendez que votre fille est en danger de mort, et vous la...

– Pauvre imbécile! coupa Moneo. Vous n'imaginez pas ce que je pense de vos préoccupations mesquines! Toutes ces questions ridicules, ce point de vue étroitement... Il s'interrompit en secouant la tête d'un air désolé.

– Je vous excuse parce que vous avez des problèmes personnels, fit Idaho. Sans cela...

– Vous m'excusez? C'est vous qui m'excusez? s'écria Moneo d'une voix tremblante.

C'en était trop!

Idaho reprit d'une voix très digne :

– Je veux bien passer sur...

– Vous en avez de bonnes! Vous le prenez de haut avec la sexualité... la souffrance... et vous croyez que Hwi Noree et vous...

– Laissez-la en dehors de ça!

– Oh, oui! Laissons-la! Ne parlons pas de cette souffrance-là! Vous faites le partage de l'acte sexuel, mais pour quelle séparation? Vous n'y pensez même pas! En quoi donnez-vous de vous-même dans ces conditions, pauvre crétin?

Sidéré, Idaho inspira profondément. Jamais il n'aurait cru qu'une telle véhémence pût aller de pair avec le pacifique Moneo. Mais cette attaque personnelle... il ne pouvait pas laisser...

– Vous me trouvez cruel? demanda le major-dome. Je vous force à réfléchir à des choses que vous préféreriez ne pas voir. Aaah! des souffrances bien plus cruelles ont été infligées au Seigneur Leto sans autre justification que la cruauté elle-même!

– Vous prenez sa défense? Vous le...

– Je le connais mieux que quiconque!

– Il se sert de vous!

– A quelles fins?

– Vous n'avez qu'à me le dire!

– Il représente notre meilleur espoir de perpétuer...

– Les pervers ne perpétuent rien!

Moneo parla alors d'une voix apaisante, mais ses paroles secouèrent Idaho.

– Je ne vous le dirai qu'une fois. Les homosexuels ont compté parmi les meilleurs guerriers de notre histoire, les troupes du dernier recours. Ils ont figuré parmi nos meilleurs prêtres et prêtresses. Le célibat des religieux n'a jamais été le fait du hasard, et ce n'est pas un hasard non plus si les adolescents font les meilleurs soldats.

– C'est de la perversion!

– D'accord avec vous. Cela fait des milliers de siècles que les commandements militaires tirent parti du déplacement perverti de la sexualité vers la souffrance.

– C'est ce que fait le Grand Dieu Leto?

D'une voix toujours douce, Moneo répondit :

– La vraie violence exige que la souffrance soit infligée et reçue. Une armée conduite à cela par ses pulsions profondes est bien plus maniable.

– Il a fait de vous un monstre comme lui!

– Vous dites qu'il se sert de moi. Je le sais et j'y consens parce que le prix qu'il paye est bien plus élevé que ce qu'il exige de moi.

– Vous incluez votre fille?

– Il n'exclut rien, lui. Pourquoi en aurais-je le droit? Oh! je suis sûr que vous n'avez pas de peine à comprendre ce traît des Atréides. Vous les Duncan, vous avez toujours été très forts pour ça.

– Les Duncan, encore! Soyez maudit! Je ne me laisserai pas...

D'un seul mouvement rapide, Idaho tira son poignard du fourreau et se jeta sur Moneo. Mais celui-ci fut encore plus prompt. Faisant un pas de côté, il avait déséquilibré le ghola en le projetant face contre terre. Idaho se souleva aussitôt, roula en s'appuyant sur son avant-bras et allait bondir sur ses pieds quand sa volonté vacilla. Il venait de se rendre compte qu'il avait attaqué un Atréides. Cette idée le paralysait.

Moneo, immobile, baissait les yeux vers lui. Il y avait une étrange expression de tristesse dans son regard.

– Si vous devez me tuer, Duncan, murmura-t-il, faites-le par surprise, de préférence dans le dos. Vous auriez ainsi une chance de réussir.

Idaho se dressa sur un genou, mit l'autre pied à plat, mais demeura sans rien faire, agrippant toujours son poignard. Moneo avait agi avec une telle promptitude, une telle grâce... et aussi... une telle décontraction !

Le ghola s'éclaircit la voix.

– Comment avez-vous fait pour...

– Il nous élève depuis longtemps, Duncan. Il a renforcé beaucoup de nos capacités. Il a cultivé notre vitesse, notre intelligence, notre modération, notre sensibilité. Vous n'êtes... vous n'êtes qu'un ancien modèle.

Savez-vous ce que disent souvent les guérilleros? Ils affirment que leur mouvement ne craint pas la guerre économique parce qu'ils ne possèdent pas d'économie, qu'ils vivent en parasites sur ceux qu'ils veulent renverser. Les malheureux ne se doutent pas qu'ils refusent simplement d'accréditer la monnaie dans laquelle ils seront au bout du compte obligés de payer. Le processus est inexorable dans sa dégénérescence. On le voit répété dans les systèmes de l'esclavagime, de l'Etat – providence, des religions de castes, des bureaucraties socialisantes – et dans tout système qui crée et entretient des dépendances. Un peu trop longtemps parasite, et l'on ne peut plus vivre sans hôte!

Les Mémoires Volés.

Leto et Siona passèrent toute la journée à l'ombre des dunes, en se déplaçant chaque fois que le soleil changeait de place. Il lui apprit à s'abriter de la chaleur de midi sous une couverture de sable, mais à l'endroit où ils étaient, au niveau de la roche, elle n'eut jamais chaud à ce point.

En fin d'après-midi, elle se rapprocha de Leto

pour profiter de sa chaleur, qu'il savait posséder en excès depuis quelque temps.

Ils bavardaient de manière sporadique. Il lui parlait des grâces fremen qui jadis avaient béni cette contrée. Elle essayait de lui tirer des renseignements secrets sur lui.

A un moment, il déclara :

– Tu vas peut-être trouver ça bizarre, mais c'est dans ce désert que je me sens le plus humain.

Ces paroles ne réussirent pas à lui donner pleinement conscience de sa vulnérabilité humaine et du fait qu'elle risquait très bien de mourir ici. Même quand elle restait longtemps sans parler, elle oubliait de remettre en place le rabat du distille.

Leto identifia sans peine les motivations inconscientes de cet oubli, mais il n'ignorait pas qu'il eût été futile de s'y attaquer directement.

Un peu plus tard, alors que le froid du soir commençait déjà à envelopper les dunes, il la régala de quelques chants de la Longue Marche que l'Histoire Orale n'avait pas conservés. Il apprécia particulièrement le fait qu'elle déclara aimer l'un de ses morceaux préférés, la « Marche de Liet ».

– C'est un air vraiment très ancien, dit-il. Il date de l'ère préspatiale de l'Ancienne Terre.

– Voudriez-vous me le chanter encore?

Il choisit l'un de ses meilleurs barytons, un artiste depuis fort longtemps défunt et qui avait empli en son temps maintes salles de concert.

Le mur de l'immémorable passé
Cache à mes yeux l'ancienne chute
Où toutes les eaux se jettent
Tandis que les jeux d'écume
Sous le flot du torrent
Creusent des grottes de glaise.

Quand il eut terminé, au bout de quelques instants de silence, Siona déclara :

– Ce sont d'étranges paroles, pour un air de marche.

– Ils les aimaient parce qu'ils pouvaient les disséquer.

– Les disséquer?

– Avant l'arrivée de nos ancêtres fremen sur cette planète, la nuit était le moment des chants, des récits et de la poésie. A l'époque de Dune, cependant, tout cela se passait le soir, au crépuscule. La nuit, on se remettait en route. Exactement comme nous en ce moment.

– Mais vous disiez... *disséquer.*

– Que signifient les paroles que tu as entendues?

– Euh... ce n'était qu'un chant.

– Siona!

Elle perçut la colère dans la voix de Leto et demeura silencieuse.

– Cette planète est l'enfant du Ver, reprit-il, et c'est moi qui suis le Ver.

Elle répondit avec une surprenante insouciance :

– Expliquez-moi, alors, ce que signifient ces paroles.

– L'insecte n'est pas plus indépendant de son essaim que nous de notre passé, lui dit Leto. Il y a des grottes cachées et des messages dans l'écume des torrents.

– Je préfère les chants pour danser.

La réplique était impertinente, mais Leto préféra la considérer comme un changement de conversation. Il se mit à parler à Siona des danses nuptiales exécutées par les femmes fremen. Les pas, disait-il, avaient été inspirés par les tourbillonnements des « diablotins » du désert.

Leto se piquait d'être un narrateur hors du commun, et il était clair, à voir l'air captivé de Siona, qu'elle se représentait très bien ces femmes depuis longtemps défuntes dont les longs cheveux noirs tournoyaient dans la vision intérieure de l'Empereur-Dieu selon le rythme ancien.

La nuit était presque sur eux quand le récit fut achevé.

– Viens, dit-il. Le matin et le soir sont propices

aux ombres. Allons voir si certaines partagent notre désert.

Siona le suivit jusqu'à la crête de leur dune et ils scrutèrent ensemble le désert qui s'obscurcissait. Ils ne virent qu'un oiseau, très haut dans le ciel, attiré sans doute par leurs mouvements. D'après sa forme et ses ailes aux extrémités crénelées, il reconnut un vautour et le dit à Siona.

– Mais que trouvent-ils à manger? demanda celle-ci.

– N'importe quelle créature morte ou sur le point de mourir.

Cette réponse la frappa et elle leva les yeux vers les dernières lueurs du soir qui doraient les rémiges de l'oiseau solitaire.

Leto enfonça le clou :

– Quelques personnes s'aventurent encore dans mon Sareer. Parfois, un Fremen de musée va trop loin et s'égare. Ils ne sont plus bons qu'à célébrer des rites. Mais il y a aussi les abords du désert, et les restes des proies abandonnées par mes loups.

A ces mots, elle se détourna vivement, mais pas avant qu'il eût entrevu la passion qui la consumait encore. L'épreuve était dure pour Siona.

– Un désert recèle peu de grâces dans la journée, reprit-il. C'est une raison de plus de voyager la nuit. Pour les anciens Fremen, l'image de la journée était celle du sable qui, soulevé par le vent, comblait les traces de pas.

Les yeux de Siona brillaient de larmes non répandues quand elle se tourna de nouveau vers lui, mais son visage était composé.

– Quelle vie y trouve-t-on à présent? demanda-t-elle.

– A part les vautours, deux ou trois espèces nocturnes, des choses qui s'enfouissent dans le sable, quelques vestiges de plantes datant des anciens temps.

– Et c'est tout?

– Oui.

– Pour quelle raison?

– C'est ici qu'ils sont nés. Je ne veux pas leur permettre de connaître mieux.

La nuit était prête à tomber et le désert, en cet instant, se parait d'une brève lumière qui lui permit d'étudier le visage de Siona. Il constata qu'elle n'avait pas encore compris l'autre message contenu dans ses paroles. Mais il savait que ce message n'était pas perdu, qu'il demeurait en elle pour mûrir.

– Des ombres... murmura-t-elle en se rappelant ce qu'il avait dit plus tôt. Lesquelles espériez-vous apercevoir en grimpant jusqu'ici?

– Des gens, peut-être, au loin. On ne sait jamais.

– Quels gens?

– Je te l'ai déjà expliqué.

– Qu'auriez-vous fait si vous aviez aperçu quelqu'un?

– La coutume fremen était de considérer comme hostiles tous ceux qui étaient vus au loin jusqu'à ce qu'ils jettent en l'air une poignée de sable.

Tandis qu'il prononçait ces mots, la nuit tomba sur eux comme un manteau. La pâle lueur des étoiles prit aussitôt la relève, rendant spectraux les mouvements de Siona.

– Du sable? s'étonna-t-elle.

– Ce geste a une signification profonde. Il veut dire : « Nous partageons le même fardeau. Le sable est notre unique ennemi. C'est ce que nous buvons. La main qui tient le sable ne tient pas d'arme. » Tu comprends cela?

– Non! fit-elle farouchement pour le provoquer.

– Tu comprendras, lui dit Leto.

Sans un mot, elle s'éloigna suivant la courbe de leur dune, à grands pas, dépensant un excès d'énergie rageuse. Leto la suivit lentement, intéressé par le fait qu'elle avait choisi d'instinct la bonne direction.

Là où la dune s'inclinait pour en croiser une autre, elle l'attendit. Il vit que le rabat de son distille demeurait pendant, mais ce n'était pas encore le moment de lui en faire la remontrance. Il fallait que certains processus inconscients aient le temps de s'accomplir naturellement.

Quand il la rejoignit, elle demanda :

– Est-ce que cette direction en vaut une autre?

– Si tu ne dévies pas, oui, répondit Leto.

Elle leva la tête vers les étoiles. Il comprit qu'elle repérait les Gardes, ces indicateurs qui avaient permis à ses ancêtres fremen de s'orienter dans ces contrées. Mais c'était un réflexe beaucoup trop intellectuel. Elle n'avait pas encore accepté les autres forces qui œuvraient en elle.

Leto se dressa sur ses segments antérieurs afin de mieux scruter l'horizon à la faveur des étoiles. Ils faisaient route vers le nord-nord-est, suivant un itinéraire qui coupait autrefois la Chaîne de Habbanya et la Grotte des Oiseaux pour traverser le grand erg en contrebas du Faux Mur Ouest jusqu'à la Passe du Vent. Mais aucun de ces repères n'était encore là. Ses narines captèrent une brise fraîche chargée d'effluves pierreux et de traces d'humidité encore beaucoup trop fortes à son goût.

De nouveau, Siona se mit en route, plus lentement cette fois-ci, en jetant de temps à autre un regard aux étoiles pour maintenir le cap. Elle semblait avoir renoncé à se laisser guider par Leto. Celui-ci perçut le tourbillon de ses pensées derrière son attitude prudente. Il reconnut ce qui était en train d'émerger chez elle. Elle éprouvait les débuts de cette intense loyauté pour les compagnons de voyage que les gens du désert avaient toujours connue.

C'est vrai, songea-t-il. *Celui qui se laisse séparer de ses compagnons se perd au milieu des dunes et de la rocaille. Celui qui voyage seul dans le désert est un homme mort. Seul le Ver peut survivre ici quand il est tout seul.*

Il la laissa prendre de la distance, afin que le crissement du sable sur son passage ne soit pas trop perceptible à Siona. Il fallait qu'elle se concentre sur son aspect humain. Il comptait pour cela sur la loyauté du désert. Mais Siona était rétive, trop pleine de fureur rentrée, plus rebelle que tous ceux qu'il avait jamais eu l'occasion de mettre à l'épreuve avant elle.

Leto glissait lentement derrière elle tout en repassant mentalement son programme génétique, envisageant les mesures à prendre pour la remplacer si jamais elle échouait.

A mesure que la nuit avançait, Siona progressait de plus en plus lentement. La Première Lune était déjà haut et la Seconde commençait à grimper à l'horizon quand elle fit une halte pour manger et se reposer. Leto lui fut reconnaissant de cette pause. Le frottement sur le sable avait favorisé la prédominance du Ver et l'atmosphère autour de lui était imprégnée d'exhalaisons chimiques dues à ses compensations thermiques. Ce qu'il appelait son *compresseur à oxygène* était en train de se décharger lentement, en lui donnant intensément conscience des fabriques de protéines et des ressources en amino-acides que son moi vermiforme avait dû acquérir pour faire face aux relations placentaires avec ses cellules humaines. Le désert accélérait le mouvement vers la métamorphose finale.

Siona s'était arrêtée près de la crête d'une dune étoilée.

– On dit que vous vous nourrissez de sable, lui dit-elle quand il arriva à sa hauteur. Est-ce vrai?

– C'est vrai.

Elle fit du regard le tour de l'horizon figé par la lumière des lunes.

– Pourquoi n'avons-nous pas emporté un émetteur de signaux?

– Je voulais que tu apprennes ce que sont les biens possédés.

Elle se tourna vers lui. Il sentit son haleine sur son visage. Elle perdait beaucoup trop d'humidité dans cet air sec, et les avertissements répétés de Moneo ne lui étaient pas encore revenus en mémoire. La leçon ne serait que plus dure, évidemment.

– Je ne vous comprends vraiment pas, fit-elle.

– Mais tu es ici pour comprendre.

– Croyez-vous?

– Sinon, comment pourrais-tu me donner quelque chose de précieux en échange de ce que je te donne?

– Que me donnez-vous donc? s'écria-t-elle d'une voix où pointait toute son amertume, plus le soupçon d'épice contenue dans sa nourriture séchée.

– Je te donne cette occasion d'être seule avec moi, de faire le partage avec moi, et tu traverses ces moments avec insouciance. Tu les gaspilles.

– Que disiez-vous sur les biens possédés?

Il perçut la fatigue dans sa voix. Le message de l'eau commençait à hurler en elle.

– Comme ils étaient magnifiquement vivants, ces Fremen du temps passé! reprit Leto. Et leur vision de la beauté se limitait à l'utile. Je n'ai jamais rencontré un seul Fremen cupide.

– Qu'est-ce que cela est censé signifier?

– Dans l'ancien temps, tout ce que l'on emportait avec soi dans le désert était nécessaire, et l'on n'emportait rien d'autre. Ton existence n'est plus libre des biens matériels, Siona, ou tu n'aurais pas demandé pourquoi nous n'avons pas emporté d'émetteur.

– N'est-ce pas un objet utile?

– Non, puisqu'il ne t'apprendrait rien.

Il se mit en marche en suivant la même direction indiquée par les Gardes.

– Viens, essayons de mettre cette nuit à profit.

Elle le rattrapa et marcha à hauteur des replis de son visage.

– Que se passera-t-il si je ne profite pas de votre fichue leçon?

– Tu mourras, probablement.

Elle demeura silencieuse un long moment après cela. Elle continuait de cheminer à côté de lui en lui jetant de temps à autre un regard de biais, ignorant le corps vermiforme pour se concentrer exclusivement sur les restes visibles de son humanité. Au bout de quelques minutes, elle murmura :

– Les Truitesses m'ont dit que l'union qui m'a donné naissance avait été ordonnée par vous.

– C'est exact.

– Et que vous teniez le compte de tous les croisements entre les Atréides, que vous suscitiez au besoin pour vos propres fins.

– C'est également vrai.

– Alors, l'Histoire Orale ne ment pas.

– Je croyais que tu lui faisais aveuglément confiance?

Elle préféra revenir à son idée première :

– Et si l'un de nous refusait de se plier à votre programme d'unions?

– Je laisse à chacun toute liberté, pourvu que naissent les enfants que j'exige.

– Que vous *exigez!* s'exclama-t-elle, outrée.

– Il n'y a pas d'autre mot.

– Vous ne pouvez tout de même pas nous suivre jusque dans notre lit, ni épier chaque instant de notre existence! Comment savez-vous si vos *exigences* sont respectées?

– Je le sais.

– Dans ce cas, vous savez également que je n'ai aucune intention de vous obéir!

– As-tu soif, Siona?

Elle sursauta :

– Comment?

– Quand on a soif, on ne parle pas de sexualité mais d'eau fraîche.

Elle ne remit cependant pas en place le rabat de son distille.

Les passions des Atréides ont toujours été plus fortes que la raison, songea Leto.

Deux heures plus tard, ils quittèrent la région des dunes pour s'engager sur une plaine rocailleuse battue par les vents. Siona marchait toujours à la hauteur de Leto, en regardant régulièrement les étoiles. Les deux lunes étaient à présent à la même distance basse de l'horizon et projetaient de longues ombres derrière chaque caillou.

Sous certains aspects, Leto préférait la traversée de ces étendues plates à celle des dunes. La roche était meilleure conductrice de la chaleur que le sable. En s'aplatissant au sol, il facilitait le processus chimique de sa régulation thermique. Les cailloux ne le ralentissaient pas plus que les rochers.

Siona, par contre, peinait davantage. A plusieurs reprises, elle faillit se tordre la cheville.

Leto savait à quel point ce genre de terrain pouvait être éprouvant pour un humain qui n'y était pas habitué. Trop près du sol, on ne voyait autour de soi qu'une immensité vide, une étendue sinistre, particulièrement à la lueur des deux lunes. Il n'y avait guère, pour rehausser le paysage, que les dunes lointaines, dont la distance ne semblait jamais varier par rapport au voyageur, quelques rochers un peu plus gros que les autres et le vent, un vent qui semblait éternel. Il y avait aussi, quand on levait la tête, les étoiles à l'éclat dur et impitoyable. C'était le désert des déserts.

– C'est ici que la musique fremen a acquis son caractère de solitude éternelle, déclara Leto, et non pas sur les dunes. C'est ici que l'on apprend réellement à penser que le paradis, ce doit être le bruit de l'eau qui court et le répit – n'importe quel répit – du vent incessant.

Cela non plus ne rappela pas l'existence du rabat à Siona. Leto commençait à désespérer.

Le matin les surprit bien loin sur la plaine caillouteuse.

Leto fit halte à proximité de trois grosses roches agglutinées dont l'une était encore plus haute que lui. Siona s'appuya contre lui, geste qui raviva un peu les espoirs de Leto. Mais elle s'écarta bientôt pour escalader la plus haute des roches. Il la regarda tandis qu'elle scrutait le paysage.

Il n'avait pas besoin d'être à sa place pour savoir ce qu'elle voyait : Des nuages de sable, à l'horizon, obscurcissaient le soleil levant. Ailleurs, il n'y avait que la rocaille et le vent.

Le sol, sous lui, avait la froideur d'un matin du désert. L'atmosphère était plus sèche et par conséquent plus agréable pour lui. Sans Siona, il aurait poursuivi sa route, mais elle était visiblement épuisée. Elle prit de nouveau appui sur lui quand elle redescendit du rocher et il lui fallut presque une minute entière pour s'apercevoir qu'elle écoutait quelque chose.

– Qu'entends-tu? demanda-t-il.

– Il y a quelque chose qui gronde à l'intérieur de vous, fit-elle d'une voix lourde de sommeil.

– Le feu ne s'éteint jamais complètement.

Cela excita l'intérêt de Siona. Elle s'écarta de son flanc et s'approcha de son visage.

– Le feu?

– Toute créature vivante possède un feu intérieur, parfois vif, parfois très lent. Le mien est particulièrement intense.

Elle rentra la tête en serrant ses épaules de ses bras croisés.

– Vous n'avez donc pas froid, vous?

– Non; mais toi oui, je vois. Il rentra en partie son visage dans ses replis, créant une dépression au niveau de son premier segment. Grimpe là, dit-il. Tu y seras au chaud.

Sans hésiter, elle accepta.

Bien qu'il l'y eût préparée, il trouva cette marque de confiance particulièrement touchante. Il dut lutter contre un sentiment de pitié bien plus fort que tout ce qu'il avait eu l'occasion d'éprouver avant de connaître Hwi. Mais ici, se disait-il, il n'y avait pas de place pour la pitié. D'après certains signes visibles sur Siona, il était fort probable qu'elle ne survivrait pas à l'épreuve. Leto se résignait déjà.

Mettant sa tête au creux de son bras, Siona ferma les yeux et s'endormit aussitôt.

Personne n'a jamais compté autant de jours passés que moi, se rappela Leto.

D'un point de vue humain général, il savait que ce qu'il était en train d'accomplir ici ne pouvait paraître que cruel et sans pitié. Il était maintenant forcé, pour se conforter, de faire retraite dans ses souvenirs sur le thème : *erreurs de notre passé collectif.* Cette faculté qu'il avait de puiser comme il le voulait à un fonds inédit d'erreurs humaines représentait à présent sa principale force. La connaissance de ces erreurs lui permettait d'effectuer des corrections à long terme. Il devait être perpétuellement conscient des conséquences. Si celles-ci étaient inaccessibles ou perdues, la leçon était perdue également.

Paradoxalement, plus il se rapprochait de l'état vermiforme et plus il avait du mal à prendre des décisions que d'autres auraient qualifiées d'inhumaines. Naguère, cela ne lui posait pas de problème. Mais à mesure que son humanité lui échappait, il se trouvait de plus en plus aux prises avec des préoccupations humaines.

> Au berceau de notre passé, je suis étendu sur le dos dans une caverne si basse que je n'ai pu y pénétrer qu'en me contorsionnant, pas même en rampant normalement. C'est là qu'à la lueur dansante d'une torche en résine, j'ai dessiné aux murs et au plafond les créatures de la chasse et les âmes de mon peuple. Quelle illumination que de laisser porter son regard en arrière, à travers un cercle parfait, sur cet ancien combat à la recherche du moment visible de l'âme! Le temps tout entier vibre à ce cri : « Je suis là! » L'esprit informé par les géants artistes venus bien après, je dévore des yeux les empreintes des mains et des muscles fluides tracées sur la roche avec du charbon et des peintures végétales. Comme nous dépassons la simple somme d'événements mécaniques! C'est alors que mon moi anticivique demande : « Comment se fait-il donc qu'ils n'aient pas envie de quitter la caverne? »
>
> *Les Mémoires Volés.*

L'invitation à rejoindre Moneo dans son bureau parvint à Idaho tard dans l'après-midi. Le ghola avait passé toute la journée à réfléchir, étendu sur le divan de son appartement. Chacune de ses pensées avait pour origine la facilité avec laquelle

Moneo l'avait envoyé au tapis ce matin dans la galerie souterraine.

Vous n'êtes qu'un ancien modèle.

Chacune de ses conclusions diminuait Idaho. Il sentait s'estomper en lui la volonté de vivre, laissant des cendres là où sa fureur s'était consumée.

Je suis le vecteur d'un peu de sperme utile et rien d'autre, se disait-il.

De telles idées invitaient soit à la mort, soit à l'hédonisme. Il se sentait empalé sur la roue du hasard, soumis de tous côtés à des harcèlements irritants.

La jeune messagère, dans son seyant uniforme bleu, n'était qu'un harcèlement de plus. Elle était entrée prudemment quand il l'y avait invitée à voix basse en l'entendant frapper, et s'était arrêtée hésitante sous l'arcade de l'antichambre en essayant de deviner son humeur.

Comme les rumeurs vont vite, songea Idaho.

Telle qu'il la voyait, encadrée dans l'entrée, elle représentait la quintessence des Truitesses. Plus voluptueuse que d'autres, mais pas plus sexuellement outrancière. L'uniforme bleu ne dissimulait ni ses hanches pleines de grâce, ni la fermeté de sa poitrine. Il leva les yeux vers le visage malicieux que surmontait une brosse de cheveux blonds. La coupe des aspirantes.

– Moneo m'envoie prendre de vos nouvelles, dit-elle. Il vous demande de passer à son bureau.

Idaho était déjà allé plusieurs fois dans ce bureau, mais il se souvenait surtout de la première visite qu'il y avait faite. Dès son entrée dans la pièce, il avait compris que c'était là que Moneo passait la majeure partie de son temps. La grande table de travail, en bois brun foncé veiné d'or, faisait deux mètres de long environ et reposait sur des pieds courts et massifs autour desquels étaient éparpillés de moelleux coussins gris. Cette table avait frappé Idaho comme étant quelque chose de rare et de précieux, choisi pour donner un accent unique.

Avec les coussins, du même gris que le sol, les murs et le plafond, elle constituait le seul mobilier.

Compte tenu du pouvoir détenu par son occupant, la pièce était petite, pas plus de quatre mètres sur cinq, mais pourvue d'un très haut plafond. La lumière venait d'étroites fenêtres qui se faisaient face sur chacun des deux murs plus petits. De l'une, la vue plongeait jusqu'aux abords nord-ouest du Sareer et une partie de la Forêt Interdite. De l'autre, on apercevait le commencement des dunes, au sud-ouest.

Contraste...

Cela avait été sa réaction initiale, renforcée par l'accent particulier du bureau de travail. Celui-ci présentait un aspect de désordre soigneusement organisé. De minces feuillets de papier cristal étaient éparpillés sur toute sa surface, laissant à peine apercevoir les veinures dorées du bois. Certains feuillets étaient finement imprimés. Idaho reconnut quelques mots en galach et en quatre autres langues, parmi lesquelles l'idiome peu usité de Perth. Plusieurs autres portaient uniquement des diagrammes et quelques-uns, enfin, étaient couverts de caractères noirs tracés au pinceau dans le style orné du Bene Gesserit. Le plus intéressant, cependant, était la présence de quatre cylindres blancs d'un mètre de long : des épreuves tridi issues d'un ordinateur prohibé. Il supposait que le terminal devait être dissimulé dans un panneau mural.

La jeune messagère s'éclaircit la voix pour tirer Idaho de sa rêverie.

– Quelle réponse dois-je donner à Moneo? demanda-t-elle.

Il la dévisagea.

– Aimeriez-vous que je vous féconde?

– Capitaine! Visiblement, elle n'était pas tant choquée par sa proposition que par le passage du coq à l'âne.

– Aaah! c'est vrai... Moneo, fit-il en s'étirant. Quelle réponse allons-nous lui donner?

– Il m'a chargée de la lui rapporter.

– Faut-il vraiment que je lui donne une réponse?

– Il m'a demandé de vous informer que Dame Hwi assisterait à votre entretien.

Idaho éprouva un vague regain d'intérêt.

– Il est avec Hwi?

– Il l'a priée de venir aussi, fit la messagère. Elle s'éclaircit de nouveau la voix : Souhaitez-vous que je repasse dans la soirée?

– Non; j'ai changé d'avis. Merci quand même.

Il jugea qu'elle dissimulait bien sa déception, mais elle reprit d'un ton froidement neutre :

– Dois-je annoncer à Moneo que vous irez le voir?

– C'est cela. Il la congédia d'un geste.

Après son départ, il envisagea un instant de ne pas répondre à cette convocation. Cependant, il éprouvait une curiosité croissante. Pourquoi Moneo voulait-il lui parler en présence de Hwi? Pensait-il que cela le ferait accourir? Il déglutit. Dès qu'il pensait à Hwi, le vide de sa poitrine devenait douloureusement plein. C'était un signe qui ne pouvait être ignoré. Quelque chose doté d'un terrible pouvoir le liait à Hwi.

Il se leva, ankylosé par une trop longue inaction. Mû par la curiosité et par cette force qui le liait, il sortit dans le couloir et, ignorant les regards inquisiteurs des Truitesses de garde, se dirigea vers le bureau de Moneo.

Hwi était déjà là quand Idaho entra dans la pièce. Elle était assise face à Moneo, de l'autre côté du bureau encombré, sur l'un des coussins gris, les jambes repliées d'un côté. Il vit juste ses chaussures rouges, sa longue robe beige ornée d'une ceinture tressée, puis elle se retourna et il n'eut d'yeux que pour son visage. Ses lèvres formèrent muettement le nom de Duncan.

Elle aussi ressent cette force, pensa-t-il.

Curieusement, il se sentit revigoré à cette idée. Ses réflexions de la journée prenaient un nouveau tour dans son esprit.

– Veuillez vous asseoir, Duncan, lui dit le majordome en indiquant un coussin à côté de Hwi. Sa voix avait d'étranges hésitations, chose que peu de gens en dehors de Leto avaient eu l'occasion d'observer chez lui. Il gardait les yeux baissés vers la surface encombrée de la table, où la lumière du soleil déclinant projetait l'ombre tentaculaire d'un presse-papiers de fantaisie en forme de montagne cristalline surmontée d'un arbre doré chargé de fruits-breloques.

Idaho occupa le coussin indiqué en regardant Hwi, qui ne le quitta pas des yeux jusqu'à ce qu'il fût installé. Puis elle se tourna vers Moneo, et Idaho crut lire de la colère dans son expression. Le majordome portait comme d'habitude un uniforme blanc sans signe distinctif, au col ouvert qui laissait entrevoir les rides de son cou et le commencement d'un double menton. Idaho le regarda dans les yeux, prêt à être patient, attendant que ce soit lui qui ouvre la conversation.

Le majordome soutint son regard. Il avait remarqué que le ghola avait le même uniforme noir que lors de leur rencontre du matin. Il y avait même quelques flocons de poussière, souvenirs du tapis où l'avait fait rouler Moneo. Mais le ghola n'avait plus à la hanche l'antique poignard des Atréides, ce qui était préoccupant.

– Je me suis conduit ce matin d'une manière impardonnable, commença Moneo. Par conséquent, je ne vous demande pas de me pardonner, mais d'essayer de comprendre.

Hwi ne parut nullement surprise par cette entrée en matière. Cela en disait long, songea Idaho, sur la teneur de leur conversation avant son arrivée.

Voyant que le ghola ne lui répondait pas, Moneo ajouta :

– Je n'avais pas le droit de vous donner une impression quelconque d'inadéquation de votre part.

Idaho s'aperçut qu'il réagissait curieusement à l'attitude et aux paroles du vieux Moneo. Il avait toujours ce sentiment d'être manipulé, surclassé, trop en dehors de son époque, mais il ne soupçonnait plus Moneo de vouloir jouer avec lui. Quelque chose avait réduit le majordome à un substrat d'honnêteté farouche. Cette constatation plaçait l'univers de Leto, l'érotisme lugubre des Truitesses, l'indéniable candeur de Hwi – tout, en somme – sous une optique différente, sous un angle nouveau qu'il pensait comprendre. C'était comme si les trois personnes réunies dans cette pièce étaient les derniers vrais humains de l'univers entier. Il parla sur un ton d'auto-humiliation amère :

– Vous aviez parfaitement le droit de vous protéger lorsque je vous ai attaqué. Je suis heureux que vous ayez été capable de le faire.

Il se tourna vers Hwi, mais avant qu'il eût pu parler, Moneo déclara :

– Inutile de plaider pour moi. Je crois que son déplaisir est irréversible.

Idaho secoua la tête :

– Tout le monde ici sait ce que je vais dire avant même que je l'aie pensé!

– C'est l'une de vos qualités admirables, fit Moneo. Vous ne dissimulez pas vos sentiments. Nous sommes... (il haussa les épaules)... nécessairement plus circonspects.

Idaho se tourna vers Hwi.

– Il parle pour toi?

Elle plaça sa main dans le creux de celle du ghola.

– Personne ne parle pour moi.

Moneo tendit le cou pour regarder leurs deux mains unies, puis se laissa de nouveau aller en arrière sur son coussin. Il soupira.

– Il ne faut pas faire ça.

Idaho accentua la pression de sa main et la sentit répondre de la même manière.

– Avant que l'un de vous ne me pose la question, murmura Moneo, je vous informe que l'Empereur-Dieu et ma fille ne sont pas encore revenus de l'épreuve.

Idaho sentait l'effort qu'il faisait pour parler calmement. Hwi le sentait aussi.

– Ce que disent les Truitesses est vrai? demanda-t-elle. Si elle échoue, c'est la mort?

Moneo demeura silencieux. Son visage avait la pâleur d'un roc.

– Est-ce que cette épreuve ressemble à celles du Bene Gesserit? demanda Idaho. D'après ce que disait Muad'Dib, il s'agissait surtout d'un test d'humanité.

La main de Hwi se mit à trembler. Idaho se tourna vers elle.

– Les Sœurs te les ont fait passer?

– Non, répondit-elle, mais j'ai entendu des jeunes qui en parlaient. Elles disaient qu'il fallait être capable d'endurer la souffrance sans perdre son sens de l'identité.

Idaho reporta son attention sur le majordome. Il remarqua que sa paupière gauche était maintenant agitée par un tic nerveux.

– Moneo! souffla-t-il, frappé d'une soudaine découverte. Vous avez subi l'épreuve!

– Je ne souhaite pas discuter de ça, fit le majordome. Nous sommes ici pour parler de vous deux.

– Est-ce que ce ne sont pas nos affaires? demanda Idaho. Il sentit la main de Hwi devenir moite de transpiration dans la sienne.

– Ce sont les affaires de l'Empereur-Dieu, répondit Moneo.

– Même si votre fille échoue?

– Surtout si elle échoue!

– Quelle a été votre épreuve? demanda Idaho.

– Il m'a fait entrevoir ce que c'est que d'être l'Empereur-Dieu.

– Et puis?

– Et j'ai vu tout ce que j'étais capable de supporter.

La main de Hwi serra convulsivement celle du ghola.

– Il est donc exact que vous avez été autrefois un rebelle, murmura Idaho.

– J'ai commencé dans l'amour et la dévotion, fit Moneo. Puis je suis passé à la rage et la rébellion. Et maintenant, je suis ce que vous voyez devant vous. Je sais reconnaître mon devoir et je l'accomplis de mon mieux.

– Que vous a-t-il donc fait?

– Il m'a cité la prière de mon enfance, fit Moneo d'une voix rêveuse. *Je dédie ma vie à la plus grande gloire de Dieu.*

Idaho remarqua l'immobilité absolue de Hwi, son regard figé sur le visage du majordome. Mais à quoi pensait-elle?

– J'ai admis que c'était bien là ma prière, poursuivit Moneo. Et l'Empereur-Dieu m'a alors demandé ce que j'étais prêt à donner si ma vie ne suffisait pas. Il a hurlé : Que vaut ta vie, si tu gardes par-devers toi le plus grand don?

Hwi hocha lentement la tête, mais seule la confusion régnait dans l'esprit du ghola.

– J'ai reconnu la vérité dans sa voix, fit Moneo.

– Etes-vous Diseur de Vérité? demanda Hwi.

– Sous l'emprise du désespoir, oui; mais seulement dans ces moments-là. Je peux vous jurer qu'il disait la vérité.

– Certains Atréides maîtrisent la Voix, grommela Idaho.

Le majordome secoua la tête.

– Non. Il disait la vérité. Et il a prononcé ces mots : *Vois comme je te regarde. Si je le pouvais, je verserais des larmes. Tu peux considérer que l'intention vaut l'action!*

Hwi se pencha en avant, touchant presque la table.

– Il ne peut pas pleurer?

– Les vers des sables... murmura Idaho.

– Comment? fit-elle en se tournant vers lui.

– Les vers des sables périssaient au contact de l'eau. En les noyant, les Fremen produisaient l'essence d'épice indispensable à leurs orgies rituelles.

– Mais le Seigneur Leto n'est pas encore tout à fait un ver des sables, fit remarquer Moneo.

Hwi se remit en arrière sur son coussin et regarda le majordome.

Idaho plissa pensivement les lèvres. Leto était-il donc soumis à l'interdit fremen en ce qui concernait les larmes? Les Fremen avaient toujours été horrifiés par un tel gaspillage? *Donner de l'eau aux morts!*

Moneo s'adressa à lui :

– J'espérais pouvoir vous faire comprendre cela. Le Seigneur Leto a parlé, Hwi et vous devez vous séparer et ne plus jamais vous revoir.

Hwi retira sa main de celle du ghola.

– Nous le savons, dit-elle.

– Nous connaissons son pouvoir, fit Idaho avec une résignation amère.

– Mais vous ne comprenez pas l'Empereur-Dieu, déclara Moneo.

– Il n'y a rien que je désire davantage, murmura Hwi. Elle toucha le bras de Duncan Idaho pour l'empêcher de protester. Non, Duncan. Nos désirs personnels n'ont pas de place ici.

– Tu devrais peut-être lui adresser une *prière*, fit Idaho.

Elle pivota vivement et darda sur lui un regard d'une telle force qu'il dut baisser les yeux. Quand elle parla, il y avait dans sa voix une sonorité berçante qu'il ne lui avait jamais entendue.

– Mon oncle Malky disait toujours que le Seigneur Leto était insensible à la prière. Il disait que le Seigneur Leto considérait la prière comme une tentative de coercition, une sorte de chantage exercé à l'encontre du dieu choisi et qui consistait à lui dire : Fais-moi un miracle, ô mon Dieu, ou je ne croirai plus en toi!

– La prière comme forme de *hubris*, murmura Moneo. L'intercession sur commande.

– Comment pourrait-il être un dieu? demanda Idaho. De son propre aveu, il n'est pas immortel.

– A ce sujet, je citerai les paroles du Seigneur Leto lui-même, fit Moneo. *Je suis tout ce qu'il y a à voir de Dieu. Je suis le verbe devenu miracle. Je suis la totalité de mes ancêtres. N'est-ce pas suffisant comme miracle? Que peux-tu désirer de plus? Demande-toi : Où donc existe-t-il de plus grand miracle?*

– Des mots creux, persifla Idaho.

– J'ai persiflé, moi aussi, reprit Moneo. Je lui ai lancé ses propres paroles de l'Histoire Orale : *Donne pour la plus grande gloire de Dieu!*

Hwi étouffa une exclamation.

– Il m'a ri au nez, poursuivit Moneo. Il s'est esclaffé en me demandant comment je pouvais donner ce qui appartenait déjà à Dieu!

– Vous deviez être furieux? demanda Hwi.

– Bien sûr. Il s'en est aperçu et il m'a dit qu'il allait m'apprendre à donner pour la gloire de Dieu. *Tu remarqueras,* a-t-il ajouté, *que tu représentes un miracle en tout point identique au mien.*

Moneo se détourna de ses deux interlocuteurs pour regarder par la fenêtre du mur de gauche.

– Malheureusement, poursuivit-il, la colère me rendait sourd et je n'étais absolument pas prêt.

– Ohhh! c'est qu'il est habile! fit Idaho.

– Habile? Moneo se tourna vers lui. Je ne le pense pas; non... certainement pas dans le sens où vous l'entendez. Je crois que le Seigneur Leto n'est guère plus habile que moi dans ce sens.

– Pas prêt à quoi? demanda Hwi.

– A assumer le risque.

– Mais vous risquiez gros en vous mettant en colère, fit-elle.

– Ce risque-là n'était rien à côté du sien. Je lis dans vos yeux, Hwi, que vous comprenez ceci. Est-ce que son corps vous révolte?

– Plus maintenant, répondit Hwi.

Idaho grinça les dents de frustration :

– Il me dégoûte!

– Il ne faut pas dire des choses pareilles, mon amour, lui dit Hwi.

– Et il ne faut pas que vous l'appeliez ainsi, murmura Moneo.

– Vous préférez qu'elle apprenne à chérir quelqu'un de plus grossier et de plus sanguinaire qu'aucun baron harkonnen n'a jamais rêvé devenir! s'écria Idaho.

Moneo remua plusieurs fois les lèvres avant de parler :

– Le Seigneur Leto a quelquefois mentionné devant moi le nom de ce malfaisant personnage de votre époque, Duncan. Je ne crois pas que vous ayez très bien compris votre ennemi.

– C'était un gros, un monstrueux...

– C'était un homme qui recherchait les sensations fortes. La graisse n'était qu'un effet secondaire. Mais peut-être aussi un moyen de choquer les gens, car il adorait choquer son entourage.

– Le baron Vladimir, en tout cas, n'a consumé que quelques planètes, rétorqua Idaho. Tandis que Leto consume l'univers.

– Mon amour, je t'en prie! murmura Hwi.

– Laissez-le divaguer, fit Moneo. Quand j'étais jeune et ignorant, comme ce crétin et ma Siona, je disais des choses semblables.

– C'est pour cela que vous la laissez mourir dans le désert? demanda Idaho.

– Mon amour, tu es trop cruel, protesta Hwi.

– Vous avez toujours eu le tort, Duncan, de cultiver l'hystérie, déclara Moneo. Je vous préviens que l'ignorance fleurit sur l'hystérie. Vos gènes sont créateurs de vigueur et vous inspirez sans doute quelques Truitesses, mais vous êtes un piètre meneur.

– N'essayez pas de me faire perdre mon calme, répondit Idaho. Je ne commettrai plus l'erreur de vouloir me battre avec vous, mais ne me poussez pas à bout.

Hwi voulut lui prendre la main, mais il la retira.

– Je sais quelle est ma place, poursuivit Idaho. Je

ne suis pas un meneur mais un fidèle partisan. Je porte la bannière des Atréides. Le noir et vert est sur mon dos.

– Les dirigeants indignes se maintiennent au pouvoir en promouvant l'hystérie, dit Moneo. L'art des Atréides est de régner sans l'hystérie. C'est l'art de se montrer responsable dans l'utilisation du pouvoir.

Idaho repoussa son coussin en arrière en se dressant sur ses pieds.

– Depuis quand votre maudit Empereur-Dieu se montre-t-il responsable en quoi que ce soit?

Moneo baissa les yeux vers la table encombrée et parla sans les relever.

– Il est responsable de ce qu'il s'est fait à lui-même, dit-il. Puis il leva sur Idaho un regard embrumé : Vous n'avez pas assez de cœur au ventre pour mériter de savoir la raison pour laquelle il s'est fait cela.

– Mais vous si? demanda Idaho.

– Lorsque j'étais au paroxysme de la colère, poursuivit Moneo, et qu'il s'est vu à travers mes yeux, il m'a dit... *Comment oses-tu être offensé par moi?* C'est alors... Moneo déglutit. C'est alors qu'il m'a fait voir... l'horreur... qu'il avait contemplée. Les larmes jaillirent des yeux du majordome et ruisselèrent sur ses joues. Et je ne pus que m'estimer heureux... de n'avoir pas eu à prendre sa décision... d'avoir le droit d'être un simple... disciple.

– Je l'ai touché, chuchota Hwi.

– Alors, vous savez? lui demanda Moneo.

– Sans avoir eu besoin de voir, je sais, oui.

A voix basse, Moneo murmura :

– J'ai failli mourir de cette expérience. J'ai... Il eut un haut-le-corps puis se tourna vers Idaho. Vous n'avez pas le droit de...

– Allez tous au diable! jeta Idaho. Il pivota sur ses talons et sortit précipitamment.

Hwi le suivit des yeux, le visage figé en un masque d'angoisse.

– Duncan... murmura-t-elle.

– Vous voyez? lui dit Moneo. Vous vous trompiez. Ni les Truitesses ni vous n'avez pu l'apaiser. Mais vous, Hwi, vous avez seulement contribué à sa destruction.

Elle tourna son angoisse vers Moneo.

– Je ne le reverrai plus jamais, fit-elle.

Pour Idaho, le retour dans ses appartements fut l'un des moments les plus pénibles de tous ceux dont il gardait le souvenir. Il essayait de faire comme si son visage était un masque de plastacier qu'il tenait figé pour dissimuler le tourbillon intérieur de ses émotions. Aucune des gardes devant lesquelles il passait ne devait voir sa douleur. Ce qu'il ne savait pas, c'était que la plupart devinaient aisément ce qu'il pensait et éprouvaient pour lui une réelle compassion. Elles avaient toutes côtoyé un ou plusieurs Duncan et elles avaient appris à les déchiffrer sans erreur.

Dans le couloir qui conduisait à sa porte, il aperçut Nayla qui se dirigeait lentement de son côté. Quelque chose dans son visage, un air d'indécision et d'égarement le poussa soudain à s'arrêter en lui faisant presque oublier ses préoccupations intérieures.

– Amica? dit-il quand elle ne fut plus qu'à quelques pas de lui.

Elle tourna vers lui sa figure carrée que la compréhension anima soudain.

Quel étrange visage a cette femme, se dit Idaho.

– Je ne m'appelle plus Amica, dit Nayla, et elle passa son chemin.

Idaho suivit quelque temps des yeux ce dos massif qui s'éloignait, ces rudes épaules dont le balancement révélait la terrible puissance.

En vue de quoi a-t-elle été conçue, elle? se demanda Idaho.

Ce ne fut qu'une pensée rapide. Ses préoccupations du moment revinrent bientôt en force. Il parcourut rapidement les quelques mètres qui le séparaient de sa porte et rentra chez lui.

Une fois à l'intérieur, il demeura un long moment

sans bouger, les poings crispés contre ses hanches.

Je n'ai plus d'attache avec aucune *époque,* songea-t-il. Et ironiquement, ce n'était pas une pensée libératrice. Il savait cependant qu'il avait agi de sorte à libérer Hwi de son amour pour lui. Il était à présent diminué à ses yeux. Bientôt, elle ne penserait plus à lui que comme à un pauvre imbécile irascible et incapable de maîtriser ses émotions. Bientôt, il disparaîtrait de ses préoccupations urgentes.

Et ce pauvre Moneo!

Il voyait très bien les circonstances qui avaient formé le malléable majordome. *Responsabilité et devoir.* Un havre bien commode au moment des décisions difficiles.

J'ai été comme lui, autrefois, songea Idaho. *Mais c'était dans une autre existence, un autre temps.*

Les Duncan me demandent parfois si je comprends les idées exotiques de notre passé et, si je les comprends, pourquoi je ne peux pas les expliquer. La connaissance, d'après les Duncan, réside dans une somme de détails. Je m'efforce de les convaincre que les mots n'ont qu'une valeur plastique. L'image des mots commence à se déformer à l'instant même où ils sont formulés. Les idées incrustées dans un langage ne peuvent s'exprimer que dans ce langage donné. C'est l'essence même de la signification profonde du terme « exotique ». Vous voyez comme les distorsions commencent à apparaître? La traduction vacille en présence de l'exotique. Le galach que je parle ici s'impose. C'est un cadre de référence externe, un système particulier. Tous les systèmes recèlent des dangers. Ils englobent les croyances non vérifiées de leurs créateurs. Adopter un système, adhérer à ses croyances, c'est renforcer la résistance au changement. Cela sert-il à quelque chose, que j'explique aux Duncan que pour certains concepts, il n'y a pas de langage? Aaah! mais les Duncan ont toujours cru que tous les langages m'appartiennent!

Les Mémoires Volés.

Deux jours et deux longues nuits durant, Siona négligea de fixer son rabat, perdant une eau précieuse chaque fois qu'elle respirait. Il avait fallu lui réciter l'admonestation aux enfants fremen pour que l'avertissement donné par son père lui revienne en mémoire. Finalement, Leto lui avait parlé le troisième matin glacé de leur traversée, quand ils avaient fait halte à l'ombre d'un piton sur la plaine pierreuse battue par les vents.

– Préserve chaque souffle car il contient l'eau et la chaleur de ta vie, avait-il murmuré.

Il savait qu'ils passeraient trois journées sur la plaine et encore trois nuits au-delà avant de découvrir de l'eau. Le soleil venait de se lever pour la cinquième fois depuis qu'ils avaient quitté la tour de la Petite Citadelle. Au cours de la nuit, ils étaient entrés dans une zone à moitié sablonneuse. Ce n'étaient pas des dunes, mais on pouvait en apercevoir au loin et même les vestiges de la Chaîne de Habbanya formaient une mince ligne brisée à l'horizon pour celui qui savait où tourner son regard.

Siona ne défaisait plus le rabat de son distille que lorsqu'elle était obligée de parler. Ses lèvres étaient devenues noires et excoriées.

Sa soif est celle du désespoir, se dit Leto en laissant ses sens explorer les alentours. *Elle va bientôt atteindre les instants de la crise.*

Ses sens lui disaient qu'ils étaient toujours seuls en bordure de la plaine. Le soleil encore pâle de l'aube créait des reflets de poussières dansantes que le vent incessant agitait dans tous les sens. L'oreille de Leto filtrait le bruit du vent afin de percevoir le reste : la respiration saccadée de Siona, les minuscules avalanches de sable sur le flanc d'un rocher voisin, le frottement de son propre corps sur les cailloux.

Siona défit son rabat mais sa main demeura prête à le remettre promptement en place.

– Dans combien de temps trouverons-nous de l'eau? demanda-t-elle.

– Encore trois nuits.

– Y a-t-il une meilleure direction à prendre?

– Non.

Elle en était venue à apprécier l'économie fremen des informations importantes. Elle aspira avidement quelques gouttes d'eau au tuyau de son distille.

Leto reconnut le message de ses mouvements. Enfin un geste familier des Fremen. Siona avait maintenant pleinement conscience d'une expérience commune parmi ses ancêtres. Le *patiyeh*... la soif au bord de la mort.

Les quelques gouttes contenues dans la poche du distille étaient épuisées. Il l'entendit aspirer de l'air. Elle remit le rabat en place et parla d'une voix étouffée :

– Je n'y arriverai jamais, n'est-ce pas?

Il la regarda dans les yeux, y trouva cette clarté de la pensée qu'apporte l'imminence de la mort, une lucidité rarement atteinte en d'autres circonstances. Cela ne faisait qu'amplifier ce dont elle avait besoin pour survivre. Oui, elle était déjà bien avancée dans le *tedah ri-agrimi*, l'agonie qui ouvre l'esprit. Bientôt, il lui faudrait prendre l'ultime décision, celle qu'elle croyait avoir déjà prise. Les signes indiquaient à Leto qu'il devait désormais traiter Siona avec la plus extrême courtoisie. Il faudrait qu'il réponde à chacune de ses questions avec sincérité car derrière chacune d'elles se cachait un jugement.

– Y arriverai-je? insista-t-elle.

Il y avait encore une trace d'espoir dans sa détresse.

– Rien n'est sûr, dit-il.

Cette réponse la fit retomber dans le découragement.

Telle n'avait pas été l'intention de Leto, mais il arrivait souvent, il le savait, qu'une formulation précise quoique ambiguë fût interprétée comme la confirmation des pires craintes que l'on avait entretenues.

Elle poussa un profond soupir. D'une voix étouffée par le rabat, elle le sonda de nouveau.

– Vous aviez l'intention de me faire jouer un rôle

spécial dans votre programme génétique, dit-elle. Et ce n'était pas une question.

– Tout le monde a des intentions.

– Mais vous désirez que je sois d'accord.

– Evidemment.

– Comment pouviez-vous espérer mon accord sachant que je déteste tout ce qui vient de vous? Soyez honnête avec moi!

– Les trois branches d'un accord sont l'intention, l'information et l'incertitude. La précision et l'honnêteté n'ont pas grand-chose à voir avec la question.

– Je vous en prie, n'ergotez pas avec moi. Vous voyez bien que je vais mourir.

– Je te respecte trop pour ergoter avec toi.

Il dressa légèrement ses segments antérieurs pour sentir le vent. Il apportait déjà la chaleur de la journée, mais il était encore trop chargé d'humidité pour l'agrément de Leto. Celui-ci constatait que plus il essayait de faire régler les conditions climatiques, plus il fallait intervenir sur une foule de détails. Les absolus ne faisaient que multiplier les impondérables.

– Vous dites que vous n'ergotez pas, mais...

– La dialectique ferme la porte aux sens, déclara Leto en ramenant son visage plus près du sol. Elle masque l'agressivité. Poussée à outrance, la discussion conduit toujours à la violence. Et mes intentions envers toi ne sont pas violentes.

– Que vouliez-vous dire par... intention, information, incertitude?

– L'intention réunit les participants. L'information délimite le débat. L'incertitude crée les questions.

Elle se rapprocha de son visage pour bien le regarder dans les yeux. Elle se tenait à moins d'un mètre de lui.

Etrange, se dit-il, comme la haine peut être étroitement mêlée à l'espoir, l'inquiétude et l'effroi.

– Pourriez-vous me sauver? demanda Siona.

– Il y a un moyen.

Elle hocha la tête et il comprit qu'elle se méprenait.

– C'est *comme cela* que vous comptez obtenir mon accord! accusa-t-elle.

– Non, Siona.

– Si je réussis à votre épreuve...

– Ce n'est pas mon épreuve.

– Celle de qui, alors?

– Elle est issue de nos ancêtres communs.

Siona se laissa tomber assise sur la roche froide et garda le silence. Elle n'était pas encore prête à demander asile dans le creux douillet du segment antérieur. Leto entendait presque le cri étouffé tapi dans sa gorge. A présent, ses incertitudes étaient vraiment à l'œuvre. Elle devait commencer à se demander s'il pouvait réellement correspondre à l'image du Tyran Ultime qu'elle s'était faite de lui. Elle leva les yeux vers lui avec cette expression de terrible lucidité qu'il avait reconnue chez elle.

– Qu'est-ce qui vous pousse à faire ce que vous faites?

La question était habilement circonscrite. Il répondit :

– Le besoin de sauver les gens.

– Quels gens?

– Ma définition est plus large que celle de quiconque. Même celle du Bene Gesserit, qui croit avoir donné la définition de l'humain. Ma référence à moi est le fil éternel qui relie toute l'humanité quelle qu'en soit la définition.

– Vous voulez dire que...

La bouche de Siona était devenue trop sèche pour parler. Elle essayait d'accumuler suffisamment de salive. Leto apercevait ses efforts derrière le masque du distille. La question qu'elle voulait poser était évidente, cependant, et il n'attendit pas pour répondre.

– Sans moi, il n'y aurait à présent plus de gens nulle part. Absolument plus personne. Et la route de l'extinction aurait été encore plus horrible que tout ce que tu es capable d'imaginer.

– Votre *supposée* prescience, ricana-t-elle.

– Le Sentier d'Or est toujours libre, fit-il.

– Je n'ai pas confiance en vous!

– Parce que nous ne sommes pas égaux?

– Oui!

– Mais nous sommes interdépendants.

– Quel besoin avez-vous de moi?

Aaah! le cri de la jeunesse incertaine d'avoir sa place...

Il ressentait la force des liens secrets de dépendance et s'obligea à parler durement. *La dépendance engendre la faiblesse!*

– Tu es le Sentier d'Or, dit-il.

– Moi? murmura-t-elle dans un souffle à peine audible.

– Tu as lu ces mémoires que tu m'as volés. Je suis dedans; mais toi, où es-tu? Regarde ce que j'ai créé, Siona. Toi, tu ne peux rien créer à part toi-même.

– Des mots, encore des mots trompeurs!

– Je ne souffre pas d'être vénéré, Siona. Je souffre de n'être jamais apprécié. Peut-être que... Non, je n'ose pas fonder des espoirs sur toi.

– Quel est l'objet de ces mémoires?

– C'est un appareil ixien qui les enregistre. On les découvrira un jour, dans très longtemps. Ils sont destinés à faire réfléchir les gens.

– Un appareil ixien? Vous défiez le Jihad!

– Il y a là une leçon également. A quoi servent de telles machines, en réalité? A accroître le nombre de choses que nous pouvons faire sans y penser. Voilà le vrai danger... les choses que nous faisons sans y penser. Pense à tout le temps que tu as passé à parcourir ce désert avant de songer à mettre ton rabat en place.

– Vous auriez pu m'avertir!

– Et resserrer ta dépendance?

Elle le dévisagea un long moment.

– Pourquoi voulez-vous que je prenne le commandement de vos Truitesses?

– Tu es une Atréides, pleine de ressources et

capable de jugement indépendant. Tu sais être sincère par simple amour de la vérité telle que tu la conçois. Tu es née et tu as été élevée pour commander, ce qui signifie que tu dois être libre de toute dépendance.

Le vent faisait tourbillonner la poussière et le sable autour d'eux tandis qu'elle pesait les paroles de Leto.

– Si j'accepte, dit-elle, vous me sauverez la vie?

– Non.

Elle s'attendait tellement à la réponse inverse qu'il lui fallut plusieurs battements de cœur avant d'interpréter ce simple mot. Durant cet intervalle, le vent tomba légèrement et une trouée au-dessus des dunes permit d'apercevoir au loin les vestiges de la Chaîne de Habbanya. L'atmosphère s'était soudain drapée d'un froid qui absorbait aussi efficacement l'humidité que pouvaient le faire les plus chauds rayons du soleil. Une partie des perceptions de Leto décelèrent un phénomène d'oscillation dans la régulation du temps.

– Non? fit Siona, à la fois perplexe et indignée.

– Je ne conclus pas de marchés de sang avec les gens en qui je dois avoir totalement confiance.

Elle secoua lentement la tête d'un côté puis de l'autre, mais sans cesser de regarder Leto.

– Qu'est-ce qui pourrait vous forcer à me sauver?

– Rien ne peut m'y forcer. Comment peux-tu songer à exercer sur moi des pressions que je refuse d'exercer sur toi? Ce n'est pas là la voie de l'interdépendance.

Les épaules de Siona retombèrent.

– Si je ne peux pas négocier avec vous, ni vous forcer...

– Tu dois choisir une autre voie.

Quel spectacle magnifique, d'observer l'explosion d'une soudaine compréhension! se dit-il. Les traits expressifs de Siona ne cachaient rien du processus qui était en train de s'accomplir en elle. Son regard, farouchement rivé à celui de Leto, semblait essayer de le percer jusqu'à la pensée. Sa voix étouffée s'enrichit d'une nouvelle vigueur.

– Vous me laisseriez savoir tout sur vous, jusqu'à vos moindres faiblesses?

– Voudrais-tu me voler ce que je te donne librement?

La lumière du matin faisait jouer des ombres dures sur le visage de Siona.

– Je ne vous promets rien! fit-elle.

– Je ne te le demande pas.

– Vous me donnerez... de l'eau, si je vous en demande?

– Pas seulement de l'eau.

Elle hocha lentement la tête.

– Je sais... je suis une Atréides.

Les Truitesses n'avaient pas manqué de lui apprendre la faculté particulière que possédaient les gènes des Atréides. Siona savait d'où venait l'épice et quels pouvaient en être les effets sur elle. Les professeurs des écoles de Truitesses connaissaient leur travail. Et la légère quantité de mélange incorporée aux aliments séchés absorbés par Siona avait dû faire son œuvre également.

– Ces petites plaques bombées le long de mon visage... dit-il. Frottes-en une doucement avec le doigt et il en sortira des gouttes riches en essence d'épice.

Il lut la compréhension dans son regard. Des souvenirs dont elle avait jusque-là ignoré la nature de souvenirs remontaient à sa conscience. Et elle était l'aboutissement de plusieurs générations au cours desquelles la sensibilité des Atréides n'avait cessé d'être renforcée.

Malgré la soif, elle ne semblait cependant pas encore prête à agir.

Pour l'aider à traverser la crise, il lui raconta comment, dans l'ancien temps, les enfants fremen capturaient les truites à l'aide de bâtons à l'orée des oasis et les frottaient pour en extraire le suc qu'ils vitalisaient promptement.

– Mais je suis une Atréides, répéta Siona.

– L'Histoire Orale ne ment pas, dit Leto en hochant la tête.

– Je pourrais en mourir.

– C'est là l'épreuve.

– Vous voudriez faire de moi une vraie Fremen!

– Comment pourrais-tu sans cela enseigner à tes descendants la manière de survivre dans ce désert quand j'aurai disparu?

Elle ôta brusquement le masque de son distille et rapprocha son visage à quelques centimètres du cou de Leto. Levant le bras, elle posa l'index sur l'une des petites plaques bombées que protégeaient les replis.

– Doucement, dit Leto.

Elle obéit non pas à cette voix, mais à quelque chose d'autre qui se trouvait en elle. Son doigt bougea avec une précision atavique issue d'innombrables générations d'enfants... comme tant d'informations ou de déformations. Leto tourna la tête jusqu'à la limite de ses mouvements et baissa les yeux vers ce visage qui était maintenant si près du sien. De pâles gouttelettes bleues commencèrent à se former au bord de la plaque. De riches senteurs de cannelle les enveloppèrent. Elle rapprocha encore son visage. Il vit les pores à la naissance de ses narines et sa langue qui léchait les gouttes.

Elle s'écarta au bout d'un moment, pas tout à fait rassasiée mais poussée par la même prudence et la même suspicion que Moneo en son temps.

Tel père, telle fille, se dit Leto.

– Dans combien de temps est-ce que cela commencera à agir? demanda Siona.

– Cela agit déjà.

– Je voulais dire...

– Dans une minute environ.

– Je ne vous dois rien pour ça!

– Je n'ai pas l'intention de réclamer de paiement.

Elle remit en place le masque de son distille.

Leto vit son regard entrer dans un lointain laiteux. Sans dire un mot, elle frappa du bout des doigts son segment antérieur pour lui ordonner de lui préparer sa place. Il obéit. Elle grimpa dans le creux douillet. En baissant les yeux au maximum, il pouvait encore la voir. Les yeux de Siona demeuraient ouverts, mais n'étaient plus fixés sur ce qu'il y avait autour d'elle. Siona sursauta brusquement et se mit à trembler comme une petite créature à l'agonie. Leto savait ce qu'elle éprouvait, mais ne pouvait changer la moindre parcelle de l'expérience. Aucune des présences ancestrales ne demeurerait dans sa conscience. Pourtant, elle conserverait toujours par la suite avec une grande clarté les visions, les sons et les odeurs. Elle n'oublierait pas les machines chercheuses, l'odeur du sang et des entrailles, les humains apeurés au fond de leurs terriers, conscients d'une seule chose, qu'ils ne pouvaient pas s'échapper... et pendant tout ce temps... les machines se rapprochaient... toujours plus près... plus près... dans un fracas qui noyait tout le reste!

Partout où elle se tournerait, ce serait la même chose. Aucune issue, nulle part.

Il sentit la vie refluer en elle. *Bats-toi contre les ténèbres, Siona!* C'était une chose que les Atréides savaient faire. Se battre pour la survie. Et elle se battait à présent pour d'autres vies en plus de la sienne. Mais il sentait toujours cette longue descente aux abîmes... cette terrible déperdition de vitalité. Jamais personne n'était descendu aussi profond dans les ténèbres sans nom. Il se mit à la secouer doucement, en faisant osciller son segment antérieur. Cela peut-être, ou son mince filet de détermination brûlante, ou encore la conjugaison des deux, finit par obtenir le résultat escompté. Vers le début de l'après-midi, tremblant de tout son être, elle plongea au fond de ce qui ressemblait à peu près à un vrai sommeil. Seul un gros soupir, de temps à autre, témoignait de la persistance des visions. Il la berça longtemps, pour l'apaiser, en roulant son énorme corps d'un côté puis de l'autre.

Comment pouvait-on remonter d'une telle profondeur? Il écoutait, pour se rassurer, les fonctions vitales qui reprenaient possession d'elle. Comme sa vigueur était étonnante!

Elle se réveilla tard dans l'après-midi. Brusquement, elle cessa de trembler, le rythme de sa respiration changea et elle ouvrit les yeux. Elle leva la tête pour le regarder, puis se laissa glisser du creux de son segment. Elle s'éloigna de quelques pas, en lui tournant le dos, puis demeura debout, presque une heure durant, à méditer silencieusement.

Moneo avait réagi exactement de la même manière. C'était une nouvelle tendance chez ces derniers Atréides. Les précédents avaient déversé sur lui un flot de paroles sans queue ni tête, ou bien s'étaient éloignés en titubant sur les cailloux, le forçant à les suivre jusqu'à ce qu'ils reprennent leurs esprits. D'autres s'étaient assis, le regard dans le vague. Aucun ne lui avait tourné le dos comme Moneo et sa fille. Leto voyait là un signe encourageant pour l'avenir.

– Tu dois commencer à te faire une idée de l'étendue de ma *famille,* dit-il.

Elle se tourna vers lui, les lèvres serrées, sans le regarder. Il la voyait cependant accepter l'idée que peu d'humains pouvaient contempler comme elle venait de le faire : La multitude singulière qui l'habitait faisait de toute l'humanité sa famille.

– Vous auriez pu épargner la vie de mes amis, dans la forêt, accusa-t-elle.

– Toi aussi, tu aurais pu leur épargner la vie.

Elle serra les poings et les pressa contre ses tempes en le foudroyant du regard.

– Mais vous savez *tout*!

– Siona!

– Il fallait vraiment que je l'apprenne de cette manière? murmura-t-elle.

Il demeura silencieux, la forçant à répondre elle-même à sa question. Il devait l'amener à reconnaître qu'il raisonnait principalement en Fremen et que, comme pour les terribles machines de leur vision d'apocalypse, le prédateur était capable de suivre n'importe quelle créature qui laissait des traces.

– Le Sentier d'Or... murmura Siona. Je le sens, maintenant... Quelle affreuse cruauté!

Ses yeux lançaient des éclairs.

– La lutte pour la vie a toujours été cruelle, fit Leto.

– Ils n'avaient pas le moindre endroit où se cacher, souffla-t-elle. Puis elle s'écria : Mais que m'avez-vous fait?

– Tu as essayé d'être une révoltée fremen. Les Fremen ont toujours eu le don presque prodigieux de déchiffrer les signes du désert. Ils étaient même capables d'interpréter le dessin infime de traces balayées par le vent.

Il lut en elle le commencement du remords. Dans son regard flottait le souvenir de ses compagnons morts. Il lui parla vivement, sachant qu'elle allait ensuite se sentir coupable, puis tourner sa colère sur lui.

– M'aurais-tu écouté si je t'avais simplement fait venir pour te mettre en garde?

Le remords menaçait maintenant de la submerger. Elle ouvrit la bouche derrière son masque et haleta.

– Tu n'as pas encore survécu au désert, dit-il.

Lentement, elle reprit un rythme de respiration normal. Les instincts fremen qu'il avait libérés en elle faisaient leur œuvre d'apaisement habituelle.

– Je vivrai, dit-elle en soutenant son regard. Vous nous lisez par l'intermédiaire de nos émotions, n'est-ce pas?

– Les émotions sont les signaux de la pensée, admit Leto. Grâce à ces origines émotionnelles, je sais discerner la plus petite nuance de comportement.

Il la vit accepter sa propre transparence de la

même manière que Moneo avant elle, avec haine et terreur. Cela importait peu. Il sonda le temps en avant d'eux. Oui... elle survivrait au désert parce qu'il voyait ses traces dans le sable à côté des siennes. Mais il ne la voyait pas en chair et en os. Et les traces de Siona débouchaient sur une ouverture là où les choses étaient obscures auparavant. Le cri de mort d'Anteac résonna alors dans sa vision presciente... ainsi que la bousculade des Truitesses se lançant à l'attaque!

Malky revient, songea Leto. *Nous allons nous revoir, Malky et moi.*

Il rouvrit ses paupières charnelles et vit Siona qui le fustigeait du regard.

– Je continue de vous détester! s'écria-t-elle.

– Ce que tu détestes, c'est la cruauté nécessaire du prédateur.

Elle s'écria, portée par une exultation perfide :

– Mais il y a une autre chose que j'ai vue! Vous êtes incapable de suivre ma trace!

– C'est précisément pour préserver ce trait que tu dois avoir une descendance.

Au moment même où il disait ces mots, la pluie se mit à tomber. Les nuages noirs et l'averse apparurent presque simultanément. Bien qu'il eût senti depuis un moment les oscillations de la régulation météorologique, Leto fut pris au dépourvu par la soudaineté de l'attaque. Il pleuvait certes quelquefois sur le Sareer, quelques gouttes rapidement absorbées par le sol. Les rares flaques s'évaporaient dès que le soleil revenait. La plupart du temps, les gouttes d'eau n'avaient même pas le temps d'arriver jusqu'à terre. C'était une pluie fantôme, vaporisée au contact de l'air surchauffé puis dispersée par le vent. Mais cette averse le mouilla.

Siona arracha le rabat de son distille et leva avidement le visage vers l'eau qui tombait du ciel. Elle ne s'était pas encore aperçue des effets de la pluie sur Leto.

Dès que les premières gouttes l'avaient touché à la jonction de la peau de truite, l'Empereur-Dieu s'était hérissé sous le coup d'une douleur atroce. Les réactions distinctes de la peau de truite et du ver s'étaient conjuguées pour donner un nouveau sens au mot *souffrance*. Il avait l'impression qu'on l'écorchait vif. Les truites, attirées par l'eau, voulaient enkyster chaque goutte. Le ver sentait sur lui le contact humide de la mort. Partout où la pluie le touchait, des volutes de fumée bleue s'élevaient. Ses mécanismes internes commençaient à produire la précieuse essence d'épice. Des flaques d'eau qui se formaient sous lui montait un nuage de vapeur bleue. Il gémissait et se tordait dans tous les sens.

Les nuages disparurent et le ciel redevint serein avant que Siona s'avisât de quelque chose d'anormal.

– Qu'avez-vous? demanda-t-elle.

Il fut incapable de répondre. Il ne pleuvait plus mais le sol était mouillé partout autour de lui. Il ne pouvait s'abriter nulle part.

Siona vit les vapeurs bleues qui s'élevaient partout où la pluie l'avait touché.

– C'est l'eau! s'écria-t-elle.

Il y avait une légère élévation de terrain, un peu plus loin sur la droite, où l'eau ne stagnait pas. En gémissant, il se traîna dans cette direction. L'endroit était déjà presque sec lorsqu'il l'atteignit. La douleur s'apaisa peu à peu et il se rendit compte que Siona s'était plantée devant lui pour le regarder avec une fausse sollicitude. Elle le sonda prudemment :

– Pourquoi l'eau vous fait-elle du mal?

Du mal? Quelle expression peu adéquate! Mais il ne pouvait éluder la question de Siona. Elle en savait assez, à présent, pour trouver la réponse elle-même. Tous les éléments étaient disponibles. D'une voix entrecoupée, il se mit à lui expliquer la relation entre les truites, les vers des sables et l'eau. Elle l'écouta jusqu'au bout en silence.

– Mais l'eau que vous m'avez donnée...

– Est transmuée par l'épice.

– Oui, mais pourquoi vous risquer jusqu'ici sans votre chariot?

– On ne peut pas être un vrai Fremen dans un chariot ou à la Citadelle.

Siona hocha la tête.

Il vit la flamme de la rébellion revenir dans ses yeux. Elle n'avait pas à se sentir coupable ni dépendante. Elle ne pouvait plus éviter de croire au Sentier d'Or, mais quelle différence cela faisait-il? Les actes de cruauté auxquels il s'était livré restaient impardonnables. Elle avait le droit de le repousser, de lui refuser sa place dans la *famille*. Il n'était pas humain, il n'avait rien de commun avec elle. Et elle possédait le secret de sa perte! Il suffisait de l'entourer d'eau, de détruire son désert, de l'immobiliser dans un lac de souffrances! Croyait-elle lui cacher ce genre de réflexions rien qu'en lui tournant le dos?

Et de toute manière, qu'y puis-je? se demanda-t-il. *Désormais, il faut qu'elle vive alors que je dois faire preuve de non-violence.*

Maintenant qu'il savait certaines choses sur la nature de Siona, comme il lui serait facile de tout abdiquer, de se laisser sombrer aveuglément dans ses propres pensées... La tentation était assurément séduisante, de ne plus continuer à vivre que retranché à l'intérieur de ses souvenirs. Mais ses « enfants » avaient encore besoin d'une leçon par l'exemple pour pouvoir échapper à la dernière menace du Sentier d'Or.

Quelle décision pénible à prendre! Il éprouvait du coup une sorte de sympathie pour le Bene Gesserit. Son dilemme était analogue à celui qu'avaient connu les Sœurs face à l'apparition de Muad'Dib.

L'objectif ultime de leur programme génétique... Mon père, Muad'Dib... Elles n'avaient pas pu le contenir, lui non plus.

Le moment est venu de foncer dans la brèche une fois de plus, mes amis, songea-t-il, non sans réprimer un sourire ironique à l'adresse de sa propre grandiloquence.

> Pourvu que les générations aient le temps d'évoluer, le prédateur, pour survivre, adapte sa conduite à sa proie qui, en retour, modifie son propre comportement, et ainsi de suite... Je connais plus d'une force qui n'exerce pas le pouvoir autrement. Prenez les religions...
>
> *Les Mémoires Volés.*

– Le Seigneur m'a ordonné de vous annoncer que votre fille vivra.

Nayla avait récité d'un trait son message à Moneo, le visage baissé vers la table encombrée de dossiers, de papiers épars et d'instruments de communication derrière lesquels était assis le majordome.

Serrant fortement l'une contre l'autre les paumes de ses mains croisées, Moneo contempla longuement l'ombre démesurée de son presse-papiers en forme d'arbre à breloques projetée sur la table par le soleil déclinant de cette fin d'après-midi. Sans regarder la silhouette massive de Nayla qui attendait respectueusement ses ordres, il demanda :

– Ils sont tous les deux rentrés à la Citadelle?

– Oui.

Moneo regarda par la fenêtre de gauche, sans voir vraiment la ligne d'obscurité poudreuse qui bouchait l'horizon du Sareer, ni le vent avide qui faisait la collecte des grains de sable à la crête de chaque dune.

– Et cette question dont nous avons discuté récemment? demanda-t-il.

– Toutes les dispositions sont prises.

– Parfait.

Il fit un geste signifiant qu'elle pouvait se retirer, mais elle ne bougea pas. Surpris, il leva les yeux pour la regarder, pour la première fois, en fait, depuis qu'elle était entrée dans cette pièce.

– Est-il obligatoire que j'assiste en personne à ce... (elle déglutit)... mariage?

– Le Seigneur Leto en a décidé ainsi. Vous serez la seule personne armée d'un laser à cette cérémonie. C'est un honneur que l'on vous fait.

Elle demeurait figée dans la même position, les yeux fixés sur un point situé au-dessus de la tête de Moneo.

– Oui? fit-il, l'invitant à parler.

La mâchoire carrée de Nayla s'agita à vide à plusieurs reprises avant qu'elle pût articuler...

– Il est Dieu... et je suis mortelle... Puis elle pivota sur un talon et quitta rapidement la pièce.

Moneo se demanda vaguement ce que cette grande Truitesse avait voulu dire par là, mais ses pensées, comme l'aiguille d'une boussole attirée par un aimant, revinrent à Siona.

Elle a survécu à l'épreuve. Comme moi.

Siona possédait maintenant un sens supplémentaire qui la renseignait sur la continuité du Sentier d'Or. Ce sens, il le possédait aussi. Mais ce n'était pas cela qui le rapprochait de sa fille. Pour n'importe qui, c'était un terrible poids à porter. Inévitablement, la nature rebelle de Siona en serait affectée. Nul Atréides ne pouvait aller contre le Sentier d'Or. Leto avait fait en sorte que cela fût impossible.

Moneo n'avait pas oublié son propre passé de rebelle. Chaque nuit un nouveau lit, le besoin de se déplacer sans cesse. La toile d'araignée de son passé lui collait encore au visage, quels que fussent les efforts désespérés qu'il avait faits pour s'en débarrasser.

Siona s'est fait mettre en cage. Tout comme moi avant elle. Tout comme le pauvre Leto.

Le signal annonçant la tombée de la nuit le tira un instant de ses méditations et activa automatiquement les brilleurs de son bureau. Il contempla le travail qu'il lui restait à faire en préparation des noces de Hwi Noree et de l'Empereur-Dieu. Que de labeur en perspective! Il appuya sur un bouton d'appel et demanda à l'acolyte qui se présenta aussitôt de lui apporter un verre d'eau et de faire venir Duncan Idaho dans son bureau.

La Truitesse revint quelques instants plus tard avec un gobelet qu'elle posa sur la table à portée de sa main. Il remarqua ses longs doigts de joueuse de luth, mais ne prit pas la peine de lever les yeux pour voir son visage.

– J'ai envoyé chercher Idaho, dit-elle.

Il fit un signe d'acquiescement tout en poursuivant son travail. Il l'entendit sortir et alors seulement leva les yeux et but.

Certains vivent une existence de phalène, se dit-il. *Mais moi, je porte des fardeaux sans fin.*

Il trouva l'eau insipide et elle contribua à émousser ses sens et à accroître son accablement. Il contempla, par la fenêtre, les couleurs du soleil couchant sur le Sareer qui faisaient rapidement place aux ténèbres. Il se disait qu'il aurait dû trouver de la beauté dans ce spectacle familier, mais tout ce qu'il était capable de constater, c'était que la lumière changeait selon ses propres motifs.

Je n'ai pas du tout d'influence sur la lumière.

L'obscurité tombée, la lumière des brilleurs à l'intérieur s'était automatiquement accrue, apportant avec elle une nouvelle clarté de pensée. Il se sentait maintenant prêt à recevoir Idaho. Ce Duncan avait besoin d'apprendre de toute urgence un certain nombre de nécessités vitales.

La porte s'ouvrit. C'était de nouveau la Truitesse.

– Voulez-vous manger maintenant?

– Plus tard. Il leva la main pour la retenir alors qu'elle faisait mine de se retirer. J'aimerais que tu laisses la porte ouverte.

L'acolyte plissa le front.

– Je sais que tu allais jouer de ton luth, reprit Moneo. Je veux t'entendre.

Elle avait un visage lisse, rond, presque enfantin, qui s'illuminait tout entier lorsqu'elle souriait. Elle le quitta le sourire encore sur les lèvres.

Quelques instants plus tard, les accords mélodieux du *biwa* résonnèrent dans le bureau attenant. Cette jeune acolyte avait réellement du talent. Les basses évoquaient le tambourinement de la pluie sur un toit, avec un contrepoint discret de chanterelle. Un jour, peut-être, elle troquerait cet instrument contre une vraie balisette... Il reconnut la mélodie... Elle chantait le vent d'automne sur une lointaine planète qui n'avait jamais connu de désert... C'était une musique mélancolique, pathétique, et cependant merveilleuse.

C'est la complainte de ceux que l'on a mis en cage, songea-t-il. *Ceux qui ont encore le souvenir de leur liberté.*

Aussitôt, cette pensée le frappa par son étrangeté. La liberté devait-elle donc toujours être associée à la révolte?

Le luth se tut soudain. Quelques mots furent échangés à voix basse dans le bureau voisin et Idaho apparut bientôt dans l'encadrement de la porte. Vu sous un éclairage particulier, le visage du ghola paraissait grimaçant à Moneo, avec de tout petits yeux enfoncés. Sans y être invité, il s'assit sur un coussin face au majordome et l'illusion disparut.

Ce n'est qu'un Duncan comme les autres, se dit Moneo. Mais il remarqua qu'il portait à présent un uniforme noir sans signe distinctif.

– Il y a une question que je me pose, déclara Idaho sans autre préambule. Je suis heureux que vous m'ayez fait venir. J'aimerais vous demander ceci : Quelle est la chose, Moneo, que mon prédécesseur n'a pas su apprendre?

Surpris, Moneo redressa la tête. Comme cette demande ressemblait peu à Idaho! Etait-il possible, après tout, que les Tleilaxu aient légèrement modifié ce Duncan?

– J'aimerais savoir, dit-il prudemment, ce qui vous pousse à me poser cette question

– J'ai réfléchi comme un Fremen.

– Vous n'avez jamais été un Fremen.

– Bien plus que vous ne le pensez. Stilgar le Naïb m'a dit un jour que j'étais probablement né fremen sans m'en douter jusqu'au jour où j'ai mis les pieds sur Dune.

– Et que se passe-t-il donc lorsqu'on réfléchit en Fremen?

– On se souvient qu'on ne devrait jamais se trouver en compagnie de quelqu'un aux côtés de qui on ne voudrait pas mourir.

Moneo posa les mains à plat sur son bureau. Un sourire de loup déforma le visage du ghola.

– Alors, que faites-vous ici? demanda Moneo.

– J'ai l'impression que votre compagnie n'est pas si mauvaise, Moneo. Et je me demande justement ce qui a poussé Leto à vous choisir comme son compagnon le plus proche.

– J'ai réussi à son épreuve.

– Celle que votre fille vient de subir avec succès?

Il sait donc déjà qu'ils sont de retour, songea Moneo. Cela signifiait qu'il avait des informatrices parmi les Truitesses... à moins que l'Empereur-Dieu ne l'ait déjà mandé... *Non, je l'aurais su aussitôt.*

– Les épreuves ne sont jamais les mêmes, repondit-il tout haut. Moi, j'ai dû entrer seul dans une caverne-labyrinthe avec pour tout équipement un sachet de vivres et un flacon contenant de l'essence d'épice.

– Et qu'avez-vous choisi?

– Comment? Oh! si vous subissez l'épreuve, vous apprendrez.

– Il y a un Leto que je ne connais pas, déclara Idaho.

– Ne vous l'avais-je pas dit?

– Mais il y en a également un que vous ne connaissez pas.

– Cela s'explique par le fait qu'il est l'être le plus solitaire de l'univers.

– N'essayez pas de gagner ma sympathie en vous livrant à vos jeux d'humeurs, fit Idaho.

– Des jeux d'humeurs... Vous avez bien trouvé. Les humeurs de l'Empereur-Dieu sont comparables au cours d'un fleuve... régulier quand rien ne lui fait obstacle, impétueux dès qu'il y a le moindre soupçon de barrage. Il faut bien se garder de se mettre en travers de sa route.

Idaho jeta un regard circulaire à la pièce bien éclairée, tourna son attention vers la fenêtre et songea au cours domestiqué du fleuve qui portait son nom, quelque part au loin dans la nuit.

– Que savez-vous donc des fleuves? demanda-t-il à Moneo.

– Dans ma jeunesse, j'ai beaucoup voyagé pour lui. Il m'est arrivé de confier ma vie à une coquille de noix pour descendre une rivière, et même une fois sur un océan dont nous avions perdu les côtes.

Tout en parlant, Moneo sentait qu'il venait de passer tout près d'une vérité profonde concernant le Seigneur Leto. Cette impression le plongea dans une méditation où il revit cette planète lointaine où il avait franchi l'océan d'une rive à l'autre. Le premier soir de la traversée, il y avait eu une forte tempête ponctuée par le *teuk-teuk-teuk-teuk* irritant et sourd des machines, quelque part dans les entrailles du bateau qui peinait. Moneo se tenait sur le pont avec le capitaine, fasciné par ce bruit de moteur qui s'accélérait et ralentissait au rythme inverse des montagnes liquides vert-noir aux assauts répétés sans cesse. Chaque fois que l'étrave retombait, déchirant la surface solide de l'eau comme un poing rageur, toute la coque trépidait en une série de secousses insensées. Les poumons de Moneo brûlaient de terreur refoulée tandis que le bateau plongeait presque à la verticale puis remontait du gouffre dans une explosion d'écume assourdissante. Cela avait duré des heures sur le pont où roulaient les paquets de mer qui déversaient leurs cascades blanches par-dessus pour se renouveler l'instant d'après et ainsi de suite, inlassablement...

Il y avait là une clé pour comprendre l'Empereur-Dieu.

Il est en même temps le navire et la tempête.

Moneo regarda le ghola assis en face de lui dans la lumière froide de son bureau. L'homme ne bougeait pas un cil, mais son expression indiquait une attente avide.

– Vous ne voulez donc pas m'aider à apprendre ce que mes prédécesseurs n'ont pas su voir, dit-il enfin.

– Je suis tout disposé à vous aider, au contraire.

– Alors, dites-moi quelle erreur j'ai toujours commise.

– Vous n'avez pas su faire confiance.

Idaho redressa la tête et fixa Moneo d'un regard farouche.

– Je crois plutôt que j'ai trop fait confiance, dit-il.

– Oui, mais de quelle manière? répliqua Moneo d'une voix implacable.

– Que voulez-vous dire?

Le majordome posa les mains à plat sur ses genoux.

– Vous choisissez vos compagnons pour leur aptitude à se battre et à mourir en défendant la cause du bien selon votre optique. Vous choisissez des compagnes capables de renforcer votre image masculine. Mais vous ne faites pas de place aux différences que peut apporter la bonne volonté.

Un mouvement attira son attention dans l'encadrement de la porte qui communiquait avec le bureau voisin et qui était restée ouverte. Il leva les yeux juste à temps pour voir apparaître Siona. Elle s'immobilisa, une main sur la hanche :

– Eh bien, père, toujours les mêmes bons vieux trucs, je vois?

Idaho se tourna vivement vers elle.

Moneo la détailla à la recherche d'un changement. Elle avait pris un bain, revêtu un uniforme noir et or, couleurs du commandement chez les Truitesses; mais son visage et ses mains témoignaient encore de son épreuve dans le désert. Elle avait perdu du poids et ses pommettes saillaient. Les onguents dissimulaient mal les craquelures de ses lèvres. Les veines ressortaient sur le dos de ses mains. Son regard avait vieilli et son expression était celle de quelqu'un qui a trempé les lèvres dans une coupe amère.

– Je vous ai écoutés, tous les deux, dit-elle. Comment oses-tu parler de bonne volonté, père?

Idaho avait également remarqué l'uniforme. Il plissa les lèvres de perplexité. *Siona, commander des Truitesses?*

– Je comprends ton amertume, fit Moneo. Je suis passé par là, moi aussi.

– Tu crois vraiment? Elle se rapprocha, s'arrêta juste à hauteur de Duncan Idaho, qui continuait de la regarder d'un air spéculatif.

– C'est une joie pour moi de te revoir vivante, dit Moneo.

– Quelle satisfaction pour toi, de me voir enfin en sécurité au Service de l'Empereur-Dieu! Tu as attendu si longtemps d'avoir un enfant, et maintenant la réussite est totale! Elle pivota lentement pour exhiber son uniforme. Commandante des Truitesses. Commandante d'une seule personne, mais commandante quand même.

Moneo força sa voix à adopter un ton froid et professionnel.

– Assieds-toi.

– Je préfère rester debout, fit vivement Siona en se tournant vers Idaho qui levait la tête vers elle.

Aaah, Duncan! Le père promis de mes futurs enfants! Ne trouvez-vous pas cela intéressant, Duncan? Le Seigneur Leto m'annonce que je serai intégrée le moment venu à la hiérarchie des Truitesses. En attendant, j'ai une femme sous mes ordres. Elle s'appelle Nayla. Vous la connaissez peut-être, Duncan?

Idaho acquiesça d'un signe de tête.

– Vraiment? poursuivit Siona en se tournant vers Moneo. J'ai l'impression d'être la seule ici à ne pas la connaître. Qu'en penses-tu, père? Je la connais ou pas?

Moneo se contenta de hausser les épaules.

– Mais tu parlais de confiance, continua Siona. Peut-on savoir à qui le puissant ministre Moneo fait confiance?

Idaho tourna la tête vers le majordome pour voir les effets de ces paroles sur son visage. Le masque du vieillard était rigide d'émotions réprimées.

De la colère? Non... autre chose.

– Je fais confiance à l'Empereur-Dieu, déclara Moneo. Et, dans l'espoir que cela vous apprendra quelque chose à tous deux, je suis ici pour vous faire part de ses vœux.

– Ses *vœux!* ironisa Siona. Vous entendez, Duncan? Les volontés de l'Empereur-Dieu sont devenues des *vœux!*

– Vous pouvez dire ce que vous avez sur le cœur, fit Idaho. Pour ma part, je sais que nous n'avons guère le choix dans tout cela.

– Vous avez toujours le choix, déclara Moneo.

– N'écoutez pas mon père, dit Siona. Mon père, votre descendant! Lui et l'Empereur-Dieu s'attendent à nous voir tomber dans les bras l'un de l'autre pour procréer tout plein de petits Moneo!

Le majordome était devenu pâle. Il s'agrippa des deux mains au rebord de la table basse et se pencha en avant.

– Vous êtes des imbéciles, tous les deux! Mais je vais essayer de vous sauver quand même. Malgré vous.

Idaho remarqua le tremblement des joues de Moneo, l'intensité de son regard, et se sentit étrangement troublé.

– Je ne suis pas son animal reproducteur, dit-il, mais je suis prêt à vous écouter.

– Grave erreur, murmura Siona.

– Silence, femme! lança Idaho.

Les yeux de Siona flamboyèrent.

– Ne me parlez pas sur ce ton, dit-elle, ou je vous enroule le cou autour des chevilles!

Idaho se raidit et voulut se tourner, mais Moneo l'arrêta d'un geste :

– Je vous avertis, Duncan, qu'elle serait probablement capable de faire ce qu'elle dit. Je ne suis pas de taille à lutter contre elle, et n'oubliez pas ce qui s'est passé quand vous avez voulu m'attaquer.

Idaho prit une courte et puissante inspiration, expira lentement puis articula à l'adresse de Moneo :

– Dites-moi ce que vous avez à me dire.

Siona se leva et alla s'asseoir sur le bord de la table, d'où elle dominait les deux hommes.

– Voilà qui est bien mieux, dit-elle. Ecoutons-le parler; mais surtout, Duncan, ne faites pas ce qu'il dit.

Idaho pinça les lèvres. Moneo lâcha le bord de la table et se laissa aller en arrière. Il parla en regardant tour à tour le ghola et sa fille.

– J'ai presque achevé les préparatifs concernant les noces de l'Empereur-Dieu et de Hwi Noree. Pendant la durée des cérémonies, je ne voudrais pas que vous soyez dans les parages, tous les deux.

Siona tourna vers Moneo un regard inquisiteur.

– C'est toi qui as eu cette idée, ou bien lui?

– Moi, bien sûr! N'as-tu donc aucun sens de l'honneur ou du devoir? Sa compagnie ne t'a donc rien appris?

– Oh! j'ai appris avec lui la même chose que toi, père. Et j'ai donné ma parole, que je respecterai.

– Tu commanderas les Truitesses?

– Quand il me fera suffisamment *confiance* pour me confier un commandement. Vois-tu, père, il a l'esprit encore bien plus retors que toi!

– Où comptez-vous nous envoyer? demanda Idaho.

– Si nous acceptons de partir, ajouta Siona.

– Il y a un village de Fremen de musée en bordure du Sareer, expliqua Moneo. Il porte le nom de Tuono. C'est un endroit assez agréable, situé à l'abri du Mur. Le fleuve passe juste derrière. Le village possède un puits et on y mange bien.

Tuono? songea Idaho. Le nom lui semblait familier.

– Il y avait un Bassin de Tuono, sur la route du Sietch Tabr, dit-il tout haut.

– Les nuits y sont longues et il n'y a guère de distractions, fit remarquer Siona.

Idaho lui jeta un regard furibond. Elle le lui rendit en disant :

– Il veut que nous procréions et que le Ver soit satisfait. Il veut qu'il y ait des bébés dans mon ventre, des vies toutes neuves à plier et à déformer. Je préfère le voir mort avant de lui donner cela!

Idaho tourna vers Moneo un regard sidéré.

– Et si nous refusons d'y aller? demanda-t-il.

– Je pense que vous irez.

Les lèvres de Siona tressaillirent.

– Vous êtes déjà allé dans l'un de ces villages du désert, Duncan? Ils manquent de tout. Ni confort, ni...

– Je connais Tabur.

– Sans doute une métropole à côté de Tuono. Je gage que notre Empereur-Dieu ne songerait pas à célébrer ses noces au milieu d'une poignée de bicoques en pisé, sûrement pas! Croyez-moi, à part quelques taudis terreux, il n'y a rien à Tuono, ce qui correspond d'ailleurs tout à fait au modèle fremen original.

Idaho répondit sans cesser de regarder Moneo :

– Les Fremen ne vivaient pas dans des huttes en pisé.

– Qui se soucie de savoir dans quel genre d'endroit ils se livraient à leurs cultes ridicules? ironisa Siona.

– Les vrais Fremen n'avaient qu'un seul culte, fit Idaho, les yeux toujours fixés sur Moneo. C'était celui de l'honnêteté individuelle. Je me soucie davantage d'honnêteté que de confort.

– N'attendez pas de moi que j'améliore votre confort, en tout cas!

– Je n'attends absolument rien de vous. Quand partirions-nous pour Tuono, Moneo?

– Vous acceptez d'y aller? demanda Siona.

– J'envisage de profiter de la bonté de votre père.

– Sa *bonté!* Elle regarda tour à tour le ghola et le majordome.

– Vous partiriez sur-le-champ, dit Moneo. J'ai constitué un détachement de Truitesses commandé par Nayla. Il sera chargé de vous escorter jusqu'à Tuono et d'y veiller à vos besoins.

– Nayla? s'étonna Siona. C'est vrai? Elle nous accompagnera?

– Elle restera avec vous jusqu'au jour des noces.

Siona hocha lentement la tête.

– Dans ce cas, nous acceptons, dit-elle.

– Parlez pour vous! jeta Idaho.

– Pardon, fit Siona en souriant. Puis-je demander officiellement au grand Duncan Idaho s'il veut bien me faire l'honneur de m'accompagner dans cette humble place forte où il aura tout intérêt à ne jamais mettre les mains sur ma personne?

Idaho leva la tête pour la regarder en fronçant les sourcils.

– N'ayez crainte en ce qui concerne les endroits où je mettrai les mains, dit-il. Puis, se tournant vers Moneo : Ai-je dit vrai, Moneo? C'est par bonté que vous désirez m'éloigner?

– Il s'agit de confiance, dit Siona. A qui mon père fait-il confiance?

– Faut-il vraiment que j'y aille avec votre fille? insista Idaho.

Siona se leva.

– De deux choses l'une. Ou bien nous y allons de notre plein gré, ou bien ses amazones nous y conduiront pieds et poings liés de la manière la plus inconfortable qui soit. Ne le lisez-vous pas sur son visage?

– Je n'ai donc finalement pas le choix, fit Idaho.

– Vous avez le même choix que n'importe lequel d'entre nous, lui dit Siona. Mourir tout de suite ou un peu plus tard.

Idaho scrutait toujours le visage du majordome.

– Quelles sont vos véritables intentions, Moneo? Vous ne voulez pas satisfaire ma curiosité?

– La curiosité a gardé plus d'une personne en vie alors que tous les autres moyens avaient échoué, répondit Moneo. Je m'efforce de vous maintenir en vie, Duncan. Et c'est bien la première fois que je fais cela.

Il a fallu près d'un millier d'années pour que la poussière de l'ancien désert planétaire de Dune quitte son atmosphère et se laisse lier à la terre et à l'eau. Depuis vingt-cinq siècles, la tempête appelée *lève-sable* n'existe plus sur Arrakis. Une seule de ces tempêtes pouvait soulever vingt milliards de tonnes de cette poussière, qui souvent rendait le ciel argenté. Les Fremen avaient coutume de dire : « Le désert est un chirurgien qui décolle la peau pour montrer ce qu'il y a dessous. » La planète et ses habitants étaient faits de strates que l'on pouvait voir. Aujourd'hui, mon Sareer n'est qu'un pâle reflet de ce qui existait avant. Et c'est moi qui dois jouer le rôle de *lève-sable*.

Les Mémoires Volés.

– Tu les as envoyés à Tuono sans me demander mon avis? Comme tu m'étonnes, Moneo! Il y a longtemps que tu n'avais agi de manière si indépendante!

Moneo se tenait à dix pas de Leto dans la pénombre de la crypte, front baissé, recourant à tous les artifices qu'il connaissait pour s'empêcher de trembler tout en étant conscient que l'Empereur-Dieu l'observait et n'ignorait aucune de ses réactions. Il était un peu moins de minuit. Leto l'avait fait attendre longtemps avant de le recevoir.

– J'espère que je n'ai pas offensé Mon Seigneur, murmura le majordome.

– Tu m'as plutôt amusé, mais ne t'en réjouis pas trop vite. Ces jours-ci, je suis incapable de faire la différence entre ce qui est triste et ce qui est comique.

– Pardonnez-moi, Mon Seigneur, fit le majordome d'une voix sans force.

– Que signifie ce pardon que tu me demandes? Faut-il toujours que tu cherches à être jugé? Ne peux-tu avoir un univers à toi?

Moneo leva les yeux vers le terrifiant visage encadré de replis.

Il est en même temps le navire et la tempête. Le coucher de soleil existe en soi.

Moneo avait l'impression de se trouver au seuil d'effrayantes révélations. Le regard de l'Empereur-Dieu le brûlait, le sondait d'une vrille atroce.

– Mon Seigneur, que puis-je faire pour vous servir?

– Avoir confiance en toi.

Sentant que quelque chose n'était pas loin de faire explosion en lui, Moneo balbutia :

– Alors, Mon Seigneur... le fait de ne pas vous avoir consulté avant de...

– Etait une réaction avisée, Moneo! Les âmes médiocres qui cherchent à établir leur pouvoir sur les autres commencent par détruire la confiance que ceux-ci pourraient avoir en eux-mêmes.

Ces paroles eurent un effet dévastateur sur Moneo. Il sentait ce qu'elles contenaient d'accusations, de confessions. Il voyait faiblir sa prise sur cette chose terrifiante mais infiniment désirable qu'il avait pressentie. Pour la faire revenir, il essaya de trouver les mots appropriés, mais son esprit demeurait obstinément vide. Peut-être que s'il demandait à l'Empereur-Dieu...

– Mon Seigneur, si vous vouliez seulement me dire votre pensée à propos de...

– Ma pensée éclate dès qu'elle fait surface!

Leto baissa les yeux pour contempler son majordome. Comme son visage lui paraissait étrange, avec un tel regard surmontant le nez d'aigle des Atréides – ces yeux furtifs dans une figure de métronome! Entendait-il la même pulsation rythmée qui annonçait : *Malky arrive... Malky arrive... Malky arrive...?*

Moneo avait envie de pousser un grand cri d'angoisse. L'impression de tout à l'heure avait... entièrement disparu! Il porta ses deux mains, l'une sur l'autre, contre sa bouche.

– Ton univers n'est rien d'autre qu'un sablier à deux dimensions! accusa Leto. Pourquoi essayes-tu de retenir le sable?

Moneo abaissa les mains en soupirant.

– Souhaitez-vous que nous parlions des préparatifs de vos noces, Mon Seigneur?

– Ne sois pas fastidieux! Où est Hwi?

– Les Truitesses l'instruisent en vue de...

– L'as-tu consultée au sujet des préparatifs?

– Oui, Mon Seigneur.

– Elle t'a donné son accord?

– Oui, Mon Seigneur; mais elle m'a reproché la quantité de mes activités au détriment de leur qualité.

– N'est-elle pas étonnante, Moneo? A-t-elle remarqué le malaise qui règne parmi mes Truitesses?

– Je crois, Mon Seigneur.

– Elles sont troublées à l'idée de ce mariage.

– C'est la raison pour laquelle j'ai éloigné le Duncan, Mon Seigneur.

– Evidemment, c'est la raison. Et tu as éloigné Siona en même temps pour...

– Je sais qu'elle a subi l'épreuve, Mon Seigneur, et que...

– Elle sent le Sentier d'Or aussi profondément que toi, Moneo.

– Pourquoi ai-je peur d'elle, dans ce cas, Mon Seigneur?

– Parce que tu places la raison au-dessus de tout.

– Mais j'ignore la raison de cette peur!

Leto sourit. C'était comme s'il cherchait à secouer les dés d'un cornet aux dimensions infinies. Les émotions de Moneo représentaient une magnifique pièce jouée sur une scène unique. Il s'approchait parfois du bord, mais il ne le voyait jamais!

– Pourquoi insistes-tu pour découper le continuum en tranches? demanda Leto. Quand tu vois la totalité du spectre, y a-t-il une couleur qui domine les autres?

– Je ne vous comprends pas, Mon Seigneur, fit Moneo en secouant la tête.

Leto ferma les yeux en songeant aux innombrables fois où il avait entendu ce cri. Les visages se fondaient en un flou unique. Il rouvrit les yeux pour les chasser.

– Tant qu'il restera un seul humain pour les voir, les couleurs ne connaîtront pas de fin linéaire, même si ta propre vie prend fin, Moneo.

– Que viennent faire les couleurs dans tout cela, Mon Seigneur?

– C'est le continuum, l'infinitude, le Sentier d'Or.

– Mais vous voyez des choses que nous ne voyons pas, Mon Seigneur!

– Que vous *refusez* de voir!

Moneo baissa piteusement la tête.

– Mon Seigneur, je sais que vous avez évolué bien au-delà du reste d'entre nous. C'est la raison pour laquelle nous vous vénérons et...

– Va au diable, Moneo!

Le majordome releva vivement la tête et porta sur l'Empereur-Dieu un regard terrorisé.

– Les civilisations s'écroulent quand leur pouvoir séculier dépasse leur religion! reprit Leto. Pourquoi ne vois-tu pas cela? Hwi le voit!

– Elle est ixienne, Mon Seigneur. Peut-être que...

– C'est une Truitesse! Elle l'est de naissance, faite

pour me servir. Non! Leto leva sa petite main pour empêcher Moneo de l'interrompre. Les Truitesses sont troublées parce que je les avais autorisées à se considérer comme mes épouses et qu'elles voient à présent une étrangère au rite du Siaynoq le pratiquer mieux qu'elles.

– Comment serait-ce possible, Mon Seigneur? Vos Truitesses...

– Tais-toi! Chacun de nous naît en sachant qui il est et ce qu'il a à faire.

Moneo ouvrit la bouche mais la referma sans prononcer un mot.

– Les petits enfants le savent, reprit Leto. Ce n'est qu'après avoir été déformés par les adultes qu'ils enfouissent cette connaissance au plus profond d'eux-mêmes. Enlève tes barrières, Moneo!

– Mon Seigneur... je ne peux pas! bredouilla Moneo, tremblant d'angoisse. Je n'ai pas vos pouvoirs, votre connaissance de...

– Arrête!

Le majordome redevint silencieux. Il tremblait de tout son corps. Leto lui parla d'une voix apaisante :

– Ne crains rien, Moneo. Je vois que j'ai surestimé tes forces. Tu es épuisé.

Peu à peu, Moneo cessa de trembler. Il se mit à respirer plus profondément et plus régulièrement.

– Il va y avoir quelques changements dans mes noces fremen, reprit Leto. Nous n'utiliserons pas les anneaux d'eau de ma sœur Ghanima. Nous nous servirons à la place des anneaux de ma mère.

– De Dame Chani, Mon Seigneur? Mais où sont ces anneaux?

Leto changea sa masse de position sur son chariot et désigna du doigt l'intersection de deux galeries sur sa gauche où la pénombre permettait tout juste d'apercevoir les plus anciennes catacombes des Atréides sur Arrakis.

– Tu les trouveras là-bas, dans la première cavité sur la gauche. Occupe-toi personnellement de les récupérer et de les apporter à la cérémonie.

Moneo scruta les ombres sinistres des catacombes.

– Mon Seigneur... n'est-ce pas commettre une profanation que...

– Tu oublies, Moneo, qui se trouve en moi. Il continua en prenant la voix de Chani. N'ai-je pas le droit de faire ce que je veux de mes anneaux d'eau?

Moneo recula précipitamment.

– Oui, Mon Seigneur. Je les apporterai avec moi au village de Tabur le jour de...

– Tabur? fit Leto de sa voix ordinaire. Mais j'ai changé d'avis. Les noces auront lieu au village de Tuono!

> La civilisation est en grande partie fondée sur la couardise. Il est si simple de civiliser en enseignant à être lâche. Etouffez les critères qui conduiraient au courage. Limitez l'exercice de la volonté. Egalisez les appétits. Bouchez les horizons. Décrétez une loi pour chaque mouvement. Niez l'existence du chaos. Apprenez même aux enfants à respirer lentement. Domptez.
>
> *Les Mémoires Volés.*

Idaho fut ébahi quand il découvrit d'un peu près le village de Tuono. C'était dans ce genre d'endroit que vivaient les derniers Fremen?

Ils avaient quitté dès l'aube la Citadelle en compagnie des Truitesses. Idaho et Siona avaient pris place à bord d'un gros ornithoptère escorté par deux chasseurs plus petits. Le voyage avait duré longtemps, près de trois heures. Ils s'étaient posés à moins d'un kilomètre du village, devant un hangar circulaire en plasbriques entouré de vieilles dunes fixées par des plantations de graminées et des broussailles. A mesure que leur appareil s'était rapproché du sol, le Mur situé juste derrière Tuono avait pris des proportions gigantesques, faisant paraître le village encore plus minuscule par contraste.

– Les Fremen de musée sont généralement tenus à l'écart de toute contamination technologique d'origine extraplanétaire, avait expliqué Nayla tandis que leur escorte remisait l'orni dans le hangar circulaire.

Déjà, l'une des Truitesses avait été dépêchée en avant-garde à Tuono pour préparer leur arrivée.

Siona avait gardé le silence durant la plus grande partie du vol, mais cela ne l'avait pas empêchée, avait remarqué Idaho, d'observer Nayla à la dérobée avec une grande intensité.

Un instant, lorsqu'ils s'étaient mis en route à travers les dunes sous les rayons d'un soleil encore pâle, Idaho avait essayé d'imaginer qu'il était de nouveau dans l'ancien temps. Partout, le sable était visible malgré les plantations et, dans les vallées qui séparaient les dunes, la terre était brûlée, l'herbe jaune et les arbustes épineux. Trois vautours aux ailes crénelées largement déployées décrivaient des cercles dans le ciel. Les anciens Fremen avaient coutume d'appeler cela : *l'attente de l'oiseau de mort*, mais ces charognards n'étaient vraiment inquiétants que lorsqu'on les voyait commencer à descendre.

– On m'a déjà parlé de ces vautours, avait répondu Siona d'une voix blanche lorsque Duncan Idaho lui avait expliqué cela.

Il avait remarqué la transpiration qui perlait à la lèvre supérieure de la jeune femme. Et de la petite troupe qui les serrait de près émanait une odeur de sueur mêlée d'épice.

La concentration du ghola n'était cependant pas assez intense pour faire entièrement abstraction du présent. Les distilles de série qu'ils portaient servaient plus à la parade qu'à la collecte efficace de leur humidité corporelle. Aucun véritable Fremen n'aurait osé leur confier sa vie, même dans cette partie du désert où l'atmosphère portait les traces de l'eau voisine. Sans compter que les Truitesses de Nayla ne marchaient pas précisément dans un silence fremen. Elle bavardaient entre elles comme des enfants.

Siona cheminait dans un mutisme morose, les yeux souvent fixés sur le dos puissamment musclé de Nayla, qui précédait la troupe de quelques pas.

Qu'y avait-il donc entre ces deux femmes? se demandait Idaho. Nayla semblait à la dévotion de Siona, prête à obéir à ses ordres, au moindre de ses caprices... à l'exception de ce qui concernait leur présence forcée à Tuono. Elle l'appelait « commandante » et lui manifestait le plus profond respect. Visiblement, il y avait quelque chose entre elles qui inspirait à Nayla une sorte de sainte terreur.

La petite troupe arriva enfin en haut d'une côte qui descendait vers le village et la muraille à laquelle il était adossé. Vu des airs, Tuono présentait l'aspect d'une série de rectangles miroitants juste à la limite de l'ombre projetée par le Mur. Mais à présent, vu de près, le village n'était plus qu'une agglomération de taudis qu'une tentative de décoration rendait encore plus pitoyables. Des éclats de roche brillants et des débris de métaux formaient sur les murs en pisé des arabesques grossières. Un étendard vert passablement troué flottait au sommet d'un mât métallique qui surmontait la plus grande des constructions. Un vent erratique apportait à leurs narines des puanteurs d'ordures ménagères et d'égouts à ciel ouvert. La rue centrale du village, qui se terminait abruptement par un morceau de chaussée défoncée, se prolongeait en droite ligne jusqu'à eux par un chemin de terre qui grimpait à travers quelques jardins arides à moitié ensablés.

Une délégation de personnages en robe attendait devant le bâtiment à l'étendard vert en compagnie de la Truitesse qui les avait précédés. Idaho compta huit hommes, qui semblaient tous vêtus d'authentiques robes fremen de couleur brun foncé. Sous la capuche de l'un d'eux, il aperçut un bandeau vert qui lui ceignait le front. Celui-là devait être le naïb.

Un peu en retrait, un groupe d'enfants attendait, quelques bouquets de fleurs à la main. Plus loin, à l'angle des ruelles adjacentes, des femmes à la tête couverte d'un capuchon noir lançaient de temps en temps vers eux quelques regards furtifs. Idaho se sentait profondément déprimé par tout ce qu'il voyait.

– Finissons-en tout de suite avec les cérémonies, dit Siona.

Nayla hocha la tête et s'avança la première dans la rue du village. Siona et Idaho la suivirent quelques pas en retrait. Le reste de la troupe s'étirait derrière eux. Les Truitesses étaient maintenant silencieuses et jetaient autour d'elles des regards chargés de curiosité non déguisée.

Lorque Nayla arriva devant la délégation, l'homme au bandeau vert fit un pas en avant et inclina la tête. Ses mouvements étaient ceux d'un vieillard, mais Idaho vit qu'il n'était pas si âgé que cela. Il avait les joues lisses, un front sans rides, le nez court totalement exempt des marques habituellement laissées par les tuyaux des filtres respiratoires. Et ses yeux! Ils étaient bruns. Un Fremen aux yeux bruns!

– Je m'appelle Garun, dit l'homme à Nayla. Je suis le Naïb de ce village. Selon la tradition fremen, je vous souhaite la bienvenue à Tuono.

Nayla fit un geste en direction de Siona et de Duncan Idaho, qui s'étaient arrêtés juste derrière elle.

– Tout est-il prêt pour recevoir vos hôtes?

– Le devoir d'hospitalité est sacré pour les Fremen, répondit Garun. Tout est prêt.

Idaho fronça les narines devant les odeurs et les bruits douteux qui assaillaient ses sens. Il jeta un coup d'œil par l'une des fenêtres ouvertes du grand bâtiment. Et c'était au-dessus de ça que flottait l'étendard vert des Atréides?

La fenêtre donnait sur un auditorium au plafond bas, avec dans le fond de la salle un podium surmonté d'un dais en forme de coquille saint-jacques. Il y avait des rangées de sièges et de la moquette au sol. Cela ressemblait à une salle des fêtes destinée surtout à distraire les touristes.

Un bruit de pas traînants força Idaho à reporter son attention sur Garun. Le groupe d'enfants s'avançait vers la délégation, tendant entre des doigts crasseux des bouquets de grosses fleurs rouges. Mais la plupart des fleurs étaient flétries.

Garun s'adressa à Siona, après avoir reconnu le liseré d'or de son uniforme de commandement des Truitesses :

– Souhaitez-vous assister à une représentation de nos rites fremen? Un spectacle musical? Des danses, peut-être?

Nayla accepta un bouquet que lui tendait une petite fille, en respira le parfum et se mit à éternuer.

Un autre enfant tendit ses fleurs à Siona en levant de grands yeux vers elle. Elle les prit sans regarder l'enfant. Idaho, quant à lui, chassa d'un geste les gamins qui s'approchaient. Hésitants, ils se maintinrent à distance en l'observant, puis détalèrent en direction du reste de la troupe.

– Si vous leur donnez quelques petites pièces, fit Garun en s'adressant à Idaho, ils vous laisseront tranquille.

Le ghola réprima un haut-le-cœur. Etait-ce ainsi que les Fremen élevaient maintenant leurs enfants?

Garun était retourné auprès de Siona et de Nayla, à qui il expliquait la disposition du village.

Idaho s'éloigna vers le bas de la rue. Il sentait sur lui les regards des gens et détestait particulièrement les motifs clinquants incrustés dans les murs des maisons dont ils ne faisaient, pensait-il, que souligner la décrépitude. Il s'arrêta sous un porche pour regarder de nouveau en direction de la salle des fêtes. Il y avait tout de même dans ce village quelque chose de rude, quelque chose qui semblait lutter pour se manifester derrière les fleurs flétries et les intonations serviles de la voix de Garun. A une autre époque et sur une autre planète, on aurait vu des ânes dans les rues, et des paysans en robe de bure et cordelière venus présenter leurs requêtes. Idaho entendait dans la voix de Garun les intonations de supplication plaintive. Pouvait-on appeler ces gens des Fremen? Ces pauvres créatures vivaient une existence marginale qui consistait à essayer de retenir des bribes d'un ancien tout. Et pendant ce temps, leur réalité perdue ne cessait de leur échapper de plus en plus.

Qu'avait-donc créé là Leto? Ces Fremen de *musée* n'étaient bons qu'à mener une existence stérile et à réciter par cœur d'anciennes paroles auxquelles ils ne comprenaient rien et qu'ils ne savaient même plus prononcer correctement!

Retournant vers le groupe, il se prit à étudier la coupe du vêtement que portait Garun. Il y trouva quelque chose d'étriqué, dicté par la nécessité d'économiser le tissu. Sous ce vêtement brun, on apercevait l'éclat gris d'un distille, exposé au soleil d'une manière qu'aucun vrai Fremen n'aurait jamais admise. Idaho regarda le reste de la délégation et nota la même parcimonie dans l'utilisation du tissu. Cela correspondait à leur mentalité. Ces vêtements ne laissaient la place à aucun geste large, à aucune liberté de mouvement. Ils étaient étroits, restrictifs, à l'image du peuple entier!

Mû par son écœurement, Idaho s'avança soudain et écarta brutalement la cape de Garun pour mieux voir son distille. Il s'en était douté! Le distille était lui aussi factice. Il n'avait ni manches, ni pompes à talons!

Garun fit un pas en arrière en portant la main au manche du poignard passé à sa ceinture, que le geste du ghola avait découvert.

– Hé! Que faites-vous? s'écria-t-il d'une voix presque plaintive. On ne bouscule pas ainsi un Fremen!

– Vous, un Fremen? riposta Idaho. J'ai passé une partie de ma vie au milieu des Fremen. J'ai combattu à leurs côtés contre les Harkonnen! Je suis mort avec eux! Vous? Vous n'êtes qu'une marionnette!

Les doigts de Garun étaient devenus blancs autour du manche de son poignard. Il s'adressa à Siona :

– Qui est cet homme?

– C'est Duncan Idaho, lui répondit Nayla.

– Le ghola? Garun se tourna pour dévisager Idaho. Nous n'avions jamais eu la visite d'aucun de vos pareils.

Duncan Idaho se sentit presque submergé par le désir soudain de nettoyer ces lieux, même au prix de sa vie, sa pauvre vie diminuée qui pouvait être répétée sans fin par des gens qui ne se souciaient pas vraiment de lui. *Un ancien modèle, oui!* Mais celui qu'il avait devant lui n'était pas non plus un Fremen!

– Dégainez ce poignard ou ôtez votre main du manche, dit-il.

Garun écarta précipitamment sa main.

– Ce n'est pas un vrai. Ce n'est qu'une pièce décorative. Mais nous en avons de vrais, ajouta-t-il d'une voix soudain animée. Même des krys! Ils sont sous clé dans nos vitrines, vous pouvez les voir.

Idaho ne put s'en empêcher. Rejetant la tête en arrière, il éclata de rire. Siona sourit, mais Nayla observait de manière gênée le reste des Truitesses qui avaient fait cercle autour d'eux et les écoutaient gravement.

Le rire du ghola avait eu un étrange effet sur Garun. Baissant la tête, il avait noué ses mains l'une dans l'autre, non sans que Duncan Idaho eût aperçu leur tremblement. Quand Garun releva la tête, son front était sévèrement plissé. Idaho se sentit brusquement dégrisé. C'était comme si une lourde botte s'était abattue sur l'amour-propre de Garun pour le réduire à un état de servilité apeurée. Il y avait maintenant dans ses yeux une lueur d'imploration patiente. Sans pouvoir s'expliquer pourquoi, Idaho se souvint d'un passage de la Bible Catholique d'Orange et il se demanda : *Seraient-ce là les brebis bienheureuses qui nous enterreront tous et hériteront l'univers?*

Garun s'éclaircit la voix avant de déclarer :

– Peut-être le ghola Duncan Idaho acceptera-t-il d'examiner nos rites et nos coutumes afin de les critiquer?

Cette requête plaintive fit honte à Idaho. Il répondit sans avoir vraiment réfléchi :

– Je vous enseignerai tout ce que je sais des Fremen. Mais lorsqu'il redressa la tête, il vit que Nayla l'observait en fronçant les sourcils. Cela me fera passer le temps, dit-il comme pour s'excuser. Et, qui sait? Peut-être qu'un peu de vraie culture fremen reviendra sur cette terre aride?

– Nous n'avons pas besoin de jouer à ces anciens cultes! s'impatienta Siona. J'aimerais qu'on nous conduise à nos logements.

Nayla baissa les yeux de manière gênée et s'adressa à Siona sans la regarder.

– Commandante, il y a une chose dont je n'ai pas encore eu le courage de vous parler.

– Je sais. Tu dois veiller à ce que nous ne quittions pas ces lieux infects.

– Oh, non! fit Nayla en relevant la tête. Ce n'est pas cela du tout. Où pourriez-vous aller? Le Mur est infranchissable et de toute manière il n'y a rien d'autre derrière que le fleuve Idaho. De l'autre côté, c'est le Sareer. Non... il s'agit d'un autre...

– Eh bien! parle! aboya Siona.

– J'ai reçu des ordres formels, Commandante, et je n'ose pas y contrevenir... Elle regarda furtivement le reste des Truitesses, puis se tourna de nouveau vers Siona. Vous serez obligée de loger... sous le même toit que Duncan Idaho.

– C'est mon père qui a ordonné cela?

– On dit que l'ordre vient de l'Empereur-Dieu lui-même, Commandante, et nous n'osons pas lui désobéir.

Siona regarda Idaho dans les yeux.

– Vous vous souvenez de mon avertissement,

Duncan, la dernière fois que nous avons parlé de cela à la Citadelle?

– Je fais ce que je veux de mes mains, ricana Idaho. Mais j'espère que vous n'avez aucun doute sur mes intentions!

Siona hocha sèchement la tête et se tourna vers Garun.

– Quelle importance, que nous dormions ici ou là dans un endroit aussi pouilleux? Conduisez-nous à notre logement.

Idaho fut fasciné par la réaction de Garun. Tournant la tête vers lui, à l'abri de son capuchon fremen, le naïb lui fit un clin d'œil complice. Puis il les guida à travers les ruelles sordides de Tuono.

Qu'est-ce qui peut menacer le plus immédiatement mon office? Je vais vous le dire. C'est un vrai visionnaire, une personne qui s'est trouvée en présence de Dieu en étant pleinement consciente de ce qui se passait. L'extase visionnaire libère des énergies qui sont comme les énergies du sexe : indifférentes à tout sauf à la création. Un acte de création peut ressembler à n'importe quel autre. Tout dépend de la vision qu'on a.

Les Mémoires Volés.

Leto était couché dans son chariot en travers du haut balcon de sa Petite Citadelle, réprimant une nervosité qui venait, il ne l'ignorait pas, des multiples contretemps qui avaient fait reculer la date de son mariage avec Hwi Noree. Le regard de l'Empereur-Dieu était tourné vers le sud-ouest. Là, quelque part derrière l'horizon qui commençait à s'obscurcir, se trouvait le village de Tuono où le Duncan, Siona et les Truitesses venaient de passer six jours déjà.

Ces contretemps sont de ma faute, se disait Leto. *C'est moi qui ai voulu changer le lieu des noces, en obligeant le pauvre Moneo à revoir tous les préparatifs.*

Il y avait aussi, bien sûr, le problème de Malky, à présent.

Aucune de ces nécessités ne pouvait être cependant expliquée à Moneo, que l'on entendait s'agiter dans la grande salle du nid d'aigle, sans doute préoccupé par son absence au poste de commandement où il supervisait les préparatifs de la *fête*. Moneo était si soucieux de tempérament!

Leto contemplait le soleil couchant. Il flottait bas sur l'horizon, rougi par une récente tempête. Au sud du Sareer, des nuages chargés de pluie s'étaient agglutinés. Leto les avais vus, dans un silence qui n'avait ni commencement ni fin, déverser leurs trombes en épaisses raies obliques sous un ciel plombé. Il s'était senti prisonnier d'une foule de souvenirs non sollicités. Il était difficile de se défaire de cet état d'âme et, sans même y penser, il murmura les mots d'une ancienne poésie.

– Vous m'avez adressé la parole, Mon Seigneur?

La voix de Moneo était toute proche. En tournant simplement les yeux, Leto aperçut son fidèle majordome qui attendait patiemment qu'on veuille bien s'intéresser à lui.

Leto lui traduisit la citation en galach : « *Le rossignol niche au creux du prunier, mais que fera-t-il quand viendra le vent?* »

– C'est une question, Mon Seigneur?

– Une très ancienne question. Et la réponse est simple. *Que le rossignol reste avec ses fleurs.*

– Je ne comprends pas très bien, Mon Seigneur.

– Cesse de formuler des évidences, Moneo. Tu me contraries en faisant cela.

– Pardonnez-moi, Mon Seigneur.

– Et que pourrais-je faire d'autre? répondit Leto en contemplant les traits accablés de son majordome. Toi et moi, Moneo, quoi que nous fassions d'autre, nous fabriquons au moins du bon théâtre.

Les prunelles de Moneo se fixèrent sur le visage de l'Empereur-Dieu.

– Mon Seigneur?

– Les rites religieux des fêtes de Bacchus ont été les germes du théâtre grec, Moneo. La religion mène souvent au théâtre. On tirera certainement de nous quelques belles pièces.

De nouveau, l'Empereur-Dieu se tourna vers l'horizon du sud-ouest. Le vent s'était levé, chassant les nuages en troupeau. Leto avait l'impression d'entendre le sable sifflant dans les dunes, mais seul le silence résonnait à la hauteur du nid d'aigle, un silence où les sifflements d'une légère brise n'étaient cependant pas tout à fait absents.

– Les nuages... murmura-t-il. Une fois encore, je voudrais vider la coupe du clair de lune, debout sur l'antique rivage, les nuages effilochés accrochés à mon ciel ténébreux, sur mes épaules une cape bleu de nuit, tandis que non loin s'élève le hennissement des chevaux.

– Mon Seigneur est tourmenté, fit Moneo, et la compassion contenue dans sa voix remua Leto.

– Les ombres brillantes de mes passés... murmura l'Empereur-Dieu. Elles ne me laissent jamais tranquille. Je guettais un son apaisant, la cloche d'un village au soir, mais la seule chose que j'ai apprise c'est que je suis l'âme et le son de toute cette contrée.

Tandis qu'il disait cela, l'obscurité enveloppa la tour. Les lumières s'étaient progressivement allumées à l'intérieur. Leto fixait son attention sur le mince croissant de la Première Lune qui poursuivait sa course circulaire au-dessus des nuages tandis que son disque entier était souligné par le halo planétaire orangé.

– Mon Seigneur, pourquoi sommes-nous venus ici? demanda Moneo. Vous ne voulez pas me le dire?

– Je voulais te faire la surprise, dit Leto. Un croiseur de la Guilde va bientôt se poser ici. Ce sont mes Truitesses qui m'amènent Malky.

Moneo prit une brève inspiration qu'il mit plusieurs secondes à exhaler.

– Malky... l'oncle de... Hwi? Ce Malky-là?

– Je suppose que tu es surpris parce que personne ne te l'a encore annoncé.

– Mon Seigneur... fit Moneo, parcouru d'un soudain frisson. Lorsque vous voulez me cacher une chose...

– Moneo... coupa Leto d'une voix à la fois douce et impérative. Je sais que Malky t'a fait des propositions plus tentantes que n'importe qui d'autre.

– Mon Seigneur! Jamais je n'aurais...

– Je le sais, Moneo, murmura l'Empereur-Dieu de la même voix douce. Mais la surprise a ravivé tes souvenirs. Te voilà préparé à faire tout ce que je pourrais te demander.

– Que... que veut dire Mon Seigneur par...

– Nous aurons peut-être à éliminer Malky. Il représente un problème.

– Vous voulez que je... Moi?

– Ce n'est pas encore sûr.

Moneo déglutit.

– Mais la Révérende Mère...

– Anteac est morte. Elle m'a bien servi, mais elle est morte. Il y a eu des dégâts, lorsque mes Truitesses ont donné l'assaut à... l'*endroit* où se cachait Malky.

– Anteac n'est pas une grande perte pour nous, Mon Seigneur.

– J'apprécie ta défiance envers le Bene Gesserit, mais j'aurais préféré qu'elle nous quitte d'une autre manière. C'était une alliée loyale, Moneo.

– C'était une Révérende Mère.

– Le Bene Tleilax et la Guilde voulaient à tout prix s'emparer du secret de Malky, reprit Leto. Quand ils ont vu que nous allions passer à l'action contre les Ixiens, ils ont décidé de frapper avant mes Truitesses. Anteac... n'a pu rien faire d'autre que les retarder un peu, mais cela a suffi. Mes Truitesses ont pu investir la place.

– Le *secret* de Malky, Mon Seigneur?

– Quand une chose disparaît, c'est un indice aussi valable que quand une chose apparaît subitement.

Les espaces vides sont toujours intéressants à étudier.

– Que veut dire Mon Seigneur par *espaces...?*

– Malky n'était pas mort. Je l'aurais certainement su si cela avait été le cas. Où donc est-il allé quand il a disparu ?

– Disparu... vous voulez dire de votre *vision*, Mon Seigneur? Cela signifierait que les Ixiens...

– Ils ont perfectionné un appareil dont ils m'avaient fait don il y a très longtemps. Ils l'ont mis au point subtilement, lentement, en multipliant les écrans et les protections, mais j'ai fini par remarquer les zones d'ombres. J'ai été surpris. Cela m'a fait plaisir.

Moneo réfléchissait. *Un appareil capable de cacher... Aaah!* L'Empereur-Dieu avait fait plusieurs fois allusion à quelque chose de ce genre. Un dispositif capable de garder secrètes les pensées qu'il enregistrait.

– Et Malky... murmura le majordome... détient le secret de...

– Mais oui! Seulement, ce n'est pas là le vrai secret qui m'intéresse. Il en dissimule un autre en son sein et celui-là, il ne sait même pas que je le soupçonne.

– Un autre secret... Mais, Mon Seigneur, si l'on peut vous cacher...

– Il est loin d'être le seul à pouvoir le faire à présent, Moneo. Les autres détenteurs du secret se sont dispersés quand mes Truitesses sont passées à l'attaque. L'appareil ixien va se répandre partout.

Les yeux de Moneo s'agrandirent d'inquiétude.

– Mon Seigneur, si n'importe qui...

– Si n'importe qui sait se montrer malin, il ne laissera aucune trace. Dis-moi, Moneo, qu'est-ce que Nayla te rapporte au sujet du Duncan? Est-elle contrariée d'avoir à te rendre compte directement?

– Les ordres de Mon Seigneur...

Moneo se racla la gorge. Il était un peu perdu quand l'Empereur-Dieu lui parlait d'une seule foulée de l'appareil ixien qui ne laissait aucune trace, du Duncan et de Nayla.

– Oui, je comprends, dit Leto. Quels que soient mes ordres, Nayla obéit sans discuter. Mais que te dit-elle au sujet du Duncan?

– Il n'a pas essayé de s'accoupler avec Siona, si c'est là ce que Mon Seigneur...

– Mais quelle réaction a-t-il eue devant mon naïb fantoche, Garun, et les autres Fremen de musée?

– Il leur parle des anciennes coutumes, des guerres contre les Harkonnen, des premiers Atréides qui ont vécu ici sur Arrakis.

– Sur Dune!

– Sur Dune, oui.

– C'est parce que Dune n'existe plus que les Fremen ont disparu. As-tu transmis mon message à Nayla?

– Mon Seigneur, pourquoi ajoutez-vous aux dangers qui vous menacent?

– L'as-tu transmis?

– La messagère est partie pour Tuono, mais je peux encore la rappeler.

– Tu ne le feras surtout pas!

– Mais, Mon Seigneur...

– Que doit-elle dire à Nayla?

– Que... que l'Empereur-Dieu ordonne que Nayla continue d'obéir aveuglément à tout ce que dira ma fille dans la mesure où... Mon Seigneur, c'est très dangereux!

– Dangereux? Nayla est une Truitesse. Elle respectera mes ordres.

– Oui, mais Siona... Mon Seigneur, je crains que ma fille ne vous soit pas encore dévouée corps et âme. Et si Nayla...

– Nayla ne devra pas changer son attitude.

– Mon Seigneur, choisissez un autre endroit pour vos noces.

– Pas question!

– Mon Seigneur, je sais que votre vision vous a révélé...

– Le Sentier d'Or perdure, Moneo. Tu le sais aussi bien que moi.

Moneo soupira.

– L'infinitude vous appartient, Mon Seigneur. Je ne remets pas en question le...

Il dut s'interrompre car un monstrueux rugissement, de plus en plus rapproché, faisait trembler les murs de la tour.

Ils levèrent en même temps les yeux pour voir descendre dans le ciel une traînée de lumière bleu-orange entourée d'un flou d'ondes de choc. Elle se posa dans le désert à moins d'un kilomètre au sud.

– Aaah! c'est mon invité qui arrive, dit Leto. Je vais te faire descendre dans mon chariot, Moneo. Tu remonteras avec Malky seulement. Dis aux hommes de la Guilde qu'ils ont gagné mon pardon, et renvoie-les.

– Votre par... Oui, Mon Seigneur. Mais s'ils possèdent le secret de...

– Il servent mes desseins, Moneo. Comme tu dois les servir toi-même. Amène-moi Malky.

Obéissant, Moneo marcha jusqu'au chariot qui se trouvait dans l'ombre de la grande salle du nid d'aigle. Il y grimpa et vit une bouche béante s'ouvrir dans la nuit au milieu du mur opposé. Une rampe en sortit comme une langue. Le chariot flotta sans bruit jusqu'à l'extrémité de cette rampe et descendit lentement en oblique dans la direction du vaisseau de la Guilde qui, posé verticalement au milieu des sables, ressemblait à une parodie en miniature de la Petite Citadelle.

Leto suivait l'opération de son balcon, ses segments antérieurs légèrement dressés pour lui fournir un meilleur angle d'observation. Sa vision perçante lui permettait de ne rien perdre du mouvement de Moneo, debout sur le chariot, tache blanche éclairée par les pâles rayons de la Première Lune.

Des serviteurs de la Guilde aux longues jambes sortirent du vaisseau avec une civière qu'ils déposèrent sur le chariot. Ils discutèrent quelques instants avec Moneo puis se retirèrent. Leto referma alors le capot-bulle et le clair de lune s'y refléta. Au signal mental de l'Empereur-Dieu, le Chariot Royal reprit alors son ascension oblique vers le nid d'aigle avec son chargement.

Tandis que Leto guidait le chariot sur la rampe, à la lumière du nid d'aigle, le vaisseau de la Guilde repartait dans un fracas assourdissant. Leto ouvrit le capot-bulle et mit son énorme corps en mouvement, dans un grincement de sable, pour rapprocher sa tête de la civière tout en dressant ses segments antérieurs.

Malky paraissait endormi. De larges sangles grises d'une matière élastique le maintenaient sur la civière. Son visage était blafard et ses cheveux gris foncé.

Comme il a vieilli, se dit Leto.

Moneo descendit du chariot. Il désigna du doigt l'occupant de la civière :

– Il est blessé, Mon Seigneur. Ils voulaient envoyer un médecin pour...

– C'est un espion qu'ils voulaient envoyer.

Leto observa attentivement le visage de Malky. Cette peau foncée et parcheminée, ces joues creuses, ce nez pointu qui contrastait avec l'ovale régulier du visage... ces épais sourcils devenus presque blancs... Aucun doute possible, à la différence près d'une vie entière arrosée de testostérone...

Les yeux de Malky s'ouvrirent alors. Quel choc, de découvrir la malveillance dans ce regard de faon! Un sourire fit tressaillir la bouche du blessé.

– Seigneur Leto! fit-il d'un souffle rauque à peine audible. Puis il tourna péniblement la tête vers le majordome. Et Moneo! Pardonnez-moi de ne pas me lever en votre honneur.

– Tu as mal? demanda Leto.

– De temps en temps, dit Malky en bougeant les yeux pour étudier l'endroit où il se trouvait. Mais où sont les houris?

– J'ai bien peur de ne pouvoir t'offrir ce plaisir, Malky.

– Ça ne fait rien, souffla celui-ci. Je ne crois pas que je serais à la hauteur de leurs exigences. Ce ne sont pas précisément des houris que tu m'as envoyées récemment, Leto.

– Elles n'ont fait qu'obéir à mes ordres.

– Des furies sanguinaires!

– La furie était Anteac. Mes Truitesses n'étaient là que pour l'opération de nettoyage.

Moneo ne cessait de porter son regard de l'un à l'autre. Il y avait dans cette conversation des sous-entendus déroutants. Malgré sa difficulté à parler, Malky s'adressait à l'Empereur-Dieu d'une manière qui frisait l'insolence. Mais... il avait toujours été comme ça. Un homme dangereux!

– Avant ton arrivée, reprit Leto, Moneo et moi, nous discutions de l'infini.

– Pauvre Moneo, fit Malky.

Leto sourit.

– Tu te souviens, Malky? Un jour, tu m'as demandé de te démontrer l'infini.

– Et tu m'as répondu qu'il n'existe pas d'infini démontrable. Malky tourna les yeux vers Moneo. Leto aime jouer avec les paradoxes. Il connaît tous les trucs du langage qui ont jamais pu être inventés.

Moneo réprima un élan de colère. Il se sentait exclu de cette conversation, simple objet d'amusement pour deux êtres supérieurs. L'Empereur-Dieu et Malky s'entretenaient comme deux vieux amis en train de se rappeler les plaisirs d'un passé commun.

– Moneo m'accuse d'être le seul détenteur de l'infinitude, murmura Leto. Il refuse de croire qu'il en détient exactement la même quantité que moi.

Malky leva les yeux vers Moneo.

– Vous voyez comme il manipule les mots?

– Parle-moi de ta nièce, Hwi Noree, fit Leto.

– C'est vrai, ce qu'on m'a dit? Tu vas épouser la douce Hwi?

– C'est exact.

Malky émit un gloussement de rire, qui se transforma aussitôt en une grimace de douleur...

– Elles m'ont salement arrangé, souffla-t-il. Mais dis-moi une chose, sacré vieux ver...

Moneo étouffa une exclamation.

Malky mit un moment à laisser passer la douleur, puis il reprit :

– Dis-moi, sacré vieux ver, y aurait-il un monstrueux pénis caché quelque part au milieu de ton monstrueux corps? Quel choc ce serait pour la douce Hwi!

– Il y a longtemps que je t'ai dit la vérité là-dessus, fit Leto.

– Personne ne dit la vérité, articula péniblement Malky.

– Pourtant, il t'est plus d'une fois arrivé de me la dire. Même sans le savoir.

– C'est parce que tu es plus malin que le reste d'entre nous.

– Tu ne veux pas me parler de Hwi?

– Je crois que tu sais déjà tout ce qu'il y a à savoir.

– Je veux l'entendre de ta bouche. As-tu reçu de l'aide du Tleilax?

– Ils nous ont donné des informations, rien de plus. Pour tout le reste, nous nous sommes débrouillés seuls.

– Je pensais bien que ce n'était pas l'œuvre des Tleilaxu.

Moneo, ne pouvant contenir sa curiosité plus longtemps, les interrompit :

– Mon Seigneur, je ne comprends pas pourquoi Hwi et les Tleilaxu... A quoi faites-vous donc...

– Comment! s'écria Malky en roulant la tête vers le majordome. Mon vieux copain Moneo n'est pas au courant de...

– Je ne suis pas votre vieux copain! lança le majordome.

– Mon compagnon parmi les houris, alors.

– Mon Seigneur... répéta Moneo en regardant Leto. Pourquoi parlez-vous de...

– Chut, Moneo! lui dit l'Empereur-Dieu. Nous sommes en train de fatiguer ton vieux compagnon et il y a encore plusieurs choses que j'aimerais apprendre de sa bouche.

– T'es-tu jamais demandé, Leto, fit Malky, pourquoi Moneo n'a pas encore essayé de s'emparer de tout le bataclan?

– Le quoi? intervint Moneo.

– Encore un vieux mot à Leto. Bâtard et clan. Bataclan. N'est-ce pas exactement ça? Pourquoi ne rebaptises-tu pas ton empire le Grand Bataclan, Leto?

Ce dernier leva la main pour empêcher Moneo de parler.

– Tu ne veux pas me le dire, Malky? Toi et Hwi?

– Quelques minuscules cellules de mon corps, c'est tout... murmura le vieil homme. Plus une croissance et une éducation soigneusement suivies... tout exactement à l'opposé de ton vieux copain Malky. Et à l'abri, bien sûr, du non-espace où ta vision ne peut pas pénétrer!

– C'est vrai, mais je sais voir quand quelque chose disparaît murmura Leto.

– Le non-espace? répéta Moneo tandis que, peu à peu, la signification des paroles de Malky le pénétrait. Vous? Hwi et vous...

– Ce sont les formes que je discernais dans l'ombre, expliqua Leto.

Moneo regarda l'Empereur-Dieu dans les yeux.

– Mon Seigneur, nous allons décommander vos noces. J'annoncerai officiellement que...

– Tu ne feras rien de la sorte!

– Mais, Mon Seigneur, si Malky et elle sont...

– Moneo! souffla Malky. Le Seigneur commande, vous devez obéir!

Ce ton railleur! Moneo fulminait en regardant Malky.

– Exactement le contraire de Malky, Moneo. Tu

n'as pas entendu ce qu'il vient de dire? demanda Leto.

– Que pourrait-il y avoir de mieux? fit Malky.

– Mais, Mon Seigneur, protesta le majordome, je suis sûr que maintenant que vous avez...

– Moneo, tu commences à m'ennuyer.

Le majordome tomba dans un silence mortifié.

– Je préfère ça, dit Leto. Vois-tu, Moneo, un jour, il y a de cela des dizaines de milliers d'années, alors que j'étais une autre personne, j'ai commis une erreur.

– Toi, une erreur? railla Malky.

Leto se contenta de sourire.

– Cette erreur était aggravée par la manière splendide dont je l'exprimais.

– Encore tes manipulations verbales, persifla Malky.

– Précisément. Ce que je disais, c'était : *Le présent est une distraction, l'avenir un rêve. Seul le souvenir a le pouvoir de libérer la signification de la vie.* Ces mots ne sont-ils pas merveilleux, Malky?

– Tout à fait exquis, sacré vieux ver.

Moneo porta la main à sa bouche.

– Mais en réalité, reprit Leto, ils étaient stupides et fallacieux. Même à l'époque, je le savais, mais j'étais fasciné par leur beauté. En fait, le souvenir ne libère rien du tout. Sans l'angoisse spirituelle, qui est une expérience non verbale, il ne peut y avoir de signification nulle part.

– Je ne discerne pas très bien la signification spirituelle de l'angoisse que m'ont causée tes Truitesses, fit Malky.

– Tu n'éprouves aucune angoisse.

– Si tu étais à ma place, peut-être que...

– Ce n'est qu'une douleur physique, Malky. Elle prendra bientôt fin.

– Alors, quand connaîtrai-je l'angoisse?

– Plus tard, peut-être...

Leto déplaça ses segments antérieurs de manière à faire face à son majordome.

– Tu es réellement au service du Sentier d'Or, Moneo?

– Aaah! le fameux Sentier d'Or! ironisa Malky.

– Vous savez bien que oui, Mon Seigneur, répondit Moneo.

– Alors, tu dois me promettre, poursuivit l'Empereur-Dieu, que rien de ce que tu as appris ici ne franchira jamais tes lèvres. Ni le moindre signe ni la moindre allusion ne te seront permis. Le jures-tu?

– Je le jure, Mon Seigneur.

– Il le jure, Mon Seigneur, singea Malky.

La main gracile de Leto désigna le vieillard couché dans sa civière qui tendait le cou pour apercevoir de profil le visage flou de l'Empereur-Dieu entouré de ses replis gris.

– Pour de vieilles raisons sentimentales et... beaucoup d'autres, je ne peux pas tuer Malky. Je ne peux pas non plus te demander de le faire. Pourtant... il faut qu'il soit éliminé.

– Oh! comme c'est habile! railla Malky.

– Mon Seigneur, dit le majordome, si vous voulez bien vous retirer quelques instants au fond de cette salle, peut-être que Malky ne posera plus de problème lorsque vous reviendrez.

– Mais c'est qu'il va le faire, souffla Malky. Par tous les dieux d'en bas, il va vraiment le faire!

Leto rampa lentement vers l'extrémité de la salle qui était plongée dans l'ombre, en se concentrant sur l'arc de cercle imaginaire de la paroi qui se transformerait en ouverture béante sur la nuit pour peu qu'il en formule mentalement le souhait. Quelle chute interminable jusqu'en bas, s'il se laissait seulement glisser de la rampe. Même son corps vermiforme n'y survivrait sans doute pas. Seulement, il n'y avait pas d'eau au pied de la tour dans les sables, et il sentait le Sentier d'Or qui se mettait à vaciller comme la lumière d'une ampoule usée simplement parce qu'il s'était laissé aller à contempler une telle fin.

– Leto! appela Malky, derrière lui.

Il entendit le crissement de la civière sur le sable

répandu un peu partout par le vent dans le nid d'aigle.

– Leto! C'est toi le meilleur! fit à nouveau la voix de Malky. Il n'y a pas de force maléfique dans cet univers capable de te surpass...

La voix de Malky s'éteignit sur une note étranglée. *Un coup à la gorge,* se dit Leto. *Oui, Moneo est un spécialiste.* Puis il entendit le bruit de l'écran transparent du balcon qui glissait, le frottement de la civière sur la rampe, et plus rien.

Moneo devra l'ensevelir lui-même dans le sable, songea Leto. *Il n'y a pas encore de ver pour venir dévorer les traces du crime.*

L'Empereur-Dieu se retourna alors. Il vit, à l'autre bout de la salle, son majordome penché au balcon en train de scruter le vide. Le vide... le vide... le vide...

Je ne peux pas prier pour toi, Malky; ni pour toi, Moneo. Je suis peut-être la seule conscience véritablement religieuse de tout mon Empire, parce que je suis tout seul... je suis unique... par conséquent, je ne peux pas prier.

Vous ne comprenez pas l'histoire si vous ne comprenez pas ses courants, ses tourbillons et la manière dont les meneurs d'hommes s'insinuent dans son flot. Le chef est celui qui s'efforce de perpétuer les conditions qui requièrent sa présence. Ainsi, il a besoin de ceux de l'extérieur. Je vous prie d'examiner mon règne avec soin. Je suis à la fois celui qui domine et celui qui est extérieur. Ne commettez pas l'erreur de penser que j'ai été le seul à créer une Eglise représentant l'Etat. C'était mon rôle en tant que chef et je m'appuyais pour cela sur de nombreux modèles historiques. Quant à mon rôle extérieur, il suffit de considérer les arts de mon époque. Ils sont barbares. La forme poétique la plus répandue? L'épopée. L'idéal dramatique populaire? L'héroïsme. La danse? Effroyablement délaissée. De son point de vue, Moneo a raison quand il dit que c'est une situation dangereuse. Elle donne libre cours à l'imagination. Elle permet aux gens de ressentir l'absence de ce que je leur ai ôté. Et que leur ai-je ôté? Le droit de participer à l'histoire.

Les Mémoires Volés.

Idaho, étendu les yeux fermés sur son lit, entendit Siona qui s'asseyait sur le lit voisin. Ouvrant les yeux, il se dressa sur un coude. La lumière oblique de l'après-midi, pénétrant par l'unique fenêtre de la chambre, se reflétait sur le carrelage blanc et faisait une tache sur le mur jaune. Déjà, Siona s'était étendue et lisait l'un des livres qu'elle emmenait partout avec elle dans une housse de tissu vert.

Pourquoi des livres? se demandait Idaho.

Il s'assit sur le bord du lit et regarda autour de lui. Comment cette vaste pièce cubique au plafond haut pouvait-elle être considérée, même de loin, comme un lieu *fremen?* Les deux lits étaient séparés par une large tablette de fabrication locale en plastique brun foncé. Il y avait deux portes. La première donnait sur le petit jardin par lequel ils étaient entrés et la seconde s'ouvrait sur une luxueuse salle de bains dont les faïences bleu pastel resplendissaient sous une large verrière translucide. Parmi les nombreux accessoires fonctionnels de cette salle de bains, il y avait une baignoire encastrée et une douche occupant chacune deux bons mètres carrés. La porte de ce lieu sybarite était demeurée ouverte et on entendait encore la baignoire qui se vidait. Siona avait une étrange propension à se baigner dans un volume d'eau excessif.

Stilgar, l'ancien naïb que connaissait Idaho à l'époque de Dune, aurait jeté sur tout cela un regard dédaigneux en disant « Quelle honte! Quelle déchéance! Quelle marque de faiblesse! » Il n'aurait pas manqué de termes de mépris pour fustiger ceux qui oseraient comparer ce village à un vrai sietch fremen!

Le froissement d'une page tournée lui fit reporter son attention sur Siona. Elle s'était calé la tête sur deux oreillers et portait un fin peignoir blanc qui adhérait par endroits à sa peau encore mouillée.

Idaho secoua la tête. Que pouvait-il y avoir dans ces pages de si intéressant? Elle n'avait pas cessé de lire depuis leur arrivé à Tuono. Les volumes étaient minces mais nombreux, et ne portaient rien d'autre qu'un numéro sur leur reliure noire. Celui qu'elle lisait avait le numéro 9.

Il se laissa glisser du lit et marcha jusqu'à la

fenêtre. Il vit, un peu plus loin, un vieillard qui binait des fleurs. Le jardin était entouré de maisons sur trois côtés. Les fleurs avaient de larges corolles rouges, au centre blanc. Les cheveux gris du jardinier formaient au milieu d'elles une tache sans cesse en mouvement. Une odeur de feuilles en décomposition et de terre fraîchement retournée se mêlait aux âcres parfums floraux qui parvenaient jusqu'aux narines de Duncan Idaho.

Un Fremen jardinant à ciel ouvert!

Siona ne parlait jamais de ses étranges lectures. *Elle le fait exprès pour me provoquer,* se dit Idaho. *Elle attend que je l'interroge.*

Il essayait de ne pas penser à Hwi. Chaque fois qu'il le faisait, une fureur atroce menaçait de le faire éclater. Il n'avait pas oublié le terme utilisé par les Fremen pour décrire cette passion : *kanawa*, l'anneau de fer de la jalousie.

Où est Hwi en ce moment? Que fait-elle?

La porte qui donnait sur le jardin s'ouvrit sans que personne eût frappé et Teishar, l'un des adjoints de Garun, entra. Il portait une tunique blanche et son visage livide était sillonné de sombres rides. Ses yeux caves étaient jaunis et ses cheveux ressemblaient à une touffe d'herbes pourrissantes. Sa laideur même semblait outrée, comme celle d'un noir et élémental esprit. Il referma la porte derrière lui et les regarda sans rien dire.

– Eh bien! Qu'y a-t-il? fit la voix de Siona, derrière Idaho.

Ce dernier nota que Teishar paraissait étrangement excité, vibrant de la nouvelle qu'il apportait.

– L'Empereur-Dieu... Il se racla la gorge et recommença. L'Empereur-Dieu... il vient à Tuono!

Siona s'assit sur le lit, rajustant son peignoir sur ses genoux. Idaho lui jeta un bref regard, puis son attention se concentra de nouveau sur Teishar.

– Ses noces auront lieu ici, à Tuono! reprit l'adjoint de Garun. Elles seront célébrées selon l'ancien rite fremen! L'Empereur-Dieu et sa future épouse seront les hôtes de Tuono!

Aux prises avec le *kanawa*, Idaho ne put que le fixer farouchement sans rien dire, les poings crispés. Au bout d'un moment, Teishar inclina raidement la tête, puis sortit en fermant bruyamment la porte derrière lui.

– Je voudrais vous lire quelque chose, Duncan, fit alors Siona.

Idaho mit un bon moment à comprendre ces paroles. Les poings toujours crispés contre ses hanches, il se tourna lentement vers elle pour la regarder. Elle était assise au bord du lit, son livre sur les genoux. Elle prit son mouvement pour une acceptation.

– *Certains*, lut-elle, *pensent qu'il est indispensable de compromettre son intégrité par un certain nombre de basses besognes avant de pouvoir mettre son génie à l'œuvre. Ils disent que la compromission commence à l'instant où l'on quitte sa tour d'ivoire pour essayer de mettre ses idéaux à exécution. Mais d'après Moneo, ma solution consiste à ne pas sortir de la tour pour envoyer les autres accomplir les sales besognes.*

Elle regarda Idaho.

– L'Empereur-Dieu. Ce sont ses propres mots.

Lentement, le ghola desserra les poings. La distraction, finalement, était la bienvenue. Et il était intéressant de voir que Siona avait émergé de son silence.

– Qu'est-ce que c'est que ce livre? demanda-t-il.

Rapidement, elle lui raconta comment ses compagnons et elle s'étaient emparés des plans de la Citadelle et des exemplaires des mémoires de Leto.

– Vous étiez déjà au courant, bien sûr, ajouta-t-elle. Mon père m'a fait comprendre que notre expédition avait été trahie par ses espions.

Il vit les larmes sur le point de perler à ses yeux.

– Les loups ont tué neuf des vôtres? demanda-t-il.

Elle acquiesça d'un signe de la tête.

– Vous êtes une fichue commandante!

Elle se raidit, mais avant qu'elle pût parler il demanda :

– Qui vous les a traduits?

– Ce sont les Ixiens. Ils disent que la clé a été trouvée par la Guilde.

– Nous savions déjà que notre Empereur-Dieu recourait à des moyens expéditifs. Et c'est tout ce qu'il a à dire?

– Lisez vous-même. Elle fouilla dans la housse posée au pied du lit et en sortit le volume marqué N° 1. Que vouliez-vous dire par *une fichue commandante?* demanda-t-elle.

– Gaspiller ainsi la vie de neuf compagnons...

– Imbécile! Elle secoua la tête. On voit bien que vous ne connaissez pas ces loups!

Il prit le livre et fut surpris de le trouver si lourd. Il comprit qu'il était imprimé sur papier cristal.

– Vous auriez dû vous armer, dit-il en ouvrant le volume.

– Avec quoi? Aucune arme ne nous aurait aidés!

– Des lasers? fit Idaho en tournant une page.

– Touchez seulement à un laser sur Arrakis, et le Ver le sait aussitôt.

Il tourna une autre page.

– Vos amis se sont procuré des lasers, finalement.

– Et voyez quel bien cela leur a fait!

Il lut une ligne, puis dit :

– Vous aviez le poison, aussi.

Elle déglutit convulsivement.

– Vous les avez tous empoisonnés, finalement, n'est-ce pas? reprit Idaho.

Elle répondit dans un souffle à peine audible :

– Oui.

– Et pourquoi ne l'avez-vous pas fait avant?

– Nous ne... nous ne savions pas... que c'était... possible.

– Parce que vous n'avez pas essayé. Il reporta son attention sur le livre ouvert. Une fichue commandante, c'est bien ce que je disais.

– Il est si tortueux! fit Siona.

Idaho lut un passage du livre avant de lui répondre.

– C'est un euphémisme quand vous parlez de lui. Et vous avez lu tout ça?

– Jusqu'au dernier mot! Il y a des passages que je connais par cœur.

Idaho se mit à lire à haute voix :

– *J'ai créé ce que je voulais – une puissante tension spirituelle à travers mon Empire tout entier. Peu de gens en soupçonnent l'intensité. A quelles énergies ai-je puisé pour établir de telles conditions? Je ne suis pas fort à ce point. Le seul pouvoir que j'ai est le contrôle des prospérités individuelles. Tout ce que je fais se résume à cela. Pourquoi donc les gens recherchent-ils ma présence dans d'autres buts? Qu'est-ce qui peut les pousser à risquer leur vie dans une tentative futile d'établir le contact avec moi? Essayeraient-ils de devenir des saints? Croiraient-ils ainsi gagner la vision de Dieu?*

– C'est le pire des cyniques, murmura Siona avec des larmes dans sa voix.

– Quelle est cette épreuve qu'il vous a fait passer?

– Il m'a montré la... il m'a montré son Sentier d'Or.

– Ce moyen pratique de...

– C'est quelque chose de bien réel, Duncan. Elle leva vers lui des yeux brillants de larmes non versées. Mais s'il y a jamais eu une seule raison valable à l'existence de notre Empereur-*Dieu*, ce n'était pas une raison pour qu'il devienne ce qu'il est maintenant!

Idaho prit une longue inspiration.

– C'est à cela qu'aboutissent les Atréides, fit-il.

– Le Ver doit disparaître! s'écria Siona.

– J'aimerais bien savoir quel jour il arrivera.

– L'ami de Garun à la face de rat a oublié de nous le dire.
– Il faudra le leur demander.
– Nous n'avons pas d'armes, dit Siona.
– Nayla a un laser. Nous disposons d'armes blanches... de cordes... j'en ai vu dans une remise.
– Attaquer le Ver avec ça? Même si Nayla nous donnait son laser, vous savez bien qu'il n'y est pas sensible.
– Mais son chariot l'est peut-être.
– Je ne fais pas confiance à Nayla, dit Siona.
– Ne vous obéit-elle pas aveuglément?
– Oui, mais...
– Nous procéderons par ordre. Demandez à Nayla si elle accepte d'utiliser son laser contre le chariot du Ver.
– Et si elle refuse?
– Tuez-la.
Siona se leva en posant son livre.
– Comment le Ver arrivera-t-il jusqu'à Tuono? demanda Idaho. Il est trop gros pour voyager en orni.
– Garun nous renseignera. Mais je pense qu'il se déplacera à sa manière habituelle. Elle regarda par la fenêtre, mais le Mur du Sareer n'était pas visible de cet endroit. Il viendra en cortège avec toute sa cour, en suivant la Route Royale, et il descendra jusqu'ici en se servant de ses suspenseurs. Elle s'interrompit un instant, regardant Idaho. Et Garun?
– Un homme étrange, répondit le ghola. Il voudrait désespérément ressembler à un vrai Fremen. Il sait qu'il n'a plus grand-chose à voir avec ceux qui vivaient à mon époque.
– Comment étaient-ils, ceux de votre époque, Duncan?
– Ils avaient un dicton qui les décrit très bien. *Ne te trouve jamais en compagnie de quelqu'un aux côtés de qui tu ne voudrais pas mourir.*
– Vous l'avez dit à Garun?

– Oui.
– Et comment a-t-il réagi ?
– Il m'a répondu que j'étais la seule personne répondant à ce critère qu'il ait jamais rencontrée.
– Garun est peut-être moins bête que n'importe lequel d'entre nous, fit Siona.

> Vous croyez peut-être que le pouvoir est, de toutes les conquêtes de l'homme, la plus instable? Comment expliquez-vous alors toutes ces exceptions évidentes? Certaines familles demeurent. Certaines puissantes bureaucraties de type religieux ont eu la vie dure. Considérez la relation entre la foi et le pouvoir. Peut-on dire qu'ils sont incompatibles alors que l'un s'appuie sur l'autre? Le Bene Gesserit est demeuré à peu près en sécurité derrière les fidèles murailles de la foi durant des millénaires. Mais qu'est-il advenu de son pouvoir?
>
> *Les Mémoires Volés.*

– Mon Seigneur, j'aurais voulu que vous m'accordiez plus de temps, déclara Moneo d'une voix maussade.

Il se tenait devant la Citadelle, à l'ombre projetée par le soleil dur de midi. Leto était à quelques pas de lui sur son Chariot Royal au capot-bulle ouvert. Il revenait d'une promenade dans les environs en compagnie de Hwi Noree, qui occupait un siège tout récemment installé dans l'habitacle délimité par le capot-bulle, juste à la hauteur du visage de l'Empereur-Dieu.

La jeune Ixienne, avait remarqué Moneo, ne semblait pas s'intéresser outre mesure au remue-ménage qui était en train de se créer autour du Chariot Royal

Comme elle est impassible, se dit-il.

Il réprima un involontaire frisson à l'idée de ce qu'il avait appris sur elle par Malky. L'Empereur-Dieu avait raison. Elle était exactement ce qu'elle semblait être. Une délicieuse et sensible créature humaine.

Se serait-elle vraiment accouplée avec moi? se demanda le majordome.

Le spectacle de ce qui se passait autour d'eux détourna son attention d'elle. Pendant que le Chariot Royal, glissant silencieusement sur ses suspenseurs, avait fait le tour de la Citadelle, un grand cortège de courtisans et de Truitesses avait commencé à s'assembler. Les courtisans étaient vêtus de leurs costumes d'apparat, où dominaient les ors et les pourpres. Les Truitesses arboraient leurs plus beaux uniformes bleu nuit, différenciés seulement par la couleur de la passementerie et du faucon qui leur servait d'emblème. Un train de bagages, fait de plates-formes montées sur suspenseurs et tirées par des Truitesses, était en cours d'assemblage à l'arrière. L'air était poussiéreux et saturé des bruits et des odeurs du départ. La plupart des courtisans, lorsqu'ils avaient appris leur destination, s'étaient montrés consternés. Certains d'entre eux avaient immédiatement acheté une tente ou un pavillon de toile qu'ils avaient expédié à l'avance jusqu'à Tuono. Tous ces *impedimenta* s'empilaient maintenant sur le sable à l'entrée du village fremen.

Les Truitesses du cortège n'envisageaient pas le voyage de gaieté de cœur. Elles se plaignaient amèrement, en particulier, de n'avoir pas le droit de se munir de lasers.

– Juste un tout petit peu plus de temps, était en train de répéter Moneo. Je n'ai pas encore pu régler la question des...

– Pour de nombreux problèmes, le temps constitue une irremplaçable solution, coupa l'Empereur-

Dieu. Mais il n'est pas prudent de trop s'y fier. Je ne puis accepter de nouveaux délais.

– Il nous faudra trois jours rien que pour arriver là-bas, se plaignit Moneo.

Leto songea à ce que représentait le voyage, à l'allure petites foulées-marche-petites foulées-marche d'un tel cortège. Cent quatre-vingts kilomètres... oui, il fallait trois jours.

– Je suis certain que tu as tout prévu pour les étapes, dit-il. De l'eau chaude en quantité pour les crampes de mollet?

– Tout ira bien de ce côté-là, Mon Seigneur. Mais c'est surtout l'idée de quitter la Citadelle par les temps qui courent qui me déplaît. Vous savez bien pourquoi!

– Nous disposons de moyens de communication et d'une escorte fidèle. Quant à la Guilde, elle est calmée pour un temps. Sois tranquille, Moneo.

– Nous aurions pu célébrer vos noces à la Citadelle!

Pour toute réponse, Leto fit descendre le capot-bulle, qui l'isola en compagnie de Hwi.

– Tu crois qu'il y a du danger, Leto? demanda-t-elle.

– Il y a toujours du danger.

Moneo soupira, se détourna et se mit à trotter vers l'endroit où la Route Royale commençait sa longue ascension vers l'est avant de contourner le Sareer par le sud. Leto mit son chariot en marche sur les traces du majordome. Derrière lui, il entendit s'ébranler le long cortège bigarré.

– Est-ce que tout le monde suit? demanda-t-il.

Hwi jeta un coup d'œil en arrière.

– Oui. Puis elle regarda de nouveau Leto. Pourquoi Moneo était-il si pénible?

– Moneo vient de découvrir que chaque instant qui passe lui devient pour toujours inaccessible.

– Je le trouve distrait et d'humeur changeante depuis ton retour de la Petite Citadelle. Il n'est plus du tout le même.

– C'est un Atréides, mon amour, et tu es faite pour troubler les Atréides.

– Ce n'est pas ça du tout. Je le saurais, si c'était ça.

– Oui... Eh bien! je pense que Moneo vient également de découvrir la réalité de la mort.

– Comment est-ce, la Petite Citadelle, quand tu y vas avec lui?

– C'est l'endroit le plus désolé de tout mon Empire.

– J'ai l'impression que tu éludes mes questions.

– Certainement pas, ma chérie. Je partage ton inquiétude à propos de Moneo, mais il en est au point où aucune de mes explications ne peut plus lui venir en aide. Il est pris au piège. Il s'est aperçu qu'il lui est difficile de vivre au présent, inutile de vivre au futur et impossible de vivre dans le passé.

– Je pense que c'est toi qui l'as pris au piège, Leto.

– Oui, mais c'est à lui de se libérer.

– Pourquoi ne peux-tu pas le libérer?

– Parce qu'il est persuadé que mes souvenirs sont la clé de sa liberté. Il croit que j'édifie notre avenir à partir de notre passé.

– N'en est-il pas toujours ainsi, Leto?

– Non, ma chère Hwi.

– Qu'en est-il donc?

– Beaucoup croient que pour s'assurer un avenir satisfaisant, il convient de retourner à un passé idéalisé, un passé qui en fait n'a jamais existé.

– Et toi, avec tes souvenirs, tu sais qu'il n'en va pas ainsi.

Leto tourna la tête, entre ses replis gris, pour la dévisager, la sonder... ouvrant les vannes de son avenir. Les multitudes qui étaient en lui permettaient de former une image composite, une évocation génétique de Hwi, mais cette évocation était bien en deçà de la réalité vivante. Et ce n'était que normal. Le passé devenait une accumulation de regards fixés sur l'extérieur, comme des rangées d'yeux de poissons glauques, alors que Hwi était vibrante de vivacité. Les courbes grecques de sa bouche étaient faites pour murmurer un chant delphique, mais aucune syllable prophétique n'en sortait. Elle se contentait de vivre en s'ouvrant comme une fleur exhalant perpétuellement des senteurs odoriférantes.

– Pourquoi me regardes-tu ainsi? demanda-t-elle.

– Je me grisais de mon amour pour toi.

– Notre amour, oui, fit-elle en souriant. Comme nous ne pouvons pas partager un amour charnel, je pense que nous devons nous aimer de toute notre âme. Veux-tu bien partager cela avec moi, Leto?

– Partager mon âme? demanda-t-il, surpris.

– Ce n'est sûrement pas la première fois que l'on te parle de ton âme?

– Elle sert à digérer ses expériences, pas plus.

– J'ai trop demandé?

– Tu ne peux pas me demander trop.

– Dans ce cas, je prends avantage de notre amour pour ne pas être d'accord avec toi. Mon oncle Malky m'a souvent parlé de ton âme.

Leto fut incapable de répondre. Elle prit son silence comme une invitation à poursuivre.

– Il disait que tu étais un grand artiste pour sonder les âmes. La tienne en premier.

– Mais ton oncle niait qu'il possédait une âme!

Elle perçut ce qu'il y avait de rauque dans sa voix, mais cela ne l'arrêta pas :

– Je crois tout de même qu'il avait raison. Tu es le brillant artiste, le génie des âmes.

– Il suffit d'avoir la lente persévérance que donne le temps. Nul besoin d'être brillant.

Le cortège se trouvait maintenant bien engagé sur la côte qui conduisait au faîte du Mur du Sareer. Leto baissa les roues du chariot et coupa les suspenseurs.

Hwi parla d'une voix douce, à peine audible au-dessus du grincement des roues et des bruits du cortège.

– Puis-je t'appeler quand même mon amour?

Il répondit avec un serrement presque oublié d'une gorge qui n'était plus tout à fait humaine :

– Oui.

– Je suis née ixienne, mon amour. Pourquoi donc n'ai-je pas la même conception mécaniste de notre univers que ceux de ma planète? Connais-tu mon point de vue, Leto, mon amour?

Il ne put que la dévisager en silence.

– Je flaire le surnaturel à chaque tournant, poursuivit Hwi.

Leto répondit d'une voix rauque qui donnait, même à ses oreilles, l'impression qu'il était en colère :

– Chacun crée son propre surnaturel.

– Ne sois pas fâché contre moi, mon amour.

– Il m'est impossible d'être fâché contre toi.

Encore ce son rauque dans sa voix.

– Mais il s'est passé quelque chose entre mon oncle Malky et toi, un jour, reprit Hwi. Il n'a jamais voulu me dire quoi, mais il m'a souvent répété qu'il s'étonnait que tu l'aies épargné.

– C'était parce qu'il m'apprenait beaucoup.

– Que s'était-il passé?

– Je préfère ne pas parler de Malky.

– Je t'en prie, mon amour. Je sens qu'il est très important pour moi que je le sache.

– J'avais dit à Malky qu'il était peut-être souhaitable que l'homme n'invente pas certaines choses.

– Et c'est tout?

– Non, fit Leto, parlant à contrecœur. Mes paroles l'ont mis en colère. Il m'a répondu : *Tu crois que dans un monde sans oiseaux, l'homme n'aurait pas inventé l'avion? Tu es idiot! L'homme est capable d'inventer n'importe quoi!*

– Il t'a traité d'idiot? demanda Hwi, choquée.

– Il avait raison. Et malgré ses dénégations, ce qu'il disait était la vérité. Il m'a appris qu'il y a des raisons de fuir les inventions humaines.

–. Tu crains donc les Ixiens?

– Naturellement! Ils sont capables d'inventer n'importe quelle catastrophe.

– Mais que peux-tu faire?

– Courir encore plus vite qu'eux. L'histoire est une course constante entre l'invention et la catastrophe. L'éducation aide, mais ne suffit jamais. Toi aussi, il faut que tu coures.

– Tu es en train de partager ton âme avec moi, mon amour. Le sais-tu?

Leto détourna son regard d'elle et le porta sur Moneo, qui marchait un peu en avant du chariot de sa manière furtive si apparente. Le cortège venait de quitter la première montée en ligne droite pour attaquer les contreforts de la Bordure Ouest. Moneo se déplaçait comme il s'était toujours déplacé, en mettant soigneusement un pied devant l'autre, étudiant le terrain avant de le fouler, mais il y avait quelque chose de nouveau dans son attitude. Leto sentait qu'il se rétractait dans sa coquille, qu'il ne lui suffisait plus de marcher, comme avant, à hauteur des replis faciaux de son Empereur-Dieu, qu'il n'essayait plus d'accorder sa destinée à celle de son maître. A l'est, le Sareer était là qui les attendait. A l'ouest, il y avait le fleuve, les plantations. Mais Moneo ne regardait ni à gauche ni à droite. Il avait entrevu une autre destination.

– Tu ne me réponds pas, murmura Hwi.

– Tu connais déjà la réponse.

– Oui. Je commence à comprendre certaines choses sur toi. Je sens certaines de tes craintes. Et je crois que je sais déjà dans quel endroit tu vis.

Il tourna vers elle un visage surpris et se trouva prisonnier de son regard. C'était quelque chose d'extraordinaire. Il ne pouvait plus détacher ses yeux d'elle. Une onde de peur le parcourut et il sentit que ses mains se mettaient à trembler.

– Tu vis à l'endroit où la crainte d'exister et l'amour d'exister se combinent en une seule personne, reprit-elle.

Il ne put que cligner les yeux.

– Tu es un mystique, poursuivit Hwi, gentil

envers toi-même seulement dans la mesure où tu te trouves au centre de cet univers, capable de jeter un regard sur l'extérieur d'une manière qui est interdite aux autres. Tu as peur de partager cette expérience, et pourtant il n'y a rien que tu souhaites partager davantage.

– Que vois-tu d'autre? murmura Leto d'une voix sourde.

– Je ne possède pas de vision intérieure, ni de voix intérieures. Mais j'ai vu mon Seigneur Leto, dont l'âme m'est si chère, et je sais quelle est la seule chose que tu comprends vraiment.

Il s'arracha à son regard, tremblant à l'idée de ce qu'elle allait dire. L'agitation de ses mains se répercutait dans tout le premier segment de son corps vermiforme.

– L'amour... dit-elle. Voilà tout ce que tu comprends.

Les mains de Leto cessèrent de trembler et sur chacune de ses joues une larme coula. Quand les larmes touchèrent ses replis, de fines volutes de fumée bleue montèrent et la douleur lui apparut comme un soulagement.

– Tu as foi en la vie, poursuivit Hwi, et je sais que le courage de l'amour ne peut résider que dans cette foi.

Elle tendit la main gauche pour essuyer délicatement les larmes de ses joues. Il fut surpris que les replis ne réagissent pas comme d'habitude pour empêcher ce contact.

– Sais-tu, murmura-t-il, que depuis ma transformation, tu es la première personne à me toucher les joues?

– Je sais très bien ce que tu es et ce que tu étais, dit-elle.

– Ce que j'étais... Aaah! De ce que j'ai été, il ne demeure plus que ce visage. Tout le reste est perdu dans l'ombre de mes souvenirs cachés... tout le reste s'est enfui.

– Pas pour moi, mon amour.

Il la fixa dans les yeux. Il n'avait plus peur d'affronter son regard.

– Est-il possible que les Ixiens se rendent compte de ce qu'ils ont créé en toi? murmura-t-il.

– Je t'assure, Leto, amour de mon âme, qu'ils ne se doutent de rien. Tu es la première personne, la seule personne à qui je me sois entièrement révélée.

– Dans ce cas, dit l'Empereur-Dieu, je ne pleurerai pas ce qui aurait pu être. Oui, mon amour, je ferai le partage de l'âme avec toi.

> Considérez-la comme une mémoire flexible, cette force qui vous pousse, vous et vos semblables, à des comportements tribaux. Cette mémoire flexible cherche à retrouver sa forme première, la société tribale. Voyez comme elle vous encercle... les feudataires, les diocèses, les corporations, les sections, les troupes de danse, les cellules révolutionnaires, les conseils d'administration, les groupes de prière... tous avec leurs maîtres et leurs esclaves, leurs hôtes et leurs parasites. Et ces avalanches de procédés aliénants (y compris l'avertissement présent!) viennent finalement grossir les rangs des partisans d'un retour au « bon vieux temps ». Pour moi, je désespère de vous enseigner d'autres voies. Vous avez un esprit carré qui résiste au mouvement circulaire.
>
> *Les Mémoires Volés.*

Idaho s'aperçut qu'il était capable d'effectuer l'escalade sans y penser. Ce corps fabriqué par les Tleilaxu se souvenait de choses que les Tleilaxu ne soupçonnaient même pas. Sa jeunesse originale se perdait peut-être dans l'éternité du passé, mais ses muscles avaient la vigueur tleilaxu et il n'avait pas besoin de retrouver son enfance pour grimper. Dans son enfance, il avait appris à survivre en se réfugiant sur les escarpements de sa planète natale.

Quelle importance, si la pierre qui se trouvait devant lui avait été mise là par la main de l'homme? Elle avait été également érodée par l'immensité du temps.

Le soleil du matin était déjà brûlant dans son dos. Il entendait les efforts que faisait Siona pour arriver jusqu'à l'appui relativement aisé d'une étroite saillie bien en dessous de lui. Cette position était pratiquement inutile à Idaho, mais elle avait représenté l'argument décisif pour convaincre Siona qu'ils devaient tenter l'escalade.

Ils, car elle s'était opposée à ce qu'il essaye tout seul.

Nayla, trois autres Truitesses, Garun et trois de ses Fremen de musée attendaient sur le sable, au pied du grand Mur qui entourait le Sareer.

Idaho ne pensait pas aux dimensions du Mur. Il ne pensait qu'à l'endroit où il allait ensuite poser le pied ou la main. Il pensait au rouleau de corde légère qui entourait son épaule. Cette corde avait la *hauteur* du Mur. Il l'avait simplement déroulée sur le sable, en procédant par triangulation, sans même compter les pas. Quand elle avait été assez longue, il l'avait de nouveau enroulée. Toute autre façon de faire n'aurait pu que lui embrumer l'esprit.

Tâtonnant pour trouver des prises qu'il ne pouvait voir, Idaho progressait au flanc de la muraille lisse... ou plutôt pas tout à fait lisse. Le sable et le vent, la pluie parfois, les différences de température avaient exercé ici leurs actions érosives durant plus de trois millénaires. Un jour entier, Idaho, assis sur le sable au pied de la falaise, avait étudié le travail du temps. Et il avait gravé dans sa mémoire certaines configurations – une fissure, une ombre, une saillie en voie d'effritement, une minuscule aspérité par-ci, une autre par-là.

Ses doigts rencontrèrent une fente étroite. Il testa la solidité de l'appui en pesant doucement dessus de tout son corps. Oui... il se reposa quelques instants, le visage contre la pierre chaude, sans regarder ni en haut ni en bas. Il était *là,* simplement. Tout était une question d'allure. Il ne fallait pas laisser ses épaules se fatiguer trop vite. Il fallait répartir le poids entre les pieds et les mains. Les doigts subissaient des dommages, inévitablement, mais tant que les tendons et les os tenaient bon, la peau pouvait être ignorée.

Il reprit lentement l'ascension. Un fragment de pierre se détacha sous ses doigts. Une pluie d'éclats lui érafla la joue droite, mais il ne les sentit même pas. Toute son attention était concentrée sur sa main, sur l'équilibre de ses pieds collés à de microscopiques arêtes. Il était un grain de poussière, une infime particule défiant la pesanteur. Accroché par un doigt ici, par un orteil là, il avait l'impression parfois de ne tenir contre la paroi que par la seule force de sa volonté.

Neuf pitons de fabrication artisanale gonflaient l'une de ses poches, mais il répugnait à les utiliser. Un marteau également artisanal pendait à sa ceinture au bout d'une courte cordelette dont ses doigts avaient mémorisé les nœuds.

Nayla avait fait des difficultés. Elle ne voulait pas leur donner le laser. Elle avait cependant obéi quand Siona lui avait ordonné de les accompagner. Quelle étrange femme... quelle étrange soumission...

– N'as-tu pas juré de m'obéir? lui avait demandé Siona, et cela avait suffi à faire disparaître toutes ses réticences. Elle n'a jamais refusé d'exécuter un ordre de ma bouche, avait expliqué plus tard Siona.

– Dans ce cas, avait répondu Idaho, nous ne serons peut-être pas obligés de la supprimer.

– Je préfère ne pas avoir à essayer. Je ne pense pas que vous puissiez avoir la plus petite idée de sa force physique et de sa vivacité.

Garun, le Fremen de musée qui rêvait de devenir « un vrai naïb de l'ancien temps », avait décidé Idaho à tenter l'escalade quand il avait répondu à sa question :

– Comment l'Empereur-Dieu viendra-t-il jusqu'à Tuono?

– Probablement de la même manière que lors de sa dernière visite, à l'époque de mon arrière-grand-père.

– C'est-à-dire? avait interrogé Siona.

La scène se passait dans l'ombre poussiéreuse de la maison d'accueil où ils s'étaient assis pour s'abriter de la chaleur, l'après-midi où on leur avait annoncé que les noces de l'Empereur-Dieu se tiendraient à Tuono. Siona, Idaho et Garun avaient pris place sur le perron et quelques adjoints de Garun s'étaient accroupis autour deux, formant un demi-cercle. Un peu plus loin, deux Truitesses attendaient l'arrivée imminente de Nayla tout en tendant l'oreille à leurs propos.

Garun avait pointé l'index vers le grand Mur qui dominait le village, reflétant en son faîte lointain les rayons dorés du soleil.

– La Route Royale passe là-haut. L'Empereur-Dieu a un système qui lui permet de descendre doucement jusqu'ici.

– Il est incorporé à son chariot, fit Idaho.

– Des suspenseurs, acquiesça Siona. Je les ai vus.

– Mon arrière-grand-père nous a raconté leur arrivée par la Route Royale, reprit Garun. Ils étaient toute une troupe. L'Empereur-Dieu est descendu le premier avec son système. Les autres ont utilisé des cordes.

– Des cordes... répéta songeusement Idaho.

– Pour quelle raison venaient-ils? demanda Siona.

– Pour affirmer que l'Empereur-Dieu n'avait pas oublié ses Fremen, d'après ce que disait mon arrière-grand-père. C'était un grand honneur, mais rien de comparable à ces noces...

Idaho s'était levé tandis que Garun continuait à parler. Un peu plus bas dans la rue centrale, on apercevait bien le Mur, depuis la base ancrée dans les sables jusqu'au sommet illuminé de soleil. Le ghola fit le tour de la maison d'accueil et descendit la rue centrale. Il s'arrêta pour contempler le Mur. Il n'était pas difficile de comprendre pourquoi tout le monde affirmait que l'escalade de cette face était impossible. Déjà, il refusait d'en estimer la hauteur. Cinq cents mètres ou cinq mille, l'important n'était pas là. L'important était de bien voir ce qu'un examen minutieux pouvait révéler : de minuscules fissures transversales, des effritements, et même une arête étroite à une vingtaine de mètres de la base où le vent soulevait de fines traînées de sable. En se concentrant bien, il put distinguer une arête semblable située à peu près aux deux tiers du sommet.

Il n'ignorait pas qu'une partie inconsciente de lui-même, une partie ancienne et éminemment fiable, était en train de prendre des mesures, accordées à son propre corps. Ici, tant de longueurs de Duncan. Là, une prise pour la main. Là, une autre. Ses propres mains. Il se sentait déjà en train de grimper.

La voix de Siona, à son épaule, l'interrompit dans ce premier examen.

– Que faites-vous?

Elle s'était approchée sans bruit et regardait maintenant dans la même direction que lui.

– Je pourrais l'escalader, fit Idaho. Si j'emportais une cordelette, je pourrais ensuite hisser toute la corde que je voudrais. N'importe qui pourrait grimper.

Garun s'était rapproché juste à temps pour entendre ce qu'il venait de dire.

– Pourquoi voulez-vous escalader le Mur? demanda-t-il.

Siona répondit pour Duncan Idaho, en souriant à Garun :

– Pour accueillir dignement l'Empereur-Dieu.

C'était avant qu'elle commence à douter, avant que ses propres yeux et son ignorance de ce que représentait une telle escalade commencent à éroder sa confiance.

Sous le coup de cette excitation du début, Idaho avait demandé :

– Quelle est la largeur de la Route Royale?

– Je ne sais pas, avait répondu Garun, je ne l'ai jamais vue. Mais on dit qu'elle est assez large pour qu'une troupe entière y avance de front. Et il y a des ponts, des endroits d'où l'on voit le fleuve... il paraît que c'est une merveille!

– Pourquoi n'êtes-vous jamais allé voir là-haut?

Garun, pour toute réponse, s'était contenté de hausser les épaules en désignant le Mur.

Nayla était arrivée à ce moment-là et la discussion sur l'escalade avait commencé. Tout en continuant son ascension, Idaho repensa à cette discussion. Quelle étrange relation il y avait entre Siona et Nayla! Elles ressemblaient à deux conspiratrices. Et pourtant... Siona commandait et Nayla obéissait. Mais Nayla était une Truitesse, cette *Amica* à qui Leto confiait le soin d'examiner ses nouveaux gholas. Elle admettait appartenir à la Garde Impériale depuis son enfance. Et elle avait une telle force! Par contraste, la manière dont elle se pliait devant les volontés de Siona avait quelque chose d'inquiétant. Tout se passait comme si Nayla entendait une voix secrète qui lui dictait ce qu'elle devait faire. Alors seulement, elle obéissait.

Idaho laissa une fois de plus errer sa main à la recherche d'une prise. Il la trouva sur la droite, une faille invisible où il pouvait glisser les doigts. Sa mémoire lui fournissait la direction générale, mais seul son corps pouvait apprendre le chemin. Son pied gauche trouva un appui pour deux orteils. Doucement, il le testa... oui... la main gauche, à présent. Pas de fissure, mais une arête. Ses yeux, puis son menton émergèrent au-dessus de la corniche qu'il avait repérée d'en bas. Il se hissa sur son coude, roula sur le côté et put se reposer en regardant droit devant lui, ni en haut ni en bas. A l'horizon, il n'y avait que du sable que le vent faisait voler. Il avait contemplé de nombreux horizons pareils à celui-ci à l'époque de Dune.

Au bout de quelques instants, il se retourna face à la paroi et, prenant appui sur ses genoux, mains à plat sur la pierre, se dressa et reprit l'ascension. Il avait toujours dans la tête la configuration du Mur telle qu'il l'avait étudiée d'en bas. Il lui suffisait de fermer les yeux et l'image était là, comme il avait appris à la graver quand il était enfant et qu'il cherchait à échapper aux chasseurs d'esclaves des Harkonnen.

Ses doigts trouvèrent une fissure où ils pouvaient se coincer. Il progressa encore de quelques centimètres.

Au pied de la falaise, Nayla ressentait de plus en plus de sympathie pour celui qui grimpait. La distance le réduisait à la taille d'une ombre minuscule et solitaire contre la pierre. Il devait savoir, lui, ce que c'était que de se trouver seul aux prises avec une décision capitale.

J'aimerais avoir un enfant de lui, se dit Nayla. *Il serait fort et ingénieux. Que peut attendre Dieu d'un enfant de cet homme et de Siona?*

Nayla s'était éveillée avant l'aube. Sortant du village, elle avait gagné la crête d'une dune basse pour réfléchir à ce que le ghola proposait. L'aube était jaune, avec à l'horizon le poudroiement habituel du sable soulevé par le vent. Puis une lumière d'acier avait envahi l'immensité torpide du Sareer. Elle avait su, alors, que tout ce qui se passait était certainement prévu par Dieu. Que pouvait-on cacher à Dieu? Rien du tout, pas même l'image pathétique de Duncan Idaho en train de défier le ciel.

Pendant qu'elle observait l'escalade du ghola, l'esprit de Nayla lui joua un tour. La paroi verticale bascula subitement à l'horizontale. Idaho ne fut plus qu'un enfant rampant sur une surface rugueuse. Comme il était petit... de plus en plus petit...

Une Truitesse vint apporter à Nayla un verre d'eau qu'elle but d'un trait. Cela remit le Mur dans sa juste perspective.

Siona était accroupie sur le premier rebord, penchée en arrière pour essayer d'apercevoir Idaho. « Si vous tombez, j'essayerai à mon tour », avait-elle promis au ghola.

Nayla avait trouvé cela stupide. Pourquoi un tel acharnement à tenter l'impossible? Aucune protestation d'Idaho n'avait pu faire renoncer Siona à cette promesse.

C'est la destinée, en concluait Nayla. *La volonté de Dieu.*

Ce qui était exactement la même chose.

Quelques cailloux dégringolèrent de l'endroit où se trouvait Idaho. Ce n'était pas la première fois. Nayla les regarda tomber interminablement en ricochant sans cesse contre la paroi, ce qui prouvait qu'elle n'était pas aussi abrupte qu'on la voyait.

Qu'il réussisse ou non, se dit Nayla, *la volonté de Dieu sera faite.*

Elle sentait cependant son cœur battre à coups redoublés dans sa poitrine. L'escalade du ghola, pour elle, était comme une expérience sexuelle. Non pas passivement érotique, mais apparentée à une rare magie par la manière dont cela l'emplissait. Il fallait qu'elle se répète sans cesse qu'Idaho n'était pas pour elle.

Il est pour Siona. S'il survit.

Et s'il échouait, Siona tenterait l'aventure à son tour. Siona réussirait peut-être... En attendant, Nayla se demandait si elle allait avoir un orgasme au cas où Idaho atteindrait le sommet. Il en était si près, maintenant.

Après avoir délogé un gros morceau de pierre, Idaho prit plusieurs inspirations profondes. C'était un dur moment. Il se donna le temps de récupérer, agrippé au Mur en trois points. Puis, comme de son propre mouvement, sa main libre reprit son exploration, dépassant l'endroit où la pierre était pourrie, trouvant une autre faille infime. Lentement, il fit passer tout son poids sur cette main... doucement, tout doucement... Son genou gauche repéra un endroit où un orteil pouvait adhérer. Il hissa son pied jusqu'à cette hauteur, essaya...

Sa mémoire lui soufflait que le sommet était proche, mais il repoussait toute pensée de ce genre.

Il ne devait se concentrer que sur l'escalade, et sur l'idée que Leto allait arriver le lendemain.

Leto et Hwi.

Il ne fallait pas non plus penser à cela. Mais il ne pouvait s'en empêcher. *Hwi... le sommet... Leto... demain...*

Chaque pensée venait nourrir son désespoir en le forçant à se rappeler consciemment les escalades de son enfance. Plus cet effort de mémoire était conscient, plus ses capacités physiques étaient bloquées. Il dut faire une pause pour se forcer à respirer lentement, profondément, afin de se recentrer sur lui-même, de retrouver les gestes naturels de son passé...

Mais qu'y avait-il de *naturel* dans un tel passé?

Il y avait un blocage dans son esprit. Il sentait des intrusions, une finalité... la *fatalité* de ce qui aurait pu être mais qui maintenant ne serait plus jamais.

Demain, Leto serait là-haut.

Idaho sentit la sueur dégouliner sur sa joue à l'endroit où elle s'appuyait sur la pierre.

Leto.

Je t'écraserai, Leto. Je t'écraserai pour moi; pas pour Hwi, mais pour moi.

Une sensation de clarté commença à se répandre en lui. Cela lui rappelait la nuit où il s'était mentalement préparé à cette escalade. Siona s'était aperçue qu'il ne dormait pas. Elle s'était mise à lui parler, à lui raconter en détail sa course désespérée à travers la Forêt Interdite et le serment qu'elle avait prêté au bord du fleuve.

– Maintenant, j'ai fait le serment de commander ses Truitesses, avait ajouté Siona. Je remplirai ce serment, mais j'espère que les choses ne se passeront pas comme il le veut.

– Et que veut-il? avait demandé le ghola.

– Ses motivations sont nombreuses. Je ne les vois pas toutes. Qui pourrait le *comprendre* vraiment? La seule chose que je sais, c'est que je ne lui pardonnerai jamais.

Ce souvenir ramena Idaho à la sensation lisse de

la pierre contre sa joue. La transpiration avait séché sous l'effet de la brise et il sentait le froid le pénétrer. Mais il avait trouvé le centre qu'il cherchait.

Ne jamais pardonner.

Idaho percevait les émanations de ses *alter ego*, les gholas qui avaient péri au service de Leto. Fallait-il ajouter foi aux suspicions de Siona? Oui... Leto était capable de tuer de ses propres mains, de son propre corps. Les rumeurs dont faisait état Siona avaient un air de vérité. Et... Siona était une Atréides. Leto, lui, était à part. Ni Atréides ni même humain... Moins qu'une créature vivante, il était devenu un fait brutal de la nature, opaque et impénétrable, renfermant en lui toutes ses expériences. Et Siona s'opposait à lui. Les vrais Atréides lui tournaient le dos.

Comme moi.

Un fait brutal de la nature, rien de plus. Tout comme ce Mur.

La main droite du ghola, tâtonnant au-dessus de sa tête, venait de rencontrer un rebord. Il ne sentait rien au-dessus et essaya de se rappeler s'il y avait une faille importante à cet emplacement. Il n'osait espérer qu'il avait déjà atteint le sommet... pas si vite!

La pierre acérée lui pénétrait dans les doigts tandis qu'il y suspendait tout son poids. Il amena sa main gauche sur le rebord, trouva une prise et se hissa lentement. Ses yeux atteignirent le même niveau que ses mains. Ils apercevaient, au-delà d'un espace plat, le ciel... le ciel bleu. La roche où s'agrippaient ses doigts était striée. Il fit glisser ses mains, l'une après l'autre, le plus loin possible, à plat sur cette roche, ses doigts explorant les moindres fissures, son torse émergeant peu à peu, puis sa taille... ses hanches... Il roula alors sur lui-même, collant à la surface plane, jusqu'à ce que l'abîme soit loin derrière. Alors seulement, il se redressa et accepta le témoignage de ses sens.

Il était au sommet. Sans avoir une seule fois utilisé les pitons ni le marteau.

Un bruit lointain attira son attention. On l'appelait d'en bas?

Il retourna jusqu'au bord, pencha la tête et fit de grands gestes du bras. Oui, c'étaient ceux d'en bas qui l'acclamaient. Il recula, marcha à grands pas vers le centre de la chaussée, laissant l'exaltation apaiser le tremblement de ses muscles, de ses épaules endolories. Lentement, il fit un tour complet sur lui-même, examinant la Route Royale tout en permettant enfin à sa mémoire de faire au moins une estimation de la hauteur de cette escalade.

Neuf cents mètres... sûrement pas moins.

La Route Royale ne ressemblait pas à celle qu'il avait prise pour aller à Onn. Ici, elle était extraordinairement large. Peut-être cinq cents mètres. La chaussée proprement dite était d'un gris lisse et uniforme, avec un accotement d'une centaine de mètres de part et d'autre jusqu'au rebord du Mur. Elle était délimitée par des piliers de pierres de hauteur d'homme, qui veillaient comme des sentinelles sur l'itinéraire que Leto allait suivre.

Idaho parcourut la distance qui le séparait de l'autre bord, face au Sareer. Se penchant, il distingua, tout en bas, le flot verdâtre et tumultueux d'un cours d'eau qui brisait son écume blanche sur des rochers saillants. Son regard se porta sur la droite. C'était de cette direction que Leto arriverait. Le Mur et la Route Royale s'incurvaient légèrement sur la droite, la courbe prenant naissance à environ trois cents mètres de l'endroit où se tenait Idaho.

Il retourna sur la route et la suivit dans cette direction, dépassant le tournant qui formait un S où la chaussée devenait plus étroite et légèrement en pente. Il s'arrêta pour contempler la nouvelle perspective qui s'offrait à lui.

Trois kilomètres plus loin, la route en pente se rétrécissait encore pour traverser le fleuve sur un pont dont les structures féeriques paraissaient, à cette distance, irréelles et insubstantielles. Idaho se souvint d'un pont semblable sur la route qui conduisait à Onn et de la qualité bien substantielle du tablier sous ses pas. Il pouvait faire confiance à sa mémoire. Et comme pour tout soldat de métier, un pont, pour lui, ne pouvait être que de deux choses l'une : un passage ou un piège.

Avançant plus loin sur sa gauche, il put distinguer, à l'autre extrémité du pont, la naissance d'un autre Mur. La route continuait, obliquant légèrement pour se diriger ensuite tout droit vers le nord. Il y avait là deux Murs, avec le fleuve au milieu. Le fleuve coulait au fond de gorges façonnées par la main de l'homme. Son humidité était confinée et canalisée par un courant aérien qui remontait au nord tandis que le flot lui-même descendait au sud.

Idaho préférait ignorer le fleuve pour le moment. Il était là et il serait encore là demain. Il concentra son attention sur le pont, laissant les vieux réflexes militaires procéder à l'examen. Il hocha une fois la tête, silencieusement, avant de retourner sur ses pas. Tout en marchant, il commença à dérouler la corde qu'il avait toujours sur l'épaule.

Ce ne fut que lorsqu'elle aperçut le bout de la corde qui descendait en frétillant le long du Mur que Nayla eut son orgasme.

Que suis-je en train d'éliminer? L'engouement bourgeois pour la paisible conservation du passé. C'est une force cohésive, une force qui maintient l'humanité en un seul bloc vulnérable malgré l'illusion de la séparation à travers des parsecs d'espace. Si je suis capable d'en retrouver les morceaux épars, d'autres en sont capables aussi. Si vous êtes tous ensemble, vous êtes vulnérables à la catastrophe commune. Ensemble, vous pouvez être exterminés. Je veux vous démontrer ainsi le terrible danger d'une médiocrité enlisante, sans passion, d'un mouvement sans ambitions ni buts. Je veux vous démontrer que ce sont des civilisations entières qui peuvent arriver à ce résultat. Je vous fais le don d'une vie millénaire qui glisse tout doucement vers la mort, sans histoires, sans même demander : pourquoi? Je vous montre le faux bonheur et l'ombre-catastrophe que l'on appelle Leto, l'Empereur-Dieu. Etes-vous prêts, maintenant, à apprendre ce que c'est que le bonheur réel?

Les Mémoires Volés.

Ayant fait juste un somme de toute la nuit, Leto était déjà éveillé quand Moneo sortit de la maison d'accueil à l'aube. Le Chariot Royal avait été garé au centre d'une cour triangulaire. Le capot-bulle était réglé pour dissimuler son occupant aux regards tout en lui permettant de voir lui-même à l'extérieur. Il était parfaitement isolé de l'humidité. Leto entendait le faible ronronnement des ventilateurs chargés de pulser l'air à travers un circuit déshydratant.

Les pieds de Moneo traînaient sur les pavés de la cour tandis qu'il s'approchait du chariot. Au-dessus de la tête du majordome, les premières lueurs de l'aube entouraient le toit de la maison d'accueil d'une frange orange.

Leto leva le capot-bulle quand Moneo parvint à sa hauteur. Il y avait dans l'air une odeur de levure et l'humidité apportée par la brise était désagréablement douloureuse.

– Nous devrions arriver à Tuono vers midi, fit Moneo. J'aurais voulu que vous m'autorisiez à faire venir des ornis pour surveiller le ciel.

– Je ne veux pas d'ornis. Nous descendrons à Tuono avec des cordes et sur les suspenseurs.

Leto trouvait intéressantes les images flexibles de ces brèves conversations. Moneo n'avait jamais apprécié les pérégrinations. Sa jeunesse de révolté l'avait laissé soupçonneux de tout ce qu'il ne pouvait voir ni faire entrer dans une catégorie. Il demeurait un réservoir de jugements latents.

– Vous savez bien que ce ne sont pas des ornis de transport mais de surveillance que je...

– Mais oui, Moneo.

Le majordome fit porter son regard vers l'extrémité libre de la cour, qui donnait sur les gorges où coulait le fleuve. La lumière de l'aube figeait la brume qui montait des profondeurs. Il songea à l'abîme... à la chute d'un corps humain qui tournait, tournait, comme un pantin désarticulé. La veille, il n'avait pas eu le courage d'aller se pencher sur l'abîme pour regarder. Sa vision était une telle... une telle tentation...

Avec ce pouvoir d'intuition qui chaque fois épouvantait Moneo, l'Empereur-Dieu déclara :

– Chaque tentation contient une leçon, Moneo.

Incapable de dire un mot, le majordome se tourna pour regarder Leto dans les yeux.

– Vois la leçon contenue dans ma vie, Moneo.

– Mon Seigneur? fit celui-ci dans un murmure à peine audible.

– Ils me tentent d'abord par le mal, puis par le bien. Chaque tentation est exquisément adaptée à mes possibilités. Dis-moi, Moneo. Si je choisis ce qui est bien, est-ce que cela me rend forcément bon?

– Bien sûr, Mon Seigneur.

– Peut-être ne perdras-tu jamais l'habitude de juger, dit l'Empereur-Dieu.

Moneo détourna les yeux une fois de plus pour contempler le bord de l'abîme. Leto déplaça son corps massif de manière à suivre son regard. Des pins trapus étaient plantés à l'orée du gouffre. Leurs aiguilles étaient chargées de gouttes de rosée brillantes qui pour Leto représentaient autant de promesses de souffrance. Il aurait voulu refermer le capot-bulle, mais il y avait dans ces joyaux quelque chose de fascinant qui parlait à ses souvenirs même si son corps éprouvait une réaction instinctive de répulsion. Et cette contradiction lui donnait le vertige.

– Je n'aime pas ces déplacements à pied, dit Moneo.

– C'est ainsi que faisaient les Fremen.

Le majordome soupira.

– Les autres seront prêts dans quelques minutes. Hwi était en train de déjeuner quand je suis sorti.

Leto ne répondit pas. Ses pensées étaient encore perdues dans le tourbillon de la nuit. Pas seulement celle qui venait de prendre fin, mais les millions et les millions d'autres qui encombraient ses passés – les étoiles et les nuées, les orages et les cieux noirs constellés des fragments scintillants d'un cosmos éclaté, d'un univers aussi prodigue de ses nuits que lui-même l'avait été de ses battements de cœur.

– Où sont vos gardes? demanda soudain Moneo.

– Je les ai envoyées manger.

– Je n'aime pas qu'elles vous laissent tout seul!

Les sonorités cristallines de la voix de Moneo parlaient à la mémoire de Leto, évoquant des choses que les mots ne peuvent englober. Moneo redoutait un univers où il n'y aurait plus d'Empereur-Dieu. Il préférait mourir plutôt que voir cela.

– Que va-t-il se passer aujourd'hui? demanda le majordome.

C'était une question qui ne s'adressait pas à l'Empereur-Dieu mais au prophète.

– Une graine volant au vent peut très bien être un saule demain, lui dit Leto.

– Vous connaissez notre avenir! Pourquoi ne pas le dire?

Moneo paraissait au bord de l'hystérie... prêt à refuser tout ce qui ne lui était pas directement rapporté par ses sens.

Leto tourna la tête pour fixer son majordome d'un regard si visiblement chargé d'émotions contenues qu'il eut un mouvement de recul.

– Prends ton existence en charge, Moneo!

Le majordome prit une longue inspiration tremblante.

– Mon Seigneur... je ne voulais pas vous offenser... je cherchais seulement à...

– Lève la tête, Moneo!

Involontairement, il obéit, scrutant le ciel sans nuages où la lumière du matin grandissait.

– Qu'y a-t-il, Mon Seigneur?

– Il n'y a pas un plafond rassurant au-dessus de ta tête, Moneo. Il y a un ciel ouvert riche de changements. Réjouis-t'en. Chaque sens que tu possèdes est un instrument qui permet de réagir au changement. Cela ne te dit rien?

– Mon Seigneur, j'étais venu vous demander quand vous seriez prêt à prendre la route.

– Moneo, je te prie d'être sincère avec moi.

– Je suis sincère, Mon Seigneur!

– Si tu vis dans la mauvaise foi, les mensonges auront pour toi l'apparence de la vérité.

– Mon Seigneur, si je mens... je ne le sais pas moi-même.

– Voilà qui a l'accent de la vérité. Mais je sais très bien ce que tu redoutes sans vouloir le dire.

Moneo se mit à trembler. L'Empereur-Dieu était d'une humeur terrible. Derrière chacune de ses paroles se cachait une épouvantable menace.

– Tu redoutes l'impérialisme de la conscience, fit Leto d'une voix tonnante, et tu as tout à fait raison d'en avoir peur. Envoie-moi Hwi immédiatement!

Moneo pivota sur ses talons et courut jusqu'à la maison d'accueil. Son arrivée y provoqua aussitôt l'activité d'une ruche bourdonnante. Quelques secondes plus tard, les Truitesses sortirent et entourèrent le Chariot Royal. Les courtisans passèrent la tête aux fenêtres de la maison d'accueil ou sortirent en longeant l'avant-toit, n'osant pas trop s'approcher. Contrastant avec toute cette nervosité, Hwi apparut bientôt sur le grand perron central et se dirigea lentement, le front haut, vers le capot-bulle du chariot.

Leto se sentit devenir plus calme en la voyant approcher. Elle portait une robe en tissu doré qu'il voyait pour la première fois. Le décolleté et les poignets des longues manches étaient garnis d'un liseré de jade et d'argent. Le bas de la robe, qui formait presque une traîne, était festonné de motifs pourpres soulignés par une épaisse ganse verte.

Hwi sourit en s'arrêtant devant lui.

– Bonjour, mon amour, dit-elle d'une voix douce. Qu'as-tu donc fait à ce pauvre Moneo pour le bouleverser ainsi?

Apaisé par cette voix et cette présence, Leto sourit aussi.

– Je n'ai rien fait d'autre que ce que je m'efforce toujours de faire. Produire un effet.

– Pour ça, tu as réussi. Il a dit aux Truitesses que tu étais d'humeur revêche et terrifiante. Es-tu si terrifiant que cela, mon amour?

– Seulement pour ceux qui refusent de vivre à la hauteur de leurs propres forces.

– Aaah! Je vois! Elle pirouetta pour lui montrer sa belle robe. Elle te plaît? Ce sont tes Truitesses qui me l'ont donnée. Elles l'ont parée elles-mêmes.

– Mon amour... fit-il, avec dans sa voix un avertissement. On pare ceux qui vont au sacrifice.

Elle se rapprocha encore du chariot et s'y appuya, juste au-dessous de son visage, en affectant de prendre une expression solennelle.

– Je suis donc promise pour le sacrifice?

– Certains aimeraient bien qu'il en soit ainsi.

– Mais tu ne le permettras pas?

– Nos destins sont liés.

– Dans ce cas, je n'ai rien à craindre.

Elle tendit la main pour toucher celle de Leto que la peau de truite argentait, mais recula précipitamment en voyant ses doigts se mettre à trembler.

– Pardonne-moi, mon amour, dit-elle. J'oubliais que nous sommes unis par l'âme et non par la chair.

La peau de truite tremblait encore.

– C'est l'humidité de l'air qui me rend hypersensible, dit Leto tandis que lentement le frémissement s'apaisait.

– Je refuse de regretter ce qui ne peut pas être, chuchota Hwi.

– Tu dois être forte, car ton âme est à moi.

Elle se retourna en entendant un bruit venant de la maison d'accueil.

– Moneo revient, dit-elle. Je t'en prie, mon amour, ne l'effraye plus.

– Moneo fait aussi partie de tes amis?

– Nous sommes unis par l'estomac. Moneo et moi avons un penchant commun pour le yoghourt.

Leto était en train de rire quand le majordome parvint à la hauteur de Hwi. Il s'enhardit à sourire, non sans avoir jeté à Hwi un regard perplexe. Il y avait dans ses manières une dose de gratitude, et une bonne partie de l'empressement qu'il avait l'habitude de témoigner à Leto se reportait maintenant sur la jeune femme.

– J'espère que vous allez bien, Dame Hwi.

– Je vais très bien, merci.

– A l'ère de l'estomac, dit Leto, cultivons et nourrissons les amitiés nées de l'estomac. Nous pouvons prendre la route, Moneo. Tuono nous attend.

Le majordome s'empressa d'aller donner ses ordres aux Truitesses et aux courtisans.

Leto sourit à Hwi.

– Ne trouves-tu pas que je joue les maris impatients avec un certain style?

Elle grimpa d'un bond léger sur la plate-forme du chariot, en ramassant sa robe dans une main. Leto lui déplia son siège. Ce ne fut qu'une fois assise, les yeux au même niveau que ceux de Leto, qu'elle lui répondit, d'une voix si basse que lui seul pouvait l'entendre :

– Amour de mon âme, je viens de capturer un autre de tes secrets.

– Ouvre tes lèvres, qu'il s'envole, lui dit Leto, jouant avec cette nouvelle intimité qui s'était établie entre eux.

– Il est rare que tu aies réellement besoin des mots, murmura Hwi. Tu parles directement aux sens avec ta vie.

Un frisson parcourut le corps de l'Empereur-Dieu. Il lui fallut un moment pour pouvoir parler, d'une voix si faible qu'elle dut se concentrer pour l'entendre parmi les bruits du cortège qui se préparait à partir.

– Entre l'inhumain et le surhumain, dit-il, il ne me reste plus beaucoup de place pour être humain. Je te suis reconnaissant, ma douce et tendre Hwi, d'occuper cet espace avec moi.

> Dans tout mon univers, je n'ai rencontré aucune *loi de la nature,* immuable et inexorable. Cet univers ne nous offre que des relations changeantes qui sont parfois perçues comme des lois par des consciences à courte vie. Ces ensembles de sens charnels que nous dénommons le *soi* sont des éphémères flétris par l'éclat de l'infinité, fugacement conscients de certaines conditions provisoires qui confinent nos activités et changent en même temps que celles-ci. S'il faut que vous donniez un nom à l'*absolu,* utilisez son nom propre : *Provisoire.*
>
> *Les Mémoires Volés.*

Nayla fut la première à apercevoir le cortège qui s'approchait. Transpirant à grosses gouttes sous le soleil de midi, elle se tenait près de l'un des piliers de pierre qui délimitaient la chaussée de la Route Royale. Soudain, un reflet, au loin, avait attiré son attention. Plissant les yeux dans cette direction, elle avait compris, dans un élan d'excitation, qu'il s'agissait d'un éclat de soleil renvoyé par le capot-bulle du Chariot Royal.

– Ils arrivent! s'écria-t-elle.

Alors seulement, elle sentit la faim qui lui tenaillait l'estomac. Dans le feu de l'action, personne n'avait songé à se munir de nourriture. Seuls les Fremen avaient emporté un peu d'eau, car « un Fremen ne s'éloigne jamais de son sietch sans une provision d'eau ». C'était une règle qu'ils connaissaient par cœur.

Nayla toucha du doigt la crosse du laser qu'elle portait à la hanche. Le pont n'était qu'à une vingtaine de mètres d'elle, ses structures féeriques enjambant l'abîme comme un rêve fantastique reliant une désolation à l'autre.

C'est de la pure folie, se dit-elle.

Mais l'Empereur-Dieu avait réitéré son ordre. Il insistait pour que sa Nayla obéisse en tout point aux volontés de Siona.

On ne pouvait être plus explicite que celle-ci. Impossible de se méprendre sur ses volontés. Et Nayla n'avait aucun moyen d'en référer à l'Empereur-Dieu.

– Quand le chariot sera juste au milieu du pont... et pas avant! avait dit Siona.

– Mais pourquoi?

Elles se trouvaient, au moment de cette conversation, bien à l'écart des autres dans le froid de l'aube qui enveloppait la Route Royale. Nayla s'y sentait étrangement vulnérable, incapable de résister aux tonalités graves de la voix de Siona, à son sourire sinistre quand elle disait :

– Crois-tu que tu pourrais faire du mal à Dieu?

– Je ne... Nayla n'avait pu que hausser les épaules.

– Tu *dois* m'obéir!

– Je le dois, avait acquiescé Nayla.

Elle était à présent en train de suivre l'approche du lointain cortège, distinguant les couleurs des costumes des courtisans, les masses bleues à l'endroit où marchaient ses sœurs les Truitesses... et la surface brillante du chariot de l'Empereur-Dieu.

Ce devait être une nouvelle épreuve, décida-t-elle. L'Empereur-Dieu était certainement au courant. Il savait de quelle dévotion débordait le cœur de sa Nayla. Ce n'était qu'une épreuve. Les commandements de l'Empereur-Dieu devaient être respectés à la lettre. C'était l'une des premières leçons que l'on apprenait dans les écoles des Truitesses. L'Empereur-Dieu lui avait ordonné d'obéir aveuglément à Siona. Une épreuve. Qu'est-ce que cela pouvait être d'autre ?

Elle se tourna pour regarder dans la direction des quatre Fremen que Duncan Idaho avait postés sur la chaussée à la sortie du pont. Ils étaient assis le dos tourné vers elle, quatre blocs immobiles avec leurs capes brunes.

– Ne bougez pas d'ici, leur avait dit Idaho. Vous le saluerez dès qu'il apparaîtra sur le pont. Laissez-le s'approcher et inclinez-vous bien bas.

Juste pour le saluer, se dit Nayla en hochant la tête.

Les trois autres Truitesses qui avaient escaladé le Mur avec elle se trouvaient à présent au milieu du pont. Elles ne savaient rien d'autre que ce que leur avait dit Siona en présence de Nayla. Elles devaient attendre que le Chariot Royal ne soit qu'à quelques mètres d'elles pour se retourner et le précéder en dansant jusqu'à ce qu'il arrive avec le cortège au-dessus de Tuono.

Si je détruis le pont avec mon laser, ces trois-là mourront forcément, se dit Nayla. *De même que tous ceux qui accompagnent notre Seigneur.*

Elle tendit le cou pour scruter les profondeurs des gorges. On ne voyait même pas le fleuve, mais on entendait le bruit lointain de l'eau qui coulait.

Tous étaient condamnés à mourir !

A moins qu'Il n'accomplisse un Miracle.

C'était la seule explication possible. Siona avait planté le décor d'un Divin Miracle. Que pouvait-elle avoir d'autre en tête, maintenant qu'elle avait passé l'épreuve, maintenant qu'elle portait l'uniforme de commandement des Truitesses ? Siona avait prêté serment devant l'Empereur-Dieu. Elle était allée seule avec Dieu dans le Sareer et elle avait passé l'épreuve.

Sans bouger la tête, Nayla regarda sur sa droite, où se trouvaient les responsables de cette mise en scène. Siona et Idaho se tenaient épaule contre épaule au milieu de la chaussée à vingt mètres en arrière de Nayla. Ils paraissaient plongés dans une conversation profonde, hochant la tête à tour de rôle.

A un moment, Idaho toucha le bras de Siona en un geste que Nayla trouva étrangement possessif, puis il hocha la tête et s'éloigna seul en direction du pont pour s'arrêter devant le contrefort qui se trouvait juste en face de Nayla. Il pencha la tête pour scruter l'abîme, puis traversa la chaussée vers l'autre contrefort. Il pencha de nouveau la tête, demeura là un bon moment et retourna enfin rejoindre Siona.

Quelle étrange créature que ce ghola, songeait Nayla. Après cette formidable escalade, elle ne pouvait plus le considérer comme tout à fait humain. Il était autre chose, un démiurge dont le statut le rendait proche de Dieu. Mais il pouvait procréer.

Un cri lointain attira son attention. Elle se tourna pour scruter la Route Royale au-delà du pont. Le cortège, qui trottait précédemment à l'allure habituelle de ce genre de pérégrinations impériales, s'était à présent mis au pas. Il n'était qu'à quelques minutes du pont. Nayla reconnut Moneo qui marchait en tête avec son uniforme d'un blanc éclatant, à grands pas cadencés, en regardant droit devant lui. Le capot-bulle du Chariot Royal avait été baissé et la lumière s'y reflétait comme sur un miroir opaque tandis que le véhicule roulait sur la chaussée derrière Moneo.

Le mystère qui entourait tout cela faisait rêver Nayla.

Un miracle était sur le point d'arriver!

Nayla tourna la tête vers Siona. Celle-ci fit un bref signe d'acquiescement. Nayla sortit le laser de son étui et prit appui sur le pilier de pierre pour viser. D'abord le câble de gauche, puis le câble de droite, puis le treillis de plastacier sur la gauche. Le laser était froid et irréel dans la main de Nayla. Elle prit une grande inspiration tremblante pour recouvrer son calme.

Je dois obéir. Il s'agit d'une épreuve.

Elle vit que Moneo tournait la tête, sans changer d'allure, vers le chariot ou ceux qui venaient derrière, pour crier quelque chose. Ils étaient encore trop loin pour que Nayla pût entendre. Le majordome regarda de nouveau devant lui. Nayla se colla au pilier, faisant corps avec lui, presque entièrement dissimulée.

Une épreuve.

Moneo avait aperçu du monde au milieu et à la sortie du pont. Il reconnut les uniformes des Truitesses et sa première réaction fut de se demander qui avait organisé un comité d'accueil. Il s'était tourné pour interroger l'Empereur-Dieu, mais le capot-bulle demeurait opaque, préservant l'intimité de ses deux occupants.

Il s'était engagé sur le tablier et les roues du chariot derrière lui faisaient grincer les grains de sable apportés par le vent lorsqu'il reconnut au loin les silhouettes de Siona et Idaho à la sortie du pont. Il y avait également quatre Fremen de musée assis au bord de la route. Les doutes commencèrent à s'insinuer dans son esprit, mais il ne pouvait rien faire pour changer l'ordre des choses. Maintenant l'allure, il pencha la tête pour regarder le fleuve et entrevit un univers de platine figé par le soleil au zénith. Le chariot derrière lui roulait bruyamment. Le flot du fleuve, le flot du cortège, l'irrésistible importance de ces choses dans lesquelles il jouait un rôle – tout cela verrouillait son esprit dans une vertigineuse sensation d'inéluctabilité.

Nous ne sommes pas des gens qui ne font que passer, se dit-il. *Nous sommes des éléments primordiaux qui servons à joindre une pièce du Temps à l'autre. Et lorsque nous serons passés, tout retombera derrière nous dans un non-bruit analogue au non-espace des Ixiens, mais rien ne sera plus jamais comme avant notre passage.*

Un air de luth flotta soudain dans la mémoire de Moneo et son regard, à cette évocation, devint vague. Il aimait cette mélodie nostalgique pour l'aspiration qu'elle contenait que tout soit fini, que tout soit passé, que les doutes soient bannis et la tranquillité restaurée. Les paroles plaintives s'imposèrent dans son esprit conscient comme une fumée torse et obsédante :

Des cris d'insectes dans les herbes de la pampa.

Moneo se mit à fredonner dans sa tête.

Des cris d'insectes marquent la fin du jour.
L'automne et ma chanson ont la même couleur
Que les dernières feuilles
Dans les herbes de la pampa.

Et Moneo hocha la tête en se chantant le refrain :

Le jour s'achève,
Les visiteurs sont partis.
Le jour s'achève.
Dans notre Sietch,
Le jour s'achève.
Le vent de sable souffle.
Le jour s'achève.
Les visiteurs sont partis.

Moneo décida que la chanson du joueur de luth devait être bien vieille. C'était un vieux chant fremen, sans nul doute. Et qui lui apprenait quelque chose sur lui. Il souhaitait vraiment que les visiteurs soient partis, que cesse le remue-ménage, que revienne la paix. Elle était si proche, la paix... et pourtant, il ne pouvait abandonner ses responsabilités. Il pensa à tout le matériel entassé sur le sable, juste hors de portée de vue de Tuono. Ils allaient bientôt l'apercevoir... des tentes, des vivres, des tables, de la vaisselle d'or, des couteaux incrustés de joyaux, des brilleurs dont les formes imitaient les arabesques des lampes antiques... tous ces objets étaient si riches... si imprégnés d'attentes associées à des vies complètement différentes...

Plus rien ne sera jamais pareil à Tuono.

Plusieurs années auparavant, Moneo, à l'occasion d'une visite d'inspection, avait déjà passé deux nuits à Tuono. Il se rappelait l'odeur des foyers où ils faisaient cuire leur nourriture sur des fagots aromatiques dont les flammes dansaient et pétillaient dans la nuit. Ils refusaient d'utiliser des foyers solaires, car « ce n'était pas ainsi que l'on faisait dans le temps ».

Dans le temps!

A part cela, Tuono ne sentait pas tellement l'épice. Les odeurs dominantes étaient le parfum âcre-doux associé aux huiles extraites de la végétation des oasis, et... la puanteur des eaux usées et des ordures en décomposition.

Moneo se souvenait du commentaire de l'Empereur-Dieu, quand il lui avait rapporté ses impressions de ce voyage :

« Ces Fremen ne se rendent pas compte de ce qu'il manque à leur existence. Ils croient perpétuer l'essence des anciennes coutumes. C'est l'illusion de la plupart des musées. Il y a des choses qui pourrissent, qui se dessèchent, qui ne supportent pas d'être exposées. Ceux qui dirigent les musées et ceux qui viennent se pencher sur les vitrines le sentent quelquefois. Il manque aux objets une force qui actionnait jadis le moteur de la vie. Quand la vie disparaît, la force disparaît. »

Moneo fixa alors son attention sur les trois Truitesses qui se tenaient un peu plus loin sur le pont. Elles levèrent les bras et se mirent à danser, en tournant sur elles-mêmes et en reculant à mesure que le cortège avançait.

Etrange, se dit Moneo. *J'ai vu des gens danser ainsi*

pour accueillir quelqu'un, mais ce n'étaient jamais des Truitesses. Les Truitesses ne dansent jamais en public, seulement entre elles et pour leurs fêtes rituelles.

Il n'avait pas fini de penser cela quand il entendit le premier vrombissement effrayant du laser et sentit le tablier du pont s'incliner sous ses pieds.

Ce n'est pas possible qu'une telle chose arrive, lui disait sa raison.

Il entendit le Chariot Royal déraper en crissant sur la chaussée, et le capot-bulle s'ouvrir dans un claquement sec. Un affreux tintamarre de cris et de hurlements s'éleva derrière lui, mais il était incapable de se retourner. Le pont avait basculé sur sa droite et il se retrouvait à plat ventre, glissant la tête la première vers l'abîme. Il réussit à refermer sa main au passage sur un morceau de câble sectionné, pour ralentir sa chute, mais le câble l'accompagna, raclant la fine couche de sable qui recouvrait le tablier et qui était emportée en même temps que tout le reste. Moneo agrippa le câble à deux mains, tournant en même temps que lui. Il aperçut alors le Chariot Royal qui dégringolait vers le vide, son capot-bulle à moitié arraché. Hwi était debout, agrippée d'une main à son siège, et regardait, horrifiée, droit devant elle.

Un sinistre déchirement de métal se fit entendre tandis que le tablier s'inclinait encore plus. Moneo vit plusieurs courtisans tomber dans le vide, la bouche ouverte, gesticulant comme des pantins. Quelque chose avait coincé le câble de Moneo. Il fut de nouveau brutalement secoué, tenant le câble à bout de bras, ses mains huileuses de transpiration et de peur glissant lentement vers le bas.

Quand il aperçut à nouveau le Chariot Royal, il était pris dans un amas de poutrelles déchiquetées. Au moment même où Moneo regardait, les mains de l'Empereur-Dieu se tendirent vainement pour essayer de retenir Hwi Noree, mais celle-ci glissa du chariot, silencieusement, droite comme une flèche, sa robe d'or déployée en corolle autour d'elle.

Un vaste grondement sonore monta de l'Empereur-Dieu.

Mais pourquoi ne se sert-il pas des suspenseurs? se demanda Moneo.

Le laser, cependant, vrombissait toujours et, tandis que ses mains glissaient de l'extrémité sectionnée du câble, Moneo vit les traits enflammés frapper les bulles de suspension du chariot qu'ils firent éclater une à une dans une éruption de fumée dorée. Moneo, en tombant, tendit les bras au-dessus de sa tête.

La fumée! La fumée dorée!

Sa cape se déploya derrière lui, en l'orientant la tête en bas. Les yeux grands ouverts sur l'abîme, il reconnut, tout en bas, les tourbillons du torrent, à l'image de sa vie – le flot tumultueux, les brusques cataractes, le mouvement rassemblant la substance. Les paroles de Leto hantèrent sa pensée auréolées de fumée dorée :

La prudence est la mère de la médiocrité. Une médiocrité bien lisse et sans passion, voilà ce à quoi la plupart des gens se croient capables d'arriver.

Moneo chutait librement dans l'extase de ses perceptions. L'univers s'ouvrait à lui comme du verre transparent, tout coulait dans le flot du non-Temps.

La fumée dorée!

– *Leto!* hurla-t-il. *J'ai la foi! Siaynoq! Siaynoq!*

La cape s'arracha alors à ses épaules. Il tournoya dans le vent du précipice. Il entrevit une dernière fois le Chariot Royal qui penchait... penchait au bord du pont déchiqueté. L'Empereur-Dieu glissa par son ouverture béante.

Quelque chose de dur s'écrasa contre le dos de Moneo – sa dernière sensation.

Leto se sentit tomber du chariot. Il ne se concentrait que sur l'image de Hwi heurtant la surface du fleuve en un lointain jaillissement perlé qui marquait son entrée dans le mythe et le rêve de la terminaison. Ses dernières paroles, prononcées d'une voix calme et sûre, résonnaient encore dans toutes ses mémoires :

– Je te précède, mon amour.

Il vit le cimeterre du fleuve, arc argenté qui miroitait entre des zones d'ombre, lame mortelle affûtée à l'éternité, prête à présent à accomplir son office.

Je ne peux pas pleurer, je ne peux même pas crier, se dit-il. *Les larmes me sont interdites, bien que l'eau soit mon destin. Je ne peux que gémir dans mon chagrin. Je suis tout seul, plus seul que je l'ai jamais été.*

Son grand corps annelé se tordait dans sa chute, tournoyant jusqu'à ce que sa vision amplifiée lui montre Siona, penchée au bord du pont détruit.

Maintenant, tu apprendras! pensa-t-il.

Le corps vermiforme continuait à tournoyer. Il voyait approcher le fleuve. L'eau était un rêve habité par des poissons entrevus qui allumaient en lui le souvenir ancien d'un banquet au bord d'un bassin de granit – des chairs roses éblouissant ses appétits.

Je te rejoins, Hwi, pour le banquet des dieux!

Une explosion bouillonnante referma sur lui son enfer. Il se sentit happé par les courants caustiques, projeté en tous sens, déchiré par les rochers tranchants tandis qu'il essayait, à grands soubresauts incoercibles, de s'arracher à cette cataracte. La paroi du gouffre défilait, noire et luisante, devant son regard saccadé. Des éclats de ce qui lui avait si longtemps servi de peau volaient autour de lui, explosaient en une pluie d'argent, une nuée de sequins brillants qui retombaient à la surface du fleuve. Les truites le quittaient pour vivre leur propre vie en tant que colonie.

La douleur était toujours là. Leto s'étonnait d'avoir encore un corps, de pouvoir demeurer conscient.

Poussé par l'instinct, il voulut s'agripper à un rocher que le torrent lui faisait contourner, sentit qu'un doigt s'arrachait à sa main avant qu'il pût lâcher prise. La sensation ne fut qu'une note mineure dans la symphonie de douleur où il se débattait.

Le cours du torrent obliquait plus loin sur la gauche, dévié par un éperon rocheux, et il fut projeté, comme si le fleuve lui disait qu'il l'avait assez vu, sur une langue de sable qui s'était formée là à l'abri des remous. Il y demeura un long moment, tandis que des ruisseaux bleus d'essence d'épice quittaient son corps pour se mêler au courant. La douleur faisait agir d'instinct son corps vermiforme, qui fuyait le contact de l'eau. Toutes les truites l'avaient quitté et il retrouvait un nouveau sens du toucher au moment où tout contact ne pouvait lui apporter que de la souffrance. Il ne voyait pas son corps, mais il sentait cette chose qui aurait été un ver des sables ramper en se tordant pour s'éloigner de l'eau. Il leva alors les yeux, percevant ce qui l'entourait à travers un rideau de flammes où des ombres se formaient et se déformaient d'elles-mêmes. Il reconnut finalement l'endroit où il était. Le fleuve s'était débarrassé de lui au coude qu'il faisait juste avant de quitter à jamais le Sareer. Tuono était derrière lui et un peu plus bas, de l'autre côté du Mur, se trouvaient les ruines du Sietch Tabr, l'ancien fief de Stilgar, l'endroit où était cachée toute l'épice de Leto.

Exsudant des vapeurs bleues, son corps torturé se traînait bruyamment sur la rive, laissant derrière lui un long sillage bleu sur le sable et les amas de roches chaotiques. Il arriva ainsi dans une dépression humide qui faisait peut-être autrefois partie du territoire du sietch. Il n'y avait plus là qu'une grotte peu profonde, bouchée à l'intérieur par un éboulis rocheux. Ses narines lui transmirent l'odeur de la roche humide, mais pas le moindre soupçon d'épice.

De nouveaux bruits s'immiscèrent dans son agonie. Il se tourna dans l'espace étroit de la grotte et vit une corde qui pendait au-dessus de l'entrée. Une silhouette s'y laissa glisser. Leto reconnut Nayla.

Elle se laissa tomber à terre et s'accroupit, essayant de l'apercevoir dans l'ombre. Les flammes qui troublaient la vision de Leto s'écartèrent pour laisser voir une seconde silhouette qui se laissait tomber à côté de Nayla : celle de Siona. Les deux femmes entrèrent dans la grotte et s'avancèrent en déplaçant bruyamment les galets sous leurs pas. Elles s'arrêtèrent à mi-chemin pour scruter le fond de la grotte. Une troisième silhouette se laissa tomber de la corde : Idaho. Il courut, fou de rage, pour se jeter sur Nayla en criant :

– Pourquoi l'avez-vous tuée? Vous ne deviez pas tuer Hwi!

Nayla l'envoya choir d'un revers décontracté, presque indifférent, de son avant-bras gauche. Elle pénétra plus avant dans la grotte et se mit à quatre pattes pour essayer de l'apercevoir.

– Mon Seigneur? Vous êtes vivant?

Soudain, Idaho fut derrière elle et arracha le laser qu'elle portait à la hanche. Nayla se retourna, surprise au moment où il pointait l'arme et pressait la détente. La brûlure partit du sommet de la tête et coupa la Truitesse en deux morceaux qui s'affaissèrent de chaque côté. Un krys brillant glissa de l'uniforme enflammé et tinta sur les cailloux. Idaho ne le vit même pas. Le visage déformé par la rage, il s'acharnait sur les morceaux carbonisés de Nayla jusqu'à ce que toute la charge fût épuisée.

Le rayon bleuté disparut. Seuls quelques fragments de tissu ou de chair noircis et fumants demeuraient sur la roche rougeoyante.

Siona attendait de pouvoir s'approcher. Elle rampa jusqu'à lui et lui ôta le laser des mains. Idaho se ramassa pour bondir et elle se prépara à lutter, mais la rage du ghola était retombée.

– Pourquoi? Pourquoi? murmura-t-il.

– Ce qui est fait est fait, dit Siona.

Ils se tournèrent ensemble vers le fond de la grotte où gisait Leto.

Celui-ci n'était même pas capable d'imaginer ce qu'ils voyaient. Il ne restait plus rien, il le savait, de la peau de truite argentée. Il devait présenter une indéfinissable surface grumeleuse où les cils de son épiderme disparu avaient laissé leurs empreintes profondes. Pour le reste, il ne pouvait que rendre leur regard à ces deux silhouettes qui l'observaient à partir d'un univers pantelant de misère. Parmi les flammes de sa vision, il vit Siona comme une démone, et le nom de cette démone surgit naturellement à ses lèvres. Il le prononça d'une voix amplifiée par la grotte qui résonna beaucoup plus fort qu'il ne s'y attendait.

– Hanmya!

Siona fit un pas en avant tandis que Duncan Idaho se prenait la tête à deux mains.

– Regarde ce que tu as fait à mon pauvre Duncan, souffla Leto.

– Il trouvera d'autres amours.

Comme sa voix était froide et cruelle, se dit Leto. Il entendait l'écho de ses propres fureurs de jeunesse.

– Tu ne sais pas ce que c'est que d'aimer, murmura-t-il. As-tu jamais donné quoi que ce soit? Il ne put que se tordre les mains avant d'ajouter : Tout ce que j'ai donné, moi! Par les dieux d'en bas, tout ce que j'ai donné!

Elle rampa plus près, tendit la main vers lui, puis recula.

– Je suis la réalité, Siona. Regarde-moi. J'existe. Tu peux me toucher, si tu l'oses. Allons, tends la main. Touche-moi!

Lentement, elle allongea le bras vers ce qui avait été son premier segment, l'endroit où elle avait dormi dans le Sareer. Sa main était teintée de bleu quand elle la retira.

– Tu m'as touché, tu as senti le contact de mon corps, lui dit Leto. N'est-ce pas plus étrange que n'importe quoi d'autre dans cet univers?

Elle voulut tourner la tête.

– Non! Ne te détourne pas! Regarde ce que tu as accompli, Siona. Comment se fait-il que tu puisses me toucher, mais que tu ne puisses pas te toucher toi-même?

Elle s'enfuit en courant.

– C'est en cela que nous sommes différents, poursuivit Leto. Tu es l'incarnation de Dieu. Tu es en compagnie du plus grand miracle de l'univers, et pourtant tu refuses de le toucher ou de le voir ou de le sentir ou d'y croire.

L'esprit conscient de Leto sombra à ce moment-là dans un endroit environné de ténèbres, un endroit où il crut entendre le chant d'insecte métallique de ses imprimantes enfermées dans leur caveau sans lumière. Il y avait dans cet endroit une absence complète de radiations, un non-être ixien qui en faisait un centre d'angoisse et d'aliénation spirituelle parce qu'il n'avait aucune relation avec le reste de l'univers.

Mais cette relation viendra.

Il sentit que ses machines ixiennes s'étaient mises en marche, qu'elles enregistraient ses pensées sans avoir reçu aucun ordre de le faire.

Souvenez-vous de ce que j'ai accompli! Souvenez-vous de moi! Je redeviendrai innocent!

Les flammes de sa vision s'écartèrent pour lui montrer Idaho qui se tenait à l'endroit précédemment occupé par Siona. Plus loin, quelqu'un gesticulait, mais tout était brouillé... ah, oui! c'était Siona qui faisait des signaux pour transmettre ses instructions à quelqu'un qui était resté en haut du Mur.

– Vous êtes encore vivant? demanda Idaho.

La voix de Leto lui parvint comme un râle.

– Qu'ils se dispersent, Duncan. Qu'ils courent se cacher où ils voudront, dans l'univers qu'ils choisiront.

– Qu'est-ce que vous racontez? J'aurais encore préféré la laisser vivre avec vous!

– Laisser? Je n'ai rien *laissé,* moi.

– Pourquoi avez-vous laissé mourir Hwi? gémit Idaho. Nous ne savions pas qu'elle était dans le chariot avec vous!

La tête du ghola retomba en avant.

– Tu seras récompensé, fit Leto d'une voix rauque. Mes Truitesses te choisiront plutôt que Siona. Sois gentil avec elle, Duncan. C'est plus qu'une Atréides. Elle porte le germe de ta survie.

Leto sombra de nouveau dans ses souvenirs. Ce n'étaient plus à présent que des mythes fragiles précairement maintenus dans sa conscience. Il sentait qu'il s'enfonçait peut-être dans une dimension-temps qui, par sa seule existence, avait changé de passé. Mais il percevait des bruits et il lutta pour les interpréter. *Quelqu'un qui rampe sur les cailloux?* Le rideau de flammes s'écarta pour lui montrer Siona et Idaho qui se tenaient la main comme deux enfants, pour se rassurer avant de s'aventurer dans un lieu inconnu.

– Mais comment peut-il vivre ainsi? chuchota Siona.

Leto attendit d'avoir la force de répondre.

– Je suis aidé par Hwi. Nous avons connu quelque chose que peu d'êtres ont connu. Nous étions unis par nos points forts plutôt que par nos faiblesses.

– Et le résultat... ironisa Siona.

– Parfaitement... Prie pour avoir la même fin! murmura Leto d'une voix sourde. Peut-être que l'épice t'en donnera le temps.

– Où est toute l'épice? demanda Siona.

– Dans les profondeurs du Sietch Tabr. Duncan saura la retrouver. Tu connais l'endroit, Duncan. On l'appelle aujourd'hui Tabur. Les repères sont toujours là.

– Pourquoi avez-vous fait ça? chuchota Idaho.

– C'est le présent que je vous fais à tous. Plus personne ne pourra retrouver les descendants de Siona. L'Oracle ne la voit pas.

– Comment?

Ils avaient réagi à l'unisson, en se penchant pour percevoir la voix faiblissante de l'Empereur-Dieu.

– Je vous fais le don d'une nouvelle sorte de temps, sans parallèles, reprit Leto. Il sera toujours divergent. Il n'y aura pas dans ses courbes de points de rencontre. Je vous fais le don du Sentier d'Or. Grâce à lui, vous ne connaîtrez plus jamais les convergences qui ont pu se produire dans votre passé.

La vision de Leto était de plus en plus brouillée par les flammes. La douleur s'estompait, mais il percevait toujours les odeurs et les bruits avec une terrible acuité. Siona et Idaho avaient une respiration courte et haletante. D'étranges sensations cénesthésiques parvenaient à son esprit conscient... l'écho de membres et d'articulations qu'il savait ne plus posséder.

– Regardez! s'écria Siona.

– On dirait qu'il se désagrège. C'était la voix de Duncan Idaho.

– Non, dit Siona. Sa peau se transforme. Regardez! Le Ver!

Leto sentait une nouvelle chaleur irradier dans certaines parties de son corps. La douleur avait entièrement disparu.

– Quelles sont ces marques sur tout son corps? demanda Siona.

– Je pense que ce sont les truites qui les ont faites. Voyez la forme qu'elles ont.

– Je suis ici pour démontrer que l'un de mes ancêtres avait tort, dit Leto (ou *crut* dire Leto, mais cela revenait au même en ce qui concernait les machines ixiennes qui composaient ses mémoires). Je suis né humain, mais je ne meurs pas humain.

– Je ne peux pas voir ça! s'écria Siona.

Leto l'entendit s'éloigner en courant sur les cailloux.

– Tu es encore là, Duncan?

– Oui.

J'ai donc encore ma voix.

– Regarde-moi bien, Duncan. J'ai été une boulette de chair sanglante à l'intérieur d'une matrice humaine. Je n'étais pas plus gros qu'une cerise. Regarde-moi, te dis-je!

– Je vous regarde... fit la voix du ghola, à peine audible.

– Tu t'attendais à trouver un géant et tu as trouvé un gnome. A présent, tu commences à connaître les responsabilités qui résultent des actions. Que feras-tu de tes nouveaux pouvoirs, Duncan?

Il y eut un long silence, puis la voix de Siona s'écria :

– Il ne faut pas l'écouter. Il était fou!

– Certainement, dit Leto. La folie dans la méthode, c'est ce qu'on appelle le génie.

– Vous comprenez ce qu'il dit, Siona? demanda Idaho. Comme la voix du ghola était plaintive!

– Elle comprend, murmura Leto. Il est dans la nature de l'âme humaine d'avoir parfois à affronter une crise imprévue. C'est toujours comme ça chez les humains. Moneo avait fini par le comprendre aussi.

– Je voudrais bien qu'il se dépêche de mourir! fit Siona.

– Je suis le dieu fractionné et vous voudriez me rendre entier! Duncan? Je vais te dire une chose, Duncan. De tous mes gholas, tu es celui que j'approuve le plus.

– Approuve? répéta Idaho en retrouvant une partie de sa fureur.

– Il y a quelque chose de magique dans mon approbation, dit Leto. Tout est possible dans un univers de magie. C'est ta vie, pas la mienne, qui est dominée par la fatalité de l'Oracle. Maintenant que tu t'aperçois de ses mystérieux caprices, tu voudrais me demander de les supprimer? Au contraire, j'ai toujours cherché à les accroître.

Les *autres* à l'intérieur de Leto commençaient à réaffirmer leur présence. Sans la solidarité du groupe pour étayer son identité, il sentait que sa place dans cette collectivité lui échappait. Ils se mettaient à parler le langage des *si* : « Si seulement tu avais... Si nous avions pu... » Leto aurait voulu, d'un cri, les réduire au silence.

– Seuls les imbéciles préfèrent le passé!

Il ne savait pas s'il l'avait hurlé, ou seulement pensé. Le résultat fut un silence interne momentané, associé à un silence extérieur. Il sentit quelques fibres de son identité qui demeuraient intactes. Il fit pour parler un effort dont la réalité lui fut aussitôt confirmée, car il entendit Idaho qui disait :

– Regardez, on dirait qu'il cherche à nous dire quelque chose.

– N'ayez pas peur des Ixiens, murmura Leto, et sa propre voix lui parvint comme un filet prêt à se tarir. Ils peuvent fabriquer leurs machines, mais ils ne peuvent plus avoir recours à l'*arafel*. Je le sais, j'y étais.

Il retomba dans le silence. Il essayait de réunir ses forces, mais il sentait que l'énergie s'échappait de lui malgré ses efforts pour la retenir. De nouveau, la clameur intérieure s'éleva. Des voix criaient, se lamentaient.

– Arrêtez ces enfantillages! cria-t-il, ou crut-il crier.

Siona et Idaho n'entendirent qu'un râle sifflant.

Quelques instants plus tard, Siona déclara :

– Je crois qu'il est mort.

– Alors que tout le monde le croyait immortel, fit Idaho.

– Savez-vous ce que dit l'Histoire Orale? demanda Siona. *Celui qui veut l'immortalité doit renoncer à la forme. Ce qui a une forme est nécessairement périssable. Au-delà de la forme est l'informe, l'immortel.*

– Ça semble venir de *lui*, accusa Idaho.

– Je crois que c'est bien le cas, dit Siona.

– Que voulait-il dire à propos de vos descendants... qu'on ne pourra plus retrouver?

– Il a créé une nouvelle forme de mimétisme. Une nouvelle sorte de protection de la race. Il savait qu'il avait réussi parce qu'il ne me voyait plus dans ses différents avenirs.

– Qu'avez-vous de spécial?

– Je suis la nouvelle race des Atréides.

– Les Atréides! répéta Idaho comme si c'était un nom maudit.

Siona baissa les yeux vers la carcasse en décomposition de celui qui avait été Leto Atréides II... et quelque chose en plus. Ce *quelque chose* était en train de fondre en fines volutes de vapeurs bleues fortement imprégnées de l'odeur du mélange. Des flaques de liquide bleu se formaient un peu plus bas dans les rochers. Les seuls vestiges solides de l'Empereur-Dieu avaient des formes vaguement humaines. Quelque chose de flasque baignant dans une mousse rosée, un morceau d'os strié de rouge qui peut-être avait contenu la forme des pommettes et d'une arcade sourcilière...

– Je suis différente, déclara Siona, mais je suis tout de même ce qu'il était.

Idaho demanda dans un souffle presque inaudible :

– Les ancêtres... tous les...?

– La multitude est là, mais je marche sans bruit parmi elle et on ne me voit pas. Les anciennes images ont disparu. Seule l'essence demeure pour éclairer son Sentier d'Or.

Elle se tourna pour prendre la main froide du ghola dans la sienne. Lentement, elle le guida jusqu'à l'entrée de la grotte où ils apercevaient, à la lumière, le spectacle rassurant de la corde qui les attendait pour les remonter jusqu'au sommet du Mur, où se trouvaient les Fremen de musée apeurés.

Piètre matériau pour bâtir un nouvel univers, se dit Siona. Mais il faudrait qu'elle s'en accommode. Quant à Idaho, il allait avoir besoin d'un peu de douceur et de séduction, d'une sollicitude qui *peut-être* n'exclurait pas l'amour.

Quand elle se pencha vers le fleuve à l'endroit où le flot émergeait du gouffre façonné par l'homme pour aller arroser les terres fertiles, elle remarqua le vent qui se levait au sud, chassant vers elle des nuées noires.

Idaho retira sa main de celle de Siona, mais il paraissait maintenant beaucoup plus calme.

– La régulation du temps devient de plus en plus

incertaine, murmura-t-il. Moneo pensait que c'était la faute de la Guilde.

– Mon père se trompait rarement sur ces questions-là. Il faudra que tu t'occupes de ça.

Idaho eut soudain en mémoire la vision des formes argentées quittant le corps de Leto pour plonger dans le fleuve. Les truites.

– J'ai entendu ce que le Ver a dit, fit Siona. C'est toi que suivront les Truitesses, pas moi.

De nouveau, Idaho connut la tentation du Siaynoq.

– Nous verrons bien, dit-il. Puis il regarda Siona dans les yeux. Que voulait-il dire à propos des Ixiens et de l'*arafel?*

– Tu n'as pas encore lu les mémoires en entier. Je te montrerai quand nous serons à Tuono.

– Mais que signifie *arafel?*

– C'est le nuage qui obscurcit le jugement sacré. L'histoire est très ancienne. Tu trouveras tout cela dans les mémoires.

Extrait de la récapitulation confidentielle de Hadi Benotto concernant les découvertes de Dar-es-Balat :

Ce qui suit est notre point de vue en tant que Minorité. Nous nous inclinerons, bien sûr, devant la décision prise par la Majorité de soumettre les mémoires de Dar-es-Balat à une révision et une censure rigoureuses avant d'autoriser leur publication; mais nous voudrions au moins que nos arguments soient connus. Nous comprenons l'intérêt manifesté par la Sainte-Eglise dans cette affaire, dont les dangers politiques n'ont pas échappé à notre attention. Tout autant que l'Autorité Ecclésiastique, nous souhaitons éviter que Rakis et le Saint Sanctuaire du Dieu Fractionné ne devienne « une attraction pour touristes béats ».

Toutefois, maintenant que nous avons entre les mains la totalité des mémoires dûment authentifiés et traduits, nous voyons se profiler les contours d'un Grand Dessein des Atréides. En tant que femme formée par le Bene Gesserit aux fins d'essayer de comprendre les mœurs de nos ancêtres, j'ai en moi le désir naturel de participer au schéma que nous avons fait émerger, qui représente tellement plus que le passage de Dune à Arrakis puis à Dune, et enfin à Rakis.

Il faut servir les intérêts de l'histoire et de la science. Ces mémoires éclairent d'un nouveau jour précieux l'admirable recueil de souvenirs personnels et de biographies de l'époque des Duncan que représente la Bible de la Garde. Nous ne pourrions être indifférents à la lecture de jurons aussi familiers que : « *Par les mille fils d'Idaho!* » ou « *Par les neuf filles de Siona!* » De même, le culte persistant de Sœur Chenoeh prend une nouvelle signification à la lumière des révélations contenues dans les mémoires, et il est certain que la conception traditionnellement présentée par l'Eglise du personnage de Nayla/Judas mérite d'être soigneusement révisée.

En tant que membres de la Minorité, nous nous permettons de faire remarquer aux censeurs politiques que les pauvres vers des sables du Sanctuaire de Rakis ne sauraient nous fournir une solution de remplacement aux Machines de Navigation ixiennes, et que les minuscules quantités de mélange contrôlées par l'Eglise ne sauraient menacer, commercialement parlant, la production des cuves tleilaxu. Non... mais nous proposons, par contre, que tous les mythes, l'Histoire Orale, la Bible de la Garde et même les Textes Sacrés du Dieu Fractionné soient confrontés avec les mémoires de Dar-es-Balat. Chaque référence historique à la Grande Dispersion et à la Grande Famine devrait être isolée et réexaminée. Qu'avons-nous à craindre? Aucune machine ixienne n'est capable de faire ce que nous, les descendants de Siona et de Duncan Idaho, avons accompli. Combien d'univers avons-nous peuplés? Nul ne peut le deviner. Nul ne connaîtra jamais la réponse dans sa totalité. L'Eglise a-t-elle peur du prophète occasionnel? Nous savons que les visionnaires sont incapables de nous *voir* ou de prédire nos décisions. Aucune forme de mort ne peut plus atteindre toute l'humanité. Serons-nous obligés, nous, membres de la Minorité, de rejoindre nos compagnons de la Grande Dispersion avant de pouvoir faire entendre notre voix? Nous faudra-t-il laisser le noyau originel de l'humanité dans l'ignorance et le manque d'information? Si la Majorité nous force à partir, elle sait que plus jamais on ne pourra nous retrouver!

Nous ne désirons pas partir. Nous sommes retenus ici par ces *perles* que renferme le sable. Nous sommes fascinés par l'usage que fait l'Eglise de la perle en tant que « soleil de compréhension ». Nous sommes certains qu'aucun humain doué de la faculté de raisonner ne peut passer à côté des révélations contenues dans les mémoires à cet égard. Les enseignements certes fugaces, mais combien vitaux de l'archéologie doivent connaître leur heure. De même que la machine primitive qui servit à Leto II à dissimuler ses mémoires ne peut aujourd'hui nous apporter rien d'autre sinon quelques renseignements précieux sur l'évolution de nos propres machines, de même nous devons donner à cette ancienne conscience le droit de s'adresser à nous. Ce serait un crime à la fois contre la vérité historique et la science que de renoncer à nos tentatives de communication avec ces « perles de conscience » que les mémoires nous ont désignées. Leto II est-il définitivement perdu dans un rêve sans fin, ou pourrait-on lui faire rouvrir les yeux sur notre époque, lui redonner une conscience qui serait un immense réservoir d'exactitude historique? Comment la Sainte-Eglise peut-elle avoir peur de cette vérité-là?

En tant que Minorité, nous ne doutons pas qu'il soit du devoir des historiens d'écouter cette voix de nos origines. Même s'il ne s'agit que des mémoires, nous devons l'écouter. Mais nous devons tendre l'oreille vers l'avenir à travers au moins autant d'années que ces mémoires ont été oubliés dans notre passé. Nous n'essaierons pas de prédire les découvertes qui sont encore à faire dans leurs pages. Nous disons seulement qu'il faut qu'elles soient faites. Comment pourrions-nous tourner le dos à notre héritage le plus important? Comme l'a si bien dit le poète Lon Bramlis : « Nous sommes la fontaine de toutes les surprises! »

Achevé d'imprimer en octobre 1996
sur les presses de l'Imprimerie Bussière
à Saint-Amand (Cher)

POCKET - 12, avenue d'Italie - 75627 Paris Cedex 13
Tél. : 44-16-05-00

— N° d'imp. 2168. —
Dépôt légal : janvier 1987.

Imprimé en France